中文社会科学引文索引（CSSCI）入选期刊

中国诗歌研究

ZHONGGUO SHIGE YANJIU

（第九辑）

赵敏俐　主编

教育部省属高校人文社会科学重点研究基地
首都师范大学中国诗歌研究中心　主办

社会科学文献出版社
SOCIAL SCIENCES ACADEMIC PRESS (CHINA)

目　录

宋濂《越歌》考论

孙小力[*]

【内容提要】　本文论证宋濂《越歌》具体的写作时间、创作缘由，进而考察宋濂的诗歌创作道路。不论是从内容风格着眼，还是从创作动机来看，《越歌》都是追随杨维桢的《西湖竹枝歌》和《吴下竹枝歌》，实为中年时期的宋濂变换诗风的一个标志。然而这样学习民歌的诗歌创作昙花一现，持续时间很短。其中原因，与当时战乱动荡、宋濂人生道路转折，及其一贯坚持、晚年力倡的文道合一的文学宗旨密切相关。宋濂诗少文多，原因也在此。

【关键词】　宋濂　杨维桢　《越歌》　《西湖竹枝歌》　诗风变化

以文章大家著称的宋濂，也曾有志于诗歌创作，尤其是 50 岁之前，孜孜矻矻二三十年，写了许多诗歌。但是一方面宋濂自我要求比较苛刻，随作随焚，流传后世的诗作不多；另一方面，宋濂也曾有过诗歌主题内容、艺术风格的转向，或者说革新，但是这样的创作变向持续时间不长，作品不多，成就尚未充分显现就偃旗息鼓，因此其诗歌创作未能受到当时和后人太多的关注。本文以宋濂四十六七岁时创作的"竹枝体"组诗《越歌》为切入点，探讨宋濂曾经有过的诗歌热情、诗风变化，以及他后来不再热衷诗歌创作的原因。

＊　孙小力，上海大学文学院教授，博士生导师。

一 宋濂《越歌》写作时间考

为便于以下的考论，照录宋濂《越歌》八首如下①：

劝郎莫食鉴湖鱼，劝郎莫弃别时衣。湖中鲤鱼好寄信，别时衣有万条丝。（其一）

恋郎思郎非一朝，好似并州花剪刀。一股在南一股北，几时裁得合欢袍？（其二）

越王台下是侬家，一尺龙梭学织纱。愿郎莫栽梨子树，遮却房前夜合花。（其三）

溪头送郎上兰舟，独宿春风燕子楼。溪水有时干到底，不如侬泪四时流。（其四）

阿侬羞杀黄帽郎，桂舟兰楫藻中藏。芦竹生花秋满地，棹歌才动便寻椰。（其五）

粉痕随泪湿春罗，郎似芭蕉侬似荷。荷叶团圆暎莲蕊，不比芭蕉纹路多。（其六）

为郎有意办罗裳，绣成花鸟好文章。黄昏含愁不敢剪，只恐分开双凤凰。（其七）

春望山头松百株，若耶溪里好黄鱼。黄鱼上得青松树，阿侬始是弃郎时。（其八）

宋濂于此组诗《越歌》题下自注曰："约杨推官同赋八首。"笔者认为：此"杨推官"不是别人，正是铁崖先生杨维祯（1296～1370）。理由有三：

其一，目前所知宋濂与杨维祯开始交往的明确记载，是元至正十七年（1357年）二月。当时宋濂的弟子郑涣登门造访，请求杨维祯为宋濂《潜溪后集》撰写序文，那时杨维祯的官职，恰恰是建德路总管府理官，而"理官"又称"推官"。

其二，宋濂《越歌》的内容和形式，与至正初年杨维祯提倡的《竹枝歌》（又名《竹

---

① 罗月霞主编《宋濂全集》，浙江古籍出版社，1999，第 2201 页。（按：此本《越歌》八首据胡凤丹《金华丛书》本辑补。）

枝词》）几乎没有区别。我们试以其中两首稍作比对，就会很明白。例如《西湖竹枝歌》九首之四："劝郎莫上南高峰，劝我莫上北高峰。南高峰云北高雨，云雨相催愁杀侬。"《越歌》第一首与它十分接近。又如《吴下竹枝歌》七首之二："家住越来溪上头，胭脂塘里木兰舟。木兰风起飞花急，只逐越来溪上流。"①《越歌》第四首和它也有几分相似。

其三，明洪武三年（1370 年）五月，杨维桢因患肺病在松江（今属上海市）去世。"濒终，召门弟子曰：'知我文最深者，唯金华宋景濂氏。我即死，非景濂不足铭我。尔其识之。'"后来宋濂不仅欣然接受请求，在墓志最后还这样写道："濂投分于君者颇久，相与论文，屡极玄奥。"②可见宋濂、杨维桢具有共识，相互视为知音，而且两人交往历史颇久。

结合上述三条材料，笔者曾经推测，宋濂与杨维桢的结识，不迟于杨维桢出任建德路总管府推官时期，且相互之间曾有诗歌唱和，《越歌》只是其中的一种。③

近日一个偶然的机会，笔者看到宋濂诗集《萝山集》④。《越歌》收录于此本卷二，诗题下亦有宋濂自注"约杨推官同赋"。不过与如今通行的《宋濂全集》本相比，缺少"八首"两字，且诗歌总计为十四首。其中八首与《宋濂全集》本所载《越歌》仅有个别字词的差异，其余六首则未见于其他各种版本的宋濂诗文集，兹亦抄录如下：

> 阿侬不如比翼禽，阿侬难学线头针。化为五色鸳鸯锦，时衔红羞到郎心。（原本之四）
>
> 不敢劝郎瓮头春，恐郎醉后忘侬恩。殷勤只酌湖上水，郎若怜侬甜似饧。（原本之五）
>
> 一日从郎百岁同，手持白石掷河中。石若转时侬心转，祝郎好去莫疑侬。（原本之六）
>
> 自郎一去水上萍，东风吹到巴子城。郎心纵似黄梅雨，五月过时也有情。（原本之七）
>
> 侬心恨如江水深，侬身瘦似蕺山苓。郎若不皈侬成腊，谁将苻带结同心。（原本之十）

---

① 所引《西湖竹枝歌》《吴下竹枝歌》，皆载《铁崖先生古乐府》卷十，《四部丛刊》本。
② 宋濂：《元故奉训大夫江西等处儒学提举杨君墓志铭》，载《铁崖先生古乐府》卷首，《四部丛刊》本。
③ 参见拙著《杨维桢年谱》（复旦大学出版社，1997）"元顺帝至正十七年"条。
④ 好友黄灵庚先生主动提供《萝山集》扫描本，并摘录部分惠寄笔者，此致谢意。按：《萝山集》今存抄本，藏于日本。

有郎金凤饰花容，无郎秋鬓若飞蓬。侬身要作千年白，不必来涂红守宫。（原本之十二）

这六首《越歌》，与杨维桢的《竹枝歌》同样接近。例如《西湖竹枝歌》九首之五："湖口楼船湖日阴，湖中断桥湖水深。楼船无柁是郎意，断桥有柱是侬心。"《西湖竹枝歌》九首之九："望郎一朝又一朝，信郎信似浙江潮。床脚揹龟有时烂，臂上守宫无日销！"《吴下竹枝歌》七首之七："小娃十岁唱《桑中》，尽道吴风似郑风。不信柳娘身不嫁，真珠长络守宫红。"都是用民歌的形式、女子的口吻，彰显女子有关爱情的誓言，及其矢志不渝的忠贞，上引《越歌》六首与它们如出一辙。

从上述比较中我们不难发现，无论从主题内容，还是从形式风格着眼，《越歌》都类似于《竹枝歌》。其实古人也早就发现了这一点，明代卓人月、徐士俊选评《古今词统》，就将上引杨维桢《竹枝歌》和宋濂《越歌》多首，一并视为"竹枝"，分别纳入了"西湖竹枝"和"镜湖竹枝"等小类之中。

但是，既然《越歌》是追随杨维桢而作，又是《西湖竹枝歌》《吴下竹枝歌》的"仿制品"，为何宋濂不像之前众多参与唱和的诗人（如张雨、顾瑛、郭翼等人）一样，直接加入《竹枝歌》的传唱，反而另起名目，改称《越歌》，还要约请杨维桢唱和，反客为主呢？要回答这一问题，首先必须搞明白宋濂撰写《越歌》的确切时间和地点，然后才有可能根据宋濂当时的实际情况揣摩他的心态。

《萝山集》卷首有宋濂友人郑涛所撰序文，序文作于至正十三年（1353年）十一月。但是我们决不能据此认为，《萝山集》就是至正十三年末的结集。《萝山集》五卷，各卷编纂人员不一，编纂时间也有不同。全书编排没有固定的体例，既不按照诗歌体裁，也不依据时间先后，其中大量作品，其实诞生于至正十三年之后，其中也包括《越歌》。

《越歌》收在《萝山集》卷二，此卷是全书中唯一注明写作时间的一卷，卷末有宋濂的明确题识："右此卷诗凡百余首，皆乙未、丙申岁作也。""乙未"是至正十五年（1355年），"丙申"是至正十六年（1356年），据此我们还可以进一步推断《越歌》确切的撰写时间。因为杨维桢从杭州税务官转任建德路总管府理官，是在至正十六年秋季。[①] 建德路总管府设在睦州（今浙江建德市），距离宋濂当时授学所在地浦江县不远，所以宋濂撰写《越歌》并"约杨推官同赋"，只能是在至正十六年秋冬。

明白了《越歌》具体的写作时间，也就是确定了《越歌》在《萝山集》卷二中的时

---

① 参见拙著《杨维桢年谱》"元顺帝至正十六年"条。

间位置。确定这一点非常重要，因为尽管《萝山集》的编排看似杂乱无章，但是卷二所收诗歌却具有某种共同的风格特点。之所以这样认为，因为宋濂本人对于《萝山集》卷二诗歌有过概括性的总结，上引宋濂题识的完整版本原来是这样的："右此卷诗凡百余首，皆乙未、丙申岁作也。情寓于词，颇多缪韫纤弱。漫钞新稿后，以俟他日删去。"所以尽管从体裁上看，此卷诗歌除了民歌体的《越歌》之外，还有古乐府体和五言古体，形式并不统一，但是其内容风格却颇多相似。另外从时间上看，尽管《越歌》是受到杨维祯的直接影响以后所写，属于《萝山集》卷二这一百多首诗歌中比较晚出的作品，但是与至正十五六年间宋濂其余的诗歌还是保持了一致，包括主题与风格。事实也确实如此，比如此卷中的《越女谣》，起首就是一句"人言越女天下白"；《春愁曲》则更为缠绵，"妾颜如花娇蕊蕊，妾若比花妾能语"，呈现诸多柔媚；此外诸如《美人篇》《采莲辞》《秋千辞》《红楼引》《秋夜长》《芙蓉篇》等，都具有"情寓于词，颇多缪韫纤弱"的特点。

那么，为何宋濂至正十五六年间的诗歌内容和风格，会具有这样不同于以往的"重情""纤弱"的特点呢？要回答这一问题，有必要回顾一下宋濂学诗的历史。

二　宋濂学诗困惑及其诗风变换

宋濂早慧，幼年即以吟诗作歌闻名乡里，人称"神童"。20岁时，他带着诗稿求教于本地诗人吴莱，未曾想老师的一番话，将宋濂吓出一身冷汗。有关此次造访经过，以及吴莱此番言论对于宋濂以后诗歌创作的影响，同门友人郑涛有过较为详细的描述：

> 先生年二十时，橐其所为诗往见之，吴公读已，谓先生曰："子欲应世用邪？则诸诗诚过人矣。若曰'追辙古作'，则未能窥其藩翰，况阃奥乎！"先生惊曰："何谓也？"吴公曰："学诗当本于《三百篇》，夙夜优柔餍饫，分别六义，有以识其性情之真，而后沉酣楚词，潜泳汉、魏诸什，以察其变。参摩六朝、隋、唐，以迄于宋季，以审其别。所谓察之审之者，非猎袭之谓也。必穷其体裁，按其音节，考其辞句，观其气象，原其奥致，如权重轻，如分清浊，然后识精而见确。更加以深诣之功，日就月将，孜孜弗懈，始可以言诗也已矣。"先生不觉汗流浃背，于是悉焚所为稿，一依吴公之命而致力焉。及吴公既殁，先生复登柳（贯）、黄（潘）二公之门。二公之所传授，与吴公不异。先生益务刻深为之。二十年间，随作随焚，常有歉然不足之色。

吴莱是仙华山人方凤的孙女婿，自幼追随方凤，深得诗学奥妙。宋濂先是追随吴莱，后又从学于柳贯、黄溍。尽管学诗写诗的热情始终不减，眼界却大为抬高，自己写就的诗歌，首先就很难入自己的法眼，因此不断焚毁诗稿，致使其40岁以前的诗歌大多未能流传。

事实上宋濂早年的诗作，也有名家给予过好评。郑涛曾经将宋濂准备焚毁的一部诗稿带到京师，揭傒斯就曾高度赞赏，说宋濂的诗歌"如宝鉴悬秋，随物应象，无毫末不类。及至其玄妙自得，即之非无，索之非有，莹彻玲珑，不可凑泊，足以映照古今矣"①。不过宋濂后来听说了这样的褒奖，却并不表示认同。也许是深受吴莱的影响，宋濂对于自己的诗歌，有着更为严格的标准和更高的要求。现在看来，吴莱对于宋濂的教诲，其实可以概括为八个字：溯源察流，深诣博采。教诲固然不错，但是要真正做到却非易事，而且求之过切，往往可能导致畏难情绪。宋濂就曾经颇为感慨地对郑涛说，学诗的难度与学文相比，相差"何翅十倍"。还说学诗犹如登山，常常自以为登顶，其实尚在半山。②

那么，究竟如何超越以往，如何突破困境呢？根据郑涛为《萝山集》所撰序文，直到至正十三年冬郑涛撰序之时，似乎宋濂仍然在努力探寻，并无豁然开朗的迹象。而《萝山集》卷二至正十五六年间所撰的那些诗，应该就是宋濂有所开拓或改革的结果。

目前我们并无证据证明，至正十六年杨维桢与宋濂最初结识之时，指导过宋濂的诗歌写作，但是宋濂效仿杨维桢的《竹枝歌》而写作《越歌》，并非无的放矢，很可能与他突破诗歌写作困境的追求有关。因为杨维桢在中年以前，也曾有过与宋濂相似的苦恼，而后来其诗歌焕发生机，正是有赖于《西湖竹枝歌》的创作和传唱。

杨维桢《西湖竹枝歌序》说：

> 予闲居西湖者七八年，与茅山外史张贞居、苕溪郑九成辈为唱和交。水光山色浸沈胸次，洗一时尊俎粉黛之习，于是乎有《竹枝》之声。好事者流布南北，名人韵士属和者无虑百家。

所谓"闲居西湖者七八年"，正是至正初年杨维桢"失官"期间。当时他在杭州一带浪游，得以更为广泛地接触社会，为他在诗歌形式和内容方面的革新创造了机会。吴复《辑录铁崖先生古乐府叙》也有相关记载，而且更为真实地记录了杨维桢当时弃旧图新的

---

① 揭傒斯卒于元至正四年七月，因此郑涛携至京师供其品评的诗稿，大致应该是宋濂30岁左右所作，或其早年的诗作。这些诗歌在今存《萝山集》中保留极少。
② 详见《萝山集》卷首郑涛至正十三年十一月所撰序文。

举动：

> 先生在会稽时，日课诗一首，出入史传，积至千余篇。晚年取而读之，忽自笑曰："此岂有诗哉！"亟呼童焚之，不遗一篇。今所存者，皆先生在钱唐、太湖、洞庭间之所得者云。①

以上两篇文章，前者撰于至正八年七月，后者撰于至正六年三月。后者所谓"晚年"，其实是相对早年而言，确切地说，正是杨维桢 50 岁前后，即前者所谓"闲居西湖"期间。也就是说，杨维桢于至正初年浪游杭州、吴兴、苏州等地，率领友人吟唱《竹枝》，一时风靡各地城镇，因此醉心于《竹枝》清新天真的格调，遂将旧日那些取材史传、雕肝琢肾的诗歌尽数予以毁弃。

杨维桢本人学诗写诗的经历，对于宋濂而言，其实就是最好的教科书。宋濂之所以"二十年间，随作随焚"，除了"刻深为之"、自我要求比较严格以外，根本的原因是长期以来尚未发现使其诗歌焕发生机的源泉。诗歌来自何处？应当来自山，来自水，来自社会，来自心灵，而不仅仅如吴莱所谓"沉酣楚词，潜泳汉、魏"。所以笔者认为，宋濂与杨维桢的结识与诗歌唱和，对于宋濂诗歌的革新和诗风的改变，十分有益。

如果说杨维桢在元季的成名，得益于两种诗歌体裁，一是古乐府，二是《竹枝歌》，那么至正十五六年间宋濂的诗歌创作，与杨维桢可谓不谋而合。《萝山集》卷二的一百多首诗歌，大多属于这两类诗歌体裁，除了《越歌》之外，《越女谣》《采莲辞》《莫徭行》之类属于民歌风，而《龙阳君行》《韩朋行》《海东行》《并州行》之类则皆为古乐府体。因为当时有着共同的偏好，宋濂与杨维桢之间的诗歌唱和应该十分自然。然而杨维桢任职于建德并与宋濂交往，是在至正十六年秋冬，《萝山集》卷二的大量诗歌则产生于此前，也就是说，宋濂诗路的拓宽和诗风的改变，应该是自发开始的（原因后述），而杨维桢的到来，只能说是一种助推而已。如前所述，《萝山集》卷二的百余首诗，与《越歌》有着共同的风格特点，说明宋濂在追随杨维桢的《竹枝歌》之前，已经有意无意地开始了以情为诗的诗歌实践，只不过《越歌》在形式上更为张扬明显。换言之，宋濂追随杨维桢的《竹枝歌》并约请其共同撰写《越歌》，是水到渠成、自然而然的举动。

杨维桢青睐于宋濂，惺惺相惜之情从杨维桢所撰《潜溪后集序》中可以清楚窥见。除了赏识宋濂的才学，以及与当时的宋濂有共同的诗歌偏好外，杨维桢与宋濂交好，还

---

① 文载《铁崖先生古乐府》卷首。

有诸多原因：两人的家乡相距不远，宋濂曾到诸暨求学，因此有共同的地缘关系；吴莱、柳贯、黄溍，都是他们的师长或友人，尤其是黄溍，既是杨维桢的师友，又是宋濂的老师，因此有共同的人缘关系；两人都是主学《春秋》，因此有共同的学术渊源和旨趣。凡此种种，奠定了两人友谊的基础，也是宋濂主动约请杨维桢唱和《越歌》的基础。

在此我们还需拈出一个字来再做讨论，就是上引宋濂《越歌》题下注中那个"约"字。众所周知，至正初年杨维桢声名鹊起，与当时他在杭州、湖州、苏州一带倡导《西湖竹枝歌》大有关联。也就是说，《西湖竹枝歌》是杨维桢赖以成名的文学活动之一，并且持续多年。在此期间，杨维桢逐渐引领东南诗坛，南北诗人纷纷响应，参与者多达上百人。但参与者无论资格深浅、年龄长幼，都是以杨维桢为主唱，他人追随附和。那么以此类推，宋濂追随杨维桢的《竹枝歌》，仍然应该是以杨维桢为"主唱"，宋濂为"附和"，宋濂何以改"和"为"约"，成为主角了呢？

可能的原因不外乎两种。其一，两人之间的唱和并非仅有一次。尽管目前我们找不到杨维桢在元代主动邀请宋濂唱和的诗歌，但是宋濂"约杨推官同赋"的《越歌》，或许不是他俩初次唱和的作品，而是你来我往的再次或多次以后的相邀。但是这样的解释，仍然不能回答另一个关键问题，杨维桢赖以成名的是《竹枝歌》，如果宋濂只是附和，没有改称《越歌》的必要。因此笔者认为，可能的原因应该是第二种：宋濂"约杨推官同赋"《越歌》，实在是有反客为主的意味。结合上述至正十五六年间宋濂的诗歌主题变异和诗风变化，我们有理由相信，当时的宋濂在诗歌创作方面已经有了比较成熟的想法和实践，此时亮出《越歌》，也是表明自己改革的努力。

另外在此之前，杨维桢和宋濂各自的活动区域不同，宋濂不称《竹枝歌》而称《越歌》，可能也是为了彰显这种地域方面的差异。杨维桢的《竹枝歌》，不管是《西湖竹枝歌》，还是《吴下竹枝歌》，都属于"浙西竹枝"。而宋濂的《越歌》，明代卓人月等称之为"镜湖竹枝"，其实也可以称作"绍兴竹枝"，[1] 属于"浙东"地区的民歌，因为绍兴在钱塘江以东。那么，宋濂之所以主倡《越歌》，是有意承接杨维桢在浙西的成功，转而在浙东倡导并展开《竹枝歌》的传唱。

遗憾的是，宋濂效仿民歌的、"情寓于词"的诗歌创作并未持续多久，昙花一现之后，很快就偃旗息鼓了。

---

① "镜湖"又称"鉴湖"，位于今浙江绍兴。

三　宋濂轻诗重文的原因

元至正十七年（1357 年）以后，宋濂的诗歌创作再也没能延续前两年的风格内容，反而逐渐以文章写作为主，其中原因不少。要而言之，首先是因为战乱导致宋濂安逸的生活环境不复存在。

如果我们将宋濂的人生经历稍作划分，至正十六年（1356 年）之前，应该属于宋濂有心寻求文学发展的阶段，而至正十五六年之际，则当视为其巅峰时期。因为在这两年中，宋濂保持了诗歌的高产势头，至今有《萝山集》卷二的一百多首诗存世，这还不包括他随作随焚的作品。文章成就则更高，至正十五年正月，浦江郑氏义门郑涛所编《潜溪集》十卷结集刊行。至正十六年十月，宋濂弟子郑涣又增刻《潜溪后集》。次年二月，杨维祯在为《潜溪后集》撰写的序文中，对宋濂的文章大力褒奖，甚至将他与虞集等元代名家相提并论。

这样的诗文成就，与其当时的生活环境有关。至正十五六年间，宋濂在浦江郑氏义门授学已有相当的年头，一切步入正轨，生活也有了很大改善。这一时期是宋濂人生中最为安定祥和的岁月，最为明显的标志是：至正十四年十二月，宋濂拓展的新居青萝山房正式落成。这一时期也是宋濂生活和思想上最为自由放松的阶段，友人王祎曾经形象地描绘过宋濂当时徜徉山水、逍遥自乐的状况：

> 性疏旷，不喜事检饬，宾客不至，则累日不整冠。或携友生彷徉梅花间，索笑竟日；或独卧长林下，看晴雪堕松顶、云出没岩扉间，悠然以自乐。①

如此悠然自得，如此闲情雅致，与中国历史上众多崇尚隐逸、无拘无束的骚客文人几无差别。生活上的平静安逸和事业上的初露头角，使得宋濂产生了诗文并进的念头，我们今天看到的《萝山集》五卷，所收基本上是宋濂出仕金陵以前的作品，可见诗歌创作曾经是宋濂所热衷的。也正是因为拥有了那样一种比较悠闲安逸的生活，使得宋濂在享受生活情趣的同时，唯美尚情的美学追求占了上风，所以才有了《萝山集》卷二众多"寓情""纤弱"的诗作。

但是好景不长，元季战火很快蔓延开来。至正十七年，战火逐渐延及浦江、金华一

---

① 《王忠文公文集》卷二十一《宋太史传》，明王祎撰，《北图珍本丛刊》影印嘉靖元年张氏刊本。

带。此年八月，宋濂避兵诸暨勾无山南。次年三月，朱元璋军队攻占睦州，宋濂遣家人避兵勾无山。六月，浦江被攻占，宋濂也不得不躲避至勾无山。[①] 连续的战争和逃难迁徙，不仅使得《越歌》这样的作品不可能再次出现，就连赋诗也往往没了兴致。至正二十年之后，宋濂接受朱元璋的征聘，步入金陵政坛，事务繁忙，文债山积，赋诗的闲情就更为衰减了。

宋濂晚年逐渐以文章写作为主，还与他坚持的文学宗旨密切相关。宋濂长期倡导文以载道、文道合一，因此《越女谣》《越歌》之类的言情作品，只能是偶尔为之。即便一时兴起，信笔为之，常常还会经意或不经意地表露出自责或批评的态度，这在上引《萝山集》卷二的题识中表现已经十分明显。所谓"谩钞新稿后，以俟他日删去"，分明是时过境迁之后，对于自己至正十五六年间所作的诗歌尝试，总体有所不满，认为它们不利于自我的修身，无益于社会的教化。

诗文皆应"载道"，要有益于人生和社会，这是宋濂长期坚持的文学宗旨。其著名的《文原》，对于文章修身教化的功能，阐述得更是非常的明确。这一篇文论，原本是文章选集《文章正原》的序言，所选文章皆出自孟子、韩愈、欧阳修之笔，宋濂用于浦江郑氏义门的教学。宋濂在郑氏义门授学，始于元顺帝至元元年（1335 年），前后持续 20 多个年头。也就是说，青壮年时期的宋濂已经明确认为，文章乃文人安身立命的根本，务必承担载道的任务。宋濂经常以此要求自己，也常常以此自责，除了上引《萝山集》卷二的题识之外，以下例子或许更能说明问题。

《萝山集》卷五之末，也就是整部《萝山集》的最后一首诗，题作《自题前后续别四集，以识予愧。且寄童允载，允载盖从予学文者》。前、后、续、别四集，是指元季先后出版的《潜溪集》的四个集子[②]，此诗写在《潜溪》四集结集之初。诗曰："为文本欲障颓波，一涉他歧便是魔。谩道有心关世教，支离言语不胜多。"《潜溪集》所收，基本上是宋濂写于元代的文章，刚刚结集，宋濂就表示不满，感觉有愧。何以如此呢？用宋濂自己的话来说，就是误入了歧途，没有能够"障颓波"。说得更为明确一点，就是认为《潜溪集》的文章没有发挥拯救人心、挽救衰世的作用。当然，这是宋濂针对自己的文章在发表批评意见，不是谈论诗歌，但是我们必须明白，就诗文两种体裁的功能而言，文章具有

---

① 参见清人朱兴悌《宋文宪公年谱》，《北京图书馆藏珍本年谱丛刊》，影印；徐永明《宋濂年谱》，载《元代至明初婺州作家群研究》，中国社会科学出版社，2005。

② 根据郑涤《潜溪集题识》，《潜溪集》专收宋濂的文章，诗赋则纳入《萝山集》中。又据《千顷堂书目》，《潜溪集》前、后、续三集"皆前元时所作"。详见《潜溪录》卷四。

"明道""立教""辅俗化民"的显效,① 而诗歌在后世主要用于抒写自我心性。何况耽诗成癖,易入魔道。以"载道"的文学观来要求,不要说上述《萝山集》卷二的诸多诗歌显然不符合标准,其余诗篇也难以满足宋濂的要求。或许正是出于这样的潜在心理,诗集《萝山集》至此终篇,戛然而止。

所以说,宋濂以文章大家著称,文章远超诗歌,绝非偶然。

---

① 参见宋濂《文说赠王生黼》,《芝园续集》卷六。

明初台阁体的前世今生

——兼论中国诗歌史中治世之音的评价问题

严　明　孙燕娜*

【内容提要】　明初台阁体流行是明代诗文发展过程中呈现出的一大特色，本文从台阁体诗的写作风格及社会功用等角度入手，结合历代悠久的美颂传统，辨析台阁体诗的生成原因、表现特征及存在意义。

【关键词】　台阁体　治世之音　美颂传统

一　明代台阁体的美颂

1. 台阁体的名称

明代永乐至成化年间（1403～1487），出现了以朝廷重臣杨士奇的诗文创作为代表的台阁体流派①。王世贞《艺苑卮言》卷五称"文章之最达者，则无过宋文宪濂、杨文贞士奇、李文正东阳、王文成守仁"。又评论杨士奇的文章："杨尚法，源出欧阳氏，以简澹和

＊　严明，上海师范大学人文学院教授，博士生导师。孙燕娜，上海师范大学古代文学硕士研究生。

①　对于明初台阁体诗文，多数文学史论著认为以"三杨"为主，但大都论述简略。近年来较为详细的论著可见马积高的《宋明理学和文学》、黄卓越的《明永乐至嘉靖初诗文研究》、陈文新的《中国文学流派意识的发生和发展——中国古代文学流派研究导论》、熊礼汇的《明清散文流派论》等。其中马积高认为台阁体的代表作家有杨士奇、杨荣、杨溥以及黄淮、刘定之、倪谦、王直、周叙、金幼孜、彭时等。黄卓越和熊礼汇详细列举了30多名成员，并分成三个阶段来论述，大致如下：第一阶段即台阁体的奠基期，主要成员有"三杨"（杨士奇、杨荣、杨溥）、王直、王英，还有胡俨、金幼孜、黄淮、李时勉、梁潜、曾棨、李时勉、陈敬宗、周叙、钱习礼、曾鹤龄、萧镃、徐有贞等；第二阶段即演变期，代表人物有李贤、彭时、商辂、岳正、刘定之、刘珝、倪谦、丘浚等；第三阶段为转变期，以程敏政、倪岳、李东阳、谢铎、吴宽、王鏊、梁储为代表。陈文新则认为台阁体的成员大致是上面所列第一阶段的人物，并以杨士奇的成就最引人注目。

易为主，而乏充拓之功，至今贵之曰'台阁体'。"此外，钱谦益《列朝诗集》乙集"杨少师士奇"条明言："国初相业称三杨，公为之首，其诗文号台阁体。"可见在明代，"台阁体"先是对杨士奇拟法欧阳修散文简澹和易笔法的专有称法。后来，"台阁体"又衍变为对上层官僚诗文风格的总体称谓，如清代《四库全书总目》评述"仁宗雅好欧阳修文，士奇文亦平正纡余，得其仿佛。故郑瑗《井观琐言》称其文典则，无浮泛之病，杂录叙事，极平稳不费力。后来馆阁著作，沿为流派，遂为七子之口实"①。作为对比，又说弘治、正德之间的林俊"为文体裁不一，大都奇崛博奥，不沿袭台阁之派"② 等。

2. 台阁体的评价

较早对"台阁体"作出评价的是宣德进士李贤，他在《杨溥文集序》中指出："观其所为文章，辞惟达意而不以富丽为工，意惟主理不以新奇为尚，言必有补于世而不为无用之赘言，论必有合于道而不为无定之荒论，有温柔敦厚之旨趣，有严重老成之规模，真所谓台阁之气象也。"③ 对杨溥文章的评点，可视为对台阁体特点的初步归纳，完全是正面肯定的。但明代茶陵派诸子及前后七子都对当朝的台阁体诗文持否定态度，而清乾隆年间的《四库全书总目》所持则基本上是平允之论，如认为："平心而论，凡文章之力，足以转移一世者，其始也必能自成一家，其久也亦无不生弊。微独东里一派，即前后七子，亦孰不皆然。不可以前人之盛，并回护后来之衰；亦不可以后来之衰，并掩没前人之盛也。亦何容以末流放失，遽病士奇与荣哉？"④ 但值得注意的是，当时仍身处江南民间的沈德潜却说："永乐以还，尚台阁体，诸老大倡之，众人靡然和之，相习成风，而真诗渐亡矣。"⑤ 之后文坛几乎众口一声，缺乏真情成了贬斥台阁体诗文的定评。⑥ 近代以来提及台阁体诗文价值的论家极少，如20世纪30年代钱基博认为台阁体的文风"皆冲融演迤，不矜才气"⑦。刘贞晦、沈雁冰《中国文学变迁史》则认为："三杨继起，文章变了个台阁体，虽后人学得不好，生出弊来，讲他初创的时候，还是平正通达，不失前辈典型。"这些单薄的声音，延续了《四库全书总目》的看法，也只是对"三杨"诗文的平正通达及不矜才气的写法给予了一定的肯定。近20年来，研究界对明代台阁体诗文开始给以整体

---

① 《东里全集》，《四库全书总目》卷一百七十，中华书局，1963。
② 《见素文集》，《四库全书总目》卷一百七十一，中华书局，1963。
③ 徐纮编《明名臣琬琰录后集》卷一，周骏富辑，《明代传记丛刊》43册，台北明文书局，1991。
④ 《杨文敏集》，《四库全书总目》卷一百七十，中华书局，1963。
⑤ 见沈德潜、周准编《明诗别裁集》卷三，上海古籍出版社，1979。
⑥ 如游国恩主编的《中国文学史》认为，台阁派诗歌大体都是歌功颂德，粉饰太平，身为太平宰相，大量写应制、颂圣或应酬、题赠的诗歌。虽然词气安闲，雍容典雅，其实陈陈相因，极度平庸乏味。
⑦ 见钱基博《中国文学史》，中华书局，1933。

观察，并提出较为公正的评价。

3. 台阁体的创作风格论

平心而论，明初台阁体诗文创作呈现出了雍容典雅的风格，这在《四库全书总目》中就有简明扼要的点评，如：

> 明初三杨并称，而士奇文章特优，制诰碑版多出其手。
>
> （卷一百七十《东里全集》）
>
> 发为文章，具有富贵福泽之气，应制诸作，渢渢雅音。其他诗文亦皆雍容平易，肖其为人。虽无深湛幽渺之思，纵横驰骤之才，足以震耀一世。而逶迤有度，醇实无疵，台阁之文所由与山林枯槁者异也。
>
> （卷一百七十《杨文敏集》）
>
> （黄淮）其文章春容安雅，亦与三杨体格略同。此集乃其系狱时所作，故以省愆为名。当患难幽忧之日，而和平温厚，无所怨尤，可谓不失风人之旨。
>
> （卷一百七十《省愆集》）

这些评语，体现出乾隆年间官方学界的主流看法，即"平正纡徐""雍容平易""和平温厚""春容安雅"等，形成了台阁体诗歌的总体风格特征。怎么评价明初台阁体诗歌的文学史价值，需要将这一诗歌现象放到明初"仁宣致治"背景下加以考察①，而从先秦以来诗歌美颂传统的影响也是极为重要的，即汉儒津津乐道的"治世之音安以乐"的呈现。

台阁体诗作表现出了明显的"治世之音"的色彩，如杨士奇的《元夕观灯诗》十首。此组诗写于宣德四年（1429 年）正月，当时群臣按例赴御苑观灯，纷纷赋诗，咸谓"今边场清宁、民物康阜、海宇无事、跻于太平"。② 杨士奇的诗作这样写道：

> 鸾应琼笙凤应歌，光涵太液贯银河。
>
> 吾皇岁岁升平乐，今岁升平乐更多。
>
> （其三）
>
> 大明统一御乾坤，雨露生成总帝恩。

---

① 仁宗和宣宗（1425 ~ 1435）两朝是明代最为太平富庶的时期，仁宗、宣宗崇儒重道、礼遇文臣，君臣关系亲密和谐，国力兴盛，这为台阁体诗文颂圣的产生提供了现实的基础。

② 《东里续集》卷六十一，文渊阁四库全书本，下同。

宣德年年调玉烛，华夷长戴圣皇尊。

（其十）

字里行间传递出太平盛世的气氛，春满大地，中外朝贺，花团锦簇，华灯通明。群臣都满足于治世的安宁和繁华，台阁体诗自然是展现治世的社会安定，风调雨顺，君臣和谐。

明初台阁体诗关注描写京城仕宦生活的细节，用意自然是为了颂扬皇帝的仁治效果，如杨士奇的《从游西苑三首》① 便是典型的美颂之作：

其一

宫城西畔接蓬莱，金饰飞楼玉饰台。
辇路前瞻双凤引，銮舆中驾六龙来。
时康道泰韶音奏，雪净天清瑞景开。
何幸群臣皆侍从，山呼捧献万年杯。

其二

太液丹霞漾绿波，荣光五采贯银河。
牙樯锦缆移黄伞，凤羽龙旆拂翠荷。
武士咸随严卤簿，儒臣歌颂续卷阿。
天王万岁天同寿，岁岁升平乐事多。

其三

壶洲阆苑五云迷，紫殿彤楼众岫低。
日射飞甍金署榜，虹连阁道玉为梯。
流觞宛转清波送，赐扇辉煌御墨题。
欲报宠恩何以祝，皇图帝寿与天齐。

这些诗中所刻意描绘的金玉楼台、龙凤銮舆、太液丹霞等，都是皇宫内的特有景象。这些意象的选择，不仅烘托出大明朝廷的富贵典雅气象，还直接颂扬了皇恩浩荡，歌颂了天下

---

① 《东里续集》卷五十九。

的太平富饶。杨氏的《赐游东苑诗》，还从宫中选出九处美景来突出描写盛世繁华[①]，其中的斋宫威严澄明；翠渠"凝如碧玉，衍如翠虹"；黛峰"苍乎凌波，如戴神鳌"；灵泉更是"天一所生，而出异源。或喷于龙，或跃在山"。在描写这些宫中景象时，诗人同样不忘颂扬圣上的仁德，如说"惟帝之仁，始内及外。保合太合，爰暨四海"[②]。渲染皇权威仪，表现出皇宫的典雅建筑及华丽色彩。

台阁体诗是明初政局稳定、经济发展的产物，在很大程度上是一种治世之音，其歌功颂德有着现实基础。《礼记·乐记》写道："治世之音安以乐，其政和；乱世之音怨以怒，其政乖；亡国之音哀以思，其民困。声音之道，与政通矣。"台阁体诗颂扬的重点是繁华治世，君臣和谐，歌舞升平，而此类颂扬之音在中国诗歌史上有着悠久的传统。治世之音得到倡导是普遍的现象，历朝统治者在取得政权之后，总会采取各种措施维护政权稳定，休息民生，促进生产，这样往往会形成一段时期的治世，例如"文景之治""光武中兴""贞观之治""开元盛世""康乾盛世"等。不可否认的是，在天下大治社会稳定时期内产生的诗歌，总会有着许多颂圣扬善的内容，而且不少美颂诗作来自于当朝的台阁重臣。从这个角度看，明初台阁体诗歌的出现并非偶然，也可以说台阁体诗文频发美颂之音是中国古代文学史上的一种常见现象，这一现象的阶段性的轮回出现在中国有着悠久的历史文化渊源。

二 历代馆阁文学中的美颂

1. 美颂之渊源

《诗经》中的"颂"类诗，大多是西周时代的美颂之歌。周王在宗庙祭祀时，以治国安民的功绩告慰祖宗，其颂诗内容一方面是赞美祖先功德，另一方面是祈求丰年，用语庄重典雅。如"颂"诗的第一首《清庙》：

> 於穆清庙，肃雝显相。
>
> 济济多士，秉文之德。
>
> 对越在天，骏奔走在庙。
>
> 不显不承，无射于人斯。

---

① 即《斋宫》《园亭》《方沼》《翠渠》《黛峰》《灵泉》《御苑》《嘉鱼》《瑞菰》，杨士奇细致描写了宫中的这九处美景。《东里诗集》卷一。

② 《东里诗集》卷一。

朱熹《诗集传》："实周公摄政之七年，而此其升歌之辞也。《书大传》曰：'周公升歌清庙，苟在庙中尝见文王者，愀然如复见文王焉。'《乐记》曰：'《清庙》之瑟，朱弦而疏越，一倡而三叹，有遗音者矣。'"① 这首诗的颂词古朴，风格典雅，歌颂祖先的功德，可以认为是开了后代美颂之音的先河。《诗经》中的"颂"诗在古代备受推崇，如《左传·襄公二十九年》记载吴公子季札观周乐时，就极称"颂"诗"至矣哉！直而不倨，曲而不屈，迩而不偪，远而不携，迁而不淫，复而不厌，哀而不愁，乐而不荒，用而不匮，广而不宣，施而不费，取而不贪，处而不底，行而不流，五声和，八风平，节有度，守有序，盛德之所同也"②。再看另一首颂诗《执竞》：

> 执竞武王，无竞维烈。
>
> 不显成康，上帝是皇。
>
> 自彼成康，奄有四方。
>
> 斤斤其明，钟鼓喤喤。
>
> 磬筦将将，降福穰穰。
>
> 降福简简，威仪反反。
>
> 既醉既饱，福禄来反。

此诗歌颂自强不息的武王，他的丰功伟绩举世无双。到成康之世，继续开拓四方，天下大治。君王的胸怀坦荡光明，钟鼓齐鸣声乐辉煌，吹箫击磬婉转悠扬。君王的威仪慎重端庄，天降之福，盛大吉祥。总之，"颂"诗是中国现存最早的诗歌，作歌者基本上是周朝时期的诸侯大臣，"颂"诗也可以说是后代台阁文学的滥觞。《诗经》的"雅"诗里也有类似的写法，比如《大雅·假乐》："威仪抑抑，德音秩秩。无怨无恶，率由群匹。……之纲之纪，燕及朋友。百辟卿士，媚于天子。"《崧高》："崧高维岳，骏极于天。维岳降神，生甫及申。……申伯之德，柔惠且直。揉此万邦，闻于四国。"③ 这些诗句里都包含了对周王品性功德的颂扬与赞美，颂词庄重而典雅，开创了中国文学史上的美颂源头。

2. 汉赋中的美颂之词

汉朝的文景时代，朝廷扶助农业，减轻赋税，百姓得以安业，国库得以充裕。有了丰

---

① 朱熹：《诗集传》卷十九，中华书局，1958。
② 杨伯峻：《春秋左传注》，中华书局，1990，第1164页。
③ 分别见《诗集传》卷十七、十八。

厚的经济基础，朝野安定，才能产生司马相如、扬雄、班固、张衡那种富丽典雅的大赋。这些大赋，丰富生动地表现出汉帝国的繁华富足与贵族们的豪华生活。汉赋中的宫殿、田猎、神仙、京都等一系列壮丽场景，都衬托出了帝国的富庶与天子的威严。从汉武帝到汉成帝的时代，是汉大赋的全盛期，《汉书·艺文志》所载汉赋九百余篇，作者60余人，十之八九都是这一时期的作品。汉武帝、汉宣帝皆好大喜功，又倡导风雅，盛世诗赋繁荣，文风大盛。汉元帝、汉成帝二世，又继其余绪，作者不衰。班固《两都赋序》说："言语侍从之臣……朝夕论思，日月献纳，而公卿大臣……时时间作。……故孝成之世，论而录之，盖奏御者，千有余篇。"[①] 汉大赋的代表作家是司马相如，其《子虚》《上林》篇成为汉赋夸饰文辞的典范。汉赋的创作往往极尽艺术夸张之能事，用华丽的笔调描述汉初天下大治的繁盛场面，显示出了汉赋创作中的台阁色彩，是当时治世之音的代表作，给中国文学的发展增添了华彩乐章，影响深远。

3. 大唐盛世的台阁颂诗

唐朝经历了从贞观到开元将近百年的休养生息，出现了全面的社会繁荣。唐朝是中国诗歌史上的黄金时代，有唐一代的皇帝，大都爱好文艺，提倡风雅。如唐太宗先后开设文学馆、弘文馆，招延学士，编纂图书，唱和吟咏。高宗、武宗更好诗赋，常自造新词，编为乐府。中宗时代，君臣赋诗宴乐之风，愈演愈烈，如《唐诗纪事》记载：

> 帝（中宗）谓侍臣曰："今天下无事，朝野多欢，欲与卿等词人，时赋诗宴乐，可识朕意，不须惜醉？"大学士李峤、宗楚客等跪奏曰："臣等多幸，同遇昌期，谬以不才，策名文馆。思励驽朽，庶俾河岳。既陪天欢，不敢不醉。"此后每游别殿、幸离宫，驻跸芳苑，鸣笳仙禁。或戚里宸筵，王门秘席，无不毕从。[②]

朝廷重臣及宫廷诗人赋诗歌功颂德，同君王唱和，作起应制诗来自然要注重格律，夸耀辞藻，因此君臣唱和之作，大都带有浓厚的富贵气息，缺少个人的情感与社会关怀的意识，而成为一种雍容华贵的唐朝台阁体式。初唐虞世南、杨师道、上官仪、沈佺期、宋之问诸公，其诗作在很大程度上是"宫体诗"的延续，但是同时也彰显出了对皇权的颂扬与太平盛世的赞叹，已经有了明显的台阁风范。唐太宗李世民的诗作在气势雄博方面作出过表

---

① 萧统编、李善注《文选》卷一，上海古籍出版社，1986。
② 计有功撰，王仲镛校笺《唐诗纪事校笺》卷一，巴蜀书社，1989。

率，其《帝京篇》① 诗曰：

秦川雄帝宅，函谷壮皇居。

绮殿千寻起，离宫百雉余。

连薨遥接汉，飞观迥凌虚。

云日隐层阙，风烟出绮疏。

（其一）

芳辰追逸趣，禁苑信多奇。

桥形通汉上，峰势接云危。

烟霞交隐映，花鸟自参差。

何如肆辙迹，万里赏瑶池。

（其五）

落日双阙昏，回舆九重暮。

长烟散初碧，皎月澄轻素。

搴幌玩琴书，开轩引云雾。

斜汉耿层阁，清风摇玉树。

（其七）

诗中对帝国都城的描写，视野开阔，笔调雄浑，尤其是对皇宫内各种景观的精心刻画，衬托出了大唐的气派及皇权的威仪，这些诗作对后来的台阁吟咏影响至深。诸多臣子的应制之作，其态度的谦恭及用词的雅驯，已表现得相当突出，如上官仪的《咏雪应制》②：

……

花明栖凤阁，珠散影娥池。

飘素迎歌上，翻光向舞移。

幸因千里映，还绕万年枝。

---

① 《全唐诗》卷一，中华书局，1980。

② 《全唐诗》卷四十。

诗作在观察角度及描写气势上明显弱于唐太宗的诗作，但诗中流露出身处升平年代的欢快心情确是真实的。末句"还绕万年枝"，和盘托出对君王的歌颂，自然是祈望唐王朝国祚千秋万岁。这种婉转柔顺的颂美语气，也成为后来台阁体诗文的常见面目。初唐卢照邻虽非朝廷重臣，但生于盛世，其名作《长安古意》① 中也流露出明显的颂美气息，如下面的描写：

> 长安大道连狭斜，青牛白马七香车。
> 玉辇纵横过主第，金鞭络绎向侯家。
> 龙衔宝盖承朝日，凤吐流苏带晚霞。
> 百丈游丝争绕树，一群娇鸟共啼花。
> 啼花戏蝶千门侧，碧树银台万种色。
> 复道交窗作合欢，双阙连甍垂凤翼。
> 梁家画阁天中起，汉帝金茎云外直。
> ……

诗中描写了长安城内宽阔的街道，气派的宫殿建筑。"玉辇""主第""宝盖""凤翼""金茎"等意象的叠加，把长安城的富贵繁华气象表现得淋漓尽致。王维的诗集中也不乏此类诗作，如《奉和圣制从蓬莱向兴庆阁道中留春雨中春望之作应制》：

> 渭水自萦秦塞曲，黄山旧绕汉宫斜。
> 銮舆迥出千门柳，阁道回看上苑花。
> 云里帝城双凤阙，雨中春树万人家。
> 为乘阳气行时令，不是宸游重物华。②

诗的前六句写景，"渭水""黄山"是远景，"云里帝城""雨中春树"是近景，中间用"銮舆迥出""阁道回看"流水对的句式作为枢纽，把两者连接起来而又分割成两个部分，这样全诗脉络疏通而章法富于变化。诗作似乎没有刻意歌功颂德，但从景物的描绘中，读者又可以形象地感受到长安都城的雄伟庄严，大唐盛世的欣欣向荣，以及百姓生活的和平

---

① 《全唐诗》卷四十一。
② 王维撰，陈铁民校注《王维集校注》卷一，中华书局，1997。

安定。浓郁的台阁和谐气息，自然而然地表现在字里行间。

4. 宋诗中的台阁之音

宋代初年，特别是真宗、仁宗时期的休养生息，给宋朝建立了稳固的基础。直至澶渊之盟，中原未受干戈之乱，人民安居乐业，农工商发展很快，促进了城镇经济的繁荣。

在四海承平的北宋盛世，追求富贵典雅的创作风气很快出现。如杨亿就曾公开宣称其创作宗旨是"恬愉优柔，无有怨谤，吟咏性情，宣导王泽"（《温州聂从事云堂集序》）。中国文学史研究中多以"西昆体"作为宋朝台阁风范的典型，但是仔细研读会发现，并不是所有北宋台阁大臣的诗歌都有"台阁"美颂的特点，只是其中描写都市宫殿富贵典丽的景象，加上歌功颂德的内容才是真正的台阁之音。杨亿的一部分诗作收在其《武夷集》内，其中符合"台阁诗"体式的居多，如：

后苑赏花应制

云罗霞绮媚芳辰，琼圃花开烂漫春。

风递清香随凤辇，波涵倒影落龙津。

仙葩四照烘初日，浓艳千苞赐近臣。

向晚天街戴归处，游蜂舞蝶自随人。

后苑赏花钓鱼应制

宜春小苑斗城旁，锡宴群仙奉紫皇。

汉沼乳鱼偏傍钓，青陵舞蝶自寻芳。

波平鳌背浮昆阆，日转金茎艳赭黄。

满酌流霞侍臣醉，暖风宫蕊杂炉香。[①]

总之，从《诗经》到汉赋，从唐诗到宋诗，朝廷大臣们歌颂升平社会及帝国鸿业的诗作，可谓不绝如缕。这些诗作的出现，依赖于社会的繁荣稳定，也关涉官僚文人生活环境的安定。而当其中任何一个因素发生变化时，就不会产生这些言辞典正、风格雍容、景象华美、内容主颂的诗歌作品。

---

① 二诗皆见杨亿《武夷新集》卷一，文渊阁四库全书本。

三 明初台阁体诗的存在意义

1."雅正"诗风的延续

中国文学史上的台阁诗作，发展到明永乐年间，堪称到了极致。而作为明台阁体诗的代表诗人杨士奇，其诗作又堪称明代台阁体诗的典范。他在《玉雪斋诗集序》中说："汉以来代各有诗，嗟叹咏歌之间，而安乐、哀思之音，各因其时，盖古今无异焉。若天下无事，生民乂安，以其和平易直之心，发而为治世之音，则未有加于唐贞观、开元之际也。杜少陵浑涵博厚，追踪风雅，卓乎不可尚矣。一时高材逸韵，如李太白之天纵，与杜齐驱，王、孟、高、岑、韦应物诸君子清粹典则，天趣自然，读其诗者，有以见唐之治盛于此。……余窃有志斯事，而材质凡近，徒劳而无成，间或一遇能者，未尝不歆艳、向往之。"① 杨士奇身处明朝治平之世，遂以和平易直之心，在诗文中发而为治世之音。其诗文大体用语典雅精当，富丽庄重，他在为虞伯益诗集作序中如此表白诗学观念："诗以理性情而约诸正，而推之可以见王政之得失，治道之盛衰。三百十一篇自公卿大夫，下至匹夫匹妇，皆有作。小而《兔罝》《羔羊》之咏，大而《行苇》《既醉》之赋，皆足以见王道之极盛。"② 可谓正统雅驯。时人黄淮也对他的诗文创作作了确切的评价："历事四圣熙治之朝，凡大论议大制作，出公居多。肆其余力，旁及应世之文，率皆关乎世教，吐辞赋咏，冲淡和平，沨沨乎大雅之音，其可谓雄杰俊伟者矣。"③ 秉持雅正，重视诗文的教化作用，这是台阁体诗作的基本特色，也是历代美颂之音的共同指向。

2. 治世盛况的真实写照

中国文学史上有着轮回出现的治世现象，所谓"治世之音安以乐，其政和"的经典说法正是对这一文学兴盛现象的说明。考察这类治世盛况的文学描写，会发现天下大治时期阁僚所作的诗文，大都以正面颂圣为主，其内容或重在歌颂明君，抒发抱负；或重在流连光景，寄情欢愉；其安享太平、享受人生的倾向明显；诗文的写作风格大体上也偏于华美富丽、典雅醇厚。

中国礼乐文化发展过程中的"治世"表现，实际上早在周朝就已出现。"诗三百"的采集和整理，美颂体制的确立是在周朝，其作品的基调就是弘扬教化，表彰德政。汉唐之

---

① 《东里文集》卷五。
② 《东里文集》卷五。
③ 《少师东里杨公文集叙》，见《东里文集》首页。

后，诗文作品中这种"治世盛况"的歌颂更是大规模呈现。汉高祖到汉武帝数十年间是汉大赋的时代，而汉大赋的本质正如班固《两都赋序》中所说，是"润色鸿业""雍容揄扬"，其内容"或以抒下情以通讽谕，或宣上德而尽忠孝"。因此，汉大赋集颂歌内容与富丽形式于一体，鲜明地展示出"治世之音"的恢宏特色。唐代初年文坛上的升平气象和"安以乐"的基调，与汉初有着共同之处。宋初以杨亿、刘筠、钱惟演为代表的"西昆体"，也主要是以优游不迫的笔触、华美富丽的辞语、博雅偏僻的典故，来尽情渲染和抒写宋初的繁荣景象。

明初以"三杨"为代表的台阁体诗文，其内容自然也重在歌功颂德，讴吟王化，粉饰太平，流连光景，其风格偏于雍容华贵，温文典雅。清代康熙年间，当时局逐渐平稳之后，诗坛上的"治世现象"再次出现。如施润章、宋琬、王士禛、朱彝尊等入仕者，都在诗文中透露出安乐闲定的气息，表现出温柔敦厚的格调。他们或留意自然（施润章），或清明广大（宋琬），或神韵清远（王士禛），或醇厚深厚（朱彝尊）。徐乾学《渔阳山人续集序》评论王士禛诗歌时曾说："读先生之诗，有温厚平易之乐，而无崎岖艰难之苦，非治世之音能尔乎？"这就点出了所谓神韵诗作的时代特点，同时也说明了台阁体诗成为治世之音的必然趋势。

这些诗作尽管在艺术个性方面难以有突出的表现，但在展现时代氛围及社会状况，乃至于呈现阁僚心态及官场气象等方面，还是能留下大量生动的记载材料，是治世之音安以乐的真实写照。

总之，历代台阁大臣诗文之作中以颂圣为主题的表现内容，延续了中国古代祭拜颂扬祖先的传统，是《诗经》中"颂"歌的自然延续。美颂之作，从为了祛灾、祈福、祭祖的需要，到成为朝廷阁僚表情达意的手段，构成了历代台阁文学的基本发展轨迹。

3. 台阁体诗文的价值

台阁体诗文在中国文学史上发挥过怎样的作用？有着什么样的地位？对于今人而言，因长期的不屑而对此已经生疏忽略成习惯。

实际上早在宋代，吴处厚就提出文学有"山林草野之文"和"朝廷台阁之文"的区别，而且还对其各自的创作风格和创作动因作过详细的对比说明："文章虽皆出于心术，而实有两等：有山林草野之文，有朝廷台阁之文。山林草野之文，则其气枯槁憔悴，乃道不得行，著书立言者之所尚也。朝廷台阁之文，则其气温润丰缛，乃得位于时，演纶视草者之所尚也。"①

明代论者对此也多有关注，如宋濂《汪右丞诗集序》说："昔人之论文者曰，有山林

---

① 吴处厚：《青箱杂记》卷五，中华书局，1985。

之文，有台阁之文。山林之文，其气枯以槁；台阁之文，其气丽以雄，岂惟天之降才尔殊也，亦以所居之地不同，故其发于言辞之或异耳。濂尝以此而求诸家之诗，其见于山林者，无非风云月露之形，花木虫鱼之玩，山川原隰之胜而已，然其情也曲以畅，故其音也渺以幽。若夫处台阁则不然，览乎城观宫阙之壮，典章文物之懿，甲兵卒乘之雄，华夷会同之盛，所以恢廓其心胸，踔厉其志气者，无不厚也，无不硕也，故不发则已，发则其音淳庞而雍容，铿鍧而镗鞳，甚矣哉！所居之移人乎。"① 之后李东阳将两者并举："馆阁之文铺典章、裨道化，其体盖典则正大，明而不晦，达而不滞，而惟适于用。山林之文尚志节，远声利，其体则清耸奇骏，涤陈剗冗，以成一家之论，二者固皆天下所不可无。"②

显然，在从台阁体到茶陵派的文坛风气转换过程中，身为主持文柄者的李东阳更为关注的是两者的共存，而非褒贬其一。对于生存在体制下的文人而言，馆阁之文与山林之文能兼得固然最为理想，实际上能得其一也可称人生满足。但总体而论，这两者对于封建体制而言、对于体制下的文人而言，都是不可或缺的审美表现范式。

从以上论述中可知，所谓的台阁体诗文一般出现在统治者取得政权之后的一段和平稳定的时期，内容以歌颂赞扬为主，如《诗经》中的雅和颂、西汉大赋、南朝宫体诗、唐代上官体、明代台阁体等。而明代初年的台阁体诗文，与中国文学史上其他时期的馆阁文学相比，其流行时间之长、创作人员之众、对文坛影响之深远、美颂者态度口吻之卑下，则又是最为突出的。

总而言之，"台阁"诗文创作现象是一种符合中国传统文化精神的美学范式，在历朝历代的宦海生涯中都有着广泛的适用范围。③ 台阁体诗文的创作，往往产生于政局平稳、经济发展的治世，其表现内容上自然是称颂世运升平和国力强盛，赞美帝恩浩荡及宣扬皇权的威仪，在表现风格上则大都为平正纡徐，雍容典雅。

台阁体诗文在漫长的文学长河中，虽然在表现方式上不尽相同，但所表现的主要内容和基本风格，皆不脱颂圣基调，而这一基调确实成为中国古今文学史上时沉时浮而挥之不去的"主旋律"，成为历朝君主倡导的"经国之大业"的典型表现，同时也熔铸成中华民族精神文化传统的重要组成部分。

时到如今，如何全面分析和深刻评价这一盛世高唱主旋律的中国文艺传统，实事求是，贯通古今，笔者扪心自问，实在不是一件容易之事。

---

① 宋濂：《宋学士文集》卷七，四部丛刊本。
② 李东阳：《倪文僖公集序》，《怀麓堂集》，上海古籍出版社，1991。
③ 参见郭万金《台阁体新论》（《文学遗产》2008 年第 5 期）的结论："'台阁'是古代文学乃至整个传统艺术的一种美学范型，有着极为广泛的适用范围和相当悠久的历史渊源。而明代文学中的'台阁体'则是后人对于杨士奇拟法欧阳修简澹和易文章的专有称法，并不涉及他人。"

元末明初诗书画"三绝"艺术与
同题集咏的生命寄托

陈博涵*

【内容提要】 诗书画"三绝"艺术不仅可以作为一种高雅的艺术形式为文人所推崇，而且它还牵连着作者的创作心态与文艺观念。元末明初，吴中一带的"三绝"艺术创作异常丰富，通过考察文人之间诸种形态的同题集咏，可以深刻地感受到元明之际文艺思潮的过渡以及文人心态的微妙变动。这种集咏方式同样可以视为元代文艺精神对于元明之际文人的一种深远吸引力。

【关键词】 "三绝"艺术 元末明初 同题集咏 创作与收藏 性情自适 生命空间

一 "三绝"艺术的创作与收藏

鉴于宋代诗书画艺术的发展与娱乐功能的突出，诗书画的联姻创作在元代成为一种非常时尚的艺术形式。尤其是在文人结社与宴游雅集中，人们的桌前除了摆放杯盘瓜果，就是笔墨纸砚，他们常常因兴致所至而对同一主题进行赋咏联唱，这种形式被称为同题集咏。

元代文人的同题集咏有多种题目①，但以诗文品题书画艺术最为雅致。一个人如能兼

---

* 陈博涵，北京师范大学文学院博士后。

① 杨镰先生指出，元代诗人同题集咏的题目可以出自身边的一切诗料，比较有名的有：咏梅，咏百花，题跋法书绘画，送别友人，官员赴任、离任，上京纪行诗，西湖竹枝词，佛郎贡马等。（《元诗史》，人民文学出版社，2003，第624页。）

通诗书画，可负"三绝"之美名，赵孟頫在《题郑虔画》中说："郑虔献画于至尊，而复题诗于上，可见忘其贵。三绝之名，由是而起。"① 在字画收藏上，若同时拥有名人诗书画三件作品亦称为"三绝"。元人的"三绝"艺术创作可谓空前丰富。赵孟頫就是一位典型的"三绝"文人，清人金农有诗云："吴兴三绝诗书画，半幅鹅溪妙迹存。山村模糊天水碧，秋风犹恋赵王孙。"② 又陶宗仪记载，元初西域画家高克恭与好友游历西湖时，见素屏洁雅，乘兴画奇石古木。数日后，赵孟頫为补丛竹。此图卷后为户部杨侍郎所得，虞集观览后并题诗于上，此图遂成"三绝"。③ 元代后期，吴中地区诗书画一体的创作甚为频繁，顾瑛的玉山草堂在宴集之余，经常有人挥毫翰墨，运笔丹青，而在北郭诗人群体中，能书善画之人更不在少数。明人刘宣在题识徐贲的《竹窗风雨图》时称："东吴高季迪、徐幼文乃国朝洪武初名臣，于未遇时寓僧舍，值风雨，夜窗写竹赋诗，曲罄怀抱，到今百有余年，而遗墨如新可爱，况学士宋公（宋濂）复为题志，可谓三绝也。"又有题画诗云："写竹题诗赠老禅，夜窗听雨梦金莲。百年留得清风在，三绝令人仰大贤。"④ 元代的"三绝"艺术创作，大多与文人之间的宴游雅集有着深刻的关联，是他们私人领域中的笔墨游戏。这种现象在元末是非常突出的，它甚至代表着文人性情自娱的一种必要方式。随着世运的变迁，文人雅集受到了战乱与政治的严重干扰。然而，他们在宴集与交游中培养起来的高雅情志并没有因此而消失。这一时期，文人的字画收藏作为一种变相的雅集方式承载并延续了元末性情自适的生命方式，并使得很大一批由元入明的文人在进行题跋时感慨万千。

这里的字画收藏形式，主要是指收藏者通过画迹（或法书）以求得当代名公的题跋，从而使自己及其宗族受到公众的关注。这种方式虽然有一定的功名心理，但在当时名士诗文字画的保存上却起到了很大的作用。例如，至正二十四年，朱德润为吴中隐君子周景安的"秀野轩"作图并题写《秀野轩记》。在作图后的第二年，朱德润便因病去世，这成为他的绝笔之作，《秀野轩图卷》也因此更得到了周景安的珍视。作为显示周景安悠游雅致的名家绝笔，此卷在吴中名士中广为题跋。直到明永乐八年，周景安的女婿何幼澄持图卷以示朱德润之子朱吉时，此卷已有 40 多位文人秀士的题识。朱吉感慨地说："拜观此图

---

① 赵孟頫：《题郑虔画》，任道斌校点《赵孟頫集》，浙江古籍出版社，1986，第 257 页。
② 金农：《题松雪翁山水小轴》，《冬心先生杂画题记》，黄宾虹、邓实辑《美术丛书》第二册，江苏古籍出版社，1997，第 1360 页。
③ 陶宗仪：《诗画题三绝》，《南村辍耕录》，中华书局，2004，第 328 页。
④ 刘宣题跋《北郭居士竹窗风雨图并题》，卞永誉：《式古堂书画汇考》画卷二十四，《中国书画全书》第七册，上海书画出版社，1994，第 139 页。

后，题咏多吴中秀士，俯仰之间，已四十余年矣，诸公亦多沦没，岂易得哉？且夫名之著者固以德，境之胜者由乎人，它日何氏子孙传示永久，亦足以侈外家之雅集矣，幼澄宜珍藏焉。"① 朱吉将如此众多的题识视为一种雅集方式，是看到了"三绝"艺术中丰富多彩的文人个性。但是，其间更为重要的还在于周氏宗族与文人墨迹之间微妙的依存关系，此种关系随着收藏者对图卷的珍视，有可能流传千古，这又反映着一种可贵的生命意识。

再如元末士子刘易（字性初），早年追随翰林直学士汪泽民，后遭遇世变，避地吴中，居无定所，常借寓于佛寺道观，元人李绎称其："每风雨连夕，灯窗独坐，韦编相对，诵读之声琅然与风雨相协，潇潇浩浩，若环佩之锵，丝竹之沸，发于檐牙，接于人耳。于以见君之学之勤，而志之有在也。翰林直学士汪公叔志过而贤之，名其所寓曰'破窗风雨'。"② 自此，刘易便以"破窗风雨"自居，又请当时书法名家、翰林待制周伯琦以篆体书写"破窗风雨"。这一举动实际上已经超出了自我言志的意义，流露出他的不朽意识。有了知名书家的墨宝，至正二十四年，刘易持此以请诗文大家杨维桢撰记。杨维桢的文章在元末的声价非同一般，宋濂在论其性格疏豁时说："无赖之徒伪为君文，以冒受金缯，或有识者将发其奸，君曰：'此诚予所作也。'"③ 至正二十六年，借助名人的法书墨迹与妙笔华章，刘易又请元末画家王立中作《破窗风雨图》，并有王氏题诗于上，诗云："纸窗风破雨泠泠，十载山中对短檠。老矣江湖归未遂，画间如听读书声。"④ 由此刘易完成了他带有目的性的"三绝"艺术收藏品。此图卷在传播过程中，又有多位元明之际的文人进行题跋，诸如钱鼒、张端、张昱、钱惟善、徐一夔、杭琪、韩元璧、张附凤、赵俶等，大约有30人。这些识记的人当中有博雅君子，亦有名不见史传的山人隐者，但是他们都与周伯琦的书法、杨维桢的文章、王立中的诗画发生着微妙的关系，并因此流传至今。同时，刘易读书求学、安贫乐道的精神也在文人的咏赞中被象征化、典型化，成为一种他们自己的生命寄托方式。

这在另一个层面上体现出同题集咏的价值，即文人在观画、题诗、和诗的过程中，不可避免地要进行心灵沟通，并渗入自己的人生体验。正如周伯琦在题《听雨楼图卷》诗云："头面都不洗，听雨重屋底。两耳任喧聒，坐隐乌皮几。笔耕墨畦中，自适如老农。

---

① 朱存理：《珊瑚木难》卷一《秀野轩记》，《中国书画全书》第三册，上海书画出版社，1992，第343页。
② 《珊瑚木难》卷二《破窗风雨》，《中国书画全书》第三册，上海书画出版社，1992，第344页。
③ 宋濂：《元故奉训大夫江西等处儒学提举杨君墓志铭》，邹志方点校《杨维桢诗集》，浙江古籍出版社，2010，第441页。
④ 《珊瑚木难》卷二《破窗风雨》，《中国书画全书》第三册，上海书画出版社，1992，第343页。

二仙隔今古，神交在阆风。"① 这种"神交"或许可以说明"三绝"艺术的同题集咏之于文人的一种精神慰藉。我们也可以通过分析这种集咏方式来看元代文艺精神对于元明之际文人的吸引力问题。

二　同题集咏对元末性情自适的缅怀

在元明之际保存下来的众多诗书画"三绝"艺术中，有几幅作品都与吴中一带的文人有关。除了上面提到的《秀野轩图卷》《破窗风雨图卷》《听雨楼图卷》外，还有《徐幼文赠吕高士醉中图并题》《滕远安分轩图并题卷》等。这些图卷中的题跋作者大多都经历了元末明初风云动荡的时代，作为吴中地区的文人，他们在这个时期应该是感受政治变迁最为深刻的群体。这里不仅有着张吴政权与朱明政权的战事交锋，而且在明初，吴中更成为京畿之地。在脱离与江浙行省的关系之后，吴中被视为南直隶的管辖地带。皇城脚下的士人无论如何也很难再找回元末的性情自适，一方面他们不得已的出仕使得诗书画艺术真正成为"余事"；另一方面朱元璋的严酷管制与对吴中文人的流放，又拉开了他们之间的距离，客观上影响了文人的雅集与结社。而"三绝"艺术图卷的传播，在这个过程中承担了非常重要的"畅情"角色。从元末的《破窗风雨图卷》到明初的《滕远安分轩图并题卷》，我们可以真实地感受到元明之际文人观画题诗的一种复杂心理。

《破窗风雨图卷》"三绝"艺术的形成至少要等到至正二十六年王立中作图题诗的完成。尽管其间有元后期文人的题识，但大多跋语主要还是在元明之际写就的。面对刘易这样一个身处战乱而淡然自处的人物，他的形象在众多文人的吟咏中实际上已经成为一种象征。这种象征以洒然乐道的精神旨趣与宋元理学的心性之说发生内在的关联。钱萧跋云：

> 当破窗风雨之时，人不堪其忧，而士之读书穷理其间者，不改其乐也，是故观风雨之势，足以助吾气之浩然。……则忧民之忧者必先忧己之忧，乐民之乐者必先乐己之乐，忧之如何，忧其不能正己而已；乐如之何，乐其不复徇欲而已。吁，吾之灵台丹府，若泰山磐石之安，若青天白日之明，若松泉兰雪之洁，则吾所处之地，破窗之破自破，而吾丹府之窗不可破也；破窗之风雨自摇撼，而吾丹府之窗不可以摇撼也。则吾廓寸地于八荒，开冲襟于千古者，风雨且不识，又安知所谓破窗也哉，士不可以

---

① 《珊瑚木难》卷一《听雨楼》，《中国书画全书》第三册，上海书画出版社，1992，第337页。

不弘毅！①

从"破窗风雨"的哲理趣味来说，窗户能与人的心灵知觉生成同构关系。人的心性可以区分内外事物，就好像人可以通过窗户察知内外环境的差别一样。在理学家而言，外物的变化容易影响人所禀受的天地之正命，从而使德性昏昧不明，所以他们主张忘却内外之别，情顺万物而无情，保持一种廓然而大公的境界。如何"忘"？即如庄子一般的淡漠无为，理学家的"忘"取此意，并以此为基础使心性安定，而后德性著明，行止便有时中之义。"破窗风雨"固然是一种人生逆境，也是作为外物存在的诱惑，于此时，主体不以私智有所迎避，便是心性不受外物所累，即破窗之破自破，破窗之风雨自摇撼，而吾丹府之窗不破，亦不摇撼。在这里，刘易"破窗风雨"的象征发明了孟子的浩然之气，是一种"不动心"的表现。

元末明初的人事遭遇，使得大部分的士人在出处进退之际，都会产生这样一种心理认同。张世昌跋诗云："君子切闻道，不求饱与安。读书破窗底，那知风雨寒。颜渊在陋巷，萧然一瓢箪。原思瓮作牖，鹑结衣无完。日亲圣师诲，心广体自胖……"徐一夔跋诗云："疏窗久零落，乱帙自纵横。方与圣贤对，那知风雨鸣。乾坤含暝色，林壑度秋声。想子心如石，看书夜到明。"② 所谓安贫乐道，向往圣贤之乐，正是他们题诗的趣味所在。他们希望找回太平时代的宁静与心安理得，更不想因为彼时的宁静与此时的丧乱，而使得内心产生恶此而喜彼的情绪。孟子的不动心，理学家的定性学说，是他们在题跋时得以共鸣的理论资源。即使如此，他们题跋的诗文还是在精神旨趣上回应了元末闲散自娱的生活方式。

与《破窗风雨图卷》相关联的《听雨楼图卷》，在表达明初文人对元末潇洒隐逸生活的缅怀上是比较突出的。此图的完成时间是至正二十五年，大体与《破窗风雨图卷》一致。然而，这幅"三绝"艺术品的最终形成，之间却相差了约18年。在王蒙至正二十五年四月二十七日绘成图之前，已经有张雨、倪瓒、周伯琦、苏大年、张附凤、鲍恂等人的题跋。这些识记主要针对张雨至正八年的题诗而进行唱和，它由听雨楼主人卢恒将张雨的书法墨迹展示给寓于吴中的友人进行题写，堪称一种不同时空中的纸上雅集。他们吟咏的话题是张雨诗书艺术所呈现出来的自适心境。至正二十五年之后，王蒙的绘画一方面促成了卢恒听雨楼中的"三绝"艺术，一方面也增容了题诗的意境。张雨是元代著名的诗人书

① 《珊瑚木难》卷二《破窗风雨》，《中国书画全书》第三册，上海书画出版社，1992，第344页。
② 《珊瑚木难》卷二《破窗风雨》，《中国书画全书》第三册，上海书画出版社，1992，第345页。

画家，倪瓒说："贞居真人诗文字画，皆为本朝道品第一，虽获片楮只字，犹为世人宝藏。"高启对其诗书艺术更是赞叹不已，其言："贞居早学书于赵文敏，后得《茅山碑》，其体遂变，故字画清遒，有唐人风格。诗则出于苏黄，而杂以己语，其意欲自为家也。唐宋以来，浮屠氏之能诗与书者虽众，然亦不能两美，况道流之久乏人哉。此其自书杂诗也，古律行草各臻其妙。"① 按张雨逝于至正十年来算，他的"听雨楼"题诗亦近于绝笔了。卢恒手中的这样一幅名人墨宝，它所产生的效应恐怕还不止于诗书艺术，更重要的是张雨诗所表现出来的元代后期典型的闲散自适的心态，其诗云："雨中市井迷烟雾，楼底雨声无著处。不知雨到耳根来，还是耳根随雨去。好将此语问风幡，闻见何时得暂闲。钟动鸡鸣雨还作，依然布被拥春寒。"② 类似于黄潜雨中扁舟江湖之上的潇洒，张雨雨中拥被闻声的疏懒亦饱含着一种人生的惬意。倪瓒和诗云："挟水随云自往还，根尘不染性安闲。多情一种娇儿女，泪滴天明翠被寒。"苏大年和诗云："浮沉里社乐萧闲，大隐何妨市井间。抛却喧啾清洗耳，草楼六月雨声寒。"③ "闲"，正是元人静观万物的审美自得。洪武二年，吴僧道衍（姚广孝）的题跋以深情之笔写出了元末明初人事纵横中的物是人非之感。他说："胜国之季，兵燹之余，前辈翰墨存者无几，间或获一见，如遇蜼彝兕敦，不由不使人忻艳也。'听雨楼'诗，句曲外史及一时名流所作，词翰兼美，亦稀世之宝也。吴中卢士恒甫藏于箧中，一日出示于予，予展卷观之，卷中作者多余故友，兹睹其翰墨，俨若觌彼风度而不忍释手也。"④ 洪武二年，倪瓒、王蒙、高启等人或浪迹天涯，或出仕明朝，或修史京城，都与僧道衍在明初的隐居不同。易代之际人事的变迁造成了文人之间的聚散离合，僧道衍于观画题记之中，流露着对元末吴中文人雅集一堂，悠游闲适生活的深切缅怀。这正是政治鼎革所带来的士人心态的变化。

洪武七年，高启被腰斩之后，僧道衍在题识徐贲的《赠吕高士醉中图》时说："霜叶覆亭幽，相宜最是秋。蜀山虽在望，无处问青丘。甲寅秋九月与江边叟过佛慧精舍，因观幼文所画小图，季迪有诗于上，时幼文仕于朝，季迪已入鬼录，观图赋诗，其怅惘当何如耶！题毕，不觉出涕焉。衍识。"⑤ 此图是徐贲于洪武六年为道士吕敏所作，僧道衍此时

---

① 倪瓒、高启：《外史自赞画像》题跋，赵琦美：《铁网珊瑚》书品卷六，《中国书画全书》第三册，上海书画出版社，1992，第 566 页。
② 《珊瑚木难》卷一《听雨楼》，《中国书画全书》第三册，上海书画出版社，1992，第 337 页。
③ 倪瓒、苏大年和诗，《珊瑚木难》卷一《听雨楼》，《中国书画全书》第三册，上海书画出版社，1992，第 337 页。
④ 僧道衍题跋，《珊瑚木难》卷一《听雨楼》，《中国书画全书》第三册，上海书画出版社，1992，第 338 页。
⑤ 僧道衍题跋，《徐幼文赠吕高士醉中图并题》，《式古堂书画汇考》画卷二十四，《中国书画全书》第七册，上海书画出版社，1994，第 140 页。

的跋语才算是真正意义上的物是人非。然而,高启近于绝笔的题诗也流露着友人难聚的惆怅,其诗云:"几叠蜀山云,秋林半夕曛。画中藜杖者,相见只疑君。"① 吕敏洪武二十年的题跋恰恰说明了友人谢世或参与政治所带来的文人雅集的冷寂与萧条,他说:"云锁蜀山秋,重来佛慧游。含毫得诗句,题入画中愁。幼文写此图,余得之转与伯南,高季迪赋诗于上,衍师兄亦有追感之句。噫,幼文、季迪、伯南皆物故,衍师之北平国师,余独守职无锡冷署,叹所没者已矣,所存者犹复离居也。"② 这也显示着文艺思潮在元末明初文人心态变化中的一个凄凉的过渡。同样是徐贲的画,宋濂题诗追慕当年吴中文艺之风致亦颇触动人心,其诗云:"人去诗存竹更妍,我当吴下想当年。春风只在乾坤里,闲向珠玑掩世贤。"③

三 明初文人的身心安顿与生命空间

与元末性情自适拉开显见距离的同题集咏,要属洪武十四年吴人朱景春请托滕远所作的《安分轩图卷》。

文人轩室的命名往往在雅致中反映出时代的审美观念。《秀野轩图卷》作为朱德润至正二十五年的绝笔之作,在元明之际吴中文人群体中广泛题写,其最为明显的主题就是闲适幽独。例如吴中四杰的题诗:

结茅近东皋,清旷接平衍。新春微雨过,芳草绿如剪。携书坐深林,自读自舒卷。兴至策杖行,初不赖舆辇。西邻鸡豚社,落日牛羊圈。至贵在无求,何劳事冠冕。嘉陵杨基。

江晚洲渚交,雨晴草菲菲。前山霭欲暗,罟师渡水归。望烟知君家,花竹阴半扉。乍休田中耒,犹响林下机。此乡即桃源,乱后世所稀。开图身已到,不知尘境非。勃海高启。

何处问幽寻,轩居湖上林。竹阴看坐钓,苔迹想行吟。嶂日斜明牖,渚风凉到

---

① 高启题诗《徐幼文赠吕高士醉中图并题》,《式古堂书画汇考》画卷二十四,《中国书画全书》第七册,上海书画出版社,1994,第140页。

② 吕敏题跋《徐幼文赠吕高士醉中图并题》,《式古堂书画汇考》画卷二十四,《中国书画全书》第七册,上海书画出版社,1994,第140页。

③ 宋濂题诗《北郭居士竹窗风雨图并题》,《式古堂书画汇考》画卷二十四,《中国书画全书》第七册,上海书画出版社,1994,第139页。

琴。相过有邻叟，应只论闲心。郯郡徐贲。

霁色青芜外，开轩此独幽。竹深频理径，山近不为楼。茶兴邀僧共，花期报客游。看图怜到晚，借屐拟相求。浔阳张羽。①

题写寓居，表达幽深闲远之趣是元代后期文人的一种审美理想，这在倪瓒、张雨、顾瑛等人的诗文中都有所体现。"秀野轩"与顾瑛在嘉兴合溪所建的"合溪草堂"大致同时，均有诗画留存。顾瑛在至正二十三年题写"合溪草堂"时说："予爱合溪水多野阔，非舟楫不可到，实幽栖之地，故营别业以居焉。善长（赵元）为作此图，甚肖厥景，因题以识。"② 参照高启等人于至正二十五年之后在《秀野轩图卷》上的题诗，可以看出，元明之际的吴中文人在很大程度上还保留着元末闲散隐逸的个性。以高启为例，入明后的他并不愿长久地留在京城做官，尽管他此时撰写了不少颂扬朝廷的文章，但也有很多作品表达着浓郁的归隐倾向。例如《晓出趋朝》："正冠出门早，杳杳钟初歇。嘶骑踏严霜，惊鸦起残月。逶迤度九陌，窈窕瞻双阙。长卿本疏慢，深愧陪朝谒。"③ "疏慢"，正是他在元末养成的闲散不羁的文人习气。随着高启的辞官，他重新获得了久违的自由，其《至吴松江》诗云："江净涵素空，高帆漾天风。澄波三百里，归兴与无穷。心期弄云月，迢递辞金阙。晚色海霞销，秋芳渚莲歇。久别钓鱼矶，今朝始拂衣。忘机旧鸥鸟，相见莫惊飞。"④ "忘机旧鸥鸟，相见莫惊飞"，使用了《列子》的典故，是说一个喜欢海鸥的人日与之相处，久而久之，大批的海鸥跟随而至。后来他的父亲让他抓一只来玩赏。第二天，海鸥盘旋于空中，不再下来了。这说明，自然野性的海鸥已经察觉到此人心怀不轨，态度不复从前了。⑤ 高启所谓鸥鸟"相见莫惊飞"，也意在说明自己的野性还在，还是一个持竿垂钓的野人。尽管高启还原了自己的"野人"身份，但他没有预料到这种性情自适的个性会遭到朝廷的压制。被清人用来猜测附会高启遇害的诗歌，从另一个角度反映出这种个性精神在明初严酷的政治氛围中是多么的不合时宜。朱彝尊说："世传侍郎贾祸，因题《宫女图》，其诗云：'女奴扶醉踏苍苔，明月西园侍宴回。小犬隔花空吠影，夜深宫禁有谁来？'孝陵猜忌，情或有之。然集中又有题《画犬》一诗云：'独儿初长尾茸茸，行响金铃细草中。莫向瑶阶吠人影，羊车半夜出深宫。'此则不类明初掖庭事，二诗或是刺庚

① 《珊瑚木难》卷一《秀野轩记》，《中国书画全书》第三册，上海书画出版社，1992，第341页。
② 顾瑛：《〈合溪草堂〉跋》，杨镰整理《玉山璞稿》，中华书局，2008，第189页。
③ 高启：《晓出趋朝》，金坛辑注，徐澄宇、沈北宗校点《高青丘集》，上海古籍出版社，1985，第288页。
④ 《至吴松江》，《高青丘集》，上海古籍出版社，1985，第292页。
⑤ 杨伯峻：《列子集释》卷二，中华书局，1985，第67~68页。

申君而作，好事者因之傅会也。"① 朱元璋对文人的管制在思想上与刑法上都有体现，这种政治环境直接造成了文人心态的复杂性。② 高启的遇害大多缘于他明初闲散个性的保留，即使极力扭转元末文人习气的宋濂也未能逃过朱元璋的猜忌。有意味的是，在宋濂洪武十年正月致仕之后，朱元璋有一首赠诗，于对老臣的宽慰之中流露出君王的有意管制，诗云："闻卿归去乐天然，静轩应当效老禅。不语久之知贯道，此心尝著觉还便。从前事业功尤著，向后文章迹必传。千古仲尼名不息，休官终老尔惟全。"③ "静轩应当效老禅"，这种好言相告颇带有命令的口吻。朱元璋对宋濂"静轩"生活的此种提示，在洪武十四年前后文人题写朱景春的"安分轩"时大量显现出来，这恐怕不是偶然。

洪武十四年，吴中画家滕远为朱景春作《安分轩图》并有题跋，其云："安分者何？全吾性之所固有，尽吾职之所当为耳。固有者，仁义礼智信是也；当为者，则以五常施于父子、兄弟、夫妇、朋友、君臣也，故君子求在我，而不求乎人，所谓安分也。……性也，天之所以命乎人也，知命知天则知修身以立命焉，富贵利达固从外至，而不可以力致矣。"④ "安分"，本身就具有规矩做人的意思。滕远在性理的层面上加以解释，是在拔高轩室主人的道德情操，也是在以此自勉。其所谓"固有者"是指"性"之本体的充实。周敦颐说："诚无为，几善恶。德：爱曰仁，宜曰义，理曰礼，通曰智，守曰信。性焉安焉之谓圣，复焉执焉之谓贤，发微不可见，充周不可穷之谓神。"⑤ "诚"，是性命之所蕴，安于"诚"的本性即是圣人之本。通过穷理尽性，回复本性之真而守持不变者，则谓之贤人。从宇宙本源来说，"诚"又是太极所派生出来的德性，通于万物，寂然不动，虚静无为。人为天地之灵，发现"诚"之微妙而能扩充至无穷，乃为圣人。圣人惟精惟一，安于本性，固不可求。然而，穷理尽性以至于命，则可以使普通的人"自明诚"。这是理学家下学上达，由格物致知而认识心性本体的一种方式。滕远所谓的"当为者"，即在伦常关系与贫贱富贵中，体悟天命，以安于德性之正。金文徵在《安分轩铭》序中重申了"尽性"的说法，他说："天下之分，有所当安焉者，贫贱富贵，命分之谓也；有所当尽焉者，仁义礼智，性分之谓也。要必尽其性分之极，而后能安其命分之正。"⑥ 这种安于性命的

① 朱彝尊：《静志居诗话》，人民文学出版社，1990，第65页。
② 罗宗强：《朱元璋的文章观与洪武朝的文学思想导向》，《晚学集》，南开大学出版社，2009，第55页。
③ 朱元璋：《明太祖赐诗一章并序》，《潜溪录》，罗月霞主编《宋濂全集》，浙江古籍出版社，1999，第2289页。
④ 滕远题跋《滕远安分轩图并题卷》，《式古堂书画汇考》画卷二十四，《中国书画全书》第七册，上海书画出版社，1994，第129页。
⑤ 朱熹、吕祖谦编，查洪德注译《近思录》，中州古籍出版社，2004，第4页。
⑥ 金文徵：《〈安分轩铭〉序》，《滕远安分轩图并题卷》，《式古堂书画汇考》画卷二十四，《中国书画全书》第七册，上海书画出版社，1994，第130页。

人生哲学又带有一定的消极性，侯外庐先生指出："'安于义命'的实质是服从天理，服从天命。它同政治哲学的顺理而行相一致，都是把人们的全部生活，包括政治生活和日常生活，置于天理的支配之下。安于义命的结果，使人们的生活笼罩在理学的气氛之中而不能振拔。"① 诚然，以理学安顿自己的身心，对于受到管制的明初文人而言，还是有其意义的。

> 人生有定分，安分固其宜。安之亦有术，在慎所当为。……内顾良已足，知命复奚疑。乐哉东郭外，保此黄发期。气与嵩颍合，心将珪组辞。寄云未达者，庶用此道推。东皋释妙声。
>
> 一自幽栖白板扉，略无尘梦到轻肥。摩挲老眼临书卷，抖擞闲身称布衣。风竹声迥琴响近，雨苔青满屐痕稀。客来况说云山好，处处春苗长蕨薇。钱唐陈潜夫。
>
> ……伟矣朱氏子，构轩东城阴。端居不妄作，省己能自箴。食充藜藿肠，口咏金玉音。既无簪缨慕，终免刑祸侵。由来高栖鸟，不作笼中禽。由来知命夫，不顾锄间金。题诗美安分，安分人当钦。燕山鲁烜。
>
> 一室古城边，居安日淡然。穷通原定命，出处总由天。心静无愁事，躬耕有薄田。却嗟趋利者，碌碌自长年。彭城生。②

明初文人的题画诗在慎其所当为中，从容自适，或抖擞闲身以听风竹之音，或躬耕陇上以示身心淡泊。这里虽然近于元末文人的闲散自适，但其间又隐约流露着明初文人"终免刑祸侵"的畏惧心理。安分与疏懒，或许在悠闲层面上是相通的，然以个性精神的张扬而论，二者又有着明显的弛张之别。可以说，洪武朝对文人的管制强化了理学之于士人身心的渗透，并在一定程度上促进了理学精神的重新发现。对于这种似是而非的"悠闲"而言，文人在明初追逐盛大气象、雅正性情的同时，又充分给了自己可以游离的生命空间。这个空间正为明代心学的兴起奠定了基础。

总而言之，诗书画"三绝"艺术在元末明初的广泛题咏有力地传播了元代后期的文艺观念，使得元人所创造的文化精神得以延续。元明之际吴中文人在乱离中题写先贤的书画作品，不仅是在以另外一种形式追慕着元末文人雅集的性情自适，更是在世运之变中以诗

---

① 侯外庐、邱汉生、张岂之：《宋明理学史》，人民出版社，1997，第162页。
② 释妙声、陈潜夫等人题跋《滕远安分轩图并题卷》，《式古堂书画汇考》画卷二十四，《中国书画全书》第七册，上海书画出版社，1994，第131~132页。

书画寄托着生命的不朽。明初，吴中文人或遭流放临濠，或被迫征召出仕，这些客观因素都明显压缩了元末文人性情自适的心灵空间。出仕后的吴中文人群体的人生命运并不乐观，高启、王彝、王蒙、马琬、赵元、徐贲、陈汝言等诗人画家都死于非命。这使得吴中地区的文艺创作元气大伤，而它的恢复还要等到明初程朱理学的深入以及对文人管制松弛局面的到来。但又不得不说，这已经是另外一种文化氛围了。

论晚明布衣诗人程嘉燧的人格
心态与诗学思想

——从钱谦益对程嘉燧的推崇谈起

王馨鑫*

【内容提要】 程嘉燧是晚明一位小有名气的布衣诗人，曾受到明末清初诗坛盟主钱谦益的极力推崇。但他为什么会被钱氏如此推崇，至今还少有人研究。本文从这一问题出发，通过对程嘉燧诗学思想的探讨，指出钱谦益推崇程嘉燧的原因，就在于程嘉燧唐宋兼宗、集于大成的诗学思想，正好契合了钱谦益的诗歌理想与实际需要。而基于这一点形成的他们共同的诗学主张，对后世产生了极为深远的影响。

【关键词】 程嘉燧 诗学思想 钱谦益 推崇原因

程嘉燧（1565～1643）是晚明一位小有名气的布衣诗人，曾被誉为"晚明布衣诗人之冠"，其诗歌作品在当时享有很高的声誉。清初诗坛盟主王士禛尝评其诗云："程七言近体学刘文房、韩君平，清辞丽句，神韵独绝；七言绝句出入于梦得、牧之、义山之间，不名一家，时诣妙境；歌行刻画东坡，如桓元子，似刘越石，无所不憾。"① 可见程氏的诗歌水平，在晚明的诗坛上，应该算是比较突出的。但受其布衣身份及生活范围所限，在万历时期的诗坛上，他并未引起太多的注意，其影响与知名度，也远远不及同时期的袁宏道、钟惺等人，应该说尚处于一种默默无闻的状态。但就是这样一位并不怎么著名的布衣诗

---

* 王馨鑫，首都师范大学文学院 2011 级博士研究生。

① 王士禛：《带经堂诗话》卷六，人民文学出版社，1998，第 157 页。

人，却令当时的文坛翘楚、新科探花钱谦益推崇备至，钦敬非常。钱氏尝云"孟阳诗律是吾师"①，公开地将程嘉燧尊为自己的老师。在崇祯二年罢官里居期间，他还于自己所住的拂水山庄建耦耕堂，招程氏来居，二人自此"晨夕游处，修鹿门、南村之乐，后先十年"②。这究竟是因为什么？一向心高气傲的钱谦益，为何会对程嘉燧这样一位布衣诗人如此尊崇？是单纯的阿私所好？还是饱含诗学史意义的事件？笔者认为，其中的原因，值得仔细探寻。

一

程嘉燧，字孟阳，号松圆，徽州休宁人。因其父是商人，很早即迁居嘉定，故程氏祖籍虽为徽州，但实际上却一直在嘉定生活，并与唐时升、娄坚、李流芳并称"嘉定四先生"。程氏的人生经历比较简单，他少年时志于科举，参加郡试，未中，遂弃去，转而学习击剑，"又不成，乃折节读书，刻意为歌诗，三十而诗大就"③。此后他的人生，便主要是在吟诗作画中度过的。而其经济来源，则主要来自于为人主馆的报酬以及朋友的接济。崇祯十六年（1643 年），程嘉燧卒于其故里新安长翰山之松圆山居，终其一生，都没有科举入仕，而以布衣终老。

在当时大多数人的心目中，程嘉燧的形象是一位性格疏淡、风流放旷的山人。事实也的确如此。在程氏的人格特征当中，最显著的一点，即是对自我适意的追求。在给李流芳的一封信中，他曾经这样写道：

> 男儿堕地，行藏苦乐，要皆前定。然触目时事如此，衣食粗给，养亲课儿，与贤从诸故人杯酒情话，但能胸中度世，便翛然可自老矣。④

可见程嘉燧并不是不了解当时的社会状况，但他对此无能为力。因而他只希望能够"衣食粗给""养亲课儿"，闲时与朋友故人饮酒畅谈，也便满足了。这里面或许有一丝无奈，有一丝忧虑，但更多的，则是对于自我适意的珍视与渴求。对他来说，人生中最重要

---

① 钱谦益：《姚叔祥过明发堂共论近代词人戏作绝句十六首》其一，《牧斋初学集》卷十七，上海古籍出版社，1985，第 601 页。
② 钱谦益：《列朝诗集小传》，上海古籍出版社，1983，第 577 页。
③ 钱谦益：《列朝诗集小传》，上海古籍出版社，1983，第 576 页。
④ 程嘉燧：《与长蘅兄》，《松圆偈庵集》卷下，续修四库全书本，第 1385 册，第 795 页。

的不是建功立业、不是科举成名，而是自我的适意与自由。这是从其诗文中的很多地方都能看出来的。

程氏为人亲切、平易，好谐谑。李流芳的《檀园集》曾经记载了他们之间发生的一个有趣的小故事：

> 孟阳乞余画石，因买英石数十头，为余润笔，以余有石癖也。灯下泼墨，题一诗云："不费一钱买，割此三十峰。何如海岳叟，袖里出玲珑。"孟阳笑曰："以真易假，余真折阅矣。"舍侄缁仲从旁解之曰："且未可判价，须俟五百年后人。"知言哉。①

究竟是真石价值更高，还是画石更加珍贵呢？这还真是很难衡量，大概就像李缁仲所说的那样，要等到五百年后才能知道了。话说到这里，大概三人会同时一笑吧。从这个小故事当中，可以看出程李二人亲密的友谊和充满意趣的生活，而程嘉燧那喜玩笑、好谐谑的个性，亦从中可见一斑。

此外，和大部分山人名士一样，程嘉燧也是一位颇为风雅之人。李流芳曾说"精舍轻舟，晴窗净几，看孟阳吟诗作画，此吾生平第一快事"②。钱谦益在《列朝诗集小传》中描述自己这位好友的性格特征，也说：

> 善画山水，兼工写生，酒阑歌罢，兴酣落笔，尺蹏便面，笔墨飞动。或贻书致币，郑重请乞，摩挲瑟缩，经岁不能就一纸。嗜古书画器物，一当意辄解衣倾橐。或以赝售，有相恭者则持之益坚。有子骄稚，不事生产，经营括据，以供其求，左弦右壶，缘手散去。孟阳顾益喜，以为好事好客称其家儿，坐是益重困。③

洒脱、自由、求乐、嗜古、好事好客，可见作为一个生活在晚明时期的布衣诗人，程嘉燧的性格当中，早已深深地打上了新时代的烙印。

但这并不代表他就完全沉迷于享乐之中，作为一个传统的中国士人，程嘉燧实际上也还保持着对于自我人生价值一定程度上的期待。上文曾经提到，程嘉燧"少学制科不成，

---

① 李流芳：《题怪石卷》，《檀园集》卷十一，上海古籍出版社影印文渊阁四库全书本，第 1295 册，第 398 页。
② 钱谦益：《列朝诗集小传》丁集下，上海古籍出版社，1983，第 582 页。
③ 钱谦益：《列朝诗集小传》丁集下，上海古籍出版社，1983，第 576 页。

去学击剑，又不成，乃折节读书，刻意为歌诗，三十而诗大就"。这种频繁的选择与更换可以说明，在对人生道路的选择上，他并没有仅仅依凭自己的兴趣，他希望凭借某种技艺立身扬名，甚至流传后世而使生命不朽。无论是作为一个山人，还是作为一个传统的中国文人，这种愿望都是可以理解的。对于名的渴望贯穿了程嘉燧的一生。虽然在诗文当中，他很少会将这种心态表现出来（这也是十分正常的），但从一些他不经意间写下的文字中，还是能够看到这种心态的流露。譬如说他会不无得意地将别人夸赞他诗作的言论记录下来，收在自己的诗集中：

> 此诗虽少作，曾为徐宗伯所赏誉。三十年余，广陵亦销铄无复昔时，存此志慨。（《扬州津桥春夜寓目怀古十二韵》诗后注）①
> 宗伯公卜筑草堂，招丘丈居之，独赏此诗。（《题丘子成先生吕墅草堂》诗题下注）②

可见程嘉燧从诗书画等艺术活动当中得到的快乐，不仅仅是由于自适，它同时也来源于自身价值获得认可的一种满足。从这一点上可以看出，程嘉燧对于名还是有一定的向往与渴求的。

二

一方面追求自适，另一方面又渴望成名，种种矛盾纠结的心理交织在一起，形成的是程嘉燧复杂多变的心态特点，那么，诗歌对他来说，究竟意味着什么呢？

程嘉燧《李长蘅檀园近诗序》中云：

> 余与长蘅皆好以诗画自娱，长蘅虚己泛爱，才力敏给，往往不自贵重。余尝力笃志，类于矜慎，而中不能无意于名。……因每与长蘅兄弟及正叔辈相对窃叹，以为吾侪虽不逮古人，亦非有讽切美刺，宜传于时。顾其缘情拟物，旷时日而役心神，亦以多矣。及今略不相示，使生同时、居同里、所为同声同好之人，邈若异域，徒令后人

---

① 程嘉燧：《扬州津桥春夜寓目怀古十二韵》，《松圆浪淘集》卷一，续修四库全书本，第1385册，第601页。
② 程嘉燧：《题丘子成先生吕墅草堂》，《松圆浪淘集》卷二，续修四库全书本，第1385册，第612页。

有不同时之叹，不其惜欤？①

从这段话中，可以很清楚地看出程嘉燧对于诗歌的态度。一方面，在他看来，诗歌首先是一种娱乐消闲的工具。正如他在《自序浪淘集》中所说的："余弱冠好唐人诗，学之三十年，辄缘手散去，友人或劝之存其本，余弗遑也。然酒间值所知，口吟手挥，即洒洒不能休。"② 程嘉燧认为，诗歌是基于诗人抒发内在情感的需要而产生的，当酒酣耳热之时，情感郁结于中，无法抑制，故而发之为诗。在创作的过程中，诗人能够体会到在其他任何地方都无法体验到的精神上的满足与快乐，所以他才会"好以诗画自娱""弱冠好唐人诗，学之三十年"而不辍。钱谦益《列朝诗集小传》"松圆诗老程嘉燧"条亦云：

> 其为诗主于陶冶性情，耗磨块垒，每遇知己，口吟手挥，洒洒不少休。若应酬率牵率猷骸说众之作，则薄而不为。③

可见在程嘉燧看来，诗歌创作作为一种艺术活动，其首要的意义就在于吟咏性情、耗磨块垒，从中得到美的享受与体验。这一点，与他追求自我适意的人生观也是一致的。

但另一方面，程嘉燧对诗歌又抱有很高的期许。"余与长蘅皆好以诗画自娱，长蘅虚己泛爱，才力敏给，往往不自贵重。余皆力笃志，类于矜慎，而中不能无意于名。"在程嘉燧看来，他与李流芳不同，李流芳将诗歌完全当作一种消遣、一种娱乐，作为自己艺术化人生的一部分，用以打发时间、获得快乐；而他虽然也以作诗自娱，但他还将诗歌视为一种事业、一种追求，希望在这项活动中获得一定的名声。正因为有这种心理，所以他希望将诗歌刊刻、保存下来，使"生同时、居同里、同声同好之人"以及后人都可以读到。可见对自己的诗歌，程嘉燧实际上有着非常高的期许。他希望借诗歌扬名、以诗歌立身、实现自己的人生价值。此外，作为一位山人，清丽优美、结构精巧的诗歌，也是他体现自我文化品位、扩大交际范围的重要方式。所以，对程嘉燧来说，诗歌既是娱乐消闲的工具，又是高雅的追求、心灵的寄托与交际的手段。这种独特的诗歌观念，造就了他与众不同的诗学思想。概而言之，主要有以下三个方面。

其一，性情与格调并重的创作主张。钱谦益在《列朝诗集小传》中描述程嘉燧的诗学

---

① 程嘉燧：《李长蘅檀园近诗序》，《松圆偈庵集》卷上，续修四库全书本，第 1385 册，第 734 页。
② 程嘉燧：《自序浪淘集》，《松圆浪淘集》卷首，续修四库全书本，第 1385 册，第 590 页。
③ 钱谦益：《列朝诗集小传》丁集下，上海古籍出版社，1983，第 576 页。

主张时说:"孟阳之学诗也,以为学古人之诗,不当但学其诗,知古人之为人,而后其诗可得而学也。"① 从这段话中可以知道,程嘉燧的诗学主张,有两个最主要的内容:主张学习古人;这种学习又不同于复古派的规规模拟,而是要先"知古人之为人",而后才可以学其诗。"知古人之所以为诗,然后取古人之清词丽句,涵泳吟讽,深思而自得之。久之于意言音节之间,往往若与其人遇者,而后可以言诗。"② 若只学其诗而不知其人,则难免落入七子派摹拟声调的窠臼;而只表达性情却对古诗传统不加遵循,则又不免流于浅俗率易。在程嘉燧看来,学习格调与表达性情一样重要,二者不可偏废。这种观点在程氏对其他诗人诗作的评价中表现得尤为明显,如:

> (宋比玉) 当兴酣耳热,落笔如风雨,至数千言不能休。③
>
> 君 (徐孺毅) 方年少气盛,材藻溢发,琅然鹤鸣子和、埙吹箎应,矢口摇笔,往往得于酣嬉淋漓之间,固足豪已。④

> 《感时》十首可谓诗史,追配杜老,典重迈元、白矣。⑤
>
> 静居五言古诗,学杜、学韦,各有神理,非苟然者。乐府歌行,材力驰骋,音节谐畅,不袭宋元格调。……七言律诗,清圆浑脱,不事雕缋,全是唐音,颉颃高、杨,未知前后。⑥

在前一组评论中,程嘉燧表达的主要是对情感充沛、发自肺腑的诗歌的肯定,与他"陶冶性情,耗磨块垒"的诗歌功能观相吻合;而在后一组评价中,他则强调了对古诗的体格与"神理"的学习。可见在对诗歌的欣赏、评判中,性情与格调同样是他关注的重点。他赞赏那些思致活泼、饱含感情的诗作,也喜欢那些法度谨严、格高调逸的作品,但他最推崇的,还是那种既具有真情实感,又能够音节谐畅、清丽优美的诗歌。

值得注意的是,作为一个专业诗人,程嘉燧对于格调的强调固然与他所接触到的诗论传统有关,但更重要的则是他对诗歌的看重。诗歌是程嘉燧体现自我文化品位与生命价值

---

① 钱谦益:《列朝诗集小传》丁集下,上海古籍出版社,1983,第576页。
② 钱谦益:《列朝诗集小传》丁集下,上海古籍出版社,1983,第576页。
③ 程嘉燧:《李宋倡和诗序》,《松圆偈庵集》卷上,续修四库全书本,第1385册,第742页。
④ 程嘉燧:《徐孺毅绣虎轩遗稿序》,《耦耕堂集》文卷上,续修四库全书本,第1386册,第48页。
⑤ 钱谦益:《列朝诗集》甲集前编第二,中华书局,2007,"刘诚意基"《感时述事》诗下注,第148页。
⑥ 钱谦益:《列朝诗集小传》甲集,上海古籍出版社,1983,第77页。

的方式，从这个层面上讲，他自然会十分重视格调。但诗歌对于他而言，首先是表达自我、愉悦自我的工具，因而在创作过程中，他首先强调的是性情的表达与抒发。在表达性情的基础上，兼重格调。这也是他与七子派最大的不同之处。

其二，"健而富、率而工"的审美追求。程嘉燧以陶冶性情及实现自我为主的诗歌观念，造就了他与众不同的创作主张，即以性情为主，同时又不忽视格调。与此相应，在审美风格方面，他所追求的也主要是一种兼容、调和式的艺术效果。用他自己的话来说，就是要"健而富，率而工"。程嘉燧《唐叔达咏物诗序》云：

> 及归，见君（唐时升）容发郁然，时闭门止酒，东城南陌，足迹罕至，盖贸贸然
> 一野人矣。虽相对竟日，而偃仰静嘿，萧然万物无以撄其虑。至于偶然游戏之作，一
> 何其健而富、率而工也。诗皆放笔而成，语不加点，故风神跌宕，思致飙涌，势不可
> 御。乃其体物多变，用事无迹，窈眇浩汗，虽苦吟腐毫之士，终其世有不逮此。讵非
> 雄俊奇崛之气，老无所用，而偶溢为诙奇，譬之金玉之伏藏、蛟龙之深潜，而山海光
> 怪，灵气时一泄露，有不可测者欤？[1]

在这篇序文中，程嘉燧夸赞了唐时升的咏物诗，并将其特点概括为"健而富、率而工"六字。所谓"健而富"主要指的是精神上的雄健和语势的充沛，即其前文所云的"又成和韵落花三十篇，凡经数押而语益豪"之类。重点在于"率而工"一语。对于这三字，程嘉燧在后面作出了解释："诗皆放笔而成，语不加点，故风神跌宕，思致飙涌，势不可御。乃其体物多变，用事无迹，窈眇浩汗，虽苦吟腐毫之士，终其世有不逮此。""率"主要指唐时升诗"皆放笔而成，语不加点"，显得十分率意、疏放；但在这率意、疏放之中，他却又能做到"体物多变，用事无迹"，使诗歌清婉细丽、率而能工。"率"与"工"，这两个看似矛盾的方面，在唐时升的诗作中，却能有机地结合在一起，这的确是一种十分独特的艺术风格。而程嘉燧最推崇的，也正是这样一种创作风格。他对唐时升诗的这些评价，充分体现了他自己的诗学追求。

其三，模拟古人同时保持自我的创作途径。程嘉燧十分重视对古人的学习与模仿，将其作为诗歌创作的首要途径。娄坚在《书孟阳所刻诗后》中叙述程氏的学诗经历，云：

> 孟阳少喜为诗，于古人之遗编，无所不窥，而尤爱少陵之作，其在于今，尝称李

---

① 程嘉燧：《唐叔达咏物诗序》，《松圆偈庵集》卷上，续修四库全书本，第1385册，第738页。

献吉，虽规规摹拟，而才气实非余人所及也。甫冠，即弃去经生之学，而一意读古诗文，久之豁然，上自汉魏、下逮北宋诸作者，靡不穷其所诣；至苏长公，往往或效其体，或次其韵，若将与之并驾者。比壮且衰，其为七言近体，以清切深稳为主，盖得之刘随州为多。①

而唐时升在《程孟阳诗序》中也曾经说道：

> 余与孟阳少同志尚，恶俗儒之陈言，而好泛滥百家之书，然未尝有意为诗也。见古人清词丽句，讽咏自娱，久之，则于意言声节之间，往往若与其人遇者。后数年，各有诗数百篇矣。②

从娄、唐二人的记述中可以看出，程嘉燧从学诗之初，就十分重视学习古人、模仿古人，而且这种倾向一直到中年、晚年也没有改变。就程氏本人来说，虽然他没有十分明确的关于师法古人的论述，但从他的一些零散的评论话语中，依然能够很清楚地看出这一点：

> 而君顾惜惜退然，若无意于其间。盖所为五言古近体诸诗，皆清闲妙丽，已能根蒂于古之作者。（《李翰林遗稿序》）③

> 缁仲科举场屋之文，攻于弱龄，出其绪余，已足以夸衒有司，屈伏侪偶。况于其诗文之奇崛雄快，进而未已，灼然可以追古人而俟来者。（《李母沈夫人寿序》）④

> 君家子虚，少负逸才，风气道上，犹皆师尚典刑，词有根蒂。（《程茂桓诗序》）⑤

"已能根蒂于古之作者""灼然可以追古人""师尚典刑，词有根蒂"，这些评语的运用，显示了程嘉燧对于师法古人的重视。因为他自己所秉持的是这样一种观念，故而在评

① 娄坚：《书孟阳所刻诗后》，载程嘉燧《松圆浪淘集》卷首，续修四库全书本，第1385册，第587页。
② 唐时升：《程孟阳诗序》，载程嘉燧《松圆浪淘集》卷首，续修四库全书本，第1385册，第589页。
③ 程嘉燧：《李翰林遗稿序》，《松圆偈庵集》卷上，续修四库全书本，第1385册，第734页。
④ 程嘉燧：《李母沈夫人寿序》，《松圆偈庵集》卷上，续修四库全书本，第1385册，第739页。
⑤ 程嘉燧：《程茂桓诗序》，《耦耕堂集》文卷上，续修四库全书本，第1386册，第49页。

论其他诗人的诗作时，才会将之也作为一个很重要的标准。此外，这三篇文章分别作于万历三十六年、天启年间以及居于拂水期间，中间跨越了一个很长的时间段，从中也可看出师法古人的主张确实贯穿了程嘉燧的一生。

但程嘉燧所主张的师法古人并不同于七子派的规规摹拟。他所说的师法，是要在保持自我的前提下对其加以学习。钱谦益在《列朝诗集小传》中描述程氏的诗歌创作时说："其诗以唐人为宗，熟精李、杜二家，深悟剽贼比拟之缪。七言今体约而之随州，七言古诗放而之眉山，此其大略也。"① 在学习古人这个问题上，程嘉燧并不主张只学一家，他提倡广泛地取法历代不同的诗人。这种师法对象上的宽泛，应该与程氏所受到的王世贞的影响有关。因为晚年的王世贞为了补救拟古带来的弊端，就曾经提出过要学习除李、杜之外的其他诗人。但与王世贞不同的是，在学习古人的过程中，程嘉燧最重视的是自我性情的持守。他曾经说过："杜之雄浑逸宕，当令独立千古，善学者正不当求肖于皮毛。至其神情所注，反或去之远也。"② 同时，他还批评李梦阳的《石将军战场歌》云："全倚句字阗阆，安有机神开阖，浪得大名，蔓传讹种。"③ 可见程嘉燧对字句抄袭、剽窃比拟十分反感，他认为真正应当关注的，是如何在学习古人的同时，保持自己的性情、精神的问题。他批评李梦阳的诗只知学杜而失去了自己的面目，空具皮相而没有真情实感，终究算不得好诗。又如他对杨基乐府诗与张羽乐府诗的比较："眉庵乐府，尚多套数语，不若静居才力深浑，有自得处。"④ 将有无"自得处"作为评价诗歌优劣的主要因素。杨基的乐府诗就因为"多套数语"而少"自得处"，而被程嘉燧认为不如张羽的。这里的"自得处"，其实也就是强调诗人在模仿古人的同时，也要保持自己的面目，有自己独到的精神、兴会，使诗歌真正成为表达自我的工具，而非空有古人词句的土偶衣冠。

三

之所以对程嘉燧的诗学思想作出以上探究，是因为笔者认为，钱谦益之所以推崇程嘉燧，其根源正在于此。否则作为一个文坛翘楚、新科探花，他实在没什么理由对这样一个布衣诗人如此推崇。但问题在于，究竟是程嘉燧诗学思想中的哪一点吸引了钱谦益，才使得他对程氏如此佩服？换句话说，程嘉燧的诗学思想究竟具有一种什么特质，使得他在当

---

① 钱谦益：《列朝诗集小传》丁集下，上海古籍出版社，1983，第 577 页。
② 娄坚：《书孟阳所刻诗后》，载程嘉燧《松圆浪淘集》卷首，续修四库全书本，第 1385 册，第 587 页。
③ 钱谦益：《列朝诗集》丙集第十一，中华书局，2007，"李副使梦阳"《石将军战场歌》诗后注，第 3482 页。
④ 钱谦益：《列朝诗集小传》甲集，上海古籍出版社，1983，第 77 页。

时众多的诗人中脱颖而出，为钱谦益所看重呢？

在上文的第二部分当中，笔者已经对程嘉燧的诗学思想作出了大致的分析和概括，将其分为三个方面。仔细寻绎这三个方面的内容，可以发现，程嘉燧的诗学思想，首先是以性灵诗学的观念为主导的。比如，他将表达性情作为诗歌最主要的内容，推崇自由挥洒、率然而成的诗歌风格，强调要保持自己独特的诗学面目，等等，都体现出一种很明显的性灵诗学的特征。但仅有这一点还不足以构成其诗学思想的全部。程嘉燧还将一些他认为有价值的、应该吸取的复古派的诗学观念也融入自己的诗学体系当中。比如在创作主张上，他虽然以性情为主，但同时又兼重格调；在审美追求上，他欣赏自由洒脱、率然而成，却又要求其中含有"工"的艺术特征；在创作方法上，他提出要在保持自我的基础上模拟古人，等等。"格调"、"工"、模拟古人，这些又很明显来自于复古派的诗学观念。程嘉燧将它们撷取出来，加以提炼、整合，与性灵诗学的主张相结合，便形成了自己独特的诗学思想体系。它兼具了复古与性灵两种诗学观念的特征，呈现出了一种兼容并包的诗学特色。而这一点也恰恰成为钱谦益注意到他的最主要的原因。

万历四十五年，钱谦益负痾拂水山居①，正处于十分孤独的状态。另一方面，在庚戌会试中，钱谦益取得探花，文名已为天下人所共知，但此时在诗坛上引领风气的却不是他，而是他的同年钟惺。这令钱谦益感到很不服气，也正是在此时，他开始思考如何以一种新的文学思想超越竟陵派、树立自己文坛盟主的地位。恰在此时，程嘉燧来到了他的面前。万历末年，钱谦益将自己以前所写的诗文几乎全部付之一炬，转而开始了对新的诗学道路的寻找。在《复遵王书》中，他说道：

> 仆少壮失学，熟烂空同、弇山之书，中年奉教孟阳诸老，始知改辕易向。孟阳论诗，自初、盛唐及钱、刘、元、白诸家，无不析骨刻髓，尚未能及六朝以上，晚始放而之剑川、遗山。余之津涉，实与之相上下。②

从《初学集》第一卷仅存的几首前期诗作中可以看出，在遇到程嘉燧之前，钱谦益的诗歌诚如他自己所说，主要学习李梦阳、王世贞，规摹唐代诗人，尤其是杜甫的诗作，而在与程嘉燧交往之后，他的诗风发生了极大的转变，频频征引苏轼、范成大等人的诗句，以至于最后能够达到"以杜、韩为宗，而出入于香山、樊川、松陵，以追东坡、放翁、遗

---

① 钱谦益：《耦耕堂记》，《牧斋初学集》卷四十五，上海古籍出版社，1985，第1137页。
② 钱谦益：《复遵王书》，《牧斋有学集》卷三十九，上海古籍出版社，1996，第1359页。

山诸家，才气横放，无所不有"①的境界。可见在钱谦益诗歌思想转变的过程中，程嘉燧起到了至关重要的作用。这种作用所体现出来的主要形态，便是一种唐宋兼宗、师古而不为古所限的诗学主张。在后来对本朝诗人高启及李东阳的评述中，钱谦益充分表达了他的这种观念意识：

> 季迪之诗，缘情随事，因物赋形，横纵百出，开合变化。其体制雅醇，则冠裳委蛇，佩玉而长裾也。其思致清远，则秋空素鹤，回翔欲下，而轻云霁月之连娟也。其文采缛丽，如春花翘英、蜀锦新濯。②

> （李东阳诗）原本少陵、随州、香山，以迫宋之眉山、元之道园，兼综而互出之，弘、正之作者，未能或之先也。……西涯之诗，有少陵，有随州，有香山，有眉山、道园，要其自为西涯者，宛然在也。③

钱谦益对高启与李东阳诗的推崇有相通之处。首先，高、李二人都善于模仿、转益多师。其次，他们对古人的学习都不是单纯的泥古，而是在自得的基础上进行的模仿。从高启和李东阳身上，可以看到钱氏此时文学理想的大致模型，即以集大成的诗学观念为主导，追求唐宋兼宗、师古而不为古所限的诗歌创作方式。所以钱谦益极力推崇程嘉燧的诗学主张，在他的描述中，程嘉燧诗学思想的主要特征，就是转益多师与反对剿拟：

> 其诗以唐人为宗，熟精李杜二家，深悟剿贼比拟之缪。七言今体约而之随州，七言古诗放而之眉山，此其大略也。晚年学益进、识益高，尽览《中州》、遗山、道园及国朝青丘、海叟、西涯之诗，老眼无花，炤见古人心髓。于汗青漫漶、丹粉凋残之后，为之挟摘其所繇来，发明其所以合辙古人，而迥别于近代之俗学者。④

在竟陵派风靡文坛的时候，钱谦益希望以一种转益多师、兼收并蓄的诗学主张来压倒竟陵雄霸诗坛，但他不能直接推举自己，所以程嘉燧就成了他宣扬这种诗学思想最好的标

① 瞿式耜：《牧斋先生初学集目录后序》，载钱谦益《牧斋初学集》卷首，上海古籍出版社，1985。
② 钱谦益：《列朝诗集小传》甲集，上海古籍出版社，1983，第75页。此虽为钱氏征引谢徽之语，但亦表明了其观点。
③ 钱谦益：《书李文正公手书东祀录略卷后》，《牧斋初学集》卷八十三，上海古籍出版社，1985，第1759页。
④ 钱谦益：《列朝诗集小传》丁集下，上海古籍出版社，1983，第577页。

榜与模范。对刚刚从七子派复古弊端中摆脱出来的钱谦益来说，程嘉燧所主张的创作途径、审美追求等，恰好为他提供了可资借鉴的元素。在钱谦益的眼中，程嘉燧俨然成了继高启、李东阳之后又一个集大成的完美范例。所以他在小传中，列举元好问、高启、袁凯、李东阳等诗人，充分突出程氏诗学思想转益多师、唐宋兼宗的性质，并指出自己的诗歌主张正是以程氏为典范的。这就将高启、李东阳、程嘉燧与自己的诗学主张成功地融为一体，成为自明初至明中期再至明末的一条连贯的"卓然诗家正派"的主线，借以宣扬自我的诗学思想并确立诗坛盟主的正统地位。钱谦益的推崇对程嘉燧诗学思想的传播起到了极大的推动作用，以至于当时的诗人"咸相与欷歔忼叹，恨当吾世不得一见孟阳，又恨不得尽见孟阳之诗"①。诗人们对程嘉燧的尊崇、学习，实际也就意味着对钱谦益的服膺与认可，因为在钱谦益营造出的话语系统中，二者是一般无二的。程嘉燧是他的老师，他的诗学思想与程氏的一脉相承。推崇程氏也就等于宣扬自己。事实上，从诗歌创作主张与审美倾向上来说，程嘉燧与高启、李东阳的诗学思想并不完全一致，除了在转益多师这一点上相通之外，其他有些方面甚至可以说是背道而驰。但对于钱谦益来说，这就已经够了。借推崇程嘉燧，钱谦益成功地宣扬了自己的诗学主张，登上了诗坛盟主的宝座。万历末年，程嘉燧、钱谦益所提出的学宋诗、学陆游的思想令当时的诗人们耳目一新，在诗坛上引发了极其热烈的反响。天启、崇祯年间，陆游诗风行一时，几乎形成了家置一编的局面。由七子派的"不读唐以后诗"至宗宋诗、学陆游，程嘉燧与钱谦益一起，促成了晚明诗坛主流诗风的重要转变。

综上所述，钱谦益对程嘉燧的推崇，其主要原因在于程嘉燧复古与性灵并重的诗学思想，正好符合他当时排击竟陵诗派、成为文坛盟主的需要。程嘉燧敏锐地发现了复古派的弊端，破除了单纯拟古的观念，提出在保持自我性情的基础上学习古人，深刻地启发了钱谦益，使他以诗坛盟主的身份在廓清晚明诗学道路的过程中发挥了巨大的作用。后人因此而尊崇钱谦益，而钱谦益却将此功归之于程嘉燧。可见在钱谦益的心目中，真正为晚明诗学开辟了新的历史道路的人是程嘉燧。故而他特将其尊为"松圆诗老"，对其献上无比的荣光，其着眼点也正在于此。因而在笔者看来，钱谦益对程嘉燧的推崇，更多地还是出于钱氏对其诗史贡献的考量，而非轻率肤浅的党同伐异、阿私其朋。

钱谦益与程嘉燧之间的遇合与交往对诗坛产生的影响是深远的，这实际意味着，明代诗学在经历了崇唐抑宋的漫长过程之后，终于走上了唐宋兼宗的道路。然而这种兼宗的主张却并未能延续太长时间。明末清初之际，一味崇宋的风气大为流行，招致了后来批评家

---

① 钱谦益：《耦耕堂集叙》，载程嘉燧《耦耕堂集》卷首，续修四库全书，第1386册，第1页。

无数的诟病。随之而来的则是贯穿了整个清代的唐宋诗之争。其间提出了无数新的理论主张，亦产生了无数新的诗学问题。若要解决这些问题，笔者认为，就应追溯到它们的源头，即程钱二人当年的诗学交往及他们所提出主张的具体情况。而限于自身阅读范围与理论水平的不足，对这些问题笔者所探究的还远远不够，期望大方之家共同探讨，加以指正。

《周颂·载见》与西周朝觐礼

姚小鸥　李文慧*

【内容提要】 《周颂·载见》言诸侯朝觐，天子以宾礼接遇之。诗篇描述了诸侯求王室赐予礼乐制度、助祭于武王庙等朝觐礼的具体内容。诗篇反映了周王室以"孝"纲纪天下的思想。

【关键词】 《载见》 朝觐 赐命 助祭 孝

自周公制礼作乐始，西周王朝逐渐形成一套完整的礼乐制度体系，成为周人纲纪天下的基本规范。在礼乐文化框架内创作的《诗经》是周礼具体实践的重要组成部分，它较为全面地反映了周礼在周代社会生活中的作用。《周颂》作为颂诗的代表，保存了最经典的周礼。① 《载见》所描述的朝觐内容，即为具有重要研究价值的例证之一。为论述方便，谨将该篇迻录如下：

载见辟王，曰求厥章。龙旂阳阳，和铃央央。鞗革有鸧，休有烈光。率见昭考，以孝以享。以介眉寿，永言保之，思皇多祜。烈文辟公，绥以多福，俾缉熙

＊ 姚小鸥，中国传媒大学文学院教授。李文慧，中国传媒大学文学院硕士研究生。

① 《诗谱序》云："周公致大平，制礼作乐，而有颂声兴焉，盛之至也。"《毛诗正义》，阮刻《十三经注疏》，中华书局，1980，第262页。

于纯嘏。①

《载见》一篇的诗旨，《诗序》谓："诸侯始见乎武王庙也。"孔颖达《正义》解释说："成王即政，诸侯来朝，于是率之以祭武王之庙……作者美其助祭，不美朝王，主意于见庙，故《序》特言之。但诸侯之来，必先朝而后助祭。"② 由《正义》所述可知，《载见》一篇所载乃诸侯朝觐之事，助祭为其重点叙述的内容。

"礼以体政"③，宾礼作为周代礼制的有机组成部分，显见于朝觐礼中。周礼规定，诸侯要定期朝见天子。《礼记·王制》："诸侯之于天子也，比年一小聘，三年一大聘，五年一朝。"④ 如若诸侯不遵制朝聘，将受到严厉的惩罚。《孟子·告子下》："一不朝，则贬其爵；再不朝，则削其地；三不朝，则六师移之。"⑤ 现存礼书中对朝觐礼有明确释义，如《礼记·经解》："朝觐之礼，所以明君臣之义也。"⑥《礼记·乐记》："朝觐，然后诸侯知所以臣。"⑦ 朝觐礼集中体现了王室与诸侯之间的关系。

在周代，周天子为天下大宗，王室的礼乐制度为天下诸侯效法。诗篇中所言之"章"，即王室抚有天下的法度文章，具体来说，是指包括礼器、礼仪在内的礼乐制度。

"载见辟王，曰求厥章"言诸侯此次朝觐的主要目的。《郑笺》云："曰求其章者，求车服礼仪之文章制度也。"⑧

在西周时期，诸侯国的文章制度须由王室颁赐。周礼的主要内容可用"礼乐征伐"四字来概括。《论语·季氏》："天下有道，则礼乐征伐自天子出。天下无道，则礼乐征伐自诸侯出。"⑨《左传·宣公十四年》载孟献子言："臣闻小国之免于大国也，聘而献物，于是有庭实旅百。朝而献功，于是有容貌、采章、嘉淑，而有加货。"⑩ 诸侯朝觐献功，天

---

① 《毛诗正义》，阮刻《十三经注疏》，中华书局，1980，第596页。如无特殊说明，本文所引《诗经》经文均出自此书。
② 《毛诗正义》，阮刻《十三经注疏》，中华书局，1980，第596页。
③ 《左传·桓公二年》，《春秋左传正义》，阮刻《十三经注疏》，中华书局，1980，第1743页。
④ 《礼记正义》，阮刻《十三经注疏》，中华书局，1980，第1327页。
⑤ 《孟子注疏》，阮刻《十三经注疏》，中华书局，1980，第2759页。
⑥ 《礼记正义》，阮刻《十三经注疏》，中华书局，1980，第1610页。
⑦ 《礼记正义》，阮刻《十三经注疏》，中华书局，1980，第1543页。
⑧ 《毛诗正义》，阮刻《十三经注疏》，中华书局，1980，第596页。根据阮元《十三经注疏校勘记》对引文部分文字作了修改。"曰"，马瑞辰《毛诗传笺通释》言："《墨子·尚同中》引《周颂》'载来见彼王，聿求厥章'，释曰：'此语古者国君诸侯之以春秋来朝聘天子之庭，受天子之严教。'所云'受天子之严教'，即诗'聿求厥章'也。曰、聿古通用。"王引之《经义述闻·粤于爰曰也》指出，"曰"读若聿，诠词也。参见王引之《经义述闻》，江苏古籍出版社，2000，第615页。
⑨ 《论语注疏》，阮刻《十三经注疏》，中华书局，1980，第2521页。
⑩ 《春秋左传正义》，阮刻《十三经注疏》，中华书局，1980，第1886页。

子则赐予车服礼仪等文章制度，诸侯由是而有礼乐征伐。

周王室向诸侯颁赐礼乐的制度明见于典籍。《礼记·王制》：

> 天子无事，与诸侯相见曰朝。考礼正刑，一德以尊于天子。天子赐诸侯乐，则以
> 柷将之。赐伯子男乐，则以鼗将之。诸侯赐弓矢，然后征。赐铁钺，然后杀。赐圭
> 瓒，然后为鬯。[1]

天子赐命须形诸器物，以彰其信。《资治通鉴》言："夫礼，辨贵贱，序亲疏，裁群物，制庶事，非名不著，非器不形；名以命之，器以别之，然后上下粲然有伦，此礼之大经也。"[2] 这种承载着礼的名物度数，古人称之为"礼器"，上引《礼记·王制》所言弓矢、铁钺、圭瓒以及《郑笺》所言之车服即属此类。

在周代礼乐制度中，礼器至关重要。《左传·成公二年》载新筑大夫有功于卫，"卫人赏之以邑，辞，请曲县、繁缨以朝。许之。"孔子闻之，曰：

> 惜也！不如多与之邑。唯器与名，不可以假人，君之所司也。名以出信，信以守
> 器，器以藏礼，礼以行义，义以生利，利以平民，政之大节也。若以假人，与人政
> 也。政亡，则国家从之，弗可止也已。[3]

由孔子的上述言论可知，先秦时期，礼器乃"政之大节"，周人将其视为权力和名誉的象征，持之必慎。

天子赐诸侯车服礼器以任功量才。诸侯之功乃天子赐命的依据。《左传·襄公二十六年》载郑伯赏入陈之功，"享子展，赐之先路三命之服，先八邑。赐子产次路再命之服，先六邑"[4]。《白虎通·考黜》云："能安民者赐车马，能富民者赐衣服，能和民者赐乐则，民众多者赐朱户，能进善者赐纳陛，能退恶者赐虎贲，能诛有罪者赐铁钺，能征不义者赐弓矢，孝道备者赐秬鬯。"[5] 由此可知，天子所赐车服礼器是对诸侯事功的嘉奖及对其才能的肯定。

---

① 《礼记正义》，阮刻《十三经注疏》，中华书局，1980，第1332页。
② 司马光编著，胡三省音注《资治通鉴》，中华书局，1956，第4页。
③ 《春秋左传正义》，阮刻《十三经注疏》，中华书局，1980，第1894页。
④ 《春秋左传正义》，阮刻《十三经注疏》，中华书局，1980，第1989页。
⑤ 陈立：《白虎通疏证》，中华书局，1994，第303页。

天子赐诸侯以礼乐，意在以德怀柔天下。《左传·襄公十一年》："夫乐以安德，义以处之，礼以行之，信以守之，仁以厉之。而后可以殿邦国，同福禄，来远人，所谓乐也。"① 在周代，礼乐是天子赐诸侯、诸侯赏有功者的重要内容。《左传·定公四年》载周人以礼乐封赐诸侯，②《左传·成公二年》卫赐新筑大夫礼乐等皆可为证。③

天子以能赐命为美，古人甚至以之作为衡量君主能否保惠天下的标准。《大雅·韩奕》记载韩侯来朝，天子赐以礼乐。《诗序》言："《韩奕》，尹吉甫美宣王也。能锡命诸侯。"④ 韩侯朝觐，天子以"淑旂绥章，簟茀错衡，玄衮赤舄，钩膺镂锡，鞹鞃浅幭，鞗革金厄"赐之，命曰："缵戎祖考，无废朕命。夙夜匪解，虔共尔位。朕命不易，榦不庭方，以佐戎辟。"韩侯受命于王室，匡正四方，献贡纳物，由是天下得安。《大雅》中《崧高》《烝民》《江汉》等篇亦有关于天子赐命以安天下的表述。

于天子曰有赐，诸侯则曰有求。天子赐命是对诸侯的信任和将权力的赐予，诸侯求章则是对王室礼乐的遵奉和承递。受命诸侯承担着辅佐王室的职责和义务。《左传·僖公四年》载管仲言齐人伐楚之理由，曰："昔召康公命我先君大公曰：'五侯九伯，女实征之，以夹辅周室。'赐我先君履，东至于海，西至于河，南至于穆陵，北至于无棣。"管仲之言表明了赐命系方伯代王室征伐权力之由来。⑤

上文不惜笔墨对赐命的有关内容进行阐述，是因为孔颖达《正义》在解释《毛传》时，以为"载见辟王，曰求厥章"所言乃诸侯"能自求其章，谓能内修诸己，自求车服礼仪文章，使不失法度。以此之故，其所建交龙之旂阳阳然而有文章"⑥。此说对后世有较大影响。陈子展先生即在此基础上将"求"释为"考求"。⑦

《正义》出现上述误解的原因是以为诗句"龙旂阳阳，和铃央央。鞗革有鸧，休有烈光"乃言诸侯来朝车服礼仪自有法度，不必更求于王室。

按，天子赐命与诸侯自有法度是西周朝觐制度的两个方面。一方面，天子赐命，诸侯

---

① 《春秋左传正义》，阮刻《十三经注疏》，中华书局，1980，第1951页。
② 《春秋左传正义》，阮刻《十三经注疏》，中华书局，1980，第2134～2135页。
③ 《春秋左传正义》，阮刻《十三经注疏》，中华书局，1980，第1893页。
④ 《毛诗正义》，阮刻《十三经注疏》，中华书局，1980，第570页。
⑤ 《春秋左传正义》，阮刻《十三经注疏》，中华书局，1980，第1792页。
⑥ 《毛诗正义》，阮刻《十三经注疏》，中华书局，1980 第596页。按，孔颖达之说或有所本。《尔雅·释诂》："遹，自也。"邢昺《正义》以为遹、聿音义同，并引《大雅·绵》"聿来胥宇"为证。马瑞辰指出，曰、聿古通用。故知，曰可训为"自"。然训诂之道，不应以文害辞，以辞害志。《尔雅·释诂》："粤、于、爰，曰也。""曰求"与"爰求"义同。《豳风·七月》"爰求柔桑"之"爰"为诠词，不应以"自"作解，《载见》"曰求厥章"之"曰"亦如之。
⑦ 参见陈子展《诗经直解》，复旦大学出版社，1983，第1107页。

由是而得礼乐。另一方面，诸侯朝觐时，车服合于礼法是天子赐命的必要条件。① 《振鹭》《有客》等《周颂》诸篇中，周王室对来朝之"客"的赞美和礼遇与"客"敬慎虔恭的威仪密不可分。②

《小雅·采菽》二章所描写的内容与"龙旂"四句异曲同工："君子来朝，言观其旂。其旂淠淠，鸾声嘒嘒。载骖载驷，君子所届。"《采菽》三章言天子赐命来朝诸侯："赤芾在股，邪幅在下。彼交匪纾，天子所予。乐只君子，天子命之。乐只君子，福禄申之。"《毛传》："邪幅，幅，逼也，所以自逼束也。纾，缓也。"《郑笺》云："彼与人交接，自逼束如此，则非有解怠纾缓之心，天子以是故赐予之。"③ 由此可知，天子赐命与诸侯车服礼仪自有法度是一个不断相互作用的过程。前述孔颖达之说流于片面。

诗句"率见昭考，以孝以享"表明诸侯朝觐的重要内容为助祭。《郑笺》云："诸侯既以朝礼见于成王，至祭时，伯又率之见于武王庙，使助祭也，以致孝子之事，以献祭祀之礼，以助考寿之福。"④ 按，"昭考"，《毛传》解释为："武王也。"⑤ 《尚书·酒诰》："乃穆考文王，肇国在西土。"⑥ 马瑞辰《毛诗传笺通释》说："《书·酒诰》称文王为穆考，则武王次居昭矣。"⑦ 由是可知，《郑笺》言助祭于武王庙不误。

"以孝以享"，马瑞辰认为"孝"与"享"同义。"享祀亦曰孝祀，《楚茨》诗'苾芬孝祀'是也；致享亦曰致孝，《论语》'而致孝乎鬼神'是也。"⑧

诸侯助祭以致"孝"，不仅是诸侯的本分，且显示王室对其宗法地位的认可。王国维在《殷周制度论》中指出：周人制度之大异于商者，首曰立子立嫡之制。"由是而生宗法及丧服之制，并由是而有封建子弟之制，君天子臣诸侯之制。"⑨ 可以说，宗法是西周贵族社会的主要政治意识形态。祭典则是宗法等级的显著体现。大宗祭祀，小宗助祭，既是小宗对大宗的遵从，也是大宗对小宗身份地位及其拥戴之功的认同。

---

① 按，诸侯朝见天子，其车服礼仪必合于礼法。《周礼·典命》曰："王之三公八命，其卿六命，其大夫四命。及其出封，皆加一等。其国家、宫室、车旗、衣服、礼仪亦如之。"由此可知《载见》所言诸侯车服之盛乃赞其合于礼。
② 参见姚小鸥、李文慧《〈周颂·有客〉与周代宾礼》，《〈诗〉〈书〉成语与〈周颂·振鹭〉篇的文化解读》（待刊）。
③ 《毛诗正义》，阮刻《十三经注疏》，中华书局，1980，第489页。
④ 《毛诗正义》，阮刻《十三经注疏》，中华书局，1980，第596页。
⑤ 《毛诗正义》，阮刻《十三经注疏》，中华书局，1980，第596页。
⑥ 《尚书正义》，阮刻《十三经注疏》，中华书局，1980，第205页。
⑦ 马瑞辰：《毛诗传笺通释》，中华书局，1989，第1085页。
⑧ 马瑞辰：《毛诗传笺通释》，中华书局，1989，第1085～1086页。
⑨ 王国维：《观堂集林》，中华书局，1959，第453页。

周王室举行重大祀典时，四方诸侯皆依惯例来朝助祭。《孝经·圣治章》云："昔者周公郊祀后稷以配天，宗祀文王于明堂，以配上帝。是以四海之内，各以其职来助祭。"① 王室祭祀以多士助祭为美。《周颂·清庙》：

> 於穆清庙，肃雍显相。济济多士，秉文之德，对越在天。骏奔走在庙，不显不承，无射于人斯。

按，《清庙》诗旨，《诗序》谓："祀文王也。周公既成洛邑，朝诸侯，率以祀文王焉。"篇中具体描述了"济济多士"助祭的盛大场面。《毛传》云："穆，美。肃，敬。雍，和。相，助也。"《郑笺》云："显，光也，见也。於乎美哉，周公之祭清庙也，其礼仪敬且和，又诸侯有光明著见之德者来助祭。……济济之众士，皆执行文王之德。"②

"对越在天"，《尔雅·释言》云："越，扬也。"③"对越"即"对扬"。④ 按，"对扬"是臣下对天子的敬答之语。⑤《尚书·君牙》："对扬文武之光命，追配于前人。"⑥ 可见，"对扬"有承袭发扬先祖或天子美德之意，乃尊法先王之"孝"的一种表达。

诸侯助祭不仅是秉承先王之德的重要形式，从宾礼的角度来说，还是王室接遇以礼的最高规格。

祭祀之前，王室常举行射礼择俊义之士以为助祭。《礼记·射义》："天子将祭，必先习射于泽。泽者，所以择士也。已射于泽，而后射于射宫，射中者得与于祭，不中者不得与于祭。"⑦ 来朝诸侯虽众，然其才能有所等差，可参与助祭者乃诸侯之贤者。《大雅·棫朴》二章言："济济辟王，左右奉璋。奉璋峨峨，髦士攸宜。"《郑笺》云："祭祀之礼，王裸以圭瓒，诸臣助之，亚裸以璋瓒。……奉璋之仪峨峨然，故今俊士之所宜。"⑧ "奉璋"是诸侯助祭的一种重要仪节，唯俊士（即诗中之"髦士"）之所宜。

由以上论述可知，王室以济济之俊士参与助祭以致孝先王，秉承先人之志。先秦时期，

---

① 《孝经注疏》，阮刻《十三经注疏》，中华书局，1980，第 2553 页。引文中"助"字，据阮元《十三经注疏校勘记》记补。见阮刻《十三经注疏》，中华书局，1980，第 2554 页。
② 《毛诗正义》，阮刻《十三经注疏》，中华书局，1980，第 583 页。
③ 《尔雅注疏》，阮刻《十三经注疏》，中华书局，1980，第 2584 页。
④ 参见高亨《诗经今注》，上海古籍出版社，1980，第 475 页。
⑤ 沈文倬先生以为"对扬"之"对"乃贵族礼仪中的一种语言形式，"扬"是贵族礼仪中的一种动作形象。参见沈文倬《对扬补释》，《考古》1963 年第 4 期。
⑥ 《尚书正义》，阮刻《十三经注疏》，中华书局，1980，第 246 页。
⑦ 《礼记正义》，阮刻《十三经注疏》，中华书局，1980，第 1689 页。
⑧ 《毛诗正义》，阮刻《十三经注疏》，中华书局，1980，第 514 页。

在人们的观念中，"孝"的突出表现为追法先人。《礼记·中庸》载孔子言："夫孝者，善继人之志，善述人之事者也。"孔颖达《正义》曰："人，谓先人。若文王有志伐纣，武王能继而承之。《尚书·武成》曰：'予小子，其承厥志'是'善继人之志'也。"① 可以说，法象先人是《周颂》的核心内容。② 相关内容亦见于金文，如《井侯簋》：

> 唯三月，王令荣眔内史，曰："鼍（匄）井（邢）侯服。易（赐）臣三品……拜稽首，鲁天子受厥濒（频）福，克奔走上下帝，无冬（终）令（命）于有周，追考（孝）对，不敢坠。邵（昭）朕福盟。朕臣天子，用典王令（命），乍周公彝。"③

铭文言邢侯受天子赐命。"追孝对，不敢坠"，言邢侯追法先王，不敢失其职命。④

通过王室赐命、诸侯助祭等方式建立的"孝"的宗法伦理，从思想上维护了宗族乃至整个社会的稳定。王国维《殷周制度论》指出，"古之所谓国家者，非徒政治之枢机，亦道德之枢机也。使天子诸侯大夫士各奉其制度典礼，以亲亲、尊尊、贤贤，明男女之别于上，而民风化于下，此之谓治，反是则谓之乱。……制度典礼者，道德之器也。周人为政之精髓，实存于此"⑤。

"孝"作为周礼核心内涵的一个重要方面，在宾礼的具体实施过程中，凸显出"亲诸侯"的政治意义。王室称"孝"的根本目的在于使政令通达，从伦理观念上确保受赐命的诸侯敬顺王室，无敢叛离。《尚书·君陈》言："惟孝，友于兄弟，克施有政。"⑥《论语·学而》载有子言："其为人也孝弟，而好犯上者鲜矣。不好犯上，而好作乱者，未之有也。君子务本，本立而道生。孝弟也者，其为仁之本与！"⑦ 可见，"孝"不仅是仁之本，还是君主治乱之本。《白虎通》曰："所以制朝聘之礼何？所以尊君父，重孝道也。夫臣之制君，犹子之事父。欲同臣子之恩，一统尊君，故必朝聘也。"⑧

周代之"五礼"相互关联、相互融合，在周礼"敬"的核心精神统一下，以其在社

① 《礼记正义》，阮刻《十三经注疏》，中华书局，1980，第1629页。
② 参见姚小鸥《〈周颂·三象〉与周代礼乐文化的演变》，《诗经三颂与先秦礼乐文化》，北京广播学院出版社，2000，第90~119页。
③ 王辉：《商周金文》，文物出版社，2006，第60~61页。
④ 参见王辉《商周金文》，文物出版社，2006，第62页。
⑤ 王国维：《观堂集林》，中华书局，1959，第475页。
⑥ 《尚书正义》，阮刻《十三经注疏》，中华书局，1980，第236页。
⑦ 《论语注疏》，阮刻《十三经注疏》，中华书局，1980，第2457页。
⑧ 李昉等撰《太平御览》，中华书局，1960，第2442页。

会生活不同领域的具体仪节规范，构成了周代社会体系的基本准则。宾礼作为"五礼"之一，根植于周人的宗法伦理观念，并渗透于周人生活的各个方面，对维护周人宗法体系及伦理秩序有不可忽视的作用。由《载见》所反映的朝觐内容，可略知宾礼之义。从礼乐文化传承的角度来说，由此个案可略窥礼乐制度传播及传承的方式和过程，对我们理解《周颂》"以其成功告于神明"的性质也将有所助益。

《蟋蟀》之"志"及其诗学阐释

——兼论清华简《耆夜》周公作《蟋蟀》本事

陈民镇*

【内容提要】　论者对清华简《耆夜》所载周公作《蟋蟀》本事多有质疑，这些质疑并非没有可商之处。通过对清华简《耆夜》性质的探讨，可知其记述大抵可信，周公作《蟋蟀》本事具有合理性。本文继而对《蟋蟀》的文本之志、诗人之志、读者之志进行了讨论，可知《蟋蟀》之"志"与《耆夜》所载史事在一定程度上是相互印证的。

【关键词】　清华简　《耆夜》　《蟋蟀》　诗言志

《清华大学藏战国竹简》第一辑中《耆夜》[①]一篇，载武王八年征伐耆（黎）之后，于文太室举行饮至礼典，其间武王、周公等人相与酬酢赋诗，所见乐诗是先秦诗歌的新材料。其中，除了四首逸诗之外，尚有一首周公所赋之诗，无论是题名还是内容，均与今本《诗经·唐风》中的《蟋蟀》相类，尤为引人注目。关于该诗的性质，学术界有不同意见；关于该诗的主旨，亦是聚讼纷纭。笔者不揣固陋，拟对《蟋蟀》的性质及其"志"略作阐论，祈蒙方家教正。

＊　陈民镇，烟台大学中国学术研究所中国史专业 2010 级硕士研究生。

①　对《耆夜》释文的梳理详见颜伟明、陈民镇《清华简〈耆夜〉集释》，复旦大学出土文献与古文字研究中心网站，http://www.gwz.fudan.edu.cn/SrcShow.asp? Src_ ID=1657，2011 年 9 月 20 日。

一　《耆夜》的性质及周公作《蟋蟀》本事考辨

李学勤先生在最初介绍《耆夜》所见《蟋蟀》时，是基本肯定《蟋蟀》系周公所作的。① 后李先生又撰文指出简文与《唐风》两篇《蟋蟀》存在不同，其成篇的时期和地域应该有较大的距离。从《唐风》一篇显然比简文规整看，简文很可能较早，经过一定的演变历程才演变成《唐风》的样子。② 李先生引证山西曲沃北赵晋侯墓地所出晋侯对器物说明《诗序》所讲恐怕不是史实，周公作《蟋蟀》更近事实，先生目光如炬，足堪敬佩。与此同时，有不少学者质疑《耆夜》所载周公作《蟋蟀》本事，歧见迭出，有必要作一番梳理与辩证。

（一）学者对周公作《蟋蟀》本事的质疑

对周公作《蟋蟀》本事持怀疑态度的学者主要有陈致、刘成群、刘光胜、曹建国、刘立志等先生，以上诸先生虽出发点不同，但不约而同地质疑《耆夜》所载周公作《蟋蟀》的本事。

陈致先生在《清华简中所见古饮至礼及〈郘夜〉古佚诗试解》一文中指出，简文《蟋蟀》的用韵较毛诗《唐风·蟋蟀》要松散一些，其不规则的用韵效果显然是不及毛诗《唐风·蟋蟀》的。如果从这几首诗的句式（基本上是每行四字）、用韵和套语的使用这几个方面来看，这几首诗不太可能是商周之际的原来的作品，即使与原来的作品有一定的关系，也是经过了改写和加工，它很可能是战国时代的作品。③

刘成群先生在《清华简〈郘夜〉〈蟋蟀〉诗献疑》一文中对周公作《蟋蟀》的真实性提出了质疑，其质疑主要从以下几点出发：

其一，据《耆夜》记载，《蟋蟀》一诗为周公在武王八年伐耆后所作，但这种说法在先秦典籍中找不到任何证据；

其二，在儒家后学关于孔子的记忆资料里，也找不到孔子关于周公作《蟋蟀》的只言片语；

---

① 李学勤：《清华简〈郘夜〉》，《光明日报》2009 年 8 月 3 日。
② 李学勤：《论清华简〈耆夜〉的〈蟋蟀〉诗》，《中国文化》第三十三期（2011 年春季号）。
③ 陈致：《清华简中所见古饮至礼及〈郘夜〉古佚诗试解》，纪念谭朴森先生逝世两周年国际学术研讨会，复旦大学出土文献与古文字研究中心，2009 年 6 月 13～14 日；载复旦大学出土文献与古文字研究中心编《出土文献与传世典籍的诠释》，上海古籍出版社，2010。又载《出土文献》第一辑，中西书局，2010。

其三，如果《蟋蟀》系周公所作，它即使不被采于作为鲁诗的《豳风》中，至少也不会被采入《唐风》；

其四，如果《逸周书》乃是"战国之士私相缀续，托周为名"的作品，那么大致产生于同一时期并与其极为相似的清华简《保训》也一样有可能为"战国之士私相缀续"之作；

其五，在战国时期楚地这样一个有着丰厚《诗》学水准的土壤上，是极有可能出现对《诗》的拟作和与《诗》有关的情节化操作的；

其六，《耆夜》里的《蟋蟀》句式参差不齐，看起来要比今本《诗经》中的《唐风·蟋蟀》古老，但这并不能说明它就是周公所赋《蟋蟀》诗的原始风貌；

其七，《诗小序》是战国至汉初有关《诗》的"教学提纲"，其自身也蕴含有一种附会历史情节的解《诗》倾向，《诗小序》既然可以运用史事比附，那么《耆夜》同样也可以。①

刘光胜先生指出，清华简《耆夜》"作"字不能理解为创作，而是指演奏，周公见蟋蟀闯进来，演奏《蟋蟀》三章，不能因此断定周公是《诗经·蟋蟀》诗的作者。清华简《耆夜》并非周初文献，与《尚书》、金文等文献对比，可知它很可能成书于西周中晚期至春秋前段。②

曹建国先生则认为简本《蟋蟀》当系战国时人仿《唐风·蟋蟀》而托名于周公，与《唐风·蟋蟀》旨趣不同，也不能因此否定《毛诗序》对《唐风·蟋蟀》的解读。不仅如此，《耆夜》记载武王等作诗也不可信，传世文献记载的周公作诗问题也需要重新审视。③

刘立志先生也认为清华简所载《蟋蟀》本事当是后人拟撰附会，并一一分析了《诗经》中与周公有关的诗篇，认为这些周公作诗的说法基本不成立。④

（二）周公作《蟋蟀》本事释疑

以上诸先生均提供了很好的思路，精义迭出，有助于疑云的澄清。但以上诸说并非没有可商之处。

---

① 刘成群：《清华简〈郘夜〉〈蟋蟀〉诗献疑》，《学术论坛》2010年第6期。
② 刘光胜：《清华简〈耆夜〉考论》，《中州学刊》2011年第1期。相似内容又见《中华文化论坛》2011年第1期。
③ 曹建国：《论清华简中的〈蟋蟀〉》，2010年中国文学传播与接受国际学术研讨会论文汇编（中国古代文学部分），2010。又见《文学遗产》（网络版）2011年第2期，http：//wxyc. literature. org. cn/journals＿ article. aspx? id＝1100；《江汉考古》2011年第2期。
④ 刘立志：《周公作诗传说的文化分析》，《南京师大学报（社会科学版）》2010年第2期。

首先来看陈致先生的观点。陈致先生分析了三种可能，其一是简文《蟋蟀》是《唐风·蟋蟀》的前身，其二是《唐风·蟋蟀》是简文《蟋蟀》的前身，其三是简文《蟋蟀》与《唐风·蟋蟀》是源自两个平行互不相干的文本。陈先生认为这三种可能性在逻辑上应是均等的，但陈先生显然认为第一种可能性较小。陈先生是从句式、用韵和套语的使用这几个方面出发来分析简文《蟋蟀》的。然而，简文《蟋蟀》的不整饬很难说是它晚出的证据，《唐风·蟋蟀》的严整却在一定程度上反映其经过加工与整理的事实。

刘成群先生就简文《蟋蟀》提出了许多疑点。其中第一、第二点主要是针对周公作《蟋蟀》本事不见传世文献而言的，但这并不能说明《耆夜》的记载不可靠。举个最简单的例子，清华简《楚居》关于楚人世系及迁徙的许多信息是前所未见的，我们当然不能因为这些信息没有流传到现在便质疑出土文献的可靠性。

关于第三点，《蟋蟀》何以被采入《唐风》现在尚难以究明，李学勤先生曾提出这样的猜想："耆（黎）国与唐有一定关系。《帝王世纪》等古书云尧为伊耆氏（或作伊祈、伊祁），《吕氏春秋·慎大》还讲武王'封尧之后于黎'。春秋时的黎侯被狄人逼迫，出寓卫国，事见《左传》宣公十五年和《诗·旄丘》序，其地后人于晋。揣想《蟋蟀》系戡耆（黎）时作，于是在那一带流传，后来竟成为当地的诗歌了。"[1] 笔者试提出两点想法：其一，很多学者忽略了周公与唐的关系，《史记·晋世家》云："武王崩，成王立，唐有乱，周公诛灭唐。"唐为周公所灭，周公与唐并非没有关联。准此，周公作《蟋蟀》并被采入《唐风》便不难解释了。1992 年至 1994 年，考古工作者在山西翼城、曲沃两县的交界处——天马—曲村遗址发掘了晋侯墓地，以晋文化为主，其年代贯穿晋国始终。[2] 有多位晋侯埋葬于此，其中便包括《诗序·蟋蟀》提及的晋釐侯。在天马—曲村遗址第 31 号墓，发现了一件被称作"文王玉环"的器物，铭文曰："文王卜曰：我及唐人弘战贾人。"李学勤先生推测玉环上的文字系唐人所刻，至周公灭唐，成王以其地封晋，这件玉环便归晋公室所有。[3] 总之，周公曾灭唐，周公所作诗流传于唐故地，本无足怪。其二，江林昌师曾据天马—曲村遗址推论《唐风》地望正在山西翼城一带，[4] 而《耆夜》载武王八年戡耆（黎），耆（黎）地望在上党，即现在的山西长治西南，与翼城相去不远，在戡耆（黎）后周公所作《蟋蟀》，自然有可能被采入《唐风》。以上是笔者对《蟋蟀》何以被

① 李学勤：《清华简〈耆夜〉》，《光明日报》2009 年 8 月 3 日。
② 参见邹衡《论早期晋都》，《文物》1994 年第 1 期。
③ 参见李学勤《文王玉环考》，《华学》第一辑，中山大学出版社，1995。
④ 江林昌：《晋侯墓地与夏墟、晋都、唐风》，《考古发现与文史新证》，中华书局，2011，第 259 页；原载《徐中舒先生百年诞辰纪念文集》，巴蜀书社，1998。

采入《唐风》的初步推测。

第四点是关于《逸周书》性质的问题。《清华大学藏战国竹简（壹）》所公布的九篇文献中，有三篇明确与《逸周书》有关，分别是《皇门》《祭公之顾命》和《程寤》。其中，《皇门》与《祭公之顾命》见诸今本《逸周书》，基本一致，清华简本可订正今本许多讹误。《程寤》已佚，在今本《逸周书》中仅存其目。但在《艺文类聚》《太平御览》等文献中，载录了《程寤》的前部分文句，与清华简本所见基本一致。李学勤先生曾指出："《世俘》《商誓》《皇门》《尝麦》《祭公》《芮良夫》等篇，均可信为西周作品。"[1]刘起釪先生《尚书学史》指出《克殷》《世俘》《商誓》《度邑》《作雒》《皇门》《祭公》七篇可确认为西周文献，《程典》《酆保》《文儆》《文传》等十余篇保存了西周原有史料，其文字写定可能是春秋时，《大开》《小开》等篇，虽然也是关于自文王历武王至周公各时期的史料，然已近战国文字，当系战国时据流传下来之史料写成。[2]总之，《逸周书》虽然内容驳杂，甚至包括类似《六韬》的兵书，但有许多是可信的史料。《逸周书》的史料价值越来越得到重视，它绝非简单的"私相缀续"。刘先生认为《逸周书》是"私相缀续"，继而否定《耆夜》的内容，难以令人信服。事实上，刘成群以及刘光胜先生均认为《耆夜》属于《逸周书》，这也恐怕有待验证。虽然《耆夜》尊隆周公，与《逸周书》的基本精神相近，但《耆夜》的体例与《逸周书》还是存在一定区别的。

至于第五、第六、第七点质疑，均是通过相关背景的推论，都很难说明《耆夜》所载周公作《蟋蟀》本事不可信。

再看刘光胜先生的观点。刘先生一方面指出清华简《耆夜》并非周初文献，与《尚书》、金文等文献对比，可知它很可能成书于西周中晚期至春秋前段；另一方面认为《耆夜》"作"字不能理解为创作，而是指演奏，周公见蟋蟀闯进来，演奏《蟋蟀》三章，不能因此断定周公是《诗经·蟋蟀》诗的作者。刘先生还是相信周公"作"《蟋蟀》的，只是认为《蟋蟀》并非周公所作，而是原已有之的篇章。然而，《耆夜》所见武王、周公等人之间相与酬酢的诗篇，从内容看均是针对伐耆（黎）胜利以及饮至礼的。至于《蟋蟀》，更是因为一只蟋蟀突然闯入，周公有感而作，《蟋蟀》的意象乃至主旨均是切合当时情境的。故《耆夜》所见五首诗篇，更可能是应景之作。更为重要的是，与春秋时代赋古诗盛行、《诗》经典化不同，西周时期是造新诗的时代、积累"诗"的时代，《耆夜》表现的便是周人造诗的情境。

---

① 李学勤：《序言》，《逸周书汇校集注》，上海古籍出版社，2007，第 3 页。
② 刘起釪：《尚书学史》，中华书局，1989，第 96 页。

　　曹建国先生认为《毛诗序》对《唐风·蟋蟀》的解说符合诗旨，简本《蟋蟀》当是《唐风·蟋蟀》的仿作，继而认为《耆夜》所载佚诗均为战国人的作品，《耆夜》谓周公作《蟋蟀》如《金縢》所见周公作《鸱鸮》，乃战国时儒者尊崇周公的造圣新说。关于《蟋蟀》的诗旨，笔者下文再论。关于周公作诗，为文献所艳称。笔者认为，所谓周公"制礼作乐"是有其依据的，《诗经》中的确有不少篇章与周公有关。至于《金縢》载周公作《鸱鸮》，清华简亦见及《金縢》，与今本《金縢》大率一致。过去论者就《金縢》所载史事的真实性问题尚有争议，如明人王廉、张孚敬，清人袁枚等，皆对其真实性有所怀疑。事实上，《金縢》的内容所折射出的，正是宗周的神道思想。周公欲代武王死，即楚简所见"代祷"，亦见诸《左传》哀公六年及《元秘史》的相类传说，前贤已有所揭橥。《金縢》的故事存在合理的内核，以及真实的历史背景。刘起釪先生认为"《金縢》的故事是完全符合当时历史实际的。而篇中所载周公册祝之文，不论是它的思想内容，还是一些文句语汇，也都基本与西周初年的相符合。因此这篇文件的主要部分确是西周初年的成品，应该是肯定无疑的。……但其叙事部分则可能是后来东周史官所补充进去的"①。良是。

　　刘立志先生认为周公作"诗"是不可信的，但愚意以为虽则《诗序》将著作权归诸周公的某些篇章未必尽是周公所作，却不能否定周公在周初制礼作乐以及构建宗周社会礼乐诗三位一体过程中的重要作用。譬如刘立志先生亦怀疑《金縢》的可信性，继而质疑《鸱鸮》非周公所作。这一问题已如前述，《金縢》的基本内容并非像一些学者所认为的不能置信。

　　以上就诸先生的说法作了简单的平议，《耆夜》所载周公作《蟋蟀》本事，尚是一个未能遽定的问题。质疑周公作《蟋蟀》本事可信性的说法固然不是没有漏洞，而要证明周公作《蟋蟀》确有其事，同样是有相当大的难度的。

（三）《耆夜》的性质与周公作《蟋蟀》本事

　　笔者认为，欲确定《耆夜》所见周公作《蟋蟀》本事是可信的，一要说明《耆夜》的记载是可信的，二要证明《蟋蟀》的主旨与《耆夜》的故事背景是相一致的。

　　笔者认为，《耆夜》的历史背景、礼典仪式、乐诗内容等均有真实之素地，绝非向壁虚构。这需要从以下几方面来理解。

---

① 顾颉刚、刘起釪：《尚书校释译论》第三册，中华书局，2005，第1253页；刘起釪：《〈金縢〉故事的真实性》，《古史续辨》，中国社会科学出版社，1991，第372页。

其一，《耆夜》所叙历史背景的真实性。《耆夜》所叙，正是"武王八年"周人戡耆（黎）而归。《耆夜》的"耆"，正是《尚书·西伯勘黎》的"黎"，《尚书大传》《史记》以降，史家多定"西伯"为周文王，几成定说。然唐人孔颖达于《尚书正义》有所质疑，宋人胡宏则在《皇王大纪》中提出西伯即周武王，此后学者多有争论。宋代是"西伯戡黎"公案的肇端期，也是各种观点激烈交锋的时期。这与当时理学盛行的大背景有关，因为不少论者的出发点便是：以文王的德行，不可能去征伐黎国的。当然，也有不少学者从当时的情势出发，提出了不少中肯的意见。《尚书·西伯戡黎》所叙事件，乃是危及殷商王畿、引起商朝震恐的大事件，与清华简《耆夜》所记述的情况相合。从周人东进的路径、当时的情势等方面看，可以肯定，《尚书·西伯戡黎》中的"西伯"正是周武王，"黎"正是《耆夜》中所伐之"耆"。此外，据今本《竹书纪年》，周文王可能也征伐过一个黎（耆）国，但今本《竹书纪年》的可信度一直备受质疑，需审慎看待。①

其二，《耆夜》所叙礼典的真实性。《耆夜》载武王戡耆（黎）归来于文太室举行饮至礼，按"饮至"《左传》凡五见，隐公五年杜注云："饮于庙。"桓公二年孔疏云："饮至者，嘉其行至，故因在庙中饮酒为乐也。"《春秋左传词典》云："出国返回告庙饮从者。"② 杨伯峻先生《春秋左传注·隐公五年》云："凡国君出外，行时必告于宗庙，还时亦必告于宗庙。还时之告，于从者有慰劳，谓之饮至。其有功者书之于策，谓之策勋或书劳。"③ 饮至是行军程序的一个环节，在凯旋后，出征者回到宗庙祭告先祖，献俘授馘（可参见小盂鼎、虢季子白盘、敔簋等彝铭），并行饮至之礼，与此相伴随的有舍爵、策勋、大赏等仪式。甲骨文、金文习见的"大室"（传世典籍作"太室"）、天亡簋（《集成》4261）的"天室"，即指宗庙的构成部分。《耆夜》所见"文太室"，简文作"文大室"，"饮至"便发生于此。④ 结合文献的记载，可知"饮至"有如下几点要素：其一，时间在凯旋之后；其二，地点在宗庙，《耆夜》所谓"文太室"；其三，"饮至"主要是为了慰劳功臣并祭告祖先；其四，广义的"饮至"包括献俘、饮酒、赋诗、策勋（书劳）等；其五，狭义的"饮至"便指"舍爵"，即饮酒、酬酢赋诗。《耆夜》的"饮至"，便是狭

---

① 陈民镇、江林昌：《"西伯戡黎"新证——从清华简〈耆夜〉看周人伐黎之史事》，《东岳论丛》2011年第10期。

② 杨伯峻、徐提编《春秋左传词典》，中华书局，1985，第789页。

③ 杨伯峻编著《春秋左传注》，中华书局，1990，第43页。

④ 黄怀信先生认为文王彼时尚未驾崩，"文太室"乃文王居室。参见黄怀信《清华简〈耆夜〉句解》，武汉大学简帛研究中心网站，http：//www.bsm.org.cn/show_article.php？id=1418，2011年3月21日。按：黄先生的判断主要依据《逸周书·文传》文王"受命"九年后驾崩之说，《文传》之说，已有学者辨其误；文王"受命"七年而崩，更加可信。

义的概念。除了传世典籍，"饮至"在甲骨文与今文中均有反映。周原甲骨 H11：132 载见"王畬秦"一语，李学勤先生指出"畬秦"即周公东征鼎（《集成》2739，又称𡛕方鼎）所见"畬秦"，也许是"饮至"一类庆祝凯旋的礼仪，此礼不见于殷墟卜辞。① 李先生此论独具卓识，在清华简出现之后先生又重申了这一点。② 陈致先生从李先生说，指出"畬秦"当是"饮臻"，即"饮至"。③ 周公东征鼎铭文曰："惟周公于征东夷，丰伯、薄姑咸𢦏，公归禋于周庙。戊辰，畬秦畬。公赏𡛕贝百朋，用作尊彝。"从这段铭文看，周公东征归来，于周庙行"饮至"，并"大赏"功臣，这与载籍的记述是一致的。此外，噩侯驭方鼎（《集成》2810）等亦见"饮至"的相关记述。由《耆夜》所见，"毕公高为客，召公保奭为介，周公叔旦为主，辛公姬④甲为位，作册佚为东堂之客，吕尚父命为司正，监饮酒"，各安其位，尊卑有序。与"饮至"密切相关的"策勋"即"书劳"。《耆夜》载"作册佚为东堂之客"，"作册佚"简文作"作策逸"，系周武王时史官，其厕身周王室"饮至"的队伍中，其最大的任务当是"策勋"，并且记录这场饮至礼典以及赏赐情况。《耆夜》的主要内容或原始素材或出自作册佚笔下，自当可能。总之，《耆夜》所叙饮至礼的程序绝非向壁虚构。

其三，《耆夜》所见宴飨诗的真实性。《耆夜》中，共涉及五首宴飨诗，分别是《乐乐旨酒》《輶乘》《赑赑》《明明上帝》《蟋蟀》。其中除《蟋蟀》与今本相似之外，另外四首均不见今本《诗经》，属逸诗。笔者曾系统梳理过《大雅》《小雅》中的宴飨诗，《耆夜》所见逸诗的语言特征、文本结构、句式特征均与二雅所见宴飨诗一致。《耆夜》所见逸诗有不少语句也与二雅的宴飨诗相类，如武王酬毕公的《乐乐旨酒》云："乐乐旨酒，宴以二公。""乐乐旨酒"犹"旨酒乐乐"，义同《诗经·大雅·凫鹥》中的"旨酒欣欣"，亦可与《诗经·小雅·頍弁》"乐酒今夕"中的"乐酒"类观。"乐乐旨酒，宴以二公"可与《诗经·小雅·鹿鸣》"我有旨酒，以燕乐嘉宾之心"合观。武王酬周公所作《輶乘》云："輶乘既饬。"可与《诗经·小雅·采薇》"戎车既驾"、《诗经·小雅·六月》"戎车既饬"相参证，意谓整治战车。周公酬武王的《明明上帝》云："明明上帝，临下之光。"可参看《诗经·小雅·小明》的"明明上天，照临下土"，郑笺云："明明上

① 参见李学勤、王宇信《周原卜辞选释》，《古文字研究》第四辑，中华书局，1980，第 254 页。

② 参见陈致《战国竹简重光——清华大学李学勤访谈录》，《明报月刊》2010 年 5 月。

③ 陈致：《清华简所见古饮至礼及〈郘夜〉中古逸诗试解》，《出土文献》第一辑，中西书局，2010，第 15 页。

④ 复旦大学出土文献与古文字研究中心研究生读书会认为"姬"当作"諫"，参见《清华简〈耆夜〉研读札记》，复旦大学出土文献与古文字研究中心网站，http：//www.gwz.fudan.edu.cn/SrcShow.asp? Src_ ID = 1347，2011 年 1 月 5 日。

天，喻王者当光明。"《耆夜》所见逸诗，许多词汇见诸金文，时间跨度由西周早期到战国中期。这几首逸诗可能经过后世的改写与整理，但其基本内容当是可信的。

其四，周公等人作诗有其合理性。文献艳称周公制礼作乐，而"诗"正是礼乐文化的重要内容。《金縢》载周公作《鸱鸮》是值得相信的史料，许多将著作权归诸周公的诗篇，亦不能轻易否定。此外，笔者认为春秋以前是诗歌大量创作、积累的时期，[①] 与春秋时期赋古诗的风尚迥异，这也是与《耆夜》的记载相合的。

综上，《耆夜》的记载是有相当大的可信度的。具体到《蟋蟀》上，还要讨论其诗旨。

《诗小序》云："《蟋蟀》，刺晋僖公也。俭不中礼，故作是诗以闵之，欲其及时以礼自虞乐也。此晋也，而谓之唐，本其风俗，忧深思远，俭而用礼，乃有尧之遗风焉。"谓《蟋蟀》是刺晋僖公"俭不中礼"，"欲其及时以礼自虞乐也"。晋僖公，即《左传》桓公六年的晋僖侯、《史记·晋世家》的晋釐侯，于西周共和二年至宣王五年（公元前840～前823年）在位。在天马—曲村晋侯墓地中，发现了"晋侯对"的一批青铜器，"晋侯对"即晋僖公。李学勤先生指出，历史上的晋僖公实际不是生活过俭，以致不合礼制，激起人们作诗以"刺"的君主，事实刚好相反。[②] 李先生引证了与晋僖公有关的几件器物，其中有一组盨铭文曰："惟正月初吉庚寅，晋侯对作宝尊朕盨，其用田狩湛乐于原隰，其万年永宝用。"另有一件铺，铭文曰："惟九月初吉庚寅，晋侯对作铸尊铺，用旨食大燔，其永宝用。"李先生指出：

> 盨铭说"田狩湛乐于原隰"，"湛乐"可参照《诗·常棣》"和乐且湛"。其实"湛"可以通作"沈"，有不好的意思，如《诗·抑》"荒湛于酒"，《墨子·非命下》"内湛于酒乐"。

> 铺铭"旨食大燔"，"旨食"意是美食，"燔"我想应读为"燔"，即烤肉，铺是豆类器，可用以陈肉食。

> 将两篇特异的铭文结合起来，不难看出晋僖公绝不是俭啬的人，而是敢于逸乐，爱好田游和美味的豪奢贵族。《诗序》所讲恐怕不是史实。

《耆夜》所提供的简文《蟋蟀》的历史背景，则完全没有上面说的矛盾和

---

① 陈民镇：《孟子"诗亡然后〈春秋〉作"解诂——兼论中国早期史学的转捩与清华简〈系年〉》，《孔孟月刊》第50卷，待刊。
② 李学勤：《论清华简〈耆夜〉的〈蟋蟀〉诗》，《中国文化》第三十三期（2011年春季号）。

问题。①

李先生的意见值得重视。因为根据《诗小序》，言《蟋蟀》是刺晋僖公"俭不中礼"，但与《唐风·蟋蟀》的内容有不可调和的矛盾，古来多有异说。李先生引证晋侯对的器物，一方面抽去了《诗小序》说法的根基——晋僖公绝非"俭不中礼"，恰恰相反，晋僖公是湎于逸乐的；另一方面，清华简《耆夜》的历史背景，却不存在这样的问题。

事实上，《诗小序》将《蟋蟀》归入《唐风》解释为"本其风俗，忧深思远，俭而用礼，乃有尧之遗风焉"，颇显牵强。后世论者又多在《诗小序》这一说法的基础上益加发挥，在唐尧的问题上徘徊。笔者上文对《唐风》地望以及《蟋蟀》果若系周公所作何以被归入《唐风》的问题均已有所涉及。

除了李先生所指出的晋侯对器物之外，最早对《蟋蟀》的解读同样有参考价值。目前所见较为明确的、较早的对《蟋蟀》的解读主要有两则材料，其一是上博简《孔子诗论》的记述："《蟋蟀》知难。"整理者以为岁月难留之义，李零先生则读为"戁"，系惶恐、惭愧之义。② 同样，《诗小序》所谓"俭不中礼"是难以与《孔子诗论》的记述相契合的，而清华简《耆夜》的历史背景却无这样的问题。《耆夜》所见，周公赋《蟋蟀》正是为了提醒大家不要过度淫乐，这与"知难"并无矛盾，而且相互呼应。

第二则材料出自《左传》襄公二十七年，记述了赵孟欲观子展、伯有等"七子之志"，请"七子"一一"赋诗"。其中印段赋了《蟋蟀》，赵孟曰："善哉！保家之主也，吾有望矣！"《正义》释"保家之主"："大夫称主，言是守家之主，不亡族也。"《左传》同章又记载文子语："其余皆数世之主也。子展其后亡者也，在上不忘降。印氏其次也，乐而不荒。乐以安民，不淫以使之，后亡，不亦可乎？"《正义》曰："印段赋《蟋蟀》，义取好乐无荒。无荒，即不淫也。好乐则用乐以安民也。其使民也，又不淫以使之，民皆爱之。守位必固，在人后亡，不亦可乎？"③ 同样，这里的"赋诗之志"与《诗小序》存在矛盾，却与《耆夜》相契合。

《孔子诗论》与《左传》虽然没有提及《蟋蟀》究竟是何人所作，但却在某种程度上验证了《耆夜》的记述。结合晋侯对的器物，我们至少可以肯定，《诗小序》的说法缺乏依据。关于《蟋蟀》的诗旨，便牵涉"志"的问题，以下试作阐论。

---

① 李学勤：《论清华简〈耆夜〉的〈蟋蟀〉诗》，《中国文化》第三十三期（2011年春季号）。
② 李零：《上博楚简校读记》，中国人民大学出版社，2009，第20页。
③ 孔颖达：《春秋左传正义》，《十三经注疏》，中华书局，1980，第1997页。

二 "诗言志"义与《蟋蟀》的
文本之志、诗人之志

诗之"志"可区分为诗人之志、读者之志和文本之志，本部分主要讨论《蟋蟀》的文本之志与诗人之志。

（一）"志"与"诗言志"

过去学者多关注"志"的诗学意涵，事实上，"志"亦是重要的思想史概念。除了存在于"诗"中，"志"亦显现于"书""易"中，饶宗颐先生归纳为诗言志、书褧志、易蔽志。① 《尚书·益稷》云："禹曰：'安汝止，惟几惟康。其弼直，惟动丕应。褧志以昭受上帝，天其申命用休。'"《左传》哀公十八年引《夏书》曰："官占，唯能蔽志，昆命于元龟。""志"之观念为先秦时人所保重，固属不诬。

"志"之观念，于清华简《保训》亦有体现。《保训》简4云："自稽厥志。""志"，整理者引《列子·汤问》注："谓心智。"② 《保训》第9号简见及"寺"字，文中读作"志"，不过作动词解。"厥志"一语可参见《尚书·盘庚中》"以丕从厥志"。《尚书·泰誓上》："有罪无罪，予曷敢有越厥志？"饶宗颐先生云："古人极重视'志'。'志'为心所主宰，故云'志，心彀'（笔者按：见郭店简《语丛一》）。'志'可说是一种'中心思维'，思想上具有核心作用。"③ 明乎此，不难理解"自稽厥志"之神圣性矣。饶公复征引《尚书·盘庚上》"予告汝于难，若射之有志"、《尚书·盘庚中》"汝分猷念以相从，各设中于乃心"，指出"中"是旗帜，设旗帜于心，作行为之指导，"设中于心"便是"志"；"志"所以为气之帅，正如"旗""物"之为兵之帅，军队之立旗，与心之"设中"，道理没有二致的。④ 饶宗颐先生的相关研究有着极为重要的启迪意义。

厘清"志"的意涵，有助于把握"诗言志"的内在含义。《尚书·舜典》曰："诗言志。"《左传》襄公二十七年云："诗以言志。"《国语·楚语上》云："教之《诗》，而为

---

① 参见饶宗颐《诗言志再辨——以郭店楚简资料为中心》，《饶宗颐新出土文献论证》，上海古籍出版社，2005。
② 清华大学出土文献研究与保护中心：《清华大学藏战国竹简〈保训〉释文》，《文物》2009 年第 6 期。
③ 饶宗颐：《诗言志再辨——以郭店楚简资料为中心》，《饶宗颐新出土文献论证》，上海古籍出版社，2005，第 144 页。
④ 饶宗颐：《诗言志再辨——以郭店楚简资料为中心》，《饶宗颐新出土文献论证》，上海古籍出版社，2005，第 145 页；饶宗颐：《"贞"的哲学》，《饶宗颐二十世纪学术文集》（卷四·经术、礼乐），中国人民大学出版社，2009，第 99 页。

之导广显德，以耀明其志。"《庄子·天下》云："诗以道志。"《荀子·儒效》云："诗言是，其志也。"郭店简《语丛一》简 38 ~ 39 云："诗所以会古今之志也。"《毛诗序》云："诗者，志之所之也。在心为志，发言为诗。"皆谓诗言志。《说文》云："诗，志也。"按："志"与"诗"有着千丝万缕的关联，二者亦可相通。[1] 上博简《孔子诗论》简 26 "志"写作 🦅，楚简的"诗"多作 🦅 或 🦅，郭店简《语丛一》简 38 所见"诗"的繁构作 🦅，"诗""志"二者的构形存在一定关系，《古文字谱系疏证》认为属同一派生系列。[2] "志"隶章纽之部，"诗"隶书纽之部，音近相假。但"诗"与"志"毕竟不是一回事，二者仍存在一定的分疏。所谓"在心为志，发言为诗"，"志"是作者的内在蕴藉，"诗"则是"志"的外在呈现与言语反映。中国古代文论向来有"诗言志"与"诗缘情"的分歧，然所谓"诗言志"，本身便包括"情"的质素。

所谓"诗言志"，不仅仅是就作诗而言的，在春秋诵古之风大炽的时候，它主要是就用诗之学而言的。钱穆先生认为，所谓"诗言志"，古人多运用在政治场合中，所言之志都牵涉政治。[3] 朱自清先生在《诗言志辨》中将"诗言志"区分为献诗陈志、赋诗言志、教诗明志、作诗言志。[4] 朱先生从诗的用途的角度对"志"作了区分，这固然是一个角度。但从文本的创作主体、接受主体以及文本看，诗之"志"可划分为诗人之志、读者之志和文本之志。[5] 这种划分方法，有助于区别诗的固有意涵、作者所欲传达的信息以及读者接受的歧异。对于理解先秦的诗学，只有基于这种区分，才能更全面地理解诗的意涵。

（二）文本之志与诗人之志的关系

首先看《蟋蟀》的诗人之志与文本之志。二者存在交集，这是毋庸置疑的事实。尽管刘勰在《文心雕龙·序志》称"夫文心者，言为文之用心也"，但在某些时候，诗人之志与文本之志往往不尽一致，并非完全重叠。因为创作主体在创作的过程中，通过各种手法使诗人之志蕴藉于文本之内，而这一过程往往会发生"失真"的现象，导致文本所传达的

---

[1] 参见白于蓝编著《简牍帛书通假字字典》，福建人民出版社，2008，第 24 页。

[2] 参见黄德宽主编《古文字谱系疏证》，商务印书馆，2007，第 111 页。

[3] 钱穆：《中国文学讲演集》，巴蜀书社，1987，第 98 页。

[4] 朱自清：《诗言志辨》，北京古籍出版社，1956。

[5] 俞志慧：《君子儒与诗教：先秦儒家文学思想考论》，三联书店，2005，第 2 页。一些文学理论著作认为"本文"与"文本"存在区别，认为"本文"是指由作者写成还没有被读者阅读的文学作品，而"文本"是读者已经阅读包含完整意义的实际语言形态。在此，笔者并不使用"本文"的指称，而用"文本"的普泛义，实际上相当于上述所谓的"本文"。

文本之志并不一定与诗人之志相统一。

诗人之志转换为文本之志即"物化"的过程，即通过语言、文字、纸张等媒介，将精神性的艺术构思转化为物质性的文本。① 这一过程正是"形之于心"向"形之于手"的转换。这一转换过程并非简单的输出与输入的关系，而是通过艺术手段"物化"的。在此过程中，可能会发生"失真"。以著名的"胸有成竹"为例：

> 故画竹必先得成竹于胸中，执笔熟视，乃见其所欲画者，急起从之，振笔直遂，以追其所见，如兔起鹘落，少纵则逝矣。与可之教予如此。予不能然也，而心识其所以然。夫既心识其所以然而不能然者，内外不一，心手不相应，不学之过也。（《文与可画筼筜谷偃竹记一首》）②

可见即便"成竹在胸"，也要把握稍纵即逝的艺术体验与灵感，否则很容易导致"内外不一，心手不相应"的现象。说的虽是画竹，其理实一。苏轼为我们形象地阐释了"物化"过程中"失真"的现象。创作主体艺术表现的不恰当、创作动机的中途转换等情况，都会导致诗人之志与文本之志的背离。当文本之志的内涵大于诗人之志，便是文艺学中"形象大于思维"的现象。

（三）《蟋蟀》的文本之志

既然诗人之志与文本之志可能不尽一致，那么《蟋蟀》一诗的诗人之志与文本之志究竟是否统一？如果统一，二者所指涉的内容分别为何呢？

这里首先讨论《蟋蟀》的文本之志。这需要从文本的字句入手，分析其意涵。《耆夜》所见有关《蟋蟀》部分见诸简9至简14，兹迻录如下：

> 周公秉爵（爵）未歓（饮），蚰（蟋）螶（蟀）遲（趨）陞（陞）于尚（堂），〔周〕公复（作）诃（歌）一夂（终），曰螶＝螶＝（螶螶螶螶—《蟋蟀》："蟋蟀"）才（在）尚（堂），设（役）车元（其）行。今夫君子，不惪（喜）不药（乐）。夫日□□，□□□忘。母（毋）巳（已）大药（乐），则夂（终）吕（以）康＝（康康—康。康）药（乐）而母（毋）忘（荒），是隹（惟）良士之迡＝（迡

---

① 参见童庆炳主编《文学理论教程》，高等教育出版社，2004，第146页。
② 苏轼：《苏东坡全集》卷三十二，中国书店，1986，第394~395页。

迈）。螽（蟋）蟗（蟀）才（在）笭（席），戋（岁）壽（聿）员（云）莫（暮）。今夫君子，不憙（喜）不药（乐）。日月亓（其）歲（穢—迈），从朝返（及）夕。母（毋）巳（已）大康，则夂（终）吕（以）复（祚）。康药（乐）而母（毋）〔忘（荒）〕，是隹（惟）良士之思＝（惧惧）。螽（蟋）蟗（蟀）才（在）舒（序），戋（岁）壽（聿）员（云）□。□□□□，□□□□。□□□□，〔从各（冬）〕①返（及）顆（夏）。母（毋）巳（已）大康，则夂（终）吕（以）思（祜）②。康药（乐）而母（毋）忘（荒），是隹（惟）良士之思＝（惧惧）。

　　"趯"字，整理者隶作"趙"，认为很可能是"越"（跳）的异体，也可读为"骤"。③复旦大学出土文献与古文字研究中心研究生读书会指出，该字作""，然其所从与楚简"舟"字明显有别，应即由"潮"的象形初文""演变而来，当释作"趯/跃"，《周易·乾》："或跃在渊。"孔颖达疏："跳跃也。""趯"可用来形容小虫，如《召南·草虫》和《小雅·出车》的"趯趯阜螽"。用"趯"形容蟋蟀，自然也是合适的。④兹暂从复旦大学出土文献与古文字研究中心研究生读书会说。另"陞"字，整理者隶作"隆"，认为系"降"之异体，亦可能是"陞"字。⑤陈志向先生引广濑薰雄先生意见，指出应读为"陞"。"升堂"之语典籍常见。从文意看，饮是在堂上，只有蟋蟀升于堂，周公才可能看到并因此而作歌。可参考包山简中"陞/阤门又败"中"陞/阤"字的写法。不过楚简中的"降"字确有类似写法，见《容成氏》简48。⑥可从。则周公作《蟋蟀》的前提是"周公秉爵未饮，蟋蟀趯陞于堂"，一位不速之客闯入了饮至礼现场，激发了周公的灵感，遂"作歌一终。曰《蟋蟀》"。《诗经·豳风·七月》云："五月斯螽动股，六月莎鸡振羽。

---

① 简文缺，据复旦大学出土文献与古文字研究中心研究生读书会意见补。参见复旦大学出土文献与古文字研究中心研究生读书会《清华简〈耆夜〉研读札记》，复旦大学出土文献与古文字研究中心网站，http：//www.gwz.fudan.edu.cn/SrcShow.asp？Src_ID=1347，2011 年 1 月 5 日。

② 笔者疑读作"祜"，参见颜伟明、陈民镇《清华简〈耆夜〉集释》，复旦大学出土文献与古文字研究中心网站，http：//www.gwz.fudan.edu.cn/SrcShow.asp？Src_ID=1657，2011 年 9 月 20 日。

③ 清华大学出土文献研究与保护中心编，李学勤主编《清华大学藏战国竹简》（壹），中西书局，2010，第 154 页。

④ 复旦大学出土文献与古文字研究中心研究生读书会：《清华简〈耆夜〉研读札记》，复旦大学出土文献与古文字研究中心网站，http：//www.gwz.fudan.edu.cn/SrcShow.asp？Src_ID=1347，2011 年 1 月 5 日。

⑤ 清华大学出土文献研究与保护中心编，李学勤主编《清华大学藏战国竹简》（壹），中西书局，2010，第 154 页。

⑥ 复旦大学出土文献与古文字研究中心研究生读书会《清华简〈耆夜〉研读札记》一文下的评论（2011 年 1 月 7 日）。

七月在野，八月在宇，九月在户，十月蟋蟀入我床下。"周正建子，十月正是岁末。此时蟋蟀闯入，说明正在岁末。简文云"岁聿云暮"，亦可说明这一点。这一前提能解释《蟋蟀》一诗何以以蟋蟀为意象、以蟋蟀起兴，传统的说法却不能。

我们再来看《诗经·唐风·蟋蟀》：

> 蟋蟀在堂，岁聿其莫。今我不乐，日月其除。无已大康，职思其居。好乐无荒，良士瞿瞿。
>
> 蟋蟀在堂，岁聿其逝。今我不乐，日月其迈。无已大康，职思其外。好乐无荒，良士蹶蹶。
>
> 蟋蟀在堂，役车其休。今我不乐，日月其慆。无已大康，职思其忧。好乐无荒，良士休休。

两个版本的《蟋蟀》，在文本上具有相似性，但也有许多不同。首先，两篇用韵很不一样，简文《蟋蟀》，第一章押阳部韵，第二、三章押鱼、铎（鱼铎平入对转），《唐风·蟋蟀》第一部押鱼、铎部韵，第二章押月部韵，第三章押幽部韵。[①] 《唐风·蟋蟀》用韵更为严整。其次，从句式看，《唐风·蟋蟀》也更显规整。故而使人怀疑，《耆夜》载录的《蟋蟀》是《唐风·蟋蟀》的祖本。然而，在更多的证据出现之前，我们不能轻易断言。上文论述了《耆夜》的可信，我们可以进一步推论《耆夜》所见《蟋蟀》之可信。如若我们能证明两首诗的文本之志相契合，无疑能进一步确认二者的关联。

两篇《蟋蟀》的共性显然更多。首先是语句上的相似。二者均以"蟋蟀在堂"起首，不过简文以下两段又分别换成了"蟋蟀在席"与"蟋蟀在序"。简文的"设车其行"，可与《唐风·蟋蟀》的"役车其休"对读。更为重要的是，二者的关键词或者攸关诗旨的语句高度密合。

为了更好地理解简文《蟋蟀》的文本之志，笔者将其中的关键语句分为以下五组。

第一组是"不喜不乐""毋已大乐""毋已大康"，与其相关的是"则终以康""则终以祚""则终以祜"。"毋已"犹言"不得"，"毋已大乐""毋已大康"指不得大乐，"则终以康"等是其结果，意谓不过度逸乐才能安康。"康""祚""祜"义近并举。"祜"，简文作"愳"，整理者括注为惧。复旦大学出土文献与古文字研究中心研究生读书会指出，"则终以愳"与《蟋蟀》前两章的"则终以康""则终以祚"相对，"愳"对应的是"康"

---

① 参见李学勤《论清华简〈耆夜〉的〈蟋蟀〉诗》，《中国文化》第三十三期（2011年春季号）。

"祚"，它显然不能读为"惧"。《易·大畜·上九》："何天之衢，亨。"高亨注："衢疑当读为休……休即庥字，谓受天之庇荫也。此云'何天之衢'，即'何天之休'也。"高亨读衢为休的说法虽不一定对，但认为"衢"表示庇荫之义，则近似。"则终以思"之"思"与"何天之衢"之"衢"表示的可能是同一个词。① 复旦读书会提供了很好的思路，"思"确与"康""祚"之意相近。不过愚意以为，"思"若如复旦读书会读作"衢"，虽有辞例，却难以进一步解释。颇疑读作"祜"。"思""祜"并隶鱼部，音近可通。回过头来，《易·大畜·上九》所见"何天之衢"的"衢"，也恐怕是读作"祜"的。《诗经·小雅·桑扈》云："受天之祜。"《礼记·士冠礼》、《礼运》云："承天之祜。"可以参看。"康""祚""祜"对应更为严密。总之，这一组均强调不过度逸乐，如此方能长久。曹建国、黄怀信等先生将"不喜不乐"读作"丕喜丕乐"，② 实际上背离了诗篇的原意。

第二组是三段各出现一次的"康乐而毋荒"。意旨与第一组一样，要求康乐而不放纵。

第三组是"役车其行""岁聿云暮""岁聿云□"，谓年岁将终，有时光易逝的紧迫感。

第四组是"夫日□□，□□□忘""日月其迈，从朝及夕""□□□□，〔从冬〕及夏"，虽有缺文，我们不难理解均是表现时光的流逝，所谓"日月其迈"。

第五组是"是惟良士之迈迈""是惟良士之惧惧"，是"良士"的表现，当然是从积极的一面而言的。"迈迈"不好理解。整理者认为"迈"通"方"，准则。《诗经·大雅·皇矣》："万邦之方，下民之王。""迈"下有重文符号，与一般用法不同。此类现象亦见于本篇第13、14简"思"字下，疑指该句应重复读。③ 按"迈"下有重文号，但很难说是重复读，这里仍当视作"迈迈"。关于如何破读，陈志向先生指出或可读为"旁旁"或"彭彭"，但《诗经》中"旁旁"或"彭彭"多用来形容车马之盛。④ 虽然我们还难以确定"迈迈"如何破读，但我们大致能理解"迈迈""惧惧"所表现出的良士不荒淫、不焦躁的品格。

---

① 复旦大学出土文献与古文字研究中心研究生读书会：《清华简〈耆夜〉研读札记》，复旦大学出土文献与古文字研究中心网站，http：//www.gwz.fudan.edu.cn/SrcShow.asp? Src_ ID=1347，2011 年 1 月 5 日。
② 曹建国：《论清华简中的〈蟋蟀〉》，《江汉考古》2011 年第 2 期；黄怀信：《清华简〈耆夜〉句解》，武汉大学简帛研究中心网站，http：//www.bsm.org.cn/show_ article.php? id=1418，2011 年 3 月 21 日。
③ 清华大学出土文献研究与保护中心编，李学勤主编《清华大学藏战国竹简》（壹），中西书局，2010，第 154 页。
④ 复旦大学出土文献与古文字研究中心研究生读书会《清华简〈耆夜〉研读札记》一文下的评论（2011 年 1 月 10 日）。

同样，我们把《唐风·蟋蟀》的关键语句分为以下六组。

第一组是各出现三次的"今我不乐""无已大康"，这与简文《蟋蟀》的第一组是相一致的。

第二组是出现三次的"好乐无荒"，亦与简文第二组"康乐而毋荒"相同。

第三组是"岁聿其莫""岁聿其逝""役车其休"，亦与简文第三组相同。

第四组是"日月其除""日月其迈""日月其慆"，与简文第四组相同。

第五组是"良士瞿瞿""良士蹶蹶""良士休休"，与简文第五组相同，亦表现"良士"的品性，"瞿瞿"更可与简文的"惧惧"相对应。

第六组是"职思其居""职思其外""职思其忧"，这一组在简文中找不到直接对应的语句。"职思其外"，毛传云："外，礼乐之外。"郑笺云："外谓国外至四境。""职思其忧"，毛传云："忧，可忧也。"郑笺云："忧者，谓邻国侵伐之忧。"清严虞惇《读诗质疑》则云："《传》以'职思其外'为礼乐之外，《笺》以'职思其外'为邻国侵伐之忧，皆非也。事无出于礼乐之外者，国之可忧不止；侵伐说亦太拘，今不取。"[①] 毛传之说牵强，郑笺之说有可信之处。总之，也是表现忧惧的态度。

抛开传统注疏的干扰，我们可以发现，虽然简文《蟋蟀》与《唐风·蟋蟀》在个别语句以及次序上存在不同，但核心内容几乎是完全一致的，这核心内容可归结为三点：

其一，不过度逸乐，有节制，不放纵；

其二，时光易逝，珍惜光阴；

其三，戒骄戒躁，忧惧谨慎。

这三点，与《诗小序》的解释是背道而驰的，却是与《耆夜》的记载相呼应的。我们有理由相信，《耆夜》所载周公作《蟋蟀》，是真实可信的。

（四）《蟋蟀》的诗人之志

探求《蟋蟀》的诗人之志，《蟋蟀》文本是一个重要的途径，同时，"知人论世"也是重要的途径。我们需要明确四点：其一，作者周公的身份；其二，作者的思想背景；其三，该诗的创作背景；其四，创作的情境。

首先是周公的身份。周公系文王之子，武王之弟。《史记·鲁周公世家》云："自文王在时，旦为子孝，笃仁，异于群子。"武王即位之后，周公已为股肱重臣，"常辅翼武王，用事居多"（《史记·鲁周公世家》）。及至成王即位，周公因成王年幼而摄政，更平

---

① 《文渊阁四库全书》（影印本）经部八一·诗类，第311页。

服三监之乱。周公身历三朝，为周朝的创建、典章制度的制定以及政权的巩固立下了汗马功劳。《耆夜》所叙乃武王八年事，实际上是姬发即位元年。当时周公的地位已甚显赫，几乎仅次于武王。一方面，周公是朝廷重臣，有辅佐武王成就大业的义务；另一方面，周公与在场的武王、召公、毕公、辛公皆为兄弟，有团结宗族兄弟、巩固血缘纽带的责任。

再看作者的思想背景。《尚书》有《酒诰》一篇（先秦其与《康诰》《梓材》合称"《康诰》三篇"），作于周公摄政期间，系康叔封于殷商故地卫后的诰辞。全篇口吻虽是"王若曰"，周公摄政，但并未称王。《酒诰》实际上是周公代成王宣事，贯穿"《康诰》三篇"，可以明确这一点。在《酒诰》中，周公先是引文王告诫各属国及官吏之语："祀兹酒。惟天降命，肇我民，惟元祀。天降威，我民用大乱丧德，亦罔非酒惟行；越小大邦用丧，亦罔非酒惟辜。"文王告诫大家禁止过度饮酒，丧德、丧邦的覆辙，多因沉湎于酒。周公在文王训诫的基础之上反复申说过度饮酒的弊端，告诫第一要务是"勿辩乃司民湎于酒"。同时，对周人纵酒务严，对商遗民纵酒务宽，这一方面是尊重商人的传统，另一方面恐怕是为了腐蚀商遗民的意志。因为殷商正是"惟荒腆于酒，不惟自息乃逸"（《酒诰》），"率肆于酒"（大盂鼎铭），遂致灭亡。周人要汲取"殷鉴"的教训，免于重蹈覆辙。《尚书·微子》亦云："我用沈酗于酒，用乱败厥德于下……天毒降灾荒殷邦，方兴沈酗于酒。"亦可参看。

次看《蟋蟀》创作的背景。彼时耆（黎）国刚刚被周人所灭，这是值得庆贺的大事，周人凯旋后于文太室举行饮至礼，饮酒赋诗。耆（黎）在殷商王畿附近，说明武王伐纣的步伐加快，克商在即。当时正值武王八年，具体时间在岁末。

最后看《蟋蟀》创作的情境。周公创作《蟋蟀》，是因为一只蟋蟀突然而至，周公因而受到触发，这是周公创作《蟋蟀》的直接动机。联系到前文，武王、周公等相与酬酢，一连赋了四首诗，其乐融融。

以上四点联系到周公作《蟋蟀》，我们便不难理解周公的诗人之志了：因为周公的特殊身份，所以周公有着强烈的责任感；因为周公思想倾向的原因，他反对纵酒逸乐；《蟋蟀》的创作背景决定了饮至礼上的欢乐气氛，同时也说明战局的紧迫，一年将近，时光匆匆；而《蟋蟀》的创作情境，一方面说明了《蟋蟀》一诗中基本意象的由来、周公缘何以"蟋蟀在堂"起兴，另一方面说明了在周公作《蟋蟀》之前，众人有沉湎于逸乐的倾向。这四点，正决定了周公作《蟋蟀》的诗人之志。

再联系到上文所揭橥的《蟋蟀》文本之志，无论是不过度逸乐，有节制，不放纵，还是感叹时光易逝，珍惜光阴，还是要求戒骄戒躁，忧惧谨慎，均与周公的诗人之志相契合。所以在《蟋蟀》一诗中，诗人之志与文本之志得到了完美的融合。

众所周知，周公特别强调"德"，故饮酒亦强调"德"，这在《尚书·酒诰》中有充分体现。"德"字《酒诰》中凡八见,是周人比较集中论述"德"字的篇章之一。

相传禁酒始于夏禹。《战国策·魏策》云:"昔者,帝女令仪狄作酒而美,进之禹,禹饮而甘之,遂疏仪狄,绝旨酒,曰:'后世必有以酒亡其国者。'"① 这段记述颇有后人附会的成分。从河南偃师二里头遗址的发掘情况看,夏人的重要礼器同时也是酒器——青铜爵,业已出现。夏商周三代礼制相因,当时的酒想必也是典礼的重要构成部分。周初的禁酒令是为了避免过度饮酒②,但并不意味着周人便杜绝饮酒,关键在于饮酒的度。清华简《保训》宣扬中道,强调"勿淫",周人的这一观念同样也体现于对酒的态度上。酒是周人礼乐文化的关键元素,在事神、宴饮等仪式中扮演着重要角色。周人的宴飨礼需要以酒为媒介,以便沟通人人、神人。同时,周人又禁止过度饮酒,于是便有了专门监督饮酒的官职。

这种官职,在金文中已有出现。陈致先生谓善夫山鼎(《集成》2825)所见"命女司饮",便是司正之属。③ 而清华简《耆夜》则记载武王八年周人伐耆凯旋后在文太室举行饮至礼,其中"吕尚父命为司正,监饮酒"。姜太公便是监督饮酒的"司正",他的主要职责,便是让典礼有序进行,避免众人饮酒过度。《国语·晋语一》韦注云:"司正,正宾主之礼者。其职无常官,饮酒则设之。"在"饮至"礼上司正监督饮酒,与《尚书·酒诰》所反映的观念是一致的,即合乎礼仪地适当饮酒,但不能酗酒,殷商败亡的教训是周人所引以为鉴的。周公在《飶飶》中吟唱"王有旨酒,我忧以浮(浮训罚)"、《蟋蟀》中强调"康乐而毋荒",均体现乐而勿淫的思想。饮至礼上有司正(姜太公),有史官(作册佚),这与《诗经·小雅·宾之初筵》"既立之监,或佐之史"的记载是一致的。

《宾之初筵》是《诗经·小雅》中的一篇,毛诗序认为"卫武公刺时也。幽王荒废,媟近小人,饮酒无度。天下化之,君臣上下沈湎淫液。武公既入,而作是诗也"。郑玄笺云:"淫液者,饮食时情态也。武公入者,入为王卿士。"《后汉书·郑孔荀列传》注引《韩诗》云:"《宾之初筵》,卫武公饮酒悔过也。言宾客初就筵之时,宾主秩秩然,俱谨敬也。宾既醉止,载号载呶,不知其为恶也。"毛诗与韩诗两家说法不尽一致。首先我们来看该诗的内容,其诗曰:

> 宾之初筵,左右秩秩。笾豆有楚,殽核维旅。酒既和旨,饮酒孔偕。钟鼓既设,举酬逸逸。大侯既抗,弓矢斯张。射夫既同,献尔发功。发彼有的,以祈尔爵。

---

① 诸祖耿编撰《战国策集注汇考》卷二十三,凤凰出版社,2008,第1234页。
② 西周青铜器有"禁",与此有关。
③ 陈致:《清华简所见古饮至礼及〈耆夜〉中古逸诗试解》,《出土文献》第一辑,中西书局,2010,第18页。

籥舞笙鼓，乐既和奏。烝衎烈祖，以洽百礼。百礼既至，有壬有林。锡尔纯嘏，子孙其湛。其湛曰乐，各奏尔能。宾载手仇，室人入又。酌彼康爵，以奏尔时。

宾之初筵，温温其恭。其未醉止，威仪反反。曰既醉止，威仪幡幡。舍其坐迁，屡舞仙仙。其未醉止，威仪抑抑。曰既醉止，威仪怭怭。是曰既醉，不知其秩。

宾既醉止，载号载呶。乱我笾豆，屡舞僛僛。是曰既醉，不知其邮。侧弁之俄，屡舞傞傞。既醉而出，并受其福。醉而不出，是谓伐德。饮酒孔嘉，维其令仪。

凡此饮酒，或醉或否。既立之监，或佐之史。彼醉不臧，不醉反耻。式勿从谓，无俾大怠。匪言勿言，匪由勿语。由醉之言，俾出童羖。三爵不识，矧敢多又。

这首宴飨诗颇具代表性，可以说是对宴饮礼典的全面描述。诗歌首章描写宴饮礼和射礼时的场面，来宾入席，宾主秩序井然。"酒既和旨，饮酒孔偕。钟鼓既设，举酬逸逸"，正是宴饮过程中的情形。从第二章开始，作者便极力渲染宴饮过程中众人醉酒的丑态，如"宾既醉止，载号载呶。乱我笾豆，屡舞僛僛"等文字，可谓丑态百出。联系到周人对酒德的重视，可以确定这首诗是为了"刺"醉酒无度的行径。诗中写到"立酒之监，佐酒之史"，"监"便指典礼中监督饮酒的角色。陈戍国先生指出即《礼经》所谓"司正""佐食"，起监督侑劝作用者，《礼经·燕礼》、《大射仪》立司正而后谓众宾"以我安"，保证不出事。[1] 郑笺云："饮酒于有醉者，有不醉者，则立监使视之，又助以史，使督酒，欲令皆醉也。彼醉则已不善，人所非恶，反复取未醉者，耻罚之。"

《晏子春秋·晏子饮景公酒公呼具火晏子称诗以辞》的记述与《宾之初筵》有关：

晏子饮景公酒，日暮，公呼具火。晏子辞曰："诗云：'侧弁之俄'，言失德也；'屡舞傞傞'，言失容也；'既醉而出，并受其福'，宾主之礼也；'醉而不出，是谓伐德'，宾主之罪也。婴已卜其日，未卜其夜。"公曰："善。"举酒祭之，再拜而出。曰："岂过我哉，吾托国于晏子也。以其家贫善寡人，不欲其淫侈也，而况与寡人谋国乎！"

这段记述也进一步佐证了《宾之初筵》的主旨。马兆婷先生一一辩驳了"武公饮酒悔过"说、"刺幽王"说、"盛典之乐"说、卫武公刺时诸说，最后确认毛诗序"卫武公刺时"之说为是。[2] 邵炳军先生认为，《宾之初筵》必作于《青蝇》之后，具体年代当在

---

① 陈戍国：《诗经刍议》，岳麓书社，1997，第 189 页。
② 马兆婷：《〈宾之初筵〉的主题和酒文化阐释》，《中国韵文学刊》2008 年第 1 期。

周平王元年至三年（公元前 770～前 768 年）之间。① 准此，则《宾之初筵》的写作时间正是礼崩乐坏之际。从周公制礼作乐到穆王再到幽王，各时期的特征在宴飨诗中均有痕迹可寻。其中酒是一个重要的标尺，它实际上是周人礼乐文明衰变的镜子。

《诗经·小雅·湛露》云：

> 湛湛露斯，匪阳不晞。厌厌夜饮，不醉无归。
> 湛湛露斯，在彼丰草。厌厌夜饮，在宗载考。
> 湛湛露斯，在彼杞棘。显允君子，莫不令德。
> 其桐其椅，其实离离。岂弟君子，莫不令仪。

这首诗一方面强调"不醉无归"，一方面"莫不令仪"，这与周人对酒的态度是一致的，那便是饮酒尽兴，同时不能纵酒失德，从而失去法度。《诗经·小雅·小宛》云："人之齐圣，饮酒温克。彼昏不知，壹醉日富。"《诗经·大雅·抑》云："颠覆厥德，荒湛于酒。"同样强调这一点。

三　读者之志与《蟋蟀》的解读史：误读抑或真实

我们再来看《蟋蟀》的读者之志，这与文学接受②有关。在文学接受的过程中，往往会产生误读，而误读有正误与反误之分，因为接受美学所谓的"隐含读者"往往与实际读者有所区别，《蟋蟀》的解读史便是一个生动的例子。

上文业已分析过《诗小序》、上博简《孔子诗论》以及《左传》襄公二十七年对《蟋蟀》的理解。《诗小序》所谓"刺晋僖公也。俭不中礼，故作是诗以闵之，欲其及时以礼自虞乐也"的说法是不成立的，而上博简《孔子诗论》所谓"《蟋蟀》知难"、《左传》襄公二十七年所谓"保家之主也"虽然语焉不详，却是大抵得其要旨的。以上三种说法是关于《蟋蟀》较早的读者之志，并影响了后世对《蟋蟀》的阐释。

《诗小序》的说法显然是对《蟋蟀》的误读。《诗小序》不可据信的地方很多，如《泂酌》一诗，《毛诗序》谓"召康公戒成王也"，而三家诗以为公刘作。毛诗与三家诗对诗篇

---

① 邵炳军：《卫武公〈宾之初筵〉创作时世考论——周"二王并立"时期〈诗经〉创作年代研究之六》，《甘肃高师学报》2001 年第 6 期。
② 文学接受是读者面对文学作品时，力求把握深层意蕴的积极能动的阅读和再创造活动。文学接受包含文学鉴赏，以读者为中心，文学接受有创造性、对话性。

诠解之异词，不胜枚举。至于《诗小序》系之于晋僖公，恐怕也有根据，或与赋诗有关。

《左传》襄公二十七年关于《蟋蟀》的说法之所以得其要旨，正与赋诗有关。《左传》襄公十六年云：

> 晋侯与诸侯宴于温，使诸大夫舞，曰："歌诗必类！"齐高厚之诗不类。荀偃怒，且曰："诸侯有异志矣！"

这段记述点明了赋诗过程中"歌诗必类"的标准，① 而"类"主要是就内容上的意义相似性以及音乐上的音乐规定性而言的，而声类与义类分属两套系统。② 高厚歌诗不类，便激起众怒。故"歌诗"需要"类"，印段赋《蟋蟀》，也是"类"的。春秋时期赋诗盛行（基本是诵古诗），多引譬连类、断章取义，这些都是为祭祀、行礼、达政、专对的赋诗目标服务的。同时，我们也需要注意的是，正如俞志慧师所指出的，不得以春秋朝聘盟会等特殊场合对诗的阐发指认为诗人之旨，兴的媒介与兴的结果当然不会是一回事。③

针对清华简《耆夜》所见《蟋蟀》，李学勤先生曾指出，细味简文，周公作这首《蟋蟀》，是含有深意的，要旨在于告诫大家，不可耽于欢乐，忘记前途的艰难。④ 后又指出，简文周公作《蟋蟀》一诗，是在战胜庆功的"饮至"典礼上，大家尽情欢乐正是理所当然，周公只是在诗句中提醒应该"康乐而毋荒"，才符合"良士"的准则。要求周朝廷上下在得胜时保持戒惧，是这篇诗的中心思想。⑤ 孙飞燕先生亦指出，《蟋蟀》的主题思想是戒惧，而不可能是劝人行乐。⑥ 通过上文的分析，可知以上说法是基本合乎文本之志与诗人之志的。

但是更多的读者之志却偏离了文本之志、诗人之志，甚而造成误读。代表性的读者之志主要有以下几种。

（1）警切

宋王质《诗总闻》："此士大夫之相警戒也。"⑦

---

① 按歌诗与赋诗析言之则别，浑言之则同。参见俞志慧《君子儒与诗教：先秦儒家文学思想考论》，三联书店，2005，第 77 页。

② 参见俞志慧《君子儒与诗教：先秦儒家文学思想考论》，三联书店，2005，第 85、94 页。

③ 参见俞志慧《君子儒与诗教：先秦儒家文学思想考论》，三联书店，2005，第 138 页。

④ 李学勤：《清华简〈郘夜〉》，《光明日报》2009 年 8 月 4 日。

⑤ 李学勤：《论清华简〈耆夜〉的〈蟋蟀〉诗》，《中国文化》第三十三期（2011 年春季号）。

⑥ 孙飞燕：《〈蟋蟀〉试读》，《清华大学学报（哲学社会科学版）》2009 年第 5 期。

⑦ 《文渊阁四库全书》（影印本）经部六六·诗类，第 523 页。

宋杨简《慈湖诗传》："蟋蟀乃晋国之士相警切之诗，而序谓之刺晋僖公，误矣。"①

清李光地《诗所》："民俗相乐而相警之诗。"②

（2）简朴

齐、鲁二家诗以为节奢刺俭而作。

《孔丛子·记义》："孔子读诗及小雅，喟然而叹曰：吾于《周南》、《召南》，见周道之所以盛也……于《蟋蟀》，见陶唐俭德之大也。"

宋吕祖谦《吕氏家塾读诗记》："故《唐诗》《蟋蟀》、《山有枢》、《葛生》之篇曰'今我不乐，日月其迈''宛其死矣，他人是愉''百岁之后，归于其居'，皆思奢俭之中，念死生之虑。"③

明朱善《诗解颐》："勤者，生财之道；俭者，用财之法。"④

明胡广《诗传大全》亦同。

（3）戒逸乐

朱熹《诗经集传》未言晋僖公，指出"唐，国名，本帝尧旧都。……其地土瘠民贫，勤俭质朴，忧深思远，有尧之遗风。其诗不谓之晋而谓之唐，盖仍其始封之旧号耳"，"唐俗勤俭，故其民间终岁劳苦，不敢少休。及其岁晚务闲之时，乃敢相与燕饮为乐。而言今蟋蟀在堂，而岁忽已晚矣。当此之时而不为乐，则日月将舍我而去矣，然其忧深而思远也。故方燕乐而遽相戒曰，今虽不可以不为乐，然不已过于乐乎？盖亦顾念其职之所居者，使其虽好乐而无荒，若彼良士之长虑却顾焉，即可以不至于危亡也"。针对"好乐无荒，良士休休"指出："乐而有节，不至于淫，所以安也。"

清钱澄之《田间诗学》："愚按诗无刺俭之意，劝以不可不乐，即戒以不可过乐。"⑤

清傅恒等《御纂诗义折中》庶几得之："《蟋蟀》，劝思也。人情莫不好乐，然患大康而至于荒，荒则失业，将有忧矣。荒则失心，并不知其有忧矣。"⑥

（4）感叹岁月

宋王质《诗总闻》："此感时伤生者也。"⑦

---

① 《文渊阁四库全书》（影印本）经部六七·诗类，第 101 页。
② 《文渊阁四库全书》（影印本）经部八〇·诗类，第 41 页。
③ 《文渊阁四库全书》（影印本）经部六七·诗类，第 451～452 页。
④ 《文渊阁四库全书》（影印本）经部七二·诗类，第 213 页。
⑤ 《文渊阁四库全书》（影印本）经部七八·诗类，第 498 页。
⑥ 《文渊阁四库全书》（影印本）经部七八·诗类，第 117 页。
⑦ 《文渊阁四库全书》（影印本）经部六六·诗类，第 522 页。

宋辅广《诗童子问》："夫百日之蜡，一日之泽，固所不免也。然乐胜则流，是以所当虑也。"①

清范家相《三家诗拾遗》引《韩诗》薛君章句："言君子之年岁已晚也。"

范家相云："不曰岁晚，而曰君子之年岁已晚，犹云老冉冉其将至，劝其及时为乐也。君子，良士之称。此非刺晋僖俭不中礼之意甚明。"②

可以看出，在古代已有不少论者指出《诗小序》的谬误，继而提出切合诗旨的说法。但是由于缺乏文献材料，故往往仍在晋僖公身上兜圈子。

关于《蟋蟀》的创作时代，亦多有异说。

（1）承袭《诗小序》者

谓作于晋僖公时，如宋范处义《诗补传》、宋朱熹《诗经集传》、宋吕祖谦《吕氏家塾读诗记》、宋戴溪《续吕氏家塾读诗记》、宋严粲《诗缉》、元刘瑾《诗传通释》、明梁寅《诗演义》、明朱谋㙔《诗故》、明张次仲《待轩诗记》、明朱朝瑛《读诗略记》、清王鸿绪等《钦定〈诗经〉传说汇纂》、清陈启源《毛诗稽古编》、清严虞惇《读诗质疑》等。宋严粲《诗缉》云："叔虞时始封于晋阳，其后三世至成侯，自晋阳徙曲沃。《蟋蟀》刺成侯之曾孙僖公，则都曲沃时诗也。"③明清之后，沿用《诗小序》说法者逐渐减少，或立新说，或避而不谈。

（2）破除迷信者

宋、明、清不少关于《诗经》的著作并不提及"刺晋僖公"之陈说，不承认《诗小序》的说法，而是从阐释内容入手。宋王质《诗总闻》："闻人旧说，此晋也，而谓之唐，本其风俗忧深思远，俭而用礼，乃有尧之遗风，恐非。若以晋本唐尧之都，故谓之唐，魏本虞舜之都，胡不谓之虞乎？"④宋杨简《慈湖诗传》："《蟋蟀》乃晋国之士相警切之诗，而序谓之刺晋僖公，误矣。平观本诗情状昭然，先儒倡说既误，后儒因之为序，千载之下，牢不可扳。呜呼！孟子于《武成》犹不尽信，而后世惟卫宏之序是从，亦异乎孟子矣。"⑤清范家相《诗渖》："考僖公即鳌侯，《世家》无事实。《诗谱》言其俭不中礼，甚啬爱物，亦与诗不类。"⑥

---

① 《文渊阁四库全书》（影印本）经部六八·诗类，第338页。
② 《文渊阁四库全书》（影印本）经部八二·诗类，第554页。
③ 《文渊阁四库全书》（影印本）经部六九·诗类，第145页。
④ 《文渊阁四库全书》（影印本）经部六六·诗类，第523页。
⑤ 《文渊阁四库全书》（影印本）经部六七·诗类，第101页。
⑥ 《文渊阁四库全书》（影印本）经部八二·诗类，第654页。

　　至于《蟋蟀》缘何归入《唐风》，也有不少解释。《诗经正义》云："此实晋也，而谓之唐者，太师察其诗之音旨，本其国之风俗，见其所忧之事，深所思之，事远俭约而能用礼，有唐尧之遗风，故名之曰'唐'也。故季札见歌《唐》曰：'思深哉，其有陶唐氏之遗风乎！不然，何其忧之远也？'是忧思深远之事，情见于诗，诗为乐章，乐音之中有尧之风俗也。"《左传》襄公二十九年所载著名的吴公子季札听乐："为之歌《唐》，曰：'思深哉！其有陶唐氏之遗民乎？不然，何其忧之远也？……非令德之后，谁能若是？'"《左传正义》曰："唐者，帝尧旧都之地，于汉，则大原郡晋阳县是也。周成王封母弟叔虞于尧之故虚，曰唐侯。其地南有晋水。虞子燮父改为晋侯。燮父后六世，至僖侯，甚畜爱物，俭不中礼，国人闵之，作《蟋蟀》之诗以刺之。以后凡十二篇，皆《唐风》也。《诗序》云：'此晋也，而谓之唐，本其风俗，忧深思远，有尧之遗风。又叔虞初国，亦以唐为名，故名其诗为《唐风》。'"宋杨简《慈湖诗传》："《孔丛子》载孔子曰：'吾于《蟋蟀》见唐尧俭德之大矣。'故《诗序》曰：'刺晋也。'而谓之唐，本其风俗，忧深思远，俭而用礼，乃有尧之遗风焉。唐叔虞初封曰侯，故曰唐，而先儒以后称晋故疑而为说，因附孔子之言。"① 明何楷《诗经世本古义》："《蟋蟀》，《唐风》也。成王十年封弟叔虞于唐，其国风如此。"② 清严虞惇《读诗质疑》："唐，晋风也。称唐何也？不与曲沃之灭翼也。……录诗多翼曲沃时事，故伤之痛之恶之，不称翼，不称晋，复周之旧而称唐。"③ 清姜炳璋《诗序补义》："按晋风称唐，或云曲沃武公并翼，夫子伤之。不称翼，亦不称晋，复周之旧而称唐，窃以为非也。十三国皆始封之号，叔虞受封之日止有唐耳。无所为晋后王狗晋之请改唐为晋。而太史所掌之国风旧号具在，安得而更之。或曰唐之于晋犹邶鄘之于卫也，则又不然。唐固未尝灭也，为鄂为翼为曲沃，皆叔虞子孙，岂与邶鄘类乎？"④ 以上说法均提出各自的推测，这一问题还涉及《诗经》的编纂疑题，有待进一步考索。

　　按"诗无达诂"（《春秋繁露·精华》），或云"以意逆志"（《孟子·万章上》），对"诗"的解读，往往存在解释向度的不同、意义转换的不同。在考察"诗"的"志"时，我们既要考虑先秦时期的赋诗传统，也要考虑秦汉以降的经学嬗变。

① 《文渊阁四库全书》（影印本）经部六七·诗类，第101页。
② 《文渊阁四库全书》（影印本）经部七五·诗类，第355页。
③ 《文渊阁四库全书》（影印本）经部八一·诗类，第309页。
④ 《文渊阁四库全书》（影印本）经部八三·诗类，第129页。

081

《周易》奠定"以男女喻君臣"比
兴模式的文化基础

鲁洪生　孙亚丽[*]

【内容提要】　屈原楚辞"以男女喻君臣",后竞相仿效,使之渐成中国古代诗文抒情表意的一种传统比兴模式。"以男女喻君臣"的思维方式、表达模式早在《周易》中就已基本形成。本文从天人合一、阴阳哲学观、象数思维方式、"假象喻意"表意方式考察《周易》奠定"男女喻君臣"比兴模式的文化基础,认为《周易》天人合一、阴阳等观念奠定了"以男女喻君臣"比兴模式的哲学基础,天人合一观念视同类者同理同道,将男女、君臣连接为一整体;阴阳观念将女、妻、臣同视为阴,将男、夫、君同视为阳;天人合一观是象数思维的哲学基础,象数思维是"以男女喻君臣"比兴模式产生的直接原因,象数思维据阴阳二类之间相似相关处引譬连类,感发志意,假象喻意;卦画、卦爻辞所构之卦象、爻象中借男女之象喻君臣之意是"以男女喻君臣"比兴模式的早期表现形式。

【关键词】　以男女喻君臣　比兴模式　《周易》　象数思维

屈原楚辞中的比兴已逐渐向喻意相对固定的象征发展,东汉王逸评曰:"《离骚》之文,依《诗》取兴,引类譬喻,故善鸟香草,以配忠贞;恶禽臭物,以比谗佞;灵修美人,以媲于君;宓妃佚女,以譬贤臣;虬龙鸾凤,以托君子;飘风云霓,以为小人。"[①]

---

*　鲁洪生,首都师范大学中国诗歌研究中心教授,博士生导师。孙亚丽,首都师范大学文学院先秦两汉文学专业博士生。

①　洪兴祖:《楚辞补注》,中华书局,1983,第2页。

后人称屈原所用比兴为"香草美人""以男女喻君臣",并竞相仿效,使之渐成中国古代诗文抒情表意的一种传统比兴模式,成为中国古代一种重要的文化现象。任何文化现象都有一个发生、发展的过程,"以男女喻君臣"的比兴模式亦如此。而这一模式早在《周易》中就已基本形成。本文从天人合一、阴阳哲学观、象数思维方式、"假象喻意"表意方式考察《周易》对"以男女喻君臣"比兴模式所奠定的文化基础。

一 《周易》天人合一、阴阳哲学奠定"以男女喻君臣"比兴模式的哲学基础

《周易》产生的商周时期,人们认为天人一体,天人相通。人们主观愿望上想预知未来以决定行止,但由于客观条件的局限,还不能理性地预测未来,人在自然面前显得太渺小了,特别是在农耕经济初期,靠天吃饭,老天决定收成,人更加依赖天,却又无力改变天,只能顺应天,祈求天的保佑,于是信奉"天命观",认为世间一切皆由天定。唯天为尊,天命不可违,一切以天意为依据;并且认为天人相类、天人相通、天人感应、天人合一,于是"仰则观象于天,俯则观法于地,观鸟兽之文与地之宜。近取诸身,远取诸物,于是始作八卦,以通神明之德,以类万物之情"①。《易传》虽然产生于《周易》古经五百年之后,并有意改变《周易》占卜的性质,而发挥儒家义理,但在天人合一、阴阳哲学观方面基本上是相合的,故我们可选择《易传》与《周易》古经相合的部分分析《周易》的哲学观念。

"天人合一"是《周易》的哲学基础,贯穿《周易》哲学,乃至中国传统哲学的始终,既是起点的理论依据,过程中的道德标准,又是向往追求的终极理想。

当人们虔诚地相信"天人合一",相信"天"的绝对权威、绝对威力的时候,就会由崇拜生成信仰,由信仰生成权威,由权威生成威慑。在此,天意具有绝对权威,人们唯天是从。在崇拜天意的绝对权威时,"天人合一"观念决定了人们的思想意识以及《周易》的方方面面。

"天人合一"是将自然哲学观和人生哲学观连接的理论依据,目的是天人合德,天人合制,成为当时社会道德规范、政治制度的依据。

"天人合一"的哲学观还直接影响了《周易》的思维方式和论证方式。

若用现代思维学理论对应,将天人连接为一个整体,属于整体思维。由于天人合一,

---

① 孔颖达:《周易正义》卷八,中华书局,1980年影印阮元校刻《十三经注疏》,第86页。下同。

故可以天象、天道为论据推导人事。以"我"的视角、标准、需求感悟评价天象，属于主体思维。主体思维不属于认识论范畴的科学解释，而是伦理范畴的道德感悟。认为天人同构同理，天有阴阳，人亦有阴阳；天人物我之间只要相似相关，就可引类譬喻，男女为阴阳，君臣亦为阴阳，故可"以男女喻君臣"。《周易》依据天（物）象推演天道，再以天道为论据推演人事未来。《四库全书总目提要·易类》说："《易》之为书，推天道以明人事者也。"①

《周易》在对天道的感悟认知中，将太极作为世界本原，《易传·系辞上》中说：

> 《易》有太极，是生两仪。两仪生四象，四象生八卦。八卦定吉凶。吉凶生大业。②

太极，指的是天地万物最原始的起点。汉唐以孔颖达为代表的多数易学家主张，以太极为混沌未分的元气，与"盘古开天地"的神话对世界起源的解释比较接近；魏晋以王弼、韩康伯为代表的易学哲学家主张，以太极为"无"，韩康伯说："夫有必始于无，故太极生两仪也。"③

现在一般认为《易传·系辞上》所说的太极的确是指天地未分之前的元气，元气之前的"无"不经过气的阶段是无法"生两仪"的。韩康伯所言的气前的"无"，则是最原始的世界本原。孔颖达着眼于太极与"生两仪"的联系，韩康伯侧重于对世界本原的解释，如果将两说融合则是对世界源起的比较合理的解释：

无—元气—阴阳天地—四时—八卦

阴阳观念是《周易》象数思维的核心观念，总体说来，有三个要点：

第一，从本质说，阴阳二元是世界构成的要素，是世界的基础，任何事物都可以分为阴阳。

"太极生两仪"，《周易》依循观物取象的观念，在"近取诸身，远取诸物"这种十分朴素的万物生成的观念支配下，从复杂的自然现象、社会现象中抽象出阴阳两个范畴。认

---

① 永瑢：《四库全书总目》，中华书局，1965，第1页。
② 孔颖达：《周易正义》卷七，阮元校刻《十三经注疏》，第82页。
③ 孔颖达：《周易正义》卷七，阮元校刻《十三经注疏》，第82页。

为世间一切，无论物质还是精神，都由阴阳构成，或曰都可分为阴阳。宇宙万物都由阴、阳二气媾合而成，如人之男女相配、交媾、孕育等，因而可以用阳爻（**—**）和阴爻（**‑‑**）两个符号来表示宇宙间万事万物的基本分类，分别象征天、地，男、女，刚、柔，动、静，升、降等。在商周时期人们看来，从人的内在本性上说，人在本质上、根源上都是自然的，人、天又是同一的。天、人同源、同质、同道、同德，因而用同一的符号来表示，用同一种理论来解释。《周易》用一阴一阳两分法去看待宇宙万物。总之，不管考虑什么，都可以用这个一阴一阳的方式去思维、去看待，把整体事情一分为二来考虑，这就是《易传·系辞上》所说的"一阴一阳之谓道"①。一阴一阳，就囊括了万种事物之理。有天就有地，有男就有女，有上就有下，有前就有后，万事万物都是相反相成、对立统一的。

第二，从关系说，阴阳二元是对立统一的结合体，是互相关联、相互依存的辩证关系。既是对立的，又是统一的，它们相互依存，谁也离不开谁，同时并存。

第三，从作用说，阴阳交感是推动事物发展的内在动力。

这两个符号的交错和变化，象征着相互对立的一切事物和现象的产生与转化。阴阳两种对立因素的相互作用，化生了万物，促成了世界的变化。一阴一阳的相互作用是一切事物及其变化的根本，这就叫"一阴一阳之谓道"。道本义是"一达"之路，后喻为天运行的一达之路，比较接近今日所说的规律。

《周易》的天人合一、阴阳观念将天人连接为一整体，并认为天人同构同理。《周易》的每一卦都包含天道、地道与人道，在这里，天的规律跟人世的规律是一回事。人是自然的一部分。自然界有普遍规律，人也服从这一规律。人性即天性，天道即人道，道德原则与自然规律一致。《易传·系辞下》说："易之为书也，广大悉备，有天道焉，有人道焉，有地道焉。"②

《周易》天人合一、阴阳观念是"以男女喻君臣"比兴模式产生的根本原因，阴阳观念将女、妻、臣同视为阴，将男、夫、君同视为阳；天人合一观念视同类者同理、同道，将男女、君臣连接为一整体。

二 《周易》象数思维奠定"以男女喻君臣"比兴模式的思维方式

《周易》天人合一、阴阳观念是象数思维的哲学基础，直接影响《周易》象数思维方

---

① 孔颖达：《周易正义》卷七，阮元校刻《十三经注疏》，第78页。
② 孔颖达：《周易正义》卷八，阮元校刻《十三经注疏》，第90页。

式的形成，衍生出类比思维方式、论证方法。思维是在表象、概念的基础上进行分析、综合、判断、推理等认识活动的过程。人们运用相同的感官接收信息，却可能运用不同的思维方式处理信息，而运用不同的思维方式对相同信息处理的过程、结论可能截然不同；思维方式也制约着人们对世界认知及表达的方式。

象数思维方式是指在人类的思维活动过程中，借助一种具体的"象""数"（以"数"定象之时空，"象数"便是一定时空之"象"），通过相似相关的联想，去进行认识、感悟、类推抽象义理的一种思维方式。取象比类的象数思维，属于类比联想思维，又称直观意象思维，是把没有逻辑关系的事物看作有逻辑关系。这是独具中国特色的一种直接推论的逻辑方法。它起源于原始时代，发展形成于《周易》。

象数思维方式的一个最根本的特征是"拟诸其形容，象其物宜"①，"取象比类"。所谓取象中的"象"，就是形象、物象、现象。"易者，象也"②，"卦者，挂也"③。挂上一种直观可感的象，通过人们的联想或想象这个中介，来阐发事物更深层的意趣、意旨和事理，从而来指导人们的社会实践和生产活动。所以《周易》象数思维所重视的不是"象"本身，而是"象"所蕴含的"神明之德"。

《周易》已认识到语言的局限性，"书不尽言，言不尽意"，于是"尽象立意"④，假象喻意。魏王弼在《周易略例·明象》中有精辟的论述："夫象者，出意者也。言者，明象者也。尽意莫若象，尽象莫若言。言生于象，故可寻言以观象；象生于意，故可寻象以观意。意以象尽，象以言著。"⑤ 概括一下三者之间的关系，即：言—象—意。

通过卦爻辞之"言"以明卦爻"象"，再由"象"而喻"意"。此意即天意，再以天意为论据推论人事。从这个思维过程中，我们明显看到"象"在其中的重要地位：立文字不是为了直接说事理而只是去说明"象"。以"男女"为象，借此来讲述"君臣"的道理。所用"取象之辞乃采取一种事物以为人事之象征，而指示休咎也，其内容较简单者，近于诗歌中之比兴"⑥。即通过外在景物来寄托、象征、比喻观念情感，使外物不再是自在事物的自身，而成为融合一定理解和想象后的主客观结合的形象——"象"。

《易传·系辞下》说："是故《易》者，象也。象也者，像也。"⑦ 这里的"像"并非

---

① 孔颖达：《周易正义》卷七，阮元校刻《十三经注疏》，第79页。
② 孔颖达：《周易正义》卷一，阮元校刻《十三经注疏》，第16页。
③ 孔颖达：《周易正义》卷一，阮元校刻《十三经注疏》，第1页。
④ 孔颖达：《周易正义》卷七，阮元校刻《十三经注疏》，第82页。
⑤ 楼宇烈：《王弼集校释》，中华书局，1980，第609页。
⑥ 高亨：《周易古经今注》，中华书局，1984，第49页。
⑦ 孔颖达：《周易正义》卷八，阮元校刻《十三经注疏》，第87页。

指一般意义上的、对已存在者的"象征",而应解作"能象"。也就是说,面对如此丰富的变易可能,或所谓"通其变"而"极其数"的"至变"可能,解《易》者就总可能"引而申之","触类长之",构成"趋时"之象。换言之,象符的变易总可能达到"会通",构成"探赜索隐,钩深致远"①、能显示出时势趋向结构之几象。

类比联想思维的原则是:只要相似相关就存在情意事理的关联,以己观物,直觉联想,内省体验,或将社会的伦常规范比附外在自然界的客观秩序,或在自然中观照自我,只因天人物我之间存在一丝相似(相反)或相关就可"比兴""类推",以至如刘向《说苑·善说》所云"无譬,则不能言矣"②。若是,从思维方式的角度就可以比较清晰地体察《周易》"假象喻意"、《诗经》"比兴"、诸子"类推"发生的根本原因了。

由于天人皆由阴阳构成,天象有阴阳,人事也有阴阳,异质同构,同构同理,故可"引类譬喻";草有香臭,人有忠奸,"故善鸟香草,以配忠贞;恶禽臭物,以比谗佞";美人容美,明君德美,美人明君皆为美,故"灵修美人,以媲于君";女、妻、臣皆为阴,故"宓妃佚女,以譬贤臣",男女、夫妻、君臣关系皆可分为阴阳,故可"以男女喻君臣"。在不同的关系、角度、语境下,"美人"的意义可以不同,可以是容美之人,也可是德美之人;德美之人可以是明君,也可是贤臣。只要天人、物我、喻体本体间存在相似相关的关系即可"引类譬喻"。《周易》"假象喻意"与《诗经》比兴、屈原楚辞"香草美人"、"以男女喻君臣"实是一脉相承,在思维方式上是相同的。

"以男女喻君臣"比兴模式的产生是多种因素的合力作用。《周易》象数思维是"以男女喻君臣"比兴模式产生的内在因素;当时家国同体同道的政治体制为"以男女喻君臣"比兴模式提供了客体依据;需要社会约定俗成的语言落后于一己思想情感的发展,言不达意,言不尽意,在人们没有足够的语言准确完美地表达丰富的思想情感时,人们只好"假象喻意",用已知的"象"使人知晓抽象的"意";在森严的宗法等级制度背景中,人臣既要尽职又要保命,只好"主文而谲谏","以男女喻君臣",委婉讽谏,不著一字,尽得风流,以求言之者无罪,闻之者足以戒。

象数思维是"以男女喻君臣"比兴模式产生的直接原因,象数思维据阴阳二类之间相似相关处引譬连类,感发志意,假象喻意。

---

① 孔颖达:《周易正义》卷七,阮元校刻《十三经注疏》,第 82 页。
② 向宗鲁:《说苑校证》,中华书局,1987,第 272 页。

三 《周易》卦爻辞"假象喻意"奠定"以男女喻君臣"比兴模式的表达方式

从《周易》的性质说，《周易》当时是朝廷的专利，主要是为君子谋，为君主及臣子的政治教化、管理出谋划策，借助天的权威引导君王向善。从思维方式、推论方法上说，是"推天道明人事"。《周易》八卦是古人从生活经常接触的自然界中选取八种物象作为说明世界上其他更多事物的根源。

从其表现方式看，六十四卦的卦画、卦爻辞都是"假象喻意"的方式，对拟取的生活中常见物象进行描述，以假象喻意的表现形式来揭示义理。《周易》"设卦观象""假象喻意"原则中用卦画、卦爻辞显现的物象是"天垂象，见吉凶，圣人象之"①。在此，象是上天垂示的，其中蕴含着天意，能够预测未来吉凶，是"圣人有以见天下之赜，而拟诸其形容，象其物宜，是故谓之象"②。《易经》中的"象"，是意象，是代表某种物象或现象，并且蕴含着某种义理，是一种象征的表现形式。故朱熹说："《易》难看，不比他书。《易》说一个物，非直是一个物，如说'龙'非真龙。"③

《周易》认为世间一切物象事理皆分阴阳，男女、夫妻、君臣皆为阴阳，物象是喻体，天意是本体。所谓天意又重在推论君臣政教义理，"以男女喻君臣"，男女之象是喻体，君臣义理是本体。故其卦画、卦爻辞所构之卦象、爻象中多处"以男女喻君臣"。《周易》说理的逻辑是由卦画、卦爻辞所描述的卦爻象、卦德三个角度感悟天道，再以天道为论据论证人事。卦画、卦爻象、卦德既有区别，又有联系；有些卦侧重某一角度说理，更多卦则将三个角度融合感悟义理。

先说卦画。卦画就是卦的阴阳符号，也是构成易象的一种方式，以阴阳符号喻男女，再"以男女喻君臣"。卦画可侧重指六爻中的某一爻，也可指由二爻、三爻、四爻、五爻、六爻构成的图像，也可称为广义的卦象。

《周易》只有阴爻（⚋）、阳爻（⚊）两个符号。阴爻象征女、妻、臣，阳爻象征男、夫、君。阴爻阳爻三叠构成乾（☰）、坤（☷）、震（☳）、巽（☴）、坎（☵）、离（☲）、艮（☶）、兑（☱）八卦，八卦象征天、地、雷、风、水、火、山、泽，还象征父

---

① 孔颖达：《周易正义》卷七，阮元校刻《十三经注疏》，第82页。
② 孔颖达：《周易正义》卷七，阮元校刻《十三经注疏》，第79页。
③ 黎靖德：《朱子语类》，中华书局，1986，第1660页。

母和三儿三女。

阳爻为男,阴爻为女。乾为至阳,为父;坤为至阴,为母;"乾道成男,坤道成女。"① "坤道其顺乎!承天而时行……阴虽有美,含之以从王事,弗敢成也。地道也,妻道也,臣道也。"②

其他六卦则阳卦多阴,阴卦多阳,三阳卦:震为长男,坎为中男,艮为少男;三阴卦:巽为长女,离为中女,兑为少女。最终还是"以男女喻君臣"。

卦爻辞中也多有由卦画的联想而系辞"假象喻意"。如山地剥(☷),五阴剥消一阳,五女一男,五臣一君。《剥·六五》:"贯鱼以宫人宠,无不利。"鱼为阴性,五阴若"贯鱼","谓此众阴也,骈头相次,似若贯穿之鱼"③。"宫人"也为阴性。以自然天象喻人事之象"宫人",以六五与四阴爻的情状,喻王后引领众嫔妃承宠于君王(上九),无所不利。既在说后宫嫔妃与君,也在说朝廷众臣与君,故上九之于五个阴爻为男女比君臣的关系。

又如天风姤(☴),五阳一阴,一女媚五男,一臣惑五主。《姤》卦辞:"女壮,勿用取女。"卦名"姤",有"相遇"之义。卦辞中以"女壮"过甚,不适合娶来作妻子,因而戒人不宜娶这样的女子作妻室。六爻为初阴与上五阳相遇,不仅是柔遇刚,而且是一女遇五男,一个女人主动追求、周旋于五个男人之间。此卦以男女相遇喻阴阳相遇、君臣相遇之理,即相遇要合"礼"守"正"。如司马迁在《史记·佞幸列传》中说:"谚曰'力田不如逢年,善仕不如遇合',固无虚言。非独女以色媚,而士宦亦有之。"④ 士宦犹如女子"以色媚"的方式得到国君的赏识重用,这是不合乎礼法的君臣遇合。

天山遁(☶),则是将卦象、卦德与卦画结合推明义理。乾象为天,为君,天德为健;艮象为山,山德为止。天遁离山?讲不通。仅从卦象角度很难理解"遁"卦义理。须知"遁"卦为消息卦,下二阴爻"浸而长"⑤,上四阳爻,渐遁消。《遁·九三》:"系遁,有疾厉;畜臣妾,吉。"⑥ 山德为止,故曰"系遁",被拴住,难以远遁,故有疾患危险。在小人势力渐长,又无法远遁之时,"畜臣妾,吉",臣妾皆为阴,指六二,"畜臣妾",亲比六二,喻可为小事,不可为大事。"以男女喻君臣",身在魏阙,心在江湖,也为一隐

---

① 孔颖达:《周易正义》卷七,阮元校刻《十三经注疏》,第76页。

② 孔颖达:《周易正义》卷一,阮元校刻《十三经注疏》,第18~19页。

③ 孔颖达:《周易正义》卷三,阮元校刻《十三经注疏》,第38页。

④ 司马迁:《史记》,中华书局,1959,第3191页。

⑤ 孔颖达:《周易正义》卷四,阮元校刻《十三经注疏》,第48页。

⑥ 孔颖达:《周易正义》卷四,阮元校刻《十三经注疏》,第48页。

遁法。

再说卦象。卦象指上下三爻所构之象。

如咸（☴），兑为少女，艮为少男，少男少女有感应，故《咸》卦辞："亨，利贞；取女吉。"① 卦名"咸"，感也，交感、感应。王弼在解释《临》卦初九爻辞时曾指出："咸，感也，感应也。有应于四，感以临者也。"② 《咸》卦，象征交感。阴阳交感是万物化生的内在动力，卦辞"取女吉"是以男女交感阐明事物相感应的道理。《咸》卦六爻卦象，初六与九四、六二与九五、九三与上六，阴阳交互相感，爻象取男女交感时人体"拇""腓""股""脢"等不同的部位，展示交感的不同程度和是非得失。《咸》卦由男女交感之象可以类推到君臣交感之理，故《咸·象辞》说："天地感而万物化生，圣人感人心而天下和平。"③ 荀子在《荀子·大略》说："《易》之《咸》，见夫妇。夫妇之道，不可不正也，君臣父子之本也。"④ 夫妇之道不仅与君臣之道有相似之处，关键是夫妇之道是君臣之道的根本所在，所以在《周易》假象喻意的卦爻辞中，可借男女之象来隐喻君臣。

又如《大过》（☴），四阳二阴，阳为大，阴为小，大超过小，故得名"大过"，再类推到大过常人者。《大过》："九二：枯杨生稊，老夫得其女妻，无不利。"⑤ 枯木逢春，枯萎的杨树发芽了；下卦巽，为长女，九二为老夫，老夫娶到一个年轻的妻子，都是"大过"。"九五：枯杨生华，老妇得其士夫，无咎无誉。"⑥ 枯萎的杨树开花，老太太晚年嫁给一个年轻小伙，也是"大过"。同是大过，结果却不同，为什么呢？发芽能够苗壮成长，长成更大的杨树；而花开花落，就很快要凋零了。所以说老头娶年轻的妻子很好，老太太嫁给年轻小伙差一点。这当然有男尊女卑的时代背景因素，又因《周易》时代的婚姻主要是为了传宗接代，从生育的角度来看，老头娶年轻的妻子不影响生育，可是老太太要嫁给年轻小伙，可能就影响生育。在此，《周易》是从象推导天道，再以天道为论据推导人事，以男女不同老少配不同的结果喻君臣政教的不同性质、方向"大过"之不同结果。

又如《渐》卦辞："女归吉，利贞。"⑦ 以女子出嫁渐进之象喻君臣渐进之理。诚如胡瑗《周易口义》释"渐"之义：

---

① 孔颖达：《周易正义》卷四，阮元校刻《十三经注疏》，第46页。
② 楼宇烈：《王弼集校释》，中华书局，1980，第312页。
③ 孔颖达：《周易正义》卷四，阮元校刻《十三经注疏》，第46页。
④ 王先谦：《荀子集解》，中华书局，1988，第495页。
⑤ 孔颖达：《周易正义》卷三，阮元校刻《十三经注疏》，第41页。
⑥ 孔颖达：《周易正义》卷三，阮元校刻《十三经注疏》，第42页。
⑦ 孔颖达：《周易正义》卷五，阮元校刻《十三经注疏》，第53页。

天下万事，莫不有渐。然于女子，犹须有渐。何则？夫女子处于闺门之内……必须男子之家问名、纳采、请期，以至于亲迎，其礼毕备，然后乃成其礼，而正夫妇之道。……夫君子之人，处穷贱不可以干时邀君，急于求进；处于下位者，不可谄谀佞媚，以希高位……皆由渐而致之，乃获其吉也。①

《周易》认为阴阳同体同构同道，家国同体同构同道，男女君臣同体同构同道；从性质上说，《周易》是为君子谋，最终是为政教服务的，男女婚媾之象是喻体，君臣之事是本体，故《周易》中多处取男女婚媾之象喻君臣之事。如：

屯如，邅如。乘马班如，匪寇婚媾；女子贞不字，十年乃字。（《屯》六二）②
贲如，皤如，白马翰如；匪寇婚媾。（《贲》六四）③
匪寇婚媾；往遇雨则吉。（《睽》上九）④

以"匪寇婚媾"喻有惊无险，逢凶化吉，过程艰险，结局吉祥的历时性变化。

乘马班如，求婚媾；往吉，无不利。（《屯》六四）⑤
帝乙归妹，以祉元吉。（《泰》六五）⑥

以女儿出嫁，阴阳遇合喻君臣和谐，同心同德。

震不于其躬，于其邻，无咎；婚媾有言。（《震》上六）⑦

以"婚媾有言"喻君臣有隙，遭人议论。

---

① 《景印文渊阁四库全书》第 8 册，台北商务印书馆，1986，第 399 页。
② 孔颖达：《周易正义》卷一，阮元校刻《十三经注疏》，第 19 页。
③ 孔颖达：《周易正义》卷三，阮元校刻《十三经注疏》，第 38 页。
④ 孔颖达：《周易正义》卷四，阮元校刻《十三经注疏》，第 51 页。
⑤ 孔颖达：《周易正义》卷一，阮元校刻《十三经注疏》，第 20 页。
⑥ 孔颖达：《周易正义》卷二，阮元校刻《十三经注疏》，第 28 页。
⑦ 孔颖达：《周易正义》卷五，阮元校刻《十三经注疏》，第 62 页。

　　輿说辐，夫妻反目。（《小畜》九三）①

以"夫妻反目"喻君臣间矛盾激化，离心离德。

　　"以男女喻君臣"比兴模式原本是历史文化、政治的产物，歪打正着，正符合美学的审美追求，经历代政治家、文学家的运用和发展，逐渐成为具有民族特色的中国古代诗文抒情言志的传统模式。

　　总而言之，《周易》天人合一、阴阳观念奠定"以男女喻君臣"比兴模式的哲学基础，是"以男女喻君臣"比兴模式产生的根本原因，阴阳观念将女、妻、臣同视为阴，将男、夫、君同视为阳；天人合一观念视同类者同理同道，将男女、君臣连接为一个整体；天人合一观是象数思维的哲学基础，象数思维是"以男女喻君臣"比兴模式产生的直接原因，象数思维据阴阳二类之间相似相关处引譬连类，感发志意，尽象立意；卦画、卦爻辞所构之卦象、爻象中借男女之象喻君臣之意是"以男女喻君臣"比兴模式的早期表现形式，《周易》"以男女喻君臣"的思维方式、表达模式早在《周易》中就已基本形成，故曰《周易》奠定"以男女喻君臣"比兴模式的文化基础。

---

　　① 孔颖达：《周易正义》卷二，阮元校刻《十三经注疏》，第 27 页。

龙井昭阳与《楚辞玦》*

黄灵庚　石川三佐男**

【内容提要】　龙井昭阳的《楚辞玦》是日人研习《楚辞》翘楚之作。此书在校刊、训诂、义理方面皆有所发明，有较高参考价值。

【关键词】　龙井昭阳　楚辞玦

《楚辞玦》是日本研究《楚辞》文献的名著，龙井昭阳所作。昭阳名昱，字元凤，昭阳是其号。筑前（今福冈）人。江户后期，任筑前藩儒。父曰龙井南冥，名鲁，字载道，业儒兼医，江户初期儒学硕师荻生徂徕昭之三传门生，人称"徂徕学者"。昭阳秉承家学，潜心圣经，著述甚丰，有《家学小言》《尚书考》《毛诗考》《古序翼》《左传缵考》《周礼钞说》《读辨道》《庄子琐说》等多种传世。

据龙井氏《空石日记》卷十一载，文政四年，始治《楚辞》。如，"三月十八日"条称，"书生乞夜讲《楚辞》，欣然校之，借道革《楚辞灯》，彻夜鸡鸣"。又，"廿二日"条称，"夜讲《离骚》及《九歌》之三，颇有发明云"。又，"廿三日"条称，"校《九歌》"。又，"廿六日"条称，"校《天问》"、"夜讲《河伯》至《天问》"。又，"廿八日"条称，"校《天问》彻夜，讲《天问》"。又，"廿九日"条称，"《天问》校了"。又，"四月朔日"条称，"夜讲《楚辞》，迫鸡鸣卧"。又，"四日"条称，"夜讲《天问》了"。又，"十四日"称，"夜校《九章》、《招魂》了"。又，"十六日"条称，"《招魂》讲了"。又，"十九日"条称，"夜讲《大招》了，《楚辞》止于是"。见其治《楚辞》之时，

---

　*　本论文为教育部人文社会科学重点研究基地重大项目《楚辞文献精粹汇刊及研究》阶段性成果。

　**　黄灵庚，浙江师范大学教授。石川三佐男，日本秋田大学名誉教授。

在文政四年，其时年已 49 岁。《空石日记》卷三十八，又载其撰《楚辞玦》始末，详记其撰写时日。时在天保五年，龙井氏年已六十有二矣。如，"八月十九日"条称，"《尚书》卒讲，乞讲《楚辞》"。又，"廿日"条称，"始就《楚辞玦》绪"。又，"廿四日"条称，"《离骚》注了"。又，"晦日"条称，"《大（九）歌》毕，及《天问》"。又，"九月七日"条称，"《天问玦》了"。又，"十日"条称，"注《惜诵》之《涉江》"。又，"廿日"条称，"《九章玦》了"。又，"十月四日"条称，"夜《楚辞》会"。又，"五日"条称，"《楚辞玦》卒业，七十二枚，分上下卷"。《空石日记》卷四十，"翌天保六年七月廿日"条称，"订《楚辞玦》"。玦者，犹决也，谓决断疑难问题也。此书体式属考据札记，以《楚辞》句词为条目，分上下卷：上卷为《离骚》《九歌》《天问》，下卷为《九章》《远游》《卜居》《渔父》《招魂》《大招》，即朱子《集注》所定《楚辞》篇目也，而《九辩》《招隐士》《惜誓》《哀时命》四篇未置一词，盖未竟之作也。凡《楚辞》文句之正讹、字词之训释、句法之奇正、段落之划分，皆多论列之。每下断语，旁证远绍，以征引文献为依据，且探幽发微，申明己意，堪称精湛之作也。

一

　　《楚辞玦》条目引文，与朱熹《集注》本多合，盖底本用朱子《集注》，故其校勘，多以朱注本为依归。间或参酌他本，择善从之。而对校者，则日本庄允益《楚辞章句》本也。如，《离骚》"夫维圣哲之茂行兮"，校云："庄子谦校本'之'误作'以'。"案：单刻王逸《章句》明刻本、洪氏《补注》本皆作"以"，惟朱子《集注》作"之"。又，"纵欲而不忍"，校云："庄本衍'杀'字。"案：单刻《章句》本"欲"下有"杀"字，朱子《集注》本无"杀"字。又，"阽余身而危死兮"，校云："庄本衍'节'字。"案：单刻《章句》本"死"下有"节"字，朱子《集注》本并无"节"字。又，"望崦嵫而勿迫"，校云："庄本'勿'误作'未'。"案：朱子《集注》本作"勿"，单刻《章句》本作"未"。又，"继之以日夜"，校云："庄子脱'又'字。"案：朱子《集注》本无"又"字，惟《文选》本有"又"字，从《文选》本也。又，"闺中既以邃远兮"，校云："庄本脱'以'字。"案：单刻王逸《章句》本无"以"字，朱子《集注》本有"以"字。《九歌·东皇太一》"瑶石兮玉瑱"，校云："玉瑱，一作'镇'，所以压石也。"案：镇、瑱古今字。朱子《集注》引"瑱"一作"镇"。《湘夫人》"登白苹兮骋望"，校云："据字典，此固作'白苹'也。或云作'蘋'为是。"案：朱子《集注》作"登白蘋"，洪氏《补注》本作"白蘋"，《文选》六臣本作"登白苹"，五臣本作"白蘋"。从六臣本也。《大司命》"道帝之兮九阬"，校云："阬，一作坑。"案：朱子《集注》本作"坑"，引一作"阬"。然洪氏《补注》《文选》本皆作"阬"，未审其所据本。《少司命》"与汝游兮九河，冲风起兮水扬波"，校云："二句古本无，王氏无注，衍文。"案：朱子《集注》云："古本无此二句，王逸亦无注。《补》曰：'此《河伯》章中语也。'当删去。"从朱注也。《礼魂》"盛礼兮会鼓"，校云："盛，一作成。"案：朱子《集注》本作"成"，单刻《章句》本作"盛"。是从单刻《章句》本也。《天问》"女岐无合夫焉取九子"，校云："女岐无合夫：一云无合，无配也。'夫焉'字，下文亦出。"案：朱子《集注》云："女岐，神女，无夫而生九子。"朱本似以"夫"字属上。朱氏承王注，盖旧读皆如此。昭阳据"夫焉"词例断之，以为"夫"字当属下也。又，"昆仑县圃，其尻安在"，校云："山至高，则入地之根亦至深。脊骨尽曰尻。"案：朱子《集注》作"尻"，引一作"居"，云："与'居'同。"惟戴震《屈原赋注》据《注释音辩柳先生集》尻音"丘刀切"，则校作"尻"。是从戴氏说也。又，"何所不死"，校云："此上下似脱二句。"案：《天问》："雄虺九首？儵忽焉在？何所不死？长人何守？"死、守出韵。是以脱文为说。又，"下土四方"，校云："朱云，有'四'字非是。无者或依《商颂》删，亦不可知。"案：其不从朱本，洪氏《补注》有"四"字。又，"胡为嗜欲不同味"，校云："依王注，一无'不'字为真。"案：朱注本、洪氏《补注》本并作"胡为嗜不同味"，单刻《章句》本作"胡为嗜欲不同味"。是从《章句》本，复据王注以删"不"字也。又，"撰体胁鹿，何以膺之"，校云："从朱本。案'协胁'字重亦可知。"案：单刻《章句》本、洪氏《补注》本并作"撰体协胁，鹿何膺之"，则惟从朱本也。又，"汤谋易旅"，校云："朱云，汤当作康。得之。"案：朱注云："汤与上句浇、下句斟寻事不相涉，疑本康字之误，谓少康也。"又，"何肆犬豕"，校云："依王注，豕作体。失之。"案：据王注"肆其犬豕之心"云云，旧本亦作"何肆犬豕"也。单刻《章句》本、洪氏《补注》本并作"肆其犬体"，惟朱注本作"肆其犬豕"也。又，"而后嗣逢长"，校云："庄本作'后嗣而'者，误也。"案：洪氏《补注》本作"后嗣而逢长"，庄本据洪氏《补注》本也。朱注本作"而后嗣逢长"，是从朱本也。又，"雷开阿顺，而赐封之金"，校云："阿，当作何。写误也。朱注：之一作金。"案：封之金，雅甚。庄本必有据。"案：朱注本、洪氏《补注》本作"雷开阿顺而赐封之"，并引一作"雷开何顺而赐封金"。单刻《章句》本作"雷开阿顺而赐封之金"。则参校诸本而从其善也。又，"荆勋作师夫何长"，校云："无'先'字为良。"案：单刻《章句》本"长"下有"先"字，朱子本无"先"字，谓有"先"字者"非是"。是从朱本也。《九章·惜诵》"背膺牉合"，校云："一无'合'字，皆好。"案：单刻《章句》本作"背膺牉合"，朱子《集注》本无"合"字。《哀郢》

"仲春"，校云："朱本、林本'仲'上有'方'字，余以无者为是。"案：单刻《章句》本无"方"字，是其所据本也。又，"忧与忧其相接"，校云："朱本可从。一本下'忧'作'愁'。"案：单刻《章句》本、洪氏《补注》并作"忧与愁"。又，"忽若去不信"，校云："朱云，'去'字上下恐有脱误。一无'去'字。"案：单刻《章句》本亦有"去"字，惟洪氏《补注》本无"去"字。《抽思》"悲夫秋思之动容"，校云："一无'夫'字为优。"案：朱注本、洪氏《补注》本并无"夫"字，单刻《章句》本有"夫"字。又，"君既与我成言兮"，校云："一作'诚'，误。朱本可从。"案：单刻《章句》本亦作"成"，惟洪氏《补注》本作"诚"。又，"岂至今其庸亡"，校云："一'岂'下有'不'字。误。"案：单刻《章句》本有"不"字，朱注云："非是。"其从朱注本也。《怀沙》"党人之鄙固"，校云："庄本脱'之'字。"案：单刻《章句》本、洪氏《补注》本皆无"之"字，惟朱注本有"之"字。又，"岂知其故也"，校云："庄本似据《史记》，文字与诸本异同。"又，"分流汩兮"，校云："庄本似据《史记》添'兮'字，与他篇异。"又，"曾唫恒悲兮"，校云："此四句，庄本似依《史记》补之。"案：单刻《章句》本皆若是，亦庄本所祖，非庄氏据《史记》补改也。又，"独无匹"，校云："朱云，匹当仍正。得之。"案：洪氏《补注》云："匹，俗作疋。"与正相似而讹也。又，"曾伤爰哀"，校云："此四句《楚辞》本下脱于上而跳于是。《史记》亦袭《楚辞》而重出，故《史记》'哀'下、'知'下无'兮'字。可削。"案：朱子云："若依《史记》移著上文'怀质抱情'之上，而以下章'死不可让，愿勿爱兮'，承'余何畏惧'之下，文意尤通贯，但《史记》于此又再出，恐是后人因校误加也。"知其说据朱子也。《思美人》"窃快在其中心兮"，校云："朱本可从，庄本脱二字。"案：单刻《章句》本无"在其"二字，洪氏《补注》本无"其"字。又，《惜往日》"谅不聪明而蔽壅"，校云："一作'聪不明'。未如作'谅聪明之蔽壅兮'。朱子得之。"案：单刻《章句》本作"不聪明"，洪氏《补注》本作"谅聪不明"。朱本作"谅聪不明"，云："或疑无'不'字，'而'字当作'之'。"《橘颂》"类任道"，校云："朱本可从。朱云，一作'类可任'，非是。"案：洪氏《补注》本、单刻《章句》本皆作"类可任"。若作"可任"，任字出韵。王注"故可任以道而事用之"云云，其旧本作"类任道"也。又，"终不过失"，校云："朱云，过，衍文。得之。"案：朱注本无"失"字。单刻《章句》本作"终不失过"，洪氏《补注》本作"终不过失"。然王注"终不敢有过失"云云，旧本盖作"终不失过"。《惜往日》"虽过失而弗治"。此作"失过"，趁韵倒也。《远游》"曾举"，校云："'翠曾'之曾，出《九歌》，翻本字。"案：《九歌·东君》王逸注："曾，举也。"洪氏《补注》引《博雅》："翩、翥，飞也。"又，"径侍"，校云："侍，当作'待'，与《离骚》意自异。"案：朱注本作"待"。《离骚》"腾众车使径待",王逸注:"令众车先过,使从邪径以相待也。"《远游》"左雨师使径侍",王逸注:"告使屏翳,备不虞也。"是其不同也。又,"泛滥游",校云:"'游'字恐衍。"案:朱注本无"游"字。若无"游"字,不成句法。又,"张乐咸池",校云:"林本无'乐'字为优。"案:朱注本、洪氏《补注》本皆无"乐"字,单刻《章句》本有"乐"字。张咸池、奏承云,相对为文,旧本似无"乐"字。《渔父》"怀瑾握瑜",校云:"本作'深思高举',《史记》注可征。此本又据《史记》。"案:朱注本、洪氏《补注》本皆作"深思高举",单刻《章句》本作"怀瑾握瑜"。《屈原传》作"怀瑾握瑜",《索隐》引《楚辞》作"深思高举",盖所据版本不同。若作"深思高举",则无"忠直"之义。旧本宜作"怀瑾握瑜"。《招魂》"归来反故室",校云:"一无'来'字。朱注:一作'归来归来反故室'。案:涉前文而误。"案:朱注本无"来"字,云:"一有'来'字,一别有'归来归来'四字,而'反'上亦无'来'字。"知其引文有误。单刻《章句》本、洪氏《补注》本并有"反"字,《文选》本作"归来归来反故室"。又,"士女杂坐",校云:"'士女杂坐'四句不似屈子语,必是宋、景辈所撺。"案:未知其所据。又,"时不可以淹",校云:"一作'时不淹'三字者是真。"案:《文选》本、朱注本并作"时不可淹",朱云:"一无'可'字。"洪氏《补注》本作"时不可以淹"。盖据朱引别本为说也。《大招》"溺水",校云:"朱云,一作'弱'。案:似是。"案:王逸注"其水淖溺,沈没万物"云云,乃沈溺之义,非弱水之名也。朱注本、洪氏《补注》本、单刻《章句》本亦皆作"溺"。又,"汤谷宋只",校云:"朱本作'宋廖'。林从之,韵不得不然。"案:白皓胶、汤谷宋,相对为文,不当作"宋廖",且胶、宋,幽宵合韵。王逸注"视听宋然无所见闻"云云,旧本亦无"廖"字。又,"遽爽存",校云:"未详,必是误写。"案:王逸注:"遽,趣也。爽,差也。存,前也。言乃复煎鲋鱼,臛黄雀,勅趣宰人,差次众味,持之而前也。"遽为趣促,爽为食物之等级次第,存为前,读如荐,实为荐,进献之也。谓勅趣宰人,差次众味,进献而前也。其义自通,当非误写。又,"二八接武",校云:"庄本'武'作'舞'。然详王注,本作'武'耳。"案:单刻《章句》本、洪氏《补注》本皆作"舞",惟朱注本作"武"。武、舞古通用字。

二

字义训诂及发明篇题旨意,除依王逸、朱熹二家旧注外,《离骚》一篇偶或采用林云铭《楚辞灯》说。《离骚》"摄提"条云:"林西仲得之,云:星名,随斗柄正指于寅方,是为正月。"又,"申椒与菌桂"条云:"林氏可念,云:椒、桂带辣气,喻逆耳之言亦能受之，不但用纯香之蕙茝而已。"又，"谣诼"条云："林云，徒歌曰谣。"又，"攘诟"条云："林云，攘，取也。"又，"婵媛"条云："林云，柔态牵恋之貌。"《天问》一篇偶用屈复《新注》。如，"鸱龟曳衔"条云："屈悔翁有考。张仪依龟迹筑蜀城，非犹夫崇伯之知耶？据之盖言鲧视鸱龟曳尾相衔，因筑城堤。"案：长沙马王堆汉墓帛画下部两侧各有一龟，背立一鸟，象"鸱龟曳衔"也。惟其意未详。又，"负子"条云："屈云，妇、负古相通。"案：其说是也。负子犹妇子，谓母子并淫也。或采戴东原说。"其尻"条云："山至高，则入地之根亦至深。脊骨尽处曰尻。"案：王、朱二本皆作"尻"，戴东原《屈原赋注》改作"尻"，训"脊尾"。然此问昆仑在何处，不问其尾脊也。

龙井氏条疏王逸或朱熹旧注遗义，或补其阙，或正其误，或辨二家是非，或存疑阙如，或自为新解，发明意旨，其必持之有故，言之成理，颇见功力者。特举其显著者以明之。如，《离骚》"离骚"条："篇中有'离尤'字，盖离、罹同。"案：以"离骚"之"离"，为遭逢之"罹"也。又，"纫秋兰"条："纫，结也。"案：王注："纫，索也。"朱注："纫，续也。"龙井氏犹系结之义，非谓绳索、继续也。又，"不淹"条："淹有留意。"案：王注："淹，久也。"龙井氏以为非久长之淹，乃久留之淹也。又，"不抚壮"条："抚，循也，'抚于五星'之抚，正同。"案：王注"君甫及年德盛壮之时"云云，以抚为"甫及"之意，而龙井氏以为犹"抚循"之抚，正与"甫及"相因也。又，"及前王"条："楚先哲王也。"案：王注"冀及先王之德"云云，未详"前王"为何人，龙井氏以为"楚先哲王"，疏其遗义也。"余之中情"条云："所以'奔走先后'之心也。"案：王注"忠信之情"云云，不能确指，所以补之也。又，"忍而不能舍也"条云："忍，忍身患也。"案：王注"然中心不能自止而不言"云云，所"忍"之意甚含糊，所以申言之也。又，"芜秽"条云："比玉石混杂，贞士而题以伪也。"案：王注以"芜秽"为"众贤失其所"，而龙井氏以为"毕生所育成为俗士"，以斥众贤变节也。又，"嫉妒"条云："恐屈子之率群才以获于君也。"案：王注"各生嫉妒之心推弃清洁使不得用"云云，意虽相同，然旧注含糊，故疏以明之也。又，"矫菌桂"条云："揉以佩之。四句是'姱以练要'也。"案：王注"犹复矫直菌桂芬香之性"云云，意颇牵合，所以正之也。又，"轧羁"条云："'心轧羁而不开'，出《九章》。王氏得之。"案：王注："轧羁，言为人所系累也。"朱注云："言自绳束不放纵也。"龙井氏以王注是而朱注非，且引《九章》为证，所以辨析是非者也。又，"朝谇"条云："谇，告也，与'讯'同。"案：从朱注也，且引《幽通赋》"既谇尔以吉象"为证，而不从王注训"谏"也。又，"驰椒丘"条云："与'兰皋'对，王误。"案：王注："土高四堕曰椒丘。"朱注云："其中有兰，故曰兰皋。丘上有椒，故曰椒丘。"是从朱注不从王注也。又，"节中"条云："节有等节其中而执之也。"案：王注以节为节度，于义未明，盖所以疏之也。又，"厥家"条云："王氏得之，非国家之家。"案：王注："妇谓之家。"龙井氏复云："《左传》'弃其家'，言弃妻也。"所以疏解王注也。又，"正枘"条云："枘，刻木端所以入凿。正，直立牢固之也。"案：王注："正，方也。枘，所以充凿。"盖以"正"为"枘"之饰语，于义未畅。龙井氏以"正"为述语，犹挣入之也。则无遗义也。又，"相羊"条云："相翔一义。相翔，出《周礼》。将升天而姑且休息。"案：王注训"相羊"为"游"，龙井氏视为连语，犹同"相翔"，盖以疏王注也。又，"要之"条云："要，迎也。《诗》云：'要我乎上宫。'"案：王逸、朱注并以要为邀求之义。其训为迎，盖所以正之也。又，"上下"条云："亦升降也，辞沓而已，前曰'上下而求索'。"案：王注："上谓君，下谓臣。"朱注："升降上下，升而上天，降而下地也。"是从朱注而未从王注也。又，《九歌·东皇太一》"蕙肴蒸"条云："蒸、烝通，言美肴升于俎也。"案：王注："以蕙草蒸肉也。"朱子训烝为进。是从朱而不从王也。《云中君》"寿宫"条云："供神之处也。"案：王注以为"祠祀皆欲得寿，故名为寿宫"。龙井氏则以为牵合之说，"未必是"。又，《湘君》"洞庭"条云："帝女居其山，出《山海经》，故道于大湖也。"案：王、朱于湘君所以"遭吾道兮洞庭"，皆未置一言，故所以补之也。又，"兰枻"条云："阅字书，枻亦楫也，王氏有据乎。"案：王注枻训楫，龙井氏复引《韵会》云："短曰枻，长曰棹。"所以疏之也。又，《湘夫人》"思公子"条云："非帝子也，但是所思也。佳人亦非帝子。"又，"麋何食"条云："公子亦帝子之徒也，不与我人同。"又，"佳人"条云："帝子之使也。"案：王、朱二家皆以"公子""佳人"为"帝子"，盖龙井氏所以正其误也。又，"擗蕙櫋"条云："櫋，连檐木也，在橑之边，擘蕙为之。"案：王注云"以析蕙覆边屋"，朱注云"析蕙以为屋边联"，皆未达"櫋"字之义，至龙井氏"在橑之边"，则涣然冰释矣。又，《大司命》"冲天"条云："神已弃我去也，欲近之未由己也。"案：王注以"冲天"属言屈原"抗志高行"，朱云神去不留。是从朱而弃王也。又，《少司命》"竦长剑"条云："竦，高举也。"案：王注训"执"，朱注训"挺拔"，龙井氏以为旧注皆非其义，是以训"高举"。于古亦有征。《广雅·释诂》："竦，上也。"《慧琳音义》卷十二"森竦"条注："竦，高上也。"又，《东君》"翠曾"条云："字书有'翸'字，训举也。"案：洪兴祖《补注》曰："《博雅》曰：'翸、翥，飞也。'"是用洪氏说也。又，《河伯》"龙堂"条云："盖四面置龙以为堂也。"案：王注"堂画蛟龙之文"，朱注"以龙鳞为堂"，皆未惬其意，而设为此解也。又，《山鬼》"徒离忧"条云："别而忧者，犹有眷眷之意故也。"案：此篇"怨公子（山鬼）"而曰"憺忘归""怅（畅）忘归"，言喜而悲，言乐而怨，反意为说，徒增其喜其乐也。龙井氏善发微其意矣。又，《国殇》"右刃伤"条云："车右之刃折毁也。车右用矛而其刃伤。"案：王注以"右"为右骖，朱注未妥说解。龙井氏以为车右。亦未废为一家之说也。又，《天问》"明明暗暗"条云："日月正，昼夜定，是其何故邪？"案：王注以为说阴阳，朱注以为说昼夜，则其从朱说也。又，"永遏"条云："盖幽囚之也。"案：其说是也。鲧遏于羽山，同《离骚》"夭乎羽之野"，谓囚拘于羽渊也。又，"腹鲧"条云："朱云：'腹，怀抱也。'《诗》云：'出入腹我。'亦通。"案：王注本"腹"作"愎"，训狠戾。龙井氏不从其说，且引《诗》以证朱说可通。又，"阻穷西征"条、"岩何越焉"条云："盖鲧在东裔，而阻厄困穷，自向西行，何能越岩险而西向？"案：王注谓鲧"西行度越岑岩之险因堕死"，朱云"未详"。龙井氏谓"越岩险"而未尝死，盖胜旧说也。又，"并投"条云："'并诸四夷'之屏。"案：并字之义，王、朱皆未释，此所以补其未备也。又，"厥萌在初"，王、朱未有确指。案：龙井氏据上文事，云："末喜以亡，二女以兴，其萌在兴亡之先。"则畅达无隔也。又，"会晁争盟"条云："盖言八百会同乞盟也。《诗》云：'会朝清明。'"案：龙井氏不以王注"不失期"、朱注"请盟"为说，而以争为清、盟为明，以《诗》"清明"为证，从洪兴祖《补注》也。又，"鹿何祐"条云："二章姑从古注，此言福自然而生。"案：此二章古来聚讼纷繁，龙井氏未敢凭臆妄为，故犹从旧注，见其慎之至也。又，《九章·惜诵》"言与行其可迹"条云："我所言所行可推迹以知之。"又，"情与貌"条云："貌不变是不胁肩谄笑之类。"案：训释简要明快，可胜旧注繁冗也。又，"疾亲君"条云："急于亲君而无他念也。"案：王注疾训恶。则义生诘诎，故改易之也。又，"初若是"条云："初占如是而今果逢殆。"案：龙井氏以"初"为上文"昔"占厉神之时。盖未以王氏谓屈子本性之初、朱子"初以君可恃"之初为然也。又，《哀郢》"民离散"条云："时必有百姓乱离之事，非唯屈子一人。"案：王逸以为民指屈原，但就己言。朱子"屈原被放时，适会凶荒，人民离散，而原亦在行中"。知其从朱说也。又，《抽思》"摇起"条云："奋起之意。朱本作'遥起'，然依古注，庄本可从。"案：摇，非摇动之义。王念孙《读书杂志·余编》下："摇起，疾起也。疾起与横奔，文正相对。《方言》曰：'摇，疾也。燕之外鄙、朝鲜、洌水之间曰摇。'《淮南·原道篇》曰：'疾而不摇。'《汉书·郊祀志》曰：'遥兴轻举。'遥与摇通。彼言遥兴，犹此言摇起矣。"其说是也。《方言》："汩、遥，疾行也。南楚之外曰汩，或曰遥。"摇、遥古通用字。又，《怀沙》"独无正"条云："朱云：'正当作匹。'得之。"案：其说是也。若作"匹"，出韵也。正，当也，对也，亦有匹敌之义。又，《思美人》"申旦"条云："载中情以至明发也。"案：其意得之。王注"诚欲日日陈己心"云云，申旦，犹言无已也。《九辩》"独申旦"，王注以"达明"解"申旦"者，达，至也。李周翰注："申，至。"谓"申旦"为"至旦"。申，犹"终极"之义。"独申旦"，犹《诗·葛生》"谁与独旦"之"独旦"。《击鼓》"不我信兮"，孔疏："信，即古伸字。申，即终极之义。"又，《惜往日》"孰申旦而别之"，王注："世无明智，惑贤愚也。"申旦，犹"终古"也。又，《橘颂》"苏世"条云："难解，恐有写误。"案：盖慎之也，不为强解。相反为训，背逆亦谓之苏。《荀子·议兵》："以故顺刃者生，苏刃者死。"杨倞注："苏读为傃，傃，向也。"苏、顺相对为文，苏，犹逆也。杨氏说以假借字，盖未审其义相反而相通也。《商君书·赏刑》："万乘之国不敢苏其兵于中原"，高亨注："苏，逆也。"又，陆时雍《楚辞疏》谓苏当作疏，言疏远之意。苏、疏古字通用。《易·震》六三"震苏苏"，汉帛书本"苏苏"作"疎疎"，疎与疏同。其亦可通也。若龙井氏明此，盖亦谓不"难解"也。又，《悲回风》"隐其文章"条云："不群故隐，亦天性然。蛟龙隐，兰茝幽，是屈子自比。而'比而不芳'、'荼荠不同'，亦比其志介。"案：说比兴之义虽本王、朱旧义，然寥寥点睛之词，妙乎神会也。又，"惟佳人之永都"条云："永保都美，乃济世之意。"案：都训美，虽本朱注也，而说喻义则过之也。又，"为膺"条云："盖后世兜肚类欤？"案：王注训"胸衣"，朱注释"络胸者"，龙井氏比之"兜肚"，甚确，盖以今况古也。又，《远游》"求正气之所由"条云："正气，言己心中纯正之气也。"案：正气，即《离骚》"耿吾既得之中正"之"中正"也。得正气，而后能上征飞行，盖神灵之气也。神灵之气，乃纯正之气也。又，"登霞"条云："《庄子》'择日而登遐'。朱云：'霞古与遐借用。'"案：其说是也。登遐，犹后世云"仙逝"也。又，《渔父》"鼓枻"条云："枻，楫也。以枻鼓舷。"案：王注云："叩船舷也。"所以疏之也。又，《招魂》"巫阳"条云："筮人职有巫易，古精筮者，《山海经》注：'巫阳，神医。'"案：王注无说。朱注云："女曰巫，阳，其名也。"未详其事，此注所以补之也。又，"后之谢"条云："言后其死也。屈子既困危，筮求其魂而予之，旷日弥久，必不迨其生。"案：盖以"谢"为"死"。王注："谢，去也。巫阳言如必欲先筮问求魂魄所在，然后与之，恐后世怠懈，必去卜筮之法，不能复修用，但招之可也。"则以"谢"为"怠懈"。朱注："此一节巫阳对语，不可晓，恐有脱误。然其大意似谓帝命有不可从者，如必筮其所在而后招而与之，则恐其离散之远，而或后之，以至徂谢，且将不得复用巫阳之技也。"则以"谢"为"徂谢"。是从朱不从王也。又，"血拇"条云："拇，足大指也。裂人踩人，故常染血。"案：王注"以手中血漫污人"云云，未详"手中血"所以然者，龙井氏以为"裂人踩人"所致，盖所以疏王注未明也。又，"入修门"条，旧注以"修门"为"郢城门"。龙井氏云："旧说修门，郢城门也。未审门名与否。为城门，固也。说不得了。"乃曰："唯是门修美而可入。"案：则以修为修美者，新颖别致，存之以一家说也。又，"像设君室"条云："模像旧宅而造设之。古法犹可从。朱、林云：设像而祀。

未优。"案：其说是也。像者，故居之像也，非人像也。又，"室家遂宗"条，王注云："言君九族室家，遂以众盛，人人晓昧，故饮食之和，多方道也。"朱注云："言君既归来，则室家之众皆来宗尊，当为设食，其方法多端也。"案：王、朱皆牵合。龙井氏云："屈子繁荣如前段，故族人遂以为宗食多方。此族食之事也，族人皆食于宗。"其说盖近之也。又，"抚案下"条，王注："以手抑案而徐来下也。一云：抚，抵也。以手抵案而徐下行也。"朱注："以手抚案其节而徐行也。"案：皆未达旨。龙井氏云："下，盖舞毕而退也。"其说是也。又，"发激楚"条，王注："激，清声也。言吹竽击鼓，众乐并会，宫庭之内，莫不震动惊骇，复作《激楚》之清声，以发其音也。"朱注："《激楚》，歌舞之名，即汉祖所谓楚歌、楚舞也。"案：龙井氏云："林云：'《激楚》，清凄之曲名。'发清凄之曲以止宫庭之震惊。"则较旧说通达也。又，"费白日"条，王注："费，光貌也。言晋国工作簿箕箸，比集犀角以为雕饰，投之皦然如日光也。"朱注："费，耗也。费白日，言博者争胜，耽著不已，耗损光阴也。"案：龙井氏云："费，光貌。大似古义，必是古读。"其说是也。据此，费，读作𬘡。《慧琳音义》卷九八"丽𬘡"条引王逸注《楚辞》："𬘡，光貌也。"其所见本作"𬘡"字，盖古读也。又，《大招》"诶笑狂"条，王注："诶，犹强也。"朱注："诶，强笑也。"案：龙井氏云："《说文》：'诶，可恶之辞。'又与譆、嘻通。诶笑，盖冷笑也。故王注以为强笑。"盖所以疏旧注也。又，"鼎臑盈望"条，王注"望之满案"云云，以望为观望。案：龙井氏云："望亦满也。《庄子》'望人之腹'。"其说所以正旧之讹也。《释名·释天》："望，月满之名也。"是望亦盈满也。又，"滂心"条云："不相嫉妒也。妒忌者曰性不旷，宜反观。"案：王注"美女心意广大宽能容众"云云，即"不相嫉妒"之意。盖所以疏之也。又，"观绝溜"条，王注："观，犹楼也。溜，屋宇也。言复有南房别室，闲静小堂，楼观特高，与大殿宇绝远，宜游宴也。"案：龙井氏云："旧说未稳。盖言观之高出房窗上也。"其说则通畅无碍也。

三

龙井氏尤致意于上下文之关节，疏分段落，发明屈子本旨，且多有思致。如，《离骚》"彼尧舜之耿介兮"条云："提上古而既然以起桀纣。"又，"死直"条云："自'屈心'至此一气读，是屈子别提一个臣节以自奋厉者。"又，"众不可户说"条云："此二句与次二句前后错误。此二句屈子所叹以缓远游，四句与灵氛语全同。"又，"吾将上下而求索"条云："上县圃以望四荒，路曼曼修远，于是又作气而上下求索之志，不唯观乎四荒也。'求索'自'执察余之中情'来，下文'勉升降以上下兮，求榘矱之所同'。"又，"好蔽美而嫉妒"条云："文字既伏下章求女之事。"又，"欲远集"条云："行而至曰'集'，二句与'览相观'二句应。"又，"灵氛"条云："屈子无择君之心，故不提巫咸而提灵氛。"《九歌》十一篇皆为分段。如，《云中君》分二段，"齐光"条云："是篇上八句，下六句。上段比楚君之怀安于玉堂中。"又，"既降"条云："下六句别段也。故其辞不与上八句相接。"《湘君》《湘夫人》"分段凡四"。《湘君》"吹参差"条云："以上首段。"又，"隐思君兮陫侧"条云："以上二段。"又，"告余以不闲"条云："以上三段。"又，《湘夫人》"罾何为"条云："以上首段。"又，"夕济"条云："以上二段。"又，"灵之来"条云："以上三段。"《大司命》分三段，"在予"条云："以上首段。"又，"余所为"条云："以上二段。"《少司命》分四段，"愁苦"条云："以上首段。"又，"新相知"条云："以上二段。"又，"望美人"条云："以上三段。"又，《东君》分三段，"色声"条云："以上首段。"又，"灵之来兮蔽日"条云："以上二段。"《河伯》分二段，"惟极浦兮寤怀"条云："以上首段。"《山鬼》细分六段，"善窈窕"条云："以上首段。"又，"独后来"云："以上二段。"又，"孰华予"条云："以上三段。"又，"君思我兮不得闲"条云："以上四段。"又，"然疑作"条云："以上五段。"《国殇》分两段，上十句为首段，下八句为二段。《天问》一篇以事为段，如，"顾菟"条云："以上问天事。"又，"伯强"条云："自此章问地事。曰'焉'、曰'何'、曰'安'，并地方问。"又，分《九章·惜诵》为八段，"向服"条云："以上首段。"又，"所以证之不远"条云："以上二段。"又，"有招祸之道"条云："以上三段。"又，"中闷瞀之忳忳"条云："以上四段。"又，"为此援也"条云："以上五段。"又，"知其信然"条云："以上六段。"又，"背膺牉合"条云："以上七段。"自此以下为八段也。分《涉江》为四段，"济乎江湘"条云："以上首段。"又，"承宇"条云："以上二段。"又，"重昏而终身"条云："以上三段。"自此以下为四段也。分《哀郢》为三段，"思蹇产而不释"条云："以上首段。"又，"蹇侘傺而含戚"条云："以上二段。"自此以下为三段也。分《抽思》为二段，"矫以遗夫美人"条云："以上首段。"自此以下为二段也。分《怀沙》为三段，"自抑"条云："以上首段。"又，"余之所臧"条云："以上二段。"自此以下为三段也。分《思美人》为四段，"难当"条云："以上首段。"又，"与曛黄以为期"条云："以上二段。"又，"居蔽而闻章"条云："以上三段。"自此以下为四段也。分《惜往日》为六段，"虽过失"条云："以上首段。"又，"过之"条云："以上二段。"又，"无由"条云："以上三段。"又，"久故之亲身"条云："以上四段。"又，"如列宿之错置"条云："以上五段。"自此以下为六段也。分《橘颂》为二段，"姱而不丑"条云："以上前段。"自此以下为后段也。分《悲回风》为六段，"所明"条云："以上首段。"又，"遂行"条云："以上二段。"又，

"昭彭咸之所闻"条云："以上三段。"又，"所居"条云："与前段对结。以上四段。"又，"伴张弛"条云："以上五段。"自此以下为六段也。以《远游》"四句一串"，称"成于《离骚》之前"云。又，"忽乎吾将行"条云："曰'道'至是句为一贯，然王子之辞犹是四句一串，三串而十二句如例。"以《招魂》"不以四句为串，变调也。唯'乱辞'如例，上半六段，下半二段而有'乱'"。又，"离彼不祥"条云："五句总招以下四方天地之不祥，六节起结一例，而修门一节准初，其次起法不同，亦以'魂兮归来'结。"又，"天地四方"条云："以下亦巫阳之辞也。分二段以言故居之乐。但作者所敷衍，似与上不接，是屈调也。"又，"魂兮归来"条云："自天地四方多贼害至此一招毕，凡六十八句。"又，"魂兮归来反故居"条云："前此二句括一篇上半，又以括下半，作者用心处。自'室家遂宗'至此凡八十句。"又，"乱曰"条云："以上托巫阳敷衍之，以下屈子自叙实事。"则更见精密也。以《大招》"体制与《招魂》同，不必四句成事"云。又，"青春受谢"条云："阳春受万物之谢尽而又新也。《招魂》'献岁发春'在篇末，此在篇首。"又，篇末云："'美人'五节，'好闲'、'容则'、'滂心'等，皆有宫闱之意。它二节恐是后人窜入耳。"龙井氏或辩之以句法，多有警醒之处。如，《离骚》"何方圜之能周"条云："犹曰'方圜何能周'也。奇句。"又，"国无人莫我知兮"条云："七字一句。"《天问》"禹之力献功"，校云："首章变句法。"《大招》"英华假"条云："四句一气，言兰桂假英华于琼，错互相纷葩也。"

四

龙井氏于《楚辞》可谓勤矣，日人研习《楚辞》当以此为翘楚之作，不可多得。然三覆其书，亦不无粗疏悠谬之说。

首先，校雠未精。如，《离骚》"汝博謇而好脩兮"，校云："'博謇'二字必有一误。"案：王逸注"博采往古"云云，謇训采，读如"朝搴阰之木兰兮"之搴。非误字，通假字也。"鸾皇为余先戒兮"，校云："林本'鸾皇'作'凤鸟'。"案：王逸注："鸾，俊鸟也。皇，雌凤也。以喻仁智之士。"则旧本作"鸾鸟"也。又，"览相观于四极"，校云："'览相观'字甚沓，可疑。"案：刘永济《屈赋通笺》云："本篇有'相观民之计极'句，疑此与之同。'览'字或后人旁注以释'相'者，误入正文耳。今删。"说同龙井氏。实非也。朱骏声《离骚补注》曰："'览相观'三叠字。"览，王逸但训"观"，不释"相"，无由窜入正文。《悲回风》："闻省想而不可得。"屈赋本有三叠字句法也。又，"众不可户说"，校云："此二句与次二句前后错误。此二句屈子所叹，曰缓远游，四句与氛语末，全同。"案：龙井氏盖以"众不可户说兮孰云察余之中情"，宜在下"世并举而好朋兮夫何茕独而不予听"之后，谓屈子感叹不宜远游四方，与灵氛"世幽昧以眩曜兮孰云察余之善恶"末句之意全同。然凭臆妄改，且无版本依据，不足信据也。《天问》"列击纣躬"，校云："朱云，列一作到，非是。"案：洪氏《补注》本、单刻《章句》并作"到击纣躬"。到者，倒也，谓殷人倒戈以击纣也。列，讹字也。《九章·惜诵》"中道而无杭"，校云："一作航，似未造。"案：杭、航同，非今云航船也。《抽思》"望北山"，校云："朱云，一作'南山'。"案：据下"临流水"，流水，泛称；北山，非指一山名。北，当作丘。丘，古作"北"，与"北"字形似相伪。《周易·颐》："六二：颠颐，弗经于丘颐，征凶。"丘颐，《战国楚竹书》（三）《周易》、长沙马王堆汉帛书《周易》皆作"北颐"。丘山，平列同义，古之习语，作"南山"者，非也。《思美人》"其远烝兮"，校云："朱本可从。朱注一作'承'。此本不可。朱本而从别本，未知何故。"案：单刻《章句》本、洪氏《补注》作"远承"，洪又引一作"蒸"。然据王逸注以"流行"释"承"义，盖读作腾，音讹字。腾，传行之义。《淮南子·缪称训》"子产腾辞"，高注："腾，传也。子产作《刑书》，有人传词诘之。"《惜往日》"清澈"，校云："朱本'澈'作'澄'，云：一作'澈'，非是。此类并通。"案：洪氏《补注》本、单刻《章句》本皆作"澈"。《慧琳音义》卷十五"暎澈"条引《考声》云："澈，水清澈也。"《广雅·释诂》："澄，清也。"故云"此类并通"也。又，"久故之亲身"，校云："庄本脱'之'字。"案：单刻《章句》本无"之"字。又，"孰申旦"，校云："未详。或'旦旦'误写。《诗》云'信誓旦旦'。"案：非也。《九辩》"申旦以舒中情兮"，王逸注："诚欲日日陈己心也。"王注以"达明"解"申旦"，达，至也。申，犹"终极"之义。"独申旦"，犹《诗·葛生》"谁与独旦"之"独旦"。《击鼓》"不我信兮"，孔疏："信，即古伸字。申，即终极之义。"又，《思美人》"申旦以舒中情兮"，王注："诚欲日日陈己心也。"《惜往日》"孰申旦而别之"，王注："世无明智，惑贤愚也。"申旦，《楚辞》习语，非讹字也。

其次，字义训诂，识断未明。如，《离骚》"灵均"条云："大野曰平，平之广为原，非广而平也。"案：非也。《尔雅·释地》："大野曰平，广平曰原，高平曰陆。"散则原、陆不别，对文则有"高平""广平"之异。《说文》训"高平"。段注："谓大野广平称原，高而广平亦称原。"乃散文也。又，"追逐"条云："奋飞而去不顾之意。或云：三谏不从去之意欤？"案：非也。王注"言众人所以驰骛惶遽者，争追逐权贵，求财利"云云，以状众人之秽行，非谓屈子三谏不从而去之也。又，"朝谇"条云："谇，告也。与讯同。《幽通赋》'既谇尔以吉象'。"案：王注："谇，谏也，《诗》曰：'谇予不顾。'"

王氏引《诗》见《陈风·墓门》。《毛诗》作"讯予不顾"。传云："讯，告也。"郑笺："歌，谓作此诗也，既作，又使工歌之，是谓之告。"《释文》："本作誶，音信。徐：息悴反，告也。《韩诗》：'讯，谏也。'"王注因《韩诗》。《诗》之誶、讯皆为"责诮""诟詈"之义，非谓告语也。誶、讯一字。《说文·言部》："誶，让也。从言、卒声。《国语》曰：'誶申胥。'"卒犹猝也。讯，从言、卂声。卂，鸟疾飞，亦急疾义。言之急迫为誶。《左传》文公十七年"执讯而与之书"，杜注："执讯，通问讯之官。"《汉书·王子侯年表·安檀侯福表》"讯群臣"，颜师古注："讯，问也。音信。"《贾谊传》"立而誶语"，服虔云："誶，犹骂也。"又引张晏曰："誶，责让也。"《邹阳传》"卒从吏讯"，颜师古注："讯，谓鞫问也，音信。"俗语"训斥"，讯之遗义。朝誶，旦朝见斥让也。王注以誶解谏，"朝谏謇謇于君"云云，失之旨。谏，谰也。《汉书·艺文志》"谰言十篇"，颜师古注："陈人君法度。"盖借谰为谏。《言部》："谰，抵谰也。"抵，读如诋，诃斥也。诋谰，以罪责让人也。又，"谣诼"条云："谣为毁，未见所征。林云：'徒歌曰毁。'"案：谣无毁义。繇、詹古书相乱，《周礼·考工记·矢人》"是故夹而摇之"，《释文》："摇，本又作撂。"撂，摇之别文。《汉书·天文志》"元光中天星尽撂。"撂、担形近相讹。《史记·建元以来王子侯表》"千钟侯刘摇"，《汉书·王子侯表》作刘担。《墨子·经下》"而不可担"，担，摇之形讹。旧本作谵，通作潛。侵、谈旁转，照、穿旁纽双声。潛，毁也。《九思·逢尤》"被谗潛兮虚获尤"，诼潛，"潛诼"之乙，盖因于此。《太平御览》卷四百八十三《人事部》一百二十四"怨"引《楚辞》作"潛诼谓余善淫"，引王逸注："潛，毁也。诼，潛也。"则其所据本作"潛诼"也。《大司命》"玄云"云："玄天之玄，林云，风雨将作，云色必玄。"案：非也。玄云，黑云，是司命所居，乃夏后氏所祭之司命也。《礼记·祭义》："夏后氏祭其暗，殷人祭其阳，周人祭日，以朝及暗。"郑注："暗，昏时也。阳，谓日中时也。"孔疏："以夏后氏尚黑，故祭在于昏时。殷人祭其阳者以尚白，故祭在日中时。"殷人、楚人崇尚光明、红色，商人祭祀常用赤色雄鸡为牺牲品，用赤色陶鬶作为彝器。楚人亦然，不论服装、漆器、内棺，大抵图案繁缛、色彩斑斓，以赤色为主调。楚人尚赤色，以赤色为贵。江陵马山一号楚墓，年代属战国中期，出土衣衾，图案繁缛，色彩艳丽，皆以赤为主色。各地楚墓所出土漆器，黑底朱彩，绝少例外。淮阳楚车马坑，属战国晚期，从中发现多幅战旗，皆为赤色。夏人不然，其俗尚黑，故夏文化封口盂改用黑色，或者近于黑色之深灰色。司命乘驾玄黑云车而出天门之景象，乃夏人"尚黑"遗风。又，《淮南子·坠形训》："玄泉之埃，上为玄云。"《汉书·息夫躬传》："初，躬待诏，数危言高论，自恐遭害，著《绝命辞》曰：'玄云泱郁，将安归兮。'"皆以玄云为冥界之象，汉世以后风习，非夏后氏遗义也。又，《东君》"暾"条云：

"日也，其光自扶桑而照祠堂之槛也。"案：非也。王逸注："槛，楯也。言东方有扶桑之木，其高万仞，日出，下浴于汤谷，上拂其扶桑，爰始而登，照曜四方。日以扶桑为舍槛，故曰'照吾槛兮扶桑'也。"则因《淮南子·天文训》。然"日以扶桑为舍槛"云云，日神所居，类苗、僮民族所居之干栏房（俗称高脚楼）。屈子言"槛"，盖存沅、湘之越俗遗制也。又，"安驱"条云："祭者迎日也。迎曰'安驱'，送曰'驰翔'，缓急之辞。"案：非也。"安驱""驰翔"皆状日之升降，非言祭日者也。又，《国殇》"霾两轮"条云："舍车马而徒步，欲以侵轶敌也。"案：非也。王注："言己马虽死伤，更霾车两轮，绊四马，终不反顾，示必死也。"其说不移。絷马霾轮，犹《孙子兵法·九地篇》之"是故方马埋轮"，曹操注："方，缚马也。埋轮，示不动也。"明姚富《青溪暇笔》卷下："'方马'二字，诸家之注皆欠明白。富按：《诗·大明》篇传注：'天子造舟，诸侯比舟，大夫方舟，士特舟。'《尔雅》注：'方舟并两船，特舟单船。''方马'之义，当与'方舟'同。盖并缚其马，使不得动之义耳。"絷马霾轮，亦《九地篇》所谓"死地吾将示之以不活"。《左传》文公三年："秦伯伐晋，济河焚舟。"杜注："示必死也。"《史记·项羽本纪》："项羽乃悉引兵渡河，皆沈船，破釜甑，烧庐舍，持三日粮，以示士卒必死，无一还心。"曹公谓"示不动"也。又，《陈书·虞荔传附弟寄》："孰能被坚执锐，长驱深入，系马埋轮，奋不顾命，以先士卒者乎？"《艺文类聚》卷五十七《杂文部》三"七"条引梁萧子范《七诱》："守边鄙而拥角节，集兵旅而驰牙璋。或埋轮于绝域，或絷马于遐疆。"皆因于此也。又，"击翼"条云："鼓舞其翅也，王注了了。"案：王注"奋击其翼"云云，谓击殷纣之两翼也。翼，阵之两翼。银雀山汉简《孙膑兵法·官一》："□□阵临用方翼，泛战接厝用喙逢。"方翼，旁翼也，谓军陈于两侧。又曰："浮沮而翼，所以燧斗也。"《十阵》："击此者，必将三分我兵，练我死士，二者延阵张翼，一者材士练兵，期其中极。此杀将击衡之道也。"《十问》："材士练兵，击其两翼，□彼□喜□□三军大北。此击箕之道也。"《六韬》云："翼其两旁，疾击其后。"龙井氏误其意也。又，《九章·惜诵》"干傺"条云："恐是际字，求亲之意，交际之际。"案：际，古不解亲近之意。旧训"干傺"为"求住"，自是可通也。又，《涉江》"欸"条云："训叹，似未确。《诗》云：'如彼溯风，亦孔之僾。'欸、僾古盖一义。"案：对文，叹曰欸，唈曰僾，散文则亦通也。又，"秋冬之绪风"条云："屈云：'春寒，犹有冬之余风。'屈子仲春西迁。"案：《涉江》承《哀郢》，屈子东迁在仲春，止于鄂渚，入秋而涉江，遭道洞庭而南行，龙井氏非也。又，《哀郢》"当陵阳"条云："朱云'未详'。盖舟向陵阳而经过也。"案：朱子"未详"，见其慎之也。王注"意欲胜驰，道安极也。"盖以陵为凌乘也，阳者阳侯之波也。若以"陵阳"为地名，则"当"字不得确解，且与下文"淼南渡之焉如"

亦不相接也。又，《抽思》"造怒"条云："为己故构造忿怒也。"案：造非构造、制造之意。王注以"横暴"释"造怒"，盖以造为骤。《易·乾·用九·象》："大人造也。"《释文》："造，刘歆父子作聚。"《汉书·楚元王传》引造作聚。聚、骤古通用字。《说文·马部》："骤，马疾步也。从马、聚声。"引申为言疾也。《老子》"骤雨不终"，河上公注："骤雨，暴雨也。"骤怒，谓暴怒也。又，"望北山"条云："朱云：一作南山。案以汉北照之反顾，南山似优。"案：非也。北山，王注但释"高景"，未确指其为何处之山。据下文"临流水"，流水，泛称，北山亦当泛称，非确指一山名也。北，当作丘。丘，古文作"北"，与"北"字形似相伪。《周易·颐》六二："颠颐，弗经于丘颐，征凶。"丘颐，《战国楚竹书》（三）《周易》、长沙马王堆汉墓帛书《周易》皆作"北颐"。丘山，平列同义，古之习语。又，《怀沙》"易初本迪"条云："初本，犹本末。"案：非是。本，"不"之讹。易初、不由，相对为文。《郭店楚墓竹简》及《汉马王堆帛书》，凡言"背畔"字皆作"怀"，倍字古文。《缁衣篇》："信而结之，则民不怀（倍）。"《忠信之道篇》："忠人亡伪，信人不怀（倍）；君子女（如）此，故不皇（诳）生，不怀（倍）死也。"又曰："至忠亡伪，至信不怀（倍），夫此之胃（谓）此。"《老子》（甲）："绝智弃辩，民利百怀（倍）。"《穷达以时篇》："善怀（倍）己也。"《语丛篇》（二）："念生于欲，怀（倍）生于念。"《战国楚竹书》（二）《从政》（乙）："思则怀（倍），耻则犯。"《葛陵楚墓竹简》凡"背膺"之背，皆作"怀"。马王堆汉墓帛书《式法》第三《天地》："凡徙、［娶］妇，右天左地贫，左地右天吉，怀（倍）地逞天辱，怀（倍）天逞地死，并天地左右之大吉。凡战，左天右地胜，怀（倍）天逆地胜而有□关，怀（倍）地逆天大败。"《经法·四度篇》："怀（倍）约则窘，达刑则伤。怀（倍）逆合当，为若又（有）事，虽无成功，亦无天央（殃）。"《怀沙》此"不由"，当"怀由"。由与迪通，训道。"易初怀（倍）由"，谓违初背道也。王注"违离光道"，今作"远离常道"者，远，当"违"之讹。光，盖"先"字之讹。汉时旧本，"本"作"怀"，犹未讹也。盖在东汉以后讹作今本"本由""本迪"也。又，《惜往日》"弗味"条云："不熟忠佞是非之分也。"案：非是。弗味，犹未沬也。味、沬通用。未沬，谓吴信谗无休止之时也。又，"下戒"条云："《周语》：'火见而清风戒寒。'戒言戒人也。"案：引文不通，必有烂脱或讹误。《周语》："火见而清风戒寒"，韦昭注："谓霜降之后，清风先至，所以戒人为寒备也。"知"寒"为"寒"之误，引注亦未为完备也。又，《橘颂》"淑离"条云："淑离，未详。盖离，文明之象也。淑离，言果之文章而不淫，言不如桃李然欤？"案：绐为之说。王注以"言己虽设与橘离别犹善持己行"释"淑离"义，固缴绕之说。蒋骥《山带阁注楚辞》："离，丽也。"离、丽古通用字。《易·离》六五象"离王公也"，《释文》："离，郑作丽。"《招魂》"丽而不奇些"，王注："丽，美好也。"淑丽，平列同义。张衡《定情赋》："夫何妖女之淑丽，光华艳而秀容。"蔡邕《检逸赋》："余心悦于淑丽，爰独结而未并。"《青衣赋》："盼倩淑丽，晧齿蛾眉。"淑丽，古之恒语也。又，《悲回风》"心调度而弗去"条云："深虑而不去二子也。"案：非也。调度，同《离骚》"和调度以自娱兮"之"调度"，犹踟蹰，谓犹豫未决之貌。心调度，谓心犹豫未决也，非"深虑"之意。又，《远游》"担桥"条云："担与揭通。桥，举。"案：非也。担、揭古不同音，乃讹字。《慧琳音义》卷七六"揭鸟"条引王逸注："揭，亦高也。"其所据本作"揭挢"。《文选·射雉赋》"眄箱笼以揭骄"，徐爰注："揭骄，志意肆也。《楚辞》揭骄字作拮矫。"李善注："《楚辞》曰'意恣睢以拮矫。'"则徐爰、李善所据本作"拮矫"。拮矫与揭挢、揭骄同也。又，《招魂》"以益其心"条云："资其精力也。"案：心，无"精力"之义。王逸注："言复有雄虺，一身九头，往来奄忽，常喜吞人魂魄，以益其贼害之心也。"其说是也。而他本"以益其贼害之心"误作"以益其心贼害之甚"。则义遂晦矣。又，"秦篝齐缕"条云："二句未详，盖招魂之衣也。篝，所以络丝者，纺车欤？篝子欤？齐之缕，盖美好。"案：谓魂衣者是也，然比之以纺车、篝子，非也。王注："言为君魂作衣，乃使秦人职其篝络，齐人作彩缕，郑国之工缠而缚之，坚而且好也。"《周礼·春官宗伯·司服》"大丧，共其复衣服、敛衣服、奠衣服"，郑注："奠衣服，今坐上魂衣也。"贾疏："至祭祀之时，则出而陈于坐上。"《太平御览》卷八百八十六《妖异部》二《魂魄》引王肃《丧服要记》："魂衣起苑荆，苑荆于山之下，道逢寒死，友哀往迎其尸，魂神之寒，故作魂衣。"《海录碎事》卷二十一上《天衣》："亡人座上作魂衣，谓之上天衣。"马王堆汉墓"T"形帛画，盖古魂衣也。后世谓之魂幡。魂衣所以为篝箸，因楚人崇鸟礼俗。清陈元龙《格致镜原》卷八十一《诸鸟》引《古今注》（今本无此文）："楚魂鸟，一曰亡魂；或云楚怀王与秦昭王会于武关，为秦所执，囚咸阳不得归，卒死于秦，后于寒食月夜，入见于楚，化而为鸟，名楚魂。"《抽思》："有鸟自南兮，来集汉北。"盖屈原以鸟自喻，宋玉编笼篝为招其魂，供其魂鸟所栖息也。又，《天问》"砥室"条云："朱云：'砻之加密石。'最为近理。"案：王注："砥，石名也。《诗》曰：'其平如砥。'言内卧之室，以砥石为壁，平而滑泽。"则以"砥"为室之石壁。朱注："砥，砺石也。《谷梁》云：'天子之桷，斫之砻之，加密石焉。'注云：'以细石磨之。'"则以砥为磨桷椽之器也。王说是而朱说扞格不通也。又，《大招》"汤谷宋"条云："朱本作'宋寥'，韵不得不然。"案：上句"白皓胶"，胶、宋为宵、觉平入合韵。后人未审，而妄增"寥"字也。又，"娱人乱"条云："未详。乱，或听误。"案：妄改古书，不足为据。然王注乱训理，亦未通。"娱人乱"与下"极声变"，相对为文。乱，犹《招魂》"乱而不分"之乱，谓合也，同也。言叩钟调磬，与娱人者同也。又，"青色直眉"条云："林云：'直，当也。'青色当眉，不资于黛。"案：非也。王注："言复有美女，体色青白，颜眉平直，美目窃眄，媔然黠慧，知人之意也。"盖周、秦以蛾眉为好，汉以后以平直为美。姚最《续画品·谢赫》"直眉曲鬓，与世争新"是也。《天问》一篇分段未密。"乌焉解羽"条云："堕羽于何地乎？并问地方。以下问地事以鲧禹土功起之，以异物异事绣辅之。"案：《天问》以事分段，则自"乌焉解羽"以上分"问天""问地"者是也，而"禹之力献功"以下非问地，问人事也。要之，大醇小疵，未足掩其弘博精微也。

龙井氏此书未见刻本、印本，流传未广。日本京都大学、庆应义塾大学、大阪大学等图书馆及中国科学院图书馆皆庋藏钞本，惟未识孰为龙井氏原稿。大阪大学图书馆藏二钞本：一者为雷山古刹旧藏，今藏于庆应义塾大学；一者为硕园珍手钞本，见其《读骚庐丛书》坤集。然抄录皆未精，多见讹字。如，雷山古刹旧藏本《离骚》"皇舆之败绩"之"败"字讹作"财"，《九歌·湘君》"斲冰"之"斲"讹作"刘"，"捐余玦"之"捐"讹作"揖"，《天问》"羿焉弹日"之"弹"讹作"弹"，"承谋夏桀"之"桀"讹作"渠"，《哀郢》"忧与忧"之后一"忧"字讹作"夏"，《惜往日》"过之"之"过"讹作"迥"，《悲回风》"放迹"之"放"讹作"施"。硕园手钞本《天问》"不胜心伐帝"之"伐"误作"代"。《橘颂》"深固难徙"之"徙"误作"徒"。《招魂》"文缘波"之"缘"误作"线"。又，"娭光"之"娭"误作"始"。《大招》"青春受谢"之"受"误作"爱"。故诸钞本皆不可偏废，以资互校之需也。

《楚辞》编纂体例"经传说"析论

邵 杰[*]

【内容提要】 《楚辞》编纂体例"经传说"概指部分《楚辞》研究者根据《楚辞》中作品的"经""传"之称探求或确认《楚辞》的编纂体例的种种观点。通过对《楚辞》编纂体例"经传说"四个层面的溯源考察,可知:汉代《楚辞》仅见《离骚》称"经",且并非普遍现象;而《楚辞》作品称"传"则并非始于汉代;二者仅在宋代以后的若干版本中共存,据以讨论汉代《楚辞》中的经传关系,理据颇失;而无论对《楚辞》中经传关系作何理解,其实仅标示着对于《楚辞》中作品等级的不同划分,并不能解决《楚辞》编纂体例中首要的收录标准问题。故"经传说"无法真正确定《楚辞》的编纂体例。

【关键词】 《楚辞》 编纂体例 经传关系

《楚辞》编纂体例"经传说",是指部分研究者根据《楚辞》作品中所谓的"经"与"传",及其相互关系来探究并确定《楚辞》编纂体例之所得。需要说明的是,此处所言的编纂体例对应于汉代成形的《楚辞》,而非后世变动面貌的《楚辞》。另外,不少学者虽在某种程度上承认《楚辞》作品中的经传关系,但并未涉及《楚辞》的编纂体例,故此种论述并不能作为"经传说"的内容。

《楚辞》编纂体例"经传说"最早的完整论述当推明代的王世贞,其在《楚辞序》中曰:"梓《楚辞》十七卷,其前十五卷为汉中垒校尉刘向编集,尊屈原《离骚》为经,而以原别撰《九歌》等章及宋玉、景差、贾谊、淮南、东方、严忌、王褒诸子,凡有推佐原

---

* 邵杰,郑州大学文学院博士后,研究方向为先秦两汉文学及文献。

意而循其调者为传。"① 其看法是刘向编集了《楚辞》的前十五卷，即不包括刘向的《九叹》和王逸的《九思》，并有分经、分传之举。王氏此处所论当本于洪兴祖所载的"经传本"。洪兴祖《楚辞补注》目录中"《九歌》"下注曰："一本《九歌》至《九思》下，皆有传字。"② 则该本各篇篇题当依次为：《离骚经》《九歌传》《天问传》《九章传》《远游传》《卜居传》《渔父传》《九辩传》《招魂传》《大招传》《惜誓传》《招隐士传》《七谏传》《哀时命传》《九怀传》《九叹传》《九思传》。此本之出未知何时，而现存的"经传本"所分经、传与此全同。王世贞所论并未涉及《九叹》《九思》两篇何以称"传"，且王逸《离骚后叙》明言："逮及刘向，点校经书，分为十六卷。"③ 王氏仅论刘向编集前十五卷，虽不能曰错，亦究难称备。此后尚有不少相关论述，但完整性、严密性似更逊王氏。如明末的金兆清《楚辞榷·条例》云："昔人编是书也，以《离骚》为'经'，此下二十四篇皆名以'传'。兹概题以'楚辞'者，备楚风也。"④ 金氏并未明言编集之人，但他所言的经与传，仅限于屈作二十五篇，后又曰概题"楚辞"，似又扩至非屈作而言，令人费解。20 世纪以来，《楚辞》编纂体例"经传说"有了新的变化，大体可分为两类。

其一，据版本立论者。此类亦可分为两种：一是据《楚辞释文》篇次者，代表为姜亮夫、蒋天枢二先生。不过，姜、蒋二先生的意见并非一致，姜亮夫先生认为自《离骚》至《招隐》，为刘安所编集；《离骚》称经，《九辩》以下各篇称传，亦刘安所为；对经传关系的描述是："不过视《骚》为屈子作品之最高概括，而《歌》、《章》、《问》、《卜》、《渔》皆不过一鳞一爪之详述，亦即故实之发恢、详载而已。"⑤ 蒋天枢先生则认为《楚辞》中经传之称当为宋玉所题，"意谓《离骚经》为屈原思想感情及身世遭际之纲领，其他各篇则可用以补充与诠证之者"⑥。看来，姜、蒋二先生只是在经、传范围上意见一致，

---

① 王世贞：《弇州四部稿》卷六七，上海古籍出版社，1987 年影印文渊阁《四库全书》，第 1280 册，第 166 页。

② 洪兴祖：《楚辞补注》，中华书局，1983，第 1 页。

③ 洪兴祖：《楚辞补注》，中华书局，1983，第 48 页。

④ 参见崔富章《楚辞书录解题》（上册），高等教育出版社，2010，第 122 页。

⑤ 姜亮夫：《洪庆善楚辞补注所引释文考》，《楚辞学论文集》，上海古籍出版社，1984，第 396～398 页。姜先生在《屈原赋校注》中意见略异："则称经直始于王逸无疑。而追序安、固，更加经名，改易古说，以成私见，诬矣！……盖王逸欲以《离骚》当经，《九歌》《天问》以下当传（王本于《九歌》《天问》《九章》《远游》《卜居》《渔夫》诸篇篇题之下，皆明标'楚辞'二字，是以诸篇当《离骚》之传矣），此汉世经生结习，欲以尊其所好，妄为增益，盖不可从云。"姜先生晚年曾对此书重加修订，此论未予更改。分见《屈原赋校注》，人民文学出版社，1957，第 1 页；《重订屈原赋校注》，天津古籍出版社，1987，第 1～2 页。此说所据为《章句》本篇次，对于经传的范围与前说有异。但其不以经传之名目为然，故不属于编纂体例"经传说"的内容。

⑥ 蒋天枢：《〈楚辞新注〉导论》，《楚辞论文集》，陕西人民出版社，1982，第 4 页；《楚辞校释》，上海古籍出版社，1989，第 2 页。

但《楚辞释文》篇题中有无"经""传"字样，目前似乎还无法论定。

二是据《楚辞章句》篇次者，代表为王宏理、周苇风二先生。王宏理先生的看法是：经传之说，始自汉儒；屈原为《楚辞》之代表作家，《离骚》则为屈原之代表作品，最能代表屈氏文学成就与崇高思想境界；"然则律之先儒作法，则《楚辞》似又可称之'离骚经传'之类，或直以'离骚'相称①。此论突出了《离骚》的重要性，但汉代文献中仅见《离骚》称"经"之记载，未见有《楚辞》作品称"传"者，《楚辞》中的经传之说显然并非起于汉儒（后文还将详论）；周苇风先生则认为：《楚辞》中存在"以传释经"的体例；其中屈原作品为经，非屈原作品为传，非屈作为屈作的解读之文，非模拟之作；此种体例肇自刘安。② 周先生所据虽为《楚辞章句》篇次，但对于经、传的范围却并未依"经传本"而定。

其二，非据版本立论者。代表为王利锁、王浩、杨思贤等先生。王利锁先生一方面认为起于汉儒的经传之说乃"迂腐之见"，另一方面则认为只有《七谏》《九怀》《九叹》《九思》四篇汉人作品才"真正称得上是'传'骚之作"，而不是所谓模拟之作。③ 虽有矛盾之处，但旗帜鲜明地将模拟与解读对立起来考量称"传"之作，颇具特色。王浩先生的表述大略是：汉代拟骚诗具有双重性质，既模拟屈骚，又是对屈骚的传述与解读；拟骚诗的传解方式与《楚辞章句》中的韵体传基本相同；拟骚诗入选《楚辞》，在于其传述屈骚的特质。④ 但王浩先生对于非汉代的宋玉作品则未置一词。杨思贤先生亦针对《楚辞》中的汉人拟作论述道："这些拟作与淮南王安的《离骚传（赋）》一样，都是对屈原作品创造性的解释……只不过解释的形式不同而已。也就是说，在《楚辞章句》中，屈原（包括宋玉）的作品相当于'经'，而汉代的拟作相当于'传'，《楚辞章句》的编纂者将它们编集在一起，与汉代经学的著作体例和'取义'倾向有关。"⑤ 如此，"传"对"经"既是模拟，又是解释，调和了此前那种对立的模式；而将宋玉作品看作"经"，恐亦为弥缝之举。

综观以上种种，可见"经传说"的持有者虽都同意《楚辞》作品中有经有传，但对

① 王宏理：《楚辞成书之思考》，《杭州大学学报》1996 年第 1 期。
② 参见周苇风《论〈楚辞〉的篇次》，《湖南大学学报（社会科学版）》2003 年第 1 期；《〈楚辞〉编纂体例探微》，《文学遗产》2006 年第 5 期；《楚辞发生学研究》第四、五章，广西师范大学出版社，2008。
③ 王利锁：《是模拟之作还是解读之文：〈楚辞〉中四篇汉人作品的性质归属质疑》，《河南社会科学》1998 年第 4 期。
④ 王浩：《汉代拟骚诗对屈骚主题的重现与衍变》，《甘肃社会科学》2009 年第 5 期；《汉代楚辞传播与拟骚诗传体性质的形成》，《五邑大学学报（社会科学版）》2010 年第 2 期。
⑤ 杨思贤：《模拟中的解释：论〈楚辞章句〉中的汉人拟作》，《江海学刊》2010 年第 5 期。

于何者为"经"、何者为"传"却分歧甚大，关于经、传关系也意见各异，而对于编纂体例确立的时间亦未有共识。仔细寻绎，会发现《楚辞》编纂体例"经传说"涉及四个相互关联或者说层层递进的层面：一、关于《楚辞》作品中的"经"；二、关于《楚辞》作品中的"传"；三、关于《楚辞》作品中的经传关系；四、关于《楚辞》编纂体例的确定。鉴于这四个层面又各有其渊源，我们不妨分别予以考察。

一 关于《楚辞》作品中的"经"

以目前的文献而论，《楚辞》中仅见有《离骚》称"经"①。《论衡·案书》云："扬子云反《离骚》之经，非能尽反，一篇文往往见非，反而夺之。"② 王逸《楚辞章句》中亦云："《离骚经》者，屈原之所作也。……屈原执履忠贞而被谗邪，忧心烦乱，不知所愬，乃作《离骚经》。离，别也。骚，愁也。经，径也。言己放逐离别，中心愁思，犹依道径，以风谏君也。……《离骚》之文，依《诗》取兴……其词温而雅，其义皎而朗。"③ 又《离骚后叙》曰："而屈原履忠被谮，忧悲愁思，独依诗人之义而作《离骚》……至于孝武帝，恢廓道训，使淮南王安作《离骚经章句》，则大义粲然。……孝章即位，深弘道艺，而班固、贾逵复以所见改易前疑，各作《离骚经章句》。"④ 此后，《离骚经》几乎已成定称，尽管许多人深不以为然。最著名的批评来自洪兴祖："古人引《离骚》未有言'经'者，盖后世之士祖述其词，尊之为经耳，非屈原意也。逸说非是。"⑤ 洪氏此说得到了大多数学人的支持和响应。但在关于《楚辞》的绝大多数版本中，《离骚经》之名仍然保留着。李大明先生曾对《离骚》称"经"的历代说法进行辨析，并主要据《论衡》之语认为《离骚》称"经"

---

① 当前学界亦有一种看法，认为《离骚》可能是刘向十六卷本《楚辞》之前一部集子的总名。其依据主要有二：一是汤炳正先生的《楚辞》成书"五阶段"说（参其《〈楚辞〉成书之探索》，《屈赋新探》，齐鲁书社，1984）；二是今本《楚辞补注》中，屈作题下均有"离骚"大题，非屈作之下则为"楚辞"大题。汤先生的说法接受者颇众，但还有再探讨的必要，本人将另文详之。至于"离骚"与"楚辞"的大题，始见于宋代《楚辞》版本，很可能只是题款问题，在其他文献记载中亦无法得到印证，故不能作为确切依据来支撑这个观点。因此，本文中的《离骚》仍指屈原的单篇作品。

② 王充著，黄晖校释《论衡校释》第 4 册，中华书局，1990，第 1175 页。

③ 洪兴祖：《楚辞补注》，中华书局，1983，第 1~3 页。

④ 洪兴祖：《楚辞补注》，中华书局，1983，第 48 页。

⑤ 洪兴祖：《楚辞补注》，中华书局，1983，第 2 页。

的时间为东汉前期①。但揆诸常理，记录事件的文献的年代一般只能标示出事件发生年代的下限。《离骚》称"经"的时间恐不会简单等同于《离骚》称"经"所见文献的时间。况且，我们今日所见汉代文献已远少于当时，以今日之"始见"实难论定当时之"首称"。我们仍需从《离骚》在汉代的称谓中具体寻绎《离骚》称"经"的时间。

《离骚》在目前所见汉代文献中，除被称"经"之外，几乎均被称为《离骚》或《离骚赋》②。而从上引《章句》的叙述中，可以看出即便王逸本人，也并没有将"经"作为《离骚》篇名固有的一部分。否则怎么会说"独依诗人之义而作《离骚》"而不说"作《离骚经》"呢？从这些线索看，《离骚经》不可能是屈原自题，也不可能是宋玉所题。不然，《离骚》在汉代的称呼就不可能呈现如此不一致的面貌。洪兴祖认为"非屈原意"，是颇有见地的。要之，《离骚》称"经"当出现在屈宋之后。

那么，《离骚》称"经"始于何时呢？以现有资料看，整个汉代给予《离骚》最高评价的莫过于刘安。尤其是"《国风》好色而不淫，《小雅》怨诽而不乱。若《离骚》者，可谓兼之矣"之语③，更是无以复加。之后的司马迁、扬雄、班固等，评价皆有回落。④即使到了王逸，评价重新回升，但显然并未达到刘安所言的高度：刘安眼中的《离骚》，兼有《国风》《小雅》的优点，以此反观王逸"《离骚》之文，依《诗》取兴""独依诗人之义而作《离骚》"之语，可以明显感受到其低调——《离骚》对《诗经》的依存。《离骚后叙》又曰："夫《离骚》之文，依托《五经》以立义焉"⑤，说明起码在王逸看来，《离骚》称"经"的合理性和合法性比起《诗》《书》《礼》《易》《春秋》诸经来有着严重的不足乃至缺陷，因此才寻求依托以支撑。这也可以证明王逸对于"《离骚经》"这一名称有着深深的疑虑，前引洪兴祖"逸说非是"的批驳，恐未及深察。当然，我们要考虑到"经"这一指称的演变。章学诚《文史通义·经解上》曾论述战国情形道："当时

---

① 李大明：《离骚称"经"时间新论》，《四川师范大学学报（社会科学版）》1993 年第 2 期；又《汉楚辞学史》（增订本），中国社会科学出版社、华龄出版社，2004，第 254～260 页。

② 《离骚赋》之名有些例外，《淮南子》高诱《叙》云："初，安为辩达，善属文。……孝文（引按：'文'当作'武'）皇帝甚重之，诏使为《离骚赋》，自旦受诏，日早食已。上爱而秘之。"（何宁：《淮南子集释》，中华书局，1998，第 5 页）又《汉纪·孝武皇帝纪》载："初，安朝，上使作《离骚赋》。"（《两汉纪》，中华书局，2002，第 205 页）两处所述与《汉书》所载的刘安上《离骚传》事极为近似，后世或以为字误，或以为此乃刘安作赋之名，但皆不以其所言指称屈原之《离骚》。详细讨论见汤炳正《楚辞类稿》，巴蜀书社，1988，第 137～166 页。

③ 班固《离骚序》中所引刘安语，见洪兴祖《楚辞补注》，中华书局，1983，第 49 页。

④ 司马迁与刘安对屈原及其作品的评价并不相同，详参汤炳正《〈屈原列传〉理惑》，《屈赋新探》，齐鲁书社，1984，第 1～22 页。

⑤ 洪兴祖：《楚辞补注》，中华书局，1983，第 49 页。

诸子著书，往往自分经传……盖亦因时立义，自以其说相经纬尔，非有所拟而僭其名也。经同尊称，其义亦取综要，非如后世之严也。……而儒者著书，始严经名，不敢触犯，则尊圣教而慎避嫌名，盖犹三代以后，非人主不得称我为朕也。"① "经"在战国时候，显然还比不上后来儒门之"经"的神圣与威权。那么，《离骚经》这一名称如果不出现在战国，就极有可能是出现在刘安保有楚地之时。若属后者的情形，目前尚无法断定其是否倡自刘安，但言刘安认《离骚》为"经"、汉初当有《离骚》称"经"之事，应无大谬。②

　　称《离骚》为"经"固然是一种尊崇，不过这种尊崇随着儒经地位在武帝时期的日益上升而显得愈发苍白。同时我们也觉察到，为刘安所尊崇的《离骚经》在其叛乱身亡后被中央朝廷尊为"经"的可能性几乎没有。③ 这就意味着，在西汉的大多数时期和大多数场合，《离骚》是不称"经"的。而这与我们今日看到的汉代文献也是相符的。那么，东汉时期的《离骚经》之称就只能是因袭旧名的文献篇题，与儒经具有的荣耀已然无缘。若此，王逸的《章句》也不过是保留了旧题，袭用了旧称。那么，王逸作出的"经，径也"之类的解释，首先就不能作为一个正常而公平的依据去评价王逸的是非对错。④ 这个通常引起批评的解释，正反映了王逸依违名实之间的矛盾与尴尬。《离骚后叙》中提到的班固、贾逵的《离骚经章句》，很可能本不以《离骚经章句》为名，而是王逸袭用旧称而追改的结果。当然，也可能是班、贾二人袭用了《离骚经》的旧称，各自为其作了章句。无论怎样，很显然，《离骚》获得"经"的地位，只是在有限时间、有限空间中一部分人的建构。如果不是昙花一现，至少也是非主流的。它从来就没有显出普适性。⑤ 周苇风先生所

---

① 章学诚著，叶瑛校注《文史通义校注》，中华书局，1985，第94页。姜亮夫先生亦有相关论述，言："则文学之士，特标《离骚》为经者，不过宗派作用，反映一时代之风气者耳。"见其《楚辞学论文集》，上海古籍出版社，1984，第396页。

② 王泗原先生认为《离骚经》之"经"字为刘安所加（《楚辞校释》，人民教育出版社，1990，第7页）；金开诚先生认为刘安视《离骚》为"经"，但该提法并不一定始于刘安（《屈原辞研究》，江苏古籍出版社，1992，第24～25页）；黄震云先生辨析历代诸家之说后，认为："《离骚经》的提法刘安着先鞭，然后是汉宣帝，见于文字专名还是《楚辞章句》。"（《楚辞通论》，湖南教育出版社，1997，第63页）此说过分依赖《汉书·王褒传》中汉宣帝"辞赋大者与古诗同义"之语，并以宣帝所指为《离骚》，实则宣帝此处所言主要着眼于辞赋的品格，似不宜指实为具体作品。相较之下，金开诚先生的说法更为通达。

③ 参见鲁洪生、龙文玲《汉武帝和楚辞解读与传播》，《中国文化研究》2007年春之卷。

④ 王铮：《〈离骚〉题名古传二字考辨：从〈楚辞章句〉到〈屈原列传〉》文中认为："《离骚经》题亦当属王逸转述古说为是"，但又认为"王氏因袭旧集本貌，不加分辨原有题名，又依《章句》解题通例，强为原题作注，望文生义，以成荒谬"（《求是学刊》1990年第6期）。

⑤ 董运庭先生论道："充其量也只能说，《离骚》在汉代由于被尊崇，曾一度被视同于'经'，其地位或许类似于'经'。但这种地位并不稳固，而且从来没有得到正式的确认。"见《论〈离骚〉称"经"与刘勰〈辨骚〉》，《重庆师范大学学报（哲学社会科学版）》2006年第3期。与本文所论有相通之处。

言的"既然屈原的《离骚》可以称为经，则屈原别的作品自然也可以称为经"①，恐怕让人无法苟同。而杨思贤先生将宋玉作品与屈原作品一起视为"经"，则更于文献无征。

二 关于《楚辞》作品中的"传"

《楚辞》中作品称"传"，目前所见，始于宋人的记载，且均与《离骚》称"经"同时出现。除前引洪兴祖所得之"经传本"外，另有一"经传本"，见载于朱熹《楚辞集注》。该书目录中"续离骚九辩第八"下有注曰："晁补之本此篇以下乃有传字。"② 又《楚辞辩证·上》"目录"条曰："洪氏目录《九歌》下注云：'一本此下皆有传字'。晁氏本则自《九辩》以下乃有之。"③ 诸家多认为朱熹所言的晁本即晁补之的《重编楚辞》，不过，在现存资料中，除朱熹而外，并未见到晁书中篇题称"传"。《重编楚辞》分十六卷，上下各八卷，上八卷为重编的屈原作品，下八卷为重编的非屈之作。晁补之《离骚新序》中曰："八卷皆屈原遭忧所作，故首篇曰《离骚经》，后篇皆曰'离骚'。余皆曰'楚辞'。"④ 并未言"传"字。清道光十年晁贻端刻《晁氏丛书》本《重编楚辞》目录后有按语曰："按《新序》中篇曰：刘向《离骚楚辞》十六卷，王逸传之，首卷曰'离骚经'，后篇皆曰'离骚'，余皆曰'楚辞'，未尝有'传'字也。"⑤ 那么，是否朱熹所言的晁本为晁氏所藏之"经传本"而非《重编楚辞》呢？

这种可能性显然不大：如果朱熹得见晁氏所藏之"经传本"，那么其前的洪兴祖诸人于理不应不见，亦不应不载。洪兴祖注《楚辞》本于王逸《楚辞章句》，《直斋书录解题》载："兴祖少时从柳展如，得东坡手校十卷，凡诸本异同，皆两出之。后又得洪玉父而下本十四、五家参校，遂为定本。……书成，又得姚廷辉本，作《考异》，附古本《释文》之后；其末又得欧阳永叔、孙莘老、苏子容本于关子东、叶少协，校正以补《考异》之遗。洪于是书用力亦以勤矣。"⑥ 以此而论，其搜集各本均应属《楚辞章句》版本系统，《楚辞释文》或许有些例外，但它起码也保留有《楚辞章句》的某些痕迹。⑦ 若晁氏果藏

---

① 周苇风：《〈楚辞〉编纂体例探微》，《文学遗产》2006 年第 5 期。
② 朱熹：《楚辞集注》，上海古籍出版社、安徽教育出版社，2001，第 1 页。
③ 朱熹：《楚辞集注》，上海古籍出版社、安徽教育出版社，2001，第 171 页。
④ 晁补之：《鸡肋集》卷三六，《四部丛刊》本。
⑤ 参见崔富章《楚辞书录解题》（上册），高等教育出版社，2010，第 42 页。
⑥ 陈振孙：《直斋书录解题》卷一五，上海古籍出版社，1987，第 434 页。
⑦ 如《九怀》序中"故作《九怀》，以裨其词"下有"《释文》作埤"之类的注语。见洪兴祖《楚辞补注》，中华书局，1983，第 268～269 页。可知《楚辞释文》保留有《楚辞章句》之《序》。

有同一系统之另一"经传本"，洪氏当不会漏过。换个角度说，晁补之《重编楚辞》已将《楚辞》各篇重新排列，并去《九思》一篇入《续楚辞》，根据晁补之《离骚新序》中的阐述，其《重编楚辞》篇次当为：《离骚》《远游》《九章》《九歌》《天问》《卜居》《渔父》《大招》《九辩》《招魂》《惜誓》《七谏》《哀时命》《招隐士》《九怀》《九叹》①。此与世传《楚辞章句》已面貌迥异。洪兴祖不载晁本篇目，理固宜然。而朱子对于"楚辞"的理解，与晁补之有相近之处，是以其屡屡言及。因此，我们认为，朱熹所言的晁本，确应指晁补之的《重编楚辞》。晁补之本人于"传"字未有明言，并不代表朱子所言为虚。李大明先生曾论及《重编楚辞》的题目款式："按古书各卷题目款式，本小题在上，大题在下。……而晁氏《重编楚辞》各卷题目，盖《离骚经》至《大招》皆有'离骚'之大题，《九辩》以下皆有'楚辞'之大题，合于《楚辞》各卷题目之古式。"② 这个论证颇有理据，当可信从。若再参以朱熹之说，则晁本各篇篇题应为：《离骚经》《远游》《九章》《九歌》《天问》《卜居》《渔父》《大招》《九辩传》《招魂传》《惜誓传》《七谏传》《哀时命传》《招隐士传》《九怀传》《九叹传》。

李大明先生曾对晁补之《重编楚辞》中的"经"与"传"进行分析："晁氏的意见是那个时代文人们对《楚辞》的普遍认识，他们认为《离骚》是'经'，其它屈赋是'传'，故系以'离骚'之题；其它人的拟作，则归于'楚辞'总名之下了。"③ 后又结合洪氏所载之"经传本"论道："既然《离骚》被称为'经'，其它屈赋乃至后人拟作被称为'传'，也就成了历代众多文人的普遍认识。"④ 李先生的论述，有某种程度的矛盾：如果晁氏视其他屈赋为"传"，那么，何以《九辩》以下方才标"传"？如果真为普遍认识，何以洪、晁二本标"传"的范围已自不同，且朱熹等人的认识异于洪、晁（后文将谈及）。洪兴祖所据版本如许之多，仅有一种"经传本"，从其不称"古本""唐本"可知，此本来历当不会很早。而此本经传之题，又为洪氏所不取，可知其时"经传本"并非主流。据洪、晁二本而言时人之普遍认识，恐非所宜。至少我们知道，《楚辞》中的"经""传"之称在宋代以后才成为《楚辞》版本中同时共有的现象。换言之，《楚辞》篇题中"传"字的出现，其最有可能的原因就是后人根据《离骚经》之"经"字所作的附会。

那么，《楚辞》中的作品是否可能于汉代称"传"而宋前未彰呢？不妨先来考察汉代

---

① 晁补之：《鸡肋集》卷三六，《四部丛刊》本。
② 李大明：《晁补之〈重编楚辞〉三种目录论考》，《四川师范大学学报（社会科学版）》1996 年第 3 期。
③ 李大明：《宋本〈楚辞章句〉考证》，《四川师范大学学报（社会科学版）》1995 年第 1 期。
④ 李大明：《晁补之〈重编楚辞〉三种目录论考》，《四川师范大学学报（社会科学版）》1996 年第 3 期。

文献中称"传"的情况。① 现存两汉文献中与典籍相关的"传"大致有三种情形。

其一，史传之属。这方面的例子极多，《史记》《汉书》等史籍中的"传"皆为此类，而汉人对此也有着清醒的自觉。如司马迁在《史记·管晏列传》中所言："吾读管氏《牧民》《山高》《乘马》《轻重》《九府》，及《晏子春秋》，详哉其言之也。既见其著书，欲观其行事，故次其传。"② 可知在司马迁看来，此类之"传"主要是为载人行事。《汉书·儒林传》载："诸齐以诗显贵，皆固之弟子也。昌邑太傅夏侯始昌最明，自有传。"③ 这"自有传"指的是夏侯始昌有专门的"传"（见《汉书》卷七十五）来纪其人，《儒林传》中就不必赘述了。可见，对于此类"传"的功能和界限，汉时已有共识。

其二，"六艺"之外的前代遗文。《史记·三王世家》载："传曰：'蓬生麻中，不扶自直；白沙在泥中，与之皆黑'者，土地教化使之然也。"④ 此语当出《荀子·劝学》篇中"蓬生麻中，不扶而直；白沙在涅，与之俱黑"之句。则此处所谓"传"者，应指《荀子》。《汉书·宣帝纪》载地节三年十一月诏书语："传曰：'孝弟也者，其为仁之本与！'"⑤ 此语出《论语·学而》篇所载有子之言。则此处之"传"乃指《论语》。此类例子尚多，兹不备举。不过，《论语》《孝经》《尔雅》等书在《汉书·艺文志》中皆于"六艺略"单独成类，是否意味着其非"传"呢？章学诚对此有很好的解释："《论语》述夫子之言行，《尔雅》为群经之训诂，《孝经》则又再传门人之所述，与《缁衣》、《坊》、《表》诸记，相为出入者尔。刘向、班固之徒，序类有九，而称艺为六，则固以三者为传，而附之于经，所谓离经之传，不与附经之传相次也。"⑥ "离经之传"与"附经之传"的区分颇有见地。揆诸两汉文献，我们可以这么认为：《论语》等书在汉代虽可称"传"，可为解经之助，但其并非为解经而作，与专门的解经之作有所不同。值得注意的是，《后汉书·班彪列传》所载班固奏记语："传曰：'必有非常之人，然后有非常之事；有非常之事，然后有非常之功。'"⑦ 此语当出司马相如的《难蜀父老》："盖世必有非常之人，然后有非常之事；有非常之事，然后有非常之功。"⑧ 可见其时，不仅先秦旧籍可称"传"，后

---

① 冷卫国先生曾就《史记》《汉书》中"传曰"的用例，将"传"分出三个方面的含义：一、指《论语》《礼记》《荀子》等儒家典籍；二、与"经"相对，解释经义之作；三、指古文本的儒家典籍文献。见其《刘向、刘歆赋学批评发微》，《文学遗产》2010 年第 2 期。不过，其中一与三两方面有明显交集。

② 《史记》卷六二，第 7 册，中华书局，1959，第 2136 页。

③ 《汉书》卷八八，第 11 册，中华书局，1962，第 3612 页。

④ 《史记》卷六〇，第 6 册，中华书局，1959，第 2117 页。

⑤ 《汉书》卷八，第 1 册，中华书局，1962，第 250 页。

⑥ 章学诚著，叶瑛校注《文史通义校注》，中华书局，1985，第 94 页。

⑦ 《后汉书》卷四〇，第 5 册，中华书局，1965，第 1330 页。

⑧ 《汉书》卷五七，第 8 册，中华书局，1962，第 2584 页。

汉之人亦可认前汉之作为"传"。

其三，专门解经之作。此类大略相当于章氏所言的"附经之传"。这也是后世经、传对言时，传最通常的意义指向。此类之"传"，又可分为以"传"称名和非以"传"称名两种情况。前者如《汉书·艺文志》"诗经类"中的"《齐孙氏传》二十七卷""《齐后氏传》二十八卷""《韩内传》四卷"等①，例子较多，此处不再备举；后者则需略作说明。如《汉书·匡衡传》载匡衡上疏中有语："传曰：'正家而天下定矣'。"② 此句出《易·家人》之《象》辞，则此处之"传"当指《易》之《象》。《象》为解《易》之作，当无可疑。

不过，仍然有比较特殊的情形：《汉书·王褒传》："于是益州刺史王襄欲宣风化于众庶，闻王褒有俊材，请与相见，使褒作《中和》、《乐职》、《宣布》诗，选好事者令依《鹿鸣》之声习而歌之。……宣帝召见武等观之，皆赐帛，谓曰：'此盛德之事，吾何足以当之！'褒既为刺史作颂，又作其传，益州刺史因奏褒有轶材。上乃征褒。"关于"颂"，师古注曰："即上《中和》、《乐职》、《宣布》诗也。以美盛德，故谓之颂也。"关于"传"，师古注曰："解释颂歌之义及作者之意。"③ 表面看来，此处所言之"传"并非针对于"经"，这是否意味着不仅"经"可有"传"，非经之作亦可有"传"呢？如果仔细观察，会发现从益州刺史"欲宣风化于众庶"到依照《鹿鸣》之声来习歌三诗，王褒所上的三首诗从动机和效果上看，都是有意向《诗》靠拢的。而宣帝的谦虚态度并非毫无依据：《诗经》在汉代具有明显的"政教"色彩，体现着人事之伦、王道之迹。而追慕《诗经》之作，也就在某种程度上取得了与"经"相近的特质。宣帝称自己不足以当此盛德之事，也从一个侧面暗示出王褒所上之诗有类于"经"。如果联系师古注中"以美盛德，故谓之颂"的说法和《毛诗序》中"颂者，美盛德之形容"之语，我们甚至可以推测王褒所上之诗，与《诗》中之《颂》在内在精神上应颇为接近。那么，王褒本人为其作品所作的"传"，即便不能直接称为解经之作，至少也算得上是一种流衍。

由上可知，汉代称"传"者虽众，但功能各不相同，性质亦复有异。《楚辞》中作品如果在汉代称"传"，只有可能是上述第二种情形。但显然，《汉书·艺文志》"诗赋略"中"屈原赋二十五篇"之后，并未将《楚辞》中的非屈作次之，而是将这些作品分别计入其对应作者的赋作当中。这就标示着此处不可能存在"释经"的体例，反观"六艺略"

---

① 《汉书》卷三〇，第6册，中华书局，1962，第1708页。
② 《汉书》卷八一，第10册，中华书局，1962，第3340页。
③ 《汉书》卷六四，第9册，中华书局，1962，第2821~2822页。

中《易》《书》《诗》《礼》《乐》《春秋》各类，则思过半矣。是以"离经之传"的可能性不大。当然，"诗赋略"有其载录体例，未必能体现《楚辞》本身的特点。但如果真的是"离经之传"或者是类似于后汉人认前汉人作品为"传"的情形，何以任校书郎的王逸未有只言片语及之呢？既然《离骚经》的旧称可以得到解释，《楚辞》中作品如果称"传"，自然也会得到王逸的解释。但显然，不仅王逸没有解释，六朝及隋唐时期亦未见相关记载，直到宋代才见到《楚辞》中作品称"传"的记载。以此而论，《楚辞》中作品称"传"，当非始于汉代。也就是说，《楚辞》中的"经"与"传"并非同时之物，"经"乃遗称，而"传"并非出现在《楚辞》定型的汉代时期。以经传关系来探求《楚辞》的编纂体例，实际上是抹杀了巨大的时空差别而强行建构的。譬如"关公战秦琼"，作为谈资尚可，若据以规模史实，则不能无谬。难道《楚辞》编纂体例的确定意味着忽略《楚辞》成型的汉代吗？我们注意到，重大的变化见于宋代。那么，宋人的看法便值得仔细考量。

三 关于《楚辞》作品中的经传关系

从上面的考察中，我们知道《楚辞》作品中的经传关系并非《楚辞》中本有之物，不能作为探求《楚辞》编纂体例的依据。但探讨《楚辞》作品中的经传关系有助于我们深入考察"经传说"和理解《楚辞》中本有的作品关系，所以不可忽略。

以现有材料论，不仅《楚辞》"经传本"最早见于宋代，从名目上以经传关系来称说《楚辞》中作品之间的关系，也最早见于宋代。先是吕祖谦，其在《吕氏家塾读诗记》中引郑玄《诗谱》中语："《小雅》十六篇，《大雅》十八篇为正经。"并在注中引孔疏之语："凡书非正经者谓之传，未知此传在何书也。"之后便阐述道："按《楚辞》，屈原《离骚》谓之经，自宋玉《九辩》以下皆谓之传。以此例考之，则《六月》以下，《小雅》之传也；《民劳》以下，《大雅》之传也。孔氏谓凡书非正经者谓之传，善矣；又谓未知此传在何书，则非也。"① 仔细察按之下，可知吕氏此处为明显的误读。郑氏《小大雅谱》载："传曰'文王基之，武王凿之，周公内之'，谓其道同，终始相成，比而合之，故大雅十八篇，小雅十六篇为正经。"孔疏中"未知此传在何书"之句，乃针对此语而发。② 孔疏要表明的只是不知道郑玄此处所引之"传"在何书。吕祖谦显然并未注意此种

① 吕祖谦：《吕氏家塾读诗记》卷一七，《四部丛刊》本。
② 《毛诗正义》卷九，中华书局，1980 年影印《十三经注疏》本，第 402 页。

联系，而将孔疏中的"传"理解为《雅》中与"正经"相对的作品了，故对孔疏有否定之词。按照吕氏的解释，孔疏中"未知此传在何书"的意思是：《小雅》《大雅》中"正经"之外的部分在何书？依此而论，孔疏竟然不知《小雅》《大雅》中"正经"之外的部分在《诗经》之中。孔疏虽或有矛盾之处，但还不至于如此低劣。遗憾的是，吕氏的这个误读在朱熹那里并未被察觉。《朱子语类》载弟子问"分'《诗》之经，《诗》之传'，何也？"朱熹答曰："此得之于吕伯恭。《风》《雅》之正则为经，《风》《雅》之变则为传。如屈平之作《离骚》，即经也。如后人作《反骚》与《九辩》之类则为传耳。"① 这也再次确认了吕祖谦在《诗经》中划分经传的依据，是《楚辞》作品中的经传关系。

那么，其依据何在呢？还是朱熹提供了线索，其《楚辞辩证》上"目录"条详引了吕祖谦《吕氏家塾读诗记》此处的内容，并作结道："然则吕氏寔据晁本而言，但洪、晁二本，今亦未见其的据，更当博考之耳。"② 洪、晁二本面貌，前已大略论及。如果吕祖谦用经、传之称来划分《楚辞》中作品的根据确是晁本中的"经""传"标目，那么，其解读就值得仔细斟酌：吕氏对于《雅》中经、传的划分，效果是非经即传，同例相推，吕氏理解中的《楚辞》亦应如此。但如晁本所标，仅仅《离骚》为经，那么，自《九歌》到《渔父》，即《九辩》之前的诸篇显然成了非经非传的"怪物"！洪兴祖所得之"经传本"，《九歌》以下皆标"传"名，亦与吕氏所论不符。当然，可能是吕祖谦词不谨严，故有此疏漏。不过，晁氏《重编楚辞》及洪氏《楚辞补注》中，"离骚"作为大题的涵盖非《离骚》一篇，而为全部屈作。那么，吕氏所谓"屈原《离骚》谓之经"，实际上更有可能是"屈原'离骚'谓之经"，即屈作为经，《九辩》以下之非屈作为传。若此，则朱子所言并非无稽，而后世以屈作为"经"、非屈作为"传"之说，当推吕氏为宗师矣。但吕氏关于《楚辞》作品中经、传的划分似乎并未得到朱熹的认同。朱熹言"今亦未见其的据，更当博考之耳"，某种程度上暗示出朱熹对于洪、晁二氏的"经传本"持保留态度。而其在答弟子问时认"《反骚》与《九辩》之类"为"传"，已表明其与吕氏看法有异。

朱熹的意见，与其对《楚辞》一书所作的变动当是相应的。朱熹在《楚辞集注》中对《楚辞》的篇目进行了改动：删去《七谏》《九怀》《九叹》《九思》四篇，将《哀时命》次于《招隐士》之前，并将贾谊《吊屈原赋》与《鹏鸟赋》录于《惜誓》之后，屈作篇题皆冠以"离骚"，而《九辩》以下篇题皆冠以"续离骚"。至于《反离骚》，朱熹

---

① 黎靖德编《朱子语类》卷八〇，第6册，中华书局，1994，第2093页。
② 朱熹：《楚辞集注》，上海古籍出版社、安徽教育出版社，2001，第171页。

《楚辞辩证》上曰："若扬雄则尤刻意于楚学者，然其《反骚》，实乃屈子之罪人也，洪氏讥之，当矣。旧录既不之取，今亦不欲特收，姑别定为一篇，使居八卷之外，而并著洪说于其后。"① 可知，《反离骚》原是附载于《楚辞集注》之后的②。那么，其所谓的"《反骚》与《九辩》之类"很有可能就是指《楚辞集注》中"离骚"之外的部分。而其所谓"屈平之作《离骚》，即经也"当亦认为包含屈作之"离骚"为经，非仅指《离骚》一篇，这一点盖与吕祖谦相同。明代张旭《重刊楚辞序》曰："夫何后之好事者，复参用晁本，乃于目录中《离骚》之下妄加一'经'字，而以《九歌》至《渔夫》皆为'离骚'，于此七题之上各加'离骚'二字；《九辩》与《招隐士》皆以为'离骚'之'传'，于此八题之上又各加'续离骚'三字。不宁惟是，复以'离骚一'至'七'等字，衍出二十有五之数，分属屈原五卷之文。牵强附会，不知甚矣，于朱子何加多哉！"③ 以现存宋本而论，"离骚"、"续离骚"之名当为朱子原本所有。④ 但张旭的否定之词显然标示出其将《楚辞集注》中的"续离骚"作为"离骚"之传，结合上面的分析，可知朱子原意亦当如此。朱子"续离骚"之名，当源自晁补之。晁氏于《重编楚辞》而外，尚有《续楚辞》《变离骚》二书。二书今仅存其序。⑤ 其《续楚辞序》云："姑以其辞类出于此，故参取焉。"《变离骚序》上亦曰："若谓之'变楚辞'乎？则'楚辞'已非'离骚'，'楚辞'又变则无'离骚'矣。后无以复知此始于屈平矣。恶夫愈远而迷其源，若服尽然为之系其姓于祖，故正名以存之。"可知晁补之主要是从楚辞发展的源流角度来重构《楚辞》体系，故其推尊屈作甚力，许之为楚辞之祖。或许正是在这个意义上，屈作与非屈作才呈现出鲜明而严格的等级差别。吕氏以《楚辞》之经、传比《诗经》之正、变；朱子删增《楚辞》，分"离骚""续离骚"之目，无不与此有关。换个角度就是，宋代关于《楚辞》作品中的经、传之称，更多地代表着宋人对于《楚辞》中作品等级的认定，体现着《楚辞》中作品正统与非正统的分别，尽管其时之《楚辞》往往已非汉时之《楚辞》，而其时关于正统与非正统的认知也不尽相同。

① 朱熹：《楚辞集注》，上海古籍出版社、安徽教育出版社，2001，第168页。
② 朱熹之孙朱鉴刊刻此书时，删去了《楚辞集注》与《楚辞后语》的重复之处（见人民文学出版社，1953年影印宋端平本《楚辞集注》中朱鉴的《跋》）。目前所见版本，《集注》之末仅有《反离骚》之目，注曰："见《后语》"。即指《反离骚》之文见于《楚辞后语》。
③ 此序载国图藏明正德十四年沈圻刻本《楚辞集注》，参见崔富章《楚辞书录解题》（上册），高等教育出版社，2010，第86页。
④ 参见姜亮夫《楚辞书目五种》，中华书局，1961，第41~44页；崔富章《楚辞书录解题》（上册），高等教育出版社，2010，第65~69页。
⑤ 并见晁补之《鸡肋集》卷三六，《四部丛刊》本。

元人祝尧云："愚按晁氏《续骚》，《九辩》、《招魂》、《大招》、《惜誓》、《吊屈原》、《鵬赋》、《哀时命》、《招隐士》凡八题悉谓之传，盖原为作者，玉乃述者尔。"① 此处之《续骚》，似非晁氏之书，据其后所举之八篇，当为朱熹《楚辞集注》中"续离骚"的内容。则祝氏看法已与宋人有所不同："传"成了述"经"之作。《楚辞》中的经、传关系开始转型。不过，晁、朱二人之《楚辞》已改变了汉时《楚辞》旧貌，由此而得出的作品关系及编纂体例，只能对应于宋人的《楚辞》而非汉时的《楚辞》。大约是看到了这一点，明代人的看法有所改变。明人王世贞《楚辞序》曰："梓《楚辞》十七卷，其前十五卷为汉中垒校尉刘向编集，尊屈原《离骚》为经，而以原别撰《九歌》等章及宋玉、景差、贾谊、淮南、东方、严忌、王褒诸子，凡有推佐原意而循其调者为传。"② 值得注意的是，王氏此处所论与洪兴祖所载的"经传本"是相应的。也就意味着，此时经、传范围的划分，已与世传《楚辞章句》系统的"经传本"相互匹配。这是一个重要的转变。而其对于《楚辞》中经、传关系的解读也在某种程度上符合了人们关于经、传关系的通行看法。后世刊刻《楚辞章句》者，有数家增入王世贞此《序》，盖非无因。③ 毕竟，像张旭那样强行为朱熹辩护的做法，是难以服人的。

后人围绕《楚辞》中经、传之名亦有一些论述，清顾成天《九歌解·自序》云："自《离骚》一篇而外，若《九章》则《骚》之照面注脚也。"④ 虽未显言，但似乎承认作品之间存在释读关系。又如黄文焕《楚辞听直·凡例》云：

> 《远游》以及《天问》、《九歌》、《卜居》、《渔父》、《九章》，王逸本俱系"传"字于每题之下，朱子本无"传"字，而加"离骚"二字于每题之上。今所订者，"传"与"离骚"概从删焉。逸之系以"传"也，首篇为"经"，则他篇自应为"传"。"传"之名，意亦非逸始。淮南王只作《离骚经章句》，班固、贾逵亦只《离骚经章句》，皆不及诸篇。惟视"经"为纲，"传"为目，故详于纲，略于目。"传"之名，盖从淮南、班、贾俱已有之。朱子加以"离骚"二字，二十五篇，本均称《离骚》，以其义概从《离骚》中出也。去"传"字而加"离骚"，犹夫称传之旨也。

---

① 祝尧：《古赋辩体》卷九《招魂》题下注，上海古籍出版社，1987 年影印文渊阁《四库全书》，第 1366 册，第 837 页。
② 王世贞：《弇州四部稿》卷六七，上海古籍出版社，1987 年影印文渊阁《四库全书》，第 1280 册，第 166 页。
③ 如明隆庆间夫容馆重修本，清光绪间《湖北丛书》本，日本宽延三年本等，参见崔富章《楚辞书录解题》（上册），高等教育出版社，2010，第 18、22～23 页。
④ 参见姜亮夫《楚辞书目五种》，中华书局，1961，第 167 页。

譬诸《庄子》之外篇、杂篇，总内篇之注脚也。余之不系以"传"，不冠以"离骚"，盖曰屈子之意，未尝不即后申前，未尝不以此贯彼。固分之而亦经亦传，合之而总属《离骚》，无所不可。①

黄氏此论貌似深刻，实则前提有误：其将王逸《楚辞章句》本系有"传"字等同于王逸本人系"传"字。王逸《楚辞章句》版本系统中，固然有些有"传"字，但更多的本子并无"传"字，不能根据版本的或有去论定典籍的本有。且《楚辞》中作品称"传"，并非始于汉代，前已论及。而黄氏所论，似乎仅限于屈作：《离骚》为"经"，则其他屈作为"传"。那么，"经传本"中非屈作也系有"传"字，又当何说？且朱子明言"后人作《反骚》与《九辩》之类则为传"，并未以屈作为"传"。是以黄氏虽删去"经""传"及朱子所加之"离骚"，但他的论述远不充分。清林云铭《楚辞灯·凡例》曰："屈子本传，太史公云止作《离骚》，后人添出'经'字，且将《九歌》以下诸作，皆添一'传'字，不知何意。盖传所以释经，从无自作自释之例。而王逸《章句》，以'经'解作径字之义，又与诸篇加'传'之意不合矣。……余惟以太史公之言为主，将'经'、'传'二字及晦庵每篇加'离骚'二字，一概删去，以还其初而已。"② 其所据之"经传本"，当同于洪兴祖所载之本。所谓"从无自作自释之例"，盖未深察，汉代王褒即有自作自释之例，前已述及。而其言王逸释"经"字义与"传"意不合，似亦以"传"字添于汉代，故不可信从。清夏大霖《屈骚心印·发凡》亦云："予谓'经'、'传'字，自是后人多赘者，删之是。"③ 可见，无论赞成还是反对，传以释经仍然被多数人视为经传关系的核心质素，即使反对者的论证并不严密。

有所突破的应属清代的章学诚，其在《文史通义·经解下》中云："若夫屈原抒愤，有辞二十五篇，刘、班著录，概称之曰《屈原赋》矣。乃王逸作《注》，《离骚》之篇，已有经名。王氏释经为径，亦不解题为经者，始谁氏也。至宋人注屈，乃云'一本《九歌》以下有传字'，虽不知称名所始，要亦依经而立传名，不当自宋始也。夫屈子之赋，固以《离骚》为重，史迁以下，至取《骚》以名其全书，今犹是也。然诸篇之旨，本无分别，惟因首篇取重，而强分经传，欲同正《雅》为经，变《雅》为传之例；是《孟子》七篇，当分《梁惠王》经，与《公孙》、《滕文》诸传矣。"④ 其后又在《乙卯札记》中

---

① 黄文焕：《楚辞听直》，杜松柏主编《楚辞汇编》第 2 册，新文丰出版公司，1986，第 4 ~ 6 页。
② 参见姜亮夫《楚辞书目五种》，中华书局，1961，第 127 页。
③ 参见姜亮夫《楚辞书目五种》，中华书局，1961，第 185 页。
④ 章学诚著，叶瑛校注《文史通义校注》，中华书局，1985，第 111 页。

曰："郑氏《诗谱》，《小雅》十六篇，《大雅》十八篇为正经。孔颖达曰：'凡书非正经者谓之传，《六月》以下，《小雅》之传，《民劳》以下，《大雅》之传也。'《离骚》为经，而《九歌》以下为传，义取乎此。朱子云尔。"[1] 查章氏两处所论，盖有四误：一误以《毛诗正义》中"凡书非正经者谓之传"之"传"等同于变《雅》，此误实为沿袭吕祖谦之误，朱熹亦未能免；二误以"《六月》以下，《小雅》之传，《民劳》以下，《大雅》之传也"之语为《毛诗正义》中文字，实则此为吕祖谦之语；三误以朱熹述吕祖谦之语归宗于朱子本人，冠带颠倒；四误以《楚辞》中经传之分乃取自《诗》中经传之例，殊不知吕氏本文意正相反，《诗》分经传源自《楚辞》之分经传。且吕祖谦所本为晁本，《九辩》以下为传，而非《离骚》为经、《九歌》以下为传之本。章氏所论虽少翻检之功，但锋芒所及，仍有可观：首先，他注意到《楚辞》中"经""传"二名之间的时间差，指出"传"名乃"依经而立"，诚为卓识；其次，他并未耽于通常的经传之名来理解《楚辞》中的经传关系，意识到《楚辞》中的"经""传"关系主要标示着作品等级的划分，揭示了宋人的相关看法；最后，他指出《楚辞》中作品具有整体性，"诸篇之旨，本无分别"，不能因为一书中某些篇章的重要就强行改变该书的体例。

章氏所论颇有启发意义：一部典籍中往往有某些篇章相比之下显得更为重要或影响更为深远，但未必非要据此划出严格的等级标识，如分经分传、分主分客……当然，此种等级标识作为一种阐释亦自有其价值，但若以之作为本体并去推演其他，则不免以流为源，难得正解矣！《楚辞》中作品固然以屈作为重，而屈作中又以《离骚》为重，此乃共识。但若因此而轻视非屈之作，则并不利于人们理解《楚辞》。单以《楚辞》成书或者说编纂研究而论，非屈作的价值似乎在屈作之上，因其有更多的参照系可资比较。

四　关于《楚辞》编纂体例的确定

前引诸家论述，虽时有涉及《楚辞》编纂体例者，但往往耽于经传之名而强言体例，是以疏漏颇甚。那么，究竟如何去确定《楚辞》的编纂体例呢？这需要首先确定《楚辞》在汉代定型时的面貌。当前多数《楚辞》研究者认为刘向以前已有编集工作的进行[2]，这在目前不失为有益的推测。但不少人未加论证便径据之以讨论《楚辞》之种种，则不免混

---

① 《章学诚遗书》外编卷二，文物出版社，1985，第376页。

② 其中多数研究者以《招隐士》为断限，但所据篇次不同。如汤炳正先生据《楚辞释文》篇次（见《〈楚辞〉成书之探索》，《屈赋新探》，齐鲁书社，1984，第97～99页），而姜亮夫先生则据《楚辞章句》篇次（见姜亮夫《洪庆善楚辞补注所引释文考》，《楚辞学论文集》，上海古籍出版社，1984，第397～398页）。

涓了典籍的成型与定型两个概念。一般而言,不少典籍往往可能有多次成型,即在初次成型之后面貌常有变动,但这些变动过程及其相关信息在很多时候已经无法获悉,这就意味着,典籍最终成型即定型的面貌才最有可能被普遍认知并成为一个普遍意义上的讨论对象。依此而论,探求一部书的体例,最重要的依据和基础是其最终定型的面貌。无论此前曾有过多少次编纂过程,也无论这些编纂过程带来了多少次互不相同的面貌,只有将它们整合进最终定型的面貌,即与最终定型的面貌表现出的体例取得一致时,才能作为此书的编纂体例来言说。否则,就只能是此书编纂的"体例预备"或"体例参考"。具体到《楚辞》的情形,不管刘向以前有多少人可能参与过相关集子的编纂,从目前的材料看,王逸关于十六卷本定自刘向的说法,尚没有证据可以推翻。① 那么,我们对于刘向本人及之前的编纂行为和理念的相关推测和认定,只有在保存了刘向编纂痕迹的《楚辞章句》的面貌中求得共同点,才有可能获取普遍意义,成为编纂体例的质素。换言之,《楚辞章句》乃探求《楚辞》编纂体例的真正起点。

经传关系非《楚辞》中本有的作品关系,前已论证。不过,研究者所明确揭示出的模拟和解读关系,似于《楚辞》中文献有征,值得讨论。关于模拟,目前已是学界之共识,虽然在过去常常被称以反面的说法——抄袭,并引发相关的作者问题。王逸《离骚后叙》曰:"屈原之辞,诚博远矣!自终没以来,名儒博达之士著造辞赋,莫不拟则其仪表,祖式其模范,取其要妙,窃其华藻,所谓金相玉质,百世无匹,名垂罔极,永不刊灭者矣。"② 这里已经说得非常明白,后世辞赋对于屈作皆有模拟。而如果从《楚辞》文本出发,这样的例子恐怕举不胜举,本文从略。但此处所论显然并非仅限于《楚辞》中的非屈作,而是屈原之后的全部辞赋创作。刘勰《文心雕龙·辨骚》亦云:"枚、贾追风以入丽,马、扬沿波而得奇,其衣被辞人,非一代也。"③ 可见模拟屈原作品的并非只有《楚辞》中的非屈作。这就意味着,对屈作的模拟并不是此类作品得入《楚辞》或者说《楚辞》编集的充分条件,故不能作为《楚辞》的编纂体例来言说。至于解读,除去那些"经""传"的附会,《楚辞章句》里亦有相关材料:

---

① 参见力之先生《〈楚辞〉研究二题》,《〈楚辞〉与中古文献考说》,巴蜀书社,2005,第28~34页。黄灵庚先生曾认为:"这'分为十六卷'是对《离骚》一篇而言,与《离骚》以外的其他作品毫不相干。"见其《〈楚辞〉十七卷成书考辩》,《复旦学报(社会科学版)》2008年第3期。查王逸《离骚后叙》曰:"而屈原履忠被谗,忧悲愁思,独依诗人之义而作《离骚》……遂复作《九歌》以下凡二十五篇。……后世雄俊,莫不瞻慕,舒肆妙虑,缵述其词。逮至刘向,典校经书,分为十六卷。"这显然是说,刘向将屈作与"后世雄俊"之辞分为了十六卷,而非仅指《离骚》一篇。黄先生之说,恐有"断章取义"之嫌!
② 洪兴祖:《楚辞补注》,中华书局,1983,第49页。
③ 刘勰著,范文澜注《文心雕龙注》,人民文学出版社,1958,第47页。

宋玉者，屈原弟子也。闵惜其师，忠而放逐，故作《九辩》以述其志。（《九辩序》）

宋玉怜哀屈原……故作《招魂》，欲以复其精神，延其年寿，外陈四方之恶，内崇楚国之美，以讽谏怀王，冀其觉悟而还之也。（《招魂序》）

屈原放流九年，忧思烦乱，精神越散，与形离别，恐命将终，所行不遂，故愤然大招其魂。……因以风谏，达己之志也。（《大招序》）

言哀惜怀王，与己信约，而复背之也。……盖刺怀王有始而无终也。（《惜誓序》）

小山之徒，闵伤屈原……故作《招隐士》之赋，以章其志也。（《招隐士序》）

东方朔追悯屈原，故作此辞，以述其志，所以昭忠信，矫曲朝也。（《七谏序》）

（严）忌哀屈原受性忠贞，不遭明君而遇暗世，斐然作辞，叹而述之，故曰《哀时命》也。（《哀时命序》）

（王）褒读屈原之文……追而愍之，故作《九怀》，以禅其词。（《九怀序》）

（刘）向以博古敏达……追念屈原忠信之节，故作《九叹》。（《九叹序》）

至刘向、王褒之徒，咸嘉其义，作赋骋辞，以赞其志。……窃慕向、褒之风，作颂一篇，号曰《九思》，以禅其词。（《九思序》）①

从中可以清晰地看到：《楚辞》中非屈作对于屈原之志都有述解（尽管角度不尽相同），也可以说对屈作都有着一定程度的补充和释读作用，起码王逸如此认为。但我们发现，贾谊的《吊屈原赋》亦为追伤屈原之作，对解读屈作亦有帮助，何以未被刘向编入《楚辞》呢？又《汉书·扬雄传》载："（扬雄）乃作书，往往摭《离骚》文而反之，自崏山投诸江流以吊屈原，名曰《反离骚》；又旁《离骚》作重一篇，名曰《广骚》；又旁《惜诵》以下至《怀沙》一卷，名曰《畔牢愁》。"②《反离骚》已载《汉书》，其余两篇已佚。但从相关信息来看，这些作品虽有正有反，但均在某种程度上标示着对屈子及其作品的解读。宋代的晁补之虽然重构了《楚辞》体系，但仍认为："《离骚》之义待《反离骚》而益明"③，可谓善解。但其显然并未入《楚辞》。唐皮日休曰："扬雄之文，丘、轲乎？而有《广骚》也；梁竦之词，班、马乎？其有《悼骚》也。又不知王逸奚罪其文，不以二

---

① 洪兴祖：《楚辞补注》，中华书局，1983，第182、197、216、227、232、236、259、269、282、314页。
② 《汉书》卷八七，第11册，中华书局，1962，第3515页。
③ 《变离骚序上》，《鸡肋集》卷三六，《四部丛刊》本。

家之述为《离骚》之两派也。"① 梁竦的《悼骚赋》出于东汉，其时刘向所集之十六卷本已面貌固定，非王逸所能施力。但扬雄之作入《楚辞》，起码在时间上应该是允许的。另，《汉书·艺文志》"诗赋略"载有"淮南王赋八十二篇"和"淮南王群臣赋四十四篇"②，以淮南王刘安对屈作的推崇来看，这一百多篇赋当中，不可能只有一篇《招隐士》是"闵伤屈原……以章其志"的。以此种种而论，对屈作的解读，亦非《楚辞》编集的充分条件。确切地说，无论模拟还是释读关系，都只是在《楚辞》框架下对于作品关系的阐释和界定，根本无法反过来解释这个框架是如何建立的。要探求《楚辞》的编纂体例，不能仅仅依据框架内的所有，还要联系框架外的存在。

目前可知最深刻的考察来自力之先生，其远承王逸意绪并广泛结合传统文献加以考察的研究成果极具方法论意义，结论可大略撮述为：《楚辞》收录了屈原的所有作品，而非屈作入录的条件与作品之优劣无关，与作者是否楚人亦无关，是以司马相如无作品选入，东方朔之入选者亦非最佳之篇，而宋玉所作，仅《九辩》《招魂》在其域中。从成书体例之角度考察，《楚辞》中非屈原作品，均代屈原设言。这些作品中的"我"，均为"屈原"③。这个观点可以完美地解释历代《楚辞》研究者关于《楚辞》收录非屈作尤其是汉人作品的诸多疑虑，是当代《楚辞》学的一大收获。当然，这并不意味着《楚辞》编纂体例的全部。大凡谈论一部书的编纂体例，有两端不可或缺：一为收录标准，二为编排次序。一般而言，编排次序要确定收录标准之后才能具体操作。"代屈原设言说"已能成功解释《楚辞》的收录标准④，而关于编排次序，由于学界对此的意见较为复杂，本人将另文详论。

---

① 皮日休：《皮子文薮》卷二《九讽系述》，《四部丛刊》本。

② 《汉书》卷三〇，第6册，中华书局，1962，第1747页。

③ 力之：《〈楚辞〉与中古文献考说》，巴蜀书社，2005，第3~15页。此前费振刚先生从辞赋文体相异的角度也提到《楚辞》中非屈原作品的抒情主人公都是屈原，是模仿屈原语气，代屈原立言。虽涉及《楚辞》的编纂体例，惜未有专门考察。参其《辞与赋》，《文史知识》1984年第12期；《〈全汉赋〉前言》，《全汉赋》，北京大学出版社，1993，第5页；而力之先生则认为《楚辞》之"辞"非文体名，参其《试论赋的范围与汉赋"序文"之作者问题：读〈全汉赋〉》，载《〈楚辞〉与中古文献考说》，第212~226页；并在成书研究中将《楚辞》作品与赋广泛比较。二家立足点有异，本人赞同力之先生的考察。

④ 潘啸龙先生曾反对《楚辞》体例为"代屈原立言"，并重点对《招魂》《招隐士》进行了论析，见其《〈楚辞〉的体例与〈招魂〉的对象》，《安徽师范大学学报（社会科学版）》2005年第4期。嗣后，龚俦先生从《招隐士》研究的数个方面对潘说进行了精当的反驳，见其《关于〈楚辞·招隐士〉的几个问题》，《苏州科技学院学报（社会科学版）》2007年第1期；而钟其鹏先生则在梳理《招魂》研究史的过程中对潘进行了反驳，见其《关于〈招魂〉体例与所涉礼制问题及其他：近二十年〈招魂〉聚讼焦点问题研究述评之二》，《云梦学刊》2009年第6期。

结　　语

通过以上循流溯源的考察，可知《楚辞》编纂体例"经传说"存在诸多缺陷：《楚辞》中作品称"经"见于汉代，但仅为有限时空中之现象；其作品称"传"非始于汉，且代有播迁，实难划一；"经""传"既非同时之物，"经传说"已无立足之地，况且"经""传"二者虽共存于宋，不过是宋人重新建构的《楚辞》领域中关于作品的等级界定，与汉代之《楚辞》旧域无甚关联；直至明代，"经""传"之称乃重托身于汉代《楚辞》之域，二者关系方变而为"以传释经"，然此种关系于《楚辞》之范围，充其量仅能"安内"而不明于"攘外"，并无法确定《楚辞》的收录范围，《楚辞》之编纂体例如何据此而定？故此"经传说"，虽信者颇众，渊源有自，实则每步皆失，终不得大义之所在。然学术源流亦于斯概见，可为世之学者深思之助焉。

宋玉的审美理想与艺术创造

张法祥 程本兴[*]

【内容提要】 宋玉是赋体文学的创造鼻祖，其精美的赋作带有鲜明的独创性的审美理想。"造新歌些"和"独秀先些"，是宋玉用以创造新的艺术形式和新美的美学命题。他创造出来的审美意象，较《诗经》《离骚》更具完美的艺术形式和理想化的审美境界。他从自然界、社会生活和文学艺术中概括出来的各种类型的美，饱含着他丰富的审美经验，带有概念性的含义，被后世以为范型，当作抽象化审美观赏的标准、艺术创作的借鉴。

【关键词】 宋玉赋 艺术家 审美意象 审美范型

宋玉是赋体文学的创造鼻祖，他精美的赋作带有鲜明的独创性的审美理想。宋玉在他的作品中对各种美的描写，对后世的中国文学产生了巨大的影响。本文试图对此做概略的分析。

一 宋玉作品中审美形象创造的基本方式

宋玉爱美，他为美的生存、传播而创作，他观照美的过程，就是他创造美的过程。生产美与消费美，创造美与欣赏美，是相互依存的关系，这在宋玉的艺术里有着完美的体

---

* 张法祥，湖北文理学院宋玉研究中心教授。程本兴，湖北文理学院宋玉研究中心副主任、兼职教授，湖北省荆楚文化研究会常务理事，中国屈原学会理事，中国屈原学会宋玉研究中心常务副主任。

现。宋玉创造的美，其实并不存在于他那"惊采绝艳"① 的辞赋的诞生过程，而存在于他观赏对象美的经验积累中的作品本身。他猎取到的自然界的和社会生活中的各色各样、各个方面的美，通过性质的和关系的组合，形成了丰富而新颖的形式，产生了新的美、新的魅力。在宋玉作为艺术家的创造美学的旗帜上，赫然书写着两个口号："造新歌些"和"独秀先些"。② 新歌，乃指不同于《诗经》偏向政教风化，也有异于屈骚热衷政治抒愤，而是着力描绘情景交融的审美意象，将丰富多彩的感性形式美凸显出来。"造新歌"三字，含有明确的发展概念，表明了宋玉赋创造新的艺术形式的使命感。"独秀先"三字，则赞美宋玉赋在艺术表现上具有茂、异、华、美的特色。由上述可知，将宋玉这两个口号结合起来，即成为一个呼吁创造新美的美学命题。事实证明，宋玉有追求美的强烈意识，一直走着"按照美的规律"③ 进行创造的路子。其主要表现方式是：

第一，赋予审美对象以美、奇、怪、伟的特征。如高唐之大体："高矣显矣，临望远矣。广矣普矣，万物祖矣。上属于天，下见于渊。珍怪奇伟，不可称论。"高唐之大体美、奇、怪、伟的品质，竟使其"殊无物类之可仪比"。从来女人尚媲美，所以东家之子赛过天下之佳人、楚国之丽者、臣里之美者，郑卫之处子降服东家之子，但巫山神女才有顶极美，所谓上古今世无双无极。其"瞭多美而可观"，令人叹为观止。宋玉描绘的女性一个比一个美，这含有象征意味，表明他不断地树立美的新目标，追寻美的新境界，直至达到目的。又如治国理政诉诸儒道两家的钓术、御术，其过程美、成效美也是儒家超过道家。总之，宋玉创造的现实美、艺术美，在"美"字上做尽了文章。诗人生动、深刻地反映社会现象、自然现象，揭示其审美属性和审美意义，并通过对它们的评价，确定自己的审美情趣。

第二，在描绘生活现象的基础上创造审美的艺术形象。宋玉有崇高的社会理想，有高尚的人格情怀，对现实生活有深入的观察和认识。他塑造出一个个具体可感的艺术形式、艺术形象，把自己对客观世界的审美关系体现出来。例如《九辩》中申述的治国思想，《对楚王问》《钓》《御》《小言》《大言》各赋讲论的政治及伦理理念，尽管类似屈原、荀子，却不是从古今政治家那里租赁过来的社会意识形态的原型。他也不依靠譬喻的堆积，而是把自己的观点和评价，全部编织进艺术的审美效用中，通过生活本身的形象，活生生地再现现实。在悲秋、凤凰、钓御和道的无形无象等的精细描绘中，可以感知到正义

---

① 《文心雕龙·辨骚》。为避烦琐，本文引述屈原、宋玉的作品，除标明篇名者外，皆不再注。
② 本论文采纳王逸《楚辞章句》的观点，认为《招魂》为宋玉所作。
③ 《马克思恩格斯全集》第 42 卷，人民出版社，1979，第 97 页。

与非正义、善与恶、美与丑、崇高与卑下的鲜明对比。宋玉对生活现象摹声绘形，极尽功力地刻画，只是为了把审美形象创造得更加生动、完满。

第三，超现实想象的扩大。在《诗经》发端之后，庄子、屈原即大量运用自觉的超现实想象，庄子用于说明治国理念与人生哲理，屈原用于对现实世界的艺术化、情感化的认识。庄子的想象只取哲学的寓言化描述意义，而屈原把审美理想寄托在超现实的想象里去了。但屈原的创新是起步，有待从粗朴发展到精致，这个任务由其弟子宋玉完成了。善鸟香草、恶禽臭物等屡见于屈骚宋赋中，在屈骚里大体是自然物单个形象原型意义的借用，宋玉则在其超现实意义上予以扩大，把它们从各自与周围世界的结构关系的约束中拯救出来，为创作主体的审美意愿所驱使。扩大的关键在于变形：大山的风交往于贵贱高下的人，不是致福就是酿灾，蜕变成了社会的成员；神女从天国跑到人间，尝试情爱的欢乐，具有了普通的人性欲望；竹为笛，而能"发久转，舒积郁"；舞姿婆娑，可以娱神养心；高唐茂林为之歌唱，"纤条悲鸣，声似竽籁。清浊相和，五变四会"。想象的素材经变形而获得情感生命的品质，且扩大了活动的境界，从原先封闭的原型状态解放出来，具有了新的审美意义。最具典型意义的是《招魂》里的神话运用，做了重大变形。东方"长人千仞，惟魂是索"，"十日代出，流金铄石"。南方"雕题黑齿，得人肉以祀"，"蝮蛇蓁蓁，封狐千里"，"雄虺九首，往来倏忽"。西方"流沙千里"，"旋入雷渊"，"赤蚁若象，玄蜂若壶"。北方"增冰峨峨，飞雪千里"。上方"一夫九首，拔木九千"，"悬人以嬉，投之深渊"。下方"土伯九约，其角觺觺"，"敦脄血拇，逐人驱驱"。这些神话材料，是原始人对世界的认识，在于夸说四方上下的凶险。但它们一经与故土的建筑居室、歌舞游乐、饮食肴馔之美对照组合，其原先的含义便淡化削弱了，成了宋玉对光明与黑暗两种社会的评判，那凶险情景的涂绘只是社会欺压、腐败及党人凶残的象征。这是宋玉对楚国美好和光明的未来怀有向往、热爱的期许，当然也可以解读为对人间幸福生活的留恋深情。超现实想象的不断扩大，不仅使感性形式美的特性更趋显著、圆满，也充实着主体的情感内容，承载着他对现实的憧憬、热爱和乐观主义态度。主体把自己对周围世界的情感客观化，而后沉潜往复，尽情玩味，以满足心理需要和精神享受，这就是宋玉从超现实想象的审美活动中所得到的乐趣。

二 宋玉的审美意象追求与理想境界

宋玉不及屈原思想之伟大、情感之深邃，而超现实想象的艺术表现也由屈原首创并趋向成熟，但宋玉在开辟审美理想新天地上却又胜于屈原。刘勰以"智术""博雅"和"含才""负俗"① 的赞辞评宋玉，宋玉也以"凤凰鲲鹏"自诩。出类拔萃的才气，超凡脱俗的灵性，为宋玉培养出"放怀寥廓，气实使文"② 的审美情感和艺术创造的心态。他的审美视野放飞于广阔的天地，从社会、人生、大自然，从物质的和精神的领域，去捕捉各类审美对象，既咏叹悲愤，也欣赏欢乐，而繁复多样的美又绝非悲、喜二字可以总括以尽。宋玉打开了一个又一个新的世界，他奉献的美无不闪动着感性的光芒和蕴蓄着情感的温润与芬芳。宋玉创造的审美意象，较之《诗经》和屈骚有更完满的形式来承载其审美理想。这是宋玉美学最大的成果。

1. 以神女意象为例

屈原《离骚》是"明己遭忧作辞也"③，班固此说正合作者初衷。他立志美政而不能达于君、用于世，又屡遭挫折，受尽谗害，以致被楚怀王疏远。他上下求索，幻想上迈天门去见重华，以申其志，却为阍者所拒；又请丰隆、蹇修、鸩鸟、凤凰做媒，想通情于宓妃、简狄、二姚，与她们结成兰蕙之友，但又都宣告失败。得不到虞舜支持和贤美之神女帮助，诗人更加孤独苦闷。叩阍、求女是超现实的幻想，这种意象形式是屈原伦理道德和政治理想的载体，它是以主体的悲愤情感为审美对象的。

宋玉自其师接过神女意象，将它的内容与形式作了全新的打造，由人、神之间的政治结盟，蜕变成人、神之间的合欢情爱。宋玉《高唐》《神女》二赋中名曰"朝云"的神女，先与楚怀王，后又几乎与楚顷襄王发生男女暧昧关系。她自述身世道："妾巫山之女也，为高唐之客。""妾在巫山之阳，高丘之阻。旦为朝云，暮为行雨。朝朝暮暮，阳台之下。"这与《离骚》之"忽反顾以流涕兮，哀高丘之无女"的含义或有承袭关系，屈宋二人所指高丘神女实即为一。萧统《文选》之李善注，引据《宋玉集》说："宋玉《高唐赋》曰：我，帝之季女，名曰瑶姬，未行而亡，封于巫山之台，精魂为草，是曰灵芝。"据此，有论者又将"帝女"视为传说中的赤帝之幼女，给这一神话传说平添了更多诡秘浪漫的色彩。神女"朝云"向楚怀王主动求爱，以"愿荐枕席"而由王"幸之"。临别之时，又赠言何时何地何以再聚，其情真意切，溢于言表。顷襄王携宋玉游云梦之浦，也梦与神女邂逅，但好梦未能成真。探其原因，可能是：顷襄王未曾采纳宋玉往见神女先行祭祀和安民理国的建议，他贪色性急，犯了神女戒条，此其一；神女有"怀贞亮之洁清兮"的思虑，背上了伦理道德的包袱，此其二。尽管神女"褰余帱而请御兮，愿尽心之惓惓"，

---

① 《文心雕龙·杂文》。

② 《文心雕龙·杂文》。

③ 班固：《离骚赞序》。

但"意似近而既远兮，若将来而复旋"，这叫作"含然诺其不分兮"，"神独亨而未结兮"。如此尴尬成了局，顷襄王只能"惆肠伤气，颠倒失据"。宋玉未走政治抒情的老路，他独出机杼，对人、神恋情做普遍人性的解读。和楚王梦魂交会的神女鲜活灵动，亲切感人，其体貌、姿色、言语、举止、服饰、爱好、情意、礼节，哪有不与世间人相类的？神女本是人的异化，宋玉也致力于宗教崇拜仪式的铺排，但他凸显的并非人的异化，而是通过异化，表现出神女也向往"作人的幸福"，像世间人一样热衷情爱，这就把人的东西、人的意义推向了主导的位置。不过楚王与神女"朝云"上演的是伟大的爱，关乎世间人之长寿和繁衍，感天动地，绝非凡响。神女或为宋玉视作炎黄始祖辈。"其象无双，其美无极"，"上古既无，世所未见"，这是超自然现实的力量所成就的美善。所以极辞赞叹之："惟高唐之大体兮，殊无物类之可仪比。"而高唐山水及其动植万品，无不"谲诡奇伟"，惟其如此，方可与巫山幻化无端、变幻莫测的云情雨意相匹配，与神女"含阴阳之渥饰"的美善相适应。再者，"进纯牺，祷璇室，醮诸神，礼太一"，有方之士如此庄严隆重地为楚王幽会神女先行祭祀；"王将欲往见，必先斋戒。差时择日，简舆玄服。建云旆，霓为旌，翠为盖。风起雨止，千里而逝。盖发蒙，往自会。思万方，忧国害。开贤圣，辅不逮"。对楚王还有宗教洁身、祭祀礼仪以及礼义治国业绩的要求，岂可以"世俗偷情"亵渎之？宋玉在赞颂楚王幽会神女时，引进超自然现实的崇拜和宗教幻境，并不是为了把不尽如人意的婚恋导致的烦扰，沉入神的活动所具有的永恒寂静之中，而是通过这个带有神秘感的人、神合欢情爱故事，表明凡天上人间的婚恋应当是庄严的、神圣的和自由幸福的。这里，宗教的体验只是为审美的体验服务，二者的统一，确证了人类主体的自由和它的创造可能性。

2. 以凤凰意象为例

《诗经·大雅·卷阿》以"凤凰"咏贤士多能为王所用，诗之后四章反复申述用贤、求贤之意，诗人赞赏凤凰振翅翱翔、和悦鸣唱、集栖梧桐、归心太阳，这象征贤士为王所求所用的快乐。屈骚有 30 余处写及鸟、凤凰。"鸷鸟凤凰日已远兮，燕雀乌鹊巢堂坛兮。""凤凰在笯兮，鸡鹜翔舞。""有鸟自南兮，来集汉北，好姱佳丽兮，胖独处此异域。"这都是屈原以善鸟、凤凰自况，象征自己被疏远、流放和独处的苦闷。有时又自比凤凰翱翔长空："凤凰翼其承旗兮，高翱翔之翼翼。"鸟、凤凰还是神灵，为屈原充任乘骑、使者、良媒和保护者："驷玉虬以乘鹥兮，溘埃风乘上征。""鸾皇为余先戒兮，雷师告余以未具。吾令凤鸟飞腾兮，继之以日夜。""玄鸟致贻，女何喜？""投之于冰上，鸟何燠之？"可以看出，若以鸟、凤凰为屈原自况，则象征美善、正义和积极进取；若以鸟、凤凰助于人，则象征它有人一样的美善品德，以友与人处，同人相与谋，深受人的信赖。《诗经·

大雅·卷阿》的凤凰意象还仅限于贤士本身的象征意义，而屈骚则赋予凤凰以人格化的生命，形成了超现实的想象，寄托着屈原的悲愤和愿望，楚民族祖先的图腾崇拜意识可谓过滤、汰洗殆尽，变成了屈原主观情感的艺术表现了。但屈原在同一篇辞作中又会用别的鸟作象征物："鸷鸟之不群兮，自前世而固然。"甚至加之以花草如江离、芷、兰、芰荷、芙蓉等，来象征美善、正义。动物、植物众多的象征物，属于情感诉求相同的系列，只为同一个意义的表达服务，细究凤凰与雄鹰其抒情目的有什么不同，江离与芙蓉其寓言意蕴有多少差别，就不甚明确了。屈骚用象征是从《诗经》的比兴转型而来的，虽则强化了暗示性，却仍旧带着"六义"思维缺失个性化表现的痕迹。

宋玉希音雅曲，崇论闳议，不幸淹没未行，"被以不慈之伪名"，"士民众庶不誉之甚"。《对楚王问》《九辩》里都用凤凰作宋玉的人格化意象，宋玉的思想、情感、性格，他的志向、兴趣、爱好，面对打击时他所持的气节和为人处世的态度，都付之于对凤凰的静观直感。"凤凰上击九千里，绝云霓，负苍天，翱翔乎杳冥之上"，意在"料天地之高"；"鲲鱼朝发昆仑之墟，暴鬐于碣石，暮宿于孟渚"，意在"量江海之大"。"蕃篱之鷃"、"尺泽之鲵"对"圣人瑰意琦行，超然独处"的大志不以为然，对宋玉追慕"先圣之遗教""诗人之遗风"的作为横加指责。时俗"灭规矩而改错"，邪恶势力将宋玉打败，但他"与其无义而有名兮，宁穷处而守高"的主心骨从未动摇。凤凰有极为坚定的表现："凫雁皆唼夫粱藻兮，凤愈飘翔而高举。""众鸟皆有所登栖兮，凤独遑遑而无所集。""骐骥伏匿而不见兮，凤凰高飞而不下。""骐不骤进而求服兮，凤亦不贪喂而妄食。"凤凰不移志、不变节而决然独处的精神，是审美主体为之咏唱不已的主题。凤凰人格化的审美意象源自《诗经》、屈骚，但宋玉没有停留在单纯的比喻、象征手法的运用上，也不是以凤凰象征某一阶段的人生经历、某一方面的人格品质，而是将凤凰完全人格化，是自我的化身和寓言，你竟分辨不出孰为凤凰孰为宋玉，已经合二为一，不再解体。两千年来，人们观赏这个具有人的情感和生命的意象形式，感受"瑰意琦行，超然独处"所深藏的"特立独行"的美，在获取诗意的哲理的认识之余，还享受着充实、慰藉和愉悦。这是宋玉高度个性化的凤凰意象所带来的审美效果。

3. 以风的意象为例

再看《诗经》咏"飘风"。《小雅》之《何人斯》："彼何人斯？其为飘风。胡不自北？胡不自南？胡逝我梁？祇搅我心。"又《大雅》之《卷阿》："有卷者阿，飘风自南。岂弟君子，来游来歌，以矢其言。"前者涂绘"飘风"之乖戾，喻其反复无常；后者赞美"飘风"之意善，喻其养民之德。屈骚继承《诗经》使用意象这一艺术思维，并有了长足的发展。《离骚》中的"飘风"，和"玉虬""鷖""羲和""扶桑""若木""望舒""飞廉""鸾皇""雷师""凤鸟""云霓"等一样，都是天神或神物，为诗人所爱所任。在"路漫漫其修远兮，吾将上下而求索"的过程中，众天神和神物为诗人通向天帝之门各尽所能，而"飘风""云霓"更是喜出望外，盛装迎驾："飘风屯其相离兮，斑陆离其上下。"大司命主人类长寿，小司命主人类子嗣。故《大司命》"令飘风兮先驱，使冻雨兮洒尘"句，说大司命降于人间请回风为之先行开路，遣雨师纵暴雨洒尘；《小司命》"入不言兮出不辞，乘回风兮载云旗"句，说她以"不言不辞"的回风之教，传授人间男女。屈骚中的"飘风"意象，取天象之形似，寓诗人之深情，表明为追寻真善美，各路天神及神物，都和屈原休戚与共，结成朋友、兄弟和同志。

"飘风"是自然现象，在道德上是中立的，然而屈骚以之为善美，汉赋却以之为恶丑，这又是两种截然相反的道德判断和审美判断。如刘向《九叹·逢纷》："徐徘徊于山阿兮，飘风来之泅泅。"王逸《九思·逢尤》："云雾会兮日冥晦，飘风起兮扬尘埃。"这些"飘风"是邪恶势力的象征，与屈骚认其为友恰好相反。要么善美，要么恶丑，这是取单维思维的结果，依此塑造出来的意象难免简单朴拙。到了宋玉笔下，风的人格化意义居然发生了裂变，分出雄性和雌性两种不同的风，前者为大王所用，后者为庶人所用。风的自然性没有变化，而社会性出现了复杂情况，对于一些人和社会集团来说，风是善美的；对于另一些人和社会集团来说，风则是恶丑的。风何时何地为善美，何时何地为恶丑，不是由它自在的自然性来决定，而在于"其所托者"，即风与人、与社会的结构关系。风在大王和庶人各自的生活中实际地、客观地占据着特殊的地位，这就决定了风对于大王和庶人有不同的审美意义和作用。风这种现象或对象，在不同的个体或集团的实践中，会形成对人的客观关系，当人主观地、审美地感知它时，就取决于这种关系的性质。所以，大王有"宁体便人"的感知，庶人有"生死不卒"的感知，是不以人的主观意识和意志为转移的必然的结果。宋玉将屈原两极对立的观照方式拿来用于风的内部，说明一切自然现象都有两重性，人对之也会有双重态度。"天地之气，溥畅而至"，是风"本身的样子"；"其所托者然，则风气殊焉"，即际遇贵贱高下各色人，交于强者以雄性之风效劳之，交于弱者以雌性之风损害之，则是风"使人想起的东西"。当风在人的社会实践中形成了客观联系和相互关系之后，它会发生自我分裂、自我矛盾。审美主体将风"本身的样子"与"使人想起的东西"纵横交错，又将风于大王之利与庶人之害而相对照，便折射出阶级社会的极度不平等。于是风的意象变成综合性系统，具有了普遍的道德伦理意义和审美评价意义。主体的自由个性也随之趋于积极主动，观照幅度更加宽广，可以同时感受风的自然性与社会性的交汇融合，领略因由人的意义而有风之善恶美丑的品质。大王得意扬扬，直呼"快哉此风"，庶人"死生不卒"，发出被压迫生灵的叹息和对现实苦难的抗议，加之以审美主体亦悲亦喜、悲喜莫辨的深沉叹惋，三者合一，一幅绝妙的赋风图绘就形成了。

综上所述，宋玉创造的凤凰、大王雄风、庶人雌风、巫山神女等意象，是诗人直观到的感性物质的形式，和移情于物、借物抒情这种客观化自我享受式的审美观照不同，它们更能充分发挥审美主体的创造力。它们已经从其与之相联系的周围世界中相对地独立出来，原有的本身形象也在某个凝固了的几何体图形中消失了，经过剥离、抽象、净化，超脱了原有的内容与形式的羁绊，从而获取了一般概括的意义。例如，凤凰、风和巫山神女等变成了在自然形态上不同于其原来所是的东西，审美主体也淡化了这些事物之何时、何地以及为何如此，而专注于它们具有的新的含目的性的存在。观赏者只要在自己的生活处境或其他自然景物里，发现了与宋玉塑造的凤凰、大风、神女等意象构图是同型的或等同的，就会产生宋玉式的冲动、欣喜。宋玉辞赋里众多感性形式完美、情感意味深长的意象，都会引起人们深层次心理需求的满足，这是一种高级的审美享受。当受众的心灵为宋玉笔下的审美意象所渗透而陶醉不已时，如楚王"称善""赐田"，众人"同心赋些"，主、客体两体默契，这就叫作理想化的审美境界。

三 宋玉对各种类型的美及其范型的探索

宋玉在社会、自然和人的精神领域里，直接诉诸感官的各种因素，去把握美的丰富多样的感性特征，以及它们与情感的联系。他着意揭示美的各种形态，但不止于经验现象的感受性描绘，而是在注重感觉的同时，又以知性的体悟来观照美的内质。在取材、结构、意境诸方面，他都立足于新的生活感受，极力显示自己与《诗经》和屈骚颇有差异的艺术家的美学理念，表现他对人的自由创造能力的审美性赞赏。他从社会生活和自然界中揭示出美的类型及其范型，可举其大者有：

1. 为政之美

宋玉《九辩》《钓赋》《御赋》《大言赋》《小言赋》《高唐赋》等篇，有关治国理政的记述不少：

> 昔尧舜禹汤之钓也，以贤圣为竿，道德为纶，仁义为钩，禄利为饵，四海为池，万民为鱼。钓道微矣，非圣人其孰能察之！（《钓赋》）
>
> 彼以国家为车，贤圣为马，道德为策，仁义为辔，天下为路，万民为货。御术微矣，非圣人其孰能察之！此义御也。义御者，大王之御也。上好义，则民莫敢不服。以义御民，天下归之。（《御赋》）

尧舜皆有所举任兮，故高枕而自适，谅无怨于天下兮，心焉取此怵惕！乘骐骥之浏浏兮，驭安用夫强策，谅城郭之不足恃兮，虽重介之何益！（《九辩》）

思万方，忧国害。开贤圣，辅不逮。九窍通郁精神察，延年益寿千万岁。（《高唐赋》）

宋玉从美学的角度来审视儒道法的政治哲学和执政的思想，总结出一套以儒为本的治国方略。他批评道家专注清静无为，批评法家崇尚严刑峻法，而对儒家的社会管理和国家治理大加赞赏，认为极富为政之美。

在宋玉看来，以儒为本、礼法兼用，是具有理想价值的治国之策。在儒家为本的前提下，对道、法两家的思想精粹予以吸收利用，由此制定出来的治国方略，比单纯的儒、道、法施政要切实可行而有效。孔孟向往的上古圣人之治，是以礼义修身养性、完善人格为终极目的，以文德教化约束民众而达致天下太平。但宋玉则将仁、义、礼、德，以及贤圣、万民、四海、国家、禄利、刑罚，全然赋予了实践性、实用性的意义，变成了人君"南面而掌天下"的工具，只为他的统治和权威服务，说这是最高目标。礼义对于宋玉来说，已经从孔孟的神坛走下来，为策、为辔、为纶、为钩，去货取天下、渔获民众。但宋玉依然强调礼义在国家和社会中居于主导地位，无论贤圣、万民、四海、国家、禄利、刑罚，都要受礼义的约束，在这个原则之下，去推行举贤任能、赏罚严明、兴利除害、成功立名的制度。"无为而治"，如果离开了礼义的主导，会变得消极散漫；"以法治国"，如果离开了礼义的主导，会走向崇尚暴力。而尧舜圣人之道，则以礼义举贤任能，以礼义规范法度，以礼义追求清静太平。礼义的主导地位巩固了，作用全面发挥了，又畅行礼、法并治，即可以"无为"的境界安国惠民，达到"群生寖其泽""民莫敢不服"的目的。这就是儒道法兼备，而以儒为本、礼法并重的治国方略，它能收到以"有为"尽"无为"的卓越成效。宋玉把礼法并治灌注到屈原倡导的"美政"之中，他认为如此，一可以避免法家迷信"强策""城郭""重介"，给人民带来紧张压抑的弊端；二可以消除道家虽有"乐""获"，却"乐不役勤，获不当费"的消极无为的遗憾；三可以弥补传统儒家重文德教化而轻视实际的不足。宋玉对"美政"的内涵做出了补充和阐述，使概念具有了明确的规定性。

"高枕而自适，谅无怨于天下兮，心焉取此怵惕兮？""不亦乐乎！"这是宋玉给"美政"赋予的人文意蕴，说明它因仁而爱、因法而治、因礼而和，执政者和人民都因和谐安定的社会得以实现而欢乐。乐在施政中，乐在民心中，乐贯穿于为政的全过程，唯乐才使政美，是"美政"诗意化的境界。宋玉把审美引入政治制度及其实践过程，其意在于告诫

139

统治者：为民执政，不仅仅是政治的、伦理的，也是艺术的、审美的，可以从对人民的终极关怀中得到心灵享受。

2. 大道之美

《庄子·知北游》以"圣人者，原天地之美，而达万物之理"为论道主旨，宋玉据此造大、小言赋，设定大、小两个切面，可以看到大道有宏伟和精微两个方面的美。宋玉说"方地为车，圆天为盖，长剑耿介，倚天之外"，是渲染天地之大，这成为一个美学典故，毛泽东《念奴娇·昆仑》即化用过"倚天宝剑"之说。但这仍在有限之内说道之大，还没有把握到道不受时空形式囿限的特点。宋玉厌倦天地有限，他迈入无限的宇宙，"跋越九州，无所容止"，又"据地盼天，迫不得仰"，这才明白了道具有不可凭感官直接感知的道理。宋玉又借用"蒙蒙灭景，昧昧遗形"，"视之则眇眇，望之则冥冥"，还有"离朱为之叹闷，神明不能察其情"等道家的语言，来说明道的深藏不露、玄妙莫测的变化，他把这种只能靠主体去体味的特性，称为道小，或曰道之精微。宋玉认为，"道之所贵"，即道之美，有三个方面，一曰"小大备"，二曰"兼通"，三曰"妙工"，是靠高下之尊卑、阴阳之静复、粗细之伟微来完成的。据宋玉之见，单说道之大、小，仅限于无限性、深藏性，还不足以把握道的全体。因为道美的真面目、道的整体美，是多方面的，不能只说大、小，若不顾及其兼通、妙工，会损害道的整体性、统一性的美。

3. 人格之美

唐勒、登徒子在楚王面前进谗言，给宋玉罗列罪名，一"身体容冶""体貌闲丽"，二"口多微辞"，三"又性好色""出爱主人之女"。楚王听了也马上戒备起来，担心宋玉"入事寡人，不亦薄乎？"这些所谓的"遗行"，全面否定了宋玉的政治人格和道德人格。宋玉撰《对楚王问》《讽赋》《登徒子好色赋》《招魂》等，对党人的诽谤予以有力反驳。其中，宋玉概括出他的人格具有洁、雅、独、仁四种品质的美。

先说洁美。《招魂》开头说："朕幼清以廉洁兮，身服义而未沫。主此盛德兮，牵于俗而芜秽。上无所考此盛德兮，长离殃而愁苦。"这是为"魂魄离散"者请求招其生魂所说的一番话，其实是宋玉借"朕"之口，表明对人格之美的看法。所谓"盛德"，即美德。"身服义而未沫"是基础，是内核；"清以廉洁兮"是枝干，是形式。换言之，行"义"是前因，"清、廉、洁"是后果，离开了"义"这个坚实的基础，就不可能有"清、廉、洁"毫无微晦的光艳。如向时俗投降，受时俗拖累，丧失了"义"，也就丧失了"清、廉、洁"，必将变为"芜秽"。这里隐含着正反两个因果判断，说明人格之美的关键在于保持其纯洁无瑕。如前述，宋玉破除了衣食、思君、功名、方圆、生死诸多方面的人生困惑，将威逼利诱踩在脚下，不为"骤进而求服"、不为"贪喂而妄食"，及至用政治生命来保护其人格的义、清、廉、洁。李白以"宋玉事楚王，立身本高洁"（《感遇四首》）的赞语，肯定宋玉的人格具有高洁之美，因而受后人景仰。

次说雅美。战国末期，世道"伥攘"，党人"何时俗之工巧兮"，士人"牵于俗而芜秽"。然而宋玉慕尧舜"瑰意琦行"，效庄王"飞必冲天""鸣必惊人"，为拯救楚国而献出礼法兼治的御术钓道，表现出志高趣雅。虽则"国中属而和者，不过数人而已"，由于"曲高和寡"而未被采纳，但他依然远离"芜秽""时俗"，决不损害其人格的高雅。

宋玉曾遭遇情感的纠纷、美色的诱惑，却能坚持理性，雅风以对。《讽赋》《登徒子好色赋》里说：东家之子"登墙窥臣三年"，她如此大胆、深情地爱恋宋玉，但宋玉"至今未许也"；又，主人之女先是以"横自陈兮君之傍"的方式奉献美色，进而又拿"日将至兮下黄泉"的话语相逼，而宋玉再三弹奏《幽兰》《白雪》《秋竹》《积雪》等琴曲，表示自己坚贞纯洁，不为她的轻佻举动所俘虏。宋玉用"扬诗守礼，终不过差"二句，来概括自己循礼行雅的君子风范。对宋玉的这种高雅的行事风格，杜甫也以"风流儒雅亦吾师"（《咏怀古迹五首》）的诗句表达他的向往之情。

再说独美。宋玉人格孤独，却能自矜自重。有学者说他"孤芳自赏"，把他归入落拓文人思想感情狭隘一类，这低估了宋玉人格的价值。我们认为，宋玉确为"有上勇者"，"天下知之，则欲与同苦乐之；天下不知之，则傀然独立天地之间而不畏"。[①] 他以"独耿介而不随兮""块独守此无泽兮""宁穷处而守高"，作为自己的人格箴言，与荀子相唱和。这里面蕴含的思想是：尽管天下人不理解自己的特立独行，以"不誉之甚"解读自己，也依然要走正道，敢于推行自己的意志。要"上不循于乱世之君，下不俗于乱世之民"。[②]"曲高和寡"并不可怕，重要的是坚持自己"块独""守高"的人格，展现孤独自重的美的价值。

最后说仁美。《论语·宪问》记载孔子的话说："克、伐、怨、欲不行焉，可以为仁矣。"又说："以直报怨，以德报德。"宋玉能够宽容对自己"默点而污之"的人，其思想基础即在于孔子的怨德之论。以"后土得漱"为己任的宋玉，可谓至公而无私，他对于曾经"厚德""渥洽"于自己的楚王，当然会以德报答。至于与楚王及其党人之间所结之怨，则产生于国事的"多端而胶加"，大多不是私怨私仇，所以宋玉为维护国家利益，就取"以直报怨"的态度，化解了这些矛盾。宋玉实践了孔子不行克、伐、怨、欲而为仁者的教诲，把以德报怨、不报无道和以德报德统一起来，铸成了具有仁美的人格境界，其灿

---

① 《荀子·性恶》。
② 《荀子·性恶》。

烂光辉不可磨灭。

4. 山川禽木之美

孔子说"智者乐山，仁者乐水"①，意即从自然山水的美，联想到了君子的人格美，美是善的附庸。刘向把孔子的这种审美称作"比德"②。屈原已经给山川自然的美以一席之地，对其感性显现有过赞叹，但他更多的是将山川自然美的感性形式的存在，归于了抒愤，很难与政治情感剥离开来。真正视山川、花木、禽兽为独立的审美对象而予以赞颂抒写的，是宋玉，也只有宋玉才是独立观赏山水自然美的第一人。

宋玉陪楚顷襄王游览高唐，其视点前后多次变换，是观察方位和角度的调整选择。他把玩于高低远近，观赏于正反横侧，认为这是领略大自然美的方法。所谓"登巇岩而下望兮""中阪遥望""登高远望""仰视山巅""俯视峥嵘""上至观侧"等等，就是观赏的方法的具体运用。后世诗词歌赋对自然山水的文学描写，都是从宋玉这里得到启发。

宋玉笔下的山川、花木、禽兽等自然景物，其纯然客观的再现，也是文学描写的典范。仅举《高唐赋》一段为例，可窥其全豹：

> 惟高唐之大体兮，殊无物类之可仪比。巫山赫其无畴兮，道互折而层累。登巇岩而下望兮，临大阺之稿水。遇天雨之新霁兮，观百谷之俱集。濞汹汹其无声兮，溃淡淡而并入。滂洋洋而四施兮，蓊湛湛而弗止。长风至而波起兮，若丽山之孤亩。势薄岸而相击兮，隘交引而却会。崪中怒而特高兮，若浮海而望碣石。砾磥磥而相摩兮，嶾震天之磕磕。巨石溺溺之瀺灂兮，沫潼潼而高厉。水澹澹而盘纡兮，洪波淫淫之溶溔。奔扬踊而相击兮，云兴声之霈霈。猛兽惊而跳骇兮，妄奔走而驰迈。虎豹豺兕，失气恐喙；雕鹗鹰鹞，飞扬伏窜。股战胁息，安敢妄挚？

这是大自然"谲怪奇伟"的一面，还有"猗狔丰沛"的一面，同样为宋玉惟妙惟肖地描绘出来，兹不赘述。宋玉所表现的大自然的美，一是动植万品"不可殚形""不可究陈"的美，如何"夺人目精"，即吸人眼球；二是动植万品的勃勃生机，生生不息的奥妙；三是动植万品的和合状态，"谲怪奇伟"与"猗狔丰沛"两种美的和谐统一；四是动植万品的感性形式，可以从伦理道德和道之形上思辨的笼罩下分立出来，供人独立观赏，让负荷沉重的身心得以解放，转移到另一个世界，享受大自然的清新奇幻。

---

① 《论语·雍也》。
② 刘向：《说苑·杂言》。

5. 俊男靓女之美

宋玉对俊男靓女之美，做过很多精彩的描述和评论。大致有下列内容。

（1）两种性质的体貌美

先说天生的体貌美。宋玉说巫山神女的姣丽，"含阴阳之渥饰"，是天地造就的。至于世间美男美女，以宋玉为例证："臣身体容冶，受之二亲。"即父母遗传起了作用。又："体貌闲丽，所受于天也。"这是上天的作用，既包括父母生养之外，还有人所处的水土等自然环境的因素。再以郑卫的桑间濮上所见美女证之："此郊之姝，华色含光，体美容冶，不待饰装。"这说明，美在天成，美在自然，饰装不会生成美人。这是宋玉关于俊男靓女生成原因的基本认识。

再说人为的体貌美。宋玉认为美人可以包装，饰装可以为美人平添华光色彩。所以他又主张自然美与人为美或饰装美可以融合统一在体貌美上，且不说诱惑宋玉的主人之女有艳装，即如巫山神女也是盛饰、文章，可以收诱人观赏之效。

（2）女性美的构成

宋玉以"弱颜固植，謇其有意些"二句总评女性之美，是为其基本特色。意谓：女性容态柔娆曼曼，身骨矫健轻捷，而情意缠绵深沉。

宋玉认为女性的体貌美当完美无缺。他说，"增之一分则太长""著粉则太白""施朱则太赤"，均是"过"；"减之一分则太短"，又是"不及"，只有分寸不增减，脸庞不着粉施朱，才恰到好处。而"眉如翠羽，肌如白雪，腰如束素，齿如含贝"，也最好不过。宋玉追求的是"中庸之美"，即今人所谓"黄金比美"，或曰"数学和谐美"，这是均衡的美，是美之范型，具有理想化的价值，世人无不追求。

宋玉所说的理想化的女性美，具体表现在以下五个方面。

一是容貌美。眉、眼、唇、齿、面、颜、发、肌、腰、骨等之柔美不可少。所谓眉之翠羽美、眸之精朗美、唇之若丹美、齿之含贝美、面之明月美、颜之温润美、发之曼鬓美、肌之白雪美、腰之束素美、骨之多奇美，均可从巫山神女、东家之子身上得以证之。

二是窈窕美。要数"腰如束素"的楚国美女最惹人怜爱了。瘦美人首选而已，而肥美者也许夺冠，如巫山神女"貌丰盈以庄姝"，弄得楚顷襄王不是"颠倒失据"了吗！但美女无论肥瘦，"体如游龙"才是关键，郑卫舞女的"纤形赴远，漼似催折"，巫山神女的"步裔裔兮曜殿堂。忽兮改容，婉若游龙乘云翔"，"宜高殿以广意兮，翼放纵而绰宽。动雾縠以徐步兮，拂墀声之珊珊"，这些，都是动曲美感、性美感。

三是服饰美。对于美女来说，这是文质关系。"被文服纤，丽而不奇些"，说的是服饰要丰富多样、美观大方，不以怪取胜。如郑女"姣服极丽，姁媮致态"，"珠翠灼爍而照耀兮，华袿飞髾而杂纤罗"。主人之女有"翡翠之钗"，又"垂珠步摇"，还"曒承日之华，披翠云之裘，更被白縠之单衫"，她绫罗花衣着玉体、金银珠玉饰周身，艳丽而富于性感。巫山神女"其盛饰也，则罗纨绮缋盛文章，极服妙采照万方"，且以车代步，"摇佩饰，鸣玉鸾"。宋玉把服饰美视为女性美重要的组成部分，认为可使女性姿态婀娜娇媚、气质高贵典雅。

四是才艺美。郑卫歌伎是职业艺人，都是歌舞大家，这自不待说技艺高超，只看主人之女、郑卫处子这些民间痴女，善用歌诗援琴的方式讲爱情，就是很有才艺的了。

五是情意美。宋玉举郑卫处子"悦若有望而不来，忽若有来而不见。意密体疏，俯仰异观。含喜微笑，窃视流眄"；又举巫山神女"澹清静其愔嫕兮，性沉详而不烦。时容与以微动兮，志未可乎得原。意似近而既远兮，若将来而复旋"。这是指女性的情意美在含蓄、深沉、缠绵和难以琢磨。女子情感往往深藏不露，蓄而不发，发而不竭和发而有节，有时竟是"无声之乐"，费了心思猜测，才会理解，而答案又不一致。这是宋玉对女性情意美的观赏和评论，趣味良多。

6. 情爱之美

宋玉以情爱为审美对象，作《高唐赋》《神女赋》《登徒子好色赋》《讽赋》以为咏叹。他描写情爱，无疑表现出了男女之间情感的美，但他大量涉及男女双方对异性肉体的爱，并采取欣赏的态度，对此后世学界褒贬不一。他的性爱描写内容如下：

巫山神女"闻君游高唐，愿荐枕席"，而楚王"因幸之"。临别献辞曰："妾在巫山之阳，高丘之阻。旦为朝云，暮为行雨，朝朝暮暮，阳台之下。"这是性爱交欢的直接描写。临别献辞含有殷勤之意，盼望楚王到阳台再行云雨，以尽欢乐。此次性爱交欢明朗、快乐、惬意，他俩的审美性愉悦，溢于言外。

巫山神女出现在楚顷襄王面前，"望余帷而延视兮，若流波之将澜。奋长袖以正衽兮，立踟蹰而不安"，以至于"褰余幬而请御兮，愿尽心之倦倦"。主人之女，将宋玉"止其兰芳之室"，而她"曒承日之华，披翠云之裘，更被白縠之单衫，垂珠步摇，来排臣户"，竟至于"以其翡翠之钗，挂臣冠缨，臣不忍视"。她歌曰："岁将暮兮日已寒，中心乱兮勿多言"，"内怵惕兮徂玉床，横自陈兮君之傍。群不御兮妾谁怨？日将至兮下黄泉"。巫山神女、主人之女都成了主动请求性爱交欢者，其渴望的心情、焦灼的情绪，以及放浪性感的诱惑，从其慌乱的、失态的言语举动中表现了出来。

东家之子"登墙窥臣三年"，宋玉"至今未许也"，给痴情美女泼了冷水。主人之女徂床横陈于宋玉身旁，又说"日将至兮下黄泉"，以危言相逼，宋玉回答"宁杀人之父，孤人之子，诚不忍爱"，谢绝了美女的求欢。楚顷襄王请媾巫山神女，结果是："愿假须臾，神女称遽。惆怅伤气，颠倒失据。阍然而瞑，忽不知处。情独私怀，谁者可语。惆怅垂涕，求之至曙。"这是邀爱求欢的男女因失败而至于丢魂失魄、死去活来的窘相，他们深沉的痛苦，无可言状。

《诗经》里也有大量男女恋歌各言其情，例如《周南·关雎》写对淑女的爱慕，"求之不得，寤寐思服。悠哉悠哉！辗转反侧"。虽则有不胜相思之苦，却全然想象之词。《卫风·氓》写男子求爱："氓之蚩蚩，抱布贸丝。匪来贸丝，来即我谋。"借物物交易的机会倾吐爱恋之心，并不出格越规。《小雅·采绿》写思妇搅乱了的心曲："终朝采绿，不盈一掬。"情词凄切，也止于怀念而已。总之，《诗经》恋歌对于人的爱情这种崇高而神秘的感情形式，只作了内心意念的概念化表达，仅接触到其表层特征。而宋玉大胆地谈论性爱，直露地描述人体内部对异性的生物性渴求的欲望，这就抓住了人的爱情深层次特征。宋玉通过人的性欲欢爱的描写，闯入男女之间亲昵情感的神秘迷宫。诚然，离开了性欲、性爱，就无法找到人类爱情的本质。在宋玉笔下，无论天上的神仙，还是世间的凡人，他们永恒的爱情都存在肉体的基础，是精神与肉体相互整合的产物。恩格斯认为，性爱是人类的"自然的、必需的和非常惬意的事情"，凡人都可以公开地议论性爱，而诗人在作品中"表现自然的、健康的肉感和肉欲"，则应予称道。[1] 宋玉谈性爱，你竟看不出他有被道学家斥为"淫声"的顾忌，也不带一丝禁欲主义的虚伪，只觉得是十分自然的事情。

值得注意的是，宋玉写性爱，不光看到它是男女双方交往的生理享受，他还看到了这种复杂情爱活动具有高尚的精神，看到了情爱的社会性。我们立论的根据在于以下两点。

第一，巫山神女为何拒绝楚顷襄王的求爱？

"望余帷而延视兮，若流波之将澜。""褰余襜而请御兮，愿尽心之惓惓。"这说明，巫山神女已经打算同楚顷襄王做爱了。但事情不妙，神女有了新的考量和决定，她"含然诺其不分兮，喟扬音而哀叹。颇薄怒以自持兮，曾不可乎犯干"。她的然诺收回，并表现出凛然不可侵犯的神态，这原因何在？襄王的解释是："怀贞亮之洁清兮，卒与我兮相难。"是顷襄王求欢性急，没有做到"思万方，忧国害。开贤圣，辅不逮"，把楚国治理好？还有，是忘了"王将欲往见，必先斋戒"的叮嘱，没有醮神祭祖，太轻狂无礼吗？抑或是神女要避免同御怀、襄父子的嫌疑？而神女"贞亮""洁清"，顾及"道德评价"，防止不良后果，则是毋庸置疑的。

第二，宋玉谢绝东家之子邀爱、主人之女求欢，章华大夫谢绝郑卫处子野合，原因

① 《马克思恩格斯全集》第21卷，人民出版社，1965，第9页。

何在？

或在僻处或处密室，宋玉答应东家之子、主人之女的邀爱求欢，这一可能性完全存在，他却以谋人性命与享用美女的比较，毅然选择前者舍弃后者。章华大夫幸与溱洧的清明游园，可行男女戏谑甚而夫妇之事，且此在郑国风俗之中，他居然谢绝扮演露水夫妻的春梦，而止于戏谑愉悦。若问个中原因，他们解释说："盖徒以微辞相感动，精神相依凭，目欲其颜，心顾其义，扬诗守礼，终不过差。"这正如《礼记·中庸》所说："莫见乎隐，莫见乎微，君子慎其独也。"章华、宋玉在并无环境干扰、旁观监禁的情况下，践行儒家的"慎独"理念，而以礼义窒息了楚郑美女的性事欲望。

讨论了以上两个问题，可以说宋玉所理解的爱情，是指周公兴礼教之后的社会结构中的人追求异性亲昵的爱。这种两性关系的建立，以人的性欲本能及其生理享受为物质性基础，也以人的伦理道德的实践与体验为精神性支撑。宋玉将礼义与道德带进人的情爱，意在启示人们：观察情爱得从礼义道德对情爱的约束作用入手。假如只有礼义道德，而没有性爱及其生理享受，那么男女之间的情爱，就因失去其物质性基础而不复存在。情爱解体了，男女之间的情感会异化为一般的、普通的关系。相反，假如没有礼义道德，而只存在性欲本能及其生理享受，那么男女之间的性爱就不具有合理性和正当的目的性。正是考虑到情爱中应当有礼义规范与道德约束，宋玉才将巫山神女与楚王的梦魂交会这一神话传说加以现实化的润饰，又对他本人和章华大夫经历的婚外恋情做了理想化的提升，目的在于制作一个情爱示范性版本，要回答的问题是：什么是真正美的爱情？如何处理"好色"与"好德"的矛盾？情爱与道德二者之间有怎样的关系？

巫山神女与楚怀王一见钟情，他们两情相和悦，以"愿荐枕席"与"因幸之"而成交欢，但对待顷襄王的求爱，巫山神女却大为犹疑："含然诺其不分兮，喟扬音而哀叹。"以至于断然拒绝："颀薄怒以自持兮，曾不可乎犯干"，最终靠道德的力量战胜了与顷襄王有瑕疵的暧昧纠葛。宋玉借巫山神女的传奇故事，告诉人们：性爱天经地义，性爱圣洁无瑕，但应受礼义道德的约束而取慎重态度。巫山神女追求真正美的爱情，她将爱情与礼义道德完美地结合起来，她是个唯美主义的爱神。这是宋玉塑造的忠贞纯洁的爱的典范。

但是，现实生活中的情爱却纷纭复杂得多。在先秦时期，士大夫谁都会避"好色"之嫌，而乐受"好德"之誉。孔子私会有淫行的卫灵公夫人南子，他怕背不合乎礼不由其道的污名，连忙向子路发誓说："天厌之！天厌之！"① 宋玉在楚王面前极力证明："好色者"

---

① 《论语·雍也》。

是登徒子而非他宋玉。孔子曾感叹说："吾未见好德如好色者也。"① 宋玉不厌其烦地讲述他和章华大夫谢绝婚外女子求欢示爱的故事，意在说明他们是以好色之诚而好德的榜样。不过，宋玉更强调的是，他们和孔子毕竟不同。孔子以"好色"为"非礼"，在"勿视""勿听""勿言""勿动"②的禁忌之内。而宋玉却不否定"好色"，还给婚外恋情以若干的生存空间。他们提出与孔子相对应的命题，以"目欲其颜，心顾其义，扬诗守礼，终不过差"的箴言，告诉人们：只要不违背礼义，不越规淫乱，何须闭目塞耳，尽可以观赏异性的容颜姿色、品味异性的优美情意。婚外床笫之欢不可触碰，终归要守住礼义，不能犯错误，但在言语上与精神上，却可以与钟情者相互唱和、赞赏、安慰、依恋。"微词相感动，精神相依凭"的原则，既认同了两性之间婚外的情爱交往及其在心理上、精神上的审美享受，又给热衷者以道德禁令，使情爱遵循着礼义的规范有序地生存与发展。

当爱情面临冲突之时，孔子只以礼义道德为唯一至上的旨趣而加以维护，但宋玉却另有选择，他把礼义道德与性爱情恋同时视为人的感性自然的欲求，当作内心深处玩味的对象从而获取相互不可替代的审美愉悦。而这，正是主体的情的自由意志和个性化的体现。

宋玉在正常的婚恋之外，又讨论非正常的婚外恋；在忠贞纯洁的情爱之外，又研究带瑕疵的情爱。他放开视野，全面深入地观察性爱、情爱与礼义道德之间的关系，他试图在人的这一特殊的、神秘的生理、精神、社会的领域发现平衡和谐。他以艺术论证的方式探讨情爱具有丰富深刻的本质，认为它是性欲本能的生理享受与心理享受的结合，是肉体的爱与精神的爱的结合，是感性自然的诗意激情与理性体验的统一。情爱会给人们带来欢乐，也会造成痛苦；情爱会因感情膨胀、扩大而让人在言语、举止、精神、心理上表现异常，也会因理性的控制而回归冷静和道德检验。宋玉揭示的情爱所具有的各方面的内在本质及其审美特征，以及他开了以性爱为基础的情爱描写的先河，这些都表现出宋玉追求人性解放和个性自由的强烈意识、自觉精神，在美学史、文学史上是重大的贡献。

7. 歌舞之美

宋玉将歌舞列为审美对象，对它的绚丽之美进行观赏。他所说的歌舞之美，可大致归纳如下。

首先，歌伎舞女的精心扮相：

> 姣服极丽，姁媮致态。貌嫽妙以妖冶，红颜晔其阳华。眉连娟以增绕，目流睇而

---

① 《论语·子罕》。
② 《论语·颜渊》。

横波。珠翠灼爍而照耀兮，华袿飞髾而杂纤罗。顾形影，自整装。顺微风，挥若芳。动朱唇，纤清扬。（《舞赋》）

这里说，歌舞者先须"自整装"，目的是"顾形影"，即扮出一个美的形象出现在观众面前。服装则"华袿飞髾而杂纤罗"，佩饰则"珠翠灼爍"，全身还得杜若挥香，再有发长曼鬋、眉娟增绕、目泛秋波、唇朱微启，就完成了"姣服极丽，姁媮致态"的精心扮相。服饰有艳丽之美，情态有和悦之美，即可激起观众赏美的欲望。由此可以说，宋玉是艺术表演的化妆美学奠基人。

其次，歌舞者眉目传情，与观者心灵沟通。

宋玉举郑卫舞女"眉连娟以增绕，目流睇而横波"；又举九侯淑女"蛾眉曼睩，目腾光些。靡颜腻理，遗视矊些"，再举楚之女乐"美人既醉，朱颜酡些。嬉光眇视，目曾波些"。宋玉认为人的眼睛最能传神，故极尽其闪光生辉、脉脉含情、用无声语言说话之妙，这是强调歌舞者须与观赏者做心灵沟通，表达台上台下同乐欢度的心情，且可展示美色与艺术的魅力。东晋画家顾恺之说："四体妍蚩本无关妙处，传神写照正在阿堵中。"[1] 宋玉以眼神增添审美效应的思想，对顾恺之提出"传神写照"的美学命题，无疑产生了直接的影响。

再次，歌舞者的动作、造型及旋律节奏有青春活力。

宋玉在歌伎舞女体态柔美、仪容高雅、服饰娇艳之外，又要求歌舞表演应具有整齐、对称、节奏、旋律的美。歌舞者俯仰来往、飞散合并、案次递进、横出谲起、回身急节、赴远催折等舞姿和造型的表演，能以缓急有致、刚柔相融、腾挪迭宕、变幻灵活的旋律，收到"观者称丽，莫不怡悦"的审美效果。宋玉赞叹"纤縠蛾飞，缤焱若绝，体如游龙，袖如素蜺"的艺术意象，因为它洋溢着情和艺的美，释放着饱含美的内在青春和情感生命的活力、张力和爆发力，显现了人的自由精神在高扬。

再次，以"造新歌些"而改革音乐。

古代舞蹈与音乐密不可分，手之舞之、足之蹈之的同时，会有歌咏伴唱。宋玉讲了舞蹈的改革，又提出"陈钟按鼓，造新歌些"的主张，进行新音乐的创造。

先说歌诗的创造。从"绝郑之遗离南楚兮，美风洋洋而畅茂兮。嘉乐悠长俟贤士兮，鹿鸣萋萋思我友兮"数句，得知宋玉将"美风""嘉乐"之誉，赠予南楚之音。其"书楚

---

[1] 《世说新语·巧艺》。

语，作楚声，纪楚地，名楚物"① 的语言形式，荆楚人众耳熟能详、喜闻乐见，故可广为传唱。宋玉又明确提出"结撰至思，兰芳假些"的命题，要求新声的歌辞，当如散发出芬芳的花草一样艳丽。在屈宋的倡导下，文艺创作一反《诗经》与礼乐语言质朴而变为屈骚宋赋的华美。这个美学倾向性的转变，引导诗词歌赋的文风自此趋奇，其意义巨大。

后说歌乐的创造。宋玉关于声乐革新也有独到见解。中国古代讲求宫、商、角、徵、羽五声的相互配合，而不用七声音阶中两个不稳定音，否则会失去稳重。雅乐重齐奏、故其曲调单一，节拍缓慢，但可保持严整方正。然而宋玉喜爱新声的音乐之美，推崇它的表现形式。"引商刻角，杂以流徵"，还有"吟清商，追流徵"，都是对五声的音阶调式做某种调整、修饰，变成新的调式。《笛赋》提及的荆轲之易水壮歌，他先唱"变徵之声"，后"复为羽声"，是采用了七声音阶中不稳定调式。舞乐之始"抗音高歌"，笛声鸣叫"激叫入青天"，这无疑要用高音。而"变曲羊肠坂，揉殃振奔逸"，则是随着至情的宣泄，发生了窄单、低音与宽单、高音的相互转化。音调、音程、音色等的丰富多样和适时变化，造就了新声优美和富于情趣的音乐风格。宋玉推崇这种歌乐的革新，是要把孔子"哀而不伤，乐而不淫"② 的清规戒律抛在一边，以赢得大众的欢迎。

最后，楚国新乐"独秀先些"。

对楚国宫廷的艺术表演，《招魂》说："二八齐容，起郑舞些"，"吴歈蔡讴，奏大吕些"，"郑卫妖玩，来杂陈些"，而最令人叫座的则是"宫廷震惊，发《激楚》些""《激楚》之结，独秀先些"。《舞赋》说："臣闻《激楚》、《结风》、《阳阿》之舞，材人之穷观，天下之至妙。"这里，宋玉表明了两个重要观点，一是楚国新乐是在楚国歌舞乐的基础上，吸纳了赵代之讴、郑卫之风、吴越之音等众多新声的精华，经楚文化与中原文化交融而形成的南国综合艺术。二是宋玉以"震惊""独秀""穷观""至妙"等赞辞，对楚国新乐的艺术水平和审美价值做出高度评价，认为它"一枝独秀"并"先声"于文坛，优于雅乐，也优于其他新乐，代表了艺术发展的方向。宋玉否定儒家传统成见，把孔子冠以"淫声""邪僻之音"污名的新声，竟然视为天下至美，其胆识卓越，更有意凸显两种截然相反的伦理道德美学与艺术美学的对立，以期引起人们的重新思考与选择。

8. 游戏之美

宋玉重视人的精神娱乐，他讲述了三种娱乐活动。

---

① 黄伯思：《翼骚序》。
② 《论语·八佾》。

顷襄王令唐勒、景差、宋玉论道的大、小，是以游戏为包装的，此即后人俗语所称"摆龙门阵"，或曰"吹牛"。顷襄王以极言大、小为目标，比赛输赢，大言者赐"上座"，小言者赐"云梦之田"。这是知识、智力和想象力的拼比，结果由"智术""博雅"者宋玉夺魁。顷襄王觉得这次"吹牛"有趣好玩，自任裁判，又当运动员，"唏"地一笑，率先与赛。虽然自己也输了，还是兑现了自立的奖项。

玩六簙、呼五白，是象牙棋博弈，很有刺激性。两人对局，先投筹后走棋。"成枭而牟，呼五白些"，经过对垒、僵持、格斗、厮杀，决出胜负。"分曹并进，遒相迫些"，参赛者全神贯注，体验克敌制胜的乐趣，为之雀跃异常。

先秦时期，人们的夜生活也很有意思。"铿钟摇虡，揳梓瑟些。娱酒不废，沉日夜些。"大家玩乐器、饮美酒，同时"结撰至思""同心赋些"，用赋诗吟唱的形式，来表达欢乐的心情。

宋玉重视人的精神娱乐，提倡高雅健康而富于趣味的游戏，以放松人过于紧张的身心，使之得到宽解。他认为，游戏最大的作用，是以"乐"让人"尽欢"。

9. 建筑室居之美

宋玉赞赏的建筑和室居之美，所达到的文明程度，即如今人也会惊叹。"像设君室，静闲安些"，这是人建居所的目的。有了清静、闲适、平安的屋舍，人的身心健康才有保障。宋玉立足于"君室"之"静闲安"，来展现建筑室居各方面的美。

环境风水美。楼阁"临高山些"，是依山而建；又"川谷复径，流潺湲些"，是傍水而立。因风水好、环境美，居者的整个身心可得到大自然的光、风、曲池、琼木、花草的滋润养护。只要"坐堂伏槛"，流潺、曲池，还有蕙兰、芙蓉、芰荷、紫茎等各种花木，绘成的美丽图画，则尽收眼底，而使人怡悦。豹饰者守护于"陂陁"，步骑者侍卫于"户树"，显得威严而不可侵犯，生命财产也有了保障。

建制格局美。"高堂"带着"邃宇"，又附"累榭"，主副兼备，有匹配之美。"堂"作外厅，"奥"充内室，其中又设置"洞房"，各有所用；而且"冬有突厦，夏室寒些"，即冬暖夏凉。总之，建制格局既有美的形制，又舒适方便。

家居修饰美。"网户朱缀，刻方连些"，即朱红色大门呈雕空网状花格子。高堂内"翡帷翠帐"，栋梁上如"玄玉"泛光，板壁用"朱砂"涂绘，屋椽则画"龙蛇"图像。奥室以朱红竹席装饰顶棚，墙壁磨得光洁明亮，翠羽掸子挂在玉钩上。色似翡翠的锦被缀满珍珠，细绢罩在墙壁，绫罗做成床帐，五彩丝带饰以玉璜挂帐旁。战国时期的室居作如此富丽堂皇的装修文饰，其美豪华侈靡，反映出当时的贵族有着较高的审美水平，工匠的创造能力也不平凡。但这种豪华侈靡之美，只为贵族所用，所谓九侯淑女"姱容修态，组洞房些"，即是证明。

10. 饮食肴馔之美

且看楚国宗族祭礼"食多方些"：口粮，有稻、粢、稦、麦、黄粱；肉食，有肥牛腱、鳖、羔、鹄、凫、鸿、鸧、鸡、蠵；汤，有羹；点心，有粔籹、錤、锃、饵；饮品，有瑶浆、挫糟、蜜和冻饮。美食品种丰富多样。次说烹艺高超巧妙：臑，即炖煮；炮，即裹而烧之；煎，即置油而烤；露，即卤制；腤，即红烧。再说美味：酸、苦、咸、辛、甘五者俱全。先秦时期，烹饪讲求"中和"，如烧吴羹时要"和酸若苦"，炖鳖炮羔时要用"柘浆"调味。肥牛腱要"臑若芳些"，卤鸡红烧龟肉要"厉而不爽些"，挫糟饮要"酎清凉些"。无论哪类食品，何种烹制方法，都有特殊的美味要求。还有颜色："瑶浆""琼浆"，形容美酒颜色如玉；至于"露鸡腤蠵"，必有适度的红色："鹄酸臇凫"，鹄因醋烹而呈浅紫，凫汤当浓而色质重。宋玉懂得，美食文化是以谷、荤、酒养人口腹身体，同时还要给人以精神愉悦，所以他讲的先秦美食，特别注重烹饪艺术的观赏性和食物形、色、香、味的享受。

11. 田猎之美

云梦泽草丰水美，楚怀、顷襄两代君主都爱入此畋猎。满载而归，并致人与自然和谐统一，成为双美，是君主畋猎的最高目标。楚怀王延请众多方士，为他祭天神、地神和动物神，"传祝已具，言辞已毕"，礼仪一丝不苟。娱神在前，纵猎在后，必可得神灵保佑，而"举功先得，获车已实"。然而，楚顷襄王冒天下大不韪，竟亲自射杀神兽兕，使灵魂受惊，卧病郢都。他破坏了人与自然的和谐共存，故受到上天的惩罚。所以，君主畋猎的收获多寡，仅为次美，首美是人兽相和、天人相和。

君主也爱畋猎场面的壮美。楚怀王"乃乘玉舆，驷苍螭，垂旒旌，旆合谐。纲大弦而雅声流，冽风过而增悲哀。于是调讴，令人愀恍惜凄，胁息增欷。于是乃纵猎者，基趾如星"。楚顷襄王"青骊结驷兮，齐千乘，悬火延起兮，玄颜烝"。人马簇拥，旒旌招展，猎火冲天，冽风劲吹，合成宏大壮观的场面。加以大弦雅音、愀恍调讴，响彻云天，最可鼓舞人心，使猎者斗志昂扬。

还有猎技的精湛美，是君主所好。向导"诱骋"于车马"骤处"，迈步间或"抑骛"，左右自如，为君主侦察猎物，选取目标。当目标锁定，千钧一发之时，"传言羽猎，衔枚无声。弓弩不发，罘罕不倾"，这是围猎的要诀。瞬间的寂静、僵持过后，千军万马，从天而降，"涉漭漭，驰苹苹。飞鸟未及起，走兽未及发。弥节奄忽，蹄足洒血"。诱骋的机警，羽猎的果决，主力的迅雷不及掩耳，君主的指挥若定，几者合美，即将猎物把玩于股掌之中。

12. 巫鬼之美

《招魂》《高唐赋》《神女赋》保存了氏族巫术文化的精华，那神话传说至今震撼着人们的心灵。其中具有鲜明个性的人和鬼神形象，体现出古典理想的美。为"魂魄离散"的楚王招生魂的上帝与巫阳，不停地嘱咐人类："天地四方，多贼奸些"，"不可以托些"，"不可以久淫些"，"恐自遗贼些"，"不可以久些"，"往恐危身些"。他们用超自然力的智谋和力量，来拯救苦难的人类，是何等的诚挚、热忱和善良！巫山神女叮咛处于危难中的楚君："思万方，忧国害。开贤圣，辅不逮。"又温情款款地"愿荐枕席"于楚王。她关怀楚国的命运和人民的繁衍生息，表现得何其庄严完善！诸如此类的巫鬼神灵，他们兼具神性与人性，并不在礼法专制的社会中生活，不受伦理和律法的约束，有完整充分的自由，随来随去，或为或息，展现出伟大的主体精神。黑格尔评论普罗米修斯的艺术形象时说："人的东西构成真正美和艺术的中心和内容。"[①] 拿这话来看宋玉笔下的巫鬼神灵，他们对人类施以人道式的帮助，他们活动的内容，表现出的精神和贯彻终极的目的，完全是人文主义的版本，是属于"人的东西"。因此可以说，宋玉的巫鬼艺术堪称真正美的艺术。宋玉借神话传说、巫术文化形式，表现出的巫鬼之美的内蕴，是多么丰富和深邃啊！

以上所述的 12 种美，是从宋玉的审美经验中概括出来的，带有概念性的含义。《神女赋》在夸赞巫山神女具有"无双""无极"的美时说："毛嫱障袂，不足程式；西施掩面，比之无色。"所谓"程式"，即美所具有的普遍性、规律性的特征。宋玉无论观赏美还是创造美，都力求把握各种美的"程式"，他要为各种美提供一个客观的标准，成为范式，便于对审美对象进行抽象化的观赏。宋玉追求美所表现出来的自觉意识和清醒认识，对后人启发很大，后人谈论美、观赏美，往往渊源于宋玉的范式，或者是对宋玉范式的生发而已。

---

① 黑格尔：《美学》第 2 卷，朱光潜译，商务印书馆，1996，第 163 页。

论两宋理学家文道观的类型、特征
及其内在矛盾性[*]

王培友^{**}

【内容提要】　　两宋理学家的文道观是较为复杂的。大致而言，主要有三："重道轻文""文道两分""调适文道"。其中，"重道轻文"又可以分为两种情况，一是一些理学家在"重道"的核心下，也不否定"文"的地位和价值；二是一些理学家只"重道"而全面否定"文"。理学家的上述文道观，是有矛盾性的。从理学家个体而言，一些理学家的文道观表现为几种倾向都有，甚至还表现出相互矛盾的取向；就理学家群体而言，他们的文道观取向也是不一致的。

【关键词】　　两宋　理学家　文道观　类型

两宋理学家的文道观主张，事关我们对"理学诗""理学诗派"及其统属的"邵康节体""语录体""乾淳体""俗体"等文学现象进行正确评价，也影响到我们对理学诗诗境生成、诗格建构等问题进行学术研究。自南宋中期以后，很多人贬低理学诗、理学诗派乃至宋诗的历史地位，中间自有其复杂的社会和学术原因，但一些学者对理学家的文道观主张认识不足或者产生误解，亦为其中重要因素。直到当前，还有很多学者经常以程颐的"作文害道"说来对理学诗人、理学诗和理学诗派的文学史价值进行定位，全然忽视理学家文道观主张的复杂性。而另一方面，由于很多学者对理学家的复杂文道观不甚了解，特

---

　*　本文为国家社科基金项目《宋代诗学精神的理学文化观照研究》（10BZW044）的阶段性研究成果。本课题为中央高校基本科研业务费专项资金资助。

　**　王培友，文学博士，北京语言大学人文学院副教授。

别是没有注意到"道学之士"（理学家）与"文章之士"（文学家）文道观主张的异同与联系，因此又有拔高理学家文道观历史地位的情况。由此看来，对理学家文道关系处理方式进行研究，有重要的学术价值。

对纷繁复杂的两宋理学家关于文道观的相关论述进行细致梳理可见，理学家的文道观类型主要可以概括为下列三种情况。

一　理学家"重道轻文"的文道观

就理学体系和理学家而言，他们关注的焦点问题，自然是以成就"内圣"为目的的心性存养之学，他们力图通过内在的道德存养而提升道德伦理品格，进而实现天地万物与人的相互贯通。依此推断，理学家对于"文""道"关系处理方式的探讨，其着眼点和关注重心自然会放在"道"上。但实际上，理学家对于文道关系的认识和把握要复杂得多。大部分的理学家，他们的文道关系主张虽然各有特点，但都在重视"道"的前提下，承认文以载道、文以贯道、文以明道，可以说，对"道"的关注，是理学家文道关系中最为突出的一点。在"重道轻文"的前提下，可以再以理学家"重道"的程度为考察角度，把理学家"重道轻文"的文道观细分为两种。

第一种，重"道"而"轻"文。大多数的理学家，虽然都是重道轻文，但也并不否定"文"的价值和地位，只是把文看作求"道"的工具和手段，只有服务和服从于"道"，"文"才有存在的合理性和前提。坚持这一观点的主要代表人物，有周敦颐、程颢、邵雍、朱熹、王柏等。

周敦颐提出了"文以载道"的著名观点："文所以载道也。轮辕饰而人弗庸，徒饰也，况虚车乎！"[1] 周敦颐把"文"比作载物的"车"，以为"文"之功用在于载"道"，只有完成其"载道"之功用，"文"才算具有存在的合理性。他又说："文辞，艺也；道德，实也。笃其实而艺者书之，美则爱，爱则传焉。贤者得以学而至之，是为教。故曰言之无文，行之不远。"[2] 这里，他以为"文"对于"道"而言，是载体，是工具；而掌握"文"这一工具的人，是艺者。艺者的作用是使作为工具的"文"更好地承载"道"，如此，方能使"道"得到更好的传播。不过，周敦颐还是对"文"的功用性给予了肯定，他认为，"文"之作用是"载道"能够更好地为人所接受，因此是有益于"道"的。反

---

① 周敦颐：《周子通书》，上海古籍出版社，2008，第39页。
② 周敦颐：《周子通书》，上海古籍出版社，2008，第39页。

之，如果"文"无助于传道，则"文"就降低到"艺"亦即"技巧"的功用层面，"文"也就失去了存在的价值："不知务道德而第以文辞为能者，艺焉而已。"① 他又言："圣人之道，入乎耳，存乎心，蕴之为德行，行之为事业。彼以文辞而已者，陋矣。"② 这也说明，他是把"文"看作手段而把"求道"作为目的的。传统的儒学文道观，自孔子提出"辞达而已矣"后，"文"一直是为了"传道"而存在的，不过，此中之"道"，在周敦颐之前的儒者那里，一般是经世致用为主，而周敦颐则把"文"之用转换为以文辞"明道德"，这显然是他的独特之处，这种转换，为宋代理学家开辟了以内向性的心性存养来界定"道"的先端。虽然陈襄、徐积等人已有类似做法，但真正对宋代文化、文学产生重大影响的，还是要算周敦颐。

程颢提出"学者须学文，知道者进德而已"③，这里，"文"的含义应该是"知识"，但程颢强调以"求道"为本而以"为文"为末，即使不反对"为文"，此"文"亦是"知识"之义，此关乎"学"而非"德"。又，程颢语："兴于诗者，吟咏性情，涵畅道德之中而歆动之，有'吾与点'之气象。"④ 这里，诗歌成为体贴先贤之"道"的方法和手段。可见，程颢欲于静中体贴天地万物与人生之浑沦，常常强调以"吟风弄月""体贴生意"为手段，以诗歌的"感兴"来求"道"。程颢虽然重视"文以载道"，但他重文的目的在于"求道"则是无疑的。

邵雍在《击壤集》序中提出了他写作诗歌的目的，亦即以"观物"而见性求道。他以为写作诗歌的目的是"自乐""乐时""与万物之自得"。接着，邵雍论证了可以从"诗"与"音"了解、把握诗歌创作者的"志"与"情"的原因。他以为"诗"一旦被创作出来，那么，它就成为现象界的"物"，反映了创作主体的"志""情"，这两者都是创作者的内心或因"时"或因"物"而发之于外，所谓"言""声""音"，都是"诗"的载体形式，逆而推原，可知创作者的"心"，亦即其认知理性与道德理性所在。这样，邵雍就凸显了诗歌的认知功能，并同创作主体的个体素养结合起来，为从"心"体出发肯定诗歌的地位作了铺垫。在历述了当时人诗歌因为"溺于情"而"伤性害命"之后，邵雍提出了他主张诗"乐"功用观的根本价值所在，既然"心"感物而为情，溺于情必伤"心"，"心"伤则必害性。由此，邵雍提出了他写作诗歌的目的，亦即以"观物"而见性求道。邵雍强调了名教之乐在于去"情"，在于体察性体、心体、道体，一旦达到这一境

---

① 周敦颐：《周子通书》，上海古籍出版社，2008，第39页。
② 周敦颐：《周子通书》，上海古籍出版社，2008，第41页。
③ 程颢、程颐：《二程遗书》，上海古籍出版社，2008，第70页。
④ 朱熹编，严佐之校点《朱子全书外编》卷四三，华东师范大学出版社，2010，第460页。

地，则外物包括死生荣辱皆已忘却。

朱熹同样强调文与道的关系为本末关系，"道"为主而"文"为末："文皆是从道中流出，岂有文反能贯道之理？文是文，道是道，文只如吃饭时下饭耳。若以文贯道，却是把本为末。以末为本，可乎？其后作文者皆是如此。"① 朱熹批评"文者，贯道之器"②说，显然他以为若承认文能贯道，则出发点是强调"文"的独立性和主体性，那么，"道"则很容易成为"文"的附庸，这就免不了倒置了文与道的关系，只有把"道"视为根本，才能把考虑文道关系的出发点和极终目的放在对"道"的体用等方面的考量上，如此，才能摆正文与道的关系。由此出发，他批评苏轼说：

> 东坡之言曰："吾所谓文，必与道俱。"则是文自文而道自道，待作文时，旋去讨个道来入放里面，此是它大病处。只是它每常文字华妙，包笼将去，到此不觉漏逗。说出他本根病痛所以然处，缘他都是因作文，却渐渐说上道理来；不是先理会得道理了，方作文，所以大本都差。欧公之文则稍近于道，不为空言。如唐《礼乐志》云："三代而上，治出于一；三代而下，治出于二。"此等议论极好，盖犹知得只是一本。如东坡之说，则是二本，非一本矣。③

朱熹强调"道"为根本，而"文"为枝叶，否定苏轼的文、道二元观点，而实际上，朱熹考究文、道之先后关系，关系到创作主体是先对"道"领悟再为文，还是先为文再去塞进"道"，这就涉及"文"的内容是否不为"空言"，亦即载"道"是否胜任得体的问题，就此而言，对"文"与"道"关系的探讨，自然是非常重要的。他在谈及作"文"时，亦云："一日说作文，曰：'不必著意学如此文章，但须明理。理精后，文字自典实。伊川晚年文字，如《易传》，直是盛得水住！苏子瞻虽气豪善作文，终不免疏漏处。'"④依朱熹哲学思想而言，此中之"理"当然是与"道"有关。由此他批评自孟子、韩愈至欧阳修的重文轻道倾向，他对孟子之下战国诸人，以及韩愈、欧阳修等的重文而轻道给予了批评，其基本的出发点仍是区分文、道关系。朱熹对为了写好文章而"弊精神，糜岁月"的弊病进行了批判，由此越发看出"道"居于"文"的核心位置和重要性了。

总结而言，上述理学家都具有重道轻文的倾向。他们都是从"文"与"道"的关系

① 黎靖德编，王星贤点校《朱子语类》，中华书局，1986，第3305页。
② 黎靖德编，王星贤点校《朱子语类》，中华书局，1986，第3305页。
③ 黎靖德编，王星贤点校《朱子语类》，中华书局，1986，第3319页。
④ 黎靖德编，王星贤点校《朱子语类》，中华书局，1986，第3320页。

立论，而以"道"为"文"之根本，在重"道"的同时，也给予了"文"一定的地位，并没有否定"文"的价值和存在的意义，只不过是把"文"的独立性降低了，在他们眼里，"文"的教育功能、审美功能、社会功能等，都被降低甚至被忽视，能否载道、是否有助于"道"的传播与承传，才是这些理学家关注的焦点。

第二种，重"道"而忽视"文"。"文"成为求"道"的障碍物，"文"的价值和地位被完全忽视。一些理学家以是否有助于"传道""求道"为标准，而全面忽视"文"。他们或者强调作文"甚害事"，主张"文不当轻作"；或者纯以"道"为标准去取。在他们看来，"求道"的途径与手段很多，对"文"的研究和学习，势必会引起实践主体精力投放的转移，这对于"求道"是有害的，因此，一些理学家得出了"作文"无助于"求道"的结论。这一文道关系的认识，虽然在理学家而言是较为特殊的情况，坚持此一文道观的理学家并不多，但因为它把理学家文道观中对"道"的主张发挥到了一个极致，凸显出理学家对文道关系关注的焦点问题，因此，千百年来一直被认为是理学家文道观的主体观点，影响到后世文史专家对理学家文道观的文学史地位的评价。因此，对此进行深入剖析，是很有意义的。这一类理学家中的代表人物，要算程颐、杨简、吕大临、真德秀等。

其中，程颐论及"为文"与"学道"的关系，长久以来都被文学史家看做是理学家文道观的重要代表，但实际上，理学家的文道观十分复杂，程颐只不过是把其中一种倾向发展到极致罢了，实际上他的文道观主张，远不能代表两宋理学家的文道观。而且，程颐的文道观主张，并非单一的"作文害道"。他说："凡为文，不专意则不工，若专意则志局于此，又安能与天地同其大也？……古之学者，惟务养情性，其他则不学。"① 程颐所云"作文甚害事"，其基本的出发点是强调"求道"应该全力以赴，"惟务养情性"，"作诗"与"养情性"是无关的，这就显示出程颐理学体系的深刻矛盾性。如他讲"古之学者惟务养情性，其它则不学。今为文者专务章句，悦人耳目，既务悦人，非俳优而何？"② 又说："向之云无多为文与诗者，非止为伤心气也，直以不当轻作尔。圣贤之言，不得已也。盖有是言，则是理明；无是言，则天下之理有阙焉。……后之人，始执卷，则以文章为先，平生所为，动多于圣人。……反害于道必矣。……在知道者，所以为文之心，乃非区区惧其无闻于后，欲使后人见其不忘乎善而已。"③ 显而易见，程颐把"为文"等同于"害道"的手段，而非求"道"的助力，这与他反复强调的"格物致知"是有矛盾的。显

---

① 程颢、程颐：《二程遗书》，上海古籍出版社，2008，第90页。
② 程颢、程颐：《二程遗书》，上海古籍出版社，2008，第291页。
③ 程颢、程颐：《二程文集》卷十，台北商务印书馆影印文渊阁四库全书本，1983，第697页。

然，程颐关注的焦点，是为"文"必然"用功"，因此定会导致实践主体的精神聚焦于"文"上，反而生疏了"道"，故程颐反对学"文"。整体而言，程颐主张"作文害事"对"文"的贬低和轻视，较之承认"文以载道""明道""贯道"等，更加退步了。这种认识，把"文"定义在章句，即文学表现方面，片面强调文学的形式与技巧，而无视文学的内容、题旨等对于"道"的承载与传播，以及"文"对于抒发创作者情志的作用，这种认识显然是有害的。

杨简也对杜甫、韩愈有所批评，认为他们文章"巧言""谬用其心"："相如至于见贤，韩愈至于宣淫，岂不异哉！差之毫厘，谬以千里，胡可忽也。况所差犹不止于毫厘乎。草圣之差远矣，宣淫之差，不知几千万里矣。"① 他又对文士"惟陈言之务去"进行了抨击，由此出发，他连带对"材艺之士"因此而碍于求"道"进行了思考："世间多材多艺者不少，学者回顾己之愚拙，未可以为愧。材艺之士多为材艺所惑，不能进学，未若愚拙有心于道。"② 关于文、道的关系，他得出结论说："文词为学道之蠹。"③ 可见，杨简对"道"的推崇是有过之而无不及的，"文"较之"道"而言，已经成为求"道"的阻碍和束缚了。他有"咄哉韩子休污我"④，"勿学唐人李杜痴"⑤ 等，真实地反映出他的文道观。坚持这一文道观的，还有同作为程颐学生的吕大临等。⑥ 可见，程颐及其部分门人，其文道观是重"道"而忽视"文"的。

而南宋后期的真德秀，其文道观很独特，他所言之"文"完全以义理为本。他讲："汉西都文章最盛，至有唐为尤盛，然其发挥理义，有补世教者，董仲舒氏、韩愈氏而止尔。……至濂洛诸先生出，虽非有意为文，而片言只辞，贯综至理，若太极西铭等作，直与六经相出入，又非董韩之可匹矣。……忠肃彭公以濂洛为师者也，故见诸著述，大抵鸣道之文，而非复文人之文。"⑦ 显然真德秀推崇的是以义理为本的"文"。把"发挥理义，有补诗教"看做是"文"之根本，而把其他之"文"，包括欧阳修、曾巩、苏轼写作的那些除了与"道"有关的"文"，都视作"文人之文"，在被贬斥之列。真德秀在文道关系上，是以"道"为本而以"文"为末的。但真德秀心中之"道"，却有其独特性，他在关注内省的道德存养的同时，也对经世致用的儒学之道，表示出一定的重视："夫士之于学，

---

① 杨简：《慈湖遗书》卷十五《家记》，台北商务印书馆影印文渊阁四库全书本，1983，第854页。
② 杨简：《慈湖遗书》卷十七《纪先训》，台北商务印书馆影印文渊阁四库全书本，1983，第886页。
③ 杨简：《慈湖遗书》卷十七《纪先训》，台北商务印书馆影印文渊阁四库全书本，1983，第890页。
④ 杨简：《慈湖遗书》卷六《偶作》之二，台北商务印书馆影印文渊阁四库全书本，1983，第672页。
⑤ 杨简：《慈湖遗书》卷六《偶作》之五，台北商务印书馆影印文渊阁四库全书本，1983，第673页。
⑥ 吕祖谦：《皇朝文鉴》卷二十八，台北商务印书馆影印文渊阁四库全书本，1983，第286页。
⑦ 真德秀：《西山文集》卷二十六，台北商务印书馆影印文渊阁四库全书本，1983，第577页。

所以穷理而致用也。文虽学之一事，要亦不外乎此，故今所辑，以明义理切世用为主，其体本乎古，其指近乎经者，然后取焉。否则，辞虽工亦不录。"① 大致而言，除了极少人如程颐、真德秀等，两宋理学家对于文道关系的认识，虽然重道轻文，但也很少有人像程颐一样，把作"文"看作有碍于"道"。这种认识显然是比较极端的，即使按照理学的观点而言，也是有问题的。这是因为，既然强调"格物致知"，那么，作为世界万物之一种，对"文"的规律和本质的认识，自当推断出与人的性命道德有关的"理"来，这一"理"应与"道"在本体上相一致。如果把作"文"视作与求"道"相抵触，那么，必然导致其理学体系的矛盾性。

理学家的上述文道观，其共同点在于这些理学家都以"文"为"道"的附庸，为形式，为工具；而道为本体，为根本，为目的，"道"对于"文"而言，居于支配地位，为此，可以舍弃"文"的特质而纯粹以落实"道"为准则。显然，持此论之理学家，其理论的出发点和思想之归宿，都是站在"道"的立场上来立论，为了践履其"道"，往往轻视乃至忽视"文"的独立地位与价值。在这些理学家的文道关系认识上，"文"的体用、规律、内容与形式等因素，都被定位在能否为"道"服务和如何提供好的服务上，"文"的独立地位往往被贬低。

二 理学家"文道两分"的文道观

一些理学家承认"文"与"道"都具有各自的独立性，由此，他们也就对"文""道"的各自规律进行探索，提倡不以此规范彼，也不以彼约束此，强调文、道两者具有各自的运行发展规律，具有各自独特的内容与形式，其中任何一方都不是另外一方的核心、根本或者目的而存在，"文"不再是"道"的载体，"文"的功用也不仅仅是载道、贯道或者是传道，"道"与"文"的关系是一种平等的关系，这两者可以有联系，能够相互沟通，但不再是谁决定谁的关系。坚持这一文道观的理学家，以汪应辰、朱熹、吕祖谦、吕本中、魏了翁、杨时等为代表。从理学思理而言，坚持文、道两分的理学家，必定是少数的。因为，如果承认两者两分，则理学家体贴出的"天地万物一理"必定内在地具有了矛盾性。而通过现存文献来看，坚持文、道两分的理学家，确实也是比较少的。

坚持文、道两分的理学家，比较有代表性的是南宋的汪应辰。他主张："古之学者非有意于为文也，其于天下之义理，讲习之明，思索之精，蕴积之富熟，既已昭晰而无疑，

---

① 真德秀：《文章正宗纲目》，台北商务印书馆影印文渊阁四库全书本，1983，第5页。

从容而自得，其发于文字言语也，如指白黑，如取诸左右……后之人读其书诵其言，见其明白纯粹，美善并具，而不可几及也……于是有以文为，诸儒倡者则曰文以仁义诗书为本……然其意则主于为文，盖亦未得其本也。"① 汪应辰此论反对儒者强调以"仁义诗书"为"文"之本，而申明"为文"乃"非有意于文"，提出"义理、讲习、思索、蕴积"为"文"之前提，这显然是把"道"与"文"看作两种不同的事物。在下面的文献中，汪应辰对文、道两者，亦是看作各具独立性的："示谕苏氏之学疵病非一。然今世人诵习，但取其文章之妙而已，初不于此求道也。……蜀士甚盛，大率以三苏为师，亦止是学，其文章步骤，至于穷今，考古之学，则往往阔略，未知究竟如何？"② 此中所见，汪应辰提及苏氏之学，原本为文章之道而与"求道"无关，并且，汪氏亦指出了苏氏之学讲究"文章步骤"而对"考古之学"有所欠缺的情况，这说明，汪应辰对文、道两者的独立性是有一定认识的，他在肯定"道"的同时，亦不否定"文"。

又如朱熹虽然强调"道"居于"文"的核心位置，但在很多情况下，也注意到了"文"具有独立性，并对"文"的写作技巧、审美特质、形式与内容诸要素等进行了较为精到的分析。实际上，朱熹对文、道两者的独立性的思考，是费了心思的，他论及苏洵之文时，谈及"文"与"道"的关系：

去春赐教，语及苏学，以为世人读之止取文章之妙，初不于此求道，则其失自可置之。夫学者之求道，固不于苏氏之文矣，然既取其文，则文之所述有邪有正、有是有非，是亦皆有道焉，固求道者之所不可不讲也。讲去其非以存其是，则道固于此乎在矣，而何不可之有？若曰惟其文之取而不复议其理之是非，则是道自道、文自文也。道外有物，固不足以为道，且文而无理，又安足以为文乎？盖道无适而不存者也，故即文以讲道，则文与道两得而一以贯之，否则亦将两失之矣。中无主，外无择，其不为浮夸险诐所入而乱其知思也者几希。况彼之所以自任者，不但曰文章而已，既亡以考其得失，则其肆然而谈道德于天下，夫亦孰能御之？③

此中朱熹就苏轼之学连带论及苏文与"道"之关系，此中所论，实际上涉及文、道二分的问题。朱熹注意到苏文中有邪有正，强调"求道者"不得不对其中是非邪正详加辨析。否

---

① 汪应辰：《文定集》，台北商务印书馆影印文渊阁四库全书本，1983，第 666 页。
② 汪应辰：《文定集》，台北商务印书馆影印文渊阁四库全书本，1983，第 724 页。
③ 朱熹：《晦庵集》卷三十，台北商务印书馆影印文渊阁四库全书本，1983，第 660 页。

则就会出现"文自文，道自道"的情形。其中，朱熹虽然强调修道者应该就"文"而求"道"，但也指出了"文"自有其"理"在："道外有物，固不足以为道，且文而无理，又安足以为文"，这说明，朱熹是承认"文"与"道"两分的。他又申述观点云：

> 夫文与道，果同耶？异耶？若道外有物，则为文者可以肆意妄言而无害于道。惟夫道外无物，则言而一有不合于道者，则于道为有害，但其害有缓急深浅耳。屈宋唐景之文……其言虽侈，然其实不过悲愁放旷二端而已，日诵此言，与之俱化，岂不大为心害？……况今苏氏之学，上谈性命，下述政理……学者始则以其文而悦之，以苟一朝之利，及其既久，则渐涵入骨髓，不复能自解免，其坏人材、败风俗，盖不少矣……而舍人丈所著《童蒙训》，则极论诗文必以苏黄为法。尝窃叹息，以为若正献、荥阳，可谓能恶人者，而独恨于舍人丈之微旨有所未喻也。①

可见，朱熹对文、道两者的本质规律是有一定认识的，他在注重求"道"的同时，注意到"文"自有规律，只不过，限于理学家的思维模式，他一定要对两者之间的关系进行探讨，而出于"天下之万物一理"的论证需要，他必以先验的思想来论证"道"对"文"的决定作用，以及为了求"道"需要而对"文"的限定与要求。于此，则可以对《朱子语类》中大量的"论文"内容有正确的理解。另外，朱熹在《楚辞章句》《诗经集注》等著作中，从文学角度论及了"兴观群怨""温柔敦厚""香草美人"等与"文"相关的内容，也从另外方面说明了朱熹是承认"文"的独立价值与文学功用的。

吕祖谦也是承认文、道两分的理学家。吕祖谦为学庞杂，他在注重求"道"的同时，并不费"文"，而是注意到了"文"的特殊性和独立性，并注意对"文"之"体式""文法"等进行研究。如他在《古文关键》"文字法"下，提及："学文须熟看韩、柳、欧、苏，先见文字体式，然后遍考古人用意下句处。苏文当用其意。若用其文，恐易厌，盖近世多读。"② 显而易见，吕祖谦重视"文"的独立性，而舍弃了"道"为"文"本等观点，也不怎么重视"文"的"载道"功能，比较而言，他的文道观无疑是比较进步的。当然，吕祖谦对"文""道"的认识是很深入的："今日所与诸君共订者，将各发身之所实然者，以求实理之所在。夫岂角词章博诵说事无用之文哉！"③ 显然，他是把文与道相

---

① 朱熹：《晦庵集》卷三十，台北商务印书馆影印文渊阁四库全书本，1983，第735页。
② 吕祖谦：《古文关键》，台北商务印书馆影印文渊阁四库全书本，1983，第718页。
③ 吕祖谦：《古文关键》，台北商务印书馆影印文渊阁四库全书本，1983，第44页。

区分的。当时朱熹已经注意到，吕祖谦对文、道两者是持分别视之的态度的，对此，朱熹表示了不解和批评。《四库全书总目提要》记："祖谦虽与朱子为友，而朱子尝病其学太杂，其文词闳肆辨博，凌厉无前，朱子亦病其不能守约。又尝谓：'伯恭是宽厚底人，不知如何做得文字却是轻儇底人'……祖谦于《诗》《书》《春秋》皆多究古义，于十七史皆有详节，故辞有根柢不涉游谈，所撰《文章关键》于体、格、源流，且有心解，故所作虽豪迈骏发，而不失作者典型，亦无语录为文之习。在南宋诸儒之中，可谓衔华佩实。"① 可见，自朱熹以至于四库馆臣，都是承认吕祖谦在"文"上的造诣的。这说明，吕祖谦对文、道是持两分观点的。

对此，南宋吕本中亦有相关论述。今人著作中，常以吕本中为文学家，其实，吕本中有《春秋集解》《童蒙训》《东莱吕紫薇师友杂志》等理学著作，又有《东莱集》《紫薇诗话》等文学著作。他是兼理学家、文学家于一身的学者。吕本中有《江西诗派小序》提及黄庭坚等25人，对李杜以后北宋诗人做了评点。在《紫薇诗话》中，又特别推崇黄庭坚诗歌："从山谷学诗，要字字有来处。"② 具体到他的文道观，他是把诗与道分为"两途"的："汪信民革，尝作诗寄谢无逸云：'问讯江南谢康乐，溪堂春木想扶疏。高谈何日看挥麈，安步从来可当车。但得丹霞访庞老，何须狗监荐相如？新年更励于陵节，妻子同锄五亩蔬。'饶德操节见此诗，谓信民曰：'公诗日进，而道日远矣。'盖用功在彼而不在此也。"③ 吕氏赞同饶德操之"诗日进，道日远"之说，并提出"用功在彼不在此"，正是看到了文、道分属不同的事物，两者各有其独立性。已有学者认为吕氏诗论的核心是"诗与道本为二途"，指出吕氏在论及诗文创作时，既强调"涵养文气，壮阔规模"，又强调"活法"和"悟入"等，标志着吕本中在文道关系处理上具有比较明显的二元性。④

与吕本中相似，南宋陆九渊作为与朱熹主张有很大不同的重要理学家，虽然极少论及文、道关系，但在他的相关论述中，分明是把文与道看作两种事物的。他说："他人文字议论，但漫作公案事实，我却自出精神与他披判，不要与他牵绊。我却会斡旋运用得他，方始是自己胸襟。途间除看文字外，不妨以天下事逐一题评研核，庶几观他人之文，自有所发。所看之文，所讨论之事，不在必用。若能晓得血脉，则为可佳。若胸襟如此，纵不得已用人之说，亦自与只要用人之说者不同。"⑤ 这里，陆九渊强调对别人文字的阅读分

① 《四库全书总目》，中华书局，1965，第1370页。
② 吕本中：《紫薇诗话》，台北商务印书馆影印文渊阁四库全书本，1983，第929页。
③ 吕本中：《紫薇诗话》，台北商务印书馆影印文渊阁四库全书本，1983，第929页。
④ 参见王运熙、顾易生主编《中国文学批评通史》（肆），上海古籍出版社，1996，第225~244页。
⑤ 陆九渊：《象山集》，台北商务印书馆影印文渊阁四库全书本，1983，第313页。

析，应该以"《六经》注我"之法，以阅读者的主观精神来对其中之文进行把握。这说明，他是把"文"看作独立事物的。与程颐等人的"作文甚害事"等极端主张不同，陆九渊则强调"读书作文之事，自可随时随力做去"，以体现实践主体的独立把握："读书作文之事，自可随时随力作去。才力所不及者，甚不足忧，甚不足耻。必以才力所不可强者为忧与耻。乃是喜夸好胜，失其本心，真所谓不依本分也。"① 这里，陆九渊对"文"的主体性给予了肯定。他以为，作"文"可依照主体的才力去做即可，不必强力而为，否则就会因"喜夸好胜"而"失却本真"，这一观点，较之其他理学家如程颐等人担心因耽于作文而冲淡、延误求"道"的观点相比，因其关注点聚焦于实践主体的"心"，故具有显著的特征。

魏了翁也对苏轼、黄庭坚等人的文给予了高度肯定："二苏公以词章擅天下，其时如黄、陈、晁、张诸贤，亦皆有闻于时人，孰不曰此词人之杰也。是恶知苏氏以正学直道周旋于熙丰、佑、圣间，虽见愠于小人，而亦不苟同于君子。盖视世之富贵利达，曾不足以易其守者，其为可传，将不在兹乎？"② 此中所论，立足二苏、黄、陈、晁、张等人之"词章擅天下"，正是看到了这些文士的杰出文学创作成就。值得注意的是，魏氏是从"文"的角度进行评价的，这就与从"道"的角度给"文"以定位，有所不同。他又提出：

> 辞虽末伎，然根于性，命于气，发于情，止于道，非无本者能之。且孔明之忠忱，元亮之静退，不以文辞自命也。若表若辞，肆笔脱口，无复雕缋之工，人谓可配训诰雅颂，此可强而能哉！唐之辞章称韩柳元白，而柳不如韩，元不如白，则皆于大节焉观之。苏文忠论近世辞章之浮靡，无如杨大年，而大年以文名，则以其忠清鲠亮大节可考，不以末伎为文也。眉山自长苏公以辞章自成一家，欧尹诸公赖之以变文体，后来作者相望，人知苏氏为辞章之宗也，孰知其忠清鲠亮，临死生利害而不易其守。此苏氏之所以为文也。③

这里，魏了翁实质上提出了两个命题：一是他强调"文"是根植于性命情气而与"道"有关的，脱离开这些"根本"，则"文"自无成就的余地；二是他强调以"文"来鉴人，

---

① 陆九渊：《象山集》，台北商务印书馆影印文渊阁四库全书本，1983，第352页。
② 魏了翁：《鹤山集》，台北商务印书馆影印文渊阁四库全书本，1983，第595页。
③ 魏了翁：《鹤山集》，台北商务印书馆影印文渊阁四库全书本，1983，第620~621页。

实质上是有疏漏的，亦即提出"文"与人品道德是有距离的。由此，一些理学家一直强调的以内向性的道德存养为"文"之根本，"文"为枝叶等说法，就不能成立。显然，魏了翁此中所论，是肯定了文、道的两分性，"文"具有自身的规律和法则。

杨时的文道观在南宋亦具代表性。他亦提及文、道两分的论点："为文要有温柔敦厚之气，对人主语言及章疏文字，温柔敦厚尤不可无。如子瞻诗，多于讥玩，殊无恻怛爱君之意。荆公在朝论事，多不循理，惟是争气而已，何以事君？君子之所养，要令暴慢衰僻之气不设于身体。陶渊明诗所不可及者，冲澹深粹，出于自然。若曾用力学，然后知渊明诗非着力之所能成。"① 此中所论，看起来是强调"为文"应该贯彻儒家之中和审美取向，亦即"温柔敦厚"，但其中见出杨时对于"文"的重视程度。杨时虽然重视"为文"应该体现出"道"的要求，但他分明对"文"也是很重视的。他对陶渊明诗歌审美的"冲淡""自然"之推崇，正是看到了"文"有独立性的一面。

就理学家的理论体系而言，既然承认天地万物具有一体性，那么，文与道就应该有共通的属性，这一属性必然包含有与实践主体的内向性道德存养之"理"相一致的特征。一些理学家把"文"与"道"看作两种独立的事物，那就标志着这两者在本质上是不一样的。从这一意义而言，理学家把"文"与"道"两分，恰恰与绝大多数理学家的哲学体系及哲学根本点相矛盾。可以说，文、道两分的观点，无论对理学家而言，还是对理学而言，其观点都与之有内在的学理性矛盾。这一方面说明，一些理学家以文、道具有不同本质与规律的文道观，证明理学家的理论体系具有不可克服的自身局限性，可见，事物之"理"未必就一定能够与实践主体的内向性道德存养相统一。另一方面亦说明，理学家把文、道统摄为一体而以求道为目的的文道观，实际上是在文与道两个方面打压、削弱了其各自的特性与规律，换句话说，试图强调文、道具有一致性的文道观，其实恰恰因为过于强调两者的共同点而势必对两者的不同特征有所忽视。

三　理学家"调适文道"的文道观

自北宋理学开始发育、流布之始，周敦颐、邵雍等人即力图以沟通宇宙论与道德论为进路，而以重视内在的道德修养为重点，随着理学体系的不断完善，万物一理、体用不二、道从性出等思想逐渐成为理学的主流，道器之辨、性理之辨、体用之辨等，成为理学家关注的核心命题。理学的这一进展理路，也影响到传统的文、道关系的探讨。由此，理

---

① 杨时：《龟山集》，台北商务印书馆影印文渊阁四库全书本，1983，第191页。

学家的文道关系探索，也开始向着更加深入、更加精密的方向发展，其表现之一，就是一些理学家开始有意识地调和文、道关系。综合看来，理学家调和文、道的方式可以分为两种，一是重道轻文，但并不完全忽视文，而是重视文在求道、传道中的功用，强调文对道的辅助、支持、承载等作用，相关论述见本文前述；二是给予"文"一定的地位，部分地承认"文"的独立性，重点探讨"文"与"道"如何融通，对两者的结合方式、沟通渠道、表现特征等尝试进行研究。可以说，两宋理学家有意识地调和文、道关系的探索，标志着理学家思维程度的深细化和精密化，是以往探索文、道关系诸人所不能比的。理学家调和文道关系的文道观，有显性和隐性两种表现。所谓显性，指的是理学家有分析文、道关系的评价，从其语句而言就可以理解其文道观；所谓隐性，指的是一些理学家往往从气象、境界等文、道的结合来表达其文道观，需要对此进行分析，才能确定其调和文、道关系的文道观指向。

其一，理学家显性的调和文、道关系的文道观。比较而言，两宋理学家有意识地调和文、道关系的文道观，现存文献是比较多的，代表人物有朱熹、薛季宣、叶适、包恢等。

朱熹承认"文"与"道"是不同的事物，但同时又强调二者的关系应该是"道"为本"文"为末。不过，朱熹对"文"的独立性也有比较充分的认识，他对"申商孙吴之术，苏张范蔡之辩，列御寇、庄周、荀况之言，屈平之赋，以至秦汉之间韩非、李斯、陆生、贾傅、董相、史迁、刘向、班固下至严安、徐乐之流"①，虽然总体上是批评的，但也强调"犹皆先有其实而后托之于言"，说明朱熹在重视"道"为"文"本的同时，也注意到了"文"的特质。他以"自然与法度"来有意识地调和"道"与"文"的关系，强调在为"文"的艺术风格上应该追求"自然"："国初文章，皆严重老成。……其文虽拙，而其辞谨重，有欲工而不能之意，所以风俗浑厚。至欧公文字，好底便十分好，然犹有甚拙底，未散得他和气。到东坡文字便已驰骋，忒巧了。及宣政间，则穷极华丽，都散了和气。"② 又以为"为文"应该重视法度："前辈做文字，只依定格依本分做，所以做得甚好。后来人却厌其常格，则变一般新格做。本是要好，然未好时先差异了。"③ 总体而言，朱熹对"文"与"道"的处理方式上，是以"道"为本源"文"为末流的，但他也并不完全轻视"文"的独立性，其若干观点有调适"文"与"道"关系的取向。

与朱熹同时而卒年早于朱熹的薛季宣，其文道观也走的是调和"文"与"道"关系

---

① 朱熹：《晦庵集》卷七十，台北商务印书馆影印文渊阁四库全书本，1983，第381页。
② 黎靖德编，王星贤点校《朱子语类》，中华书局，1986，第3307页。
③ 黎靖德编，王星贤点校《朱子语类》，中华书局，1986，第3320页。

的路线，在承认"道"的根本地位的同时，也不废丽辞，但他所推崇的"道"强调"性"对"情"的制约作用："情本于性，性本于天，凡人之情，乐得其欲。六情之发，是皆原于天性者也。"① 他在《坊情赋》中刻画了对美色的倾慕与以礼自持的态度，表现出他以"性情说"调适"文""道"关系的主张。他在《李长吉诗集序》中对李贺诗歌的评价，也表现出对丽辞的重视："轻飘纤丽，盖能自成一家。如金玉锦绣，辉焕白日，虽难以疗愈寒饥，终不以是故不为世宝。"② 这说明，薛季宣在对"文""道"关系的处理方式上，是以"性情说"而自觉加以调适的。可以说，无论朱熹也好，还是薛季宣也好，他们自觉调适文道关系的方式，其出发点都是以"求道"为目的和根源，就这一类理学家而言，在本体论意义上，"为文"与"求道"是二而一，一而二的客体存在。

自觉调适文道关系的，南宋理学家还有不少，南宋叶适也在强调"诗教"的同时，特别重视"文"的独立性，他特意选文编为《播芳集》，在《序》中，他宣称其选文标准："于是取近世名公之文，择其意趣之高远，词藻之佳丽者而集之，名之曰《播芳》。"③ 在《赠薛子长》中，又提及"为文不能关教事，虽工无益也"④。如此，则叶适似有以"文关教化"来统摄"文""道"关系的倾向。当然，叶适的文道观是比较复杂的，特别是他对"文"的推崇与评价，更为重视"文"的艺术性和历史沿革性，而不纯粹以求"道"为指归，这是需要注意的。⑤ 但从总体而言，叶适的文道观有调适文道关系的倾向，则是毋庸置疑的：

> 自文字以来，诗最先立教，而文武周公用之尤详，以其治考之，人和之感，至于与天同德者，盖已教之诗，性情益明，而既明之性，诗歌不异故也。及教衰，性蔽而雅颂已先息，又甚，则风谣亦尽矣，虽其遗余，犹仿佛未泯而霸强迭胜，旧国守文，仅或求之人之才品高下，与其识虑所至，时或验之，然性情愈昏惑而各意为之说，形似摘裂以从所近，则诗乌得复兴，而宜其遂亡也哉！⑥

叶适此论与传统儒学的诗教说无甚差异。但他强调诗歌以性情治政为本，从一个层面强

---

① 薛季宣：《浪语集》，台北商务印书馆影印文渊阁四库全书本，1983，第419页。
② 薛季宣：《浪语集》，台北商务印书馆影印文渊阁四库全书本，1983，第489页。
③ 叶适著，刘公纯、王孝鱼、李哲夫点校《叶适集》，中华书局，2010，第228页。
④ 叶适著，刘公纯、王孝鱼、李哲夫点校《叶适集》，中华书局，2010，第607页。
⑤ 参见王运熙、顾易生主编《中国文学批评通史》（肆），上海古籍出版社，1996，第810页。
⑥ 叶适著，刘公纯、王孝鱼、李哲夫点校《叶适集》，中华书局，2010，第215页。

调了文与道的贯通性。而这一点与永嘉学派的薛季宣等人是相通的。可以说，叶适对"文"的本体独立地位，是非常重视的："昔人谓'苏明允不工于诗，欧阳永叔不工于赋，曾子固短于韵语，黄鲁直短于散句，苏子瞻词如诗，秦少游诗如词。'此数公者，皆以文字显名于世，而人犹得以非之，信矣作文之难也。夫作文之难，固本于人才之不能纯美，然亦在夫纂集者之不能去取决择，兼收备载，所以致议者之纷纷也。"① 叶适不但对诗赋韵语散文等有一定的文体区分意识，也认识到作文之难。不过，他在总体上还是主张调和文、道两者之间关系的，在此点上，他与主张重道轻文的二程等人不同，也与主张文、道两分的汪应辰、吕祖谦等人有所不同："读书不知接统绪，虽多无益也；为文不能关教事，虽工无益也。笃行而不合于大义，虽高无益也。立志不存于忧世，虽仁无益也。今世之士曰知学矣，夫知学，未也，知学之难，可也。知学之难，犹未也，知学之所蔽，可也。薛子长往芜湖，将行，出此纸请书于余，愧无以答之。"② 这里，叶适强调，"为文"要关"政事"，正显示出他有意识调和文、道关系的主张。当然，由于也是理学观重视"政事""政教"，强调"王霸""事功"而与朱熹等人主张内向性存养道德以成就"圣人"之说不同，故叶适之"道"与南宋大多数理学家不同，这是要明确的。

包恢，作为出身理学世家的南宋理学大家，理学上有其调和朱、陆之学的倾向，而在文道关系上，也有调和文道的取向。他提出"自咏情性，自运意旨"，这里，"情性"本身就是理学的话语，而"意旨"则除了可以从理学内涵来理解外，也涉及"文"的内容、主题与审美取向等问题："然歌诗……后世略不能自咏情性、自运意旨以发越天机之妙，鼓舞天籁之鸣，动必规规焉。拘泥前人之体格，以仿效而为之，一有不合即从而非之，固哉！其为诗也真，所谓惟古于词必已出，降而不能乃剿贼，后皆指前公相袭。从汉迄今用一律寥寥，久哉莫觉，属者况又未尝深究源委者乎。"③ 包恢认为，诗歌应该"自咏情性，自运意旨"，他不否认诗歌作为"文"之一种，具有的诗性特征，强调作者应该"发越天机"，不可"拘泥前人之体格"，正是承认了诗歌的主体独立存在的合理性。他在论诗时，多从其理学层面来理解诗歌的审美性与艺术性，尤其是从"真""性情"等角度着眼，很好地沟通了诗歌与理学的关系："陶靖节言'此中有真意，欲辩已忘言'，故读书不求甚解。黄太史称杜诗'无一字无来处'，然杜无意用事，真意至而事自至耳。黄有意用事，

① 叶适著，刘公纯、王孝鱼、李哲夫点校《叶适集》，中华书局，2010，第227页。
② 叶适著，刘公纯、王孝鱼、李哲夫点校《叶适集》，中华书局，2010，第607页。
③ 包恢：《敝帚稿略》，台北商务印书馆影印文渊阁四库全书本，1983，第724页。

未免少与杜异。不知四诗、《三百篇》用何古人事若语哉？"① 此中所见，包恢是从理学角度来调适文、道之间关系的。"无意""真"在理学中是个重要命题，它与周敦颐标称的"诚"，一些理学家重视的"性""生生不已""天不言"等话题，是密切相关的。但从诗学而言，"真"又是诗歌创作与审美中的重要标准，它与"天然""不用事""天籁"等审美范畴又有紧密关联。可见，包恢通过对一些文与道共有的属性和范畴入手，内在地沟通这两者。这种通过对文、道两者的沟通渠道、关联点等提出来沟通两者之间关系的方法，实际上是理学家处理文、道关系的极为重要的也是常见的方式。

其二，正如上述对包恢文道观的分析，一些理学家有意无意地通过对文道共同的范畴、关节点的把握，来内在地沟通两者。这种调和文道关系的方式，可以称作是隐性的调和文道关系的文道观。如理学家对"气象""自在""平淡"等问题的把握与使用，就可以看做是其调和文道关系的一个范畴所在。② 就相关记载来看，朱熹使用的"气象"含义，主要包括下列内容：一是自然万物的外在形态即具体事物的物象。朱熹接受了周敦颐、二程等人所强调的"气象"内蕴，又有所发展，除了继续强调"气象"具有万物外在形态的意义之外，朱熹更多的是从伦理、道德修养方面来使用"气象"。在具体指称人时，朱熹使用"气象"一词，除了指人的外在仪表、形貌，以及由内里修养而致的精神状态之外，还多指人的由于道德修养充实以至于散发于外的气度、境界。二是因为诗歌抒写自然万物，"气象"随之成为具有审美意蕴的诗论范畴。朱熹很少用"气象"评点诗歌，不过在他有限的评点中，"气象"已经具有了诗歌审美意蕴的意味，这就为稍晚于朱熹的诗论家以"气象"评诗拓开了道路。如上所言，朱熹既把"气象"用来形容自然万物的外在形态而表现出来的风貌，又以之形容人的由于道德修养充实以至于散发于外的气度、境界，并把"气象"引入到诗学范畴，他的这种做法，无意中扩大了"气象"的内涵，"气象"由之就成为沟通自然万物与人的社会伦理性，以及诗歌审美之间的桥梁，更为重要的是，就朱熹对于"气象"的使用语境而言，"气象"因为既可以用作形容人包括诗歌创作者个性修养的本质论范畴与价值论范畴的术语，又可以用作评价诗歌审美意蕴的诗学范畴术语，因此，"气象"就极有可能成为沟通中国传统上"诗言志""诗言情"两种迥然不同的诗歌创作思想的重要途径和手段。可见，理学家有意无意地把理学范畴等同于诗歌范畴，实际上起到了调和文、道关系的目的。

① 包恢：《石屏诗后集序》，台北商务印书馆影印文渊阁四库全书本，1983，第805页。
② 参见王培友《两宋"气象"涵蕴及其诗学品格》，《兰州大学学报（社会科学版）》2012年第2期。

四 两宋理学家文道观的矛盾性及其根源

如上所举，不同理学家的文道观有很大差异。除此之外，从理学家个体而言，一些理学家的文道观表现为几种倾向都有，甚至还表现出相互矛盾的取向。其中，朱熹的文道观最有代表性。他一方面非常重视"道"对"文"的主导和支配作用，强调"文皆是从道中流出"①，但他又对文道是否具有同质性有所怀疑："夫文与道果同耶异耶？若道外有物，则为文者可以肆意妄言而无害于道。惟夫道外无物，则言而一有不合于道者，则于道为有害，但其害有缓急深浅耳。"② 但似乎朱熹在承认"道"为"文"的根本的前提下，还是承认文的独立性的，他多次论及韩愈、欧阳修、苏轼等人的诗文，往往不由自主地流露出心中的敬佩之情："要做好文字，须是理会道理。更可以去韩文上一截，如西汉文字用工"，"人要会作文章，须取一本西汉文，与韩文、欧阳文、南丰文"。③ 可见，朱熹的文道观是有内在的矛盾性的，他并非总是完全坚持"文从道出"或者"文以观道"等，在好多时候他也承认"文"的独立性。他在《楚辞辨证》中也以"涵咏"入手，注意品味、探讨《楚辞》的文学性。④ 另外一些理学家既承认道与文是本源与末流的关系，文应该载道，但又以为文与道为两回事情，各有其规律存在。比较具有代表性的是魏了翁。他虽然在整体上强调"道"为"文"之根本，但也对苏轼、黄庭坚等人的文章给予极高评价，他的文道观表现出明显的二元性。⑤

产生这种情况的原因，应该是比较复杂的。一些理学家的理学思想和理学体系的形成，是一个比较漫长的过程，比如说朱熹 42 岁之前与之后，其思想产生了显著变化。因此，按照常理而言，他前期的文道观与后期的文道观，亦应发生变化。当然，要对其中文献进行时间上的考辨，又几乎是不可能的。不过，历史的发展逻辑应该成立。

一些理学家论文、道的文献，留存下来的很少，凭借这有限的文献来分析其文道观，也是有局限性的。而且，理学家所关注的焦点，是关于心性存养的范畴，涉及对道体用、心物、道器等范畴，文与道的关系，不是所有的理学家都有评述，一些理学家对此并不关心，甚至一些理学家认为，为了求"道"的需要，是否对"文"进行研究，是无关紧要

---

① 黎靖德编，王星贤点校《朱子语类》，中华书局，1986，第 3305 页。
② 朱熹：《晦庵集》卷三十三，台北商务印书馆影印文渊阁四库全书本，1983，第 735 页。
③ 黎靖德编，王星贤点校《朱子语类》，中华书局，1986，第 3320 页。
④ 参见王运熙、顾易生主编《中国文学批评通史》（肆），上海古籍出版社，1996，第 787 页。
⑤ 参见王运熙、顾易生主编《中国文学批评通史》（肆），上海古籍出版社，1996，第 797～799 页。

的。另外一个原因，是一些理学家的文道观主张，往往是对具体问题进行即兴式的评点而发，不同的语境自会产生有差异的观点。如朱熹就在《朱子语类》《四书集注》《楚辞集注》等中表达的观点不同。从理学家整体而言，理学家的几种文道观指向，在总体上有差异。从前文的研究可见，两宋理学家大体上有三种文道观：重道轻文；文、道两分；调和文、道。尤其应该注意的，是理学家的这三种文道观，也呈现出一些值得注意的特征。

除了一些作为个体的理学家自身的文道观具有矛盾之外，不同派别的理学家，似乎其理学主张与其文道观的差异性也有密切联系。比如说，认同陆九渊理学思想的理学家，往往主张调和文、道关系，而认同朱熹理学思想的理学家，则呈现出或者主张重道轻文，或者主张文道两分，而认同吕祖谦理学思想的人，又往往坚持文、道两分的观点。这说明，理学家的文道观，与其理学主张具有一定的联系。理学家的文道观，虽然与各自的理学思想有联系，但也不是绝对的。一些理学家的文道观却恰如其理学思想的不一致，甚至相互矛盾。这说明，在理学家整体上重视"道"以构建其理学体系的同时，南宋尊元祐、学苏黄的文学思潮，也对理学家产生了很大影响。理学家的理学主张，并不一定就是理学家的文学主张。南宋文学的传统与风尚，也对理学家产生了重大影响。

一些理学家的文道观，也与其文学创作相矛盾。这种矛盾，实际上从其根源而言，不仅仅是理学体系关于知行之间的统一性问题，也涉及理学家的思维方式问题，因为这个问题涉及的因素实在太多，笔者写有专文论述，此不赘述。

总结而言，理学家的文道观是非常复杂的，不仅从理学家总体来看他们的文道观具有倾向性，而且就理学家个体而言也有内在的矛盾性。由此，深层次的学理性问题便显现出来：理学家为何具有上述如此复杂的文道观？为什么就理学家个体而言，很多人的文道观还有内在的矛盾性？对此问题的深入探讨，必然会涉及彼时的文化生态、理学家的思维模式、理学家的理论体系等问题，而这些问题，就宋代文化与文学的研究来讲，颇具意义。限于篇幅，笔者另有专文阐述。

日本古代的汉诗新学

——《古代汉诗选·序》

兴膳宏 著　白如雪[*] 译

兴膳宏 著　白如雪* 译

对于日本人来说，汉诗其实是外国语言诗歌。更确切地说，汉字本身是表记中国语言的文字。古代日本人把汉字这一表记外国语言的文字输入日本，为了用汉字表记完全性质相异的日本语言，有必要下一番独特的工夫。在《古事记》（约公元712年成书）和《万叶集》（编撰于8世纪初）中，可追忆到古代日本人用汉字表记大和民族语言的苦心。

也就是说，一方面古代日本人努力把汉字融合于日语，另一方面要求日本的知识人同中国人一样，用中国语（汉字）写作诗文（需要说明的是，中国是一个多民族国家，除汉语外，还有其他民族语言文字）。对于古代日本而言，文明的规范全依照中国，从都市的营造到机构、制度，方方面面都以中国为基准。在这种情况下，就势必出现以下趋向：属于统治阶级的人们，要具有与中国人相同的教养，要像中国人一样写汉诗汉文。

然而，在当时信息量十分有限的社会条件下，培养与中国知识分子同等水平的教养，并写作汉诗文，几乎是超乎寻常的苛刻负担。尤其是创作汉诗，必须精通汉语的音律。汉语有四声即平、上、去、入四种声调的区别。日语吸收的汉字声调，不管是汉音还是吴音，唯有入声可以由促音（日语中的堵塞音）加以区别，除此之外的"平上去"三个声调则无法判别。因此，只能一个字一个字的区别四声的读音，除此没有任何办法。这一点，学习现代汉语也是如此。

起源于奈良时代的高等教育机构，教学法中就已经有用汉语读中国典籍的训练方法。养老二年（公元718年）制定的《养老令·学令》中，有关在大学寮（隶属式部省的培

---

*　白如雪，广岛大学研究生院比较日本文化学专业硕士研究生。

养官吏的教育机构）和国学（各地方蕃国设立的主要向郡司子弟教授经学的教育机构）学习经书的条文写道：

> 凡学生，先读经文，熟读，然后讲义。

首先，学生要用汉语朗读经文（这叫作"素读"），之后再接受博士和助教的讲解。与后世的"素读"走样为依靠"训读"（把汉文译为日语读解的日本语发音读法）相反，古代的"素读"是像中国人一样原封不动地依据汉语的发音而朗读背诵。据《职员令》可知，为了指导汉语发音学习，大学寮特设音博士（从七位上）这一职位。音博士一般由"渡来人"（来日本定居的中国人）担任。尽管这是与学习经书相关的律令，但由此可知，在大学寮学习的人，起码都具有汉语声调这一基础知识。对于进士（奈良时代日本律令制规定，式部省对大学寮推荐的学生就"实务策"及《文选》《尔雅》方面的内容进行的考试称作"进士"）来说，除经书外，还必须通晓《文选》和《尔雅》（参见《撰叙令》和《考课令》）。

公元9世纪末编成的《日本国见在书目录》的小学家中，以陆法言的《切韵》五卷为首，还著录有王仁昫和孙愐等人改订的各种《切韵》，中央学府中备有供学子们正确知晓汉语声调的诸多文献。顺便提一下，菅原道真（845～903）之父菅原是善（813～880）在其晚年，汇集了以陆法言为首的各个时代的《切韵》版本，编纂了《东宫切韵》20卷（佚书）。

即使在外在条件上相当不错，但对于日本人来说，创作与中国人同等水平的外国诗——汉诗，依然不是一件容易的事情。日本最早的汉诗集《怀风藻》（约公元8世纪中期成书），收录了120首汉诗（现存116首），其中大部分是五言八句的定型诗，即五言律诗（简称五律）。换而言之，汉诗最基本的诗型是五言律诗。

五言律诗定型于初唐，但实际上从六朝后期已初露端倪，经过两百年的岁月而成熟于唐代。写诗应用四声的区别而形成音韵上的抑扬顿挫，从公元5世纪末南齐开始，沈约、谢朓等诗人就提倡这一"诗法"，之后予以改良，形成了近体诗（律诗和绝句）。六朝诗讲究四声对应，其实就是平声和仄声（上、去、入声）的对应，粗略地讲，就是将重点转到轻音和重音的对应上，从而形成了以调整平仄平衡为基本技法的近体诗。

以五言律诗为例，有两种标准模式。一种是第一句前两个字（尤其是第二个字）以仄声开始的仄起式，另一种是以平声开始的平起式。列举如下（○表示平声，●表示仄声，◎表示韵脚）。

〔仄起式〕

1. ●●○○●

2. ○○●●◎

3. ○○○●●

4. ●●○○◎

5. ●●○○●

6. ○○●○●

7. ○○○●●

8. ●●●○◎

〔平起式〕

1. ○○○●●

2. ●●●○◎

3. ●●○○●

4. ○○●●◎

5. ○○○●●

6. ●●○○●

7. ●●○○●

8. ○○●●◎

需要注意的是，这种格式是很久以后律诗定型之后才有的，奈良时代（710～784 年）的诗人们模仿和仰慕初唐的诗人们，还没有如此明确的"诗谱"。实际上，在如此严密的格式形成之前，诗人们在韵律上是比较宽松的。

空海把在唐朝留学学习到的诗歌理论，编纂成《文镜秘府论》，这一著作为我们提供了了解六朝至唐朝演进而成的诗法的宝贵资料，其中有介绍初唐韵律法的关键内容即在天卷"调声"项中论说的"换头"理论，这是则天武后时期元兢的诗论。"换头"别名"拈二"，是指五言诗中头两个字平仄相互顺次交替的手法。以元兢的《蓬州望野》为例，简单介绍一下"换头"理论。

飘○飘○宕渠域，

旷●望●蜀门隈。

水●共●三巴远，

山○随○八阵开。

桥○形○疑汉接，

石●势●似烟回。

欲●下●他乡泪，

猿○声○几处催。

这首诗中，第一句的前两个字是平平，第二句的前两个字是仄仄，第二联同样是仄仄平平，第三联平平仄仄，尾联仄仄平平，一联两句开头的两个字属于对称的平仄交替。像这样一联中前两个字平仄对称交替的现象叫作"双换头"，这被当成最理想的形式，次之的是仅仅交替第二个字的平仄，叫作"单换头"。不仅在同一联中，相邻两联相互的平仄也是很重要的。就这首诗来说，首联的第二句和第二联的第一句的前两个字都是仄仄，以下同样，第二联和第三联是平平，第三联和尾联是仄仄，要使平仄关系一致，联与联之间紧密联系，是需要花很多心思的。这与近体诗中所谓的"粘法"相同。"换头"的别名是"拈二"，"拈"与"粘"有着同样的意思，都表示使相邻的两联平仄相同紧密连接的意思。

可是，近体诗有"二四不同"的说法，要求一句中的第二个字和第四个字平仄交替，这首诗如何呢？元兢对此没有提及，但《文镜秘府论》西卷"文二十八种病"一章中，隋朝刘善经在《四声指归》中引用刘滔的观点道："第二字和第四字同声，亦不能善。"由此可见，在唐朝以前"二四不同"就已经受到重视。就元兢这首诗而言，除去首句第二字和第四字是平平同声，其他每句都符合"二四不同"的条件。首句后三字本来应该是"平去去"，但习惯上采用"去平去"也可以。也就是说，元兢的诗达到了平仄的标准。总之，平仄的重点在于第二字和第四字，所以，这两个字之间必须平仄交替，一联两句第二字和第四字都要平仄交替。而且两句一联相邻的第二字和第四字，根据"粘法"必须平仄相同。综上所述，元兢提倡的诗法可用图式表示，即左边为"仄起式"，右边为与之相反（如元兢《蓬州望野》诗）的"平起式"。最理想的形式乃头两个字是"仄仄"或"平平"（图式中×是可以不拘泥于平仄的字）。

1. ×●×○●   1. ×○×●●

2. ×○×●◎   2. ×●×○◎

3. ×○●●●   3. ×●○×●

4. ×●×○◎   4. ×○×●◎

5. ×●×○●   5. ×○●●●

6. ○○×●◎   6. ×●○×平

7. ×○●●●   7. ×●○×●

8. ×●×○◎   8. ×○×●◎

这就是初唐时期五言律诗韵律法的基准（这里不涉及"孤平"等问题），尤其重视"二四不同"和"粘法"。此外，七言律诗原则上和五言律诗是一样的，不同点仅在于前两个字重叠这一条件。七言律诗中除"二四不同"外，还讲究"二六对"（第二字和第六字的平仄相同），也有很多首句押韵的现象。另外，绝句——不论五言绝句还是七言绝句——分别与五言律诗和七言律诗有着相同的图式。

元兢理论中虽没有涉及，但有必要注意各句第五字有关韵律的原则，因为律诗押平声韵，为了凸显押韵的效果，韵脚即偶数句的第五个字和与之对应的奇数句的第五个字，必须都是仄声。这一观点早在律诗形成之前的南北朝时期的"四声八病"理论中就有所提及。这里不逐一说明"八病"，粗略地讲，就是在作诗应用四声区别时，必须避开的八种禁忌。其中轻重有别，有无论如何也不能犯的"病"，也有能尽量避开就避开的"病"，尤其需要重视的是"上尾"病，也就是说以两句一联为单位，第五字和第十字（韵脚）一定不能是同声字的禁忌。例如《古诗》：

西北有高楼○　　　　　上与浮云齐○

这两句中，第五个字"楼"与韵脚"齐"同为平声，犯了"上尾"病。

严重程度仅次于"上尾"的是"鹤膝"病，四句两联为单位，第五字和第十字不可同声。例如《古诗》：

客从远方来○　　　　　遗我一书札●
上言长相思○　　　　　下言久离别●

第五字"来"与第十五字"思"同为平声，犯了"鹤膝"病。这就需要斟酌避免奇数句末的同声字，而使偶数句末的押韵效果更显明。

"八病"的精髓被平仄规律所吸收，但唯有上尾和鹤膝在近体诗的诗法中发挥着效用。如前述元兢的诗中，前半首第五个字"域"是入声，第十五字"远"是上声，后半首第五字"接"是入声，第十五字"泪"是去声，巧妙地回避了上尾和鹤膝这两种禁忌。在平仄对应的原则中，存留着更古的韵律法的影响即四声相互对应这一观点。这些虽然不是必须遵守的原则，但希望诗人们尽量加以遵守。

除上述平仄规律之外，律诗还有对句的条件。中间的第三句和第四句（颔联），第五句和第六句（颈联）必须是对句，这是不成文的规律，是从六朝以来经过长期的岁月逐渐固定下来的。这二联之外，第一句第二句（首联）也可以是对句，但不是必须的条件。另外，第七句第八句（尾联）也有是对句的，但这应算是例外，通常唯独这一联是以散句（非对句）而收束全诗，这也是经过长时期定下来的惯例。

具体解说这些诗法的便览手册，日本奈良时代未必有。古代日本人都靠口诀，在摸索的状态中挑战写作汉诗。使用同日常语言相异的外国语言，遵从只有通过知识才能理解的规则写汉诗，其难度可想而知。通览《怀风藻》中的汉诗，完全符合上述平仄格式的诗不足十首。五言律诗达到"二四不同"条件的很多，但用"粘法"规则一衡量，还要少于十首。五言绝句有两首贴合的感觉，前半和后半的过渡处不粘的诗随处可见。

然而，同平仄相比，《怀风藻》中的诗在对句的运用上几乎没有问题。领联颈联不用说，首联尾联也倾向于用对偶句式。因为一味爱好对句，反而使整首诗显得单调，给人以缺少抑扬韵律的印象。对句是一种修辞技法，是通过贯穿表现形式和意思内容的对称美学的结构而显出诗歌的均衡美。这一技法如得其要领运用得恰到好处，就会发挥杰出的功效。因此，在留意起主要作用的对句的同时，还需留意起辅助作用的散句的效果。否则，整首诗即使是发挥了对句的主要作用，也只会抵消其整个效果。

明确《怀风藻》的这些缺陷，就会感到《怀风藻》的诗人们的稚嫩和不成熟。读《怀风藻》中的汉诗，总觉得难以达到唐诗秀作带给读者的感动，但却让读者感受到了一种真挚的心意，即作为学习唐朝先进国文化的一环，用同中国人相同的条件，致力于用汉语熟练地写作诗歌。当然，也值得让人珍惜其在这一条件制约中形成的独特的优美诗风。

通过约每20年派遣一次的遣唐使，日本对唐朝文化的理解也与日深化。公元9世纪前半叶的平安朝初期的汉诗，拦在日本汉诗人面前的平仄的障碍几乎已不成问题，可以想象从其不熟练到熟练期间的不懈的努力。平安时代（794～1191年）初期编撰的敕撰汉诗集《凌云集》《文华秀丽集》和《经国集》，标志着汉诗创作已超越和歌创作，而成为文学创作的主流。

奈良朝的诗人们仰慕的模范中国诗歌，除《文选》以外是以王勃、骆宾王为首的初唐的诗人们的诗作。难怪《怀风藻》中具有六朝和初唐风趣的诗不少。进入平安朝后，白居易的诗流行于日本，后世的评论者称之为奇妙的现象。因为盛唐的李白和杜甫这两个诗歌巨人完全在日本平安朝衰落了。可以说，当时对杜甫的评价不怎么高，说得极端点，奈良和平安时代的汉诗，初唐和中唐混合在了一起。翻阅9世纪末的汉籍目录《日本国见在书目录》，看不到杜甫的诗集，李白的诗歌仅有《李白歌行集》三卷。

近世儒者市川宽斋（1749～1820）编辑的《日本诗纪》50卷，汇集了从近江朝（约662～672年）至平安末期的日本汉诗，为通览古代日本汉诗提供了便利。浏览这部诗集，首先令人注目的是，在诗歌形式上，近体诗（律诗、绝句）占压倒多数，再就是其多数是公事宴席等场合的唱和与应酬之作。由此可知，古代日本汉诗多是在社交场合即兴而作。

如前所述，近体诗的格式确立于唐代，但唐代诗人在爱好短诗格式的同时，也努力创作不受句数和平仄限制的古体诗，以表达更复杂的思想感情。如李白、杜甫，还有给予日本平安朝的诗人们很大影响的白居易，这些杰出的大诗人都形成了综合近体诗和古体诗的诗歌创作领域。古代日本汉诗，近体诗在数量上占绝对优势，从而明显地失去了同古体诗的平衡。这一事实表明，从内容上说，古代日本汉诗总体上缺乏贯通自我主张的思想性强的诗，但平安时代中期的菅原道真（845～903）却在创作近体诗的同时，也创作古体诗而发挥了独特的诗风。他有意识地把主题明朗的古体诗和近体诗区分开来，把在近体诗中不能表现的主题用古体诗加以咏唱。

（译自兴膳宏著《古代汉诗选》，研文出版，2005）

寓言的颓废

——《野草》中的诗与哲学

王东东*

【内容提要】 《野草》不论是对于鲁迅本人还是对于中国新诗都是一个独一无二的文本，在诗歌美学上它表现出一种波德莱尔式的颓废，而鲁迅的内省又让它上升为一种有关颓废的尼采式沉思。在文体类型上与其说它是象征，不如说它是寓言，它既扎根于鲁迅的内心，又和总体历史进程息息相关，从而在短暂的"后五四"情境中构成了一种现代性的悖论。"寓言的颓废"本身即意味着启蒙或正统教育的失败。

【关键词】 寓言 颓废 《野草》 新诗 哲学

《野草》研究一直处在鲁迅研究和新诗研究的边缘和交叉部分，因而虽为显学，但在分类学上却有点面目不清。而现在，将《野草》研究纳入新诗研究的时机似已成熟，不少批评家意识到《野草》——作为"散文诗"，更作为"新诗"——惊人的成熟，犹如新诗史上的恐龙值得追慕和认真对待，但囿于学科分野而停止了论断的企图，更有诗人将鲁迅看作新诗史上的源头性人物，比如已逝的诗人张枣认为："我们新诗的第一个伟大诗人，我们诗歌现代性的源头的奠基人，是鲁迅。鲁迅与他无与伦比的象征主义的小册子《野草》……作为新诗现代性的写作者，胡适毫无意义，也无需被重写的文学史提及。我们的

---

* 王东东，北京大学中文系博士生。

新诗之父是鲁迅，新诗的现代性其实有着深远的鲁迅精神，认识到这一点我想不是没有意义的。"① 张枣的说法不无偏颇之处，但也表达了一种洞见，即鲁迅是新诗美学现代性的奠基人。实际上，鲁迅可以说是新诗中的波德莱尔，这与其说是影响模式下的观察不如说是一个平行的结论。在对《野草》文体类型的认定上，本文的讨论有其策略上的考虑，但不仅仅是策略，而试图触及新诗的实质以及新诗美学现代性的历史处境，并且笔者意欲将复杂的"鲁迅思想"带入诗学，以期丰富"新诗理论"的内容。

一　传统寓言

在鲁迅的《野草》中，有几篇完全可以归之于传统的寓言（allegory）作品，它们是《狗的驳诘》《立论》和《聪明人和傻子和奴才》。这一点几乎是不用多加解释的，困难的是如何说明寓言。艾布拉姆斯对寓言有如下定义："寓言是一种记叙文体，通过人物、情节，有时还包括场景的描写，构成完整的'字面'，也就是第一层意义，同时借此喻彼表现另一层相关的人物、意念和事件。"他认为寓言有两种主要类型："历史与政治寓言：借助字面上描写的人物与情节指代或讽喻历史人物与事件……观念寓言：故事里的人物象征（represent）抽象的概念，故事情节用于传达训诲阐明论点。这两类寓言题材或许贯穿一部作品的始终。"② 寓言这种以一兼二的特征尤其适合《野草》，鲁迅就从具体的历史情境上升到了抽象观念的层次——当然，如果整部《野草》可以看作一部寓言作品的话，那么，可以说它囊括了传统的寓言及其各种现代形式的变异或变形的寓言，后者不同于象征但与之存在一种辩驳的关系；我们可以在本雅明和保罗·德曼等人的理论中看到这一点，关于寓言和象征的纠缠，我们留待下文再说——对于这种抽象，艾布拉姆斯补充说："观念寓言作品主要以拟人手法表现美德、邪恶、心灵状态、生活方式（modes of life）及人物类型等抽象概念。"③

而在已翻译成汉语的现有文学术语辞典中，另一个定义则要简洁得多，"寓言是用诗或散文的形式写成的具有道德寓意的短篇故事。它主要通过对鸟兽、神仙或非生物的叙写

---

① 张枣：《文学史……现代性……秋夜》，见《新诗评论》第十三辑，北京大学出版社，2011，第158～159页。

② M. H. 艾布拉姆斯：《欧美文学术语词典》，朱金鹏、朱荔译，北京大学出版社，1990，第7页。此处象征原文为 represent，故引者特此注明。

③ M. H. 艾布拉姆斯：《欧美文学术语词典》，朱金鹏、朱荔译，北京大学出版社，1990，第8页。此处漏译"生活方式"（modes of life），故引者特此注明。

将人类的生活方式和情景描绘出来"①。不过细究起来，它并非针对寓言（allegory），而是寓言中的一个特殊品类，所谓寓言故事（fable）。而在这一类特殊寓言中，又有一种专门的动物寓言故事（beast fable）②。鲁迅的《狗的驳诘》即属此种。在鲁迅写作《狗的驳诘》前两个月，张定璜翻译自波德莱尔《巴黎的忧郁》的《狗和罐子》等五首散文诗发表在鲁迅参与主编的《语丝》上，《狗的驳诘》不可能不受到《狗和罐子》的启发，③ 当然鲁迅自身的创造不容抹杀，孙玉石进行的与其说是影响研究不如说是平行研究。张定璜翻译的《狗和罐子》（《狗和香水瓶》）如下：

　　"我的美狗，我的好狗，我的宝贝狗，来，来闻闻我从城里头顶好的香货店买来的道地的香味儿。"

　　摇摇它的尾巴——我以为那是可怜的畜牲代表欢笑的记号——走进来，好奇地把它那个湿鼻子放在那打开了的罐子口上；不一会儿，吓得往后退，它就带怒骂的样子向着我叫唤起来了。

　　"啊，没出息的狗，如果我给你一包粪，你大概就会欢天喜地地闻了他，并且或者吞光了他罢。所以连你，我困苦生活里无用的伴侣，连你也像一般的民众了；人家决不可把微妙的芳香送给你们，因为那太刺激了，只可以送精选的污粪。"（载1925年2月23日《语丝》周刊第15期）

而鲁迅的狗在听了数落后，却对人反唇相讥：

　　我梦见自己在隘巷中行走，衣履破碎，像乞食者。
　　一条狗在背后叫起来了。
　　我傲慢地回顾，叱咤说：
　　"呔！住口！你这势利的狗！"
　　"嘻嘻！"他笑了，还接着说，"不敢，愧不如人呢。"
　　"什么!?"我气愤了，觉得这是一个极端的侮辱。
　　"我惭愧：我终于还不知道分别铜和银；还不知道分别布和绸；还不知道分别官

---

①　罗吉·福勒：《现代西方文学批评术语词典》，袁德成译，四川人民出版社，1987，第95页。
②　M. H. 艾布拉姆斯：《欧美文学术语词典》，朱金鹏、朱荔译，北京大学出版社，1990，第9页。
③　孙玉石：《现实的与哲学的——鲁迅〈野草〉重释》，北京大学出版社，2010，第172～173页。

和民；还不知道分别主和奴；还不知道……"

我逃走了。

"且慢！我们再谈谈……"他在后面大声挽留。

我一径逃走，尽力地走，直到逃出梦境，躺在自己的床上。

孙玉石说："整个作品读起来，像一篇寓言故事，让狗同人突然对话，本身有着它的极大的荒诞性，但是，作者仍然以'我梦见自己……'开头，以'我'的'直到逃出梦境，躺在自己的床上'结束，完全是在梦境中处理这个故事的，就使这个本来是普通的寓言性的故事，带上一层朦胧的荒诞的色彩。这可能是作者有意拉开与讽刺对象的距离，给读者以一种更大的联想空间所有意采用的一种方法。"① 此言信矣。孙玉石强调《野草》部分采用了象征主义手法②——只是也许由于时代条件限制，他仍然说《野草》"体现了象征主义方法与现实主义方法二者的结合"——但尚且不能无视和忽略这一点。《狗的驳诘》的确可以看作"梦幻体"的寓言作品，"描写叙述者昏昏入睡后所经历的寓言化梦境"③，而这种作品在西方中世纪流行一时。我们可以想到但丁《神曲》的例子，但丁在见到导师维吉尔之前遇到了三只动物——豹、狮子和母狼——挡住他的去路。

《狗和罐子》寓意"趣味"，《狗的驳诘》的寓意则在于"势利"，然而它们都有关某种人类"品性"，前者意欲在民众与艺术家之间做出对比，后者则勇于诘问全体人类。

除了《狗和罐子》，在《巴黎的忧郁》中还有一篇散文诗《讨好者》，也与《狗的驳诘》形成有趣的对照：

正是欢庆新年的时候：一片泥泞和雪，驶过了千百辆华丽马车，闪烁着玩具和糖果的光彩，簇拥着贪婪和绝望，这种大城市的节日疯狂搅乱了一个最强有力的孤独者的头脑。

在这混乱这嘈杂之中，一头驴子迅速地跑过来，一个粗汉拿着鞭子在后面催。

驴子正要从一人行道的拐角拐弯时，一位漂亮先生，戴着手套，穿着漆皮鞋，紧紧地系着领带，裹在一身崭新的衣服中，彬彬有礼地给这头卑贱的牲口鞠了一躬，一边摘帽一边说："祝您新年快乐，幸福！"然后带着自命不凡的神气转向不知所措的同

---

① 孙玉石：《现实的与哲学的——鲁迅〈野草〉重释》，北京大学出版社，2010，第167页。
② 孙玉石：《〈野草〉的艺术探源》，见《野草研究》，中国社会科学出版社，1982，第188~221页。
③ M. H. 艾布拉姆斯：《欧美文学术语词典》，朱金鹏、朱荔译，北京大学出版社，1990，第9页。

伴，仿佛请求别人对他的得意表示赞同。

　　驴子没有看见这位漂亮的讨好者，只是起劲地向着它干活的地方跑去。

　　而我，却突然对这位慷慨的傻瓜产生一种无法估量的怒气，我觉得他把整个法兰西精神都集中在身上了。①

《狗的驳诘》文本的关键在于"分别"，如果有"势利"，显然建立在由"分别"确定的价值等级之上，从这个意义上说，鲁迅讥讽的矛头还指向价值等级本身——及其关联的社会秩序，其重点在于由"铜和银""布和绸""官和民"一步一步加强的"主和奴"，也就是主奴关系。"势利"的根源正是尼采曾着力批判过的"奴隶价值"。《讨好者》的文本关键倒在于讨好者表现出对人和受人役使的兽的滑稽的"一致"行为，驴子意外和人享受到了同样的待遇，波德莱尔借此也就影射了由法国大革命代表的"自由、博爱、平等"的"整个法兰西精神"；在《我心赤裸》中波德莱尔曾说："大革命通过牺牲进一步肯定了迷信。"②"还有，在《镜子》中，一个'丑陋的男子'揽镜自照，诗人就一个只能使他厌恶的动作问他，这个'丑陋的男子'却援引'89 年的不朽原则'，据此，'人人权利平等'；所以他'有权照镜子'。"③ 波德莱尔更多讽喻（allegorize）了理想价值或价值革命的不彻底性，而鲁迅则在辛亥革命后对陈旧的甚至恒久性的价值等级进行了讽喻，两者正可以彼此说明，可谓一体之两面。

　　寓言因素还渗透到其他篇章中，这里再举一个《死后》（写于 1925 年 7 月 12 日）中的段落：

　　　　事情可更坏了：嗡的一声，就有一个青蝇停在我的颧骨上，走了几步，又一飞，开口便舐我的鼻尖。我懊恼地想：足下，我不是什么伟人，你无须到我身上来寻做论的材料……。但是不能说出来。他却从鼻尖跑下，又用冷舌头来舐我的嘴唇了，不知道可是表示亲爱。还有几个则聚在眉毛上，跨一步，我的毛根就一摇。实在使我烦厌得不堪，——不堪之至。

　　　　忽然，一阵风，一片东西从上面盖下来，他们就一同飞开了，临走时还说——"惜哉！……"

---

①　波德莱尔：《恶之花　巴黎的忧郁》，郭宏安译，国际文化出版公司，2005，第 132 页。
②　波德莱尔：《私密日记》，张晓玲译，湖南文艺出版社，2007，第 24 页。
③　安托瓦纳·贡巴尼翁：《反现代派：从约瑟夫·德·迈斯特到罗兰·巴特》，郭宏安译，三联书店，2009，第 33 页。

我愤怒得几乎昏厥过去。

鲁迅杂文中经常出现的动物形象，像哈巴狗等都有动物寓言的味道。鲁迅写于 4 月 4 日的杂文《夏三虫》也提到了苍蝇，结尾明显是寓言的语气：

> 古今君子，每以禽兽斥人，殊不知便是昆虫，值得师法的地方也多着哪。

再看写于 3 月 21 日的《战士与苍蝇》：

> 战士战死了的时候，苍蝇们所首先发见的是他的缺点和伤痕，嘬着，营营地叫着，以为得意，以为比死了的战士更英雄。但是战士已经战死了，不再来挥去他们。于是乎苍蝇们即更其营营地叫，自以为倒是不朽的声音，因为它们的完全，远在战士之上。
>
> 的确的，谁也没有发见过苍蝇们的缺点和创伤。
>
> 然而，有缺点的战士终竟是战士，完美的苍蝇也终竟不过是苍蝇。
>
> 去罢，苍蝇们！虽然生着翅子，还能营营，总不会超过战士的。你们这些虫豸们！

鲁迅关于苍蝇的说法，总让人联想起《伊索寓言》中的苍蝇：

> 一只苍蝇叮在四轮车的车轴上，对拉车的骡子说："你为什么走得这么慢！干吗不跑快一点？看来需要我来叮咬你的颈部了。"骡子说："我不怕你的恐吓，我只注意坐在你上面的那个人，他会用鞭子使我加快步伐，用缰拉我的头调整方向。你快滚开些吧，别再啰嗦了，我非常清楚什么时候该快，什么时候该慢。"
>
> 这故事是说不要自以为是，去做那些超越自己范围的事。那样，只会使别人厌恶。(《苍蝇和拉车的骡子》)

钱锺书的游戏笔墨传神地对这个寓言作了解释，像我们已经在鲁迅作品中看到的例子，可以说是一个利用寓言来"反寓言"而成为寓言的例子：

> 卢梭认为寓言会把纯朴的小孩教得复杂了，失去了天真，所以要不得。我认为寓言要不得，因为它把纯朴的小孩教得愈简单了，愈幼稚了，以为人事里是非的分别、善恶的果报，也象在禽兽中间一样的公平清楚，长大了就处处碰壁上当。缘故是，卢梭是原

始主义者（Primitivist），主张复古，而我是相信进步的人——虽然并不象寓言里所说的苍蝇，坐在车轮的轴心上，嗡嗡地叫："车子的前进，都是我的力量。"①

比较伊索对寓意的解释，"不要自以为是，去做那些超越自己范围的事"，可见寓言的字面意思和寓意的联系并不构成意义的专制，也就是说，我们必须注意，鲁迅和波德莱尔的散文诗虽然遗留了不少传统寓言的因素，但是，字面寓言和寓意的关系往往是不确定、多重影射和"意味深长"的。

二 现代寓言，或对浪漫主义的抵制

汉伯格（Michael Hamburger）曾在现代诗研究的经典《诗歌的真理：自波德莱尔至1960 年代现代诗的张力》中指出，波德莱尔其实是一位寓言诗人。汉伯格认为，波德莱尔正是通过对都市意象的寓言化连接了永恒与短暂、现象与理念，并且融合为一种寻找原型（archetypes）的现实态度；而这样做正是为了解决他诗歌观念的矛盾，比如，他有时认为"如果诗歌被科学或道德同化，死亡和罢免就是惩罚；诗的对象并非真理，诗的对象是诗自身"，有时又说"不与科学和哲学同行的诗歌是自杀和杀人的文学"，并且对唯美主义发出诅咒："为艺术而艺术的幼稚乌托邦，排除了道德甚或激情必然是贫瘠不育的"，还有这样悲观的预言："对形式的无限制之爱导致了恶魔性的空前混乱……对艺术的狂热激情是一种癌症，吞噬剩余的一切；而因为善与真在艺术中的全面缺席实际上是艺术的匮乏，整个人毁灭了；任一才能的过度专业化都会以彻底的虚无告终。"波德莱尔实际上深植于法国散文的修辞和说教的传统，而与一种统一的象征主义相去甚远。② 众所周知，波德莱尔虽然深省到这种真与美、道德与艺术的矛盾，但他还是被作为颓废派的代表来看待，也正因如此，在一种回溯的眼光看来，波德莱尔的颓废（decadence）正好反映了现代性发轫之初（并且延续至今）呈现的悖论，不过这一点下文再说。汉伯格举了《恶之花》中的一首诗《闲谈》，以说明波德莱尔的寓言手法：

别再寻我的心，它已被野兽吞去

---

① 钱锺书：《读〈伊索寓言〉》，见《写在人生边上 人生边上的边上 石语》，三联书店，2002，第36页。
② Michael Hamburger, *The Truth of Poetry*: *Tensions in Modern Poetry from Baudelaire to the 1960s*, Carcanet New Press Limited, 1982, pp. 1-5.

我的心是被众人破坏过的宫殿！

他们在那儿酗酒、残杀、揪扭头发。

——在你裸露的乳房四周香雾弥漫！……

美人，请便吧！灵魂的无情的连枷！

用你那宛如节日的发火的眼睛

把野兽吃剩下的残骸烧成灰烬！①

在这首商籁（sonnet）的诗行中，他先是将他的心比作野兽所吃的东西，又比作一个被暴民毁掠的宫殿，"这两个不同类比讽喻之间的冲突，六行诗节（sestet）的后五行诗一直苍白地加以调和，它是如此恼人，正因为波德莱尔并非象征主义者而是一个寓言诗人。如果《闲谈》保持为一首成功的诗作，是因为波德莱尔的寓言甚至在每一个单独诗行的界限内发生作用；而之所以发挥作用，则是因为他从古典诗人包括法国诗人和拉丁诗人学到的压缩的修辞。"② 然而对于波德莱尔的寓言，汉伯格并未做更多说明。虽然他的关键概念"丧失的自我或身份同一性"（lost identity）与此息息相关。

本雅明（Walter Benjamin）在《中央公园》（Zentral Park，《发达资本主义时代的抒情诗人》的准备性笔记）中则说："波德莱尔的寓言与巴洛克寓言相比，显示了狂怒的迹象，它必然会使世界的和谐结构不断降低为废墟……波德莱尔英雄主义的标志是生活在非现实的核心（生活在表面）。因而波德莱尔真的不触及怀旧之情……弃绝远方的神奇魅力，是波德莱尔抒情诗的决定性时刻之一。"③ 保罗·德曼对此评价说，本雅明强调波德莱尔的语言是对有机感觉联系的毁灭，并且以寓言为主导，但与波德莱尔有关的寓言概念却令人迷惑，本雅明的评价因为过于神秘而不能提供一个坚实的基础。④ 德曼在《波德莱尔的寓言和反讽》中将波德莱尔的名诗《应和》看作一个符合波德莱尔文论的特例

---

① 波德莱尔：《闲谈》，见《恶之花　巴黎的忧郁》，钱春绮译，人民文学出版社，1991，第127页。

② Michael Hamburger, *The Truth of Poetry: Tensions in Modern Poetry from Baudelaire to the 1960s*, Carcanet New Press Limited, 1982, p. 6.

③ Paul de Man, "Allegory and Irony in Baudelaire", in *Romanticism and Contemporary Criticism: The Gauss Seminar and Other Papers*, edited by E. S. Burt, KevinNewmark, Andrzej Warminski; The Johns Hopkins University Press, 1993, p. 105. Warminski. The Johns Hopkins University Press, 1993, p. 105.

④ Paul de Man, "Allegory and Irony in Baudelaire", in *Romanticism and Contemporary Criticism: The Gauss Seminar and Other Papers*, edited by E. S. Burt, KevinNewmark, Andrzej Warminski; The Johns Hopkins University Press, 1993, p. 105. Warminski. The Johns Hopkins University Press, 1993, p. 105.

（untypical），波德莱尔倡导的"普遍类比原则"（analogie universelle）在其中有所表现，"认为物质和精神世界可以由应和的系统关联起来，会将自然贬低为一组符号，寓言地指向更大秩序的整体，指向感官存在，就好像自然是这种寓言破译法的钥匙"。用波德莱尔的话说就是，宇宙"是一个意象和符号的储藏室，想象力赋予它们以位置和相关的价值"。应和的观念有其浪漫主义来源，在浪漫主义者的理想主义那里屡见不鲜，然而，它经常更多地显得是信念的一般宣称而非诗歌实践。读者从波德莱尔作品中得到的普遍印象，并非对头脑和物质的形而上学统一的非人格性断言。即使《应和》中头脑和物质的统一也建立在如下断言之上：在自然界，"芳香、颜色和声音在互相应和"，从而说明，一场对话的模型，人类主体之间语言交换的模型，就是精神世界和感觉世界的类比联系。而这种主体间性的元素在波德莱尔的作品中比在这首非典型诗作中要强烈得多。

"主导性的印象并非是非人格化的主体与自然消融同一，而是与他者有关联的特定自我。一系列人物类型在作品中出现，有个体也有群体（艺术家、情侣、拾垃圾者、小老头或老太婆等），他们的主要功能并非是充当诗人的主体和一个外在世界或自然客体的调解者，而是将自我内部存在的冲突和张力予以戏剧化。这种人格间的戏剧元素越来越显要，以至于作品逐渐在形式上采取了记叙体，而诗歌，尤其是最后的诗歌变成了短篇故事，叙述一个独特的情节概述（plot outline）；不是风光景象，而是戏剧情节（dramatic actions）。它们绝非现实主义的情节，而是作为比喻，作为寓言故事起作用，指明一种特定类型的心智的命运和它在这个世界的遭遇。"①《巴黎的忧郁》就是这个意义上的寓言，区别于更早的应和的寓言。而对一般将《应和》看作象征主义的名诗者，德曼的回答也就可以是：象征是一种特殊的寓言，也即应和的寓言。德曼在这里并未明确提到象征，只是暗示象征是浪漫主义的精髓，这印证了象征主义是浪漫主义的核心这一普遍看法。我们吸收保罗·德曼的看法，对象征和寓言稍作区分，这里不取它们的泛指义，亦即符号学所说的符号的意指过程，而是指狭义的修辞手法和文学派别，尤其象征是一个现代发明。

1. 象征是在人类主体与客体之间产生类比关联，而寓言则在分裂的自我内部或冲突的主体间产生符号意义。在上述意义上象征可以包含在寓言内部，此时象征降低为一种修辞手法而非象征主义。

2. 象征经常以自然作为题材，从哲学的本体论获得意义和符号支撑，而寓言表达的

---

① Paul de Man，"Allegory and Irony in Baudelaire"，in *Romanticism and Contemporary Criticism*：*The Gauss Seminar and Other Papers*，edited by E. S. Burt，KevinNewmark，Andrzej Warminski；The Johns Hopkins University Press，1993，p. 105. Warminski. The Johns Hopkins University Press，1993，pp. 106-107.

则一定是人类内容，它的意义（或神秘主义）则更多来自历史。宗教、神话和泛灵论则可以将象征和寓言连接起来。

3. 象征充当诗人的主体和一个外在世界或自然客体的调解者，因而象征作品更多是具有形而上学深度的抒情诗，而寓言将自我内部存在的冲突和张力予以戏剧化，因而会在体裁上形成偏向于短篇故事、戏剧情节的记叙体的散文诗。

仅由这几条，我们就可以肯定，与《巴黎的忧郁》相似，鲁迅的散文诗集《野草》也属于寓言。《野草》中出现了一系列人物类型：求乞者、青年（《希望》和《一觉》）、过客、老妇人（《颓败线的颤动》）、战士、真的猛士［《复仇（其二）》］等。其中《过客》直接采取了戏剧的形式，《颓败线的颤动》则描画了老妇人一生的故事，而其他各篇也不同程度地采用了记叙体。这里，我们先来谈论《希望》和《秋夜》，然后再看一看《野草》中写作时间最晚的一篇，但也最具有总括性的《希望》。

> 我早先岂不知我的青春已经逝去了？但以为身外的青春固在：星，月光，僵坠的胡蝶，暗中的花，猫头鹰的不祥之言，杜鹃的啼血，笑的渺茫，爱的翔舞……。虽然是悲凉漂渺的青春罢，然而究竟是青春。
>
> 然而现在何以如此寂寞？难道连身外的青春也都逝去，世上的青年也多衰老了么？（《希望》）

《希望》构成了一个身体的寓言，有关身体的苍老和"身外的青春"（青年）、身体和空虚中的暗夜（"我只得由我来肉薄这空虚中的暗夜了"）及其互动关系。整个作品构成一个世界或动态的宇宙，语言和意义就在此循环系统中不断延迟和逃逸。从"希望的盾"上能看到主体的身体移动，它代表着诗歌的符号运动，发明着不断变化的语言意义："希望，希望，用这希望的盾，抗拒那空虚中的暗夜的袭来，虽然盾后面也依然是空虚中的暗夜。然而就是如此，陆续地耗尽了我的青春。"我们可以在这首诗中看到浪漫主义的痕迹，在"身外的青春"与一系列自然物象建立起来的类比关系，正是浪漫主义诗人推崇备至的象征，它们貌似在处理诗人主体和一个外在世界或自然客体的关系，但它们在下文中随即遭到了否定，表明诗人的用意还在于主体间的互动和自我内部的冲突：

> 然而现在没有星和月光，没有僵坠的胡蝶以至笑的渺茫，爱的翔舞。然而青年们很平安。
>
> 我只得由我来肉薄这空虚中的暗夜了，纵使寻不到身外的青春，也总得自己来一

掷我身中的迟暮。但暗夜又在那里呢？现在没有星，没有月光以至笑的渺茫和爱的翔舞；青年们很平安，而我的面前又竟至于并且没有真的暗夜。绝望之为虚妄，正与希望相同！(《希望》)

这就又一次将文本的重心从本体论转化到历史，转化到存在于主体间或自我内部的戏剧。鲁迅对青年消沉的感受其实也就是对身中的迟暮和苍白的感受，体现于散文诗中罗列的浪漫主义物象和名词的命运，它们最终显露为一种"幼稚的乌托邦"抑或胡戈·弗里德里希（Hugo Friedrich）所说的"空洞的理想主义"。我们知道，波德莱尔所批评的对象"为艺术而艺术的幼稚乌托邦"，正是由浪漫主义发展而来，而波德莱尔诗歌中表现出来的同一部分，如在《高翔远举》《远行》中，弗里德里希则将之称为"空洞的理想主义"："波德莱尔式的理想状态在变得完全消极而且无内容的死亡概念上达到顶峰。""这种现代性的迷乱之处就在于，它被挣脱现实的欲求折磨至神经发病，但却无力去信仰一种内容确定而含有意义的超验世界或者创造这一世界。这就将现代性的诗人引入了一种无从化解的张力状态中，引入了一种因现代性本身而成的神秘性。"① 鲁迅与波德莱尔"完全消极而且无内容的死亡概念"的暂时区别是，《希望》中指出的空洞的理想状态正好是"身份的青春"以及青年："星，月光，僵坠的胡蝶，暗中的花，猫头鹰的不祥之言，杜鹃的啼血，笑的渺茫，爱的翔舞……虽然是悲凉漂渺的青春罢，然而究竟是青春。"这首散文诗从一开始就在自觉抵制浪漫主义的空洞理想。

而整首诗的结构，可以图示如下，全篇的语义就是如此循环往复和交叉流动：

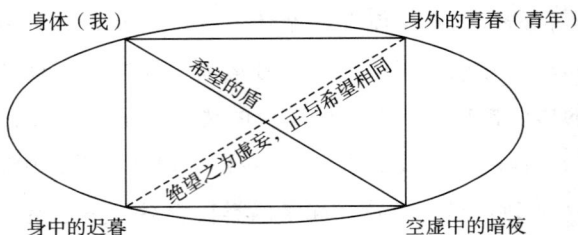

查尔斯·阿尔伯的话也可以用来说明这种结构："鲁迅《野草》中最耐人寻味和最有效的文学装置就是平行，我用平行不仅是指意象的平衡，虽然意象的平衡本身是重要的，

---

① 胡戈·弗里德里希：《现代诗歌的结构：19世纪中期至20世纪中期的抒情诗》，李双志译，译林出版社，2010，第25页。

而是指一种在整体上主导了作品的全方位对称（all-pervasive symmetry）。"① "身体（我）"也就是 "经验自我"（empirical self）分裂为 "身外的青春" 和 "身中的迟暮"，而 "身中的迟暮" 又对称于 "身外的青春"，"我只得由我来肉薄这空虚中的暗夜了"，但此时的 "我" 只成为对 "丧失的自我或身份同一性"（lost identity）的悲叹，而 "空虚中的暗夜" 则是那 "丧失的现实"（lost reality），这就是浪漫主义之后现代诗 "丧失表征" 之后的独特表征，对此，张枣评价说："仅仅因为青年意象代表的丧失的自我被转化为或现实化为身外的事物，在抒情我那里又闪烁出安慰和希望的微光。"② 而在此之后，语义流就又归于平静："我的心分外地寂寞。""然而我的心很平安；没有爱憎，没有哀乐，也没有颜色和声音。""然而青年们很平安。""青年们很平安，而我的面前又竟至于并且没有真的暗夜。" 因而，如果说整部《野草》中存在着对立（对称）和平行的话，一言以蔽之，它甚至就是鲁迅对自己前期浪漫主义的自我和精神的反省、抵制和发展，后者浓缩地表现于《摩罗诗力说》，而对于鲁迅第二次启蒙或觉悟后的自我，浪漫主义高蹈的自我想象——与天才、想象力诸概念有关，但鲁迅曾经更强调民族国家独立政治的纬度——只对应和暗示着现代主义 "丧失的自我或身份同一性"。

在《秋夜》《雪》和《好的故事》中可以看到同样多重的二元结构，具有浪漫主义根源的情感和思想被作者自动弃绝，从对客体的象征图示转化为主体间或自我内部的寓言，《好的故事》《雪》还有意利用了一种儿童视角，而一旦稍为离开或超越浪漫主义的幼稚乌托邦视域，鲁迅就重又陷入现代性的虚无主义内面。这里只简单分析一下《秋夜》。《秋夜》援引的浪漫主义因素更为明显，而且对浪漫主义因素表现了更大的同情（《好的故事》也是如此），这就是 "瘦的诗人" 视角中的诸物象，这个诗人似乎说着无比激进的雪莱（Shelly）的台词，但他和物象相互唤醒的关系，"她在冷的夜气中，瑟缩地做梦，梦见春的到来，梦见秋的到来，梦见瘦的诗人将眼泪擦在她最末的花瓣上，告诉她秋虽然来，冬虽然来，而此后接着还是春，胡蝶乱飞，蜜蜂都唱起春词来了。她于是一笑，虽然颜色冻得红惨惨地，仍然瑟缩着"，却又暗合了德国浪漫主义诗人艾兴多夫（Joseph von Eichendoff）美妙的准则："每个物里都睡着一支歌。一旦被那个魔术的词命中，它就歌唱

---

① Charles Alber, "Wild Grass, Symmetry and Parallelism in Lu Hsun's Prose Poems", in *Critical Essays on Chinese Literature*, Chinese University of Hong Kong, 1976, p. 3.

② 张枣：《1917 年以来汉语诗歌中现代主义的发展和延续》，王东东译，未刊；Zhang Zao, "Development and Continuity of Modernism in Chinese Poetry since 1917", in *Inside Out: Modernism and Postmodernism in Chinese Literary Culture*, ed. Wendy Larson and Anne Wedell-Wedellsborg, Aarhus, Denmark: Aarhus University Press, 1993。

起来。"① 而"枣树""恶鸟"和"奇怪而高的天空"则代表了另一种声音，标志着对浪漫主义初衷的弃绝。进而，整首散文诗构成了自然活力和道德训诲的双重寓言，自然物象出演了整个剧情。

> 哇的一声，夜游的恶鸟飞过了。
>
> 我忽而听到夜半的笑声，吃吃地，似乎不愿意惊动睡着的人，然而四周的空气都应和着笑。夜半，没有别的人，我即刻听出这声音就在我嘴里，我也即刻被这笑声所驱逐，回进自己的房。灯火的带子也即刻被我旋高了。（《秋夜》）

"恶鸟"起到了警示作用。回进自己的房则意味着躲避夜的危险，回到一种私密的保护性，关键的是，回到自我的完整，同时作为局外人，"对着灯默默地敬奠这些苍翠精致的英雄们"。中间的戏剧化情节让人惊骇，主人公似乎产生了幻觉，近乎精神分裂，充分印证了丧失的自我或身份同一性。这里体现出了弗洛伊德在《悲痛与抑郁》中所说的忧郁症的心理机制，正是丧失促发了抑郁，力比多（libido）不能顺利地从丧失的固恋对象——对于整本《野草》来说，这个固恋对象就是青年，当然也可以延续到鲁迅生活中的其他人物，比如兄弟和爱人——返回并转移到其他客体，产生了抑郁这种指向自己的攻击行为，抑郁是指向自己的愤怒。② "抑郁的主体或者忧郁症的主体本身就是一个悖谬现象。抑郁的主体就是作为一种特别现代的和特别悖谬的现象出现在我们的生活，出现在我们的身体和精神生活中。抑郁瓦解了主体，抑郁消解了主体性，然而如果没有一种主体和主体意识的话，又不可能形成抑郁或抑郁症。这是一个悖谬，这是一种主体性缺失之下的主体，这是一个被动化的世界里残存的主体性感受，这是一种启蒙理性式的行为主体和浪漫主义的抒情主体精神的剩余物。"③ 《野草》全篇就笼罩着抑郁的主体自身的毁灭性力量，一个消极自我置身的惰性世界，接管了浪漫主义想象力失败后的虚无。"忧郁者所能允许自身的唯一快感，而且是有力的快感，就是寓言。"④ 在这个意义上《野草》的寓言成就了一种审丑的美学，一种颓废的艺术。鲁迅沉湎于类似波德莱尔的阴郁意识，同时又诅咒

---

① 张枣：《文学史……现代性……秋夜》，见《新诗评论》第十三辑，北京大学出版社，2011，第158页。
② Steven P. Roose, M. D.：《精神分析在抑郁症治疗中的回顾》，林涛译（http://www.psychspace.com/psych/viewnews-266）。弗洛伊德：《悲痛与抑郁》，见约翰·克里曼编《弗洛伊德著作选》，贺明明译，四川人民出版社，1986，第161~188页。
③ 耿占春：《谁能免除忧郁?》，原题作《抑郁的主体》，《天涯》2012年第2期。
④ 本雅明：《德国悲剧的起源》，陈永国译，文化艺术出版社，2001，第153页。

这种意识的灭亡：

> 当我沉默着的时候，我觉得充实；我将开口，同时感到空虚。
>
> 过去的生命已经死亡。我对于这死亡有大欢喜，因为我借此知道它曾经存活。死亡的生命已经朽腐。我对于这朽腐有大欢喜，因为我借此知道它还非空虚。
>
> 生命的泥委弃在地面上，不生乔木，只生野草，这是我的罪过。（《题辞》）

对这段题辞的开头，鲁迅自己曾轻描淡写地说："我靠了石栏远眺，听得自己的心音，四远还仿佛有无量悲哀，苦恼，零落，死灭，都杂入这寂静中，使它变成药酒，加色，加味，加香。这时，我曾经想要写，但是不能写，无从写。这也就是我所谓'当我沉默着的时候，我觉得充实，我将开口，同时感到空虚'。"但是这段话再次揭示出，对于鲁迅来说，语言分裂就是主体分裂的表现。"这种言说的悖论，就是生存的悖论，言路即生路，对言说危机的克服就是对生存危机的克服，对自我的分裂和丧失，对受损主体的修复，只有通过一个绝对隐喻的丰美勃发的诗歌语言花园才有可能完成。"① 汉伯格的论述再次适用于此："当'经验自我'显得可疑……自我表白不管看起来多么真实，都很难逃离作为它的题材的非现实。那个写下的'自我'只不过变成了替代性、可能性和潜在性的多重自我。"② 鲁迅与波德莱尔寻找现代诗意的"都市漫游者"态度不同，"众人，孤独：对一个活跃而多产的诗人来说，是个同义的、可以相互转换的词语。谁不会让他的孤独充满众人，谁就不会在繁忙的人群中孤独。诗人享有无与伦比的特权，他可以随心所欲地成为自己和他人"③。鲁迅内化了他对他者——主要是青年——的关注，被黜于一个自我分裂和丧失的寓言的时空，从而引发了他绝望、悲悼甚至抑郁的感受，所以他才会说："去吧，野草，连着我的题辞！"鲁迅的态度正如尼采："我颓废，但我也反对颓废。"

三 寓言再解剖：时间性的修辞

在最早发表于 1969 年的一篇论文《时间性的修辞学》中（后于 1983 年收入《盲视与洞见》第二版），保罗·德曼集中处理了寓言和反讽的问题，指出真正主导浪漫主义文学

---

① 张枣：《文学史……现代性……秋夜》，见《新诗评论》第十三辑，北京大学出版社，2011，第158页。
② Michael Hamburger, *The Truth of Poetry：Tensions in Modern Poetry from Baudelaire to the 1960s*, Carcanet New Press Limited, 1982, pp. 49-50.
③ 波德莱尔：《人群》，见《恶之花 巴黎的忧郁》，郭宏安译，国际文化出版公司，2005，第144页。

创作的是寓言而非象征。德曼援引了伽达默尔在《真理与方法》中的说法，后者描述了"同某种美学一致"的"以寓言为代价换来对象征的独尊"的过程，德曼说："这一美学则拒不把经验和这一经验的再现区分开来。而天才的诗性语言则能够超越这种区分，从而把个人经验直接转换成普遍真理。经验的主体性，在转变成语言的同时也得到了保留。于是，世界便不再视为表明截然不同的孤立意义复数性（plurality）的那些实体的一种结构，而是视为最终产生出总括而又普遍的单一意义的那些象征的一种结构。对总体的无限性的诉求，于是就构成了与寓言相对的象征所具有的主要魅力，也就是构成了一种符号，既指出了某种具体的意义，又在破译它的同时，穷尽了其所暗示的全部潜在意义……寓言在指涉它自身不能构成的意义时，似乎十分理性、十分教条，而象征则是建立在意象和超感觉总体之间的紧密统一之上的。意象在感觉面前出现，并且暗示出了感觉的总体。"[1] 这是德曼对解构目标"象征高于寓言"的同情理解。然而，德国批评家如汉曼（Johann Georg Hamann）、弗雷德里希·施莱格尔、索尔格（Karl Wilhem Solger），还有作家荷尔德林、霍夫曼（E. T. A. Hoffmann）则不同程度地关注寓言，更不用说后来的批评家如柯梯乌斯（E. R. Curtius）、奥尔巴赫（Erich Auerbach）、本雅明和伽达默尔，即使歌德在《谈话录》中对象征的青睐也包含着一定的弹性。德曼需要全力对付的象征理论家是柯尔律治，柯尔律治在《政治家手册》中说：

> 寓言不过是将抽象观念翻译成图形语言，后者仅仅代表感官对客体的抽象，其本身并不重要；结果，观念及其影像表征都不具有实在性，前者甚至显得比后者更无价值，它从头到尾都没个形状。而象征的特征即在于它以一种半透明的方式在个体中显现出了特殊（种属），在个别中显现出了一般（类别），在一般中显现出了普遍，尤其是在时间中显现出了永恒。它总是参与进那个它试图解释的现实之中：它一方面阐明着现实的整体性，同时自己又是作为一个有生命的成分遵从着它所表征着的现实的统一性。而寓言却只不过是幻想武断地加诸于物象幽灵之上的空洞回声而已。[2]

德曼在这段话中发现了某种程度的"含混"：

① 保罗·德曼：《时间性修辞学》，见《解构之图》，李自修译，中国社会科学出版社，1998，第4页。笔者在引用时一律将"讽喻"改动为"寓言"，要注意到，它是作为一种传统文体和修辞，在浪漫主义时期才被卷入了与象征的争论。另外参见 Paul De Man，"The Rhetoric of Temporality"，in *Blindness and Insight*，Minneapolis：University of Minnesota Press，1983，pp. 188–189。

② 张旭春：《"时间性的修辞"——英国浪漫主义的解构阅读》，《四川外语学院学报》2003年第1期。

柯尔律治认为寓言缺乏具体的物质实存性，因而是浅陋的，他的目的是想以此来强调象征的价值。于是，我们便希望看到象征何以具有胜过寓言的丰富的有机性和物质性。然而，我们看到的却是突然出现的明白无误的"半透明性"……于是，物质的实存性消溶了，它最后仅仅变成了对某种更为原初的统一性的反射，而后者并不存在于物质世界中。更为奇怪的是柯尔律治在那段话最后将寓言否定地界定为仅仅具有反映性。……在这两种情况下对超越源泉的诉求较之反映性和源泉之间的关系变得更为重要，不管后者是象征基于提喻（synecdoche）的有机一致还是寓言纯粹的心灵决定。①

按照德曼的说法，柯尔律治对寓言也并非那么刻薄："两种修辞格尽管以一种迂回曲折、含糊其辞的方式，然而却都表明了那一超验的源泉。而柯尔律治在对寓言所作的界定中则强调其模棱两可。他在这一界定中说，寓言'……以伪装的方式传达并非感觉对象的心灵的道德品质抑或概念……'然而，他又紧接着就寓言的层面宣称：'寓言能够将各个部分结合起来形成一个连贯的整体。'我们从象征在有机实质性上所假定的优越性出发，最终却归结到描述形象语言是半透明的这一点上，在这种描述中寓言和象征的区别已属次要。"经过对华兹华斯、卢梭的重新阐释，德曼认为，主体和客体之间的辩证关系并不能说明浪漫主义的主要经验，而仅仅只是辩证关系中一个转瞬即逝的否定性的时刻，而且它代表的那种主客体同一的神秘诱惑必须被克服，如此一来我们对浪漫主义的理解，整个历史和哲学模式如"唯心论的唯我论"或"原始自然主义"等都会大大改观。德曼如此总结了象征和寓言的区别：

在象征世界里，意象与实体可能是合一的，因为实体及其表征在本质上并无差别，所不同的仅是其各自的外延：它们是同一范畴中的部分与整体。它们之间的关系是共时性的，因而实际上在类别上是空间性的，即使有时间的介入也是十分偶然的。但是，在寓言的世界里，时间是其原初的构成性因素。寓言符号（allegorical sign）及其意义（signifié）之间的关系并不由某种教条训诫来规定……符号各自所指涉的意义不再重要，我们所拥有的是符号与符号之间的关系。但是在符号与符号之间的关系中

---

① 保罗·德曼：《时间性修辞学》，见《解构之图》，李自修译，中国社会科学出版社，1998，第8～9页。有修改，笔者同时参考了张旭春的译文。Paul De Man, "The Rhetoric of Temporality", in *Blindness and Insight*, Minneapolis: University of Minnesota Press, 1983, pp.192–193。

同样必然存在着一种构成性的时间性因素；它之所以是必然的，是因为只要有寓言，那么寓言符号所指的就必然是它前面那个符号。寓言符号所建构的意义仅仅存在于对前一个它永远不能与之达成融合的符号的重复 repetition（在克尔凯郭尔使用这个术语的意义上）之中，因为前一个符号的本质便在于其时间上的在先性。[①]

最后，"象征要求同一性或认同作用的可能，而寓言却首先表明与本源的距离，并且舍弃了怀旧与认同愿望，它在时间性差异的空茫（void）中构筑着自己的语言。这样，它便能防止自我滋生出与非我融为一体的幻想，只有在这一刻自我才能彻底地、虽然不乏痛苦地认识到非我的非我性"。我们可以说，寓言区别于象征之处，就在于寓言坦然承认契合（correspondence）的失效，虽然后者不失为浪漫主义的崇高理想之一。这也符合我们前面的说法，即象征作为一种修辞手段可以包含或内蕴于寓言的整体篇章之中，就如象征构筑的取消了时间性的永恒空间只是寓言中的一个特殊时刻。从不断辩证的寓言语言中，我们也可以重新找到象征，找到主客体之间的辩证。德曼的阅读深刻揭示了浪漫主义"崇高"（sublime）的语言和心理机制，虽然他本人为了"语言解构"方法的彻底性，很可能会反对心理机制这个说法。在鲁迅的散文诗里，我们可以清楚地看到象征时刻如何回到寓言的时间整体。

> 现在我所见的故事清楚起来了，美丽，幽雅，有趣，而且分明。青天上面，有无数美的人和美的事，我一一看见，一一知道。
>
> 我就要凝视他们……
>
> 我正要凝视他们时，骤然一惊，睁开眼，云锦也已皱蹙，凌乱，仿佛有谁掷一块大石下河水中，水波陡然起立，将整篇的影子撕成片片了。我无意识地赶忙捏住几乎坠地的《初学记》，眼前还剩着几点虹霓色的碎影。（《好的故事》）

与美的客体同一的欲望，是通过看的欲望表达出来的。这个观看的模式同时还是一个认识论模式，因而这里的主题格外重要，因难以追摹而引起的怅惘之情也才会深刻而令人难忘。"无论其野心和努力如何，意识注定只能隔一段距离地意识到它的对象。由于它的

---

① 张旭春：《"时间性的修辞"——英国浪漫主义的解构阅读》，《四川外语学院学报》2003 年第 1 期。参照李自修译文略有修改。Paul De Man，"The Rhetoric of Temporality"，in *Blindness and Insight*，Minneapolis：University of Minnesota Press，1983，p. 207。

对象是存在，因此它也注定只能是对于存在的一种纯粹的外在甚至遥远的理解。意识不是存在之物，乃是对存在之物的一种观看。一句话，它是一种纯粹的凝视。"① 然而，作者很清醒地认识到这个认识论之梦的破碎。在浪漫主义的主观表现中同样也有古典模仿论的影子——如此浪漫主义者才可以完成主体和客体的辩证——而现在作者宣告这一切都失败了。当正要凝视之时，凝视之物消失了，剩下凝视之眼的空虚。作者只好开始追记，这让人想起德里达对书写是一种延异的看法："我真爱这一篇好的故事，趁碎影还在，我要追回他，完成他，留下他。我抛了书，欠身伸手去取笔，——何尝有一丝碎影，只见昏暗的灯光，我不在小船里了。"注意，这里想要追回的"他"是前一时刻中消融于超验理念中的自我（表征）。《好的故事》书写了一个时刻，正是在这个时刻，追求同一的纯洁象征变成了一个书写的寓言，执著于表现的愿望让位于由客体消逝引起的虚无意识。然而，必须承认，这消逝的客体本身却有令人动容的力量：

> 河边枯柳树下的几株瘦削的一丈红，该是村女种的罢。大红花和斑红花，都在水里面浮动，忽而碎散，拉长了，如缕缕的胭脂水，然而没有晕。茅屋，狗，塔，村女，云，……也都浮动着。大红花一朵朵全被拉长了，这时是泼剌奔迸的红锦带。带织入狗中，狗织入白云中，白云织入村女中……在一瞬间，他们又将退缩了。但斑红花影也已碎散，伸长，就要织进塔，村女，狗，茅屋，云里去。（《好的故事》）

这些景物描写的美学品质，与其说是崇高不如说是优美，然而它的优美却又带有崇高的因素，即含有那种"指向无限性的无形式性"，"现在我所见的故事也如此。水中的青天的底子，一切事物统在上面交错，织成一篇，永是生动，永是展开，我看不见这一篇的结束"。在优美里偶尔留下的空洞，"浮动""碎散""退缩""伸长"，暗示了崇高的存在，这里的描写能给人一种崇高感，也符合康德的说法，优美与崇高是一对辩证。"河水"犹如一面镜子，构成了经验世界与超验的理念世界的分际，然而前者可以反映和模仿后者，这里的镜子是古典模仿论的原型，但也是浪漫主义借以显示出差异的起点，正由于它提供的二元视野，才有了调停经验与超验的象征。但是对于鲁迅来说，这里的镜子更提示着象征的失败——吊诡的是，竟然同样是因为古典模仿论难以企及的高度。鲁迅提到了个人的记忆，也就是文中优美的想象的对象："我仿佛记得曾坐小船经过山阴道，两岸边的乌桕，新禾，野花，鸡，狗，丛树和枯树，茅屋，塔，伽蓝，农夫和村妇，村女，晒着的

---

① 乔治·布莱：《批评意识》，郭宏安译，广西师范大学出版社，2002，第207页。

衣裳，和尚，蓑笠，天，云，竹，……都倒影在澄碧的小河中，随着每一打桨，各各夹带了闪烁的日光，并水里的萍藻游鱼，一同荡漾。诸影诸物，无不解散，而且摇动，扩大，互相融和；刚一融和，却又退缩，复近于原形。边缘都参差如夏云头，镶着日光，发出水银色焰。凡是我所经过的河，都是如此。"它恰好与想象中的优美构成了对称，然而，与其说是现实的——梦的——起源，不如说它是一个文本的节点，由此开始了没有终点的文本和意象的循环，也就是说，它已经摒弃了现实和文本的双重起源，而也应该如是理解："水中的青天的底子，一切事物统在上面交错，织成一篇，永是生动，永是展开，我看不见这一篇的结束。"整篇文章抵制德曼所说的"怀旧和认同"，而将象征带到了问题性的起源。它作为风景的象征自身并不构成故事，而作为寓言则可以是一个"好的故事"，是一个关于写作行为本身的叙事。象征只是一个超越时间的瞬间，而当河水代表的镜子被打破，河水开始流动，它就不复存在：在象征结构里存在着一种时间悖论，试图将时间的流逝性转化为一种不朽和永恒。

《死火》与《好的故事》具有同样的认知愿望与结构："当我幼小的时候，本就爱看快舰激起的浪花，洪炉喷出的烈焰。不但爱看，还想看清。可惜他们都息息变幻，永无定形。虽然凝视又凝视，总不留下怎样一定的迹象。"而鲁迅在"冰谷"中发现的"死火"，就首先是一个包含了时间悖论的意象。

> 但我忽然坠在冰谷中。
>
> 上下四旁无不冰冷，青白。而一切青白冰上，却有红影无数，纠结如珊瑚网。我俯看脚下，有火焰在。
>
> 这是死火。……（《死火》）

它和德曼谈论过的华兹华斯的诗有异曲同工之妙，华兹华斯的"莽莽森林"可以是鲁迅的"冰谷"，而鲁迅的"死火"则是华兹华斯"永不衰老的飞瀑"：

> ……这些壮丽的河流——这些闪亮的峭壁，
>
> 大千世界中这些亘古不变的形体，
>
> 蓝色苍穹中纯净的居民，
>
> 死亡难以企及这莽莽森林，
>
> 它们和人一样永恒不朽……（华兹华斯《序曲》第 461～465 行）

高耸的林木

日渐衰老，但永不衰老的

是这飞瀑寂静的轰鸣。（华兹华斯《序曲》第 624～626 行）

德曼评价说，对于华兹华斯，"自然的运动是歌德称为变化的持久（Dauer im Wichsel），也即变化模式的持久力的例证。这种持久力断言，一种超时间的固定状态，是出于易变性的外表腐朽之外的，这一易变性破坏自然的某些外在方面，而核心却完整无损"。"在运动中，关于永恒的这一悖论式说法，可以适用于自然造化，但不适用于永远难逃无常的自我。"① 如果说，鲁迅的冰川就是那个自然造化的意象，那么死火则是难逃无常的自我意象。

我拾起死火，正要细看，那冷气已使我的指头焦灼；但是，我还熬着，将他塞入衣袋中间，登时完全青白。我一面思索着走出冰谷的法子。

我的身上喷出一缕黑烟，上升如铁线蛇。冰谷四面，又登时满有红焰流动，如大火聚，将我包围。我低头一看，死火已经燃烧，烧穿了我的衣裳，流在冰地上了。

"唉，朋友！你用了你的温热，将我惊醒了。"他说。

我连忙和他招呼，问他名姓。

"我原先被人遗弃在冰谷中，"他答非所问地说，"遗弃我的早已灭亡，消尽了。我也被冰冻冻得要死。倘使你不给我温热，使我重行烧起，我不久就须灭亡。"

"你的醒来，使我欢喜。我正在想着走出冰谷的方法；我愿意携带你去，使你永不冰结，永得燃烧。"（《死火》）

与死火对话的主人公明确表示他正在想着走出冰谷的方法，愿意携带死火走出冰谷，而死火也在冻灭与烧完之间选择了后者。死火戳穿了冰川的永恒不朽性的幻象，而将文本重心带到无常自我的活动，与《好的故事》中一贯的含蓄蕴藉比起来，《死火》的后半部分以故事形式形象地传达了这一点。《好的故事》是无情节性的寓言，甚至是一个关于写作本身的寓言，《死火》由于具有了情节性而同时回归了传统寓言。《死火》就是如此将

---

① 保罗·德曼：《时间性修辞学》，见《解构之图》，李自修译，中国社会科学出版社，1998，第 14 页。有修改。Paul De Man，"The Rhetoric of Temporality"，in *Blindness and Insight*，Minneapolis：University of Minnesota Press，1983，pp. 196–197。

一个容纳时间悖论的象征改写成了一个寓言，并由于象喻化的故事性而惊心动魄，这篇散文诗的魅力正由于它弥合了现代寓言与传统寓言的距离，正如死火由于处在临界点而集合了矛盾的两极成为一个悖论意象，一言以蔽之，就是"死火"展开了它自身的逻辑悖论——象征的时间悖论——拟人化地加入了寓言中的故事时间。时间本身成为这篇寓言的主题，因而不妨称之为寓言的寓言。除了时间问题，另一个值得注意的问题是对空间和地理位置的利用。《死火》中的冰山因为属于梦境而比较容易认定，它就是梦幻体的寓言空间。

《好的故事》中则出现了故乡"山阴道"的画面，但已经远离了精神分析意义上的起源问题，它连同《雪》中的江南风景"是地理学地点的寓言化，都一向同真正地世俗命运的昭示相一致。这种昭示，生发于试图寻找逃避自然世界时间影响的地方的主体，而实际上，主体又和这一世界没有任何相似之处"[①]。在这个意义上可以理解《好的故事》中《初学记》的出现，它将儿童视角与（古典）文人视角融合在一起，从而隐含了个人起源、故乡和（文学）文化世界（"山阴道"）之间的矛盾纠葛。这些都表明它是一个书写的寓言。《雪》中也隐含着一个地理与文化对比，从而最大程度地间离了江南的雪与主人公的心理移情，而使之倾倒于"朔方的雪"，"在无边的旷野上，在凛冽的天宇下，闪闪地旋转升腾着的是雨的精魂……是的，那是孤独的雪，是死掉的雨，是雨的精魂"。因而与丘迟《与陈伯之书》隐以江南美景诱劝伯之"拥众归"梁[②]不同，《雪》构筑了一个拒绝同化的更为奇特的寓言空间。《风筝》中的寓言空间也值得重视，它叙述了一个建立在错误的记忆基础之上的忏悔的故事，主人公踏碎了弟弟的风筝，但等他多年后去向弟弟道歉弟弟却声称并无此事，这可以与周作人《鲁迅与兄弟》一文中所说相对照：

> 这所说的小兄弟也正是松寿（周建人），不过《野草》里所说的是"诗与真实"和合在一起，糊风筝是真实，折风筝翅骨等乃是诗的成分了。松寿小时候爱放风筝，也善于自糊风筝，但那是戊戌（1898）以后的事，鲁迅于那年春天往南京，已经不在家里了。而且鲁迅对于兄弟与游戏，都是很有理解，没有那种发怒的事，文章上只是想象的假设，是表现一种意思的方便而已。（周启明：《鲁迅的青年时代》，1957）[③]

---

① 保罗·德曼：《时间性修辞学》，见《解构之图》，李自修译，中国社会科学出版社，1998，第24～25页。有修改。Paul De Man, "The Rhetoric of Temporality", in *Blindness and Insight*, Minneapolis: University of Minnesota Press, 1983, pp. 206–207。
② 钱锺书：《管锥编》，三联书店，2008，第2256～2257页。
③ 片山智行：《鲁迅〈野草〉全释》，李冬木译，吉林大学出版社，1994，第60页。

纵然如此，这个寓言还是能够传达对儿童的发现及其伴随的伦理观点。它让人想起西方的忏悔和自白传统，在这方面《风筝》分享了同样的机制，正如德曼在论及"经常说谎"的卢梭时所说："寓言永远具有伦理的意味，伦理的（ethical）这个术语表示两个独特的价值系统的结构冲突。在这个意义上，伦理学与一个主体的（受抑制或自由的）意志无关，也没有更强烈的理由与主体间的关系有关。在伦理范畴是语言的和非主体的程度上，伦理范畴是命令（即是一个范畴而不是一个价值）。……向伦理语调的过渡不是由超自然的命令引起的，而是语言混乱的指称的（因而不可靠的）形式。伦理学（或许人们应当说伦理性）是语言混乱中的一种离题的方式。"① 然而，《风筝》仍然通过一个"错误的"记忆表述传达了一种伦理观点，寓言本身与其寓意虽然是两套结构系统，却在德曼所谓的"离题"中植入了一种必然性。除了有记忆和现实来源的地理隐喻——《秋夜》中"我的后园"也是这样一个寓言空间——还有一种由宗教或神话改写而来的寓言空间，这就是《复仇（其二）》和《失掉的好地狱》，但它们同样不能提供一种来自宗教的救赎观念，而是指向业已颓废并且不断颓废的历史——在这个主旨上《复仇（其二）》和《失掉的好地狱》构成了奇妙的对称，"……世俗化的思想不再容许这样一种超越，即积极援引神圣意志的观念，对造物世界和造物行动自相矛盾的超越；试想设计出一种既是象征又是寓言的语言遭到了失败，在寓言中，类比和神秘解释层面受到了压制，这些都是让这种不可能性显而易见的方式之一"②。

四　寓言和反讽

寓言并不一定与反讽有关系，但对于鲁迅来说，反讽在寓言里表现得最为充分。反讽是鲁迅作品常用的手段。韩南分析过鲁迅小说中的反讽，对于这一发现，他给出了势所必然的几个理由：反讽技巧强调判断的方面，能满足道德的需要；反讽可以达到艺术表现的目的；反讽和超然态度（还有通过面具说话），对于像鲁迅这样充满了道德的义愤、教诲的热情和个人良知的作家来说，是心理上和艺术上都必然会采取的东西。③ 可以看到，这

---

① 保尔·德曼：《阅读的寓言——卢梭、尼采、里尔克和普鲁斯特的比喻语言》，沈勇译，天津人民出版社，2008，第219页。

② 保罗·德曼：《时间性修辞学》，见《解构之图》，李自修译，中国社会科学出版社，1998，第25页。有修改。Paul De Man, "The Rhetoric of Temporality", in *Blindness and Insight*, Minneapolis: University of Minnesota Press, 1983, pp. 206-207。

③ 帕特里克·韩南：《鲁迅小说的技巧》，张隆溪译，见乐黛云编《国外鲁迅研究论集》，北京大学出版社，1981，第332页。

些说法同样适用于鲁迅其他体裁的作品，而且可能和韩南的断言相反，反讽对于鲁迅来说不仅仅是一种创作的形式技巧，而极有可能上升到价值态度层面。鲁迅在杂文里的幽默和讽刺，本身就有向反讽转变的可能。它往往由具体事件（包括文本事件）触发，然所寄深广，故为寓言无疑，而能于论战的间隙撷取对方的言论，使之脱离原来的文本结构而意义大相径庭，这本身就是鲁迅精通反讽的一个证明：鲁迅"说开玩笑的话、开玩笑地说话，但把它当真，是不太常见的"，以至于让对方显得是"说严肃的话，但并不把它当真"①，而鲁迅和对方所说其实又只是同一段话。反讽可能深植于鲁迅意识和语言的核心，而其最突出的表现笔者以为就是《野草》。鲁迅的杂文也许是于一贯的讽刺幽默中显露反讽，但在《野草》里，深沉的反讽偶尔才会蜕化为直接的讽刺。最明显的一篇就是《我的失恋——拟古的新打油诗》，已经脱离"一时一地的一人一事"，对此孙玉石评价说："……即使有，也不能改变诗意的讽刺意义的广泛性。鲁迅的为文，即使有时是对一人而发的，也常作为社会的一种类型而已。"② 其实就是将《我的失恋——拟古的新打油诗》当成了讽刺性的杂文来看待。

在《野草》中经常出现的是直接矛盾式反讽（irony of simple incongruity），它"把两种矛盾陈述或不协调意象不加评论地并置在一起"③，在抒情性和记叙性兼胜的散文诗中，这一点在热切告白的言语中表现得最为明显。如：

> 天地有如此静穆，我不能大笑而且歌唱。天地即不如此静穆，我或者也将不能。我以这一丛野草，在明与暗，生与死，过去与未来之际，献于友与仇，人与兽，爱者与不爱者之前作证。（《题辞》）

> ……于浩歌狂热之际中寒；于天上看见深渊。于一切眼中看见无所有；于无所希望中得救。……（《墓碣文》）

它们将对立的两级并置在一个单独完整的句子里。需要说明的是，通过包含直接反讽的句群或篇章的重复可以构成更为复杂的反讽，那么这种直接矛盾式反讽就同时起到了结构作用，如在《希望》里。另一种较常见的反讽为情境反讽，出现在包含记叙性的散文诗

---

① 克尔凯郭尔：《论反讽概念》，汤晨溪译，中国社会科学出版社，第 213 页。
② 孙玉石：《现实的与哲学的——鲁迅〈野草〉重释》，北京大学出版社，2010，第 58 页。
③ D.C. 米克：《论反讽》，周发祥译，昆仑出版社，1992，第 90 页。

中，它们讲述一个情节相对完整并且意外地急转直下的故事。无疑，这里反讽的形成和叙事学视角有很大关系，如《失掉的好地狱》《颓败线的颤动》《聪明人和傻子和奴才》。情境反讽与直接矛盾式反讽并非毫无瓜葛，鲁迅的用词和短语，如"死火""好地狱""无物之阵"等，本身就构成直接矛盾式反讽，但当它们被拟人化或对象化带入情节，就转化成了情境反讽，《死火》的后半部分和《这样的战士》就是如此。

> "唉唉！那么，我将烧完！"
> "你的烧完，使我惋惜。我便将你留下，仍在这里罢。"
> "唉唉！那么，我将冻灭了！"
> "那么，怎么办呢？"
> "但你自己，又怎么办呢？"他反而问。
> "我说过了：我要出这冰谷……。"
> "那我就不如烧完！"（《死火》）

> 但他举起了投枪。
> 他微笑，偏侧一掷，却正中了他们的心窝。
> 一切都颓然倒地；——然而只有一件外套，其中无物。无物之物已经脱走，得了胜利，因为他这时成了戕害慈善家等类的罪人。（《这样的战士》）

前者急迫的对话点明了"死火"命名的矛盾，后者则将"无物之阵"转化为紧张的逃逸情节。还有一种反讽渗透了《野草》整体，可以称之为总体反讽，以上两种反讽技巧都参与构成了它。更明确地说，它是存在于意象与意象之间、篇章之内甚至篇章与篇章之间的所有反讽的总和。总体反讽对植根于语言和存在的基本矛盾表明了一种态度，它"不是指向这个或那个单个的存在物，而是指向某个时代或某种状况下的整个现实……它不是通过陆续摧毁一小块一小块的现实而达到总体直观的，而是凭借总体直观来摧毁局部现实的。它不是对这个或那个现象，而是对存在的总体从反讽的角度（sub specie ironiæ）予以观察。由此可见，黑格尔把反讽刻画为无限绝对的否定性是正确的"[①]。在此意义上，总体反讽又可以被称为世界反讽（world irony）、哲理反讽（philosophical irony）、宇宙反讽

---

① 克尔凯郭尔：《论反讽概念》，汤晨溪译，中国社会科学出版社，第218页。

（cosmic irony）。① 黑格尔对反讽之所以不满，正因为他认为反讽只知一味否定，而缺少否定之否定，也就是缺乏辩证精神。而保罗·德曼则进一步颠倒了黑格尔的观点，让反讽回到浪漫派哲学家的"消极自由"（克尔凯郭尔语），而对历史的中介规定毫无认识。而除了纯粹思辨的层面，鲁迅的反讽还构成了一种历史反讽，因而不同于德曼的反讽，它正是克尔凯郭尔眼中值得颂扬的反讽，所谓与"世界历史"相关联的"被掌握"的反讽，抑或说，是不同于浪漫派美学反讽的伦理反讽。这里，我们先来看一下反讽在鲁迅文本里的运作机制，通过"笑"与"幽默"，它成了一种有关"神圣的疯狂"的症候性话语。仍以《死火》为例：

> 他忽而跃起，如红彗星，并我都出冰谷口外。有大石车突然驰来，我终于碾死在车轮底下，但我还来得及看见那车就坠入冰谷中。
>
> "哈哈！你们是再也遇不着死火了！"我得意地笑着说，仿佛就愿意这样似的。

这里"死火"消失了，而只剩下"反讽的人"的悖谬形象。死火的主动性和威力（"他忽而跃起"）足以让主人公摆脱窘境，虽然只是暂时性的，与主人公原先自信地宣称"我愿意携带你去"正好相反，二者构成了表层的反讽。死火的命运似乎只能是烧完，它本身就是对整篇文章中矛盾原质的形象表现，它造成了最终的深层反讽：不管是他的自信还是死火的帮助都不能让他逃离困境，而他作为整篇文章的自我意识也获得了一种反讽意识：他说的最后一句话与其说是对别人的幸灾乐祸不如说是针对自己，从而表明"人类中存在着一种永恒的两重性，即同时是自己又是别人的能力"②。当然，这里存在着一个属于艺术哲学的反省的距离，有趣的是，波德莱尔在论述"笑的本质"时所举的"庸俗的例子"，恰恰就是跌倒："滑稽，即笑的力量在笑者，而绝不在笑的对象。跌倒的人绝不笑他自己的跌倒，除非他是一位哲学家，由于习惯而获得了迅速分身的力量，能够以无关的旁观者的身份看待他的自我的怪事。"③ 鲁迅的《死火》中也有一个类似的庸俗的例子，不过更充满戏剧性的冷酷，被突然驰来的大石车碾死以至于跌入冰谷，用更为紧张的灾难性的死亡来代替日常生活中庸俗的跌倒，当然是出于梦境的自由而非现实的无逻辑（无意

---

① D. C. 米克：《论反讽》，周发祥译，昆仑出版社，1992，第 101 页。
② 波德莱尔：《论笑的本质并泛论造型艺术中的滑稽》，见《波德莱尔美学论文选》，郭宏安译，人民文学出版社，2008，第 293 页。
③ 波德莱尔：《论笑的本质并泛论造型艺术中的滑稽》，见《波德莱尔美学论文选》，郭宏安译，人民文学出版社，2008，第 283 页。

跌倒)。《死火》中的主人公"还来得及看见"并"得意地笑着说",这和波德莱尔的跌倒者是一致的,但是紧张度比后者更高一筹。波德莱尔说:"笑是疯狂的最频繁最大量的表现之一"①,对波德莱尔的跌倒者及其意识,保罗·德曼评价说:

> ……反讽的起源,是以经验自我为代价……绝对反讽是一种有关疯狂的意识,是全部意识的终结;它是一种非意识(non-consciousness)的意识,是从疯狂自身内部对疯狂所做的一种反思。不过,只有通过反讽语言的双重结构,这种反思才成其为可能:反讽家发明一种"疯狂的"但又不自知其为疯狂的自我的形式;然后,着手对自己这种客观化的疯狂进行反思。
>
> 也可以理解为,反讽是"清醒的疯狂"(folie lucide),即使在自我异化的极端阶段,也允许语言占据优势;因而也可能是一种疗法,是凭借口头或书面语言来治愈疯狂的一剂良方。②

也许可以说,正是由于紧张度或笑的程度不同,如上观点也适合鲁迅甚至更为适合鲁迅。对于鲁迅来说,反讽和疯狂都在他的死亡寓言中得到了表现,死亡标志着语言和存在矛盾的最终解决。鲁迅的死亡主题排除了复活的可能,甚至拒绝任何精神救赎,而只是充当了反讽中的一个环节,正如在《死火》中,主人公"得意地笑着说"的内容只能指向一种非存在,一种虚无:"你们是再也遇不着死火了!"再如《立论》中的笑:"那么,你得说:'啊呀!这孩子呵!您瞧!多么……。阿唷!哈哈!Hehe! he, hehehehe!'"即俗称打哈哈者,然而正说明,笑本身就是矛盾的。而《死后》和《墓碣文》中的反讽则始终笼罩着死亡的氛围,《墓碣文》直接说"待我成尘时,你将见我的微笑!"《死后》"梦见自己死在道路上",荒谬的"快意"竟转化成了哭:"我觉得在快意中要哭出来。这大概是我死后第一次的哭。"然而必须强调的是,死亡和生命一样只是反讽文本的构成部分,比如《淡淡的血痕中——记念几个死者和生者和未生者》,题目几乎就暗示出这一点。反讽构成了《野草》的结构原则,而归根结底它又源于鲁迅"清醒的疯狂":

---

① 波德莱尔:《论笑的本质并泛论造型艺术中的滑稽》,见《波德莱尔美学论文选》,郭宏安译,人民文学出版社,2008,第281页。Paul De Man, "The Rhetoric of Temporality", in *Blindness and Insight*, Minneapolis: University of Minnesota Press, 1983, p. 216。

② 保罗·德曼:《时间性修辞学》,见《解构之图》,李自修译,中国社会科学出版社,1998,第35页。有修改。Paul De Man, "The Rhetoric of Temporality", in *Blindness and Insight*, Minneapolis: University of Minnesota Press, 1983, p. 216。

哇的一声，夜游的恶鸟飞过了。

我忽而听到夜半的笑声，吃吃地，似乎不愿意惊动睡着的人，然而四周的空气都应和着笑。夜半，没有别的人，我即刻听出这声音就在我嘴里，我也即刻被这笑声所驱逐，回进自己的房。灯火的带子也即刻被我旋高了。（《秋夜》）

精神分析视野下的自我和主体性问题在这里得到了保留，抑或说，阅读的内在性模式和精神分析模式可以被转化为语言模式。除了精神问题，在面对《野草》时无法回避语言问题。或许反讽表明了一种最基本的语言态度，或者本身即是语言自反性的境况说明。鲁迅的写作就颇具这种有关语言——语言的存在和虚无——的本体意识，因而他对写作的无效性有清醒的认识，所以他才会开篇即说："当我沉默着的时候，我觉得充实；我将开口，同时感到空虚。"（《题辞》）不能否认，这个箴言更像是对所有语言活动的揭示，正如克莱尔·克尔布鲁克所说："一方面，根本没有超出寓言记述性的世界、自我或经验：所谓寓言记述性就是不同于或并非原初现实的一些符号。另一方面，一个人又可以——反讽地——辨认出，这个可能的难以达到的原初现实只能通过一些记述才能被设想为原初的，而这个记述总是被它自己制造为寓言性的，也就是并非它自身所是的东西。"① 如果语言本身难以逃离反讽性的罗网，那么，"死火"就是这样一个语言形象，而始终伴随着生命和意义产生与毁灭的过程，鲁迅的写作也就是在与反讽的语言搏斗，在《求乞者》中就出现了这一困难的语言姿态，它试图回到语言无效甚至罢黜的时刻，回到语言的原初时刻，回到哑巴的语言，回到手势语："我想着我将用什么方法求乞：发声，用怎样声调？装哑，用怎样手势？……"在这个意义上《求乞者》也是一个关于理解和被理解的寓言。"我将用无所为和沉默求乞……我至少将得到虚无。"而这又是一个反讽了。由于反讽，寓言能够从传统中脱离出来，而成为一种反教条和道德训诫的现代感十足的表达，虽然在不少时候源于颓废的愤怒也让鲁迅的寓言更有力量。

五 寓言的颓废

除了死亡的寓言，《野草》中还有大量肉体经验——主要是青春、衰老的经验——的寓言描写，传统的"悲秋"主题也被如此改写，对青春（和青年）的悲叹和呼唤大都被设置在秋天，甚至就是在秋天写下，也有对另一个秋天的怀想，如《腊叶》直指一年前写

---

① Claire Colebrook, *Irony*, Routledge, 2004, pp. 108–109.

作的《秋夜》："当深秋时，想来也许有和这去年的模样相似的病叶的罢，但可惜我今年竟没有赏玩秋树的余闲。"作者说："《腊叶》，是为爱我者的想要保存我而作的。"① 鲁迅似乎患上了一种苦涩的恋青春狂，鲁迅以一种迂回的方式表现了永恒的青春（Puer Aeternus），既视之为新的力量和未来的希望，同时又"惊异于青年之消沉"，和衰老一样，青春具有正面和负面两种特征，而按照吉斯塔夫·荣格（Carl G. Jung）的原型立论，青春之神和衰老之神互为对方的影子，这恰好也是《野草》中青春和衰老的关系。它既是一个自然现象也是人类现象，自然季节的变化常用来作为人生阶段的象喻，在鲁迅也免不了这个俗套。而对于鲁迅这个享"中寿"的人来说，写作《野草》时的确是他"人生的秋天"。当然，鲁迅的"历史恋青春狂"有别于"历史的狂欢化"，这种以人生阶段来隐喻历史的做法贯穿了中国现代史，比如梁启超早在 1900 年就写出了《少年中国说》。1926年底，鲁迅在厦门于信中谈到了写作的"中断"，"我虽然在这里，也常想投稿给《语丝》，但是一句也写不出，连'野草'也没有一茎半叶"：

> 我本来不大喜欢下地狱，因为不但是满眼只有刀山剑树，看得太单调，苦痛也怕很难当。现在可又有些怕上天堂了。四时皆春，一年到头请你看桃花，你想够多么乏味？即使那桃花有车轮般大，也只能在初上去的时候，暂时吃惊，决不会每天做一首"桃之夭夭"的。
>
> 然而荷叶却早枯了；小草也有点萎黄。这些现象，我先前总以为是所谓"严霜"之故，于是有时候对于那"凛秋"不免口出怨言，加以攻击。然而这里却没有霜，也没有雪，凡萎黄的都是"寿终正寝"，怪不得别个。呜呼，牢骚材料既被减少，则又有何话之可说哉！②

这段话隐藏的幽默和反讽的距离，与马拉美对颓废（decadence）的坦承反差巨大，对看起来饶有趣味：

> 真算得又稀奇又古怪，我爱上了的种种，皆可一言以蔽之曰：衰落。所以，一年之中，我偏好的季节，是盛夏已阑，凉秋将至的日子；一日之中，我散步的时间，是太阳快下了，还在淹留，把黄铜色的光线照在灰墙上，把红铜色的光线照在窗玻璃上

---

① 鲁迅：《〈野草〉英文译本序》，见《二心集》，《鲁迅全集》第 4 卷，人民文学出版社，1981，第 356 页。
② 鲁迅：《厦门通信（二）》，《华盖集续编》，《鲁迅全集》第 3 卷，人民文学出版社，2005，第 392 页。

的一刻儿。对于文学也一样，我灵魂所求，快慰所寄的作品，自然是罗马末日的没落诗篇（la décadence latine），只要是它们并不含一点蛮人来时的那股返老还童的气息，也并不口吃地学一点基督教散文初兴时的那种幼稚的拉丁语。①

对于马拉美来说，颓废（decadence）首先是一种衰落的意识，秋天或黄昏是它的形象，颓废的文学最早出现在罗马帝国末期，彼时基督教尚未盛行，在这个意义上颓废总是暗含着末世论的影响，一种表面上反基督教，其实是在基督教观念回视中的末世论。马拉美向远方和古代寻求颓废，但同时也在远方和古代始料未及地表现了基督教精神。鲁迅却没有这样活泼自如，他的颓废被小心包裹着，但在上文中，他明显对自己的颓废阶段表达了一种怀想和追悼之意，对于他来说，有着四季鲜明特征的北京秋天才可以带来灵感，而四时皆春则让他感觉乏味，缺少作诗的"牢骚材料"而直欲无言，鲁迅表现出一种对于自然的衰败意象——而非"寿终正寝"，也就是自然生命完整的循环——的热望，当然，在表达时鲁迅是故意和自己的热望拉开了距离。对于鲁迅来说，颓废是一种基于自然和生命衰落的复杂意识，它至少包含对衰落的反省，但总之是由于颓败的刺激而起的一切精神反应。正是在面对《野草》美学颓废的核心时，鲁迅延续和滋生着他那一贯超然和反讽的态度，这些态度也是颓废者对颓废经常持有的态度，而鲁迅肯定是一个反颓废的颓废主义者，这是颓废的正宗，由此颓废才更具力量。

鲁迅在此时变得颓废有其必然性。一方面《新青年》解体，新文化运动处于低潮期，另一方面鲁迅个人生活也发生了巨大变故，早在1922年，鲁迅已显露出他对启蒙的观望态度，"寂寞新文苑，平安旧战场。两间余一卒，荷戟独彷徨"（《彷徨·题辞》）。这是在所谓"启蒙的失效"后的第二次绝望，而1923年的兄弟失和让鲁迅生了一场大病，精神方面的创伤又被转移到了肉体。历史环境和个人的心理状态彼此呼应，但都指向了与某种先锋派相反的颓废美学。毫无疑问这是鲁迅中年又一次经历的转折时期。在鲁迅同时期翻译的厨川白村的《出了象牙之塔》中，也谈到了这一点："从青春的时代，经过了壮年期，一到四十岁的处所，人的一生，便与'一大转机'（grand climacteric）相际会。在日本，俗间也说四十二岁是男子的厄年。其实，到这时候，无论在生理上，在精神上，人们正到了自己的生活的改造期了。"② 在这本书的后记中，鲁迅还引用了厨川白村《走向十字街头》中的另一段相似的话。厨川白村这篇文章的主旨，从题目（《从艺术到社会改

① 马拉美：《秋天的哀怨》，《卞之琳译文集》上卷，安徽教育出版社，2000，第12~13页。
② 厨川白村：《苦闷的象征　出了象牙之塔》，鲁迅译，人民文学出版社，1988，第247页。

造——威廉摩理思的研究》）就可以看出，但他并非就没有暗示沉湎于艺术甚或颓丧的可能，而他也提到艺术家晚年的社会运动是以艺术生活为根柢的。[①] 而如果真像梅贝尔·李所认为的那样，《野草》可以看成是鲁迅向他热爱的创作自我告别的标志，他从此投身于"战斗的"杂文，而走向了革命的自我，[②] 那么《野草》也就同时是颓废的标志。这固然是左翼眼中的颓废了——但这并不意味着梅贝尔·李就属于左翼，这个观点较另外一种认为《野草》仍然是"抗争美学"的左翼观点——抑或左翼观点的延续——较为切合实际，后者根本否认了《野草》颓废的内核。无论如何我们需要从正面来逼视鲁迅的颓废，它不仅是转变的历史时刻而且还有更多的哲学内涵。

颓废（decadence）的原义即为"衰败"，这是一个生物学观念，它提供了一种认识论的模型，以形成了鲁迅"改造国民性"思想中"疾病的隐喻"。由于关于后一点的讨论很多，本文从略。笔者只想方便地指出，对于学医出身的鲁迅，只需从生理方面转移到精神和文艺方面，他就可以认识到颓废问题的严肃性，甚至他展开的思想和文艺论战也可以看做是从此一角度出发的。颓废之于鲁迅的意义，最容易让人想到尼采。按照查尔斯·伯恩海默（Charles Bernheimer）的看法，尼采在一方面承认颓废是一个自然过程，也就是："颓废是健康的个人和社会一种自然的排泄功能（excretory）"，另一方面又对它发动了攻击，"颓废是虚弱本能的病理学标志。它让个人和社会混乱和变成碎片"。因而同时"颓废是对生命的道德谴责的表达。'真理'是颓废的"。他又认为"现代性，以瓦格纳为例，是颓废的，正如人类中的大多数是颓废的"。这里明显包含着的矛盾和尼采认为真理是视角主义（perspectivism）的因而不断变换视角（perspectivison）有关。"尼采在他自己的术语意义上（某种程度上）是颓废的，因为他对颓废发动斗争，而并没有将他自己解救出来。""颓废与主体性难以区分。在主体性是未知的同样意义上，肉体是颓废的。"[③] 对于尼采来说，颓废的经验与哲学家密不可分，后者的感性因为疾病而变得精炼敏锐。颓废本身绝非单一，它"是一种引起视角间的不懈运动的刺激物，在颓废之外达到一个位置这个目标会让人们如此判断颓废。颓废独特地设置一些知识模式、伦理标准和健康概念，它们会让视角转换结束并且允许对颓废的感知清晰地涌现出来……颓废的概念让原初的语境关联发挥作用。例如生物组织与社会的类似，道德标准与本能冲动的联系，主

① 厨川白村：《苦闷的象征 出了象牙之塔》，鲁迅译，人民文学出版社，1988，第257页。

② 梅贝尔·李：《论鲁迅小说创作的中断》，牛抗生译，见乐黛云编《国外鲁迅研究论集》，北京大学出版社，1981，第383~416页。

③ Charles Bernheimer, "Nietzshe's Decadence Philosophy", in *Decadent Subject: The Idea of Decadence in Art, Literature, Philosophy, and Culture of the Fin de Siècle in Europe*, The Johns Hopkins University Press, 2002, p. 26.

体性与身体的关涉，疾病与智慧的相连，性别与哲学和美学的组合"①。鲁迅和尼采的相似之处，正是在于将颓废当成主体性的基本经验以至组成面目，在颓废之中反对颓废，而且颓废对鲁迅来说就是一种难以摆脱的个人和社会进程，在此意义上颓废甚至影响了鲁迅对进化论的理解，作为唯——个可以和进化论相抗衡的同样源自生物学的概念——由于语境不同，所谓创世论和进化论的论争在进入中国时被彻底忽略了，同样，和宗教观念有关的末世论也受到忽视——颓废同样构成了鲁迅的基本认识，可以认为颓废和进化一起构成了鲁迅的"双重修辞"，颓废是一种"世纪末"的思潮，始终作为进化论的反面和补充而存在。

　　既然"颓废"是鲁迅的思想动力和兴趣之一，那么他在艺术表现上的颓废就顺理成章了。需要承认的是，鲁迅的颓废中有激烈反抗颓废的因素，也就是有可以再生出激烈的因素，就如颓废和进化可以构成一对反义词，鲁迅的一生可以说是颓废和激烈的相互承接与循环。然而也要注意，鲁迅的激烈在何时变成了左翼的激进仍是一个问题。这一点我们留待下文再说。李欧梵早就注意到了鲁迅十分现代的艺术观和艺术感，声称他 1920 年代的一些作品就带有"唯美或颓废色彩"，这是不错的，他试图从鲁迅对比亚兹莱（Audrey Beardsley）等颓废艺术家甚至"裸体画"的兴趣说明这一点，"鲁迅卧室里所挂的两幅裸体画是具有相当意义的，鲁迅个人的主观爱好包括了唯美的一面，至少他并不以卫道者的立场排斥颓废派的艺术"②。其实除了由鲁迅的诗意联想比亚兹莱等人的画意，更可以直接讨论鲁迅颓废的文本。罗岗以波德莱尔为参照谈到了现代诗歌的颓废，并比较了鲁迅的颓废和邵洵美的颓废，可惜并未对鲁迅的文本做更多分析："即使在'听将令'的'五四'之后，鲁迅在'呐喊'声中依然充分地展示出启蒙内部的巨大紧张，'启蒙'和对'启蒙'的疑虑构造出'鲁迅文学'内在的叙述张力。或许这里可以用对'颓废'的另一种理解来加以描述，所谓'颓废'（decadence）还蕴含着另一层更微妙的含义，即'脱序'或'去其节奏'（decadence），也就是从建立的秩序中滑落、将之视为当然的取代、把文化巅峰期绝不会凑在一起的观念与形式都以人力不可解的方式聚合起来，等等。仅此而言，鲁迅悖论式的文学形态也有了几分'颓废'的意味。不过，用这个标准来衡量邵洵美式的'颓废'，会发现它不仅没有丝毫'脱序'的迹象，反而十分殷勤地迎合着都市'合理主义'的逻辑。"③ 颓废（decadence）这个词最早还被邵洵美等人翻译成"颓加

---

① Charles Bernheimer, "Nietzshe's Decadence Philosophy", in *Decadent Subject: The Idea of Decadence in Art, Literature, Philosophy and Culture of the Fin de Siècle in Europe*, The Johns Hopkins University Press, 2002, p. 27.

② 李欧梵：《鲁迅与现代艺术意识》，见《铁屋中的呐喊》，尹慧珉译，河北教育出版社，2000，第 191～212 页。

③ 罗岗：《庸俗的"颓废"》，《中华读书报》2003 年 4 月 16 日。

荡"，试图"音义双关"地表现出颓败和脱序这两种含义。[①]

　　《野草》从东西两种文化中获取题材和灵感，《复仇（其二）》是对耶稣被钉十字架的改写，说明鲁迅受到基督教精神的吸引，《失掉的好地狱》则兼有基督教和佛教色彩。在《希望》中鲁迅甚至直接引用了裴多菲的诗歌，在这些细节之外，鲁迅也创造了令人难以忘怀的佛教偈子般的箴言来表达他的悖论思想。除了《我的失恋》——即使这篇也与张衡的《四愁诗》产生了关联，并且以其"打油"性质而显示出颓废的意绪，比如"不再爱"和故意插科打诨——大部分篇章为作者自己的苦心孤诣之作，具体的灵感来源难以说清，尤其是那些与死亡和复仇有关的篇章，但一些片段还是可以与世界文学中的名篇产生联系。以意象和构思最为奇诡的《墓碣文》为例，自啮其身的蛇与尼采《查拉图斯特拉如是说》的"牧羊人与蛇"的故事有点类似，但却更为接近荣格（Carl G. Jung）在研究这个故事时提到的"噬尾者"（ouroboros）（荣格也想不出任何类似的故事），一条蛇或龙吞噬自己的尾巴，形成一个环，[②] 然而鲁迅的墓中人"抉心自食"的原型意象却更为奇谲而难以追踪。吃人和自食是鲁迅创造的两个最为惊人的人类学意象，前者针对社会的黑暗，后者则直面内心的黑暗，如果说前者还带有控诉色彩和反抗意志，后者则无可挽回地沉入了对颓废心境的回味。而《复仇》则与阿尔志跋绥夫的《工人绥惠略夫》有关，"再现了绥惠略夫幻觉的构图——在旷野对峙的全裸的男女，两人之间面临着性的结合与杀戮的契机"。《复仇》开头的血的描写，则"给这幅描写继续陶醉于色情与性虐之两极中的男女的画面以统一性"，而与长谷川如是闲的《血的奇论》有关。[③] 但《复仇》中的男女相对而毫无动作，以否定的形式完成了对情节和意义的暗示表达，通过暂时性和意象的孤立完成了颓废的定格，在暗示时间全体的意义上，颓废是瞬间的表现，鲁迅有意向另一种艺术形式即雕塑靠近，只选取了一个拉辛意义上的最具包孕的时刻，而没有像维吉尔那样将死亡和激情推至顶点。鲁迅《野草》中对性的表现或借助性的表现并非这一例，比如《秋夜》中的后院物事，李欧梵就觉得颇有比亚兹莱画中氤氲的性感的意境，而张枣更认为枣树就是生殖力的隐喻。以上所见并非有意渲染或错乱铺陈，而是《野草》自身丰富性和杂糅性的表现，足见它们在观念和形式方面的脱序：它们的多元性——俗称"拿来主义"——使得它们很难获得统一性，除了仅仅在脱序本身的意义上。

---

　① 章克标、方光焘：《文学入门》，开明书店，1930，第61页；邵洵美：《颓加荡的爱》，见《花一般的罪恶》，1928；江弱水：《古典诗的现代性》，三联书店，2010，第27页。

　② 张钊贻：《鲁迅：中国"温和"的尼采》，北京大学出版社，2011，第375～380页。

　③ 藤井省山：《鲁迅与复仇的文学——诗人形象的崩坏》，见藤井省三《鲁迅比较研究》，陈福康编译，上海外语教育出版社，1997，第102～133页。

这种脱序的表现，在整体的形式上就是散文诗，它本身是一种介于诗与散文之间的暧昧形式。波德莱尔说："在那雄心勃发的日子里，我们谁不曾梦想着一种诗意散文的奇迹呢？没有节奏和韵律而有音乐性，相当灵活，相当生硬，足以适应灵魂的充满激情的运动、梦幻的起伏和意识的惊厥。"① 明显反映了散文诗"去其节奏"（de-cadence）的特征，它的音乐性是没有格律的音乐性。正如奥尔巴赫（Erich Auerbach）在评价波德莱尔时所说："第一个给庄严的古典美学范畴赋予了'滑稽可笑的'、'粗俗的'、'奇异的'主题的诗人就是波特莱尔。"② 这个看法无疑更为适用波德莱尔"去其节奏"的散文诗的效果。或许，卡顿·柯普（Karl Caton Kopp）的观点对认识以上说法并非多余，他陷入了"文学地"看待颓废这个词的语言学陷阱，他的首要问题就是文学怎样以及何时偏离了既有成果和艺术标准，柯普总结了文学颓废的特征，"颓废艺术蓄意让人注意到它在传统上非道德的题材，引起道德审查或嘲笑"，"在颓废艺术里内容被强调，但是以形式为代价，以'和谐'为代价"。③ 而鲁迅的散文诗正是这样以形式和"和谐"为代价的体裁，虽然它极力创造属于自己的形式与和谐。鲁迅也改变了"庄严的古典美学范畴"，而带来种种衰败、颓丧的美学体验，进入了"无望获致存在的统一"的"颓废的困境"④，在颓废的这第一个含义上，《野草》的确可以获得某种主题上的有机统一性，以至于脱序和去其节奏显得只是其在形式上的统一——虽然它也含有对内容的暗示——颓废的两种含义本就关联在一起。

　　她在深夜中尽走，一直走到无边的荒野；四面都是荒野，头上只有高天，并无一个虫鸟飞过。她赤身露体地，石像似的站在荒野的中央，于一刹那间照见过往的一切：饥饿，苦痛，惊异，羞辱，欢欣，于是发抖；害苦，委屈，带累，于是痉挛；杀，于是平静。……又于一刹那间将一切并合：眷念与决绝，爱抚与复仇，养育与歼除，祝福与咒诅。……她于是举两手尽量向天，口唇间漏出人与兽的，非人间所有，所以无词的言语。

　　当她说出无词的言语时，她那伟大如石像，然而已经荒废的，颓败的身躯的全面都颤动了。这颤动点点如鱼鳞，仿佛暴风雨中的荒海的波涛。

① 波德莱尔：《给阿尔塞纳·胡赛》，见《恶之花　巴黎的忧郁》，郭宏安译，国际文化出版公司，2005，第127页。
② 朱西（Giusi Tamburello）：《波特莱尔：中国当代文学的现代诗传统——以陈敬容和多多为例》，《诗探索》2011年第3辑理论卷，第5页。
③ R. K. R. Thornton, "The Literature of Failure", in *The Decadent Dilemma*, Edward Arnold Ltd., 1983, p. 188.
④ R. K. R. Thornton, "The Literature of Failure", in *The Decadent Dilemma*, Edward Arnold Ltd., 1983, p. 200.

她于是抬起眼睛向着天空，并无词的言语也沉默尽绝，惟有颤动，辐射若太阳光，使空中的波涛立刻回旋，如遭飙风，汹涌奔腾于无边的荒野。(《颓败线的颤动》)

从《颓败线的颤动》中，可以明显看出颓废的两种含义。这篇寓言讲了一个以卖淫养育孩子的妇人的故事，不过对于最终遭到背叛的"垂老的女人"，鲁迅却以超现实的荒野中的裸体形象去描摹她，激情的肉身让周围环境也发生了魔幻般的变形，构成了一副带有比亚兹莱色彩的珂勒惠支的画。这本身已是脱序或去其节奏的证明。另外它也可能会让人想到珂勒惠支有关母亲的两幅图，其中一幅母亲将孩子高高举起，另外一幅魔鬼从背后悄悄靠近母亲，而在她前面孩子正哭喊着要吃奶。总之，这个形象因为包含了一种有关颓废的悖论性情感而特别动人：它的内涵虽然是"颓败"，正如丸尾常喜所说"然而 1925 年，对于'献身'的'背叛'却使他的'进化论'出罅、崩溃，让他不堪其苦"[1]，但却构成了"颤动"的奇观（spectacle），"颓败线"这个词的含义即是颓败的图像（线条、形式），也就是颓废的图像。它实际上包含两部分内容，一个是举两手尽量向天的裸体老妇人，另一个是她周围魔幻般变形的自然界。她虽然将自己的颤动传达给了自然界，但后者显然并无能力拯救她，自然界成为了她本身已是历史废弃物的寓言，正如本雅明所说："在象征中，破坏得以实现，自然外形的改变在赎救之光中得以瞬间的揭示，而在寓言中，观察者所面对的是历史垂死之际的面容，是僵死的原始的大地景象。"[2] 而鲁迅这段文字的奇崛之处，正在于它是一个寓言，而偏偏出之于象征的样貌。本雅明还这样谈及将时间范畴引入符号学领域的思想家，他们改变了象征与寓言之间的关系，正是寓言"这种形式才最明显地表明了人对自然的屈服，而重要的是，它不仅提出了人类生存的本质这个谜一样的问题，而且还指出了个人的生物历史性……意义越是重要，就越是屈从于死亡，因为死亡挖出了最深邃的物质自然与意义之间参差不齐的分界线……意义和死亡都在历史发展中产生结果"[3]。《颓败线的颤动》结尾的奇观暗示着意义和肉体的双重死亡。鲁迅早在 1919 年在为进化论高歌的时候，就偶尔也表露过他对个人死亡而族群长存的"个人的生物历史性"的消极态度：

昨天，我对我的朋友 L 说，"一个人死了，在死者自身和他的眷属是悲惨的事，

---

① 丸尾常喜：《耻辱与恢复——〈呐喊〉与〈野草〉》，秦弓、孙丽华编译，北京大学出版社，2009，第 293 页。
② 本雅明：《德国悲剧的起源》，见陈永国、马海良编《本雅明文选》，中国社会科学出版社，1999，第 122 页。
③ 本雅明：《德国悲剧的起源》，见陈永国、马海良编《本雅明文选》，中国社会科学出版社，1999，第 122 页。

但在一村一镇的人看起来不算什么，就是一省一国一种……"

L 很不高兴，说，"这是 Natur（自然）的话，不是人们的话。你应该小心些。"

我想，他的话也不错。(《生命的路》)①

奇妙的是，L 就是鲁迅本人，这篇文章在《新青年》发表时署名唐俟，L 都作鲁迅。这里已经能够看出鲁迅隐藏的对进化论的双重态度，进化论是并不考虑个人的，对于这一点鲁迅有着清醒的认识。因此，《颓败线的颤动》还有《希望》等篇章，除了能够印证鲁迅对他和青年关系的沮丧和矛盾态度，更多地包含了鲁迅对进化论历史观的犹豫不决。进化论的思想显然并非简单，而且，它在中国知识分子当中最先引起的与其说是一种振奋之情，不如说是恐惧和反省。而鲁迅只不过是不那么相信单一的思想路径而已，他首先要面对的是古老中国"历史垂死之际的面容"，进化论虽然是一副思想的药剂，但并不能即刻构成救赎。历史已经成了生命的遗迹，按照本雅明的看法，"在废墟中，历史物质地融入了背景之中。在这种伪装之下，历史呈现的与其说是永久生命进程的形式，毋宁说是不可抗拒的衰落的形式。寓言据此宣称它自身对美的超越。寓言在思想领域里就如同物质领域里的废墟"②。《野草》中不断出现"带有历史进程印迹的堕落的自然"③，作为鲁迅此一阶段颓废的产物，说得极端一点，"它从一开始就以寓言的精神作为废墟、作为碎片而构思的"④，而废墟和碎片以及自然本身皆为历史的隐喻。

野草，根本不深，花叶不美，然而吸取露，吸取水，吸取陈死人的血和肉，各各夺取它的生存。……

…………

地火在地下运行，奔突；熔岩一旦喷出，将烧尽一切野草，以及乔木，于是并且无可朽腐。(《题辞》)

"野草"这个中心意象，和诸多篇章中的自然物象都有关系。这里，有必要重提一下鲁迅的忧郁，正如本雅明所说："寓言是波德莱尔的天才，忧郁是他天才的营养源泉。"⑤

① 鲁迅：《热风》，《鲁迅全集》第 1 卷，人民文学出版社，2005，第 386 ~ 387 页。

② 本雅明：《德国悲剧的起源》，见陈永国、马海良编《本雅明文选》，中国社会科学出版社，1999，第 132 页。

③ 本雅明：《德国悲剧的起源》，见陈永国、马海良编《本雅明文选》，中国社会科学出版社，1999，第 134 页。

④ 本雅明：《德国悲剧的起源》，见陈永国、马海良编《本雅明文选》，中国社会科学出版社，1999，第 186 页。

⑤ 本雅明：《发达资本主义时代的抒情诗人》，张旭东、魏文生译，三联书店，1989，第 189 页。

这个说法对鲁迅的《野草》同样适用。波德莱尔也在《天鹅》一诗中说："巴黎在变！我的忧郁丝毫未减！/新的宫殿，脚手架，一片片房栊，/破旧的四郊，一切对我来说都成了寓言，/我珍贵的回忆却比石头还重。"波德莱尔的忧郁主要针对都市而发，不要忘了他的散文诗即名为《巴黎的忧郁》，鲁迅的忧郁则已进一步由都市走向旷野——至少在《野草》所用的词汇上如此，二者都表现了作为生物的现代人的处境。颓废是一种存在主义的困境，忧郁则是颓废的性格特征。野草本身就是鲁迅颓废的情志的产物。对于鲁迅来说，为了抵制这种忧郁，他采取了一种类似波德莱尔的"诗是一种奇袭"的战术："让某种寓意在没有预先准备的情况下突然出现是抒情词汇的特性……他的语汇里没有一个词是预先为寓意而准备的。一个词是在一种特殊的情形里，视其包括的内容，视其将要侦察、围攻和占领的主题的顺序而被赋予这种委任的。波德莱尔称写诗为一种'奇袭'（coup de main），在这种奇袭里，寓言是波德莱尔可靠的心腹。它们是极少数准许参予机密的人。在 La Mort（死神）或 Le Souvenir（回忆），Le Repentir（悔恨）或 Le Mal（邪恶）出场的地方往往是他的诗的战略中心。这些形象在文中闪电般的出现可由大写字母加以识别；他的诗文对最平庸、最被视为禁忌的词毫不鄙弃，这一切暴露了波德莱尔幕后的那只手。他的技巧是 putsch（暴动）的技巧。"[①] 在《野草》中可以同样看到拟人化的"大写"的词汇：青春、希望、野草、过客……禁忌的甚至平庸的词：地狱、魔鬼、奴才、求乞者……它们是紧紧包裹着颓废内核的一系列忧郁的变形，因此要认清《野草》的颓废就必须发动一场批评的奇袭，让它们变回原形。

六　现代性的悖论，或一种历史哲学

然而，在将鲁迅的《野草》定位为寓言的颓废时，仍然遗留下两个问题，其一就是《野草》阶段的鲁迅对革命的认识和态度，这就牵涉到对《野草》的政治和革命式的解读了，另外一个就是鲁迅对历史的认识也就是时间观的问题，这两个问题又彼此联系在一起。我们先来看第一个问题。在认识鲁迅与革命的关系时，首先需要强调的是，在写作《野草》的 1924 年到 1927 年，鲁迅直接谈到的革命并非马克思主义者眼中的无产阶级革命，而是普通意义上的泛指的革命，甚至有时就是孙中山领导的资产阶级革命，如在 1927 年的《黄花节的杂感》一文中。不过，也许不应该笼统地强调所谓革命的社会性质问题，鲁迅并不特别地就站在资产阶级革命或无产阶级革命一边——至少是在这一时期，他理解

---

① 本雅明：《发达资本主义时代的抒情诗人》，张旭东、魏文生译，三联书店，1989，第 121 页。

的革命还是相信人类进步的进化论意义上的革命："革命无止境，倘使世上真有什么'止于至善'，这人间世便同时成了凝固的东西了。"① 只是当时国民党比较引人注意，所以鲁迅瞩目的革命就只能暂时是资产阶级革命，关于这一点，研究"革命文学论争"的王宏志的论述最为集中可靠，他提到鲁迅 1927 年在广州所作《庆祝沪宁克服的那一边》，鲁迅对于北伐军收复南京和上海感到十分高兴，说这是"革命""小有胜利"的时候，鲁迅所谓广州是"革命策源地"的原因并非因为中共的革命活动，"这是一个根本性的问题。正由于鲁迅跟革命文学派对于'革命'的理解有着完全不同的看法——或者再具体一点说，他们隶属不同的革命阵营，爆发论战是无可避免的了"②。革命文学论争并非本文的中心话题，但由王宏志的研究可以肯定，鲁迅直到此时并不就倾向于无产阶级革命，即使鲁迅对于国民党的清党极为不满，从 1927 年下半年开始便不断发表讥评国民党的言论。在王宏志所引的两段话中，可以清楚地看到鲁迅对革命的看法：

> 其实"革命"是并不稀奇的，惟其有了它，社会才会改革，人类才会进步，能从原虫到人类，从野蛮到文明，就因为没有一刻不在革命。生物学家告诉我们："人类和猴子是没有大两样的，人类和猴子是表兄弟。"但为什么人类成了人，猴子终于是猴子呢？这就因为猴子不肯变化——它爱用四只脚走路。也许曾有一个猴子站起来，试用两脚走路的罢，但许多猴子就说："我们底祖先一向是爬的，不许你站！"咬死了。它们不但不肯站起来，并且不肯讲话，因为它守旧。人类就不然，他终于站起，讲话，结果是他胜利了。现在也还没有完。所以革命是并不稀奇的，凡是至今还未灭亡的民族，还都天天在努力革命，虽然往往不过是小革命。（《革命时代的文学》）③

> 本来青年原应该都是革命的。因为在科学上已经证明：人类是进步的。以前有猿人，或者在五十万年以前吧——这是地质学上的事，我不大清楚，好在我们有地质学家（指朱家骅先生）在这里，问一问便知道，——后来才有了原人。虽然慢得很，但可见人本来是进化的前进的。前进即革命，故青年人原来尤应该是革命的。但后来变做不革命了，这是反乎本性的堕落，倘用了宗教家的话来说，就是：受了魔鬼的诱

---

① 鲁迅：《而已集》，《鲁迅全集》第 3 卷，人民文学出版社，1981，第 410 页。

② 王宏志：《革命阵营的内部论争？——分析 1928 年革命文学论争鲁迅成为攻击目标的原因》，《鲁迅与"左联"》，新星出版社，2006，第 7 页。

③ 鲁迅：《而已集》，《鲁迅全集》第 3 卷，人民文学出版社，2005，第 437～438 页。

惑！因此，要回复他的本性，便又另要教育、训练、学习的工夫了。①

正如王宏志所说，鲁迅所谓的革命"原是属于含义极为广泛的名词，可以说是包括了一切反对旧的、要求改革、进步的活动，甚至跟'进化'混在一起讨论"②，鲁迅对"革命文学"的看法也受此影响。然而，这又不是一个简单的"混在一起讨论"的问题，那样会将它仅仅看作鲁迅式的幽默的比喻，在它背后是影响了早期鲁迅思想的社会进化论。可以说，直到鲁迅接触并翻译马克思主义的理论著作，也就是"科学的社会理论"，他的思想才有了彻底改观，虽然要探究这种科学的社会理论的影响是困难的，因为鲁迅在某种程度上即是以反系统、反理论体系著称的思想者。社会进化论和马克思主义的科学社会理论是划分鲁迅前后期思想的主要标志。按照社会学家的看法，"达尔文关于物种进化著作（1859）的出版，对于人类进化的研究是一大推动，促进了这种研究的系统化。人类进化论的公设是：人类历史受严格的决定论支配且诸发展阶段是连续继替的。关于这种进化思想的阐释性著述十分丰富，但只有 H. 斯宾塞和 L. H. 摩尔根（Morgan）通过他们的研究，才把这些思想发展成为进化主义的理论。斯宾塞气魄宏大，构想了一个唯一原则，企图用一种受动力规律支配的一般进化法则来解释一切存在物和一切社会生活形式的变异"③。然而，进化论思想在进入中国时发生了巨大变异，而以"弱者的视点"通过"终末之心像"形成了一种"'倒过来'的进化论"，对于鲁迅来说，则是一种特殊的"'退化论'的非合理主义逻辑"④，而与倾向斯宾塞的严复"顺应环境"的合理主义和普遍主义不同。正是在这里，鲁迅表现出类似章太炎《四惑论》中对"进化"和"公理"的批判，并且通过赫胥黎式的对"宇宙过程"和人类社会的"伦理化过程"的对立和互补关系的思考，"把握到了欧洲文明，至少是基督教人之观念的'根柢'和'神髓'"，也就是说，进化论是被鲁迅当成"迫使旧有的人的观念本身发生变革的东西来把握的"。⑤ 也可以通俗地说，与进化论引起的"保种保国"或"富国强兵"一类的普遍的激昂情绪不同，鲁迅主要着眼于个人精神的诞生。这就构成了鲁迅独特的难题，也是鲁迅的魅力来源，但是在思想上可以轻易跳过的问题，在文学上却并非如此，伊藤虎丸的说法在表面上的确能够消融鲁迅

---

① 鲁迅：《读书与革命——3 月 1 日在中山大学开学典礼会讲》，见马蹄疾编《鲁迅讲演考》，黑龙江人民出版社，1981，第 172 页。

② 王宏志：《革命阵营的内部论争？——分析 1928 年革命文学论争鲁迅成为攻击目标的原因》，见《鲁迅与"左联"》，新星出版社，2006，第 4 页。

③ 卡泽纳弗：《社会学十大概念》，杨捷译，上海人民出版社，2011，第 74 页。

④ 伊藤虎丸：《鲁迅与终末论：近代现实主义的成立》，李冬木译，三联书店，2008，第 145 ~ 147 页。

⑤ 伊藤虎丸：《鲁迅与终末论：近代现实主义的成立》，李冬木译，三联书店，2008，第 147 ~ 157 页。

的矛盾，鲁迅精神的诞生类似于否定之否定，但一旦从这个逻辑后退，它就会显示或坍塌为第一层否定，鲁迅文学的内容毕竟更多遵循了倒过来的进化论，或一种退化论的非合理主义逻辑。这个内容就是颓废。如果用类似辩证法的语言，可以说鲁迅自觉地停留在否定的阶段而不愿急忙完成飞跃，鲁迅晚年仍不时闪耀出这种深刻的力量：

> 《神曲》的《炼狱》里，就有我所爱的异端在；有些鬼魂还在把很重的石头，推上峻峭的岩壁去。这是极吃力的工作，但一松手，可就立刻压烂了自己。不知怎地，自己也好像很是疲乏了。于是我就在这地方停住，没有能够走到天国去。（《陀思妥夫斯基的事——为日本三笠书房〈陀思妥夫斯基全集〉普及本作》）①

这里就表现出一种反基督教式的基督教精神。这和鲁迅对地狱的爱好是一致的。鲁迅说："我先前读但丁的《神曲》，到《地狱》篇，就惊异于这作者设想的残酷，但到现在，阅历加多，才知道他还是仁厚的了：他还没有想出一个现在已极平常的惨苦到谁也看不见的地狱来。"（《写于深夜里》）② 当然鲁迅在此是以但丁的地狱来比拟中国的现实，但可以看到他在精神上和地狱、炼狱的接近。在《野草》中，《失掉的好地狱》一篇集中表现了鲁迅对地狱的看法：

> 人类于是完全掌握了主宰地狱的大威权，那威棱且在魔鬼以上。人类于是整顿废弛，先给牛首阿旁以最高的俸草；而且，添薪加火，磨砺刀山，使地狱全体改观，一洗先前颓废的气象。
>
> 曼陀罗花立即焦枯了。油一样沸；刀一样铦；火一样热；鬼众一样呻吟，一样宛转，至于都不暇记起失掉的好地狱。这是人类的成功，是鬼魂的不幸……。
>
> 朋友，你在猜疑我了。是的，你是人！我且去寻野兽和恶鬼……（《失掉的好地狱》）

地狱既不会有现实的改观，更不会让人有精神提升的可能，而且在鲁迅眼里，地狱之苦甚至还有愈演愈烈的倾向。不管是辩证法还是基督教的精神模式，鲁迅都很难认同，更不用说从中获得和谐的幻象或解脱的快感。鲁迅讽喻的对象是酷烈现实的循环，与之对应

---

① 鲁迅：《且介亭杂文二集》，《鲁迅全集》第6卷，人民文学出版社，2005，第425页。
② 鲁迅：《且介亭杂文末编》，《鲁迅全集》第6卷，人民文学出版社，2005，第520～521页。

的则是人类思维惯性本身的悖谬，《失掉的好地狱》可以和如下一段话对读：

> 革命，反革命，不革命。
>
> 革命的被杀于反革命的。反革命的被杀于革命的。不革命的或当作革命的而被杀于反革命的，或当作反革命的而被杀于革命的，或并不当作什么而被杀于革命的或反革命的。
>
> 革命，革革命，革革革命，革革……（《小杂感》）①

这段写于 1927 年末的话充分显示了鲁迅对革命的理解深度，以一种佯谬的方式揭示了革命的时间悖论，可以将现代革命神话的时间观与宗教的时间观作一个比较，宗教由于其彼岸性而实际上善于处理时间悖论，"革命的现世性质却碰到了真正的时间难题"②，"一个基本的事实是：革命企图废除时间，但到头来是时间废除了革命。革命总是表现为时间与历史的断裂、转变，当革命表现为连续性、进入时间范畴时，它的革命性质也就被消解了。革命之新注定了要被时间所磨损，革命的神圣的初始状态是没有延续性的，因为革命自身是时间连续性的中断"③。正因为鲁迅深知这一点，所以他在原则上支持革命的同时，有时也不免对革命讥嘲一下。也正是因为这一点，革命体现出一种现代性的悖论，它进一步落实和填充了进化论的空洞愿望，而成为一种有关空白、重复和断裂的强烈的现代性体验，虽然在时间模式上，"基督教与革命都把时间的方向从旧的轮回状态中弄直了，把时间从受轮回、传统和过去时间的支配魔法下解放出来。它确立了将来时、将要发生的事物对现在的价值。确立了可能性对现时性的引导"④。在这方面，完全可以将革命纳入进化论的时间模式，正如李欧梵所揭示的那样，"'五四'前后流行的种种'新'思潮包含着对'现代性'的追求，知识分子自信摆脱了传统的循环史观而确立了与进化论相合的'线性史观'"⑤。鲁迅对革命的省察既着眼于现代性内部的悖论机制，同时又是对中国历史由传统循环史观转向现代线性史观的怀疑，不要忘了，鲁迅对中国历史的重复和循环深

① 鲁迅：《而已集》，《鲁迅全集》第 3 卷，人民文学出版社，2005，第 556 页。
② 耿占春：《向初始时间的复归》，见《改变世界与改变语言》，社会科学文献出版社，2000，第 318 页。
③ 耿占春：《向初始时间的复归》，见《改变世界与改变语言》，社会科学文献出版社，2000，第 320 页。
④ 耿占春：《向初始时间的复归》，见《改变世界与改变语言》，社会科学文献出版社，2000，第 322 页。
⑤ 陈建华：《"革命"的现代性：中国革命话语考论》，上海古籍出版社，2000，第 164～165 页；Leo Ou-fan Lee（李欧梵），"In Search of Modernity：Some Reflections on New Mode of Consciousness in 20th Century Chinese History and Literature"，in *Ideas across Culture*：*Essays in Honor of Benjamin Schwartz*，Cambridge：Harvard East Asian Monographs，1990，pp. 109–136。

恶痛绝甚至否定它自我更新的力量。鲁迅的颓废既可以放在现代性的内部来理解，同时也是由传统向现代性转变的症候表现。

他腹部波动了，悲悯和咒诅的痛楚的波。

遍地都黑暗了。

"以罗伊，以罗伊，拉马撒巴各大尼?!"（翻出来，就是：我的上帝，你为甚么离弃我?!）

上帝离弃了他，他终于还是一个"人之子"；然而以色列人连"人之子"都钉杀了。钉杀了"人之子"的人们的身上，比钉杀了"神之子"的尤其血污，血腥。

[《复仇（其二）》]

这是《野草》中最具有基督教精神的一篇散文诗。它重述了《新约全书》的《马太福音》27 章和《马可福音》15 章耶稣被钉十字架的故事，但同时也回荡着尼采《查拉图斯特如是说》中"上帝已死"的声音，鲁迅的创意是耶稣不仅作为"神之子"而且作为"人之子"被钉十字架。这里包含了鲁迅对宗教作为人类想象与创造的认识，鲁迅对基督教仍然给出了一个世俗的理解，类似于神人同质同性论（anthropomorphism）。正如马泰·卡林内斯库在论述奥克塔维奥·帕斯时所说，帕斯"以惊人的洞察力指出了上帝之死这个浪漫派神话的矛盾内涵……现代性是一个'纯粹的西方概念'，而且它不能同基督教分离，因为'它只有在这种不可逆时间的思想中才会出现；它也只有作为对基督教永恒性的一种批评才能出现'。上帝之死的神话实际上不过是基督教否定循环时间而赞成一种线性不可逆时间的结果，作为历史的轴心，这种线性不可逆时间导向永恒性"[1]。卡林内斯库延续了尼采的悖论性观点，即反基督教的现代性观念得益于基督教，而现代性的发生与基督教末世论的世界观难脱干系。但帕斯将现代性限定于基督教世界这个看法有失偏颇。如果说作为中国人，鲁迅无缘面对西方世界"上帝之死这个理智和诗学悖论"[2]，那么，他通过社会进化论的思想同样触及了现代性的悖论。《复仇（其二）》中作者对基督教能抱有一种超然的洞察力，也许正得益于社会进化论提供的理解基础，鲁迅所执着的仍然是"人之子"的抗争，他几乎没有办法来遏制世俗世界恶的循环，在此意义上基督教本身成为一个寓言，正如在《失掉的好地狱》中现世并未得到改善，反而是每况愈下。《复仇（其二）》

---

① 马泰·卡林内斯库：《现代性的五副面孔》，顾爱彬、李瑞华译，商务印书馆，2002，第 69 页。

② 马泰·卡林内斯库：《现代性的五副面孔》，顾爱彬、李瑞华译，商务印书馆，2002，第 70 页。

和《失掉的好地狱》彼此呼应，其实存在一种对称关系。而《颓败线的颤动》则借一个老妇人隐喻了中国沉重的古老历史的负担，表现出传统与现代性的复杂纠葛，《过客》则表达了向一个从传统时空中脱离出来的现代性进发的愿望。也许可以更进一步说，鲁迅的颓废是和他对社会进化论的信仰相伴随的，中国虽然没有以人格神为标志的基督教传统，但并非没有类似信仰的东西，社会进化论对于鲁迅来说就提供了这样一个反叛的对象，正如李欧梵所说：

> 作为"五四"运动的知识分子领袖，鲁迅奇异地游离于他的那些"五四"同志，这些人的"启蒙心理——对理性和进化的乐观信仰——看来把鲁迅抛入了深沉的沮丧中"。而同时，他在希望和绝望的精神混乱中，在某种自我暗示的对现代性的信仰和私下的因不满而滋生的愤恨中，也无路可通。《野草》提供了一个罕有的机会令人一窥他痛苦的灵魂。因此对鲁迅而言，颓废确实是一种悲剧性折射，一种对时间和进化的悖论性注释。而它也确实为卡林内斯库所定义的"美学现代性"，提供了一个罕例。①

我们在前面已经说过，对于鲁迅来说，颓废几乎是和社会进化论相伴始终，颓废就是社会进化论的反面和补充。除了思想的纬度，鲁迅的颓废同时又是一个深刻的美学经验。我们可以猜想，在鲁迅眼里，颓废就是古老中国历史的实际情形，它还没有对正在肆虐全球的现代性做好准备，魏尔伦（Paul Verlaine）的两句诗奇特地适合鲁迅："我是颓废时期的帝国/看着高大的白种野蛮人走过"，只不过在这里文明和野蛮发生了置换，颓废作为文化熟透的产物反而预示着文化老迈或衰落，而野蛮则代表了一种全新的现代性的物质力量。与西方的颓废内生并对立于资产阶级文明的现代性有所不同，鲁迅的颓废同时也是国际政治的产物，它根源于中国在世界市场上的失败和在"世界精神"上的缺席。西方颓废的反面是讲求速率的资产阶级文明，是资产阶级及其清规戒律，鲁迅颓废的反面则是社会进化论。也可以用詹明信（Frederic Jameson）的话来表示，西方式的颓废美学几乎毫无例外地暗示着"公与私之间的分裂"②，而鲁迅式的颓废虽然发明了一个内面，但又重新将有着"深刻的分歧"的政治和力比多、弗洛伊德和马克思连接了起来。詹明信说："基于

---

① 李欧梵：《上海摩登：一种新都市文化在中国（1930-1945）》，毛尖译，人民文学出版社，2010，第239~240页。
② 詹明信：《处于跨国资本主义时代中的第三世界文学》，见张旭东编《晚期资本主义的文化逻辑：詹明信批评理论文选》，陈清侨等译，三联书店，1997，第535页。

自己的处境，第三世界的文化和物质条件不具备西方文化中的心理主义和主观投射。正是这点能够说明第三世界文化中的寓言性质，讲述关于一个人和个人经验的故事时最终包含了对整个集体本身的经验的艰难叙述。"① 这个说法可以丰富我们对寓言的理解，但完全否定"第三世界文学中"心理内容的强度也是不足取的。应该看到，詹明信对寓言的看法有助于他突破自己的限定，寓言这种形式本身即意味着内容的开放性，它已将对死板的拟人化关系的兴趣转移到动态意指过程的变化和不确定本身："在西方早已丧失名誉的寓言形式是华滋华斯和柯尔雷基（即柯尔律治，引者注）的浪漫主义反叛的特别目标，然而当前的文学理论却对寓言的语言结构发生了复苏的兴趣。寓言精神具有极度的断续性，充满了分裂和异质，带有与梦幻一样的多种解释，而不是对符号的单一的表述。它的形式超过了老牌现代主义的象征主义，甚至超过了现实主义本身。我们对寓言的传统概念认为寓言铺张渲染人物和人格化，拿一对一的相应物作比较。但是这种相应物本身就处于文本的每一个永恒的存在中而不停地演变和蜕变，使得那种对能指过程的一维看法变得复杂起来。"② 可以强调的是，鲁迅颓废的独特之处，正在于它是一个力比多与政治纠缠不清的寓言，它具有双重的含义，而其深度丝毫不逊色于西方的颓废，而在他的后期，他怎样通过翻译和写作关联起弗洛伊德和马克思，仍然是一个悬而未决的疑问。

> 人睡到不知道时候的时候，就会有影来告别，说出那些话——
>
> 有我所不乐意的在天堂里，我不愿去；有我所不乐意的在地狱里，我不愿去；有我所不乐意的在你们将来的黄金世界里，我不愿去。
>
> 然而你就是我所不乐意的。
>
> 朋友，我不想跟随你了，我不愿住。
>
> 我不愿意！
>
> 呜乎呜乎，我不愿意，我不如彷徨于无地。（《影的告别》）

在《影的告别》中，作者明显地在表达对线性时间观的拒斥，不管是天堂、地狱还是黄金世界，影子都不愿与人共往，与"五四"诸同仁形成了鲜明对照，鲁迅再次从历史的合理性逻辑性中挣脱出来，但作者本人的位置也很难说是在传统循环史观上，在他的决绝

---

① 詹明信：《处于跨国资本主义时代中的第三世界文学》，见张旭东编《晚期资本主义的文化逻辑：詹明信批评理论文选》，陈清侨等译，三联书店，1997，第 545 页。

② 詹明信：《处于跨国资本主义时代中的第三世界文学》，见张旭东编《晚期资本主义的文化逻辑：詹明信批评理论文选》，陈清侨等译，三联书店，1997，第 528 页。

背后是一种阴暗的洞察：无论是在哪种新型线性时间观下的历史实践，最终都难逃中国历史的恶的循环，也就是堕入陈旧的循环时间观。鲁迅的位置恰恰处在转变中间的"无"，"呜乎呜乎，我不愿意，我不如彷徨于无地"。"无地"是一个非历史的历史位置，它同时允许了情感挣扎和非体系化的思辨，竹内好说："鲁迅是诚实的生活者，热烈的民族主义者和爱国者，但他并不以此来支撑他的文学，倒是把这些都拔净了以后，才有他的文学。鲁迅的文学，在其根源上是应该称作'无'的某种东西。因为是获得了根本上的自觉，才使他成为文学者的，所以如果没有了这根柢上的东西，民族主义者鲁迅，爱国主义者鲁迅，也就都成了空话。我是站在把鲁迅称为赎罪文学的体系上发出自己的抗议的。"① 但鲁迅对"无"的洞察并不一定要用赎罪文学这一种宗教神秘主义来支撑，它源于普通的生命哲学及其体验，甚至是一种和生存愿望相反的死本能，更重要的是，"无"关联着一种历史叙事，鲁迅不仅嘲笑了对历史的目的论预设，而且以拒绝历史哲学的姿态怀疑历史本身。在东亚的近代产生于对西方抵抗的意义上，鲁迅以"无"来取代了黑格尔的"绝对精神"，这就是鲁迅"复仇"最大的深刻含义。在这个意义上，与竹内好的如下论断相反，"在前进的方向上只有由前进的因素构成的精神（此乃真的精神）才有其生产性。而在后退的方向上则不会产生出精神这个东西来。相反，一般说来，在后退过程中，前进将会被意识到。为什么呢？就是因为在前进中所形成的前进观念，由于它在本质上是前进性的，故将渗透到后退一方中去。而原本在精神上是虚空的一方，很容易接受这种渗透。而且，渗透进去的观念失去了生产性，被作为固定化了的实体看待"②，作为"东洋的抵抗"的"后退"同样可以产生出一种"无"的精神，"无"的精神既内生于东方观念自身——在这方面不应低估章太炎的佛教和东方思想对鲁迅的影响——同时又是黑格尔式"绝对精神"的解体，是对作为世界进程的绝对精神的反抗：

> 但他举起了投枪。
>
> 他微笑，偏侧一掷，却正中了他们的心窝。
>
> 一切都颓然倒地；——然而只有一件外套，其中无物。无物之物已经脱走，得了胜利，因为他这时成了戕害慈善家等类的罪人。（《这样的战士》）

> 客——料不定可能走完？……（沉思，忽然惊起，）那不行！我只得走。回到那

① 竹内好：《鲁迅》，见《近代的超克》，李冬木等译，三联书店，2005，第 57 ~ 58 页。
② 竹内好：《鲁迅》，见《近代的超克》，李冬木等译，三联书店，2005，第 193 ~ 194 页。

里去，就没一处没有名目，没一处没有地主，没一处没有驱逐和牢笼，没一处没有皮面的笑容，没一处没有眶外的眼泪。我憎恶他们，我不回转去！（《过客》）

《这样的战士》延续了鲁迅 1908 年的《破恶声论》："伪士当去，迷信可存，今日之急也。"竹内好曾将伪士解读为日本的"优等生文化"，对于鲁迅来说，他们是并不能明了内蕴于世界精神之中的"无的逻辑"的人，而将渗透进来的观念当作了"实体"来看待："他走进无物之阵，所遇见的都对他一式点头。他知道这点头就是敌人的武器，是杀人不见血的武器，许多战士都在此灭亡，正如炮弹一般，使猛士无所用其力。那些头上有各种旗帜，绣出各样好名称：慈善家，学者，文士，长者，青年，雅人，君子……头下有各样外套，绣出各式好花样：学问，道德，国粹，民意，逻辑，公义，东方文明……""其中无物""无物之物"表明，由于鲁迅主观的"无的精神"，"无的精神"反抗的对象也被同质化了，也就是被"无化"了。"无"在西方内部可以从尼采意义上来解读，即所谓欧洲虚无主义是西方形而上学精神的最高阶段，但更应该是在东方内部上来理解，在西方虚无主义的产生是基督教值体系的失落，而在中国则是儒教的失落，在此意义上中国的现代性和西方是同步发生的，如果"被迫"进入现代的"创伤心理"可以治愈的话。"过客"的形象是"这样的战士"的另一面，过客之所以要走向无名之处，正是因为"公义""民意"种种观念制造了名目的藩篱。在鲁迅看来只有无的逻辑才能真正驾驭这些名目。在思想起到的作用上，它类似于德国哲学家谈到的理性对知性的超越，这是重新"由抽象上升到具体"以获得事物的多样性统一[①]，但它并未采用理性这样的语汇。鲁迅反对黑格尔式的思辨的历史哲学，按照 W. H. 沃尔什的意见，思辨的历史哲学建立了一种有关历史的"模型或节奏"以及"有意义的叙述"，用黑格尔的话说就是世界历史是一个合理的过程，因而这种历史哲学总是包含道德甚至形而上学的因素。[②] 当然鲁迅也不可能靠近沃尔什提倡的分析的历史哲学。鲁迅特有的"历史哲学"导致的结果应该是一种注重人类生存经验的历史，为了获得一种历史认识，它更多地依赖于文学家的个体感受。

究其原因，也许是因为它包含着独一无二的生命经验，就如鲁迅的颓废和进化论并不能摆脱一种生物性的时间，它们本身就是生物学的概念，鲁迅对革命和进步的看法也受到它们的限制，"进步的概念达到了一个抽象的层次，在这个层次上，早先的有机特别是拟人论的含义不再保留了。进步被认为是一个更多地与机械学而不是生物学相关的概念……

---

① 王元化：《思辨录》，《王元化集》卷五，湖北教育出版社，2007，第 315～321 页。
② 沃尔什（Walsh, W. H.）：《历史哲学——导论》，何兆武译，广西师范大学出版社，2001，第 154～161 页。

结果是——如今这已成为老生常谈——高度的技术发展同一种深刻的颓废感显得极其融洽。进步的事实没有被否认，但越来越多的人怀着一种痛苦的失落和异化感来经验进步的后果。再一次地，进步即颓废，颓废即进步"①。这个悖论态度也奇特地属于鲁迅。鲁迅在 1930 年回顾说："法国的波特莱尔，谁都知道是颓废的诗人，然而他欢迎革命，待到革命要妨害他的颓废生活的时候，他才憎恶革命了。"②（《非革命的急进革命论者》）这段话似乎透出一种玄机，它表明了鲁迅对颓废和革命关系的理解，比如我们可以问，为什么鲁迅几乎总是毫无例外地对革命表示支持呢？哪怕"革命要妨害他的颓废生活"。这是因为对于鲁迅经验型的历史来说，革命的经验是一种强度颇大的生命经验，革命的时间可以还原为一种生命的时间，它对颓废的经验形成了足够的挑战，鲁迅对革命的支持不一定根基于革命背后的科学的社会理论，"……还是应当将时间类型与意识形态加以区分。革命的意识形态可以在历史的连续性中展开，一边赞颂过去发生的革命，一边为新的革命做准备。在历史方面，断裂的事件类型所处的时刻是行动本身发生的时刻，是从这一系列既紧迫又非常难以预料的事件爆发开始的，这些事件构成革命时期所特有的时间性。这种时间类型只认可这一时刻的价值（这一时刻本身是由无数的断裂事实构成的），而介于它前后的那些过渡时期对它来说毫无价值。新事物，或者更恰当的说法是革新，变成了最高价值"③。革命是变革与重复，但同时也是瞬间和现时，在这方面，鲁迅与波德莱尔都表现出对待现时的英雄主义态度，这是一种"对现时的讽刺性英雄化"④——《野草》中的《淡淡的血痕中》和《一觉》等篇章应作如是解，它们暂时摆脱了《墓碣文》中"自食"的绝对和内在的颓废——在福柯所说现代性是一种气质、态度而非历史时期的意义上，它毫无疑问是现代的。这种现代性的英雄主义避免了历史哲学的虚无化，但却并未能避免让历史成为寓言，鲁迅的《野草》也因此成为一个有关历史的宏大叙事或元叙事——解体——的寓言，而不仅仅是对琐屑和黑暗诗意的追寻，正如本雅明论及寓言的《德国悲剧的起源》，其书名可以从双重意义上来理解，即可以同时"被理解为是一篇论德国历史悲剧的神学政治学论文"⑤。作为寓言的《野草》甚至会让人产生一个也许并非噱头的幻想，即认为在鲁迅之前，中国就存在着黑格尔思想的替代物，也就是所谓绝对精神一类的东

①　马泰·卡林内斯库：《现代性的五副面孔》，顾爱彬、李瑞华译，商务印书馆，2002，第 167 页。
②　鲁迅：《二心集》，《鲁迅全集》第 4 卷，人民文学出版社，1981，第 227 页。
③　伊夫·瓦岱：《文学与现代性》，田庆生译，北京大学出版社，2001，第 71 页。
④　福柯：《何为启蒙》，见杜小真编选《福柯集》，上海远东出版社，1998，第 536 页。
⑤　海因茨-迪特尔·基茨泰纳：《19 世纪历史哲学的寓言》，见郭军、曹雷雨编《论瓦尔特·本雅明：现代性、寓言和语言的种子》，吉林人民出版社，2003，第 214 页。

西，而在鲁迅这里，黑格尔坚持的辩证法重新分解为了反讽，而反讽曾经被编排到美学工具（艺术媒介，Kunstmittel）、自我的辩证和历史的辩证这三项事物当中[①]。《野草》中的鲁迅远离了他早期的浪漫主义精神，同样也摆脱了有关历史的目的论叙事而形成了一种历史反讽，在这方面德曼式的语言和结构分析并非多余，虽然德曼反对传统的真理观念[②]，但在盲视中也包含一种洞见，即所有"可理解的"人类历史的问题都同时是一个叙述问题，而反过来说，他对作为时间性修辞的寓言的理解也只能指向一种"不需要救赎和终极秩序"的历史理解，《野草》就是如此包含着有关人类语言、意义和理解问题的复义和"意义的意义"，毕竟鲁迅说过"我的哲学都包含在我的《野草》里面了"[③]，在这方面无论如何强调《野草》颓废的现代性（悖论哲学）都不过分，虽然另一方面我们也应该让这种现代性回到它的历史处境。

---

① Paul De Man，"The Concept of Irony"，in *Aesthetic Ideology*，University of Minnesota Press，1996，pp. 169–170.

② 蔡宗齐：《比较诗学结构：中西文论研究的三种视角》，刘青海译，北京大学出版社，2012，第25~29页。

③ 章衣萍：《古庙杂谈（五）》，《京报副刊》1925年3月31日。

诗人张枣论

曹梦琰[*]

【内容提要】 作为当代一位别具一格的诗人，张枣的诗歌始终坚持对语言精确度的求索，他试图通过语言化解身体的危机；他的诗歌保持着与母语的亲密关系，他在诗中重塑和重新发现了母语；身处孤独处境中的他一直在寻求对话者，并在自己的写作中发展了一种与世界、自己进行对话的诗学。

【关键词】 张枣 身体 母语 对话

一 引言：从身体出发

"拍谁就是谁一生最好的照片"，摄影家肖全的《我们这一代》中有一张很有名的照片：年轻的诗人张枣微侧着头、目光低垂、双手交叉在胸前，长长的围巾垂下来。认识张枣的人无一不欷歔他的改变。"青翠的竹子可以拧出水"（张枣《楚王梦雨》），这几乎就是诗人张枣曾经年华的写照——或者说，任何人，任何处于他们最好年华的人。诗人柏桦的回忆录中记载了他和张枣的相识，他说，张枣在当时两个大学的诗歌圈内"英俊地游弋，最富青春活力，享受着被公认的明星身份"[①]。柏桦还说："他很清楚地知道他是作为新一代知识分子的典型形象出现的，这种形象的两个重点他都有：一是高级知识配备、二是轻松自如的爱情游戏。尤其是第二个重点使他的日常行为表现得极为成熟，对于像我这

---

* 曹梦琰，中央民族大学文学与新闻传播学院中国现当代文学专业博士生。
① 柏桦：《左边——毛泽东时代的抒情诗人》，《青年作家》2008 年第 11 期。

样 50 年代出生的人来说甚至应该是敏感的早熟。"①

2010 年，张枣英年早逝，诗人钟鸣在长文《诗人的着魔与谶》中说，张枣自己也生活在怪圈中："他是饮食男女的高手，诱惑者——却可惜不能说'爱'，因为他曾坦率地告诉我，他从未有过纯粹意义的'爱'，并为此深感遗憾。"②"爱上爱情"，张枣不止一次在一些场合谈到这一点，于他自己而言，恰是如此。在张枣那里，爱情是一门艺术，他善解人意，说话温柔呢喃，能欣赏到每个人身上的优点。他的诗歌是不露声色地对生命痕迹的处理。譬如，对于翟永明来说，诗歌是："这是一首行吟的诗……/胜过一切虚构的语言"（翟永明《土拨鼠》），她的忧愁、欢乐，隐藏心底或表露于外的爱意都流露于其中。钟鸣说："女人，不啻女人，十分萧条地落在深邃的人性之中，究其根源，竟开出血脉之花，无意间给了精神一种诠释。"③ 是身体的痕迹带来了精神的诠释，而不是相反，就像诗人自己所说的："从她的姿势/到我的姿势/有一点从未改变：/那凄凉的、最终的/纯粹的姿势/不是以理念为投影。"而在张枣这里，诗歌则是"黄鹤沿着琴键，苦练时代的情调"（《一个诗人的正午》），这是诗人的优雅之处。对于张枣来说，诗歌的美感是从对话性与投射性中获得的。他淡化了身体痕迹——或者说，诗人把艰难，生活之艰难转化为对语言精确度的求索。在早期的一首诗中，诗人说："一个表达别人/只为表达自己的人，是病人；/一个表达别人/就像在表达自己的人，是诗人"（张枣《虹》），可见他的善解人意之处，也可见诗人对对话性的自觉意识。

"哪儿，哪儿是我们的精确呀"（张枣《春秋来信》），投射了时代危机感与中年危机感："来关掉肥胖和机器"，是在生活的繁冗与茫然中求索意义的发问。然而"精确"，同时又是对诗歌精准度的追求——找到人们可以因此而沟通的词语："得从小白菜里，/从豌豆苗和冬瓜，找出那一个理解来"（张枣《春秋来信》）。巴别塔的象征即是人们的语言对别人的实效，所以隐喻完美的上帝之国永远是不可抵达的，人们都面临着尘世间的种种琐碎、烦恼甚至苦难。天性也好，人生境遇或其他种种也好，张枣的诗歌很早就具备了一种温柔性——基于对自身的克制与警醒和对他人的理解。同样是母语的儿子，张枣的诗歌中也有一种古典气息。不同于柏桦诗歌中母语所焕发出的享乐——加一点点旧式怪癖的气息。在张枣身上，古老的母语与现代性相遇——融合、碰撞，甚至有一种悄无声息的危险。然而它们最终都成为对话中的危机与化解："我潜心做着语言的试验/一遍又一遍地，

---

① 柏桦：《左边——毛泽东时代的抒情诗人》，《青年作家》2008 年第 11 期。
② 钟鸣：《诗人的着魔与谶》，《今天》2010 年第 2 期。
③ 钟鸣：《诗的肖像》，《秋天的戏剧》，学林出版社，2002，第 30 页。

我默念着誓言/我让冲突发生在体内的节奏中/睫毛与嘴角最小的蠕动，可以代替/从前的利剑和一次钟情"（张枣《秋天的戏剧》）。身体当然是在场的，却不是那即兴的、冲动的在场，而是基于深思熟虑的在场。语言化解了身体的危机，对于诗人张枣来说，利剑和钟情——这肆意的暴虐和情感都是不存在的，它们在一遍又一遍语言的试验中化为了最小的冲突。首先是身体，身体的在场呼唤语言，然而诗人并非顺从自身的一切——任性、怪癖，甚至病态。而诗歌的语言就是在抵挡这个身体——让它化约为自身最恰切与优美的姿态，词变成了物，或者说改变了物。

"厨师因某个梦而发明了这个现实"（张枣《厨师》），这是诗人张枣的梦想，词变成了物。然而，我们若要执著于此，那就把诗歌当成了巫术。（奇怪的是，有时诗歌就是巫术。不是多么神叨的事情，诗歌之所以要这样写、那样写，是因为人们的笔触中有那个不可抵挡的自我。）不管是真诚的语言还是在某种程度上矫饰的语言。诗人一旦开始反省语言，就开始了对那个自我的抵挡——不是抵挡得住，只是抵挡这股力量。在两种力量的角逐中，那个自我、那个身体也发生了微妙改变——朝向人们理想中的尽善尽美，即使它不可抵达。多年后，张枣诗歌中的句子仍然打动人心：

你们来到我的心中

代替了我设想的动作，也代替了书桌前的我

让我变成了一个欲言不能的影子

日子会一天天变美，洁白无瑕，正像

我们心目中的任何一件小东西

活着？活着就是改掉缺点

就是走向英勇的高处，在落叶纷纷中

依然保持我们躯体的崇高和健全

（张枣《秋天的戏剧》）

对于诗人来说，那是一种对话与沟通；擦拭与淡化那个固执于自己的自己，那个偏好陷于独白中情感肆意奔腾的自己。诗人愿意在诗歌中引入他者，这他者曾是另一个"我"，曾是焕发温柔与不安气息的母语，也曾是异国的卡夫卡或茨维塔耶娃，或是家乡中练习仙鹤拳的祖母……因此，在张枣的诗歌中，那个与他者共存的自我不会无顾忌地宣泄自己。诗人若要建立一种对话关系——真正的对话关系——就不是虚设一个他者这样简单，而是"我"，那个在克制与抵挡自己的"我"，那个在对自身完美性追逐的"我"，必须要寻求到的对话者，必须为那个痛苦与不得已的自己找到的对话者。这是诗人最真诚的地方。然而，处于对话之中的"我"，和对话者之间永远有不可交流或不愿交流之处。这也许是诗人抵御的那个不甚完美的自我——或许过了点，连同那个真实的他也隐没于优雅、体面的对话中。张枣失去了一些东西，钟鸣说："张枣其人，不管与他怎样熟稔，其实他都保有秘密内心活动的层面。……倒不是说他故意'虚伪'，而是他很了解自己，能从镜子不同侧面观看自己的人不可能不洞穿自己的结果。"① 因为这种聪慧，张枣善解人意，能得别人喜欢；然而，也是因为这种聪慧，预先就看清了彼此间的尺度与好坏，也就丧失了人们天真的、对不可把握之物的惊恐与惊喜感。想必对于爱情，张枣正是如此——一个人们无法拒绝的引诱者——自己早已洞穿了这点，没有了爱情的笨拙感与苦涩感。他的诗歌——在这一点上是如其人的——快乐、甜美，甚至忧愁与悲伤都优雅有度，这个善解人意的对话者深知自己所不能施加于别人的那个自我。纵然他的诗歌中也会出现孩子般调皮的鬼脸，却也是一个早慧得让人有些害怕的孩子，他知道如何去取悦别人，更关键的是，他知道什么会让大人们不快与害怕，然而他却从不说出。

张枣在给学生所讲的最后一节课上拿出自己写的两首散文诗，其中一首是《Osnabruecke》，写在德国与一个接自己的人约好4点半在车站见面，结果那天他提前一个小时动身，就早了一个小时到达——被等待者成为了等待者，被寻找者成为了寻找者，诗人开始了自己的"游戏"："还剩五分钟，在四周微微骚动的紧张之中，在真相大白之前，我想依靠某个'直觉的奇迹'来辨认出那个也要辨认我的人。当我注意到一个抽着卷烟偎着廊柱张望，高瘦、戴眼镜而近身处又没有任何行李的中年男人时，列车正好停靠站了。他的眼睛四下忙碌着。是他的侧影使我直觉到他是一个脆弱易悸的人。我便悄悄地从他身后绕过去，混同旅客们再次登上车，又迅速地挤到他眼前那节车厢，并左顾右盼地提着公文包走了下来。我露出微笑，径直朝他走去，伸出手，嗫嚅道：'哈啰，H博士！'他的目光移向我，表情彬彬有礼，很快把烟头扔到地上。他侧头扔烟的那一瞬，列车启动，而我看到我们四周的宇宙因恢复其内部的那个似是而非的正常编码而焦虑地颤抖了一下。"他是秩序的扰乱者，却又是秩序的维护者——当一切已掌握于自己小小的游戏中时——他依然善解人意地退回到早已被自己悄然置换的序列中，接受秩序的按部就班。想来，张枣诗歌的迷人之处也在于此。他不是那种破坏式的、呐喊式的先锋。对于笔下的一切，古韵、现代性，甚至是生活中的琐碎他都心怀温柔与善意，即使它们是他要否定或改变的——还是天性使然吧。

---

① 钟鸣：《诗人的着魔与谶》，《今天》2010 年第 2 期。

钟鸣说："张枣君终究善类，知道厌恶的后延性，故想保护自己，也保护别人。所以，其攻击性是预先的。凡和张枣交接的人，久而久之，必两败俱伤。"① 人身上，既然存在那个可以抵御的自己，就同时存在那个不可抵御的自己，也许，对于张枣来说，那不可抵御的自己就是由于洞察到一切而心怀秘密的自己，那个不可坦开的自己："我呀我呀，总站在某个外面。/从里面可望见我呲牙咧嘴。/我呀我呀，无中生有的比喻"（张枣《空白练习曲》），那是一个人们捉摸不定的他，那是一个令他自己也迷惑的自己：他身上的另一个他，或者对着生活做鬼脸，或者被生活捉弄；他身上的另一个他，仿佛不是他自己，只是一个像自己的比喻。"他谜样的性格，从一开始就迷惑了大家，也迷惑了自己"（钟鸣语）。美国汉学家宇文所安说："诗歌可以唤起我们心中渴望迷失的那一部分"，对张枣来说正是如此。他本人确实是"只有连击的空白我才仿佛是我"，在早年的诗歌中有"空白的梦中之梦""空址"之类的措辞，这是诗人所钟情的空，他鄙夷"那些决不相信三只茶壶没装水也盛着空之饱满的人"（张枣《大地之歌》）。空是张枣为别人和自己设下的谜，他不断地从自身中逃逸，留下一个又一个的空之饱满，让人们猜测，也让自己猜测。

二 与母语的亲密

在一次访谈中，张枣说："诗歌也许能给我们这个时代元素的甜，本来的美。"② 诗人倾心的甜："我咬一口自己摘来的鲜桃，让你/清洁的牙齿也尝一口，甜润得/让你全身膨胀如感激"（张枣《何人斯》）。在张枣的诗歌里，母语焕发出了她甜美、温柔的一面，即使诗人从很早开始，就敏锐地意识到他所朝向的母语，并不在过去，而在未来："怕就怕陈旧不是一种制作出来的陈旧，而是一种真正的陈旧。我觉得，古典汉语的古意性是有待发明的，而不是被移植的。也就是说，传统在未来，而不在过去，其核心应该是诗意的发明。"③ 在《何人斯》中，诗人不断发问："究竟那是什么人？"实际上就是对古典诗意的追溯。欧阳江河的《悬棺》中也有"那是谁"的追问，他从中追溯到了古典文化中的怪诞与阴暗，是一种质疑与质问的口气。张枣的追问中也有一种质疑，语气却很温婉。这种发明性的追溯在诗人的"我"和母语的"你"之间建立了对话关系："我们曾经/一同结网，你钟爱过跟水波说话的我"，在张枣的诗歌中，即使是"我"也有微妙的差别。这里

① 钟鸣：《诗人的着魔与谶》，《今天》2010 年第 2 期。
② 张枣：《"甜"——与诗人张枣一席谈》，《亲爱的张枣》，江苏文艺出版社，2010，第 223 页。
③ 张枣：《"甜"——与诗人张枣一席谈》，《亲爱的张枣》，江苏文艺出版社，2010，第 215 页。

的"我"是作为曾经的诗人，他和母语是一种和谐共处的关系，他发明了母语，在时间中，他不断被别的"我"所承袭与改变——诗人之所以一开始就用"我"，是因为在这个序列中，后来者的身上总是有着前人的影子，因此都可以称之为"我"，一个在不断变化的"我"。"你此刻追踪的是什么？／为何对我如此暴虐"。此时的"我"就不同于曾经的"我"了，幽深莫测的母语将如何与现代性接洽？诗人的困惑就在于此，那曾经钟爱过"我"的母语变得暴虐起来。对母语来说，她所追踪的即是那个能重新发明她的语言。在《传统与个人才能》中，艾略特说：艺术经典本身就构成一个理想的秩序，这个秩序由于新的作品被介绍进来而发生变化。从这个意义上讲，是诗人的语言为母语注入了新的血液。诗人等待被母语辨认与纳入，但在这之前，首先是他改变了母语。或许，在张枣这首早期的《何人斯》中，他还只是一种困惑与预感，如果说有改变，也是不知不觉的：

> 我们有时也背靠着背，韶华流水
> 我抚平你额上的皱纹，手掌因编织
> 而温暖；你和我本来是一件东西
> 享受另一件东西
>
> （张枣《何人斯》）

在现代诗中，诗人与母语的关系已经进入了紧张的状态：古典诗意僵化，诗人们梦想着以不同的方式延续它。20世纪80年代，一些年轻的诗人们也打出过各种各样的名号来重新衔接这条古老的脉络。然而很快，都销声匿迹了。还有人在写，不为人知地、秘密地写，在自身的隐秘与孤独中重新梳理那条脉络。也许诗歌的盛宴与真正的写诗相去甚远。对于诗人张枣来说，他和母语之间，从一开始就建立了一种亲密性，即使不安和质疑已经出现了："你进门／为何不来问寒问暖／冷冰冰地溜动，门外山丘缄默"（张枣《何人斯》）。亲密性是基于诗人认定的彼此间的一致性："你和我本来是一件东西"。在另一首诗中，诗人说："我要衔接过去一个人的梦，／纷纷雨滴同享一朵闲云"（张枣《楚王梦雨》）。说到底，一致性是源于现在与过去的衔接，是衔接中母语与诗人的契合。那"在外面的声音"，母语所发出的召唤，是不管身处怎样的情形中，诗人都将选择的归依。诗人所追逐的诗意始终是捉摸不定的："为何只有你说话的声音／不见你遗留的晚餐皮果／空空的外衣留着灰垢／不见你的脸"（张枣《何人斯》）。对他来说，那是一个无迹可循的声音，是在时间的流逝中人们已经无法辨识的母语。或许，她从来都是无法辨识的，人们只有等待被她所辨识。

"一切变迁/皆从手指开始。伐木丁丁,想起/你的那些姿势,一个风暴便灌满了楼阁/疾风紧张而突兀"(张枣《何人斯》)。改变已经开始了,诗人所依循的还是古韵中的伐木丁丁,一切仿佛照旧。然而风暴所造就的却是一种紧张感,即使它的灌满对于楼阁来说是不可见的。而张枣诗歌对母语的发明就在此,他是温柔而顺从她的人,却又是神秘的、悄然改变她的人。气息,仅仅是一种气息,风景中的一切就都已改变。诗人张枣就是如是这般,作为一个温柔的挟持者,悄然靠近了幽深莫测的母语:

> 二月开白花,你逃也逃不脱,你在哪儿休息
>
> 哪儿就被我守望着。你若告诉我
>
> 你的双臂怎样垂落,我就会告诉你
>
> 你将怎样再一次招手;你若告诉我
>
> 你看见什么东西正在消逝
>
> 我就会告诉你,你是哪一个

(张枣《何人斯》)

首先是,诗人凝视着母语,张枣曾得意地说他自己也不知道怎么写出"二月开白花,你逃也逃不脱"这样的句子,太天才了。或许,那是诗人无意中所泄露的自信,写作《何人斯》的张枣青春年少,信心和意气都是满的。这个温柔的挟持者流露出了自己的野心:在他和母语之间,既是一种对话,又是他对后者的一种猜测,是他已了然于胸的成功的猜测。最终,是诗人对母语的重新命名——从那些所有正在消逝和已经消逝的她的身上——重新唤起一个她,而这正是诗人所做出的改变。多年后,张枣在《祖母》中写道:"她蓦地收功,/原型般凝定于一点,一个被发明的中心",对于诗人来说,母语是隐而不见的,是诗人自己的发明,那一点,重新照亮了母语:"比喻般的闲坐,象征性的耕耘"(张枣《桃花园》);"她想告诉他一个寂寞的比喻/却感到自己被某种轻盈替换"(张枣《梁山伯与祝英台》);"我呀我呀,无中生有的比喻"(张枣《空白练习曲》)。诗人将作为修辞方式的"比喻"直接说出时,实际上是在腾空修辞感,让它直接与身体接洽;然而一旦张枣用"比喻"置换了身体的直接感受,仿佛又腾空了身体的存在。身体在张枣的诗歌中,是若有若无的,给人一种捉摸不定的感觉——或许正如他本人。他的诗歌中,母语就是在一种似是而非的古老性与似是而非的现代性中产生了谜一般的效果。

在张枣这里,古老的母语有一种与现代感接洽的方式,就是反思的能力。诗人说:"反思某种意义上是一种西方的能力,而感性是我的母语固有的特点,所以我特别想写出

一种非常感官，又非常沉思的诗。沉思而不枯燥，真的就像苹果的汁，带着它的死亡和想法一样，但它又永远是个苹果。"① 或许在张枣的诗歌中，感官与沉思彼此间也处于一种相互腾空的关系中。实际上，也正是这种关系的存在，让现代感与汉语性在他的诗歌中都看起来那么不像它们自己，却又那么像它们自己。谜样的效果也是基于此。

诗人喜欢用"比喻"一词，那是因为他不愿意让自己的凝视过于接近原质，他在疏离自己与母语的关系，只是为了将亲密性更好地保持在疏离中：

> 我不禁迎了上去：对，到江南去！我看见
> 那尽头外亮出十里荷花，南风折叠，它
> 像一个道理，在阡陌上蹦着，向前扑着，
> 又变成一件鼓满的、没有脑袋的白背心，
> 时而被绊在野渡边的一个发廊外，时而
> 急走，时而狂暴地抱住那奔进城的火车头，
> 寻找幸福，用虚无的四肢。

（张枣《到江南去》）

诗人在顷刻间将自己从不由自主地陶醉其中的感官中拉回到思考，然而即便是沉思，也带着张枣式的视觉感与活泼感。张枣为母语所倾注的，不仅仅是一种异质性，一种西方式的反思性，还有一种很个人化的东西。比如："永恒的野花的女性，神秘的雨水的老人，/假装咬人的虎和竹叶青"（张枣《桃花园》）；"于是她佯装落花，或者趁着青空/飘飘而来的一阵风，一声霹雳，舞蹈着将我/从她微汗的心上，肌肤上，退出去"（张枣《木兰树》）。这是张枣式的机巧与讨人喜欢，在他聪明而善意的猜测中，物与人都是和谐的。母语在他的诗歌中焕发出了温柔可爱的生机，还有那么一点点无伤大雅的俏皮感。

诗人确实有一种从容应对语言的优雅感，不管是对古老的汉语性、异质性还是他身上很个人化的东西。而他确实一直保持着对自身的警觉："我们所猎之物恰恰只是自己"（张枣《十月之水》）；"除非他再来一次，设身处地，/他才不会那样挑选我/像挑选一只鲜果"（张枣《灯芯绒幸福的舞蹈》）。张枣身上，在"我"之外，始终有他者，也有另外的"我"，这些都不是"我"这个处于此时此地的身体所能捕捉的，所以人们终归看到的

---

① 《"甜"——与诗人张枣一席谈》，《亲爱的张枣》，江苏文艺出版社，2010，第211页。

还是自己，无论目光投向何处。"污点只能将凝视返还给欲望主体"①，"窥视者所着迷的，不是图像自身或它的内容，而是其中他的在场，他自己的凝视"②。母语也向诗人返还捕捉——他同样是被束缚者，是那个逃也逃不脱的人，聪慧的张枣当然知道这点。也正是因为这样，他的诗歌更早地进入了对话性中，一种基于颖悟、善意和理解而达到的对话性。然而，他的聪慧，他比人们更轻易洞察到的世界与他者的一切，是否也由于这番聪慧与洞察而让他自身早已暗暗落入某个被捕捉的圈套中呢？或者说谶。钟鸣说："曾与他谈过'避谶'一类，他在诗中言及'死亡'，就像谈每天吃的大萝卜，甚至不惜说'让我死吧'，简直就是犯忌、着魔……"③也许，在诗人身上，这种颖悟多少还带着智力型的胜利感——自认为能游戏与消解："死亡猜你的年纪/认为你这时还年轻"（张枣《死亡的比喻》）。然而，有些问题并非智力能解决的，张枣显然对他所谓的"智力型傻瓜"不以为然，他所抵御的就是这个东西。但是有些时候，人们还是按捺不住自己身上的聪明——捕捉不可碰触之物的冲动，猜测不可猜测之谜的自信。或许，还有一种解释，那就是人们之所以避不了谶，是因为他们就是避不了，即使明知命运如此。像俄狄浦斯王，因为想要逃开杀父娶母的命运而最终跌入了这种命运。

张枣说："住在德国，生活是枯燥的……也会有几个洋人好同事来往，但大都是智商型专家，单向度的深刻者……告别的时候，全无夜饮的散淡和惬意，浑身满是徒劳的兴奋，满是失眠的前兆，你会觉得只是加了一个夜班，内心不由得泛起一阵消化不了的虚无感。……是的，在这个时代，连失眠都是枯燥的。因为没有令人心跳的愿景。为了防堵失眠，你就只好'补饮'。"④张枣去世后，钟鸣的悼文《镜中故人张枣君》中提及亡者的几封信："……一是我酗酒，专业的酗酒者，我不好意思告诉你"；"我目前正在戒烟，暂时算成功了。我只是想玩一玩意志，只是一种极度的虚无主义而已"。⑤沉溺，因为生活的枯燥与虚无；反沉溺，玩意志，同样是一种虚无。在张枣身上，有一个善解人意的他，也有一个让人们不解的他；有一个倾心于对话的他，同时也有一个孤独的他。就像诗人在一首诗歌中流露出的：

---

① 米兰·博佐维奇：《位于自己视网膜后面的人》，齐泽克编《不敢问希区柯克的，就问拉康吧》，穆青译，上海人民出版社，2007，第177页。

② 米兰·博佐维奇：《位于自己视网膜后面的人》，齐泽克编《不敢问希区柯克的，就问拉康吧》，穆青译，上海人民出版社，2007，第181页。

③ 钟鸣：《诗人的着魔与谶》，《今天》2010年第2期。

④ 张枣：《枯坐》，《黄珂》，华夏出版社，2009，第197页。

⑤ 钟鸣：《镜中故人张枣君》，今天论坛，http：//www.jintian.net/bb/viewthread.php？tid=24548&extra=page%3D1。

> 莫尼卡，我有一道不解的谜
>
> 是不是每个人都牵着
>
> 一个一模一样的人，好比我和你
>
> 住在这个燕子往来的世界里
>
> 你看看春天的窗扉和宫殿
>
> 都会通向它们的另一面
>
> 还有里面的每件小东西
>
> 也正正反反地毗连
>
> （张枣《惜别莫尼卡》）

因为对谜的预先感知，诗人索性先设置了谜，通向什么地方？正反毗连的循环，无迹可循的出路？还是，可怕的谶："一封信打开有人说/天已凉/另一封信打开/是空的，是空的/却比世界沉重/一封信打开……"（张枣《哀歌》）层层如俄罗斯套娃，那促使人们逼向内里的好奇心，那让人们着迷的变幻——每一次打开都是一次惊奇，直到——"另一封信打开后喊/死，是一件真事情"（张枣《哀歌》）。优雅的谜仿佛在延后这个真相，让人们忘记这个真相——实际上，设谜者却不由自主地吐出了真相。如果说，谶语是真实存在的，能够避开它的也许永远不是像张枣这样的聪慧者。笨拙者自知笨拙而死守着某些界限，不愿僭越，也就不会把自己置于危险之中。如张枣者，一次次设谜、自救、逃脱，或者逃不脱。

三　寻找对话者

对张枣来说，自救，首先是和自己的对话。远离祖国与母语，让诗人陷入了一种孤独感中："出国最大的困难就是失去朋友，这是最惨烈的部分。因为我每时每刻的写作进步，与朋友和知音的激发、及时回馈非常有关系。那时，我们刚写完一首诗，甚至就可以坐火车连夜到另外一个地方确认这首诗的好坏。出国就意味着失去这种东西。那时都传说国外非常孤独，而孤独对于一个年轻的写作者来说，就是失去掌声，这对我来说非常可怕。"[1]回想热闹的 20 世纪 80 年代，受人瞩目的诗人与他的诗歌。当远离这一切时，首先是钟鸣所说的那种"失语"的痛苦；其次就是在一种和母语的距离——真正的、客观的、不得已

---

① 《"甜"——与诗人张枣一席谈》，《亲爱的张枣》，江苏文艺出版社，2010，第 208 页。

的距离——中重新找到说话的方式。某种程度上讲，离开掌声，也就离开了人们有意或无意而为之的粉饰——对诗歌或自己。并不是说虚假，而是夸张性的煽动。茨维塔耶娃说："妨碍写作的不仅是迫害和诽谤，还有名声和人们的爱慕。"① 回过头去看20世纪80年代，写诗、宣言、密谋，包含了多少诗歌之外的东西？更多时候，人们只是膨胀了——当自己对此信以为真时，就真变成了虚假。人群往往会造就不真实。然而，另一个极端，孤独也可能同样是不真实的："我不喜欢/孤独的人读我，那灼急的/呼吸令我生厌；他们揪起/书，就像揪起自己的器官。"（张枣《卡夫卡致菲丽丝》）张枣的警觉性就在于此，他在最孤独的时候，质疑了孤独。在孤独者那里，身体灼急地夸张了自己——一旦它毫不保留地侵入语言，同样造就了一种不真实。并不是说，完全地忠实于身体的语言就是真实的，如果语言不能获得一种对身体的反思性，偏入一隅的它就夸张了自身的真实。但是显然，人们一旦把自己置身于世界和他者中时，真实就远远不是局限于自身那么简单。1999年写作的《大地之歌》中，诗人直接驳斥："那些从不赞美的人，从不宽宏的人，从不发难的人；/那些对云朵儿模特儿的扭伤漠不关心的人；/那些一辈子没说过也没喊过'特赦'这个词的人；/那些否认对话时为孩子和环境种植绿树的人"。诗歌的真实即是关乎痛痒，而且显然不只是自身的痛痒，它是心系世间万物和谐的，诗人张枣厌恶那些"懒洋洋的假东西"（张枣《海底被囚的魔王》），诗歌在他那里，具备一种对世界赞美与发难的有效性，甚至，也许某个脱序的词会突然迸发，改变一下世界的秩序。而这一切，都是基于对话性的建立——如果说诗人倾心于诗歌中的对话方式，那也仅仅是，他梦想着与他人和世界的对话，对诗人来说，这才是朝向未来的，朝向我们生存环境的真正的有效方式。

从20世纪80年代中期出国到写作《大地之歌》，十多年的时间，张枣写出了他的重要的诗作《卡夫卡致菲丽丝》《跟茨维塔耶娃的对话》《云》《祖母》等。在诗人自己的困境中突围与转化，苦苦寻求那个知音者、对话者："我递出我的申请：一个地方，一个遥远的/收听者：他正用小刀剔清那不洁的千层音"（张枣《一个诗人的正午》）。

"我叫卡夫卡，如果你记得/我们是在M.B家相遇的"（《卡夫卡致菲丽丝》），谈到这两句时，钟鸣说，张枣通过卡夫卡所要寻找的便是类似赏识卡夫卡的M.B先生那样的知音。当然，还有一个原因，就是卡夫卡写给菲丽丝的信中是这样表述的，也许，这是诗人张枣在困境中发出自己声音的一个方式——找一种对话的感觉，然而对于深陷困境中的孤独者来说，若要真正的对话，而不是让它变成一种分出人称的独白方式，就不得不寻找一种能够控制语气与情绪的方式。通过卡夫卡来作为第一人称，诗人投射于其

---

① 《茨维塔耶娃文集·散文随笔》，汪剑钊译，东方出版社，2003，第294页。

中的自己就有了一种限制性——限制了对孤独的煽情。而与此同时，与菲丽丝交流的卡夫卡又无疑是一个孤独者，翻开那一封封写给菲丽丝的信："再见，菲利斯，再见！您的名字是怎么起的？它不愿离我而去！又闯入我心扉，可能是通过拥有飞翔能力的'再见'这个词"；"我的天哪，这是怎样的生活啊！请解释一下，亲爱的！让鲜花和书本一边去吧！剩下的只有我的麻木！"；"搁笔不写了，我又回到独自一人的天地"。① 因此，诗人实际上是找到了一个契合者——他作为他者限制了诗人的孤独，同时又作为共鸣者分享了孤独。

"我奇怪的肺朝向您的手，/像孔雀开屏，祈求着赞美。"祈求赞美的谦卑，语气显然不同于《跟茨维塔耶娃的对话》中那个"兜售绣花荷包"的"我"，在自信的讨价还价中，"亲热的黑眼睛对你露出微笑"。张枣曾经说，现代人缺少一个可爱的表情："我们的睫毛，为何在异乡跳跃？/慌惑，溃散，难以投入形象"（张枣《跟茨维塔耶娃的对话》4）。在访谈中，他也说道："我对这个时代最大的感受就是丢失，虽然我们获得了机器、速度等，但我们丢失了宇宙、丢失了与大地的触摸，最重要的是丢失了一种表情。"② 是什么表情？在他的诗歌中，有一个生动而让人忍俊不禁的表情："节日，我听到他骂我。/他右眼白牵着右下巴朝/右上方望去，并继续骂我"（张枣《同行》），这显然是在速度、彬彬有礼的节制与冷漠之外的表情。张枣自己的脸上就有一种可爱的表情——善解人意的、亲热的、赞美的黑眼睛，露出微笑，当然，也是饱含自信的。然而在孤独者那里，在一个缺少自信的对话者那里，他缺少一种合适的、讨人喜欢的表情。对他而言，能付出的，只有那更内在的东西："我时刻惦记着我的孔雀。/我替它打开血腥的笼子，/去啊，我说，去贴紧那颗心"（张枣《卡夫卡致菲丽丝》）。在卡夫卡和菲丽丝之间，是这种情况，他为等待她的来信而焦急与苦恼，他抱怨信件的迟到，抱怨不能天天写信，甚至因为这种抱怨而对自己失望……孤独者眼中的知音就是可以让自己倾其所有而为之付出的人，然而，血腥笼子里飞出的东西能否在这不平等的对话中建立有效的沟通性，而不是让对方骇然呢？

"它们坚持说来的是一位天使，/灰色的雨衣，冻得淌着鼻血/他们说他不是那么可怕，伫止在电话亭旁，斜视漫天的电线，/伤心的样子，人们都想走近他，/摸他。可是，谁这样想，谁就失去/了他"（张枣《卡夫卡致菲丽丝》）。这里，同样投射了诗人自己的影子。不是里尔克那美的、强大的骇人的天使，人们自然地畏惧与止步。这是一个脆弱的、受伤

---

① 《卡夫卡全集》（9），卢永华等译，河北教育出版社，1997，第57、71、151页。
② 《"甜"——与诗人张枣一席谈》，《亲爱的张枣》，江苏文艺出版社，2010，第222页。

的天使，一如诗人所期待建立起的对话性，那是一种随时会被孤独再次淹没的对话——孤独抗拒被靠近，就像它病态般地将肺腑献给可以交流之人，两种感情同样强大与明显。说到底，还是一种不可交流："我永远接不到你，鲜花已枯焦/因为我们迎接的永远是虚幻——/上午背影在前，下午它又倒挂"（张枣《卡夫卡致菲丽丝》），孔雀肺祈求来的对话并没有处于安全感中——当然对于张枣来说，安全感是不存在于他的诗歌中的，这是诗人一贯保持的警惕与自省。然而在这组十四行诗中，诗人处于一种绝望的不安全感中——洞察一切的悲剧性，对话系统随时会崩溃的悲剧性，还有因为终极意义上的不可交流而产生的虚无感："我们的突围便是无尽的转化"。也许是选择了卡夫卡的原因，积极意义的突围也产生了无尽与不可抵达的荒诞感——西方式的沉思。"文字醒来，拎着裙裾，朝向彼此，/并在地板上忧心忡忡地起舞。/真不知它们是上帝的儿女，或/从属于魔鬼的势力"（张枣《卡夫卡致菲丽丝》），孤独者的写作是不受自己左右的，当他无法在对话与交流中获得更多的真实，就只能任由自身的真实肆意膨胀，滑向无法控制的边缘："菲丽丝，今天又没有你的来信。/孤独中我沉吟着奇妙的自己"（张枣《卡夫卡致菲丽丝》）。在解释"阅读就是谋杀；我不喜欢/孤独的人读我"时，钟鸣说："孤独的人往往是不真实的，而让一个不真实的人去读一个不真实的人，就等于双重谋杀。"[1] 即使是作为一个正在膨胀的不真实的自己，诗人也依然渴求另一种对话的可能性：也许，那是跟茨维塔耶娃自信的对话；也许，那是《云》中朝向未来的跟儿子的对话；也许，那就是他在《大地之歌》中吐露出的，要为孩子和环境种植绿树的对话。

"人们长久地注视它，那么，它/是什么？它是神，那么，神/是否就是它？若它就是神，/那么神便远远还不是它"（张枣《卡夫卡致菲丽丝》），显然这是对的。"我们这些必死的，矛盾的测量员"无法揣测神的旨意，无法从自己已经洞察到的真实中去了解更深、更远的东西。对话性也止于这种局限，最终诗人还是回到了孤独中。多年后，张枣写了《祖母》，在"我"和祖母的对话中，突破者入场，却是不一样的氛围和语气："忍着嬉笑的小偷翻窗而入，/去偷她的桃木匣子；他闯祸，以便与我们/对称成三个点，协调在某个突破之中/圆"（张枣《祖母》）。轻松感回到了诗人身上，人们无法预料发生在自己与别人身上的一切，包括那带来意外惊奇的偶然。和谐，打破，再次协调，当诗人在母语、西方性、自身和那么一点点偶然性中重新建立起一个对话系统时，有限的、终有一死的我们似乎也不再笼罩于浓重的悲剧性中，这也是对的。

钟鸣说："全诗充满了危机感，它源于个人，却大于个人。而凌越它的并非是一般意

① 钟鸣：《笼子里的鸟儿和外面的俄尔甫斯》，《秋天的戏剧》，学林出版社，2002，第366页。

义上的胜利，而是一种体验各种危险的精神素质，它的本质，就是安慰诗人，使诗人因为了一种旷日持久的音势而暂入睡眠。"[1] 身体，是人们在写作中所抵御的那个东西——因为它存在，所以才要抵御；也正因为人们在抵御它，才能够感觉到它的存在。所谓大于个人，就是人们在抵御那个仅限于自身的真实时，遇到的世界与他者，遇到的不仅仅只是关乎自身的问题："夜啊，你总是还够不上夜，/孤独，你总是还不够孤独！"（张枣《卡夫卡致菲丽丝》），这是大于个人的。然而诗歌的打动人心之处也在于，人们努力抵御与克服的那个秘密的自己还是不可避免地泄露了出来："我真想哭。我的双手冻得麻木"；"我真想哭。/有什么突然摔碎，它们便隐去"（张枣《卡夫卡致菲丽丝》），阐释止于此，默念或诵读这些句子，只是为了怀念写出它们的人。

"有一天大海晴朗地上下打开，我读到/那个像我的渔夫，我便朝我倾身走来"（张枣《海底被囚的魔王》），不一样的气息，孤独者最终从被囚禁的"我"身上再分出一个"我"来，自己拯救自己。迫切的对对话的需要——这是诗人在自己的诗歌中所读到的，那靠近我的人，那来接纳我"诺言"的人终于出现了。如果没有对话者，说就是"无力"的，因为孤独的、被囚禁的"我"没有办法履行诺言。到了《跟茨维塔耶娃的对话》中，诗人找到了一种更从容的对话语气：

> 亲热的黑眼睛对你露出微笑，
> 我向你兜售一只绣花荷包，
> 翠青的表面，凤凰多么小巧，
> 金丝绒绣着一个"喜"字的吉兆——
> 两个？NET，两个半法郎。你看，
> 半个之差会带来一个坏韵，
> 像我们走出人行道，分行路畔
> 你再听不懂我的南方口音；
> 等红绿灯变成一个绿色幽人，
> 你继续向左，我呢，踉跄向右。
> 不是我，却突然向我，某人
> 头发飞逝向你跑来，举着手，

---

① 钟鸣：《笼子里的鸟儿和外面的俄尔甫斯》，《秋天的戏剧》，学林出版社，2002，第64页。

　　　　某种东西，不是花，却花一样
　　　　递到你悄声细语的剧院包厢。

（张枣《跟茨维塔耶娃的对话》）

　　唯美的词押了一个通韵，构建出一个和谐的对话环境，在古老的中国式的场景中。亲热微笑的"我"与对话者讨价还价："两个？NET，两个半法郎。你看，/半个之差会带来一个坏韵"，诗人已经在对话中建立了自信感，所以，即便是出现了坏韵，他也悠然自得，仿佛说：就是一个坏韵，你看，我告诉你们了，这是一个坏韵！实际上，这个坏韵是诗人预料之中的，在他和茨维塔耶娃之间，要建立真正的对话，并不仅仅是把古老的汉语当作一种异邦人的新奇之物，奇货可居地兜售即可达到的。仅仅是一种吸引力，就像诗歌开头的那句德语："这是个中国人，他有点慢"，是排队时，大家都不耐烦地等待一个啰里啰唆的中国人，茨维塔耶娃很友善地跟别人这样解释。一种陌生的、莫名的好感，就像"我"的亲热的黑眼睛所博得的好感与随之引发的对话，是非持久性的。但是显然，张枣有自信把这种出于新奇与好感的对话引向真正的对话。"你"和"我"在这之后似乎是分道扬镳的，诗人似乎也清楚，自己南方口音的母语和这种异质性是相隔离的、有沟通障碍的。而后来的"左"和"右"实际上也有政治立场的影射：茨维塔耶娃是热衷于政治的激进者，却又是一个在政治上很幼稚的人；而诗人是疏离于政治的。似乎种种分歧都征兆两个人之间对话的障碍。这时候，却突然出现了一个"不是我"的人称，重新在"我"和"你"之间建立了联系，至少，对峙被缓解了。是什么让"我"和"你"重新建立了联系？或许我们可以说是身体，那个后来出现的人是没有言辞的，只是一种身体力行的跑与举手。在一封写给里尔克的信中，茨维塔耶娃说："如果你真的想亲眼见到我，你就应该行动"[①]。

　　无法听懂对方的话，也无法认同对方的政治立场，然而理解似乎还是有被建立起来的可能性。也许，是基于一种处境，基于人们对自身困境的认知与突破而推及了他人与世界。茨维塔耶娃说："每一个诗人本质上都是侨民"，放逐、流浪、突围，在这个意义上，理解是可以达成的。"某种东西，不是花，却花一样/递到你悄声细语的剧院包厢。"也许是诗人所说的可爱的表情，亲热的黑眼睛；也许是不尽完美、言不及意的措辞；也许是那些谁也不知道为什么存在的会心一笑与豁然开朗。显然，这些都不是全部，却又都被包含其中。如果说，诗人在母语和异质性中找到了什么有效联系，我们可能只是再次陷入同义

---

①　《茨维塔耶娃文集·书信》，刘文飞等译，东方出版社，2003，第 443～444 页。

反复——是诗歌的东西和人的东西在勾连一切。也许，诗人的初衷是——快乐的对话，即使他已经看清我们必须要滑向的艰辛，幸福只是很偶然的事情，张枣这样说。我们只是或迟或早地走向"生活的踉跄"与"诗歌的踉跄"："那是神，叫你的嘴回味他色情的/津沫，让你失灵"（张枣《跟茨维塔耶娃的对话》），因卡桑德拉拒绝了自己的求爱，宙斯诅咒她的预言能够——灵验，却没有人相信她。词应验了——作为预言；词同时失效了，对于物，对于人们本可因为相信而改变的未来。如果人们相信了卡桑德拉的预言，那么未来就会改变——而预言也会改变——然而问题在于，他们不相信，所以物没有变，词也没有变。因此"生活的踉跄就是诗歌的踉跄"，首先是一种处境，然后才是言说。诗歌之所以会一语成谶，而人们又无法阻挡自己说出，那是因为身体已经朝向了将要说出的，在说出之前。

因此，诗人才期待突围："我最怕自己是自己唯一的出口"（张枣《跟茨维塔耶娃的对话》）。对话打开了命运与命运之间的通道，让它们"像指环交换着永恒"（张枣《断章》）。仅仅是在交换中，人们才可能获得自身之外的东西，才可能让命运谜样的徘徊与循环，不只是归于同一个预先设定好的出口——而永恒也许会成为一种可能性。在和茨维塔耶娃的对话中，诗人找到了一个出口。种种处境，人的处境，诗的处境："完美啊完美，你总是忍受一个/既短暂又字正腔圆的顶头上司，/一个句读的哈巴儿，一会说这/长了点儿，一会说你思想还幼稚"（张枣《跟茨维塔耶娃的对话》）。对于诗人来说，这些都是真实——人们不可抵挡的悲剧的真实，茨维塔耶娃的自杀也是其中之一。显然，这不是诗人寻找的出口。或者说，诗人在寻找悲剧之外的东西，即使悲剧已经酿成，已经是我们天天生活于其中的。如果说对话是打开封闭的自身，那么显然对话也并不仅仅是通向另一个人的封闭。在诗人与茨维塔耶娃的对话之间，从一开始就出现的"某种东西"显然一直存在，越过大是大非的革命与政治、越过生活的辛酸与词的失效，也越过诗人自己的冥思与茨维塔耶娃的悲剧，在母语中安然停落。不再是新奇也不再是陈旧，诗人为母语找到了能与这一切衔接的此情此景："某种/悲天悯人的情怀，和变革之计/使他的步伐配制出世界的轻盈。/大人先生，你瞧，遍地的月影……"（张枣《跟茨维塔耶娃的对话》），这是另一个出口。

或许，还有一个出口："对吗，对吗？睫毛的合唱追问，/此刻各自的位置，真的对吗？"（张枣《跟茨维塔耶娃的对话》）。诗人的警觉再次出现了。也许，张枣身上多多少少也有一种流离感——不是说事实的流离，而是一种心境。远离祖国和母语对每个诗人来说，终究是不同的，尤其是当时间的流逝已经抚平了最初的失落与不适应。胡冬说："我有时会引用一个流亡到美国的荷兰诗人的话来作为我的遁词，他是这么说的，'我宁愿得怀乡病也不愿还乡'。伦敦挤满了来自全世界的流亡艺术家和诗人，持不同政见者或者干脆是厌倦家乡的人。你每天都会遇到他们。好在他们并不关心你是否 homesick。也许他们也象我一样漠然，不会为此多愁善感。我很少想念家乡，更不想念中国，虽然我始终在考虑它，消解它，虽然我早就离开了中国，而它从没有离开我。"① 而对于张枣，这个问题可能并没有那么严肃，不管是异国还是祖国，他大概更愿意来去自如。无论是汉语性还是西方性，在他的诗歌中，都能焕发出一种甜美感。当然诗人和他的诗歌也会陷入困境，但只要存在一丝化解的可能，张枣的聪明与优雅就会蹦出来，给出一个妥帖的解释。钟鸣说，张枣的诗歌，有时聪明得让人受不了，或许也在于此。对于张枣来说，流离带给他的，也许是一种契合了诗人本性的警觉。这种警觉，让他追溯到一个很重要的问题："对吗，诗这样，流浪汉手风琴/那样？丰收的喀秋莎把我引到/我正在的地点：全世界的脚步，/暂停！对吗？该怎样说：'不'?!"（张枣《跟茨维塔耶娃的对话》）。——"不"的问题。诗人梦想发明重新照亮母语的那一点，而母语是不断再生的，就像一个从不停止变化的秩序。一首诗将人们引向的地方是起点，而非终点。世界的脚步不会停下来，诗歌也将源源不断地注入母语，在发明她的那一瞬间被她所吸纳。胡冬说："诗人的未来充满了对不的假设和对确定事物的怀疑，这当然包括着对自身的怀疑：为了在调整中检验他已确立的心中雪亮的语词原则，他不得不以'不'为诱饵，在字斟句酌中呼唤出那个跟自己博弈的对手，也就是那个诱人的'反我'。"② "不"朝向的显然是一个未来，在张枣这里，更确切的说法也许是：从不停止寻找对话者。

在《笼子里的鸟儿和外面的俄尔甫斯》一文中，钟鸣称张枣已预先进入了祈祷型诗人的行列。③ 在《卡夫卡致菲丽丝》中，"我"是不安的、谦卑的对话者，祈祷笼罩于一种对自身之小的惶惑与不可触摸之物的敬畏感中："世界显现于一棵菩提树，/而只有树本身知道自己/来得太远，太深，太特殊；/从翠密的叶间望见古堡，/我们这些必死的，矛盾的/测量员，最好是远远逃掉。"在《跟茨维塔耶娃的对话》中，对话者"我"是成熟与自信的，同时也是警醒的，因此才发出了一个深思的、理性的"不"。到了组诗《云》中，这个和儿子对话的"我"进入了一种更平缓的语气中："在你身上，我继续等着我"。对于诗人来说，"你"是作为"我"的未来而存在的对话者："接住'喂'这个词"；"脸'啊'地一声走漏了表情"，在这个初学语的儿子身上，交流化约为最简单的词——或者

① 胡冬：《词语在深度的流亡之中向母语回归》，《滇池》2011 年第 3 期。
② 胡冬：《词语在深度的流亡之中向母语回归》，《滇池》2011 年第 3 期。
③ 钟鸣：《笼子里的鸟儿和外面的俄尔甫斯》，《秋天的戏剧》，学林出版社，2002，第 359 页。

说，仅仅是声音："你燕子似的元音贯穿它们。"然而，在诗人看来，这个未来的"我"身上却有着无穷的力量："你只要说出树，树就会/闪现在对面，无论你坐在哪儿。"词的诞生是和物密切相关的，它用来指称物，标记物。人们渐渐学会修辞、妄语之后，词和物的距离就越来越远。对于学习语言的孩子来说，每一个最初学得的词都指向了一个具体的物与场景。于是，那一声说出就具备了不同寻常的魔力，是人们欣喜地看到那失落已久的身体重新回到词语的躯壳中："你喊着你的名字，/并看见自己朝自己走出来……"（张枣《云》），在这个未来的"我"身上，命名即是让物回到它自身。而这也正是在那个遥远的过去中，古老母语中的词汇最初被发明时的作用——命名，让被命名者成为它自己。或许，诗人在这个未来的"我"那里所看到的，正是过去："你祖父般/长大。你，妙手回春者啊"（张枣《云》）。而母语，人们重新发明的母语实际上源源不断地在流向它的过去，未来才是祖先。在这个意义上，诗歌是写给未来的，张枣倾心的对话就是他在《大地之歌》中所流露出的："为孩子和环境种植绿树。"此时，诗人对于不可见的力量有了另一种态度："只因为它不可见，/瞳孔深处才溅出无穷无尽的蓝，/那种让消逝者鞠躬的蓝"（张枣《云》）。是谦卑的，也是宁静的——显然对于诗人，这个未来是满怀希望的，它和过去圆满地缝合，是为永恒。

四　结语

张枣曾说："一个东西只需要 30% 就可以像那个东西了，做到 60% 就更像那个东西了，做 80% 就很像那个东西，做到 100% 就是那个东西了，但如果做到 200% 甚至 300% 就是浪费，但这个东西看上去就不一样。我觉得英国音响就是一种完美的疯狂，就像一个完美的钢琴弹奏者。就像古尔德那样的钢琴大师一样……把这个声音发出来的那个妄想，就是一个浪费自己的妄想。"[1] 在张枣身上，就有一种对诗歌近似完美的疯狂的妄想，他的诗歌总量很少，因为诗人不愿意重复自己。

空白，在张枣身上和他的诗歌中就有这么点妄想的意味。已经是空白了——已经在人们目力所不能抵达的地方。诗人却依然在一次次地沉醉于他的空白练习曲中，存在、腾空、存在、腾空……诗人在靠近他妄想中的空之饱满，那越空越饱满的东西："这个少，这个少，这才是/我们唯一的溢满尘世的美满"（《猖狂的一杯水》）。在这个空白中，有一个人们难以去理解的张枣，他颓废、狂傲、心怀秘密。一方面，人们试图理解和被理解；

---

[1] 《"甜"——与诗人张枣一席谈》，《亲爱的张枣》，江苏文艺出版社，2010，第 216 页。

另一方面，人们却在排斥理解。在张枣身上，也有这个矛盾，我们无从去了解一个人的全部。他的诗歌——当我们试图从那些善意的对话中把握那个露出亲热黑眼睛微笑的诗人时，却发现，他已经预先腾空了自己的一部分——也许，那是诗人聪慧地预感到的人们所不能和不愿接受的自己，就像他废弃掉的那些诗歌，我们不知道诗人错误地判断了多少。很显然，说到理解，人们不能奢求它的全部。也许，就像偶然邂逅的幸福一样，被理解也同样是偶然的。

张枣去世前不久给学生的短信中说，他觉得自己是个很理解别人的人，但是却不被别人理解。大概是因为——他提前设下了难猜的谜语，让人无法走近；他提前预料到了结局，因此也不愿走近。《大地之歌》中，诗人说："这一秒，/至少这一秒，我每天都有一次坚守了正确/并且警示：/仍有一种至高无上……"那是张枣悄然高出别人的一秒与正确，也是他孤独的对至高无上的仰望。然而身体，当他在比喻中一次次地腾空它时，已经迷失在了人们的视线中，或许，也令诗人自己迷失。张枣不愿展示的那个自己也许就是他在诗歌与生活中所缺失的自己。在他对疯狂的完美和至高无上的追逐中，身体迷失了，指尖的幸福溜走了。胡冬说："爱，可能才是真正的出口。"张枣却说他没有爱过任何人。

关于谢灵运山水诗美的再认识[*]

——与蒋寅先生商榷

刁文慧^{**}

【内容提要】　蒋寅先生认为在"得意忘言"的玄学方式下，山水对谢灵运只能是"超越之场"，在其诗中不可能存在真正的审美描写。本文对这一看法提出商榷，认为蒋寅对"言""意"关系缺乏辩证理解，导致他的结论有失偏颇；本文还以文本细读为基础，具体说明了追求山水审美与精神超越二元因素在谢诗中相得益彰的客观事实，并深入分析了作为谢灵运山水诗核心的风景对句艺术。

【关键词】　言意关系　文本细读　山水审美　风景对句

　　谢灵运作为山水诗的开山鼻祖，其山水审美的艺术成就早为学界所公认，但近来这一共识却遭到了蒋寅先生的质疑。他在 2010 年第 2 期的《文学评论》上发表了《超越之场：山水对于谢灵运的意义》^① 一文，从山水的哲学意味与自由的象征性占有的理论视角对谢灵运的"山水"作出了新的阐释，以精神超越作为谢诗的终极目的，并由此否定了大谢诗的审美价值。蒋寅先生这一全新理路不囿于陈见，从哲学角度重新思考了玄理对谢灵运的意义，但是，学术判断应该建立在对诗歌文本的精确解读与正确的逻辑推理上，蒋寅先生

　　＊　本文系北京语言大学青年自主科研支持计划资助项目（中央高校基本科研业务费专项资金资助）"南朝风景诗诗艺研究"（项目编号为 10JBG11）的阶段性成果。

　＊＊　刁文慧，北京语言大学速成学院。

　　①　本文所引蒋寅观点均出自此文。

在这两个方面都有值得商榷之处。本文拟结合蒋寅先生的观点，以文本细读为基础，重新审视大谢山水诗美的价值。

一 对"得意忘言"的辩证理解

蒋先生认为谢灵运山水诗的构思模式与玄言诗一样，直接受"得意忘言"的玄学思维影响，真正目的都是要忽略具象的山水描写而追求超越性的义理。这一推论看似合理，但细细琢磨，发现其中仍有未能明辨清晰的前提性问题，那就是蒋先生对"得意忘言"的理解是否存在偏差。

"得意忘言"出自王弼的《周易略例·明象》，对其中"言""象""意"三者关系的理解，学界许多学者误把"得意忘言"等同于"言不尽意"，认为"意"是终极目的，要真正的"得意"，最终要忽略具体的"象"和作为表述方式的"言"。蒋先生的看法正是如此，他说："正是为了避免玄谈堕入语言的陷阱，于是有'得意忘言'、'得意忘象'之说。这种'得鱼忘筌'的认知模式原本是要人们注重结果而忽略过程和手段。"但若我们从此学说的生成背景与文本全篇表述入手，便能发现"得意忘言"的内涵并非这么简单。魏晋时期的"言""意"之辩可分三派："言尽意论""言不尽意论"与"得意忘言论"。《周易·系辞》原文持"言尽意"的观点，言"圣人立象以尽意，设卦以尽情伪，系辞焉，以尽其言"[1]，这种观点在魏正始年间受到质疑，荀粲就提出"言不尽意"论："系辞焉以尽言，此非言乎系表者也；斯则象外之意，系表之言，固蕴而不出矣"[2]，强调语言文字有局限性，难以传达出象外之意。王弼则采"言不尽意"之意加以变通，提出"得意忘言"之说。我们要注意的是，先前的"言不尽意"与此时的"得意忘言"，并不能等同。"言不尽意"以"言""象"为无用，"得意忘言"作为玄学的首要思维方法，则整合了"言不尽意"与"言尽意"观，我们应以辩证的眼光揭示其两层含义[3]：一方面强调"意"的终极价值，"故言者所以明象，得象而忘言。象者所以存意，得意而忘象"[4]；另

---

① 见王弼著，楼宇烈校释《王弼集校释》，中华书局，1980，第554页。

② 见陈寿撰，裴松之注，陈乃乾校点《三国志·魏书》卷十《荀彧传》注引何邵《荀粲传》，中华书局，1959，第319页。

③ 对"得意忘言"的双重内涵，学界多有论述。可参看汤用彤《言意之辨》，《魏晋玄学论稿》，上海古籍出版社，2001；余敦康《何晏王弼玄学新探》，方志出版社，2007；袁行霈《言意与形神》，《中国诗歌艺术研究》，北京大学出版社，1987；韩经太《诗艺与"体物"——关于中国古典诗歌的写真艺术传统》，《文学遗产》2005年第2期。

④ 王弼著，楼宇烈校释《王弼集校释》，中华书局，1980，第609页。

一方面又强调作为具体表述方式和媒介的"象"与"言"之用，毕竟在"得意忘言"之前，还有"尽意莫若象，尽象莫若言，言生于象，故可寻言以观象；象生于意，故可寻象以观意。意以象尽，象以言著"①的明确表述。而且，在"言""意"的辩证关系中，"言"与"意"二者并不能完全剥离，"意"往往蕴含于"言"说的过程中。可以这样说，在思维方式上，玄学强调终极的富有超越性的意义却并不意味着否定实有的过程。事实上，在现实的清谈与诗歌创作中，玄言家与诗人们更多的是考虑如何使"言尽意"的问题。陆机《文赋》就提出"恒患意不称物，文不逮意。盖非知之难，能之难也"②的现实难题，谢灵运《山居赋》自注中也有"此皆湖中之美，但患言不尽意，万不写一耳"③的感慨。蒋先生只从"言不尽意"的角度来理解"得意忘言"，因此导致他对玄谈、玄言小品乃至玄言诗、山水诗等产生了一系列的误读。

以玄谈场景来说，如蒋先生举到的这两则："支作数千言，才藻新奇，花烂映发。王遂披襟解带，留连不能已。""郭子玄语议如悬河泻水，注而不竭。"蒋先生认为这些情形与"得意忘言"的思维方式相矛盾，因为这样的清谈追求的"实际是过程，而不是结果"，但一旦我们明了了"得意忘言"的双重内涵，便知道"过程"与"结果"可兼求。清谈者之所以对"言"如此执著，正是因为非如此不能尽其"意"。

再看玄言小品。当晋室南渡，士人们以虚灵澄澈的心灵与江南秀美的山水晤对时，山水"以形媚道"，成为畅神悟道的新媒介，玄学家开始遵循着以"质有"的山水之"象"去呈现玄妙之"意"的言说方式，于是，"象"的意义，具体言之，就是山水描写的意义，越发凸显出来。在清谈中，很多玄言小品都充满着对山水清境的形象描述。如蒋先生提到的"简文入华林园"的典故，他认为"大概玄学的所谓名理都是用这种省净如格言的诗性语言来表达和交流的，其具体意蕴无法揭示，也无法表达，只能以庄子与惠施濠上观鱼的典故提示别人去自己体会；而接受者也很难表达自己的感受，最终只能是'此中有真意，欲辨已忘言'"。在这里，蒋先生特别提到玄学名理是以"诗性语言"来表达的，"诗性语言"当是与那种直呈抽象义理的"理性语言"相对的，可具体理解为对山水物色的描摹，以"诗性语言"来言说的目的，当然是因为"诗性语言"比"理性语言"更能传达和揭示从大自然中感悟到的玄理玄趣，难道以这种方式表达出的玄理趣味，依然是"整体性的混沌经验"，其意蕴依然"无法揭示，无法表达"吗？蒋先生的这段表述在思

① 王弼著，楼宇烈校释《王弼集校释》，中华书局，1980，第 609 页。
② 郭绍虞主编《中国历代文论选》，上海古籍出版社，1979，第 170 页。
③ 顾绍柏：《谢灵运集校注》，中州古籍出版社，1987，第 324 页。

理上未免前后矛盾。事实上，这段玄言小品之所以动人的原因正在于言说者将胸中"濠上之游"的抽象理趣化为了鸟兽与人相亲的自然图景，已经把玄趣用诗性语言描绘得这么清楚，怎么能说"欲辨已忘言"呢？

在诗歌领域，对山水美的关注也成为玄言诗向山水诗转化的契机。东晋人散怀山水的同时，也逐渐改变传统玄言诗一味言理的方式，把山水描写带入玄言诗，这类玄言诗可不妨称为"山水玄言诗"。蒋先生举到的孙绰《秋日诗》即属此类，比较有代表性的还有《兰亭诗》，如：

> 流风拂枉渚，停云荫九皋。莺语吟修竹，游鳞戏澜涛。携笔落云藻，微言剖纤毫。时珍岂不甘，忘味在闻韶。
>
> ——孙绰

可以看出，虽然写山水的终极目的在于体认玄理，然而山水美的感发与媒介作用越发重要，以致成为畅理的必要元素了。谢灵运山水诗与这类山水玄言诗关系密切。从哲学思维方式上说，谢灵运山水诗正承袭了这种山水玄言诗，都遵循着以具象的山水之美来体悟、呈现自然之道的理路；另一方面，谢灵运山水诗又与其有明显差异，山水玄言诗更注重从山水中体玄，描绘山水美本身不是终极目的，而谢诗明显具有记游性质，是以游览为目的的游踪记录，摹写山水美本身即是他诗作的最主要目的。这一点从题目到内容都有着鲜明的体现。

总的来看，无论在玄言小品、山水玄言诗还是谢诗中，山水具象美的价值都毋庸置疑，蒋先生应该说也看到了这一点，他说："成功的玄言言说应该是在具体环境、场景下现实或表达出的超越趣味，这乃是深得玄理的反映。"但是因为他固守着重"意"轻"言"的结论，并以之生硬套用于晋宋之际的创作实践，以玄学结尾为表述重点，忽略实际创作中的具象山水描摹，又将大谢山水诗等同于玄言诗，所以造成了逻辑混乱，在下文中又得出了与上面表述相悖的结论："超越本身是最重要的，无论是清谈还是游览都只是手段，一种达到超越境界的手段。玄言诗人如此，晚于他们的谢灵运依然如此，只不过方式有点不同而已。""不妨说，在谢灵运的山水游览中，自然景观其实是应该被理性超越的对象，完全是无关紧要的、可以忽略的东西。"对玄言诗来说，"超越本身是最重要的"结论还算成立，对以游览为目的、山水描写占据着大量篇幅的谢诗来说，这一结论显然更为偏颇，而且直接导致了蒋寅对谢灵运山水诗审美价值的否定。

二 审美与超越的相得益彰

蒋寅先生认为谢灵运的自然观属于典型的"得意忘象"的观照方式，山水对他来说只是"精神超越之场"，"是排遣世俗功名的焦虑、获得内心平衡的一种调解手段"，因此山水自然不是谢灵运关注的重心，其山水诗也不具备审美价值。显然蒋寅先生是将精神"超越"与艺术审美当成了不能同时并存的对立物，那么，在谢诗中，事实真的如此吗？二者是否不能兼存？能否以前者来否定后者？我们还是应该从诗歌文本的细读开始来探讨这个问题。

谢灵运在始宁和永嘉时期栖身林壑，纵情山水，不少诗歌都在景中言情畅理，形成纪行—写景—畅理的典型格局。如《石壁精舍还湖中作》：

> 昏旦变气候，山水含清晖。清晖能娱人，游子憺忘归。出谷日尚早，入舟阳已微。林壑敛暝色，云霞收夕霏。芰荷迭映蔚，蒲稗相因依。披拂趋南径，愉悦偃东扉。虑澹物自轻，意惬理无违。寄言摄生客，试用此道推。

中间四句写景，即远入细，从林间日色、天边云霞的宏大气象到昏间芰荷、蒲稗相互依倚的情态都一一被诗人细腻体察。而后的说理，并非超脱于景物之外。诗人由山水草木的欣欣之态畅悟到与宇宙相亲的"愉悦"，悟到心境淡泊即是真正的养生之道。这样的诗歌，首尾圆和，以山水描摹为核心，山水审美与精神超越相得益彰，情、景、理三元素妙合无垠，正是大谢山水诗的典型模式。《登江中孤屿》《石室山》《游赤石进帆海》《登永嘉绿嶂山》《过白岸亭》等诗中情景理的融合方式与诗歌结构都是如此，可称得上是纯粹的山水诗。

每当谢灵运的仕宦生活发生转折，被贬谪外放或辞官归隐之时，心绪便会产生波动，并把这种满怀的郁结带入诗里。这时又如何平衡山水审美与精神超越呢？来看《登池上楼》：

> 潜虬媚幽姿，飞鸿响远音。薄霄愧云浮，栖川怍渊沉。进德智所拙，退耕力不任。徇禄反穷海，卧疴对空林。衾枕昧节候，褰开暂窥临。倾耳聆波澜，举目眺岖嵚。初景革绪风，新阳改故阴。池塘生春草，园柳变鸣禽。祁祁伤豳歌，萋萋感楚吟。索居易永久，离群难处心。持操岂独古，无闷征在今。

此诗遵循着抒怀—纪行—写景—畅理的理路，开篇便引《易经》典故道出进退两难的现实心境。而当诗人推窗临眺时，自然生命的滋生却给了他意外的惊喜，使其心境得到平复。这类诗章法结构较复杂，除了写景，还兼具咏怀，是多主题复合的山水诗。风景描写镶嵌其中，看似与前后部分疏离，但其实是诗人心绪从焦虑转向虚静的触媒，原本不快的情绪，常因扑面而来的风景美被排遣、消解掉了，代之以玄理的畅悟。《过始宁墅》《初去郡》等诗都呈现出了"以理化情"的心路历程，其中的山水景物描写皆"实而不滞，起到了停蕴感情的作用"①，排遣焦虑、精神超越正是在山水审美的过程中完成的，虽然章法上不免繁芜冗长，但审美与超越在逻辑上却也贯通一致。

当然，精神焦虑并不是每次都能借山水之游排解掉，诗人的精神未必每次都能通过山水审美获得超脱升华。如蒋寅先生举的《登上戍石鼓山》：

> 旅人心长久，忧忧自相接。故乡路遥远，川陆不可涉。汩汩莫与娱，发春托登蹑。欢愿既无并，戚虑庶有协。极目眺左阔，回顾眺右狭。日没涧增波，云生岭逾叠。白芷竞新苕，绿苹齐初叶。摘芳芳靡谖，愉乐乐不燮。佳期缅无像，骋望谁云惬！

此诗以"忧"字开篇，可是在观览了山水风景之美后，依然是"佳期缅无像，骋望谁云惬"，本欲消愁愁更愁。从全诗整体来看，心与物也是各自为政，处于对立状态，那么，在观照山水美的时刻，他能不把焦虑的情绪带入山水中去吗？此时对山水的观照还可能不可能是审美化的？王国璎对审美的产生及审美与主观情感的关系是这样阐释的，可为参照："因为美感经验并非宗教信仰，乃是一种绝对聚精会神的心理状态，只要有恰当的观照对象，很容易发生，但只要精神略一松懈，也很快便消失。还有更多的山水诗，都揭露诗人观赏山水时，名理概念与美感经验交替消长，呈现理性或知性与感性彼此相互轮递的心路历程。"② 就在与山水晤对的这一审美瞬间，诗人暂时抛却了社会因素带来的焦虑，处于物我两忘的状态，此时他关注的重点显然是山水美本身。在这类诗中，虽然精神最终没有在审美中获得超越，但山水审美自有独立存在的价值。

总之，无论是纯粹的山水诗还是多主题复合的山水诗，谢灵运都试图通过审美来获得精神的超越，审美是超越的必经途径。即便精神最终未能获得超越，山水审美也构成了一

---

① 赵昌平：《谢灵运与山水诗起源》，《赵昌平自选集》，广西师范大学出版社，1997，第315页。
② 王国璎：《中国山水诗研究》，中华书局，2007，第315页。

个相对独立的部分，成为不受前后部分影响的美学存在。正如有的学者所指出的，"强烈的'自我'意识与对山水'忘我'的静照态度，往往并存于谢诗之中"①，超越意识与审美态度作为二元因素，在谢诗中相得益彰，并无妨碍。虽然谢诗中总有大段的玄理抒发，但并非如蒋先生所言"主体不是以审美的方式，而是以哲学的方式进入"，为表达玄理而去描写景物，反之，是从美景自然升华到了与眼前景致相契合的玄理，可谓是由审美上升到哲学的。玄理不能被视作谢灵运山水诗的核心和终极目的，不能一味夸大玄理的意义。

三 对谢灵运风景对句审美艺术的再认识

蒋先生认为谢灵运对山水是"自由的象征性占有"，因此谢诗中自然没有真正的山水描写。他说："刻画细腻常被视为谢灵运描写山水的特点，然而在我看来，谢灵运笔下的山水，严格地说连刻画和描述都说不上，因为它们都是作为游览行为的背景存在、充当人物活动的叙事素材而被叙述出来的，甚至与写实也有一定距离，更不要说自觉的审美描写了。"蒋先生以许多景句为例证，认为"即便是这些写景句，也很少细致的描写和刻画，而主要是整体性的陈述"。事实是，他列举的许多景句恰恰不乏细节性的"刻画和描写"。下面我们将在对蒋先生举到的诗例进行再解读的基础上，重新阐释大谢山水诗的审美价值。

谢灵运开创了山水诗的经典范式，而构成这一范式的核心内容则是其独特的诗歌语言——对句。宋人严羽《沧浪诗话·诗评》曰："灵运之诗，已是彻首尾成对句矣"②，沈德潜《说诗晬语》64 条曰："陶诗合下自然，不可及处，在真在厚。谢诗经营而反于自然，不可及处，在新在俊。陶诗胜人在不排，谢诗胜人正在排。"③ 以对句写景的妙处，恰如美国学者高友工所言："一联对偶就为我们提供了互相对应的两幅同时出现的画面，而且更重要的是，对偶中的画面具有自身的完整性……两行诗中的成分起着互相补充的作用，二者隔着一个空间两两映照。"④ 大自然山水本来庞杂无序，两两相对、互文见义的骈偶形式却能够使诗人择取最具审美价值的部分，并按有序的组合排列真实再现眼中的山水世界。

谢诗的对句种类极为丰富，日本学者古田敬一把其对句分为俯仰对、朝夕对、合掌

① 陶文鹏、韦凤娟主编《灵境诗心——中国古代山水诗史》，凤凰出版社，2004，第 110 页。
② 严羽著，郭绍虞校释《沧浪诗话校释》，人民文学出版社，1983，第 158 页。
③ 《清诗话》，上海古籍出版社，1999，第 532 页。
④ 高友工：《律诗的美学》，《美典：中国文学研究论集》，三联书店，2008，第 230 页。

对、视听对、色彩对五类。① 其实，从不同角度，谢诗对句还可分出更多类别，如按空间，有远近对、高低对、左右对、疏密对等；按物象，有山水对、天地对、空水对、山林对、草木对、鸟兽对等；按声分，有双声对、叠韵对、叠字对等，可谓包罗万象，因此林庚先生认为大谢是正式把诗歌带入骈俪的第一人②。虽然研究者已注意到谢诗风景对句的开创性，但对其写景的真正妙处，却鲜能道之，笔者将尝试言之。

（一）空间感与光色美交织的审美世界

诗歌是语言的艺术，不可能像绘画那样给人直接的视觉美感，但诗人能借助于绘画中的空间构图与光色透视技巧来布置风景，使读者在诗意语言的启示下借想象进入美妙的风景画面。对句这种双线并行的形式就很适合于展示山水的空间感与光色美。

还原景物间的空间位置与层次对再现山水场景至关重要。大谢常以远近、高低、疏密等位置关系的对列来陈置山水。以远近对为例，中国画向来讲究"远则取其势，近则取其质"③，以近景与远景的布置来突出景深效果，谢灵运已熟谙此道，如"近涧涓密石，远山映疏木"（《过白岸亭》）有潺湲的清涧、历历可数的密石作近景，一抹淡淡的远山作远景，远近之间，又点映以疏木几株成中景，俨然一幅层次分明的山水写生图；"密林含余清，远峰隐半规"（《游南亭》）则以视线两端的"密林"与"远峰"含纳了雨霁后的清澄空间。这两组对句同时又都采取了疏密对仗的形式，远景是清疏简洁的线条式勾勒，近景则注重细节的精雕细刻，符合视觉原理。

更多的时候，谢灵运对景物空间感的把握是与自然光色美的描绘交织在一起的，构筑出极富审美效果的立体时空。一天之中，黄昏时分的光色最为柔和，色调变化最为精微，谢诗中有许多写昏间物色的视听对、光色对可谓精彩绝伦。被蒋寅先生认为缺乏"刻画和描写"的"石浅水潺湲，日落山照耀"（《七里濑》）就以远近对举的精致构图、视听对仗的语言铺写了清流潺潺、日照金山的美景，又如"云日相辉映，空水共澄鲜"（《登江中孤屿》）的景象，云霞因日影照射流动着绮丽之色，青山霞影又借江水倒映弥满天地，何等绚烂壮观！

光色变幻是渐进的过程，要完整记录这个过程中每个瞬间的变化，恐怕最精于追光摄影的印象派画家和现代摄影师也无能为力，因为绘画与摄影毕竟是平面艺术，难以直接展

---

① 参见古田敬一《中国文学的对句艺术》，李淼译，吉林文史出版社，1989。
② 林庚：《中国文学简史》，北京大学出版社，1988，第174页。
③ 荆浩：《山水节要》，见周积寅编著《中国画论辑要》，江苏美术出版社，1985，第415页。

现时间的流动。诗歌作为叙述性的语言，则更适合描绘富于动态与时间持续性的场景，使充溢着空间感与光色美的山水诗境更为立体深邃。"林壑敛暝色，云霞收夕霏"（《石壁精舍还湖中作》）中的诗眼"敛""收"二字不仅以其拟人味道暗示着自然造化魔术师般的神奇力量，而且这二字本身又极富动态效果，令人仿佛能看到日色在林壑间悄然聚拢、夕晖消散于云端的过程，大大扩展了画面的时空容量。"晓霜枫叶丹，夕曛岚气阴"（《晚出西射堂》）以"朝夕对"暗示着晓霜浸染枫叶渐红的时间过程，流露出生命迁逝之感。

当日色晴朗、斑斓的支配色映入眼底时，谢灵运便以不同的色彩配置展现不同的格调。"白"与"绿"的映衬活跃着生命的力量，最为清新幽丽，为大谢所钟爱，如"白云抱幽石，绿筱媚清涟"（《过始宁墅》）、"春晚绿野秀，岩高白云屯"（《入彭蠡湖口》）。"红""绿"对比能渲染春色的鲜活，如"原隰荑绿柳，墟囿散红桃"（《从游京口北固应诏》），"红""紫"相映能呈现春色的绚烂，如"山桃发红萼，野蕨渐紫苞"（《酬从弟惠连》）。

（二）神秘幽异的原生山水美

谢灵运以探险者的身份将游览地由寻常郊野园林拓展到了人迹罕至的原始山林，这些原生态的地貌，寻常不易见也难以寻常语言来描述，诗人必须"辞必穷力而追新"，以生新奇峭的独创性语言来摹写。这类对句大致分为如下两类。

1. 移步换景的山水印象

谢灵运常处于移动的旅途之中，他善于记录没有固定观景角度的山水给人的整体印象，极尽山水的曲折逶迤、旅程的刺激惊险。谢灵运常采用双声或叠韵对的形式，以重浊的语感与山形水势的奇险曲折相协调，以细腻密实的笔触捕捉移步换景的山水印象。如"岩峭岭稠叠，洲萦渚连绵"（《过始宁墅》）分别以"岩峭"与"岭稠叠"抓住了行船中群山的纵向特征与横向感觉，又以"洲萦渚连绵"写出洲浦萦回、山随水转的真实印象，充满细节质感；"溯流触惊急，临圻阻参错"（《富春渚》）以意义相近的"触""阻"二字对仗、以"惊急""参错"的双声结构呼应，讲出逆水行船的艰难与崖岸的奇险。这样的对句，又如"洲岛骤回合，圻岸屡崩奔"（《入彭蠡湖口》）、"逶迤傍隈隩，迢递陟陉岘"（《从斤竹涧越岭溪行》），虽读来拗口，所绘之境却有电影镜头般的现场感。

2. 深山密林的构造肌理

因为常常置身于原始自然中，所以大谢对山林中自然风物的流衍变化有细致入微的体察，他试图发掘物物之间相互影响、相互映衬的微妙联系乃至自然规律，将直觉感受与理性识辨融合为一，如对景写生般勾勒出深山密林的构造肌理。这类对句中的景象，总以

"迷""密"来形容，在绘画中常属于"深远"一类，具有"重晦""重叠"①的特征，最不易描摹；这些对句也常出现表示映衬关系的"屡""逾"与主观识辨色彩的"觉""使""识""知"等字眼，可见诗人以理性来解析山水脉络的思路。"涧委水屡迷，林迥岩逾密"（《登永嘉绿嶂山》）写涧水逶迤使人难以辨清流水去向、林野幽深越发衬托出乱石密集，将丰富的层次融入对句，绘出了晦涩的"深远"之景的肌理。"日末涧增波，云生岭逾叠"（《登上戍石鼓山》）直写因光反射使人产生水波增加、因云气升腾使山岭愈显重叠的错觉，暗示着景物间的微妙关系，堪为画本。像这种遵循大自然构造肌理来结构诗句的方式，有"远者皆近，密者皆通"②的逼真效果。类似对句还有"石横水分流，林密蹊绝踪"（《于南山往北山经湖中瞻眺》）、"连岩觉路塞，密竹使径迷"（《登石门最高顶》）等。

经由以上对风景对句尤其是蒋先生举列的景句的分析，我们已能看出蒋寅先生显然缺乏对诗歌文本的细读，其关于谢诗缺乏"刻画和描述"的结论显然过于武断了。大谢诗追求高度写实的艺术效果，通过风景对句，把精彩的大自然分解成一个个的镜头呈现出来，开创了"俪采百字之偶，争价一句之奇；情必极貌以写物，辞必穷力而追新"③的时代风尚，同时为后人提供了可供效法的山水景物描摹的具体技巧。风景对句的艺术是大山水诗中最具审美价值的部分，奠定了对句在五言写景诗中的正宗地位，其价值理应得到应有的重视。

① 郭熙、郭思：《林泉高致》，见周积寅编著《中国画论辑要》，江苏美术出版社，1985，第429页。
② 王夫之：《古诗评选》，张国星点校，文化艺术出版社，1997，第216页。
③ 《文心雕龙·明诗》，见刘勰著，范文澜注《文心雕龙注》，人民文学出版社，1958，第67页。

钟嵘诗学视域下颜延之的诗歌创作

廉水杰[*]

【内容提要】 颜延之作为晋宋时期成就斐然的名士，在南朝有着深远的影响。虽然沈约《宋书·谢灵运传论》、萧子显《南齐书·文学传论》、刘勰《文心雕龙》对颜延之都有所品评，萧统《文选》也选录了颜延之的诗文，而钟嵘《诗品》作为诗学经典对其的评价，却最能体现出颜延之诗歌的创作价值。本文从才性、诗风、诗法三个方面来分析钟嵘诗学视域下颜延之诗歌创作的审美特征。同时也希冀从细微层面分析：颜延之与谢灵运创作技法趋向一致同源于曹植的根源；颜延之在《诗品》中被置于"中品"的深层原因。

【关键词】 诗品 颜延之 才性 诗风 诗法

颜延之（384～456）是晋宋时期成就斐然的名士，在南朝有着深远的影响。沈约《宋书·谢灵运传论》、萧子显《南齐书·文学传论》、刘勰《文心雕龙》对颜延之都有所品评，萧统《文选》也选录了颜延之的诗文。初唐编撰的《隋书·经籍志》云："永嘉已后，玄风既扇，辞多平淡，文寡风力。降及江东，不胜其弊。宋、齐之世，下逮梁初，灵运高致之奇，延年错综之美，谢玄晖之藻丽，沈休文之富溢，辉焕斌蔚，辞义可观。"[①]在史学家的视域中，颜延之的文采之美成为一种经典。然而，钟嵘《诗品》作为诗学经典对颜延之诗歌的评价，却最能体现出其审美价值。

《诗品》是钟嵘（约468～约518）晚年所著，约成书于梁武帝天监十二年（513年）

---

* 廉水杰，首都师范大学中国语言文学流动站博士后。

① 魏征等：《隋书》，中华书局，1973，第1090页。

后。《诗品》专论五言诗，把诗人分为上、中、下三品，并依据诗人的不同风格，追本溯源，分成《国风》《小雅》《楚辞》三个系统。颜延之诗作的文采之美，在一定层面符合了钟嵘的选诗准则，《诗品》不仅九次提及颜延之，还把颜延之置于"中品"。宋代诗论家严羽在《沧浪诗话·诗评》中云："大历以前，分明别是一副言语；晚唐分明别是一副言语；本朝诸公分明别是一副言语。如此见，方许具一只眼。"① 严羽认为诗歌的风貌随着时代而不同，论诗时必须具备独特的审美眼光。"方许具一只眼"具有阐释学的方法论，把历史与当下结合起来，提供一种论诗析文的审美"视域"②。在钟嵘的诗学视域内，曹植契合其审美理想，并以曹植诗作为例，崇尚"风力"与"丹采"、"直寻"与"自然"之作。本文以钟嵘的诗学审美标准为基点，立足于钟嵘视域来评述"颜延之"③ 的诗歌创作。

一 才性：经纶文雅

"才性"一词始见于《孟子·告子》"非天之降才尔殊也"句赵岐注："非天降下才性与之异也。"④ 刘劭《人物志》把人物分成"圣人"、"兼材"、"偏材"等，表明不同类型的人物具有不同的才能。在钟嵘的诗学视域内，突出强调了颜延之"经纶文雅"的才性，评之曰：

---

① 何文焕：《历代诗话》，中华书局，1981，第 695 页。
② "视域"这个术语源于哲学诠释学。正如德国著名的现代解释学哲学家伽达默尔所论："当我们的历史意识置身于各种历史视域中，这并不意味着走进了一个与我们自身世界毫无关系的异己世界，而是说这些视域共同地形成了一个自内而运动的大视域，这个大视域超出现在的界限而包容着我们自我意识的历史深度。事实上这也是唯一的视域，这个视域包括了所有那些在历史意识中所包含的东西。我们的历史意识所指向的我们自己的和异己的过去一起构成了这个运动着的视域，人类生命总是得自这个运动着的视域，并且这个运动着的视域把人类生命规定为渊源和传统。"（伽达默尔：《真理与方法》，洪汉鼎译，上海译文出版社，1999，第391 页）"钟嵘的诗学视域"更加能突出《诗品》作为评论五言诗的经典之作，不仅具有历史性，更兼具共时性，进一步突出钟嵘论诗的理论视野，这也是本文的理论基点。
③ 近年来关于颜延之的研究成就颇丰，比较有代表性的论文有：李佳的《颜延之作品新探》，认为颜延之在作品中熟练地使用典故，从形式与技巧上进行了有意义的探索，为当时的文人开辟了一条可取之路，从而在一定程度上促进了南朝唯美主义文学的盛行（《北京大学研究生学志》2008 年第 2 期，第 55～65 页）。白崇的《同源异象——颜延之、谢灵运诗风异同论》，指出谢灵运在延续陆机诗歌某些特征的同时，其整体风貌与曹植诗歌更为接近，而颜延之则更多地继承了陆机诗风 ［《江西师范大学学报（哲学社科版）》2007 年第 4 期］。日本森野繁夫的《谢灵运与颜延之》，以"知人论世"的研究方法，来分析颜延之的个性和文风（赵敏俐主编《中国中古文学论文集》，学苑出版社，2006，第 361～373 页）。
④ 赵岐注，孙奭疏《孟子注疏》，上海古籍出版社，1990，第 193 页。

其源出于陆机。故尚巧似。体裁绮密。然情喻渊深，动无虚发；一句一字，皆致意焉。又喜用古事，弥见拘束。虽乖秀逸，固是经纶文雅；才减若人，则陷于困踬矣。汤惠休曰："谢诗如芙蓉出水，颜诗如错彩镂金。"颜终身病之。① （《诗品·中》"宋光禄大夫颜延之"条）

关于"经纶"的注解。在《诗品·中》"梁左光禄沈约"条，钟嵘云："观休文众制，五言最优。详其文体，察其余论，固知宪章鲍明远也。所以不闲于经纶，而长于清怨。"钟嵘意为沈约不善于应制、奉诏之类的经纶之作，"而长于清愁哀怨的发抒"②。许文雨《诗品讲疏》也云："此谓休文终非经国才。"③ "经纶"释为"经国"，这在《诗品》中也可得到内证：

若乃经国文符，应资博古；撰德驳奏，宜穷往烈。至乎吟咏情性，亦何贵于用事？"思君如流水"，既是即目；"高台多悲风"，亦惟所见；"清晨登陇首"，羌无故实；"明月照积雪"，讵出经史？（《诗品·序》）

至如王师文宪，既经国图远，或忽是雕虫。（《诗品·下》"齐高帝齐征北将军张永齐太尉王文宪"条）

"经国"为"治理国家"④ 之意。曹丕《典论·论文》云："盖文章，经国之大业，不朽之盛事。"⑤ "经国图远"是说王俭治理国家，深谋远虑。《南齐书·王俭传》云："寡嗜欲，唯以经国为务。"⑥ 钟嵘评价颜延之"经纶文雅"，言外之意也在称颜延之有经国之才。这种才华体现在文学创作中是长于应制之作。《乐府诗集·郊庙歌辞》谓："宋文帝元嘉中，南郊始设登歌，庙舞犹阙。乃诏颜延之造天地郊登歌三篇，大抵依仿晋曲，是则宋初又仍晋也。"⑦ 颜延之善为应制之作，应制之作表现出来的正是雅正的文学创作

---

① 曹旭：《诗品集注》，上海古籍出版社，1994，第270页。本文《诗品》引文，除特别标明的理论观点，无特殊说明的，均据此。

② 曹旭：《诗品集注》，上海古籍出版社，1994，第325页。

③ 曹旭：《诗品集注》，上海古籍出版社，1994，第325页。

④ 曹旭：《诗品集注》，上海古籍出版社，1994，第177页。

⑤ 郭绍虞、王文生：《历代文论选》，上海古籍出版社，2001，第159页。

⑥ 萧子显：《南齐书》，中华书局，1972，第438页。

⑦ 郭茂倩：《乐府诗集》，中华书局，1979，第2页。

趋向。关于"文雅"之"雅",《毛诗序》云:"雅者,正也。"① 在诗文评中,"雅"一般指自以《诗经》为代表的儒家经典形成的一种雅正的文学传统。对"雅"的审美追求体现着文人士大夫的审美情趣。

颜延之遵循了儒家的诗教传统,表现出雅正的创作趣味。其《庭诰》云:"怀古之志,当自同古人,见通则忧浅,意远则怨浮。"② 颜延之有怀古之志,认为思想通于古之圣贤,会减轻忧虑与怨愤。这接受了儒家"思无邪"的诗教传统。"思无邪",邢昺疏:"诗之为体,论功颂德,止僻防邪,大抵皆归于正,故此一句可以当之也。"③ "止僻防邪",谓能涤荡主体的心神,使主体臻于雅正无邪的心境。这种阐释与"见通则忧浅,意远则怨浮"传达的言外之意一致。钟嵘在《诗品·下》评"齐黄门谢超宗"等七君时云:"檀、谢七君,并祖袭颜延,欣欣不倦,得士大夫之雅致乎!"钟嵘正是指出檀、谢七君都是沿袭了颜延之的文风,获得了士大夫雅正的文学趣味。这在《诗品》中也可得到内证:

然贵尚巧似,不避危仄,颇伤清雅之调。(《诗品·中》"宋参军鲍照"条)

善铨事理,拓体渊雅,得国士之风,故摧居中品。(《诗品·中》"梁太常任昉"条)

白马与陈思赠答,伟长与公幹往复,虽曰以莛叩钟,亦能闲雅矣。(《诗品·下》"魏白马王彪 魏文学徐幹"条)

希逸诗,气候清雅,不逮于王、袁,然兴属闲长,良无鄙促也。(《诗品·下》"宋光禄谢庄"条)

欣泰、子真,并希古胜文。鄙薄俗制,赏心流亮,不失雅宗。(《诗品·下》"齐雍州刺史张欣泰 梁中书郎范缜"条)

对于鲍照的"颇伤清雅之调",何焯《义门读书记》曰:"诗至于鲍,渐事夸饰,虽奇之又奇,颇乏天然,又不娴于廊庙之制,于时名价不逮颜公,非但人微也。"④ "颜公"即颜延之,何焯认为鲍照之名不及颜延之,原因之一是其不善于写廊庙之作,也就是应制、奉诏之类的经纶之作。"渊雅""闲雅""清雅""雅宗"之"雅",都有雅正之意,

① 李天道的《"雅乐"之美学意义原始》一文,对传统艺术中"雅正"的审美传统分析甚为详尽,此不赘述。[李天道:《"雅乐"之美学意义原始》,《西南民族大学学报(人文社科版)》2008年第11期]

② 严可均:《全宋文》,商务印书馆,1999,第354页。

③ 程树德撰,程俊英、蒋见元点校《论语集释》,中华书局,1990,第65页。

④ 曹旭:《诗品集注》,上海古籍出版社,1994,第296页。

表明诸位诗人都继承了以《诗经》为代表的儒家雅正的文学传统。颜延之善为应制、奉诏之类的经纶之作，正是受到了这种文学传统的影响。

因此，"经纶文雅"有两个层面的含义，既指颜延之的经国之才，又指颜延之在创作中表现出的雅正的文学趣味。颜延之属于"经国之才"的人物类型，其才能正是善为雅正之作。也就是说颜延之具有"经纶文雅"的才性，正是其经国的才性之美赋予了其雅正的文学趣味。

二　诗风：错彩镂金

钟嵘借汤惠休话言"颜诗如错彩镂金"，意喻"延之诗镂刻花纹，人工雕琢"①。"错彩镂金"重在指诗歌的语言修饰与创作风貌等方面。然而，在钟嵘的诗学视域中，诗歌的"错彩镂金"又有着比较独特的审美特征。"错彩镂金"这四个字，重点落在"彩"与"镂"上。"彩"为名词，多表示文采之美，《诗品》共六次提到"彩"，如：

> 所谓篇章之珠泽，文彩之邓林。（《诗品下·序》）——比喻五言诗文采美盛。
>
> 骨气奇高，词彩华茂。情兼雅怨，体被文质。粲溢今古，卓尔不群。（《诗品·上》"魏陈思王植"条）——"骨气奇高"与"词彩华茂"两者融合，为钟嵘的审美理想。
>
> 文体华净，少病累。又巧构形似之言。雄于潘岳，靡于太冲。风流调达，实旷代之高才。词彩葱蒨，音韵铿锵。使人味之，亹亹不倦。（《诗品·上》"晋黄门郎张协"条）——比喻五言诗文采美盛。
>
> 季鹰"黄华"之唱，正叔"绿繁"之章，虽不具美，而文彩高丽。并得虬龙片甲，凤凰一毛。（《诗品·中》"晋司徒掾张翰"条）——说明五言诗高雅华丽。
>
> 孝武诗，雕文织彩，过为精密，为二藩希慕，见称轻巧矣。（《诗品·下》"宋孝武帝　宋南平王铄　宋建平王宏"条）——比喻宋孝武帝诗之雕绘风格。

从引文及分析可以看出，"彩"兼有文辞之美与文风之美的内蕴。遍查钟嵘《诗品》，"错彩镂金"之"镂"仅在表述颜延之诗歌时被用到，而"镂"与"雕"意义相同，因此检视"雕"在《诗品》中的作用。"雕"被用到六次，如：

---

① 曹旭：《诗品集注》，上海古籍出版社，1994，第275页。

　　但气过其文，雕润恨少。(《诗品·上》"魏文学刘桢"条)——刘桢五言诗以气胜，文采雕饰少。

　　无雕虫之功。(《诗品·上》"晋步兵阮籍")——阮籍五言诗神至兴到，直抒胸臆，无雕琢之迹。

　　至如王师文宪，既经国图远，或忽是雕虫。(《诗品·下》"齐太尉王文宪")——文风雕琢。

　　德璋生于封溪，而文为雕饰，青于蓝矣。(《诗品·下》"齐詹事孔稚珪")——语言雕琢润饰。

　　上引《诗品·下》"宋孝武帝"条略。

"雕"有两种意义，既代表文辞雕饰，又表示文风雕琢。钟嵘强调适当的文采与雕饰，既反对辞采雕润过少，又反对辞采雕琢过多。值得注意的是："骨气奇高"与"词彩华茂"相对；"气过其文"与"雕润恨少"相关；"雕文织彩"与"错彩镂金"意义接近，这其中颇有端倪。再看钟嵘对曹植与刘桢的品评：

　　其源出于《国风》。骨气奇高，词采华茂。情兼雅怨，体被文质。粲溢今古，卓尔不群。嗟乎！陈思之于文章也，譬人伦之有周、孔，鳞羽之有龙凤，音乐之有琴笙，女工之有黼黻。俾尔怀铅吮墨者，抱篇章而景慕，映余晖以自烛。故孔氏之门如用诗，则公幹升堂，思王入室，景阳、潘、陆，自可坐于廊庑之间矣。(《诗品·上》"魏陈思王植"条)

　　其源出于《古诗》。仗气爱奇，动多振绝。贞骨凌霜，高风跨俗。但气过其文，雕润恨少。然自陈思已下，桢称独步。(《诗品·上》"魏文学刘桢"条)

曹植与刘桢都被钟嵘置入"上品"，特别是曹植的诗风非常契合钟嵘的审美理想。胡应麟《诗薮·内篇》云："第其才藻宏富，骨气奇高，八斗之称，良非溢美。"[①] 曹旭认为："'质'与'文'；'风力'与'丹采'；'骨气奇高'与'词采华茂'，为互相对立、排斥之美学范畴，两者融合，对立统一，实为钟嵘最高之美学理想。刘桢'质'胜'文'。……唯曹植文质兼备，为理想之诗人。"[②] 可见，诗歌语言雕饰过多，会"文"胜

---

①　胡应麟：《诗薮》，中华书局，1962，第29页。
②　曹旭：《诗品集注》，上海古籍出版社，1994，第102~103页。

"质"，"丹采"胜"风力"。"自陈思已下，桢称独步"的刘桢必须排在曹植以下，正是因其"气过其文"，"质"胜"文"，颜延之诗歌的"错彩镂金"也正是"丹采"伤了诗歌的"风力"。此外，"雕文织彩"与"错彩镂金"虽意义接近，同样是比喻诗歌的润饰，一个是用织锦，一个既用织锦又用刻金，"雕文织彩"却不及"错彩镂金"传达出的雕琢意义强烈，这其中轩轾全在一个"金"字。"金"在六朝多与金石之音相关，《诗品·序》云："古曰诗颂，皆被之金竹，故非调五音，无以谐会。"所以钟嵘用"错彩镂金"而不是"雕文织彩"来比喻颜延之诗歌，其中还包蕴了对其诗歌讲究声韵的品评。这也与颜延之重视诗歌创作中的声韵一致。颜延之《庭诰》云："至于五言流靡，则刘桢、张华。"《文心雕龙·明诗》云："五言流调，则清丽居宗""茂先凝其清""偏美则太冲公幹"[1]。"流靡"即"流调"，意为五言诗清丽的语言，富有滋味与声韵美感。

所以，钟嵘认为颜延之诗歌的"错彩镂金"之美不及曹植诗歌"词采华茂"之美的原因的是，颜延之诗歌没有"骨气奇高"的特点。"奇"就是"秀句""警策"[2]，即"名章迥句"，颜延之诗歌缺乏"名章迥句"，抛开主体的才性不论，这也是钟嵘认为颜延之诗歌"错彩镂金"之美不及谢灵运诗歌"芙蓉出水"之美的原因之一。钟嵘在《诗品·上》"宋临川太守谢灵运"条云：

> 其源出于陈思，杂有景阳之体。故尚巧似，而逸荡过之，颇以繁芜为累。嵘谓：若人兴多才高，寓目辄书，内无乏思，外无遗物，其繁富，宜哉！然名章迥句，处处间起；丽曲新声，络绎奔发。譬犹青松之拔灌木，白玉之映尘沙，未足贬其高洁也。

谢灵运诗歌一个最大的特点就是"名章迥句，处处间起"。比之曹植，虽被置入"上品"，却不符合钟嵘"骨气奇高"与"词采华茂"并重的审美标准；虽不乏"名章迥句"，却因其"繁富"，有失骨力之美。钟嵘论颜延之诗风源自陆机，而陆机又源于陈思王曹植。《诗品·上》"晋平原相陆机"条云：

> 其源出于陈思。才高词赡，举体华美。气少于公幹，文劣于仲宣。尚规矩，不贵绮错，有伤直致之奇。然其咀嚼英华，厌饫膏泽，文章之渊泉也。张公叹其大才，

---

① 刘勰著，范文澜注《文心雕龙注》，人民文学出版社，1958，第67页。
② 范文澜《文心雕龙注·隐秀》篇曰："重旨者，辞约而义富，含味无穷，陆士衡云'文外曲致'，此隐之谓也。独拔者，即士衡所云'一篇之警策'也。陆士龙《与兄平原书》云'《祠堂颂》已得省，然了不见出语'，意谓非兄文之休者。又云：'刘氏《颂》极佳，然了不见出语耳'。所谓出语，即秀句也。"

信矣！

陆机的诗歌比之钟嵘理想的审美标准，一个最大的欠缺是"气少"。"气"虽少，却有"气"，这也是陆机被置入"上品"、颜延之被置入"中品"的原因之一。所以，谢灵运与陆机虽被置入"上品"，之所以没有获得如曹植"粲溢今古，卓尔不群"的至高美誉，都在于诗歌创作中"骨气"不足。而颜延之诗作不仅缺少"骨气"，也缺乏"秀句"。

三　诗法：颜谢同源

元代杨载《诗法家数》论"五言古诗"时云："五言古诗，或兴起，或比起，或赋起。须要寓意深远，托词温厚，反复优游，雍容不迫。……写景要雅淡，推人心之至情，写感慨之微意，悲欢含蓄而不伤，美刺婉曲而不露，要有三百篇之遗意方是。"[①] 钟嵘认为，颜延之与谢灵运诗歌创作技法同源，源于曹植。颜、谢同源，与他们赋、比、兴的创作手法有很大关系。钟嵘《诗品·序》云：

> 故诗有六义焉：一曰兴，二曰比，三曰赋。文已尽而意有余，兴也；因物喻志，比也；直书其事，寓言写物，赋也；宏斯三义，酌而用之，干之以风力，润之以丹彩，使咏之者无极，闻之者动心，是诗之至也。若专用比兴，则患在意深，意深则词踬。若但用赋体，则患在意浮，意浮则文散，嬉成流移，文无止泊，有芜漫之累矣。

在钟嵘的诗学视域内，诗歌创作时，"风力"与"比兴"有关，"丹彩"与"赋体"相关。赋、比、兴是三种不同的创作手法，孔颖达《毛诗正义》曰："然则风雅颂者，《诗》篇之异体；赋比兴者，《诗》文之异辞耳。大小不同而得并为六义者，赋比兴是《诗》之所用；风雅颂是《诗》之成形。用彼三事，成此三事，是故同称为义，非别有篇卷也。"[②] 钟嵘认为这三种诗歌表达手法运用得当，使"风力"与"丹彩"统一，是"诗之至"，能使诗歌创作达到最理想的审美标准。曹植正是这种理想准则的实践者。钟嵘又提出了这三种创作手法运用不当的弊端，专用比兴的表达手法，会致言辞"踬"，"踬"即文辞费解，曲折不畅达。《诗品·中》"齐吏部谢朓"云：

---

① 何文焕：《历代诗话》，中华书局，1981，第731页。
② 《十三经注疏》，北京大学出版社，1997，第271页。

其源出于谢混，微伤细密，颇在不伦。一章之中，自有玉石。然奇章秀句，往往警遒。足使叔源失步，明远变色。善自发诗端，而末篇多踬，此意锐而才弱也。至为后进士子之所嗟慕。朓极与余论诗，感激顿挫过其文。

谢朓"末篇多踬"，杨祖聿《诗品校注》言"气今则险，务为惊人之语，而篇末往往难以为继"[1]。曹旭注解为："谓谢朓诗篇末往往质朴窘迫，不能承其发端。"[2] 钟嵘解释说"此意锐而才弱也"，表明谢朓思维敏捷而骨力苦弱。这也正体现了钟嵘诗学的逻辑脉络，"比兴"的运用是否适当与"骨力""风力"有很大关系。简言之，在诗歌创作中，"比兴"手法运用太多会减弱创作主体的才力。"丹彩"与"赋体"又相关联。钟嵘评价颜延之用了"尚巧似""体裁绮密""喜用古事，弥见拘束"；评价谢灵运用了"故尚巧似，而逸荡过之，颇以繁富为累"，这与"但用赋体，患在意浮，意浮则文散，嬉成流移，文无止泊，有芜漫之累"，传达的意蕴一样。言外之意，在诗歌创作中，"赋"的表现手法用得太多，会使文采繁密，语辞繁芜。

如上文所论，颜延之与谢灵运诗歌创作中都缺乏主体的"骨气"，除此之外，颜延之还缺乏"秀句"。这说明谢灵运的五言诗，"比兴"手法用得过于频繁，而颜延之的五言诗，"比兴"与"赋"的手法都用得过于繁多。钟嵘在《诗品·序》中，把"谢客山泉""颜延入洛"等诗，称之"五言之警策"。下面以谢灵运《入彭蠡湖口》与颜延之《北使洛》，来分析"兴""比""赋"的艺术手法在具体作品中的运用。谢灵运《入彭蠡湖口》云：

> 客游倦水宿，风潮难具论。洲岛骤回合，圻岸屡崩奔。乘月听哀狖，浥露馥芳荪。春晚绿野秀，岩高白云屯。千念集日夜，万感盈朝昏。攀崖照石镜，牵叶入松门。三江事多往，九派理空存。灵物郄珍怪，异人秘精魂。金膏灭明光，水碧辍流温。徒作千里曲，弦绝念弥敦。

按，钟嵘曰："文已尽而意有余，兴也。"此诗托事于物，寄意深远。诗作于公元431年（元嘉八年）晚春，灵运被诬，由京城建康赴临川内史任途中。"客游倦水宿"，一"倦"字，传达了灵运的不平之意。"千念""万感"用语精当，然"徒作""弦绝"却有

① 曹旭：《诗品集注》，上海古籍出版社，1994，第 303 页。
② 曹旭：《诗品集注》，上海古籍出版社，1994，第 303 页。

尾大不掉之感。钟嵘曰："因物喻志，比也。"诗人借湿露、芳草、绿野、白云抒写情志，自不言表。然"三江事多往"句下，似句句言理，有滞重之感，缺少后来唐诗变化洒脱的气魄。钟嵘曰："直书其事，寓言写物，赋也"，钟嵘所言兼具"比""兴"二义，实"比""兴"之义也涵盖"赋"义，刘勰《文心雕龙》专列"比兴"篇正本于此，此不赘论。"乘月听哀狖，浥露馥芳荪"李善注①："乘月，犹乘日也。《广雅》曰：'言乘月而游，以听哀狖之响；湿露而行，为玩芳丛之馥。'……《琴赋》曰：'千里别鹤'，《演连珠》曰：'繁会之音，生乎绝弦。'"严羽《沧浪诗话·诗辩》云："其用工有三：曰起结，曰句法，曰字眼。"② 以此观，谢灵运可谓精工矣。王世懋《艺圃撷余》云："今人作诗，必入故事。……古诗，两汉以来，曹子建出而始为宏肆，多生情态，此一变也。自此作者多入史语，然不能入经语。谢灵运出而《易》辞、《庄》语，无所不为用矣。剪裁之妙，千古为宗，又一变也。"③ 此言不虚。

颜延之《北使洛》云：

> 改服饬徒旅，首路跼险艰。振楫发吴洲，秣马陵楚山。途出梁宋郊，道由周郑间。前登阳城路，日夕望三川。在昔辍期运，经始阔圣贤。伊谷绝津济，台馆无尺椽。宫陛多巢穴，城阙生云烟。王猷升八表，嗟行方暮年。阴风振凉野，飞云瞥穷天。临途未及引，置酒惨无言。隐悯徒御悲，威迟良马烦。游役去芳时，归来屡徂愆。蓬心既已矣，飞薄殊亦然。

按，此诗是颜延之难得的"景语"与"情语"相融的佳作，有秀句如"阴风振凉野，飞云瞥穷天"。《北使洛》与《入彭蠡湖口》同列选萧统《文选》"行旅"类。然而，细赏之，其与谢灵运《入彭蠡湖口》在美感上差异甚多。根源在于其"直书其事"，用"赋"太过，乏灵动之美，有"以赋为诗""以文为诗"之倾向。铺陈其事，用典着力，状物过炼，正为延之所长。如李善《文选注》云："'振楫发吴洲，秣马陵楚山。'阮籍《咏怀诗》曰：朱鳖跃飞泉，夜飞过吴州。《毛诗》曰：言秣其马。杜预曰：粟食马曰秣。《韩子》曰：楚和氏得璞玉于楚山之中。""'伊谷绝津济，台馆无尺椽。'伊谷，二水名也。曹植《毁故殿令》曰：秦之灭也，则阿房无尺椽。郑玄《论语》注曰：津济，渡处

---

① 王世懋：《艺圃撷余》云："惟李善注旁引诸家，句字必有援据，大资博雅。然亦有牵合古书，而不究章旨。"（《历代诗话》，第776页，另《文选》引文及注释据中华书局1977年版）
② 何文焕：《历代诗话》，中华书局，1981，第687页。
③ 何文焕：《历代诗话》，中华书局，1981，第774页。

也。"皎然《诗式》云："'诗有五格'，即'不用事第一；作用事第二；（其有不用事而措意不高者，黜入第二格。）直用事第三；（其中亦有不用事而格稍下，贬居第三。）有事无事第四；（比于第三格中稍下，故入第四。）有事无事，情格俱下第五。（情格俱下，有事无事可知也。）'"① 颜、谢高下可见。严羽《沧浪诗话·诗评》云："颜不如鲍，鲍不如谢。文中子独取颜，非也。"② 文中子独取颜，源于颜雅正之创作传统。以此观，文中子所言不虚。

因此，颜延之与谢灵运在钟嵘的诗学视域内，同源于曹植的诗歌风貌，很大程度上源于他们五言诗歌的创作技法趋向一致，都体现了"比、兴、赋"的表现手法。不同的是，因创作时这三种艺术手法融合程度的不同，即谢灵运以"比、兴"手法入"赋"，颜延之用"赋"过多以致削弱了"比、兴"的表达，从而形成了他们诗歌风貌的差异。这也是在钟嵘的诗学视域内，颜延之被置入"中品"，而谢灵运居于"上品"的深层原因。

关于当时对颜、谢诗风的评价，《南史·颜延之传》有相关记载："延之尝问鲍照，己与灵运优劣，照曰：'谢五言如初发芙蓉，自然可爱；君诗若铺锦列绣，亦雕缋满眼。'"③ 鲍照的评价一般认为是对"谢诗如芙蓉出水，颜诗如错彩镂金"的注解，二者的区别关键在于怎样去理解"谢五言如初发芙蓉，自然可爱"之"自然"。罗宗强先生认为，从山水的美的表现中，当时存在着一种写实的倾向。这种写实的思想倾向，"以再现大自然的美为其目的"④。钟嵘评价谢灵运的"巧似"，正是其在五言诗歌创作中有摹写自然形貌的倾向，这也与当时以形写神的艺术思潮相符。谢灵运的诗歌在艺术上通过描摹刻画景物来呈现清丽之风，而颜延之的诗歌通过追求用典修饰展现藻丽之貌。正如贺贻孙《诗筏》所云："大约二君藻思秀质，如出一手，而光禄寄兴高旷，章法绵密，康乐意致豪华，造语幽灵，又各有其胜也。"⑤ 在这个层面上，二者的诗歌创作都未能达到神形合一的境界。对钟嵘来说，"谢诗如芙蓉出水，颜诗如错彩镂金"之"芙蓉出水"与"错彩镂金"只能是一种"有意味的形式"⑥，具有类似的审美意义。

---

① 释皎然著，李壮鹰校注《诗式》，人民文学出版社，2003，第30页。
② 何文焕：《历代诗话》，中华书局，1981，第698页。
③ 李延寿：《南史》，中华书局，1975，第881页。
④ 罗宗强：《魏晋南北朝文学思想史》，中华书局，1996，第199页。
⑤ 郭绍虞编选，富寿荪校点《清诗话续编》，上海古籍出版社，1983，第160页。
⑥ 宗白华与李泽厚都对这种"有意味的形式"的艺术形式作过探讨。宗先生认为"心灵必须表现于形式之中，而形式必须是心灵的节奏"（宗白华：《美学散步》，上海人民出版社，1981，第232页）。李先生也认为"美之所以不是一般的形式，而是所谓'有意味的形式'，正在于它是积淀了社会内容的自然形式"（李泽厚：《美学三书》，天津社会科学院出版社，2003，第24页）。

　　总之，诗文的文采之美在南朝文学评论中成为一种经典的审美趋向，刘勰《文心雕龙》"情采"的审美标准与萧统《文选》"综辑辞采"的品评准则都体现了这种审美要求。在钟嵘的诗学视域中，颜延之与谢灵运的创作技法趋向一致同源于曹植，颜延之因其"经纶文雅"的才性与"错彩镂金"的诗风在《诗品》中被置于"中品"。钟嵘的品评对颜延之来说，何尝不是一种美誉？"错彩镂金"的审美准则，也随着钟嵘所引的"谢诗如芙蓉出水，颜诗如错彩镂金"，而成就了一种对诗文文采之美品评的经典艺术传统。

元兢"调声三术"分析[*]

魏学宝[**]

【内容提要】 初唐诗论家对声律的论述大多侧重于消极意义层面的声病阐释，元兢《诗髓脑》的"调声三术"是不多见的成系统的积极意义，即理论构建层面的描述，"调声三术"以声调为核心，论述"换头""护腰""相承"，在诗律定型过程中有着重要的价值和意义。学界自然应对元氏的"调声三术"予以恰当的文学史定位，同时也不宜褒奖过高，站在诗律和创作实践的角度来看，元氏的"调声三术"带有明显的探索、过渡痕迹。

【关键词】 调声三术　元兢　诗律　创作实践

根据元稹《唐故工部员外郎杜君墓系铭并序》，律诗最终在沈宋手中定型。从刘善经[①]到沈宋中间相隔百余年，而这百余年对于诗歌声律而言是非常关键的百余年，因为正是在这百余年间诗歌声律完成了从齐梁声律到近体诗诗律的最终定型。刘善经总结齐梁声律，他是齐梁声律阐释的集大成者；沈宋完成了近体诗律的定制，尽管他们的理论阐释今天已经佚失，但并不妨碍他们开启近体诗大幕的历史地位。现在存在的问题是如何勾勒还原从刘善经到沈宋这百余年间诗格理论如何从齐梁声律转化为近体诗诗律。从现存的文献来看，初唐诸多诗论家多从消极层面，即声病层面阐释其声律主张；从积极意义层面进行

---

* 本文是北京语言大学 2012 年优秀博士学位论文培育计划资助项目《隋唐五代诗格考论》阶段性成果之一。
** 魏学宝，中国石油大学（华东）文学院讲师，北京语言大学中国古典文学专业博士研究生。
① 隋人刘善经《四声指归》对齐梁声律进行描述、总结、评价，从现存文献来看，代表了隋人声律论的最高成就。关于《四声指归》所引声律论另具专文详析。

阐述的，元兢《诗髓脑》①中"调声三术"应是目前能够看到的最重要的也是唯一成系统的论述。

一 "调声三术"之序

> 声有五声，角徵宫商羽也。分于文字四声，平上去入也。宫商为平声，徵为上声，羽为去声，角为入声。故沈隐侯论云："欲使宫徵相变，低昂舛节，若前有浮声，则后须切响。一简之内，音韵尽殊；两句之中，轻重悉异。妙达此旨，始可言文。"故知调声之义，其为大矣。调声之术，其例有三：一曰换头，二曰护腰，三曰相承。

五音配四声是一个公说公有理，婆说婆有理的命题，元兢此说不知有何依据，恐怕也难以令人信服。值得注意的是这段话的逻辑关系。由五音配四声推出沈约声律论，这实际上人为地缩小了沈约的论述范围，因为沈约所论既有浮声切响又有音韵，讲的声律问题涉及字音的声、韵、调，但元兢所论是由四声推演到沈氏声律，继而推演到调声之术，由此我们可以明确，元氏的调声术其介质只有平上去入四声而不涉其他。为什么元兢声律论只讲四声而不涉及声韵呢？从八病之后四病大韵、小韵、正纽、旁纽在唐人的描述来看，齐梁时期的声韵病犯规定经过刘善经和初唐诗论家的改造已经不再那么严格，有的认为只是疥癣小疾，有的认为避之更好，不避也无妨。由此来看，声韵在沈约、刘勰声律理论构建中有着举足轻重的地位，但在初唐诗论家看来已无足轻重。从后世来看，声律理论更侧重于平仄的描述，而对于声韵要求甚少，沈氏八病规定过于繁琐，不适宜诗歌创作，尤其对审美灵感的表现起着太大的制约作用。包括不言八病，只言"双声隔字而每舛，叠韵离句其必睽"（《文心雕龙·声律》）。这种笼统的要求，在创作实践中也很难完全实现。所以元氏调声三术在声律确立过程中有着重要的意义，他应该算是一个开端，开启声律着重于声调的调谐而不再面面俱到。

二 "调声三术"之"换头"

> 换头者，若兢《于蓬州野望》诗云："飘飘宕渠域，旷望蜀门限。水共三巴远，山随八阵开。桥形疑汉接，石势似烟回。欲下他乡泪，猿声几处催。"此篇第一句头

---

① 关于元兢的生平事迹及其著述详见王梦鸥《初唐史学著述考》，台北商务印书馆，1977；关于《诗髓脑》的考证，见张伯伟《诗髓脑·解题》，《全唐五代诗格汇考》，凤凰出版社，2002，第112～114页。

两字平，次句头两字去上入。次句头两字去上入，次句头两字平。次句头两字又平，次句头两字去上入。次句头两字又去上入，次句头两字又平。如此轮转，自初以终篇，名为双换头，是最善也。若不可得如此，即如篇首第二字是平，下句第二字是用去上入；次句第二字又用去上入，次句第二字又用平。如此轮转终篇，唯换第二字，其第一字与下句第一字用平不妨。此亦名为换头，然不及双换。又不得句头第一字是去上入，次句头用去上入，则声不调也。可不慎欤？

"换头"中最值得注意的，也是调声三术一脉相承的是对四声的运用呈现出明显的二元分化原则。元氏理论阐释时有意识地使用平声与去上入三声对立，虽然没有使用平侧（仄）概念，但是从内涵角度来看，已经明显地呈现出平仄二元对立的分野。这种表述相对于"轻重""清浊""低昂""浮切""飞沈"无疑更明确、更不易引起误读。四声二元化倾向虽然在齐梁诗律中有所显现，但一直比较模糊，元兢终于将这一原则明确化，当然也许元兢非首创者，但至少从现存文献来看，元兢是第一个如此明确的使用四声二元原则的诗论家。

从所举的诗例来看，我们基本上可以判定调声三术是针对五言诗而言的。"护腰""相承"针对一联两句而言，"换头"针对整首诗歌而言，从"换头"又可以基本推定调声三术针对的对象应是五言八句诗。简而言之，"换头"者，一联之内，出句、对句头两字平仄相反；紧连的两联，各自的出句、对句头两字平仄相反，具体参见下表：

	出句（头两字）	对句（头两字）
首　联	平　平	去上入　去上入
颔　联	去上入　去上入	平　平
颈　联	平　平	去上入　去上入
尾　联	去上入　去上入	平　平

元兢认为对句首两个字的声调有严格要求可能在创作实践中是比较苛刻的，提出如果能够做到自然是"最善"，如果做不到，只第二个字如此要求亦可，第一个字可以灵活变通。当然变通也有一个原则，第一个字同平声可以，同去上入也即仄声则于"声不调"。

"换头"意义重大。首先，它是对齐梁声律的继承与显现，是"两句之中，轻重悉异"的具体落实，是"鹿卢交往，逆鳞相比""异音相从""同声相应"原则在五言诗的细化；其次，它是"平头"病犯的有效规避和变通，《文镜》西卷《二十八种病》"平头"刘善经引沈约："第一、第二字不宜与第六、第七同声。"元兢对平头的解释：

（平头诗者，五言诗第一字不得与第六字同声，第二字不得与第七字同声。同声者，不得同平上去入四声，犯者名为犯平头。）① 此平头如是，近代成例，然未精也。欲知之者，上句第一字与下句第一字同平声不为病，同上去入声，一字即病。若上句第二字与下句第二字同声，无问平上去入，皆是巨病。此而或犯，未曰知音。今代文人李安平、上官仪，皆所不能免也。

可以看到，元氏对平头病犯的阐释和换头内涵是一致的，区别不过在于积极意义上的规则构建和消极意义上的病犯描述。当然更重要的是换头超越了对于一联的描述而是对全诗的规则构建。由此也引出换头的第三重意义，即粘式律的提出。诚然元氏并没有明确提出"粘式律"这一概念，但是他的描述却很鲜明地体现了这一点。《文笔眼心钞》："此换头，或名拈二。拈二者，谓平声为一字，上去入为一字，安第一句第二字若上去入声，与第二第三句第二字，皆须平声，第四第五句第二字还须上去入声，第六第七句第二字安平声，以次避之。……只如此体，词合宫商，又复流美，此为佳妙。"

众所周知，律诗中重要的规则可以概括为四条（以五律为例）：四联八句、押平声韵、对式律和粘式律。就五律而言，对式律要求一联之内出句对句对应的字平仄相反；粘式律要求上一联对句第二字同下一联出句第二字平仄相同。对式律和粘式律是"两句之中，轻重悉异"和"同声相应"的具体落实。元稹换头正是对式律对头两个字的要求体现，换头的原则又很好地体现了粘式律的要求。同时针对"平头"病的要求，做出适当的调整，如第一字同平声无妨，同去上入则声不调，明确将换头原则定在第二个字上。

应该说元稹在初唐提出的换头原则一方面是齐梁声律自然发展的成果体现，另一方面也是元稹对声韵有着敏锐的感知而颇富新颖的创造。之所以有这样一个结论，是根据对齐梁至初唐的部分代表诗人的五言八句诗定量分析而来。我们选取了自永明至龙朔年间九位诗人，分别是齐王融（卒于永明十一年，493 年）、谢朓（卒于永元元年，499 年）、沈约（卒于天监十二年，513 年）、何逊（约卒于普通元年，520 年②）、阴铿（卒于陈文帝天嘉年间，560～566 年）、杨广（卒于大业十四年，即唐高祖武德元年，618 年）、李百药

---

① 张伯伟注"此段文字未必出于元氏，然《诗髓脑》既有对八病旧说之补正，则当先列旧说，后作补正"。见《全唐五代诗格汇考》，凤凰出版社，2002，第 118 页。笔者按，据《文镜》西卷《二十八种病》，这段文字应是空海法师综合各家之说的一个概括描述。《文镜》引元氏之说从"此平头如是"引起，故按照文理推断此前应有元氏所引旧说，只是今天文献阙如。

② 何逊卒年不详，据《梁书·何逊传》"除任威庐陵王记室，复随府江州，未几卒"。姑从中华书局《何逊集》所定之公元 520 年，见该书"出版说明"（中华书局，1979）。

（卒于贞观二十二年，648 年）、上官仪（卒于麟德二年，665 年）、卢照邻（卒于天策万岁元年，695 年）。根据《先秦汉魏晋南北朝诗》和《全唐诗》，王融留有五言八句诗 31 首（《法乐辞十五章》算作 15 首、《和南海王殿下秋胡妻诗七章》算作 7 首）、谢朓 42 首、沈约 40 首、何逊 25 首、阴铿 16 首、杨广 9 首、上官仪 9 首、卢照邻 33 首、李百药 11 首。根据元氏换头术要求，将这 216 首诗分为以下几个角度考察声调：第一字相对（平声与上去入声相对，下同）、第二字相对，第一字同平声、第一字同上去入声，第二字同平声、第二字同上去入声、合粘二规则、反粘二规则八个方面。就一首诗第一字相对还是同声、第二字相对还是同声、是否合粘就有四个考察点①，如此统计数据见表 1：

表 1 换头术视野中齐梁至初唐部分诗人声律统计表②

诗 人	篇数	对式律											粘式律			
		符合换头术要求						违反换头术要求						粘		反 粘
		第二字相对（平与去上入）		第一字相对		第一字同平声		第一字同上去入声		第二字同平		第二字同上去入声				
王 融	31	82	66.9%	63	50.8%	41	33.1%	20	16.1%	18	14.5%	24	19.3%	51	41.1%	73	58.9%
谢 朓	42	85	50.6%	83	49.4%	64	38.1%	21	12.5%	47	28.0%	36	21.4%	72	42.9%	96	57.1%
沈 约	40	97	60.6%	82	51.3%	49	30.6%	29	18.1%	37	23.1%	26	16.3%	75	46.9%	85	53.1%
何 逊	25	64	64.0%	51	51.0%	31	31.0%	18	18.0%	16	16.0%	20	20.0%	50	50.0%	50	50.0%
阴 铿	16	47	73.4%	37	57.8%	25	39.1%	2	3.1%	12	18.8%	5	7.8%	29	45.3%	35	54.7%
杨 广	9	22	61.1%	21	58.3%	11	30.6%	4	11.1%	9	25.0%	5	13.9%	22	61.1%	14	38.9%
上官仪	9	29	80.6%	24	66.7%	8	22.2%	4	11.1%	4	11.1%	3	8.3%	15	41.7%	21	58.3%
卢照邻	33	117	88.6%	75	56.8%	52	39.4%	5	3.8%	4	3.0%	11	8.3%	79	59.8%	53	40.2%
李百药	11	31	70.5%	31	70.5%	11	25.0%	2	4.5%	8	18.2%	5	11.4%	27	61.4%	17	38.6%

由表 1 可以看出齐梁诗人（王、谢、沈、何）对于第一字、第二字与第六字、第七字不得同声的要求有相当自觉的体认，就第一字相对而言，除谢朓外均超过了 50%，就第二字相对而言除谢朓外均达到或超过了 60%。值得注意的是，谢朓在这四人中似乎对声律在头两字要求方面感知最差，但是他在四人中第一字同上去入声这一项上数据最低，仅为

---

① 粘式律似乎只有三个，即首联对句与颔联出句，颔联出句与颈联对句，颈联对句与尾联出句，但是应当看到如果完全合粘，还应当尾联对句与首联出句第二字同平或同上去入。

② 王融诗见《先秦汉魏晋南北朝诗·南齐诗》卷二，谢朓诗见《南齐诗》卷三、卷四，沈约诗见《梁诗》卷六、卷七，何逊诗见《梁诗》卷八，阴铿诗见《陈诗》卷一，杨广诗见《隋诗》卷三，上官仪诗见《全唐诗》卷四〇，卢照邻诗见《全唐诗》卷四一、四二，李百药诗见《全唐诗》卷四三。声调标准依据《广韵》，多音字在综合字义的基础上判定。

12.5%，在第一字同平声上最高，38.1%。综合这些数据来看，首先沈约所言"两句之中，轻重悉异"是得到一定程度贯彻的，但是"平头病"规定过于严苛，无论是制定者沈约还是同时的其他人均无法做到这一点。其次，齐梁诗人的创作实践在不自觉中突出了第二字的重要性，第二字相对的比率远高于第一字相对的比率；第一字同平声的比率大多超过了30%，可以看到第一字同平在齐梁诗人这里似乎不是太严重的问题。

当然至于粘式律，诚然四人的五言八句诗合粘率均超过四成，沈约接近一半，何逊是50%，但此中很难说是有意识而为之。因为有时违反对式律要求往往能够达到较高的合粘率①，这点后文详悉。我们可以考察这四人诗篇中合粘处超过三次诗篇的用声情况（见表2）：

表2　王谢沈何合粘程度较高的五言八句诗声调情况统计表

| | 对式律 | | | | | | 粘式律 | |
| | 符合换头术要求 | | | 违反换头术要求 | | | | |
	第二字相对（平与去上入）	第一字相对	第一字同平声	第一字同上去入声	第二字同平	第二字同上去入声	粘	反粘
王　融								
《法乐辞》其二	3	3	1	0	1	0	3	1
《法乐辞》其十二	3	2	0	2	0	1	3	1
《侍游方山应诏》	2	2	0	2	1	1	4	0
《和南海王殿下秋胡妻七章》其一	3	1	2	1	1	0	3	1
谢　朓								
《曲池之水》	3	1	2	1	0	1	3	1
《奉和随王殿下十六首》其十三	3	1	3	0	1	0	3	1
《赠王主簿二首》其一	1	2	1	1	2	1	3	1
《与江水曹至干滨戏》	1	3	1	0	3	0	3	1
《落日同何仪曹煦》	3	1	1	0	1	0	3	1
《夜听妓二首》其一	1	3	1	0	2	1	3	1
《杂咏三首·灯》	0	1	2	1	2	2	3	1

① 传统的观点在一首五律中，粘点有三处，即第二句和第三句第二字、第四句和第五句第二字、第六句和第七句第二字，笔者认为在一首五律中粘点应有四处，即上述三点外还应再加上第八句和第一句，如果前面全部合对、合粘，这最后一处也是自然而然的事情，如此才能构成一个浑然的整体。因此计算合粘率时合粘4处方是全部合粘。

	对式律						粘式律	
	符合换头术要求			违反换头术要求				
	第二字相对（平与去上入）	第一字相对	第一字同平声	第一字同上去入声	第二字同平	第二字同上去入声	粘	反粘
沈 约								
《拟青青河畔草》	3	4	0	0	1	0	3	1
《江南曲》	1	2	1	1	1	2	3	1
《携手曲》	4	2	2	0	0	0	4	0
《八关斋》	3	2	0	2	0	1	3	1
《登北固楼》	4	2	2	0	0	0	4	0
《乐将殚恩未已应诏》	1	1	3	0	3	0	3	1
《见庭雨应诏》	1	1	2	1	3	0	3	1
《伤春》	2	2	2	0	2	0	4	0
《咏篪》	1	2	2	0	3	0	3	1
《咏竹槟榔盘》	3	1	2	1	1	0	3	1
《华山馆为国家营功德》	3	1	1	2	1	0	3	1
何 逊								
《野夕答孙郎擢》	3	2	2	0	1	0	3	1
《从镇江与游故别》	3	0	1	3	1	0	3	1
《车中见新林分别甚盛》	3	1	2	1	0	1	3	1
《见征人分别》	3	1	3	0	1	0	3	1
《与虞记室诸人咏扇》	4	3	1	0	0	0	4	0
《看伏郎新婚》	3	3	1	0	0	1	3	1
《咏春雪寄旅人治书思澄》	1	3	1	0	3	0	3	1
总 计	69	55	42	19	35	12	92	24

从表 2 来看王谢沈何四人五言八句诗中合粘处达到或者超过三处的总计 29 首，合粘率达到 79.3%，但是第二字同平声或者同上去入声，即违反对式律多达 47 处，占 40.5%。这 29 首诗歌中第二字完全符合对式律要求的是 3 首，并且这 3 首完全符合粘式律，即完全达到元氏"换头术"的要求；符合对式律要求达到三处的 15 首，两处的 2 首，一处的 8 首，完全违背的 1 首。由此可以印证上面的结论，合粘并非有意识为之，因为数据显示对式律在第二字的要求得到了诗人自觉的体认，违反了对式律往往能够提高合粘的程度。

由此可以看出粘式律和对式律二者之间存在一定的促进关系，同时二者之间存在着巨大的制约关系，粘式律的存在使"异音相从"方面选择的余地减少，如第二字"平，去上入。平，去上入。平，去上入。平，去上入"。这种结构从对式律来看完全合乎准则，但就粘式律而言是完全失粘。就创作实践来看，这样的例子非常鲜明，比如王融《临高台》：

> 游人欲骋望，积步上高台。井莲当夏吐，窗桂逐秋开。花飞低不入，鸟散远时来。还看云阵影，含月共徘徊。

第二字声调分别是"平去平去平去平入"，完全合乎对式律，但完全失粘，与此类似的还有王融《法乐辞》（其一、其五）、《饯谢文学离夜》，沈约的《初春》《玩庭柳》，何逊的《咏白鸥兼嘲别者》，阴铿的《观钓》，上官仪的《故北平公挽歌》和卢照邻的《战城南》《和吴侍御被使燕然》。当然沈约的《初春》和上官仪的《故北平公挽歌》与此相类但不相同，第二字分别是"上平入平去平去平"和"去平上平去平入平"。

粘式律对对式律有着一定的制约关系，也即意味着有时违反对式律却能达到极高的合粘率，极端而言，比如五言八句诗每句第二个字或者同平或者同上去入，完全违背对式律要求，但却能达到完全合粘的效果。当然这种极端的例子还是比较少见的，综合考察这九人的五言八句诗篇，完全合粘却相当大程度上违背对式律要求的有王融的《侍游方山应诏》，沈约的《伤春》和卢照邻的《还京赠别》，这三首诗第二字声调分别为"入去上平平平平上""上平平平平平平去"和"入上上平平去入去"，都是有两处违背第二字不可同声的要求。

元氏换头起码在第二字确立了律诗的范式，以平仄的视野，从概率学角度分析，若无对式律、粘式律要求，五言八句诗第二字可以有128种变化，只有对式律没有粘式律，五言八句诗第二字可以有16种变化，有对式律、有粘式律要求，五言八句诗第二字只有两种变化，这对律诗定型毫无疑问是意义重大的。

就这九位诗人而言完全符合换头术要求即第二字完全符合对式律、粘式律要求的分别是沈约的《携手曲》《登北固楼》，何逊的《与虞记室诸人咏扇》，阴铿的《侍宴赋得夹池竹》和卢照邻的《酬杨比部员外暮宿琴堂》《陇头水》《文翁讲堂》《春晚山庄率题二首》（其一）、《益州城西张超亭观妓》《七夕泛舟二首》（其二）。从合粘率这项数据考察，可以看到杨广、卢照邻、李百药的合粘率是比较高的接近或超过60%，如此高的比率就不能再以偶然解释了。同时他们诗歌第二字符合对式律要求的比率也相当高，杨广是61.1%，卢照邻88.6%，李百药70.5%，因此可以判定粘式律在隋至初唐诗人这里已经有相当大程度的感知，但是知其然未知其所以然，所以杨、卢、李三人虽然合粘率相当高，但也有相当数量的诗篇违反粘式律，至于一代文宗上官仪，虽然其在对式律方面做得相当优秀

（第二字相对比率达到 80.6%，在考察的九位诗人中仅次于卢照邻），但是合粘率还是相当低（41.7%，在考察的九位诗人中仅高于永明时期的王融）。所以就粘式律而言诚然一方面有声韵发展轨迹中的必然，同时更重要地离不开元兢出于对声韵的敏锐感知而进行的个人理论开拓。从后世定型的律诗来看，粘式律成为重要的标志之一。

前面我们重点考察的是每句中的第二个字，从表也可以看出从齐梁到初唐关于每一句第一字的声调也是相当在意的。从数据来看，若但就第一字相对而言，所考察的九人中无论哪一位，其合对程度都比不过第二字合对程度高。但如果按照元氏换头术所论，第一字相对最佳，同平声无妨，同上去入声为病的话，九人的五言八句诗篇合律率就相当高了，王融 83.9%、谢朓 87.5%、沈约 81.9%、何逊 82%、阴铿 96.9%、杨广 88.9%、上官仪 88.9%、卢照邻 96.2%、李百药 95.5%。这一数据都远高于第二字合律程度。当然可能这一结论忽略了第一字要求宽松，第二字要求苛刻这一现实，但是如果从另一个角度来看，第一字、第二字同上去入声的比率来看，九人中除了沈约、上官仪之外，第一字同去上入的比重低于第二字同上去入的比重。这样我们应该可以得出这样一个结论，从齐梁到初唐的诗人对第一字的重视要胜过对第二字的重视，对第一字的使用有一定的感知，对第二字虽也认为应该"轻重悉异"，但是在创作实践中同平乃至同上去入的比率大于第一字的同平及同上去入的比率。元兢"换头术"包括他对"平头"病犯的描述从理论上确立了第二字的重要性，并最终为后世诗文家所接受、遵守。

三 "调声三术"之"护腰"

护腰者，腰，谓五字之中第三字也。护者，上句之腰不宜与下句之腰同声。然同去上入则不可，用平声无妨也。庾信诗曰："谁言气盖代，晨起帐中歌。""气"是第三字，上句之腰也。"帐"亦第三字，是下句之腰。此为不调。亦护其腰，慎勿如此也。

元氏对"护腰"的描述是比较清晰的，所举之例"气"和"帐"均是去声字，故为不调。至于此种原理，小西甚一《文镜秘府论考·研究篇》下根据《文镜》西卷《二十八种病》相关论述认为这是"换头"的变形，因为五言之中上二下三，第三字正是下三字之头，需要规避。① 但是此种解释将问题人为复杂化。此处文字表述方面需注意的

---

① 《汇校汇考》引，见第 166～167 页。

是"上句之腰不宜与下句之腰同声",根据"换头术",同声可以有两种解释,一种是平声是一声,去上入是一声,同声即意味着同平或同上去入,按照此后的概念即同平或同仄;另一种是声乃平上去入四声,同声意味同平或同上、同去、同入。根据"换头术"描述("又用上去入"等),此处同声应指后者。原因在于若是同上去入违反"护腰"的话,这个规定就相当苛刻,并且结合后世律诗定型后的格式来看,根本无法避免。比如首句入韵的平起式律诗首联往往是"仄仄仄平平,平平仄仄平"或"平平仄仄平,仄仄仄平平",这样第三字不可避免地要同仄。比如王勃的《送杜少府之任蜀川》:"城阙辅三秦,风烟望五津。"① "辅"是上声,"望"是去声,再如杜审言《和晋陵路丞早春游望》②:"独有宦游人,偏惊物候新。""宦",去声,"物",入声;王维《使至塞上》:"单车欲问边,属国过居延。""欲",入声,"过",去声。此种例子不胜枚举。从善意的角度结合后世的诗律,我们揣测此处"同声"是严格的同四声。但是应当看到即使如此对五律而言也无法完全避免,比如王维的《终南山》:"太乙近天都,连山到海隅。""近"与"到"均是去声。《观猎》:"风劲角弓鸣,将军猎渭城。""角"和"猎"均是入声。③ 如果说王维创作时代离着律诗定型时代较近,具有一定过渡色彩的话,律法森严的杜诗同样无法完全避免这种情况,比如《房兵曹胡马》:"胡马大宛名,锋棱瘦骨成。""大""瘦"均是去声。如果说《房兵曹胡马》是老杜早期的作品,尚未做到律法森严的话,《寄赠王十将军承俊》,仇注:"据诗意,则王将军在成都。诗题云'寄赠',必上元二年(笔者按:公元761年,杜甫50岁)在青城作。"首联"将军胆气雄,臂悬两角弓。""胆""两"均是上声。再《船下夔州郭宿雨湿不得上岸别王十二判官》,鹤注:"大历元年(笔者按:公元766年,杜甫55岁)④ 春晚,自云安迁居夔州时作。"首联"依沙宿舸船,石濑月娟娟。""宿""月"均是入声。此外杜集中五言排律的代表作《秋日夔府咏怀奉寄郑监李宾客一百韵》同样存在上下句第三字同声,尤其是上去入同声的问题,如"熊罴载吕望,鸿雁美周宣""生涯已寥落,国步乃迍邅""由来具飞楫,暂拟控

---

① 见王勃著,蒋清翊注《王子安集注》,上海古籍出版社,1995,第84页。笔者按:《王子安集注》和今本多为《送杜少府之任蜀州》,误。《新唐书》卷四十二《地理志》六《剑南道》:"蜀州……垂拱二年析益州置。"《旧唐书》与此同。据《旧唐书·文苑传》:"上元二年,勃往交趾省父……渡南海,堕水而卒。时年二十八。"《新唐书》言"年二十九",不知孰是,姑从《旧唐书》,王勃卒年当为675年。据此置蜀州是王勃卒后十年的事情。

② 《全唐诗》卷六二。

③ 王维三首诗歌见王维著,陈铁民校注《王维集校注》,中华书局,1997。《使至塞上》卷二,第133页;《终南山》卷三,第195页;《观猎》卷七,第609页。

④ 《房兵曹胡马》见《杜诗详注》卷一,鹤注:"以旧次先后,当在开元二十八九年间。"公元740~741年,杜甫29岁或30岁;后两首诗歌分别见《杜诗详注》卷九、卷十五,中华书局,1979,第783、1266页。

鸣弦"，"载""美"同上声，"已""乃"同上声，"具""控"同去声。

这样看来，元氏的"护腰术"似乎意义不大，诚然我们承认从后世律诗定型后的创作实践来看，这一规则有失严苛之嫌，但这并不意味这一原则没有意义，因为我们所举只是个例，从创作实践总的方面来看，符合"护腰术"的毫无疑问占绝大多数。首句入韵的平起平收式、仄起平收式的诗歌在五律中并不是太多，即使一篇之内，一般情况也就是首联会出现这种情况，而颔、颈、尾出现这种情况非常少见，况且多同平或同仄，同去、同上、同入的确非常罕见。比如杜甫《秋日夔府咏怀奉寄郑监李宾客一百韵》，全诗总计一百组"护腰"的节点，除了上文所引的三处同上或同去的情况外，尚有三处同平[1]，六处同仄（即同上去入）[2]，元氏曰："用平声无妨也"，如此将"同声"理解为同上、同去或同入的话，违反率仅3%，若理解为同平仄的话，也仅为9%，88%的情况是平声与上去入声相对。此外还需注意的是杜甫有时为了顾及护腰，有意识改变相应位置字的平仄安置。仄起平收式的首联应该是"仄仄仄平平，平平仄仄平"，杜甫有意识在上句之腰安置平声字，已达到平仄相对的效果，如《得舍弟消息》其二"汝懦归无计，吾衰往未期"；再如《杜位宅守岁》"守岁阿戎家，椒盘已颂花"。或者将下句第三字安置为平声字，如《公安县怀古》："野旷吕蒙营，江深刘备城。"[3] 所以从后世的创作实践来看"护腰术"虽然无法做到像"换头术"一样的严格恪守，但整体而言是被广为接受的，也说明"护腰"符合声韵要求，有很大的积极意义。

四 "调声三术"之"相承"

相承者，若上句五字之内，去上入字则多，而平声极少者，则下句用三平承之。用三平之术，向上向下二途，其归道一也。三平向上承者，如谢康乐诗云："溪壑敛瞑色，云霞收夕霏。"上句唯有"溪"一字是平，四字是去上入，故下句之上用"云

---

[1] "阵图沙北岸，市暨瀼西巅""云台终日画，青简为谁编""行路难何有，招寻兴已专"，"沙""瀼""终""为""难""兴"均是平声。

[2] "乘威灭蜂虿，戮力效鹰鹯"，"灭""效"分别为入声、去声；"胡星一彗孛，黔首遂拘挛"，"一""遂"分别为入声、去声；"音徽一柱数，道里下牢千"，"下"，去声；"阴何尚清省，沈宋歘联翩"，"尚""歘"分别为去声、入声；"囊虚把钗钏，米尽坼花钿"，"把""坼"分别为上声、入声；"声华夹宸极，早晚到星躔"，"夹""到"分别为入声、去声。关于这首诗，仇兆鳌评曰："此篇典雅工秀，才学既优，而部伍森严，章法尤为精密。"见《杜诗详注》卷十九，第1699～1717页。

[3] 以上三首诗歌分别见于《杜诗详注》卷四、卷二、卷二十二，第322、109、1930页。实际上这也正是律体中的拗格。

霞收"三平承之，故曰上承也。三平向下承者，如王中书诗曰："待君竟不至，秋雁双双飞。"上句唯有一字是平，四去上入，故下句末"双双飞"三平承之，故云三平向下承也。

毫无疑问，"相承"仍然是"两句之中，轻重悉异"和"异音相从"的具体落实。但从律诗格律的角度来看，相承术存在很大问题，同五律的规则诚然有恰合的地方，但更多的是相抵牾。何谓"去上入字则（笔者按：应是'甚'字舛错）多，而平声极少"？从这段文献所举的例子来看，一句之中有三个去上入字即仄声字应不算"甚多"，有两个平声字应不算"极少"，而只有一句之中有四个上去入字才算"甚多"，只有一个平声字才算"极少"，同时排除五字全仄的情况，因为五字全仄不是"平声极少"，而是无平声。我们知道五律中的四种基本句式——甲：仄仄平平仄，乙：平平仄仄平，丙：平平平仄仄，丁：仄仄仄平平——都可以作出句，不过乙种句和丁种句只能作首联的出句，并且对句只能是丁种句和乙种句，这也就是平起平收式和仄起平收式两种的首联。如此我们可以详细考察四种基本句式作为上句的平仄应用情况：①乙种句第五字必须是平，因为这是韵；第二字必须是平，否则和对句即丁种句第二字同仄，同时也会和第八句（同为乙种句）失粘，所以乙种句作为出句无法做到有四个仄声字的情况。②根据诗律要求，丁种句第四字、第五字必须是平声，不能变动，故也无法满足四个仄声字的要求。③丙种句第二字平声保障相粘，不能由平变仄，首字平声比较自由，可以是仄声字，第三字可以由平声变成仄声，即"拗"，当然有"拗"必然有"救"，而这种拗体的救格是将第四字变为平声字，如此丙种句可以有的变体是"仄平平仄仄"，同样做不到有四个仄声字。④甲种句第三字或第四字可以由平易为仄，这也是"拗"，同样需要救，需要将其对句即乙种句第三字由仄易为平，如此这一联可以有三种变化，即"仄仄仄平仄，平平平仄平""仄仄平仄仄，平平平仄平"和"平仄仄仄仄，平平平仄平"。通过这四种情况的分析，实际上结论非常明显：①三平向上承在特定条件下是符合诗律要求的，即甲种句和乙种句相对，甲种句犯拗，乙种句救。②三平向下承载诗律五律中是无法做到的，更重要的是对句后三字均是平声，犯了诗律三平调之大忌，若出现这种情况，就很难称之为律诗了。

相承术的提出有何背景，意义多大，有必要结合此前和当时及稍后诗歌创作实践做一番考察。笔者撷取从永明到开元时期的 16 位诗人的五言八句诗（包含一些五律），按照相承术的描述进行统计分析，形成以下表格（见表3）：

表3　相承术视野下永明至开元早期部分诗人五言八句诗情况考察表①

诗人	上句五字之内，去上入则多，而平声极少者										下句用三平承之		
	比率	句子在整篇中的位置				一句内平声字出现的位置					比率	上三平	下三平
		一	三	五	七	一	二	三	四	五			
王　融	9/31	3	3	1	2	0	0	1	5	3	4/9	3	1
谢　朓	2/42	0	2	0	0	0	0	0	1	1	1/2	0	1
沈　约	18②/40	5	6	3	4	4	3	3	5	5	1/18	1	0
何　逊	8/25	0	1	4	3	0	1	1	4	0	3/8	1	0
庾　信	6/82	2	3	0	1	0	1	0	2	3	2/6	1	1
阴　铿	2/16	1	0	0	1	0	1	1	0	0	0/2	0	0
杨　广	1/9	1	0	0	0	0	0	0	1	0	0/1	0	0
上官仪	1/9	0	0	0	1	0	0	0	1	0	1/1	1	0
卢照邻	3/33	1	0	1	1	0	1	0	1	1	2/3	1	1
王　勃	2/35	0	0	1	1	0	0	0	1	1	2/2	2	0
骆宾王	5/70	1	1	1	2	2	1	2	0	0	2/5	2	0
杨　炯	0/14	0	0	0	0	0	0	0	0	0	0/0	0	0
杜审言	0/28	0	0	0	0	0	0	0	0	0	0/0	0	0
宋之问	8/95③	3	2	2	1	0	1	7	0	0	4/8	2	2
沈佺期	7/76④	1	4	1	1	0	1	2	1	0	2/7	0	2
张九龄	11/96	3	1	6	1	1	2	3	5	0	7/11	6	1

① 这个表格分为两个大的方面：一是上句，即"去上入则多而平声极少者"，其中又分三个方面：其一，这种诗句出现的比率，因为绝大多数是一篇之中至多出现一处这种情况，因此"/"左侧数据是诗人现存五言八句诗的数量，右侧是出现的次数，除沈佺期外，其余均和出现这种情况的篇数等同；其二，这种诗句在篇中的位置，因为是上句，因此罗列"一、三、五、七"代表第一、第三、第五、第七句，表格中对应的数字是出现的次数；其三，"一句之内平声字出现的位置"是考察唯——个平声字出现在五言的第几个字上，表格中对应的数字是出现的次数。二是下句，即"下句用三平承之"，比率是上句出现了这种情况后下句相承的次数的比重，"上三平"即向上承之，"下三平"即向下承之，表格中对应的数字便是出现的次数。所考察文献依据逯钦立《先秦汉魏晋南北朝诗》和彭定求等辑录《全唐诗》。

② 沈约五言八句诗中出现"去上入则多，而平声字极少者"情况的诗篇总计19首，其中《十咏二首》其一《领边绣》第五句"丽色俏未歇"无一字是平，虽下句"聊承云鬓垂"以上三平承之，不计在内。

③ 据《全唐诗》卷五十一，《芳树》《长安路》《折杨柳》《有所思》四首均题为"一作沈佺期诗"，卷五十二《寿阳王花烛图》《王昭君》《铜雀台》《巫山高》四首均题为"一作沈佺期诗"，《花落》题为"一作沈佺期诗，题云梅花落"，《内题赋得巫山云雨》题为"一作沈佺期诗，题云巫山高"，《冬夜寓直麟阁》，题为"一作王维诗"，《望月有怀》题为"一作康庭芝诗，一作沈佺期诗"，《驾出长安》题为"一作王昌龄诗"，统计过程中以上13首均统计入表中所计99首诗。所列9处含《折杨柳》《寿阳王花烛图》两首，沈佺期相关考察时，不再统计入内。再《过函谷关》第一句"二百四十载"无一字是平，虽以下三平（"海内何纷纷"）承之，不计在内。

④ 据《全唐诗》卷九十五、九十六《芳树》《长安道》《有所思》《铜雀台》《巫山高二首》《寿阳王花烛》《折杨柳》《梅花落》《王昭君》《牛女》10首诗篇为"一作宋之问诗"，《和洛州康士曹庭芝望月有怀》题为"一作康庭芝或宋之问诗"，此11首诗篇统计入表中76首，其中《折杨柳》《寿阳王花烛》因在宋之问处分析过，故不再计入表中所列之7处之内。实际上这7处满足元氏"去上入字则多，而平声字极少者"情况的诗句分布在五首诗歌中，这是其他人没有发生的，《凤笙曲》第一句"忆昔王子晋"、第三句"挥手弄白日"、第七句"怜寿不贵色"均只有一字为平（"王""挥""怜"），故统计时计为3处。

从上表来看，大致可以反映以下几个问题。

1. 就现存的诗歌而言，"上句去上入字则多而平声极少者"情况在永明、天监年间是比较普遍的，除谢朓外，王融达到29%，何逊32%，沈约更是达到45%，梁后期至所考察的下限开元早期，这种情况出现的比率均不超过10%。可以看出随着声律论的推广和律诗的逐渐定型，这种情况是愈发少见。从这么一个趋势来看，"上句去上入字则多而平声极少"应当说是不符合声律发展的历史趋势，但因经常或偶尔出现需要在声律方面提出应对策略，这可能是元氏构建相承术的一个历史因由。此外还需注意的是提出"一简之内音韵尽殊"的沈约出现的这种情况在所统计的诗人中比率最高，甚至《十咏二首》其一《领边绣》第五句"丽色俏未歇"（去入上去入）无一字是平，诚然此中有笔者所依据的《广韵》声韵同齐梁之际声韵有着很大的出入，诚然此中有着沈约时代四声二元对立仅是萌芽，平声地位并不突出的原因，不过刘善经指摘刘滔"所谓能言之者也，未必能行之者也"（《四声指归》，见上文）这一原因也是很难排除的。

2. 就"去上入字则多而平声极少者"的上句于五言八句诗篇中的分布而言，整体来看呈一个均匀分布的状态，就所统计的数据而言，这种句式出现在第一句、第三句、第五句、第七句的次数分别是23、23、20、19、11，除了出现在第七句的次数稍微少些外，其余类似。当然就个人而言还是有较大差异，比如何逊，集中在第五句、第七句，总计8次中第五句4次，第七句3次；比如沈佺期，集中在第三句，7次中有4次；比如张九龄集中在第一句和第五句，11次中分别是3次和6次。因此从这项数据来说应该是没什么规律可循，因诗人创作实际而变化。

3. 就上句"平声极少者"之唯一一个平声字分布来看，多出现在第三、第四字上，总计85次中分别出现26、27次，分别占30.6%和31.8%，就第五字而言除了稍早的永明、天监之际的王融、谢朓、沈约之外，再也没有出现过。从律诗定型后的五律规则来看，集中在第三、第四字是合理的，因为这是"拗"所允许的，当然还要在下句"救"。从律诗的角度来看，第五字若平必然对句第五字同平押韵，这在能够满足"拗""救"规则的甲种句而言是无法做到的。从这种反推的角度来说"拗""救"规则未尝不是对这种创作实践的总结、筛汰与屈从。

4. 就下句的相承来说，整体占得比重并不高，除谢朓、宋之问、张九龄（上官仪只有一次，姑且不论）外均不过50%，向上承即上三平占到相承的近2/3，从五律的角度来说向下承即下三平出现三平调，是五律创作之大忌，这种情况的出现也即意味着五律创作的失败。由此而论宋之问、沈佺期做得并不好，当然也许那几首诗篇就是有意识创作五言古诗，自另当别论。张九龄相对而言七次中只出现了一次下三平承之，也大致可以看出在诗律定型后对三平调的有意识规避。

既然我们对元氏调声三术是放在诗律的视野中来考察，可以进一步根据诗律要求考察"上三平承之"的合律情况（下三平承之是为三平调，不符合诗律要求，故置而不论），当然若符合诗律的要求，上句唯一一个平声字必须是第三字或第四字，形成"仄仄平仄仄"或"仄仄仄平仄"的句式。所考察的16位诗人的诗篇中有19篇满足"上三平承之"的要求，但只有四篇完全合粘、合对、押韵，即完全合律的五律，分别是宋之问的《端州别袁侍郎》《过史正议宅》（均见《全唐诗》卷五二）和张九龄《晨出郡舍林下》《故刑部李尚书挽词三首》其三（均见《全唐诗》卷四八）。不过宋、张二人的创作时代都已是7世纪后半叶8世纪初，距离元氏所生活的总章年间有一定的时间间隔。而此前和当时尤其是四杰、上官仪等人的现存诗篇中没有这一例子出现，这充分说明了相承术在诗律的构建过程中所起的作用是比较小的，这也再次印证了上文所讲，诗律的某些方面能够满足相承术的要求，但是相承术在很大方面是与诗律相抵牾的。

结　　语

最后我们应对元氏调声三术予以明晰准确的定位。邝健行《初唐五言律体律调完成过程之观察》一文说"我看把沈、宋看成确立律调的人的看法，值得商榷"。邝文针对《新唐书》卷二○二《宋之问传》的说法提出质疑，不过需要补充的是邝文忽略了元稹的《唐故工部员外郎杜君墓系铭并序》（见《元氏长庆集》卷五十六），同时沈宋关于律调是否有理论阐释当今文献阙如，但今天却不能轻易下结论说沈宋没有这方面的论述，当然这不是本文讨论的核心。否定沈宋确立律调后，邝文将律调确立前提至上元、仪凤年间，说："换头的提出标志着粘缀找到了正确的法则，也等于说律调自此完成。"当然邝文行文缜密，也没有将功劳直接归功于元兢，"换头也不见得是元兢的独得之秘，也许当时若干作者对这种法则已有初步的掌握，元兢再作综理补充，笔之于书"[①]。如此看来，关于律调确立之功邝文还是倾向于元兢。若单就换头而言，此论具有很大的合理性，不过涉及确立某人或某一理论的历史定位时还是应当全面、慎重考察。诚然"换头术"为粘缀规则进行理论描述，但律调并非仅仅只有粘缀规则。因此，确定元兢的历史地位还应当综合调声三术及其他诗论综合考察。但就调声三术而言，应该说它在律调的创制完成过程中扮演了

---

① 见傅璇琮主编《〈唐代文学研究〉第三辑——中国唐代文学学会第五届年会暨唐代文学国际学术讨论会论文集》，广西师范大学出版社，1992，第507～521页。

重要的角色，特别是"换头术"，这是目前文献可见的唯一对粘式律进行描述的理论阐述，但这并不能确立元兢订立律调的历史地位，因为"护腰""相承"某些方面与确立后的律诗要求契合，但毕竟也存在着极大的抵牾。从创作实践来看，其"相承术"无论是此前还是当时还是后世，诗人并不怎么买账，因此调声三术诚然有创作的理论综释缘由，但更多应该是对于声韵比较熟稔、敏感的元兢的独创。所以，综合看调声三术，元氏是诗律创制、定型过程中非常重要的诗论家，换头术是诗律定型过程中的重要一环，但即便如此还是不能轻易地将诗律确立、定型之功归于他，因为"护腰""相承"鲜明地体现了探索、尝试、过渡的痕迹。

论王维的"庄禅合一"思想及其
诗歌中的"庄意"

万伯江 *

【内容提要】 学界对王维"诗中有禅"的研究已经颇为充分，王维被冠以"诗佛"的称号也由来已久。本文认为，王维的思想其实是以"庄禅合一"为主体的，其最明显的例证就是他的诗歌中经常是庄禅典故与语句同出并用，甚至以庄释禅，这表明王维的思想濡染庄子很深，与此相应，他的诗歌中就不独有"禅意"，还应该有"庄意"或者"庄禅合一"之意。庄禅的界限以及对诗歌的不同影响就值得我们深入探讨。

【关键词】 王维诗歌　庄禅合一　庄意

王维诗歌中体现的禅意与禅境几乎是尽人皆知的了，王维被冠以"诗佛"的称号也由来已久。笔者想提出的思考是，论佛教修养，唐朝有为数众多的诗僧，他们受佛教影响之深应该远在王维之上，而他们的诗歌创作却远没有达到王维的水平，这似乎说明佛教信仰与诗歌的成功并不存在必然关系，此其一；其二，文学史上与佛教发生密切关系的诗人何止王维一人，为什么独独王维诗歌与佛教被如此坚定不移地粘连在一起？问题似乎不宜如此简单。其实，王维受到庄子的影响非常深远，而王维诗歌中流露的"庄意"也极其明显，而由于长期以来我们只注意王维与禅的关系，更有王诗"句句入禅"的极端结论，模糊了庄禅的界限，甚至把一些并非禅学的东西也附加在王维诗歌上，把王维涂抹成了"诗佛"的形象。

---

* 万伯江，淮南师范学院中文系教师，北京语言大学博士。

一

我们从唐代人对王维及其诗歌的评价说起。与王维同时而稍晚的殷璠评王维曰:"词秀调雅,意新理惬",与殷璠的评语相似的是杜甫的"最传秀句寰区满"(《解闷》十二首其八)的赞扬,两人都对王维诗"秀"的特点印象深刻。两《唐书》都记载了王维与其弟王缙俱奉佛的经历,唐代也是禅宗思想的兴盛时期,而纵览唐代人对王维诗歌的评价,没有把他的诗歌与禅宗联系在一起。这一情况一直延续下去,如司空图称王维诗"澄澹精致,格在其中"、苏轼称"诗中有画"、高棅称王诗"精致",这些点评都有着共识。最早把王维诗与佛教连在一起的是明代的李梦阳,他说:"王维诗高者似禅,卑者似僧,奉佛之应哉?"[①] 其后,王维与佛的关系逐渐演变成王维诗与禅的关系,而王维的"诗佛"标签也越来越挥之不去。佛教对王维诗歌产生影响固然无疑,而这种影响究竟是正面的还是负面的需要探讨。就如历代的诗僧群体始终存在,而很少有杰出诗人和杰出作品涌现出来,王维的奉佛与诗歌写作,定然也是能入能出的关系,单单沉溺于佛理之中,四大皆空,万物皆归于寂灭,连诗歌写作都被取消了,遑论写出好的作品。王维集中也有这样的作品:

> 了观四大因,根性何所有。妄计苟不生,是身孰休咎。
> 色声何谓客,阴界复谁守。徒言莲花目,岂恶杨枝肘。
> 既饱香积饭,不醉声闻酒。有无断常见,生灭幻梦受。
> 即病即实相,趋空定狂走。无有一法真,无有一法垢。
> 居士素通达,随宜善抖擞。床上无毡卧,镉中有粥否。
> 斋时不乞食,定应空漱口。聊持数斗米,且救浮生取。
>
> ——《胡居士卧病遗米因赠》
>
> 一兴微尘念,横有朝露身。如是睹阴界,何方置我人。
> 碍有固为主,趣空宁舍宾。洗心诋愚解,悟道正迷津。
> 因爱果生病,从贪始觉贫。色声非彼妄,浮幻即吾真。
> 四达竟何遣,万殊安可尘。胡生但高枕,寂寞与谁邻。
> 战胜不谋食,理齐甘负薪。子若未始异,诋论疏与亲。

---

① 李梦阳:《空同子·论学上篇》。

浮空徒漫漫，泛有定悠悠。无乘及乘者，所谓智人舟。

讵舍贫病域，不疲生死流。无烦君喻马，任以我为牛。

植福祠迦叶，求仁笑孔丘。何津不鼓棹，何路不摧辀。

念此闻思者，胡为多阻修。空虚花聚散，烦恼树稀稠。

灭想成无记，生心坐有求。降吴复归蜀，不到莫相尤。

——《与胡居士皆病寄此诗兼示学人二首》

这样的作品与"淡乎寡味"的玄言诗已经区别很小了，完全是佛理的说教与阐发，作为诗歌，由于缺少形象与情感，却是极不成功的，可见，佛教对王维诗歌的影响并不都是正面的。而值得注意的倒是，诗中用了不少的《庄子》典故，如"徒言莲花目，岂恶杨枝肘"，佛教称莲花目为佛眼，能洞察一切，见知生死。杨枝肘见于《庄子·至乐》："支离叔与滑介叔观于冥伯之丘……俄而柳生其左肘，其意蹶蹶然恶之。"这明显是把庄禅融为一体。再如"洗心讵悬解，悟道正迷津"，"悬解"意为从生死中解脱出来，出自《庄子·养生主》："适来，夫子时也，适去，夫子顺也。安时而处顺，哀乐不能入也。古者谓是帝之县（悬）解"；又如"无烦君喻马，任以我为牛"两句也是化用了《庄子·天道》的说法："老子曰：'昔者子呼我牛也，而谓之牛，呼我马也，而谓之马。'"仅仅从这几首诗里，已经可以看出王维诗歌中习惯于庄禅典故合用，用庄子的语句和思想来说解佛理。这一现象启发我们，只强调王维深受佛教影响的一面并不完整，庄子对他的影响同样深远，由此我们需要反思王维诗"句句入禅"的说法，更应看到他的思想其实是庄禅合一的，《谒璿上人》诗序云："上人外人内天，不定不乱。舍法而渊泊，无心而云动。色空无碍，不物物也；默语无际，不言言也。故吾徒得神交焉。"据《宋高僧传》卷一七《元崇传》，璿上人乃是禅宗北宗禅师普寂的弟子，陈铁民《王维年谱》系此诗于开元二十九年春王维自岭南北归途中，王维在诗中表达了对璿上人及佛禅的倾心，而颇为引人注目的是，他在小序中还是以庄释禅，透出明显的庄禅一体思想："外人内天"本《庄子·秋水》"天在内，人在外……牛马四足，是为天，落马首，穿牛鼻，是为人"。以此来说明璿上人的佛禅修养。而接下去的"不物物"更是庄子的现成说法："有大物者，不可以物物，而不物故能物物。"（《庄子·在宥》）王维在这里也是把庄子的"主宰物而不被物主宰"的思想与佛教"色空无碍"的佛理融为一体。除了诗序之外，诗中尚有"方将见身云，陋彼示天壤"两句，也是庄禅并用。佛书描写佛的法力，每称其能示现种种之身，荫覆世界如云，因谓之身云，而"示天壤"出自《庄子·应帝王》，郑国神巫季咸为壶子预言生死祸福，壶子示以天壤，使季咸"自失而走"，把道教的境界与佛家的法力等而视之。

这样的例证还可以举出很多："漆园傲吏，著书以稊稗为言；莲座大仙，说法开药草之品。道无不在，物何足忘？"（王维《荐福寺光师房花药诗序》）无须赘举，我们对王维庄禅并用的做法及其庄禅合一的思想已经有了深刻的印象，这也是形成王维诗歌面貌的主要原因。而长期以来，研究者大多只言禅而忽略庄，这是需要修正的地方。

除了庄禅并用以外，王维诗中的庄子典故也颇为密集：

> 理齐少狎隐，道胜宁外物。（《留别山中温古上人兄并示舍弟缙》）
> 白法调狂象，玄言问老龙。（《黎拾遗昕裴秀才迪见过秋夜对雨之作》）
> 大道今无外，长生讵有涯？（《奉和圣制幸玉真公主山庄因题石壁十韵之作应制》）
> 谢君徒雀跃，无可问鸿濛。（《赠焦道士》）
> 山林吾丧我，冠带尔成人。（《山中示弟》）
> 药栏花径衡门里，时复据梧聊隐几。（《故人张諲工诗善易卜兼能丹青草隶顷以诗见赠聊获酬之》）
> 杨朱来此哭，桑扈返于真。（《过沈居士山居哭之》）
> 我家南山下，动息自遗身。入鸟不相乱，见兽皆相亲。云霞成伴侣，虚白侍衣巾。（《戏赠张五弟諲三首》）

我们不再一一注解，已然可以看出，王维对《庄子》是何等熟悉！他可以在诗歌中随心所欲地运用庄子的语句与寓言。与李白多敷衍《庄子》中的完整寓言使其成为诗不同，王维用庄子极其简洁，化用语句、点出玄理或者只交代《庄子》中的人名，如上举老龙、鸿濛、桑扈都是《庄子》中的人名，"外物""吾丧我"与"虚白"（《庄子·人间世》中"瞻彼阕者，虚室生白"的简略）都是体现庄子思想的著名语句，"入鸟不相乱，见兽皆相亲"两句借鉴了《庄子·山木》"入兽不乱群，入鸟不乱行，鸟兽不恶，而况人乎"的表述，写的是得道者的境界。以简约之笔点出庄子意蕴，是上面各例的共同写法，这一写法更可以看出王维对庄子"得意忘言"之说的服膺。由于历代很少记载王维思想中庄子的影响，而我们从"山林吾丧我""虚白侍衣巾"这样的诗句中可以明白无疑地感受到王维对庄子思想的接受与服膺。王维自己更清楚地说过"愿奉无为化，斋心学自然"（《奉和圣制庆玄元皇帝玉像之作应制》），把道家"无为"和"自然"两大核心思想当作自己学习和奉行的目标。王维一生很少彻底地脱离官场，似乎与庄子对权贵的激烈批判大不相同，而实际上官场中的王维秉持了"无为"之旨，尤其是到了晚年，其官位越高，他逃离官场的意图越明显，比如以自己的官职换取其弟王缙入京为官，还上表有弃官奉佛的思想，对于自然的亲近更是他诗歌中写得最多的内容。综上所述，王维对道家尤其庄子的接受不是仅仅停留在口头上，而是落实在一生的主要行动中。这一点对他的诗歌产生的切实影响尚有待我们仔细辨析。

二

佛教传入中国以后，一直走着中国化的道路，而禅宗更被认为是中国的佛教，所以禅宗自然吸收了中国原有的儒道两家的一些思想资源，尤其是庄禅的合流，在魏晋玄学中就有突出表现，东晋高僧支遁以佛理来新解庄子《逍遥游》，让当时的士流十分倾倒。庄禅合一，不始于王维，而王维在诗歌中却最好地诠释了庄禅的浑融一体境界。当然，要想一句句落实王维的诗歌哪些属庄哪些属禅是极其困难的，也是破坏诗意的。大陆的学者几乎众口一词地把王维当作诗中有禅的代表，李泽厚也曾辨析庄、禅之间的区别，"庄所树立夸扬的是某种理想人格"，"禅所强调的却是某种具有神秘经验性质的体验"，"前者重生，也不认世界为虚幻"，"后者视世界、物我均虚幻"，而他认为陶渊明是道，王维、苏轼是禅。[①] 张晶认为："王维被称为'诗佛'，这个称号真是再恰当不过了。……也没有人能像他一样把诗禅融合得如此之妙。"[②] 学者更进一步研究王维与禅宗的关系，孙昌武认为王维诗借鉴了南宗"顿悟"之说（见《佛教与中国文学》第二章），周裕锴则认为王维受北宗"坐禅"影响更大（见《中国禅宗与诗歌》第三章）。可见，学者对王维与禅的关系深信不疑，并且研究较深，却一般不出王渔洋说王维诗"字字入禅"的窠臼，这当然没有问题。只是王维诗歌绝非全都是渗透禅趣之作，陶文鹏就指出："如果有意夸大王维诗的禅趣，把王维山水田园诗中的自然景物形象一概认为是禅理的图解，那是对王维诗的歪曲和贬低。"[③] 我们不是否定王维诗与禅之间的关系，只是想进一步思考：除了禅意，王维诗中还有庄意，而研究者对庄子影响及王维诗中的"庄意"却很少涉及，而这一点却是不容忽视的。

中国台湾及国外学者对这一问题的研究值得重视。叶维廉长期研究道家美学，他对庄子与禅宗对诗歌的影响论述比较全面。更须提及的是徐复观，在他的名作《中国艺术精

---

① 李泽厚：《禅意盎然》，《求索》1986 年第 4 期。

② 张晶：《禅与唐宋诗学》，人民文学出版社，2003，第 95 页。

③ 陶文鹏：《唐宋诗美学与艺术论》，南开大学出版社，2004，第 71 页。

神》一书中，特设"中国艺术精神主体之呈现——庄子的再发现"一章，详细论述"老、庄思想当下所成就的人生，实际是艺术的人生，而中国的纯艺术精神，实际系由此一思想系统所导出"①。陈鼓应有着比较接近的看法："庄子的内圣之学带有一种很浓厚的艺术心情，艺术境界，艺术化人生，人生艺术化，这是庄子的生命情调。"② 庄子及道家美学对中国艺术的影响自然早已经为大家熟悉，而徐先生的论述更显深入，他还在"宋代的文人画论"一章中仔细辨别了庄、禅的异同，兹引如下：

但庄与禅的相同，只是全部功夫历程中中间的一段，而在起首的地方有同有不同，所以在归结上便完全各人走各人的路。庄学起始的要求无知无欲，这和禅宗的要求解粘去缚有相同之点。但庄学由无知无欲所要达到的目的，只是想得到精神上的自由解放，使人能生存得更有意义、更为喜悦；只想从世俗中得解脱，从成见私欲中求解脱，并非否定生命，并非要求从生命中求解脱。而禅宗毕竟是以印度的佛教为基柢，在中国所发展出来的，它最根本的动机，是以人生为苦谛；最根本的要求，是否定生命，从生命中求解脱。此一印度（佛教）的原始倾向，虽在中国禅宗中已得到若干缓和，但并未能根本加以改变。庄子对人生的许多纠葛，只要求坐忘的"忘"。庄子对人生及万物，只是不要执持一境而观其化，化即是变化。庄子认为宇宙的大生命是不断地在变化，不仅不曾否定宇宙万物的存在，并且由"物化"而将宇宙万物加以拟人化、有情化。他对人与物的关系，是要求能"官天地，府万物"，"能胜物而不伤"。正因为如此，所以在虚静之心中，会"胸有丘壑"。"胸有丘壑"，是官天地、府万物的凝缩，这是创作绘画的必需条件。禅宗则对人生的葛藤而要求寂灭的"灭"，当它与客观世界相接时，虽然与庄子同样的是采观照的态度——这是他与艺术精神有相通之处——但归结则不是"府万物"，而是"本来无一物"，因此，四大皆空，根本没有人与物的关系的问题，更不能停顿在"胸有丘壑"的阶段上，也不能在由胸有丘壑而成的艺术作品上起美的意识，因为这是"有所念"，这是"有所住而生其心"，而禅是以"无念为宗"、"应无所住而生其心"的。我可以这样说，由庄学再向上一关，便是禅，此处安放不下艺术，安放不下山水画，而在向上一关时，山水、绘画，皆成为障蔽。苍雪大师有《画歌为懒先作》的诗，收句是"更有片言吾为剖，试看一点未生前，问子画得虚空否"。禅境虚空，既不能画，又何从由此而识画？由禅落

---

① 徐复观：《中国艺术精神》，华东师范大学出版社，2001，第 228～229 页。
② 陈鼓应：《庄子的悲剧意识与自由精神》，《老庄新论》，上海古籍出版社，1992。

下一关，便是庄学，此处正是艺术的根源，尤其是山水画的根源。唐代是禅宗的鼎盛时期，但唐人未曾援禅以论画。白居易耽于禅悦，但他在论到画的根源之地时，只不期然而然地近于庄而不近于禅，因为此时对禅之所以为禅，大家还把握得清楚。自禅学在僧侣中已开始衰微、在士大夫中却甚为流行的北宋起，禅对于此后的士大夫而言，成为一种新的清谈生活。于是一般人多把庄与禅的界线混淆了，大家都是禅其名而庄其实，本是由庄学流向艺术，流向山水画，却以为是由禅流向艺术，流向山水画。加以中国禅宗的"开山"精神，名刹常即是名山，更在山林生活上夺了庄学之席。但在思想根源的性格上，是不应混淆的。我特在这里表而出之，以解千载之惑。①

尽管这里主要是以山水画为研究对象，却完全适用于分析纯艺术之一的诗歌。我们可以借用徐先生的话说，其一，禅境虚空，安放不下诗歌，庄学方为艺术和诗歌的根源；其二，唐人未曾援禅以论诗，后人混淆了庄禅的界限，热衷于王维诗歌的"字字入禅"，其实都是禅其名而庄其实，安见得不是"字字入庄"？徐复观先生对自己的发现颇为自得，自许能够解千年之惑，是否能够"解千载之惑"当然可以再讨论，然而毕竟富含启发意义，具体到王维诗歌，老生常谈地认定诗中的禅意，不如我们深入思考王维诗歌中的庄意，从而使得研究能够真正深入一步。

我们认为，辨析王维诗歌中的庄意而非禅意最为明显的有两点：一是主体意识的渗透，二为诗歌中的悲悯情调，而这两点，都是与禅意格格不入的。"禅宗所倡导的息灭妄念、止歇驰求、心定神安的处世态度和少欲知足、解粘去缚、潇洒自在的人生方式等等"②，这种处世态度与人生方式所产生的禅意诗歌的主要特点不外乎诗歌主体的隐退与随缘自适的生活情趣，在诗歌境界中凸显感觉而摒弃知性与思考，让自然外物自足圆满地呈现，不受侵袭任其开落。诗人的主体意识不去介入，反而做最大限度的隐退。所以很多研究者把诗歌中的无我之境认为是受到禅宗的影响，这种无我之境又通常体现为活泼泼的自然生命的展示。被认为体现王维诗字字入禅的《辋川集》诸诗中，《辛夷坞》一诗被征引最多："木末芙蓉花，山中发红萼。涧户寂无人，纷纷开且落。"胡应麟云："读之身世两忘，万念俱寂。"（《诗薮·内编》）且不论此诗中也含有庄子"坐忘""心斋"的诗意表达，辋川诸诗中的主体意识何曾隐退，并不如叶维廉所说"景物自现，几乎完全没有作

---

① 徐复观：《中国艺术精神》，广西师范大学出版社，2007，第286～287页。
② 孙昌武：《总序》，姜剑云：《禅诗百首》，中华书局，2008。

者主观主宰知性介入去侵扰眼前景物内在生命的生存与变化",① 试看下列诗句:

新家孟城口,古木余衰柳。来者复为谁?空悲昔人有。(《孟城坳》)

飞鸟去不穷,连山复秋色。上下华子冈,惆怅情何极。(《华子冈》)

仄径荫宫槐,幽阴多绿苔。应门但迎扫,畏有山僧来。(《宫槐陌》)

轻舸迎上客,悠悠湖上来。当轩对樽酒,四面芙蓉开。(《临湖亭》)

轻舟南垞去,北垞淼难即。隔浦望人家,遥遥不相识。(《南垞》)

吹箫凌极浦,日暮送夫君。湖上一回首,青山卷白云。(《欹湖》)

独坐幽篁里,弹琴复长啸。深林人不知,明月来相照。(《竹里馆》)

很显然,这里不仅有表示主体情绪的空悲、惆怅、畏的字眼,与禅意的圆满自足区别甚大,更有迎扫、当轩、遥望、吹箫、回首、独坐、弹琴等主体动作,作者的神情举止历历如在眼前,也并非物我两忘,一味空漠。而作者放任自然、追求心物冥合的境界与庄子颇为接近,诗中流露更多的应是庄意,与"空山无人,水流花开"的禅意颇有区别。

王维诗中有我的特点极为鲜明,这不仅体现在大量言志抒怀、酬赠送别之类的诗作,如"丽服映颓颜,朱灯照华发"(《冬夜抒怀》)、"寒更传晓箭,清镜览衰颜"(《冬晚对雪忆胡居士家》)、"老来懒赋诗,惟有老相随"(《偶然作》),这些作品中王维丝毫不掩饰自己衰老、疲惫的形象,甚至把自己懒于赋诗的晚年心境都直接展露出来。而在那些大量歌吟自然的写景作品中,依然有着王维自我的鲜明身影。陈铁民先生就独具慧眼地指出王维的这一特点:"景中有诗人的自我形象。所谓'自我形象',是就内在的精神、气质方面说的,而非指形貌的特征而言。王维的诗歌,在刻画山水风景时,颇注意表现他自己面对自然的心情。其中诗人的自我形象,虽未必都很一样,但也有一个最为突出的特色,即好尚幽静,沉溺山水,任性逍遥,怡然自得,恬淡闲逸,超尘脱俗,具有一种高人逸士的情怀。"② 陈先生的论述非常准确,这也说明王维诗中渗透了较多的主体意识,此点与禅意诗歌颇不相涉。

这里我们重点论述王维诗歌的悲凉之音,这种悲凉之音主要来自庄子的悲悯意识。《庄子》书中的悲悯意识与生命忧患感充斥字里行间,闻一多曾说过:"庄子的著述,与其说是哲学,毋宁说是客中思家的哀呼;他运用的思想,与其说是寻求真理,毋宁说是眺

---

① 叶维廉:《重涉禅悟在宋代思域中的灵动神思》,《中国诗学》(增订版),人民文学出版社,2006,第117页。

② 见陈铁民《王维诗歌的写景艺术》,《王维新论》,北京师范学院出版社,1990,第212页。

望故乡，咀嚼旧梦。"①（《古典新义·庄子》）陈鼓应也论述道："面对不幸的现实，虽然庄子追求着'逍遥游'的境界，然而他的逍遥游却是寄沉痛于悠闲的——表面看来是悠闲自适，但内心却充满着处世的忧患感。"②无论是"客中思家"，还是"寄沉痛于悠闲"，都体现了庄子对时代和命运的悲剧性感受，这抓住了庄子为历代文人深深喜爱的要害，也是深悟庄子之言。庄子对自己所处时代的体认就是完全悲剧性的："今世殊死者相枕也，桁杨者相推也，刑戮者相望也。"（《庄子·在宥》）对各种不同的生命形态都不认可："自三代以下者，天下莫不以物易其性矣。小人以身殉利，士则以身殉名，大夫以身殉家，圣人则以身殉天下。"（《庄子·骈拇》）而出路何在？大约只能求助于视无为隐退为逍遥的心理超脱了。从表面上看，王维一生主要生活在盛世，人生也无大的不幸，而他对个体生命的悲凉体验屡屡形诸诗篇，这种体验不同于儒家的忧患天下，多沉浸在个体生命与精神的安顿上，与禅宗的顿悟成佛、随缘自适、圆融自足更是隔膜，可以说，一个入禅很深且耽于禅悦的人自认为得到了解脱与自在，身心豁然，无滞无碍，绝不会有王维那么多的忧伤与悲凉，这种个体的忧伤与悲凉多与生命的孤独感、精神的归宿无着有关，这种渗透进文人秉性的凄凉感甚至与人生的境遇都没有太大关系，而我们从源头上寻找，只能归于道家尤其是庄子的巨大影响，与孔颜乐处，与禅悦及追求事功的纵横家、法家的观点都大异其趣。唯有庄子深刻揭示了个体生命在人世间的悲剧性遭遇，这种遭遇是无所逃于天地之间的，连抗争都显得毫无意义，唯有祈望精神的逍遥一途。逍遥的底色正是由于现实人生的极不自由。尽管王维明显缺乏庄子对生命艰难的深刻思辨与体验，而他作品中的沉痛也只能是庄意而非禅意：

> 雀噪荒村，鸡鸣空馆。还复幽独，重欷累叹。（《酬诸公见过》）
>
> 既寡遂性欢，恐招负时累。（《赠从弟司库员外絿》）
>
> 将从海岳居，守静解天刑。（《赠房卢氏琯》）
>
> 吾亦辞家久，看之泪满巾。（《观别者》）
>
> 独坐悲双鬓，空堂欲二更。（《秋夜独坐》）
>
> 广武城边逢暮春，汶阳归客泪沾巾。（《寒食汜上作》）

王维集中明显表达他悲叹凄苦情绪的作品很多，涉及多种题材。既有与好友分别的痛

---

① 《闻一多全集·古典新义》，民国丛书第三编，上海书店，1991，第 282 页。
② 陈鼓应：《老庄新论》，上海古籍出版社，1992，第 234 页。

苦与思念，又有自己年华逝去容颜老迈的感叹，更有一人静坐时品味的孤独之感，而这些都体现了作为诗人的王维所应有的真情挚性，在这点上，王维与庄子的倡言忘情而实际深情何其契合！所谓天刑者，是庄子对世间奔竞劳碌的人们的一种警告，戕害自然生命等于自己给自己上了枷锁。王维引用此典，明显是对庄子的思考心有戚戚，而应之以宁静，也是深得庄意之言。庄子开出的解脱之方是回归自然，隔绝并遗弃现实中的尘俗事务，这样可获得宁静与短暂的快乐感受，王维诗中也流露出明显的隔绝现实的倾向：

> 相如方老病，独归茂陵宿。(《冬日游览》)
>
> 终年无客常闭关，终日无心长自闲。(《答张五弟》)
>
> 借问袁安舍，翛然尚闭关。(《冬晚对雪忆胡居士家》)
>
> 迢递嵩高下，归来且闭关。(《归嵩山作》)
>
> 东皋春草色，惆怅掩柴扉。(《归辋川作》)
>
> 静者亦何事，荆扉乘昼关。(《淇上田园即事》)

诗人的心境通过闭关这一动作显露无遗，把自己和外边的世界分开，即使是春草青青的季节，即使是春日的白昼，在自我的世界里，没有尘俗的扰乱，甚至不需要理想和生存意义，只需安顿好自己的个体生命，这难道不是庄意吗？

王维还把辋川别业的一处景点命名为"漆园"，明显是借用了《史记·老庄申韩列传》中庄子"尝为蒙漆园吏"这句话，诗云：

> 古人非傲吏，自阙经世务。偶寄一微官，婆娑数株树。

这里有强烈的以庄子自况的意味！虽然相隔千年，他以自己的内心相通于庄子的内心，认为庄子坚决推却楚王的聘请可能出于自己其实缺少治理天下的才干吧，而宁愿谋求一个低微的职位逍遥自得地安度一生。这种貌似唐突古人的话其实表明王维在内心深处一直渴望与庄子取得某种一致，他自己就认可并实践了仕隐兼得的人生道路。王维以庄子自喻的情况并不仅限此例，《酬慕容十一》云："为报壶丘子，来人道姓蒙"，赵殿臣曰："姓字疑似住字之讹。"所疑甚是。《史记》明确记载庄子为蒙人，这里王维显然以壶丘子喻指慕容氏，[①] 而以庄子自居。庄子生逢昏君乱相执掌政权的年代，他不为而为，不治而

---

① 《高士传》卷中："壶丘子林者，郑人也，道德甚优，列御寇师事之。"

治，不与政权合作就是他的政治态度，他以自己的行为态度来挽救世道人心，不然又何必著书十余万言？生长于相对平庸的盛世环境，王维尽管对庄子极为仰慕，却实在无法步庄子之后尘，只能在他的诗歌里流露出庄意。

与王维在辋川集中同赋的裴迪《漆园》诗曰：

> 好闲早成性，果此谐宿诺。今日漆园游，还同庄生乐。

其着眼点在于闲适之乐趣，并把自己的这种快乐同庄子的快乐等同起来，这与王维诗描述的庄子婆娑自得于漆园树间的形象是相似的。不管他们心目中的庄子是否准确，毕竟心中有庄，而盛唐诗人对庄子的服膺也是处处可见的。

三

盛唐诗人对庄子的接受是多方面的，比如李白身上蔑视权贵的一面明显是继承庄子的，他诗歌中上天入地的奇幻色彩以及非凡的想象力自然也与庄子的影响有关，而更多来自于道教。王维除接受了庄子的追求自由外，更重要的是在诗歌中体现了庄子的美学追求。这一点是需要辨析的。

乍看之下，庄子散文汪洋恣肆的风格与王维诗歌澄澹精致的风格颇不一致，倒是与李白天马行空的天才诗篇为近。然而这只是表象，从更深处考察，确实王维诗歌更多地实践了庄子的美学主张，从而流露出更多的庄意。

首先，"朴素而天下莫能与之争美"（《天道》）可以称为庄子美学思想的核心，他崇尚自然，反对人为与雕琢，认为"虚静恬淡寂漠无为者，天地之平而道德之至也"（《天道》）。王维不仅在一生的行为中深受庄子淡漠无为思想的影响，我们基本发现不了他的人生理想，甚至连追求的努力都自觉放弃了，而在诗歌上，他崇尚虚静，追求平淡自然的诗风，这一点是古今诗评家都大致认可的地方，不管研究角度如何变化，王维始终属于清淡诗派。王维诗歌的平淡，主要来自他内心寂寞无营的心境，他常以闭关或掩扉的动作把自己和外界的纷扰隔绝开来，这一生活情趣形诸诗歌，自然就是"淡然无极而众美从之"的境界。当然，王维诗歌的淡然不是冷落枯寂到人所不堪的地步，而是"雅淡之中，别饶华气"（施补华《岘佣说诗》），这又与王维躬逢盛世且具有多方面文艺才能有着密切关系。与李白高歌猛进的个性以及飘逸变化的诗歌相比，王维其人其诗毕竟与庄子走得更近。此外，庄子还强调"天地有大美"，人能够"原天地之美"（《知北游》），这与诗人走向自然、以诗歌反映自然之美也是一致的，而王维是盛唐诗坛当之无愧的歌吟自然的代表诗人。

其次，庄子提出"法天贵真"的思想，而"法天贵真"即是"完全反映人的本性真情实感，不加虚饰与压抑，扭曲与斫伤"①。这里尤为值得关注的是"真"字，庄子论道："真者，精诚之至也。不精不诚，不能动人。"（《渔父》）庄子的本意不难理解，凡是天然的就一定是真的，真的东西才具有动人的美感和情感。盛唐诗歌中流露的情感大都是真实而自然的，没有矫饰做作之嫌。从具体诗歌来看，王维诗中的常见情感基本围绕自身展开，如落寞孤独、叹老嗟卑、闲适自得、向往友情等，都带有自己真实的感受，读来真切动人。王维诗歌中的情感一般不以浓烈见长，却更显真实。以送别诗来看，他一般不直接抒情，如"劝君更尽一杯酒，西出阳关无故人"（《送元二使安西》），在临别的如话家常中，透出情韵；要么融情入景，如"天寒远山净，日暮长河急"（《淇上送赵仙舟》），明明有着以流水喻示离情的意味，但诗人却绝不点破。相较于李白的"桃花潭水深千尺，不及汪伦送我情"（《赠汪伦》），看似情感深厚浓烈，而实际上反而没有王维诗中的情感真实可感。可见，王维诗歌是深得庄子"贵真"之趣的。而庄子把法天与贵真并置在一起，它不仅仅强调情感的真实，还含有对天然之美的崇尚。王维集子里今天能看到的最早的一篇作品（王维自注 15 岁时作）是《题友人云母障子》：

> 君家云母障，持向野庭开。自有山泉入，非因采画来。

诗中已经表现出明显的崇尚浑然天成之美的倾向。其实，云母屏风上的景物正是艺人彩画而成，王维却故意贬抑人工之美，肯定天然真实之美，诗人面对屏风，却仿佛置身于野外山泉之间。

再次，庄子提出"言不尽意"和"得意忘言"之说，对后世的文艺思想影响深远，引发了文学创作领域对"言外之意"和"不落言筌"的追求。庄子的"虚室生白"与"唯道集虚"的说法更直接启发了诗境中点染空白，渲染空灵意境的做法。这一做法在盛唐诗歌中表现得最突出，所以王船山曾说"唯盛唐人能得其妙。如'君家住何处，妾住在横塘。停船暂借问，或恐是同乡。'墨气所射，四表无穷，无字处皆其意也！"（《诗绎》）盛唐诗歌中普遍追求"韵外之致"和"味外之旨"（司空图《答李生论诗书》），以简约的语言表达出有余不尽之意，这也被认为是盛唐诗歌最突出的特点。司空图提出的上述诗

---

① 王运熙、顾易生主编《中国文学批评通史》第一卷，上海古籍出版社，1995，第 204 页。

歌美学理想，未尝不是对盛唐诗歌创作成就的总结。而宋代的严羽说得更明白："盛唐诸人，惟在兴趣，羚羊挂角，无迹可求。故其妙处透彻玲珑，不可凑泊，如空中之音，相中之色，水中之月，镜中之象，言有尽而意无穷。"① 不管是司空图还是严羽，他们的诗论其实都是接着庄子的思路而展开的，又都被认为是盛唐山水诗一派的经验总结，司空图更明确提到"王右丞、韦苏州澄澹精致"的话，可见王维的诗歌是完全符合他们心目中理想的。盛唐诗人中，王维的诗歌确实最能体现"韵外之致"的追求与特点，深得庄子得意忘言之妙。而王维诗歌的这一特点，却往往被当作禅意而强调，如：

> 晚年唯好静，万事不关心。自顾无长策，空知返旧林。
> 松风吹解带，山月照弹琴。君问穷通理，渔歌入浦深。
>
> ——《酬张少府》
>
> 中岁颇好道，晚家南山陲。兴来每独往，胜事空自知。
> 行到水穷处，坐看云起时。偶然值林叟，谈笑无还期。
>
> ——《终南别业》

两诗所表达的都是王维厌倦官场、走进自然，并体验身心与自然完全一体的快乐。张少府问以穷通之理，王维没有正面回答，只通过暗示让其明白，因为一涉理路，必落言筌，如果执著于此，恰违背了万事不关心之旨。诗人所暗示的理趣，不在渔歌入浦，实为"返旧林"三字，这是其长期的官场生活中得来的真言，只有远离官场而归于山林，才能享受解衣宽带般的精神自由。在第二首诗中，兴来独往，与林叟偶然相遇，都是同样书写自然无心之趣。《苕溪渔隐丛话》"前集卷十五"引苏庠评此诗曰："此诗造意之妙，至与造物相表里，岂直诗中有画哉？观其诗，知其蝉蜕于尘埃之中，浮游于万物之表者也。"② 苏庠所评，明显是说此诗颇有庄子的境界，点出的是王维与庄子的神遇。而更多的研究者，执著于王维与禅宗的关系，把这两首诗歌当作随缘自适的禅意表达。这固然也可以说通，而我们更想指出：王维的大多诗歌被看做"字字入禅"，其实何妨也看作"字字入庄"（严格说来，"字字入禅"与"字字入庄"的说法都有问题）！这不正是庄子"得意忘言"的诗意表达吗？

至于王维的《辋川集》诸作，更是被认为禅意诗歌的代表，王士禛曾经说过："唐人

---

① 严羽：《沧浪诗话·诗辨》，本文用郭绍虞《沧浪诗话校释》。
② 胡仔纂集，廖德明校点《苕溪渔隐丛话》，人民文学出版社，1962，第97页。

五言绝句往往入禅，有得意忘言之妙，与净名默然，达摩得髓同一关捩。观王、裴《辋川集》及祖咏《终南残雪》诗，虽钝根初机，亦能顿悟。"（《香祖笔记》卷二）得意忘言乃庄学精髓，也是王维诗歌的精髓。王士禛指出这点，是极有眼光的，而他又把它与禅悟结合，不免过于牵强附会了。试读其中《鹿柴》：

> 空山不见人，但闻人语响。返景入深林，复照青苔上。

不少人只读了第一句，就把它与"空山无人，水流花开"的禅偈联系起来，袁行霈先生说："如'空山不见人，但闻人语响'，这两句诗虽然符合禅家所追求的那种空寂的境界，但也概括了人们普遍的生活体验。"[1] 而我们对此不敢苟同，既然人语的响声清晰可闻难道不是表明这是人境？又何寂之有？此诗的主旨，不过是写闲暇，落日透进深林，照亮了青苔，这幽深静谧的瞬间之景，极易被人忽视，而只有闲暇人才会在凝神观照之际发现其中的诗意。《辋川集》前有王维的一段自序，把集中诗歌的写作背景交代得十分清楚："余别业在辋川山谷，其游止有孟城坳……与裴迪闲暇各赋绝句云尔。"所以《辋川集》中诗歌是王维与裴迪闲暇时同游同赋的产物，与禅意本不相属，说它"字字入禅"未尝不可，却只能是解读者的自家体悟。

我们上面对王维诗歌的谈论，并不是要颠覆王维诗歌与禅宗的关系，只是想指出，王维诗中不仅仅有禅意，还有庄意，甚至还有庄禅合一之意。庄禅的合流，不始于王维，而王维却在诗歌中较为完美地体现了这一境界。单单的禅居生活与禅意渗透，往往造成诗歌情感的枯寂与诗歌境界的狭小，对诗歌创作并不都是有益的，大量诗僧的创作已经说明了这点。王维诗歌的巨大成就，更在于他对庄子艺术精神的接受与服膺，可以说，庄禅都在王维的诗歌中打上了烙印，二者的共同作用才开出了王维诗歌的奇葩，单独强调哪一方面而忽视另一方面都是不恰当的。

---

[1] 袁行霈：《王维诗歌的禅意与画意》，《中国诗歌艺术研究》，北京大学出版社，2009，第222页。

诗学变革中的"游戏"姿态

——黄庭坚的戏题诗写作及其诗学意义

姚　华[*]

【内容提要】　今存黄庭坚诗集中，大量诗歌被题为"戏呈""戏赠""戏和""戏答""戏咏""戏题""戏效"等，这一类在诗题中，或是在诗歌的副题、别题、题后小序中标有"戏"字的诗歌可以统称为"戏题诗"。"戏题"姿态与"言志""缘情"的古典诗歌传统有所背离，因而一向不受重视，但却在黄庭坚的诗学观念中具有独特的诗学意义。本文试图从观照方式及抒情姿态的改变、诗歌艺术手法的实验两方面入手，探讨黄庭坚"戏题诗"的写作特点，并对"戏题"这一特殊写作方式在诗学变革中的意义予以申发。

【关键词】　黄庭坚　戏题诗　游戏法　诗学　变革

一　"以真实相出游戏法"

黄庭坚之诗作为宋诗典范，影响深远。其创作有成熟的诗学观念支撑，在意象、句法、结构等方面有意识地雕琢锤炼，故常被视为着力而作、法度备具的典型。然而，与此严肃的诗学追求相异的是，今存黄庭坚诗集中，大量诗歌显示为以"游戏"姿态所作，被诗人题为"戏呈""戏赠""戏和""戏答""戏咏""戏题""戏效"等。[①] 本文将这一类在诗题中，或是在诗歌的副题、别题、题后小序中标有"戏"字的诗统称为"戏题诗"。

---

[*]　姚华，北京大学古代文学专业博士生。

[①]　据笔者统计，有 158 首。

过去的黄庭坚研究对这类游戏性的写作并不太关注，然而大量"戏题诗"的存在，其实是一个非常值得讨论的现象。

通常而言，诗歌一旦被标示为"戏题"，便不受人重视。诗人游戏笔墨之为往往无关大雅，与严肃的主旨或深沉的抒情无涉。而在传统诗学观念中，"言志""抒情"是"诗"这一文体天然所载有的使命。"诗"在审美形态上与"庄"相联，与词、戏曲、小说等通俗艺术的因"俗"而"谐"形成鲜明对比。也正因此，以诗为"戏"，不仅在多数诗人的写作中并不常见，还经常招致诗论家的批评，如元好问的议论："曲学虚荒小说欺，俳谐怒骂岂诗宜"①；又如胡应麟所称："诗文不朽大业，学者雕心刻肾，穷昼极夜，犹惧弗窥奥妙，而以游戏废日可乎？"② 因而，"戏题"这一姿态天然呈现出与诗歌写作"传统"的背离。

"戏题诗"在传统诗学观念中并未被赋予足够的价值，诗人即使偶尔为之，也不会对此特别重视。故《南濠诗话》称："洪容斋、胡苕溪以'饭颗诗'不见太白集中，疑为后人伪作。予谓古人嘲戏之语，集中往往不载，不特太白为然。"③ 然而，黄庭坚对戏题诗的态度却与此有较大的不同，黄庭坚并没有将"戏题诗"驱逐出诗集。事实上，黄庭坚生前在自编诗文集时，曾对作品有所分别："取所作诗文为内篇，其不合周孔者为外篇。"④ 即以是否符合"周情孔思"这一儒家伦理道德为标准判别作品。我们今日所见之《豫章黄先生文集》（即正集、内集），是在诗人自编的基础上所成的⑤，能够部分地反映诗人自己的取舍。其中分布有大量戏题诗⑥，可见黄庭坚并不觉得这些戏题之作与儒家的伦理道德相违背，故可与严肃的诗作并置。

对待"戏题诗"态度的转变体现出诗学观念的变化。梳理黄庭坚的诗学理念可见其赋予了"戏题诗"独特的诗学意义。在《书王知载朐山杂咏后》一文中，黄庭坚述明了他对"诗"的理解：

诗者，人之情性也，非强谏争于庭，怨忿诟于道，怒邻骂坐之为也。其人忠信笃

① 元好问：《论诗三十首》，施国祁注《元遗山诗集笺注》卷十一，人民文学出版社，1958，第531页。
② 胡应麟：《诗薮》外编二，上海古籍出版社，1979，第156页。
③ 都穆：《南濠诗话》，《丛书集成初编》本，中华书局，1990，第6页。
④ 《题王子飞所编文后》，《宋黄文节公全集》正集卷二十七，刘琳、李勇先、王蓉贵校点《黄庭坚全集》，四川大学出版社，2001，第725页。
⑤ 内集的编者洪炎在《豫章黄先生〈退听堂录〉序》中称："今断自《退听》而后，杂以他文，得一千三百四十有三首"，见《山谷诗集注》附录，黄庭坚著，任渊、史容、史季温注，黄宝华点校，上海古籍出版社，2003。今所见《四部丛刊》影印本《豫章黄先生文集》在体制上已非洪本之旧，但内容上应仍以洪本为基础。详见黄宝华《山谷诗集注》序言。
⑥ 据笔者统计，有94首。

敬，抱道而居，与时乖逢，遇物悲喜，同床而不察，并世而不闻，情之所不能堪，因发于呻吟调笑之声，胸次释然，而闻者亦有所劝勉，比律吕而可歌，列干羽而可舞，是诗之美也。其发为讪谤侵凌，引颈以承戈，披襟而受矢，以快一朝之忿者，人皆以为诗之祸，是失诗之旨，非诗之过也。①

黄庭坚认为诗是对"人之情性"的表达，但其所主张的抒情观并非"强谏""怨忿"等激烈、直露的抒发方式，而是在"忠信笃敬"的道德修养下，出以"呻吟""调笑"这类有所节制的表现方式。"戏题"之作与"调笑"的审美效果相应，而呻吟调笑之诗依然关乎"人之情性"，正是在这个意义上，诗人赋予了"戏题"以"抒情"的意义。写作大量具有"调笑"意味的戏题诗，植根于黄庭坚对"诗之旨"及其表现方式的理解。

此外，"戏题诗"所具有的特殊艺术效果，也是黄庭坚为诗自觉的追求之一。他曾称："作诗正如作杂剧，初时布置，临了需打诨，方是出场。"②"打诨"一词借自宋杂剧术语，是"副末"这一角色的功能："副净色发乔，副末色打诨。……大抵全以故事世务为滑稽。"③指副末对正在上演的剧情骤然出以出人意料的解释、说明，且多为幽默、滑稽之语。称作诗需以打诨出场，也可以看出诗人对出人意料的幽默感的有意追求。如是可知，大量"戏题诗"出现在黄集中并非偶然，既与诗人对"诗"的理解相关，同时也是一种特定的"诗法"。

这一特点，苏轼对黄庭坚的一段评价似可概括："鲁直以平等观作欹侧字，以真实相出游戏法，以磊落人书细碎事，可谓'三反'。"④此虽论黄氏之书法艺术，若移而观其诗，亦颇中肯綮。"游戏法"在黄诗中真实存在，并具有表现"真实相"的意图和能力。而这一独特诗法，因其与传统写作方式的背离而显出"诗学变革"的意义。

二　观照方式及抒情姿态的改变

"戏题诗"之"戏"是一种观照生活的角度，也是黄庭坚诗中独特的抒情姿态。视角和姿态的不同，赋予"戏题诗"与一般写作相异的表现力。

---

① 《书王知载朐山杂咏后》，《宋黄文节公全集》正集卷二十五，刘琳、李勇先、王蓉贵校点《黄庭坚全集》，四川大学出版社，2001，第666页。
② 《王直方诗话》，郭绍虞辑《宋诗话辑佚》，中华书局，1980，第14页。
③ 耐得翁《都城纪胜》"瓦舍众伎"条，台北商务印书馆，第11页。
④ 苏轼撰，孔凡礼点校《苏轼文集》卷六十九《跋鲁直为王晋卿小书尔雅》，中华书局，1986，第2195页。

（一）记录生活：观照平凡与反抗平凡

黄庭坚以"戏题"的方式记录了一些琐碎、日常的生活事件。所谓"戏题"，并不欲就平凡的生活生发出崇高的意义来，而只因有"趣"，所以记录。然而题之以"诗"这一行为，却已赋予了平凡生活以诗意。例如《南安试院无酒饮，周道辅自赣上携一榼，时时对酌，惟恐尽，试毕，仆夫言尚有余樽，木芙蓉盛开，戏呈道辅》[①]一诗，并无深意，只为记录一桩美好的往事。黄庭坚往日与周道辅共饮酒，因害怕酌尽，未忍多饮，及至最后反有剩余。如今木芙蓉花盛开，诗人想起了旧友。回忆中有"穷乡相见眼俱青"的温情，这段过去也在"霜花留得红妆面，酌尽斋中竹叶瓶"的明丽描写中变得美丽起来。这是一段偶然且平凡的生活片段，诗人用"戏题诗"的方式攫取、记录，将之铭刻，为偶然的个人经验找到具有普遍诗意的记录形式。尊重日常生活并尝试于其中发现诗意是宋人为诗的普遍精神，黄庭坚的"戏题诗"很好地诠释了这一特点。

在一部分戏题诗中，记录生活的意义甚至超过了作诗这一行为在艺术追求上的意义。也许正因诗人本不以诗歌审美效果为重，故称这样的诗作为"戏题"。例如，我们今日所熟识的腊梅花便是因黄庭坚的两首"戏题诗"而著名。据《王直方诗话》记载："腊梅，山谷初见之，作二绝。一云：'金蓓锁春寒，恼人香未展。虽无桃李颜，风味极不浅。'一云：'体薰山麝脐，色染蔷薇露。披拂不满襟，时有暗香度。'缘此腊梅盛于京师。"[②]此指黄庭坚《戏咏腊梅二首》，诗人自跋其诗云："京洛间有一种花，香气似梅花，五出而不能晶明，类女功捻蜡所成，京洛人因谓蜡梅，木身与叶乃类荫蘸。"[③]这两首诗从诗意看并无深微的寄托，只是随意而就，故称"戏咏"。但从诗序中可见黄庭坚对此花认真细致的观察，赋咏的兴趣实是记录的兴趣。类似的，黄庭坚又有《戏咏高节亭边山矾花二首》，亦以诗序说明对"山矾"这种小花发现与重新命名的过程："江湖南野中有一种小白花，木高数尺，春开极香，野人号为'郑花'。王荆公尝欲求此花栽，欲作诗而陋其名，予请名曰'山矾'。"[④]就艺术角度而言，这些诗作本身并无特别，但诗歌所记录的对象却从此进入大众的视野。以此"山矾"花为例，此后黄庭坚以"山矾是弟梅是兄"句喻水仙，遂成经典。其后词人骚客便多以"山矾"喻花，如杨万里咏李花，称"露醋月蕊苍

---

① 《山谷诗外集补》卷四，黄庭坚著，任渊、史容、史季温注，黄宝华点校《山谷诗集注》，上海古籍出版社，2003，第1338页。

② 见《王直方诗话》，郭绍虞辑《宋诗话辑佚》，中华书局，1980，第95页。

③ 黄庭坚著，任渊、史容、史季温注，黄宝华点校《山谷诗集注》卷五，上海古籍出版社，2003，第123页。

④ 黄庭坚著，任渊、史容、史季温注，黄宝华点校《山谷诗集注》卷十九，上海古籍出版社，2003，第474页。

茫外，梅与山礬伯仲间"①；周密词中亦称"水空天远，应念礬弟梅兄"②。可以说，黄庭坚的"戏题"之为，将新鲜的意象纳入诗歌写作的传统之中。

发现并书写平凡之外，"戏题"作为一种写作姿态，在本质上还体现为对平凡主题的有意反抗。常中出奇是"戏"的精神所在。这在以礼品赠往为主题的交际之诗中体现得最为突出。宋代文人间礼品往来非常频繁，而赠送礼物时附诗为赠、收到礼物后作诗相答亦成常态，故此类应酬之作于宋人诗集中频频可见。值得注意的是，这一类题材黄庭坚写的很多，且常以"戏题"为名，如《林为之送笔戏赠》《有惠江南帐中香者戏答六言二首》《戏答王居士送文石》《世弼惠诗求舜泉，辄欲以长安酥共泛一杯，次韵戏答》等。因视此类诗为应酬之作，以往研究者一般不太重视。然而，以"游戏"方式为应酬之作，正具有以谐破常的创新之意。当需大量写作以笔、香、石、砚、茶等生活物品为主题的诗歌时，极易落入常套与俗调，而"戏题"正是对庸俗平常的反抗。黄庭坚在《跋东坡铁拄杖诗》中称："《铁拄杖》诗雄奇，使李太白复生，所作不过如此。平时士大夫作诗送物，诗常不及物。此诗及铁拄杖均为瑰玮惊人也。"③可见黄庭坚非常重视"作诗送物"这类写作的艺术效果。从这个意义而言，"游戏笔墨"的"戏题"也是诗人独特艺术追求的体现。

试举一例略作说明。《戏答陈季常寄黄州山中连理松枝二首》是黄庭坚为答谢朋友陈季常赠送连理松枝而作之诗，歌咏所赠之物是此类诗题中应有之义，然而歌咏的主要意图是为了答谢，本非有感而发，故多被视为泛泛的应酬之作。黄庭坚却着意用心，常中出奇。两诗皆以比喻的方式咏松。其一称"谁言五鬣苍烟面，犹作人间儿女心"，语出《酉阳杂俎》："世言松五粒者，粒当言鬣。""五鬣"作为松树名称的一种，本只是一个抽象的符号，此处就其意而将之落实为"苍烟面"的具体形象，将松比作苍莽大汉，与后句"人间儿女心"形成强烈的反差。其二称"金沙滩头锁子骨，不妨随俗暂婵娟"④，用"锁骨菩萨"之典⑤，称老松之连枝，正如锁骨菩萨之为，是随俗而暂遣的多情化身。然落实在诗句中，不称"菩萨"而言"锁子骨"，将意象落实在"骨"上，形象鲜明触目，强烈而夸张。无论是"苍烟面"还是"锁子骨"，黄庭坚用生僻、怪硬的形象作为比喻，使对松枝的题咏不落于俗常。这样的题咏不需去追究是否有所寄托深意，诗人显然把作诗当作

---

① 《丙戌上元后和昌英叔李花》，杨万里撰，辛更儒笺校《杨万里集笺校》卷三，中华书局，2007。

② 《国香慢·赋子固凌波图》，周密辑，查为仁、厉鹗笺《绝妙好词笺》卷七，上海古籍出版社，1984。

③ 《山谷题跋》卷八，《津逮秘书》本。

④ 黄庭坚著，任渊、史容、史季温注，黄宝华点校《山谷诗集注》卷九，上海古籍出版社，2003，第226页。

⑤ 全文详见李复言编《续玄怪录》"延州妇人"条，中华书局，1982，第195页。

了一种游戏，把对意象独特的处理方式，当作了作诗的快乐，而这种写作态度，也使交际性的诗歌从礼貌的应酬中生动、活泼了起来，重获生趣。

（二）戏咏人物：调谐身体与展现精神

从诗歌主题而言，"戏人"之作是"戏题诗"的另一主要内容。这一类诗作有其写作历史。文人间相互以诗嘲诮是隋唐时便已盛行的风俗，"嘲诮诗这种文学体裁的兴盛，还是属于隋唐时代的现象。其中一个表现是：直到隋唐之际，才有了《启颜录》的结集。……这表明嘲诗创作到隋唐之际已成一种普遍的风尚"①。考察隋唐之际的嘲诮之语，多以对对方身体形态的夸张形容为趣。黄庭坚的戏人之诗中也有不少这类笔墨。据《王直方诗话》"山谷以诗嘲戏"条记载："山谷《谢王炳之惠玉版纸》诗云：'王侯鬐若缘坡竹。'此出《鬐奴传》，炳之大以为憾。《送零陵主簿夏君玉》诗末云：'因行访幽禅，头陁烟雨外。'盖君玉头甚大，故以此戏之。"② 以鬐、头之状相谑，因袭了隋唐以来的嘲诮之风。作为咏人之作，"戏题诗"对对方身体形态的关注也是一种独特的写人视角，点画出所咏之人略带夸张的日常形象，颇为亲切可近。

与隋唐时的嘲诮之作相比，黄庭坚亦有自己独特的创造，即并非一味以谐趣相嘲，而是将谐谑笔法点缀、穿插在对人物的正面描写中，有意利用正经之语与谐谑笔墨的相互交织，显出顿挫、对比与张力，由此发展出一种别具特色的写人风格。如上述《王直方诗话》所引诗句，单独摘取来看似嘲戏之味浓厚，但若放在整首诗中，其实并非诗之主旨。又如其戏咏张耒，称"张侯哦诗松韵寒，六月火云蒸肉山"③。诗韵清寒的诗人给人以风骨清秀的联想，黄庭坚却紧连以"火云蒸肉山"的描写，用极鄙俗之词写其肉体之胖，将前句之意境全然打碎。其戏赠晁补之诗也是如此，前半称"城南穷巷有佳人"，颇有韵调；诗末则直道其"肥如瓠壶鼻雷吼"④，称其体肥如葫芦，鼻息如雷动，全无"佳人"之姿。事实上，"佳人"之称意指晁补之家贫无食的穷士风骨，是精神性的描画。在这些戏咏之作中，黄庭坚将人物精神上的清韵与身体上的粗疏并置，以两者之间夸张的对比和落差相互衬托，使肉体上的庸俗粗鄙和精神上的卓绝清朗都更为鲜明，显出"虽肥如瓠

---

① 王昆吾：《唐代酒令艺术》，知识出版社，1995，第99页。
② 《王直方诗话》，郭绍虞辑《宋诗话辑佚》，中华书局，1980，第85页。
③ 《戏和文潜谢穆父松扇》，黄庭坚著，任渊、史容、史季温注，黄宝华点校《山谷诗集注》卷七，上海古籍出版社，2003，第187页。
④ 《以小团龙及半挺赠无咎并诗用前韵为戏》，黄庭坚著，任渊、史容、史季温注，黄宝华点校《山谷诗集注》卷二，上海古籍出版社，2003，第49页。

壶，胸中殊不粗"① 的效果。

细读这类戏人之作，正因黄庭坚重在刻画、展现人物精神状态，故而对人物日常生活形象笔涉谐谑的描写，非但不需有意回避，反而能成为映衬诗中人物精神风姿的一种手段。黄诗尤善于对生活平凡困苦、内心颇具学养修为的寒士学子进行"戏题"的描画。《戏赠彦深》一诗为其中之代表。此诗前半用多种典故，逐笔描写李彦深所处的贫穷之境，"几日怜槐已着花，一心咒笋莫成竹"② 等句，将一个贫穷士子的处境描画得非常生动。与此同时，又将一家人安于此境的形象写得平静自如，"春寒茅屋交相风，倚墙扪虱读书策""大儿得餐不索鱼，小儿得裤不索襦"，在对穷态的描写中见出安贫之心。这样的戏言之作植根于传统儒家对"士"这一身份的认同方式，"士志于道，而耻恶衣恶食者，未足与议也"，"士而怀居，不足以为士矣"③。衣食所居所显露的贫穷之态非但不会有损"士"之形象，反能成为精神气节的映衬，正如竹之精神，要在寒雪中见出。

黄庭坚曾称："视其平居无以异于俗人，临大节而不可夺，此不俗人也。"④ 戏人之作中的谐谑刻画只是在描绘"平居之俗人"；真正的不俗者并不需要标榜姿态，而其中立身之大节却隐隐可见。黄庭坚正谐相杂的戏人之作，正是与这种思想相呼应的。

（三）自嘲言志：批判世俗与价值坚持

如果说"言志""抒情"是"诗"这一文体最为传统的功能，那么"戏题诗"在记事、交游之外，同样为黄庭坚用以自述其志。以"戏题"法述志是一种以反显正的独特抒情姿态，"戏"中同样能显出诗人的价值判断和坚持。

理解以"戏"言"志"的要义在于理解黄庭坚与世俗价值疏离的姿态。对现实有所不满，而不直接抨击，相反却自嘲"不合时宜"，其实质便是对自我之选择不露声色的坚持。这一姿态和黄庭坚的性情相关，他夙性厌恶政治中的功利纷争，但又为尽孝侍亲而不得不踏入仕途。这一自我理想和生活现实的矛盾始终伴随着黄庭坚的诗歌写作，构成其诗抒情的隐含基调。从仕之初，黄庭坚便有"俗学近知回首晚，病身全觉折腰难"⑤ 的无奈

---

① 《奉和文潜赠无咎篇末多见及，以"既见君子云胡不喜"为韵》，黄庭坚著，任渊、史容、史季温注，黄宝华点校《山谷诗集注》卷四，上海古籍出版社，2003，第93页。

② 《山谷外集诗注》卷五，上海古籍出版社，2003，第630页。

③ 《论语》"里仁"、"宪问"篇。

④ 《书缯卷后》，《宋黄文节公全集》正集卷二十六，刘琳、李勇先、王蓉贵校点《黄庭坚全集》，四川大学出版社，2001，第675页。

⑤ 《冲雪宿新寨忽忽不乐》，《山谷外集诗注》卷二，上海古籍出版社，2003，第541页。

之叹，此诗题作《冲雪宿新寨忽忽不乐》。然而此后，黄庭坚不再直接道出这种"忽忽不乐"的情绪，相反却转而以"戏题"的方式婉曲出之。这一类"戏题"的主旨其实便是"不乐"，是诗人的不平之鸣，却表现得更加委婉。

如在作于元丰五年的《戏题》一诗中，黄庭坚自道："平生性拙触事真，醉里笑谈多忤人。安得眼前只有清风与明月，美酒百船酬一春。"① 诗中戏称自己"性拙"，实为坚持这一"性真"；"清风明月、美酒百船"的追求似无甚抱负，却是真实性情的流露，体现着诗人意欲避免世俗功利之争的高蹈姿态。《戏呈闻善》一诗则作于建中靖国元年、黄庭坚57岁时，戏嘲中仍能见到硬朗风骨："堆豗病鹤怯鸡群，见酒特地生精神。坐中索起时被肘，亦任旁人嫌我真。"② 首句用《晋书·嵇康传》中典故："或曰昨于稠人中始见嵇康，昂昂然若野鹤之在鸡群。"黄庭坚用此典，实以野鹤自比，以傲然独立于鸡群的形象表达其与世俗之有意疏远与格格不入。"坐中索起时被肘，亦任旁人嫌我真"句，无改早年"平生性拙触事真，醉里笑谈多忤人"之意。这类用以"言志"的戏题诗出现在黄庭坚一生中的不同时期，是其不合于俗的人生姿态的体现。

以"戏嘲"的方式有所反讽，并非黄庭坚所独创，许多诗人皆有类似之作。然而，黄庭坚似乎更为广泛地将价值的褒贬与"戏"意结合，在微嘲中含蓄地抒情表志。如其《戏呈孔毅父》一诗，首句称"管城子无食肉相，孔方兄有绝交书"③，管城子指笔，孔方兄谓钱。"'管城子'既然为'子'，就不妨有食肉封侯之相；'孔方兄'既然为'兄'，就不妨可以写绝交书。不过，应当封侯者却无食肉相，应当亲爱者却给自己写了绝交书，可见命运之乖蹇"④，诗人借文字游戏表现无食无钱的生活处境，并非直接的怨怒，却显尽生活的乖谬。后人论此诗，常称道其中巧妙的语言结构，反而不太强调诗句所表现的诗人的情志。然而"戏言"所重看似在文字技巧，其实同样隐含着诗人对生活的判断和情感。

"戏题"姿态正因与黄庭坚根本的性情及身处现实之中的感受相适应，故可用以言志。并不直接批判现实，而是以对现实的疏离显示"不认同"的姿态，若以是否直接干预现实为视角品评诗歌的高低，这一特点便成为黄诗常为人所批评之处。但若出以同情的理解，视之为一种特殊的言志之法，其中所显露的价值坚持和人格精神，是值得深深尊重的。

---

① 《山谷诗外集补》卷二，黄庭坚著，任渊、史容、史季温注，黄宝华点校《山谷诗集注》，上海古籍出版社，2003，第1221页。
② 黄庭坚著，任渊、史容、史季温注，黄宝华点校《山谷诗集注》卷十五，上海古籍出版社，2003，第388页。
③ 黄庭坚著，任渊、史容、史季温注，黄宝华点校《山谷诗集注》卷六，上海古籍出版社，2003，第143页。
④ 张鸣选注《宋诗选》，人民文学出版社，2004，第261页。

三 诗歌艺术手法的实验

要在诗中实现"戏"的效果，往往需要依赖特定的艺术手法。在黄庭坚的"戏题诗"中可见诗人对特殊艺术手法的多种实验。尝试分述之。

（一）典故的错综使用

黄诗艺术实验中最突出的特点当为典故的使用方式。黄诗素以典故繁多著称，前人评价其"用事深密，杂以儒佛、虞初稗官之说，隽永鸿宝之书，牢笼渔猎，取诸左右"①。这一特点在戏题诗中体现得更为显著。

一方面，为了增加张力，黄庭坚会特意使用严肃的经史典故来比喻世俗物象，因喻体与本体之间微妙的关联制造谐意。如《戏咏零陵李宗古居士家驯鹧鸪二首》其一所示："真人梦出大槐宫，万里苍梧一洗空。终日忧兄行不得，鹧鸪应是鼻亭公。"② 诗人咏零陵的鹧鸪，想到了以此地为分封之地的舜的弟弟"鼻亭公"。而民间传说中鹧鸪"行不得也哥哥"的叫声，更为强化了这层关联。将鹧鸪比作舜的弟弟，不仅因为一是动物，一是历史人物而对比鲜明，而且因为舜这一形象在经典中的严肃性，还具有以雅正训俗常的张力，颇有谐经谑史的意味。以历史人物作比喻是黄庭坚咏物诗中一种著名的手法。其中名句如以"露湿何郎试汤饼，日烘荀令炷炉香"咏荼蘼花，以"程婴杵臼立孤难，伯夷叔齐采薇瘦"形容竹子等③，均以奇僻为特色。上述戏题之作则可看作对此手法的实验。

另一方面，黄诗又好用小说典故，将子部小说家言等不太受传统士大夫重视的文本资源纳入诗歌的表现之中，以成"戏"的效果。如其《常父答诗有"煎点径须烦绿珠"之句，复次韵戏答》一诗，末句云："政当为公乞如愿，作笺远寄宫亭湖。"④ 此句以小说为典故，用《搜神记》中书生欧明向彭泽湖湖君讨要侍女"如愿"之事⑤，意谓要替孔常父求侍女于神意。此处的典故使用显得非常巧妙，借以小说中的"虚言"为誓，看似言之凿凿，其实意思的根基是空的。又因所涉主题关于侍女，而侍女与士大夫的关系与小说常就

① 许尹：《陈黄诗集注序》，任渊《山谷内集诗注》卷首。
② 黄庭坚著，任渊、史容、史季温注，黄宝华点校《山谷诗集注》卷二十，上海古籍出版社，2003，第 477 页。
③ 分别见《观王主簿家酴醾》，《山谷外集诗注》卷十二，上海古籍出版社，2003，第 886 页；《寄题荣州祖元大师此君轩》，黄庭坚著，任渊、史容、史季温注，黄宝华点校《山谷诗集注》卷十三，上海古籍出版社，2003，第 324 页。
④ 黄庭坚著，任渊、史容、史季温注，黄宝华点校《山谷诗集注》卷六，上海古籍出版社，2003，第 142 页。
⑤ 全文详见干宝撰，汪绍楹校注《搜神记》，中华书局，1979，第 52 页。

男女之事为情节的偏好相合，故以此为典故也有调弄风月之意，是为"戏答"。诗人对小说之言"游戏性"的运用，亦使其诗多了传奇之味。

每种文体皆有一定的特质，如经史著作较为征实、严肃；小说传奇则多为虚言，偏重想象。诗歌的用典则将不同文体纳入统一的诗歌语境中，对其本来的文本性质有所改变。具体到戏题诗，因为以"戏"为诗依赖于想象，所咏之事亦不严肃，故在使用典故时即有将"经史"之典小说化的倾向。如《戏书秦少游壁》一诗，据任渊之注，所写为秦观过南京时有意于主人家之女子，引起其妻不满之事，诗意很不严肃。妙在全篇的写法，乃"寄言众禽以为戏"，以化作白鹤的丁令威比秦观、以"秦氏乌"比喻秦观之妻，全篇皆以鸟类设喻，而以典故中的语言叙述情节。如其诗前半称："丁令威，化作辽东白鹤归，朱颜未改故人非。微服过宋风退飞，宋父拥彗待来归，谁馈百牢鹡鸰妃。"① 几乎每一处设辞都有历史文本的依托，且皆用宋事，契南京之地。如"微服过宋"，语出《孟子》"孔子微服而过宋"。"风退飞"，语出《左传·僖公十七年》"六鹢退飞过宋都，风也"。以此设语来叙秦观过南京之事。以此，经史之说得以转化为戏言叙事的资源，而原本严肃的历史记载，当被用以叙述风流之事时，又呈现为小说式的叙事效果。这些独特而巧妙的使典方式正是黄庭坚之诗的实验与创造。

（二）想象性情节的安排

正如前文所言，大量戏题诗以平凡的日常生活为题材。所谓"戏题"，并不是刻意挖掘生活的可笑处，而是就实生虚，通过剪裁生活并补以想象而使平凡的生活显得别致有趣。所以，许多"戏题"之"戏"其实是以"游戏"为逻辑对生活的重新叙述。这大多可从诗题与诗歌正文的比照中看到。如《戏答俞清老道人寒夜三首》，从诗序可知，全诗所要叙述的是诗人的朋友俞清老欲为僧人而不能坚持，后数年见之，复为儒生这样一桩事件，而诗歌的表现方式却是将之浓缩为发生在一个晚上的故事："索索叶自雨，月寒遥夜阑。马嘶车铎鸣，群动不遑安。有人梦超俗，去发脱儒冠。平明视青镜，政尔良独难。"② 全诗将数年间的事件聚焦为一个晚上的变化，"马嘶车铎鸣，群动不遑安"等句，是在想象夜里万物不安的场景，同时也是在表现俞清老悸动的内心，描写具体生动，加剧了全诗的戏剧化。然而这些丰富的细节只是出于诗人的想象，并非对事件本然的如实描写。

情节之想象还体现为对现实中因果关系的重置。如《出礼部试院，王才元惠梅花三

---

① 黄庭坚著，任渊、史容、史季温注，黄宝华点校《山谷诗集注》卷十一，上海古籍出版社，2003，第272页。
② 黄庭坚著，任渊、史容、史季温注，黄宝华点校《山谷诗集注》卷十，上海古籍出版社，2003，第251页。

种，皆妙绝，戏答三首》之一曰：

城南名士遣春来，三月乃见腊前梅。定知锁着江南客，故放绿阴春晚回。①

梅花晚开，本是自然事件，多因气候所成。然而"定知"一句，将梅花晚开的原因设想与自己锁居礼部试院有关，将现实中的因果关系重新置换，使自然物显得有情。这种"戏题"的思路在黄诗中非常常见，故有"定是岑公阅清境，春江一夜雨连明"②"定是沈郎作诗瘦，不应春能生许愁"③ 等类似诗句。这类情节的设想，是与被因果联系紧锁着的现实开着玩笑，以陌生化的效果，使我们对生活的理解别有新意。

对情节的假想与安排在以礼品赠答为主题的诗歌中更为常见。因为题写物品赠答之诗与传统的咏物诗不同，常需叙及送人物品的理由，或对"赠送"这一情节本身做出表现，"咏物"之外尚含有一定的叙事性。若以"戏题"的方式所为，则对"情节"的安排往往显得巧妙别致。如《以梅馈晁深道戏赠二首》：

带叶连枝摘未残，依稀茶坞竹篱间。相如病渴应须此，莫与文君蹙远山。
渴梦吞江起解颜，诗成有味齿牙间。前身邺下刘公干，今日江南庾子山。④

诗人想象赠梅于朋友晁深道后的场景。前一首将梅放置在晁深道与其妻子的关系中表现，以相如比深道，以文君比其妻，称司马相如有渴肺之疾，正需此梅，而不必给文君，徒使其因酸蹙眉。后一首则将梅置于晁深道写诗的场景中进行想象，谓晁深道食梅之后仿佛摇身一变，写出如庾信般情味深长的好诗，将梅在现实中的作用远远放大，且因梅之"味"与诗之"味"相契而别具滋味，成就两章雅致的小品，其中用意之巧妙正在对赠梅于人的生活场景想象性的描写之中。

正因"戏题"姿态下的写作不需对生活凿实表现，故而鼓励了诗人对想象性"情节"的安排。如果这一想象被安排在全诗的结尾突然出现，便具有了黄庭坚所谓"打诨"法的

① 黄庭坚著，任渊、史容、史季温注，黄宝华点校《山谷诗集注》卷九，上海古籍出版社，2003，第220页。
② 《万州太守高仲本宿，约游岑公洞而夜雨连明，戏作二首》，黄庭坚著，任渊、史容、史季温注，黄宝华点校《山谷诗集注》卷十四，上海古籍出版社，2003，第350页。
③ 《王立之承奉诗报梅花已落尽次韵戏答》，黄庭坚著，任渊、史容、史季温注，黄宝华点校《山谷诗集注》卷九，上海古籍出版社，2003，第221页。
④ 黄庭坚著，任渊、史容、史季温注，黄宝华点校《山谷诗集注》卷十一，上海古籍出版社，2003，第268页。

意义。如其《谢送碾壑源拣牙》诗末句称"已戒应门老马走，客来问字莫载酒"①，《送碧香酒用子瞻韵戏赠郑彦能》末句谓"重门著关不为君，但备恶客来仇饷"②，皆突然提到"客"的出现，打破与前文意义的连贯性，造成顿挫生新之感。而其中，无论"问字之客"还是"恶客"，其实都是凭空生出的角色，与诗歌题写的原意无关，这也体现出安排、控制情节所能制造的"戏"的效果。

（三）民歌风味的融入

黄庭坚"戏题诗"还有意利用了民歌的体制及语言，尝试将民歌风味融入文人诗歌的书写中，进一步体现出"戏题"诗法实验的意味。

例如，黄庭坚会有意识地利用"竹枝"这一民歌体裁作戏题诗。因"竹枝"一体本出民间，而"思亲爱"是其传统主题之一种，诗人便有意利用其言情之制，以此对他人的夫妻生活有所指涉，并据此相戏。如《考试局与孙元忠博士竹间对窗，夜闻元忠诵书，声调悲壮，戏作竹枝歌三章和之》其一：

> 南窗读书声吾伊，北窗见月歌竹枝。我家白发问乌鹊，他家红妆占蛛丝。③

此诗前两句切诗题所记之事，写诗人见孙元忠博士读书而为之歌竹枝之词，后两句则出以民间视角，用了民俗性的典故来表达"相戏"之意。据《西京杂记》记载："干鹊噪而行人至，蜘蛛结而百事喜。"黄庭坚即以此典表示自己家中只有老人相待，而想象对方家里当有红颜相亲。黄诗典故多出经史，然而此诗以"竹枝"为体，故用民间俗说。诗语平浅而有味，宛如歌句。此组诗共三章，后两首亦分别以"屋山啼乌儿当归""勃姑夫妇喜相唤"起首，以鸟声起兴，亦具民歌之味。

不过，黄庭坚对民歌体制的选择和利用中也体现出诗人的创造。可以比较《王稚川既得官都下，有所盼，未归。予戏作林夫人欸乃歌二章与之。竹枝歌本出三巴，其流在湖湘耳。欸乃，湖南歌也》中的两首诗：

> 花上盈盈人不归，枣下纂纂实已垂。腊雪在时听马嘶，长安城中花片飞。

---

① 黄庭坚著，任渊、史容、史季温注，黄宝华点校《山谷诗集注》卷二，上海古籍出版社，2003，第47页。
② 黄庭坚著，任渊、史容、史季温注，黄宝华点校《山谷诗集注》卷三，上海古籍出版社，2003，第71页。
③ 黄庭坚著，任渊、史容、史季温注，黄宝华点校《山谷诗集注》卷九，上海古籍出版社，2003，第215页。

从师学道鱼千里，盖世成功黍一炊。日日倚门人不见，看尽林乌反哺儿。①

第一首诗轻盈优美，语言明丽流转。更接近民间口语，也更具歌唱性。叙四时之景，意象现实可触。第二首则开篇便出之以典故。任渊注称："张氏本有山谷跋云'鱼千里'，盖陶朱公养鱼法：凡鱼远行则肥，池中养鱼虑其瘦，故于池中聚石作九岛，鱼绕之，日行千里。'黍炊'即淳于棼梦富贵百年于蚁穴中，破梦起坐，舍中炊黄粱犹未熟也。山谷之说如此。"任渊复辩山谷所说之未足处。其实诗人自己注明诗句出处的行为，本就显示出意义之僻。以典故对仗，文辞更显深稳，设语几与绝句相近。且以对人生意义的反思起首，诗意深邃。两诗风格之不同可见，黄庭坚尝试着将民歌体制与文人诗作相融合，一方面通过体制之新打破阅读期待，造成新鲜的阅读感受；另一方面则通过诗人的加工和创造，赋予其表现道理的深度。

黄庭坚戏用民歌体制为诗的成就体现在《题竹石牧牛》② 一诗中。诗序称"子瞻画丛竹怪石，伯时增前坡牧儿骑牛，甚有意态，戏咏"，故可视为"戏题"之作。全诗末四句谓："石吾甚爱之，勿遣牛砺角。牛砺角尚可，牛斗残我竹。"这是黄庭坚的自得之句，与此同时，这一句法也为时人所称道，评曰"如此体制甚新"③。然而此新颖的体制实为古代民谣常用的句式，如《南史·宗越传》载军中谣谚云"宁作五年徒，不逐王玄谟；玄谟犹尚可，宗越更杀我"，故显古朴老硬。借鉴质朴民歌形式而为的戏咏，既表达了诗人对画中石竹的直率喜爱，同时也以其体制之新，营造出"顿挫入神"的艺术妙趣。

四 "游戏"精神下的诗学变革："戏题"之诗学意义

在宋诗变革唐音并形成自身风格的发展路径中，黄庭坚是一个自觉的诗体实验者，也是实现"宋调"典型的一个重要环节。其笔下的"戏题诗"，作为一个显著的创作现象，在自觉不自觉中，与更大背景下的诗学变革相呼应。

这种诗学变革，是指从中唐以来诗人对古典审美的反叛及以此为动力的诗歌新变："词汇、句式、题材、内容、情感等构成文学的诸方面的变化，核心就是试图打破业已固

---

① 黄庭坚著，任渊、史容、史季温注，黄宝华点校《山谷诗集注》卷一，上海古籍出版社，2003，第11页。
② 黄庭坚著，任渊、史容、史季温注，黄宝华点校《山谷诗集注》卷九，上海古籍出版社，2003，第239页。
③ 《诗人玉屑》卷八"陵阳论山谷"条："一日，因坐客论鲁直诗体制新巧，自作格辙次，客举鲁直题子瞻伯时画竹石牛图诗云：'石吾甚爱之，勿遣牛砺角。牛砺角尚可，牛斗残我竹。'如此体制甚新。"（上海古籍出版社，1978，第181页）

定的文学形式。对经汉魏六朝而完成于盛唐的古典文学的规范，中唐文人盘算的是如何突破它。由符合形式才能感受到美这种古典的审美意识，即所谓形式美的美学，转向了享受由破坏形式时所产生的冲击而感受到的快感这种方式。……但是变化不只停留在破坏固定形式，他们那脱离规范的文学，还丰富地获得了以往文学中没有的要素。过去根本不能进入文学的现实、感情，现在都纳入了文学作品，拓展了文学所承载的领域。"①

宋代诗人变革"唐音"的意图与中唐诗人试图打破"盛唐审美"的心理一脉相承。黄庭坚大量的"戏题诗"，正是这一变革趋势的要求与反映。就诗歌要素而言，大量世俗题材以"戏题"的方式纳入诗歌表现之中。在首次为腊梅、山礬这些不曾为人关注的小花作诗时，黄庭坚皆称为"戏咏"，似对这些微小题材的写作并不留意，这是以传统诗学观念为立场的写作态度。然而，诗人仍对此题材进行"写作"的行为本身，却将这些微小的题材接纳进了诗歌传统的漫漫长流中。并且，黄庭坚以其独特的诗歌影响力，反而使这些新鲜意象得到了凸显。对诗人本身的尊重，使当时和后世之人并不因为是"戏言"而轻视这些写作。另一方面，当"戏题"之"戏"作为一种艺术手法时，其对"业已固定的文学形式"的打破作用亦非常明显。故研究者称黄庭坚的七绝属变体七绝，"完全按照个人的趣味来选择七绝的表现内容。这其中，游戏性题材与游戏笔墨的写作法，是其变体七绝的一大宗"②。当诗人有意识地去制造游戏感时，就可能打破诗歌传统的、比较固定的表达"美"的方式，因为"诙谐"产生于意料之外，是对情节、因果等固定逻辑期待的打破。

要之，以"戏"为题，可以包容新鲜的"尝试"，也可容忍与传统审美有异的张力，是诗学"变革"之中的一个环节。然而，与中唐诗人多以"俗化"的方式变革经典审美的路径不同，黄庭坚笔下的"戏题诗"并非一味求俗，而是在"雅"与"俗"之间找到新的平衡。所谓"戏题"，并非对世俗趣味的一味靠拢，诗歌语言更非切近、浅白。一方面，大量戏题诗发生在文人交游的背景下，故而形成了较为文雅化的谐谑语境。黄诗以巧妙的典故使用为戏，也正是因接受者普遍博学才得以可能。另一方面，黄庭坚儒禅相参的思想背景以及重视伦理心性的学术修养，为其诗之"戏"带来了精神上的提升。正如其在《寄晁元忠十首》中所言："子云赋逐贫，退之文送穷。二作虽类徘，颇见壮士胸。"③ 这正是本文篇首所指出的，黄庭坚诗学之所重——诗歌的根本是诗人的情性修养，即精神上

---

① 〔日〕川合康三：《文学的变容》，《终南山的变容：中唐文学论集》，上海古籍出版社，2007，第24页。
② 钱志熙：《黄庭坚诗学体系研究》，北京大学出版社，2003，第388页。
③ 《山谷外集诗注》卷十二，上海古籍出版社，2003，第870页。

的涵养，在此观照下，态度上的戏谑、形式上的游戏、风格上的谐趣皆无关紧要，不会影响到诗歌的本质品格，正所谓"胸次九流清似镜，人间万事醉如泥"①。以超越的精神为诗，成就诗歌的包容异态，在崇高与平凡间始终保持着张力和平衡，这是黄庭坚戏题诗的独特品格。

"戏题"之中，既有对陈言、范式的超越，又有对自我特色、独特精神的创造。这个意义上的"游戏"姿态，本质上是对自由的追求，也是艺术生命力之所在。也正因此，具有独创精神的诗人的"戏题诗"，是观察文学变革的一个入口。反观文学历史发展的过程，许多新鲜的题材和表现方式便是以"游戏"的方式进入传统之中，在讨论和争议中得到关注的。"戏题诗"在杜甫、白居易处首次被大量题写，正与之前所说由中唐开始的文学变革有关。如杜甫作《风雨看舟前落花戏为新句》，王嗣奭评曰："此诗摹写物情，一一从舟中静看得之，都是虚景，都是设想，都是巧语，本大家所不屑为者，故云戏为新句。而纤浓绮丽，遂为后来词曲之祖。"② 傅庚生则称："此诗状物体情，纯出想象，是凭空的创造，和一般作诗习惯不同，所以在题上加一'戏'字，杜甫正是有意尝试。"③ 黄庭坚以后，南宋杨万里意欲挣脱江西诗派诗风，也同样是以"戏"作为依托，以独特的"幽默"风格作为诗学建设，故有"不笑不足以为诚斋之诗"④ 之称。当某种审美因过于圆熟而趋于程式化时，"游戏"姿态是对选择的自由的宣示。而更具意味的是，在"游戏"中产生却真正具有生命力的艺术方式，如果顺应了时代的趣味，就可能从"非主流"成为"主流"，以新鲜的姿态和立场表现作者对于世界的态度，这正是"戏题诗"在文学变革中的意义所在。

---

① 《戏效禅月作远公咏》，黄庭坚著，任渊、史容、史季温注，黄宝华点校《山谷诗集注》卷十七，上海古籍出版社，2003，第416页。
② 杜甫著，仇兆鳌注《杜诗详注》，中华书局，1979，第2050页。
③ 傅庚生：《杜甫诗论》，古典文学出版社，1956，第344页。
④ 吴之振：《宋诗钞》卷七十一，上海古籍出版社，1993，第361页。

《通雅·诗说》作年考辨

商海锋[*]

【内容提要】 方以智《通雅·诗说》，世人或视之为晚明诗话，或以之撰于清初。《诗说》原刻本题下之"庚寅答客"小注，以及《诗说》各条中的诸多细节，提示《诗说》二十七条之论诗内容，实为作年各异，前后跨度甚大，其始不晚于明崇祯十四年，其终不早于清顺治十六年，为方氏于明清之际约二十年间论诗心得之吉光片羽。此外，《诗说》本为有别于《通雅》一书体例的独立之作。学界在使用《通雅诗说》各条时，当有所甄别。

【关键词】 方以智 诗说 作年 明清之际

方以智曾作有《诗说》，因附于《通雅》卷首，故学界习称之为《通雅·诗说》。《诗说》体例为纯正的传统文人诗话，凡27条，杂陈方氏的诗学观念，为其诗学思想的代表作之一。学界关注明末清初及方以智诗论者，对此书多有引用。不过因为《诗说》中的观念，只是方以智人生中某些时段的思维成果，不能代表其一生，因此若从文学思想史的角度对其研讨，有必要对《诗说》的作年问题稍加辨析，以免囫囵吞枣、用之不当。

《通雅》一书，目前的最好版本是收入《方以智全书》的整理本，而并非康熙"浮山此藏轩"原刻本。整理本参用了光绪年间的校刻本，补充了不少《通雅》初刻时未收的重要史料。本文所引《通雅·诗说》皆据此本。

---

[*] 商海锋，南京大学文学院。

《诗说》的作年问题，此前的研究者少有留意。今人所整理的《全明诗话》即收入此书①，却未加解题，又删《诗说》题下"庚寅答客"四字注文，读者或因之遽谓其专属明末诗学。此"庚寅"当指清顺治七年（南明永历四年），其时方以智已流窜西南多年，既要辞让永历小朝廷的征召，又要躲避清兵的追缴。《通雅》一书版本甚多，有康熙五年（1666 年）刻本，日本江户时代抄本（具体年代不详）、日本文化二年（1805 年）刻本，乾隆《四库全书》本、光绪六年（1880 年）刻本。这些版本，除四库本外，其《诗说》题下均有"庚寅答客"小字注文。然学界多凭此"庚寅答客"所示，认定《诗说》为顺治七年（1650 年）入清后所作。本文以为《诗说》中之各条，其作年跨晚明、南明、清初，实非一时一地之作，亦难专属明或清一朝。《通雅》正文五十二卷、卷首三卷。此三卷包括五个部分，即《音义杂论》《读书类略》《小学大略》《诗说》《文章薪火》，《诗说》在首三卷中卷三的前半部分。

《诗说》等篇与《通雅》之间的关系，本来是彼此独立的，四库本通雅即未收入《诗说》。其中原因固或在于语涉违碍，亦有与全书体例不合之故。《通雅》五十二卷的完成，事在顺治三年丙戌（1646 年）方以智流离岭南时期。此年他作有《书〈通雅缀集〉后》，为《通雅》正文积十数年之功终于完成的标志，该文末尾记"愚道人今年三十六矣"，即指此年。这时的《通雅》尚不包括后来陆续辑入的上述五篇文章，它们在出版时被置于卷首，而不补入正文，正因为它们本来是独立的。《通雅》成书虽早，但作者当时"从刀箭之隙，伏穷谷之中"②，根本无力将书稿付梓，直到 20 多年后，即不早于康熙五年丙午（1666 年）他主持青原期间，才有一段相对稳定的生活，于是在朋友、弟子们的帮助下方可了却前愿，将旧稿五十二卷与新辑录的三卷一并付梓，成为今日习见之《通雅》五十五卷本。

《诗说》专论诗歌之道，本不是方以智一时一地的集中创作，而是他历年心得的总辑，其情形与专论文章之道的《文章薪火》完全一样。因为《诗说》中散留各处的时间节点不如《文章薪火》更为明晰，所以若将《文章薪火》与《诗说》中的三条确据加以并列，问题就容易看清了。

    谨取辛巳至今，前后条说汇而录之。皖桐方氏不肖子中德拜下，记于浮山。（方

---

① 周维德集校：《全明诗话》第六册，齐鲁书社，第 5093～5094 页。然题为《通雅诗话》而非"诗说"，亦显误。
② 方以智：《书通雅缀集后》，《浮山文集前编》卷之七《岭外稿上》，四库禁毁书丛刊集部第 113 册，北京出版社，1997，第 593 页。

中德《〈文章薪火〉跋》）

此一卷语，皆二十年中之随问随举，而田伯汇录之者。谨奉同心，以公醇饮。祝犁大渊献秋相提月。（揭暄《〈文章薪火〉跋》）

二十年来，反覆合观，可以兴矣。皖城方氏不肖子中履谨录。（方中履《〈诗说〉跋》）

方中德，字田伯（1632~？），方以智长子；方中履乃其季子；揭暄则为其弟子。合观三条引文可知：《诗说》和《文章薪火》均是方以智之子在随侍父亲的 20 年中，随时加以辑录而成的。《诗说》的辑录者是季子方中履，《文章薪火》的辑录者是长子方中德。中德、中履，亦为其父文集与诗集的编者。① "辛巳"即崇祯十四年（1641 年），"祝犁大渊献"即顺治十六年己亥（1659 年），引文中说"辛巳至今"，又两次提到"二十年"，1641~1659 年恰约合 20 年之数。

《诗说》的正文当中亦有一暗一明两处时间线索，表明《诗说》应始于崇祯后期：

近代学诗，非七子则竟陵耳。……今观二公（钟惺、谭元春）之五言律，有幽淡深峭之情，一作七言，则佻弱矣。（第 11 条）

崇祯壬午夏，与姜如须论此而笔之。（第 14 条）

先论其明处：壬午为崇祯十五年（1642 年），这是《诗说》中除"庚寅"注外另一有明确记载的时间节点。之前的学者们当然都注意到了此点，不过因为《诗说》顺治七年庚辰（1650 年）作年的看法先入为主，所以人们不约而同地认为第 14 条为羼入。不过，若按照本文的思路，这一条却正好可以作为《诗说》始于壬午之前的有力证据。再论其暗处：第 11 条中的"近代学诗"及"今观"两处，揣摩文意，皆是作者以明朝人的身份评点当时的诗坛状况，若进入清代，就不可能是这样一番口吻了。

前论皆证《诗说》早于"庚辰答客"的历史节点，然而《诗说》中亦有晚于此者。方以智曾作有《〈范汝受集〉引》一文，收于《浮山文集后编》，现把《诗说》中两条的内容和此文加以比对：

怨极而兴，犹春生之，必冬杀之，以郁发其气也。……明允曰：穷于礼而通于

---

① 方以智诗文集的编定，笔者另有《方以智浮山诗集考论》一文。

诗。……当其节宣，哀乐不能入也。（《〈范汝受集〉引》）

故曰怨乃以兴，犹夫冬之春、贞之元也。（第5条）

诗以宣人，即以节人。老泉曰：穷于礼而通于诗。（第6条）

《〈范汝受集〉引》作于顺治十一年甲午（1654年），其中所阐发的"怨/兴"、"节/宣"的诗学观念，乃至所引用的苏洵论诗之语，都与《诗说》中的两条非常相似。

既然如此，那么又怎么解释总题"诗说"之下，赫然在目的"庚寅答客"四字小注呢？笔者虽无确证，不过愿意尝试做一假设。《诗说》中第1、2两条，集中阐发了方以智有关"中/边"的诗学观念：

姑以中边言诗，可乎？……词与意，皆边也；素心不俗，感物造端，存乎其人，千载如见者，中也。（第1条）

舍可指可论之边，则不可指论之中无可寓矣；舍声调、字句、雅俗可辨之边，则中有妙意无所寓矣。此诗必论世、论体之论也，此体必论格、论响之论也。……谓不以中废边。（第2条）

然而两条虽皆论"中/边"，彼此却并不一致。本文专考《诗说》作年问题，对诗论内容不拟详论，简言之，第2条所论，尚为晚明的论诗路径，而第1条则从论诗之体貌、格调进而论诗之人格、境界，似乎心境历经巨变之后已有所转变。那么所谓的"庚寅答客"，会不会正是方以智将其旧有的"中/边"赋予新的含义时所作的一番阐释呢？所以笔者猜测，"庚寅答客"四字本是第1条的起始，其后接"姑以中边言诗，可乎"一句，正是问答体的行文样式，康熙年间《通雅》雕版，将27条论诗文字冠以"诗说"的总题，阑入卷首之三时，误将"庚寅答客"四字当作了总题的小注。此事一经讹定，此后再未有人加以注意，误至今日。此处之说虽属猜测，然若非如此，则无法解释《诗说》中所不合于"庚寅"之处。

综合上述，可以得出以下结论：《诗说》27条，其始不晚于崇祯十四年辛巳（1641年），其止不早于顺治十六年乙亥（1659年），为方以智20年间的一些治诗心得，其间经历明清鼎革，因此全文篇幅虽然不长，但其中的观点却同中有异。《诗说》各条为方中履汇辑而成，但编辑时并未按照严格的时间顺序排列先后，而椠板时或因刻工又在总题下误植小注，这些都加重了辨析《诗说》思想脉络的难度。因此，若研究者欲以《诗说》作为治方以智诗学思想历程的史料，就有必要对其中各条的具体背景加以辨别，而不能轻率地统而言之。

吴中复年谱[*]

王可喜　　王兆鹏[**]

【内容提要】　　吴中复是北宋仁宗、神宗两朝名臣、诗人。本谱考知其籍贯为宋兴国军永兴县（今湖北通山洪港）。登宋仁宗景祐五年（1038年）吕溱榜进士第。庆历二年（1042年）知金坛县，八年知犍为县。皇祐三年（1051年）通判潭州，五年由孙抃举为监察御史里行，次年弹劾梁适而外任池州。至和二年（1055年）底，由赵抃荐为殿中侍御史里行，次年底弹劾宰相刘沆，仁宗嘉其清廉刚直、风节峻厉，"飞白'铁御史'三字以赐"，"时号为铁面御史"。嘉祐二年（1057年）由张昇荐为殿中侍御史、充言事御史。次年改右司谏、兼主管国子监，论罢枢密使贾昌朝，迁同知谏院、侍御史知杂事。八年（1063年）以天章阁待制知潭州。神宗熙宁元年（1068年）以龙图阁直学士、左谏议大夫知江宁府。二年移知真定府，三年十月移知成都府，四年三月，组织海云寺唱和诗会，作《游海云寺》诗，范纯仁、王霁、杨希元、张瑞、吕陶等均有唱和。五年迁给事中，知永兴军。八年降授右谏议大夫，罢永兴军，提举玉隆观。十年由曾巩奏举起知荆南。元丰元年（1078年）八月罢，十二月卒。

【关键词】　　吴中复　籍贯　世系　仕履　诗歌编年

---

[*]　本文是国家社科基金重大项目（12&ZD154）、湖北省教育厅社科重点项目（2012D035）、湖北省普通学校人文社会科学重点研究基地鄂南文化研究中心基金资助项目（ZX1110）。

[**]　王可喜，湖北科技学院人文与传媒学院教授、武汉大学文学院博士生；王兆鹏，武汉大学文学院教授。

　　吴中复（1011～1079），字仲庶，北宋仁宗、神宗两朝名臣、诗人。先后弹劾当朝宰相梁适、刘沆，仁宗嘉其清廉刚直、风节峻厉，"飞白'铁御史'三字以赐"，"时号为铁面御史"。与欧阳修、梅尧臣、王安石、王珪、郭獬、赵抃、司马光、范镇、孔武仲等唱和交游，今《全宋诗》录其诗24首，句3则。其生平事迹略见于杜大珪《名臣碑传琬琰集》下集卷十五《吴给事中复传（实录）》及《宋史》卷三百二十二本传，然记述颇简略，兹据相关史料及诗作，撰其年谱如下。

　　吴中复，字仲庶，宋兴国军永兴县上双迁里（今通山洪港）人。

　　杜大珪《名臣碑传琬琰集》下集卷十五《吴给事中复传（实录）》（以下简称《名臣碑传》本传）："中复字仲庶，兴国军人。"① 《东都事略》卷七十五《吴中复传》（以下简称《东都》本传）："吴中复，字仲庶，兴国军人也。"② 《宋史》卷三百二十二《吴中复传》（以下简称《宋史》本传）："吴中复，字仲庶，兴国永兴人。"③ 吴中复为兴国军永兴县人，诸书所载无异。宋兴国军辖永兴、大冶、通山三县。祝穆《方舆胜览》卷二十二："兴国军：永兴、大冶、通山。"④ 查《光绪兴国州志》卷三十六《寺观》："北台寺，上双迁里北台山，半山起石台，平如掌，广可数亩，台上悬崖攒石垂覆，可庇风雨，流泉绕石罅。宋学士吴中复读书处，号龙图书院，其旁为寺。"⑤ 知吴中复幼年读书处在永兴县上双迁里北台山，因其官至龙图阁直学士，故号"龙图书院"。《钦定大清一统志》卷二百五十九："北台寺，在兴国州双迁里。宋学士吴中复别业，号龙图书院，后为寺，至今称胜概。"此明谓"吴中复别业"，别业建于业主所属领地或田产范围内。北台寺在今通山洪港车田村北台山上，可知，北台山所在的车田一带，当时都是吴家所属领地或田产范围。龙图书院屡建屡毁，今不存，仅有北台寺。清雍正间兴国州知州魏钿所撰《斯公裔功远公墓志》云："公讳德尚，字功远，号若人，州属上双迁人。……双迁为宋先贤吴仲庶旧坏所，建有龙图书院，后废为寺，又遭兵燹，至公而旧制一新，上继先贤乐育之志，下启后学进修之勤，毅然振一方之文教。"⑥ 此

---

①　杜大珪：《名臣碑传琬琰集》下集卷十五、中集卷三〇，《文渊阁四库全书》本。

②　王偁：《东都事略》卷七十五，《文渊阁四库全书》本。

③　脱脱：《宋史》卷三百二十二，中华书局，1990，第10441页。

④　祝穆：《方舆胜览》卷二十二，中华书局，2003，第400页。

⑤　《光绪兴国州志》卷三十六，江苏古籍出版社，2001，第451页。

⑥　湖北通山《茅田王氏宗谱》重修于民国辛巳年（1941年）。据该谱卷首目录，整谱有57卷，计9890页，规模宏大，笔者今所见仅为卷首一册。版面高36.5厘米，宽46厘米，四周双线边框，版框高30厘米，宽42厘米；左右双栏，半叶9行，行22字；版心单鱼尾、白口，上有谱名"琅琊王氏宗谱"，下有堂号"三槐堂"，鱼尾下有篇名、重修时间及页码。该谱自宋淳熙戊戌年（1178年）至民国辛巳年凡13次续修。收录有历代续修的谱序（录、记），完整连续（除元代无序），是为可信。《光绪兴国州志》卷三十四《文录》据《茅田王氏宗谱》收入该墓志，题作《王德尚墓志》，江苏古籍出版社，2001，第433页。

明确吴中复为兴国上双迁人，同时知清初时贤王德尚重修过龙图书院。魏铷，字钟华，号理斋，山东东阿人，康熙五十六年（1717年）举人，雍正元年（1723年）于振榜进士，雍正七年任兴国州知州，官至奉直大夫。王德尚，兴国州上双迁里名贤，康熙年（1666年）武举人。

又实地查访，知车田村与杨林之间古铜坑村有一处遗址，号为"吴三贵"老家，因吴中复与兄弟几复、嗣复先后中进士，人称"吴三贵"，吴家村庄后被洪水改河道而湮没，今存数丈悬崖，下为深潭。按，今通山洪港车田村与杨林一带，宋代是吴姓聚居地，当时号称名家望族，自北宋至南宋名人辈出，除吴中复父子兄弟外，还有吴彦夔、吴必大（字伯丰）等。杨林原有纪念吴必大的牌坊，新中国成立后破"四旧"被毁，石料被用来修溪桥，石桥垮塌后，于20世纪90年代重修溪桥时，在水下挖出残缺石碑，碑文系谢枋得①谪居兴国军时所撰，其中有"杨林此日祭先贤"句，故知杨林一带，宋代是吴姓聚居地，至今仍有吴姓子孙居于杨林附近。如此，吴中复为永兴县上双迁里杨林一带人。上双迁里即今通山洪港镇辖区，自古属兴国，1950年划归通山县管辖。据以上史料所考和实地考察，吴中复为今通山洪港人。

吴中复世系清晰可考。

父吴举，字太冲。

《宋史》本传："父仲举，仕李煜为池阳令。"按，中复父名举，非仲举，《宋史》误。吴中复自言父名举。李焘《续资治通鉴长编》（以下简称《续长编》）卷二百八十五：熙宁十年冬十月"庚寅，龙图阁直学士、新知荆南、提举本路兵马巡检等事吴中复言，先臣名举，乞改为'提辖'。中书拟从其请，上批：'朝廷官称避守臣私讳，于义未安，宜不行。'乃已"②。欧阳修《零陵县令赠尚书都官员外郎吴君墓碣铭（并序）》（以下简称《吴君墓碣铭》）："君讳举，字太冲，姓吴氏，兴国军永兴人也。""景祐三年十有一月甲子，合葬君夫人于南康军都昌县之长城。"③《江西通志》卷六十四："吴举，字大冲，永

---

① 谢枋得（1226～1289），字君直，号叠山，别号依斋，江西信州弋阳人，宋理宗宝祐四年（1256年）与文天祥同科中进士。景定五年（1264年），因得罪贾似道被贬官，谪居兴国军（今湖北阳新县），兴国军有叠山，即以此为号。度宗咸淳三年（1267年）放归。官至江东提刑、江西诏谕使知信州。宋亡，寓居闽中。元朝屡召出仕，坚辞不应，福建参政魏天祐强之北行至大都（今北京），坚贞不屈，绝食而死。门人私谥文节。著《叠山集》十六卷，有《四部丛刊》影印明刊本。事见本集末附《叠山先生行实》《文节先生谢公神道碑》，《宋史》卷四百二十五有传。
② 李焘：《续资治通鉴长编》，上海古籍出版社，1986，第2690页。
③ 欧阳修：《欧阳修全集》（上），中国书店，1986，第250页。

兴人。"① 同书卷一百十："尚书吴太冲墓，在都昌县北七十里白凤乡，欧阳修志铭。""员外郎吴举墓，在都昌县北长城里，太冲从弟也。"按，吴举、吴太冲、吴大冲实为同一人，《光绪兴国州志》卷二十《名贤》："吴举，字太冲，李煜时以明经为彭泽主簿。"并按云："《宋史·吴中复传》作'仲举'，为池阳令，欧阳公《吴君墓碣铭》作'举'，为彭泽主簿，彼此互异。按，欧阳公与中复同时，墓碣所载较《宋史》为详，今从之。"所辨甚是。

吴举生于五代南唐李昪升元五年（941年），卒于宋真宗大中祥符九年（1016年）八月二十六日。《吴君墓碣铭》："祥符九年八月二十六日，道卒于扬州，享年七十有六。"逆推76年，得其生于公元941年。吴举"学《春秋》，通三传，其临大节知所守"。李煜时，以明经为彭泽主簿。曹彬平江南，举尝杀彬所招使者。城陷，彬执之，举曰："世禄李氏，国亡而死，职也。"彬义而不杀②。《吴君墓碣铭》又云："当是时，尝仕煜者皆随煜至京师，得复补吏，君独弃去不顾。太平兴国二年（977年），诏求李氏时故吏，所在敦遣。君始至京师，以为郓州平阴主簿，历益州成都令、陕州录事参军、襄州之宜城、洋州之真符、福州之连江、楚州之盐城、耀州之同官，最后为零陵令。……以子恩累赠尚书都官员外郎。"

母伏氏，能读书史，有贤行。

生于南唐李璟保大七年（949年），卒于仁宗天圣八年（1030年）。《吴君墓碣铭》："夫人伏氏，能读书史，有贤行。后君十有四年以卒，享年八十有二。"吴举卒于宋真宗大中祥符九年（1016年），伏氏后14年卒，则卒于仁宗天圣八年。逆推82年，得其生于公元949年。

祖思迥，曾祖章，高祖瑗，皆不显。

欧阳修《吴君墓碣铭》："君讳举，字大冲，姓吴氏，兴国军永兴人也。曾祖讳瑗，祖讳章，父讳思迥。五代之际，自江以南为南唐，吴氏亦微不显。"

兄弟三人，几复③、嗣复，同登天圣二年进士第。

《氏族大全》卷三"铁御史"条云："吴中复，字仲庶……兄几复，弟嗣复。"祝穆《方舆胜览》卷二十二："吴中复，登景祐第。其兄弟几复、嗣复联名登科。"《湖广通志》

---

① 《江西通志》卷六十四、卷十二，《文渊阁四库全书》本。

② 脱脱：《宋史》卷三百二十二，中华书局，1990，第10441页。

③ 按，北宋另一吴几复，字辨叔。《河南通志》卷六十："吴几复，字辨叔，汝州人。登进士第。皇佑中为太学直讲，朝廷知其贤，内试省府，外委以监司郡守之寄。后镇荆南，殁。子寿宁，孙长吉，俱官至直秘阁。"

卷三十二《选举志》："吴几复（中复弟）、吴嗣复（中复弟）。"① 《光绪兴国州志》卷十四《选举志》："仁宗天圣二年（1024 年）甲子宋郊榜：吴几复（有传列宦绩）、吴嗣复。""宝元元年（1038 年）戊寅吕溱榜：吴中复（几复兄，有传列名贤）。"②

欧阳修《吴君墓碣铭》云："子男二人：长曰晲，早卒；次曰中复，今为起居舍人。"与以上诸载兄弟三人互异。又，吴中复的生年与乃父吴举的年岁也有不合情理之处：吴举卒于宋真宗大中祥符九年（1016 年）八月，享年 76 岁；吴中复生于宋真宗大中祥符四年（1011 年），其时吴举 71 岁，夫人伏氏 63 岁。71 岁老翁、63 岁老妇似不可能生子。按，欧阳修《吴君墓碣铭》所载吴举"子男二人"绝不会有误，因为欧阳修与吴中复有交游，是受吴中复之请而写该墓志。

解决这一矛盾的合理解释是：吴中复是过继给吴举为子嗣的。如此，以上互异都能解释清楚。一、吴举本有一子吴晲，因"早卒"，未有子嗣，吴举不可无后，年纪大了，又不可再生子。古人讲究"弟有子兄不孤"，于是将其弟吴某（中复生父）三子之一的中复过继给吴举为子嗣，这样吴举就有"子男二人"之记载。二、中复兄弟三人是指其生父吴某所生，非吴举所生，与欧阳修《吴君墓碣铭》所载吴举"子男二人"也不矛盾。三、中复既然是过继的，其出生时间与吴举及伏氏年纪大小就无关了。

子四人：立礼、秉礼、克礼、则礼。

《名臣碑传》本传："子立礼、秉礼。"《湖广通志》卷三十二《选举志》："吴秉礼（兴国人）……吴立礼（中复子，御史）。"《光绪兴国州志》卷十四《选举志》："英宗治平二年（1065 年）乙巳彭汝砺榜：吴立礼（中复子，有传列宦绩）；治平四年（1067 年）丁未许安世榜：吴秉礼。"③ 同书卷二十《名贤》："吴立礼，中复子，治平二年进士，历官御史，有父风烈。"曾任左朝奉大夫提点两浙刑狱、殿中侍御史。《续长编》卷四百六十七：元祐六年十月己未"诏：左朝奉大夫提点两浙刑狱吴立礼为殿中侍御史。立礼，中复子，用翰林学士范百禄荐也"④。又曾任光禄寺丞、著作佐郎，苏颂《苏魏公文集》卷三十四有《大理寺丞李得臣可守太子中舍光禄寺丞吴立礼可著作佐郎》制。元祐七年（1092 年）十二月使辽，卒于道。《续长编》卷四百七十九：元祐七年十二月"殿中侍御史吴立礼与一子官，以使辽卒于道故也（政目十二月二日事）"⑤。时邢州通判宋庆曾领其

---

① 《湖广通志》卷三十二，《文渊阁四库全书》本。
② 《光绪兴国州志》卷三十六，江苏古籍出版社，2001，第 143 页。
③ 《光绪兴国州志》卷三十六，江苏古籍出版社，2001，第 144 页。
④ 李焘：《续资治通鉴长编》，上海古籍出版社，1986，第 4369 页。
⑤ 李焘：《续资治通鉴长编》，上海古籍出版社，1986，第 4475 页。

后事，经营悉备。毕仲游《西台集》卷十三《判西京国子监宋公墓志铭》："公讳庆曾，字承甫，姓宋氏。……公尝通判邢州，国信使吴立礼道病卒，公领其后事，经营悉备，虽其家人不能过。立礼非有德于公也，而公非有待于立礼也，特哀其客死而为之尽力，吾是以知公之仁。"①

吴秉礼，字子钧，官至光禄寺丞、太平州通判。熙宁八年（1075 年）四月溺水死。曾巩《元丰类稿》卷四十四《光禄寺丞通判太平州吴君墓志铭》："龙图阁直学士给事中吴仲庶，具书载其子业官世行治，属余曰……君以父任守将作监主簿。今上即位，恩迁太常寺奉礼郎。是岁进士及第。金书广济军判官公事，上书言时事，有人之所难言者，部多盗，君请取酒场羡钱益赏购，转运使难其言，君以闻，诏用君议，盗以衰息。君以母济阳郡君蔡氏忧去官，服除，迁光禄寺丞，通判太平州，州赖以治。行部中视河，还不入其家，将行广济圩度姑熟溪，桥坏以水死，年三十有三。熙宁八年四月某甲子也。朝廷闻而官其一子。君娶陈氏，尚书职方员外郎亢之女，前君一年死。子曰埙，郊社斋郎；曰圻，未仕。女一人，始五岁。君初名秉礼，字子钧，其先兴国军某人。"②熙宁八年四月溺水死，年33，则知吴秉礼生于庆历三年（1043 年）。

吴克礼，曾官为朝奉郎新绛州军州事。夫人狄氏（1044～1086），卒于元祐元年十二月八日，享年43 岁，封蓬莱县君。子墙，举进士。邹浩《道乡集》卷三十七《蓬莱县君狄氏墓志铭》："夫人狄氏，其先太原人，唐梁公之裔也。曾祖希贤，赠兵部尚书，祖棐，枢密直学士工部侍郎，赠兵部尚书。父遵礼，左朝议大夫，母邹氏，寿安县君。夫人幼淑慧，父母爱之。既笄，遂以归吴君克礼，龙图阁直学士中复之子也。龙图方显于朝，所与婚皆一时望族。而夫人自初迄终，能使舅姑与其孝，娣姒安其和，急难德其施，宗党称其贤。自元祐元年十二月八日卒，至建中靖国元年十有六年矣，其夫不忍娶以继其室。享年四十有三，追封蓬莱县君。子男墙，举进士；女适进士谭泌；孙男一人，女一人。克礼今为朝奉郎新绛州军州事。将以二年二月六日祔葬于南康军都昌县白凤乡之先茔，谓某视夫人为外姊，属铭。"③

吴则礼，字子副，号北湖居士。应贤良科，官至直秘阁知虢州，今有《北湖集》五卷传世。子垧。潘自牧《记纂渊海》卷十一"兴国军人物"："皇朝有吴中复，仁宗书'铁御史'三字赐之。兄几复、弟嗣复联名登第。子立礼为御史，直言不避，有父风烈；弟则

---

① 毕仲游：《西台集》卷十三，《文渊阁四库全书》本。
② 曾巩：《元丰类稿》卷四十四，《文渊阁四库全书》本。
③ 邹浩：《道乡集》卷三十七，《文渊阁四库全书》本。

礼应贤良科。"① 知立礼与则礼为兄弟。《四库全书总目》卷一百五十五《北湖集提要》："则礼字子副，富川人，以父御史中复荫入仕，官至直秘阁知虢州。晚居豫章，自号北湖居士。其事迹略见陈振孙《书录解题》而不甚详备。"陈振孙《直斋书录解题》卷十七："《北湖集》十卷，长短句一卷，直秘阁知虢州富川吴则礼子副撰。其父中复，以孙抃荐为御史，不求识面台官者也。中复弟几复、嗣复，子立礼及嗣复子审礼，皆登科，有名誉。则礼以父泽入仕，晚居豫章，自号北湖居士。"② 韩驹《北湖集序》："豫章吴则礼，字子副。赠少师名中复公之初子。……公既卒于虢之正寝。后一年，其子垌缀辑诗文为三十卷。公自号北湖居士，而以是行于世因名其集，且乞叙于余，余与公厚善，又乐附名于思友之遗编，义不得辞，辄特书于卷首。宣和壬寅清明日，蜀人韩驹序。"③ 其卒后一年韩驹为撰此序，据此知吴则礼卒于宣和三年辛丑（1121 年）。夫人曾氏，曾布之女。《续长编》卷四百九十九：哲宗元符元年六月乙巳，"先是章惇召曾布女婿卫尉主簿吴则礼，令语布曰：'蔡党见窥甚急，当过为之备。'又曰：'有言元丰时不得举辟执政亲戚，乞检举施行'"④。知则礼为曾布女婿。

综上所考，列世系表如下：

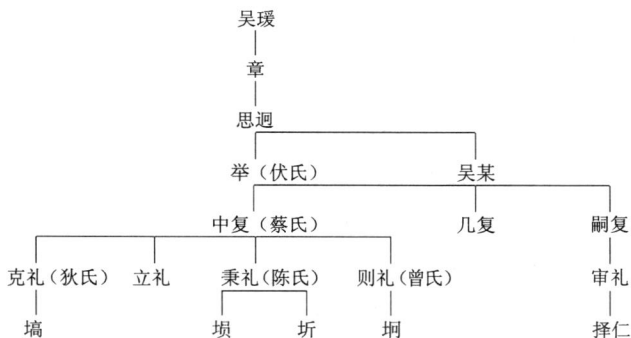

```
                          吴瑗
                           │
                           章
                           │
                          思迥
            ┌──────────────┴──────────────┐
         举（伏氏）                       吴某
      ┌──────┴──────┐            ┌─────────┴─────────┐
   中复（蔡氏）              几复               嗣复
  ┌────┬─────┴─────┐                          │
克礼（狄氏） 立礼 秉礼（陈氏） 则礼（曾氏）      审礼
  │          ┌──┴──┐    │                     │
  墒        堨    圻   垌                   择仁
```

今《全宋诗》辑录其诗 24 首，断句 3 句。本谱所引诗文均据《全宋诗》本。

宋真宗大中祥符四年辛亥（1011 年），一岁。

是年，吴中复生。

《续长编》卷二百九十五：元丰元年（1078 年）十二月丙午，"龙图阁直学士、给事

---

① 潘自牧：《记纂渊海》卷十一，《文渊阁四库全书》本。

② 陈振孙著，徐小蛮点校《直斋书录解题》卷十七，上海古籍出版社，1987，第 518 页。

③ 韩驹：《北湖集序》，见吴则礼《北湖集》卷首，《文渊阁四库全书》本。

④ 李焘：《续资治通鉴长编》，上海古籍出版社，1986，第 4671 页。

中吴中复卒"①。《名臣碑传》本传："元丰元年十二月丙午，龙图阁直学士、给事中吴中复卒。""年六十八。"《宋史》本传及《东都》本传皆载："卒，年六十八。"逆推 68 年，得其生于大中祥符四年。

宋真宗天禧元年丁巳（1017 年），七岁。

是年与兄弟几复、嗣复一起在故乡北台山读书。

《光绪兴国州志》卷三十六《寺观》："北台寺，上双迁里北台山，半山起石台，平如掌，广可数亩，台上悬崖攒石垂覆，可庇风雨，流泉绕石罅。宋学士吴中复读书处，号龙图书院，其旁为寺。"② 按，吴氏兄弟先后举进士，且中复官至龙图阁直学士，故号龙图书院。

宋仁宗景祐五年戊寅（1038 年），二十八岁。

是年登吕溱榜进士第。

《光绪兴国州志》卷十四《选举志》："宝元元年（1038 年）戊寅吕溱榜：吴中复（几复兄，有传列名贤）。"③ 而李贤《明一统志》卷五十九则载："吴中复，仲举子，景祐间与兄弟几复、嗣复联名登第。"④ 按，景祐五年十一月庚戌改宝元，两种表述无异。然几复、嗣复联名登第为是，中复登第时间却在后。

宋仁宗宝元二年己卯（1039 年），二十九岁。

登第后，为泗州昭信尉。

《名臣碑传》本传："举进士，为泗州昭信尉。"《东都》本传："举进士，为招信尉。"

宝元三年庚辰（1040 年），三十岁。

在泗州昭信尉任上。二月丙午改元康定。

宋仁宗康定二年辛巳（1041 年），三十一岁。

在泗州昭信尉任上。十一月丙寅改元庆历。

宋仁宗庆历二年壬午（1042 年），三十二岁。

任镇江金坛县令。

《东都》本传："举进士，为招信尉、金坛令。"李贤《明一统志》卷十一："吴中复，庆历中金坛令，有治绩。"《嘉定镇江志》卷十七《金坛县令》："宋吴中复，字仲庶，金坛令。景祐中擢第，时上赐群进士诗，其卒章有'清修'之训，中复建亭取以为名，士大

① 李焘：《续资治通鉴长编》，上海古籍出版社，1986，第 2769 页。
② 《光绪兴国州志》卷三十六，江苏古籍出版社，2001，第 451 页。
③ 《光绪兴国州志》卷三十六，江苏古籍出版社，2001，第 143 页。
④ 李贤：《明一统志》卷五十九，《文渊阁四库全书》本。

夫咸咏歌之。姚辟以书抵王存曰：'子熟吴君，治不可以嘿。'存因诗云。""吴中复，庆历二年到。"①

庆历七年丁亥（1047 年），三十七岁。

离金坛县令任，改秘书省著作佐郎。

《名臣碑传》本传："举进士，为泗州昭信尉，改秘书省著作佐郎。"《嘉定镇江志》卷十七《金坛县令》载，中复下任："曾旦，庆历七年到。"② 据此知，中复庆历七年离金坛县令任，改秘书省著作佐郎，在秘书省著作佐郎任上时间可能较短。

庆历八年戊子（1048 年），三十八岁。

知嘉州犍为县，毁淫祠。

《名臣碑传》本传："知嘉州犍为县。峨眉人凭灌口神，以讹言起祠庙，夜聚千余人，中复白钤辖司，配首恶，而毁其庙。"《宋史》本传："知峨眉县。边夷民事淫祠太盛，中复悉废之。"《明一统志》卷七十二《嘉定州》："吴仲复，知峨眉县，边夷事淫祠大盛，仲复悉废之。"《四川通志》卷七上《名宦》："吴仲复，永兴人，进士及第。知峨眉县，县多淫祠，仲复悉废之。"③ 按，"仲"误，当为"中"。又，中复于皇祐五年（1053 年）十二月任监察御史里行，据宋制一任三年逆推，其知嘉州犍为县约在此年。

宋仁宗皇祐元年己丑（1049 年），三十九岁。

知犍为县，作三戒诗勒诸石。

祝穆《方舆胜览》卷五十二《名宦》："皇朝吴中复：为犍为令，土产红桑、紫竹、荔枝、三香，为民害，作三戒诗勒诸石。"《土产》录有诗句"莫爱荔子红，岁作嘉州孽"。全诗已不存。

皇祐二年庚寅（1050 年），四十岁。

知犍为县。与吴秘、张谷等唱和，有《南犍唱和诗集》一卷。

《宋史》卷二百九《艺文志》载："《南犍唱和诗集》一卷，吴中复、吴秘、张谷等作。"

廉于居官，代还，不载一物。

《明一统志》卷七十二《嘉定州》："吴仲复，知峨眉县……廉于居官，代还，不载一物。"《宋史》本传："知峨眉县。……廉于居官，代还，不载一物。"《四川通志》卷七上《名宦》："吴仲复，永兴人，进士及第。……廉于居官，代还，不载一物。后官监察御

---

① 《嘉定镇江志》，《宋元方志丛刊》本，中华书局，1990，第 2500 页。
② 《嘉定镇江志》，《宋元方志丛刊》本，中华书局，1990，第 2501 页。
③ 《四川通志》卷七上，《文渊阁四库全书》本。

史，历龙图阁直学士。"

皇祐三年辛卯（1051 年），四十一岁。

通判潭州，廉于居官。

《名臣碑传》本传："通判潭州。"李贤《明一统志》卷六十三《长沙府》："吴中复，通判潭州，廉于居官。"

皇祐五年癸巳（1053 年），四十三岁。

在通判潭州任上。十二月二十五日，由孙抃荐为监察御史里行。

《续长编》卷一百七十五：皇祐五年十二月"庚申（二十五日），太常博士吴中复为监察御史里行，用中丞孙抃所荐也。中复兴国军人，尝知犍为县，有善政。抃未始识其面，即奏为台属，或问之，抃曰：'昔人耻为呈身御史，今岂荐识面台郎邪？'"①《名臣碑传》本传："通判潭州，孙抃素不识中复，举为监察御史里行。张唐英与抃乡里，问其故，抃曰：'昔人耻为呈身御史，今岂荐识面台官？'"《宋史》本传："通判潭州，御史中丞孙抃荐为监察御史，初不相识也。或问之，抃曰：'昔人耻为呈身御史，今岂有识面台官耶？'"李贤《明一统志》卷六十三《长沙府》："吴中复，通判潭州，廉于居官。中丞孙抃闻其贤，荐为御史，初不相识也，或问之，抃曰：'昔人耻为呈身御史，今岂有识面台官耶？'"

孙抃（996～1064），字梦得，初名贯，眉州眉山（今属四川省）人。宋仁宗天圣八年（1030 年）王拱辰榜进士第三人。历任开封府推官、尚书吏部郎中、右谏议大夫、权御史中丞。嘉祐五年（1060 年），拜参知政事。英宗即位，为户部侍郎。治平元年十一月卒，年六十九，赠太子太保，谥文懿。有文集三十卷。《宋史》卷二百九十二有传。

皇祐六年甲午（1054 年），四十四岁。

三月庚辰（十六日）改元至和。四月二十五日，对于延和殿。

《续长编》卷一百七十六：至和元年四月"戊午（二十五日），殿中侍御史里行吴中复对于延和殿，上谓曰：'比上封者多言阴阳不和，盖由大乐未定。且乐之不合于古久矣。朕以水旱之灾，系时政得失，非乐所召也'"②。

六月二十一日，上殿弹宰相梁适奸邪。

《续长编》卷一百七十六：至和元年六月"癸丑（二十一日），殿中侍御史里行吴中复，上殿弹宰相梁适奸邪，上曰：'近日马遵亦有弹疏，且言唐室自天宝而后治乱分，何

---

① 李焘：《续资治通鉴长编》，上海古籍出版社，1986，第 1620 页。
② 李焘：《续资治通鉴长编》，上海古籍出版社，1986，第 1626 页。

也?'中复对曰:'明皇初任姚崇、宋璟、张九龄为宰相,遂致太平。及李林甫用事,纪纲大坏,治乱于此分矣。虽威福在于人主,而治乱要在辅臣。'上曰:'朕每进用大臣,未尝不采天下公议所归,顾知人亦未易耳。'遵,乐平人也"①。

七月七日,梁适罢,以本官知郑州。马遵知宣州,吕景初通判江宁府,吴中复以主客员外郎通判虔州。

《宋宰辅编年录校补》卷五:至和元年七月"戊辰(七日),梁适罢相"。"适以皇祐五年闰七月拜相,是年七月罢,入相仅一年。殿中侍御史里行吴中复上殿,弹宰相梁适奸邪。上曰:'朕每进用大臣,未尝不采公议所归,顾知人亦未易耳。'先是,殿中侍御史马遵等弹适奸邪贪黩,任情徇私,且弗戢子弟,不宜久居重位。中丞孙抃言:'适为宰相,上不能持平权衡,下不能训笃子弟。'遂罢适以礼部侍郎、知郑州"。②《续长编》卷一百七十六:七月"戊辰,礼部侍郎、平章事梁适罢,以本官知郑州。先是,殿中侍御史马遵等弹适奸邪贪黩,任情徇私,且弗戢子弟,不宜久居重位。适表乞与遵等辨。遵等即疏言:'光禄少卿向传师、前淮南转运使张可久,尝以赃废,乃授左曹郎中;又留豪民郭秉在家卖买,奏与恩泽;张揆还自益州,略适得三司副使,故王逵于文德殿廷厉声言:空手冷面,如何得好差遣!'适居位犹自若。中丞孙抃言:'适为宰相,上不能持平权衡,下不能训督子弟。言事之官数有论奏,未闻报可,非罢适无以慰清议。'上知清议弗平,乃罢之。己巳,殿中侍御史马遵知宣州,殿中侍御史吕景初通判江宁府,主客员外郎、殿中侍御史里行吴中复通判虔州"。③

知制诰蔡襄辩其无罪。

《续长编》同卷载:"梁适之得政也,中官有力焉。及遵等于上前极陈其过,上左右或言御史捃拾宰相,自今谁敢当其任者。适既罢,左右欲并遵等去之。始,遵等弹适多私,又言:'盐铁判官李虞卿,尝推按茶贾李士宗负贴纳钱十四万缗,法当倍输。而士宗与司门员外郎刘宗孟共商贩,宗孟与适连亲,适遽出虞卿提点陕西刑狱。'下开封府鞫其事,宗孟实未尝与士宗共商贩,且非适亲,遵等皆坐是黜,而中复又落里行。知制诰蔡襄,以三人者无罪,缴还词头。改付他舍人,亦莫敢当者,遂用熟状降敕。"

蔡襄(1012~1067),字君谟,兴化仙游(今属福建)人。宋仁宗天圣八年(1030年)进士,先后任馆阁校勘、知谏院、直史馆、知制诰、龙图阁直学士、枢密院直学士、

① 李焘:《续资治通鉴长编》,上海古籍出版社,1986,第1628页。
② 徐自明撰,王瑞来校补《宋宰辅编年录校补》卷五,中华书局,1986,第307页。
③ 李焘:《续资治通鉴长编》,上海古籍出版社,1986,第1629页。

翰林学士、三司使、端明殿学士等职，出任福建路转运使，知泉州、福州、开封和杭州府事。治平四年卒，年五十六。赠吏部侍郎，谥忠惠。蔡襄工于书，为当时第一，仁宗尤爱之。有《蔡忠惠集》三十六卷。《宋史》卷三百二十有传。

翰林学士胡宿亦为之辩，乞降旨挽留，指出：黜三御史，于朝廷有损，于人情未服。并赞扬：刚猛御史，自古难得。

《续长编》同卷续载："翰林学士胡宿，因召对乞留马遵等，退，又上言：'御史者，天子耳目之官，所以上广聪明，下防威福。若有懦弱无状，缄默不言，即是尸位素餐，负陛下之任使，罪之可也；若其不畏强御，纠发奸违，可谓能言，是其本职，旌之可也。近闻台官弹奏，事连宰相，陛下不置诏狱按问，止令开封府讯状，凭刘宗孟一面单辞，黜三御史，于朝廷有损，于人情未服。昨日闻御史差敕，留中未下，外议皆谓必是圣心觉悟，不黜台官，人情莫不喜悦。刚猛御史，自古难得。今若逐去，须别举之，所举之人，未必能胜此也。近日谪见未息，奸仇须防。古人有言："猛虎在深山，藜藿为之不采。"犹言直臣在朝，奸人远避也。臣欲乞降旨留三御史在朝，以警奸邪。臣已曾面论此事，欲乞圣慈，更赐详度。'"

胡宿（995~1067），字武平，常州晋陵（今江苏常州）人。仁宗天圣二年（1024年）进士。历官扬子尉、通判宣州、知湖州、两浙转运使、修起居注、知制诰、翰林学士、枢密副使。英宗治平三年（1066年）以尚书吏部侍郎、观文殿学士知杭州。四年，除太子少师致仕，命未至已病逝，年七十三（《欧阳文忠公文集》卷三十四《胡公墓志铭》）。谥文恭。今有《四库全书》本《文恭集》五十卷。《宋史》卷三百一十八有传。

八月十六日，以主客员外郎知池州。

《续长编》同卷载：八月"丁未（十六日），徙知宣州、殿中侍御史马遵为京东转运使，通判江宁府、殿中侍御史吕景初知衢州，通判虔州、主客员外郎吴中复知池州"[1]。按，中复通判虔州未至而知池州。《名臣碑传》本传："与吕景初、马遵弹梁适不法，罢。中复亦出通判虔州，未至，知池州。"

赴池州任途中有组诗，寄示梅尧臣、吕景初、马遵等唱和。

中复原唱不存，今有梅尧臣和诗《吴仲庶殿院寄示与吕冲之马仲涂唱和诗六篇邀予次韵焉》，六首次韵诗题分别是：《次韵被命出城共泛》《次韵游陈留禅寺后池》《次韵晚泊睢阳》《汴渠》《次韵临淮感事》《次韵夜过新开湖忆二御共泛》[2]。按，据梅尧臣和诗，

① 李焘：《续资治通鉴长编》，上海古籍出版社，1986，第1632页。
② 梅尧臣著，朱东润校注《梅尧臣集编年校注》卷二十五、二十七，上海古籍出版社，2006，第795~797页。

中复赴任路线大致为：出京城，过陈留，泊睢阳，渡淮河，过新开湖，到池州。中复原唱当为是年秋冬所作，梅尧臣和诗约在明年春，朱东润《梅尧臣集编年校注》编年于至和二年。

梅尧臣（1002~1060），字圣俞，宣州宣城（今属安徽）人。以宣城古名宛陵，世称宛陵先生。初试不第，以从父荫为桐城、河南、河阳主簿，历知德兴、建德、襄城。皇祐三年（1051年）始得宋仁宗召试，赐同进士出身，为太常博士。以欧阳修荐，为国子监直讲，累迁尚书都官员外郎。嘉祐五年卒，年五十九。《宋史》《东都事略》有传。有《宛陵集》六十卷，今有《梅尧臣集编年校注》（朱东润注本），《全宋词》收录其词二首。

宋仁宗至和二年乙未（1055年），四十五岁。

在知池州任上。正月十九日与友人游齐山，有石刻题名。

民国二十三年纂修的《安徽通志稿·金石古物考》，中有"定力窟"吴中复题名。拓本高二尺、宽一尺八寸五分，六行，每行七字。字径一寸五分，正楷书。内容为："太常少卿马寻、屯田外郎方任吕渊、虞曹外郎朱言、卫尉寺丞吴瑛同游。至和乙未正月十九日知郡事吴中复题。"

在池州有诗《齐山图》《览齐山寺陈鸿断碑》等。

《齐山图》诗云："当时齐映为州日，从此山因姓得名。却自牧之赋诗后，每逢秋至菊含情。行寻古洞诸峰峭，坐看寒溪数曲清。梦到亦须尘虑息，那堪图画入神京。"《览齐山寺陈鸿断碑》诗云："翠琰何年沉朽壤，羡师寻访得其余。应同湘水断碑字，难辨韩陵片石书。泪没身名真梦幻，变迁时月易丘墟。收藏且作山中物，莫问陈鸿记事初。"[1]

王安石有《次韵和吴仲庶池州齐山画图（知制诰时作）》。

诗云："省中何忽有崔嵬，六幅生绡坐上开。指点便知岩石处，登临新作使君来。雅怀重向丹青得，胜势兼随翰墨回。更想杜郎诗在眼，一江春雪下离堆。"[2] 按，王安石次韵诗与上中复《齐山图》诗并不同韵，知中复《齐山图》诗还有原唱，并不止一首。

十月十二日，由赵抃荐为殿中侍御史里行。

《续长编》卷一百八十一：十月"丙申（十二日），主客员外郎吴中复为殿中侍御史里行（此盖从赵抃之言，台官有阙牵复也）"[3]

赵抃（1008~1084），字阅道，号知非子，衢州西安（今属浙江）人。景祐元年

---

①　《全宋诗》，第 4704、4709 页。

②　《全宋诗》，第 6619 页。

③　李焘：《续资治通鉴长编》，上海古籍出版社，1986，第 1673 页。

（1034年）进士，为武安军节度推官。知崇安、海陵、江原三县，通判泗州。翰林学士曾公亮未之识，荐为殿中侍御史，弹劾不避权幸，声称凛然，京师目为"铁面御史"。历任右司谏、知虔州、侍御史知杂事，改度支副使，进天章阁待制、河北都转运使，加龙图阁直学士、知成都。神宗立，召知谏院，未几，擢参知政事。元丰七年，薨，年七十七。赠太子少师，谥曰清献。《宋史》卷三百一十六有传。

至和三年丙申（1056年），四十六岁。

在殿中侍御史里行任上。八月四日，乞召包拯、唐介还朝，如所请。

《续长编》卷一百八十三：至和三年八月"癸丑（四日），复龙图阁直学士、兵部员外郎、知池州包拯为刑部郎中、知江宁府，江南东路转运使、工部员外郎、直集贤院唐介为户部员外郎。时殿中侍御史里行吴中复乞召拯、介还朝，宰臣文彦博因言：'介顷为御史，言臣事多中臣病，其间虽有风闻之误，然当时责之太深，请如中复所奏召用之。'故有是命"①。《宋史全文》卷九下亦载：嘉祐元年八月"癸丑，复知制诰冯（引者注：当为'包'字）拯为刑部郎中、知江宁府，江南东路转运使唐介为户部员外郎。时殿中侍御史吴中复乞召拯、介还朝，宰臣文彦博因言：'介须（引者注：参上文当为"顷"字）为御史，言臣事多中臣病，其间虽有风闻之误，然当时责之太深。请如中复所奏召用之。'故有是命"②。刘挚《忠肃集》卷十一《唐质肃神道碑》亦载："嘉祐元年，侍御史吴中复请还官言路，时潞国文公再当国，亦言'唐某顷为御史，所言皆中臣病，而责太重，愿如中复言召之。'迁工部员外郎，河东转运使"。按，潞国文公即文彦博。据《续长编》，唐介由工部员外郎迁户部员外郎。

九月辛卯改元嘉祐。十一月，受命遣往澶州处理开河案，狱以故得止。

《名臣碑传》本传："李仲昌塞河复决，内臣刘恢密告仲昌，开六塔所断冈与国姓御名同，贾昌朝阴附之，欲以摇动大臣。中复与内侍即澶州制鞫，较景德版籍，乃赵征，六塔河滩无冈势。"《宋史》本传："富弼主李仲昌开六漯河，内臣刘恢密告所断冈与国姓上名同，贾昌朝阴助之，欲以摇弼。诏中复往治，促行甚急。中复言：'狱起奸臣，非盛世所宜有。'驰至，较其名，乃赵征村也，亦无冈势，狱以故得止。"《续长编》卷一百八十四：嘉祐元年十一月甲辰，"乃更遣殿中侍御史里行吴中复与文思副使带御器械邓守恭等往澶州鞫其事，促行甚急，一日内降至七封。中复固请对乃行，既对，以所受内降纳御座，言：'恐狱起奸臣，非盛世所宜有。臣不敢奉诏，乞付中书行出。'上从之。时号中复

---

① 李焘：《续资治通鉴长编》，上海古籍出版社，1986，第1692页。
② 佚名撰，李之亮校点《宋史全文》卷九，黑龙江人民出版社，2005，第473页。

为铁面御史。中复驰往，较景德户籍，乃赵征村，实非御名。六塔河口亦无冈势，但劾昌言等奉诏俟秋冬塞北流，而擅违约，甫塞即决，损国工费。怀恩、仲昌乃坐取河材为器，盗所监临，故重贬之。昌朝谗，虽不效，亦即召为枢密使"。经中复查验，是月"甲辰，降知澶州、枢密直学士、给事中施昌言为左谏议大夫、知滑州，天平留后李璋为邢州观察使，司封员外郎燕度为都官员外郎、北作坊使、果州团练使、内侍押班王从善为文思使，度支员外郎蔡挺追一官勒停，内殿承制张怀恩潭州编管，大理寺丞李仲昌英州衙前编管"①。

十二月五日，弹劾宰相刘沆。

《名臣碑传》本传："刘沆逐范师道、赵抃，中复论沆治温成丧，天下谓之'刘弯'，俗谓鬻棺者为'弯'，又罢沆。"《续长编》卷一百八十四：嘉祐元年十二月"壬子（五日），兵部侍郎、平章事刘沆罢为工部尚书、观文殿大学士、知应天府。范师道、赵抃既出，御史中丞张昪言：'天子耳目之官，进退用舍，必由陛下，奈何以宰相怒斥之！愿明曲直，以正名分。'又请与其属俱出。吴中复指沆治温成丧，天下谓之'刘弯'，俗谓鬻棺者为'弯'，则沆素行可知；沆亦极诋台官朋党。先是，狄青以御史言罢枢密使，沆因奏御史去陛下将相，削陛下爪牙，殆将有不测之谋。而昪等益论辩不已，凡上十七章。沆知不胜，乃自请以本官兼一学士守南京，故有是命"②。《宋史全文》卷九下亦载："十二月壬子，平章事刘沆罢知应天府。范师道、赵抃既出，御史中丞张昪言：'天子耳目之官，进退用舍，必由陛下，奈何以宰相怒斥之？'又请与其属俱出。吴中复指沆治温成丧，天下谓之'刘弯'。俗谓鬻棺者为'弯'。则沆素行可知。昪等益论辩不已，凡上十七章。沆知不胜，乃自请以本官兼一学士守南京，故有是命。"③

梁适、刘沆既出，上嘉其清廉刚直，风节峻厉，赐"铁御史"。

《方舆胜览》卷二十二："仁宗飞白'铁御史'三字以赐。"《续长编》卷一百八十四："时号中复为铁面御史。"《九朝编年备要》卷十四："中复时号为铁面御史。"④

宋仁宗嘉祐二年丁酉（1057年），四十七岁。

二月十六日，劾知桂州张子宪稽留，且前知洪、鄂二州无治状。子宪罢为秘书监。

《续长编》卷一百八十五：嘉祐二年二月壬戌（十六日），"光禄卿张子宪迁右谏议大夫、知桂州。子宪被疾，久未行，而御史吴中复劾其稽留，及言子宪前知洪、鄂二州，皆

① 李焘：《续资治通鉴长编》，上海古籍出版社，1986，第1702页。
② 李焘：《续资治通鉴长编》，上海古籍出版社，1986，第1703页。
③ 佚名撰，李之亮校点《宋史全文》卷九，黑龙江人民出版社，2005，第476页。
④ 《九朝编年备要》卷十四，《文渊阁四库全书》本。

无治状。三月丁丑朔，改命广东转运使、工部郎中萧固直昭文馆、知桂州。子宪罢为秘书监，寻复为光禄卿，子宪自陈不当增秩也"①。

四月二十三日，由中丞张昪荐，迁殿中侍御史、充言事御史。

《续长编》卷一百八十五：四月"己巳（二十三日），主客员外郎、殿中侍御史里行吴中复为殿中侍御史，充言事御史。以中丞张昪言本台阙言事御史，乞除中复故也"。彭百川《太平治迹统类》卷二十九：嘉祐"二年夏四月己巳，主客员外郎殿中侍御史里行吴中复为殿中侍御史，充言事御史。以中丞张昪言，本台阙言事御史，乞除中复故也"②。

五月十七日，进言责降刘恢、刘温礼。

《续长编》卷一百八十五：五月"壬辰（十七日），殿中侍御史吴中复言：'勾当内东门东头供奉官刘恢进女口，而同勾当刘温礼举按之。今并责降出外，非所以示惩劝也。'诏温礼复本等资序，恢未得与移差遣"。

八月一日，劾知郓州贾黯挠朝廷法。

《续长编》卷一百八十六："八月乙巳朔，降知襄州、兵部员外郎、知制诰贾黯知郓州。黯初迎父之官，而父有故人在部中，遣直厅卒致问。黯辄笞卒，父恚，一夕归乡里。它日，疾且亟，黯内怀不自安，请徙郡及解官就养。不报，乃弃官去。而御史吴中复等言黯辄委州印，挠朝廷法，通判胡揆不待命而承领州事，请并劾罪以闻。既降黯，而揆特释之。"③

是月二十五日，为契丹正旦使。

《续长编》卷一百八十六：八月"己巳（二十五日），盐铁副使、刑部员外郎郭申锡为契丹国母生辰使，西京左藏库副使王世延副之。右司谏吕景初为契丹生辰使，西京左藏库副使张利一副之。度支判官、祠部郎中、直秘阁王畴为契丹国母正旦使，西染院使李珹副之。殿中侍御史吴中复为契丹正旦使，东头供奉官、合门祗候宋孟孙副之"④。欧阳修《文忠集》卷八十六《皇帝贺契丹皇帝正旦书》："正月一日，伯大宋皇帝致书于侄大契丹圣文神武睿孝皇帝阙下。玉历正时，布王春而兹始；宝邻敦契，讲信聘以交修。方履新阳，益绥多福；其于祝咏，罔罄敷言。今差朝散大夫、守太常少卿、上骑都尉渤海县开国男、食邑三百户赐紫金鱼袋吴中复供备库使，银青荣禄大夫、检校太子宾客兼御史大夫、骑都尉广平县开国男、食邑三百户宋孟孙充正旦国信使副。有少礼物，具诸别。"⑤ 按，

---

① 李焘：《续资治通鉴长编》，上海古籍出版社，1986，第1707页。

② 彭百川：《太平治迹统类》卷二十九，《文渊阁四库全书》本。

③ 李焘：《续资治通鉴长编》，上海古籍出版社，1986，第1712页。

④ 李焘：《续资治通鉴长编》，上海古籍出版社，1986，第1713页。

⑤ 欧阳修：《文忠集》卷八十六，《文渊阁四库全书》本。

是月有契丹正旦使之命，成行当在是年底。

梅尧臣有诗相送。

《送吴仲庶殿院使北》诗云："汉朝重结单于好，岁遣名臣礼数增。紫鼠皮裘从去着，飞龙厩马借来乘。天寒将遇碛中雪，鼻息暗添髭上冰。定见南鸿起归思，家书欲寄不堪凭。"[1]

九月一日，王洙卒，赐谥曰文，中复言洙官不应得谥，乃止。

《续长编》卷一百八十六："翰林侍读学士、兼侍讲学士、吏部郎中王洙，被病逾月，上遣使问病少间否，能起侍经席乎？九月甲戌朔，洙卒，赐谥曰文。御史吴中复言洙官不应得谥，乃止。"

嘉祐三年戊戌（1058 年），四十八岁。

改右司谏、兼主管国子监。

《名臣碑传》本传："改右司谏、兼主管国子监。"

五月三日，请补试监生。

《续长编》卷一百八十七：三年五月"壬申（三日），管勾国子监吴中复言：'旧制，每遇科场，即补试广文馆监生。近诏间岁贡举，须前一年补试。比至科场，多就京师私买监牒，易名就试，及旋冒畿内户贯，以图进取，非所以待远方孤寒之意。请自今遇科场，补试监生如故，仍以四百五十人为额。'从之。寻又增一百五十人"[2]。

是月十三日，勘劾郭申锡。

《宋会要辑稿·职官六五之一七》：嘉祐三年五月"十三日，三司盐铁副使右司员外郎郭申锡降知滁州。……遂诏天章阁待制卢士宗、右司谏吴中复制勘，而申锡所讼及弹文皆不实，伯玉以风闻免劾，故止坐申锡而贬之"[3]。

六月七日，论罢枢密使贾昌朝，迁同知谏院侍御史知杂事兼都水监。

《东都》本传："论贾昌朝不宜拜枢密使，迁同知谏院侍御史知杂事。"《名臣碑传》本传："及论贾昌朝罢枢密使，同知谏院为侍御史知杂事兼都水监。"贾昌朝罢枢密使在是年六月七日。《宋宰辅编年录校补》卷五：嘉祐三年六月丙午（七日），"同日贾昌朝罢枢密使。……昌朝自嘉祐元年十一月除枢密使，是年六月罢，再入枢府逾一年"[4]。

嘉祐四年己亥（1059 年），四十九岁。

四月四日，请诸路提点刑狱朝臣、使臣并带兼提举河渠公事，从其请。

① 梅尧臣著，朱东润校注《梅尧臣集编年校注》卷27，上海古籍出版社，2006，第981页。
② 李焘：《续资治通鉴长编》，上海古籍出版社，1986，第1722页。
③ 徐松辑《宋会要辑稿》，中华书局，1957，第3855页。
④ 徐自明撰，王瑞来校补《宋宰辅编年录校补》卷五，中华书局，1986，第329页。

《续长编》卷一百八十九：四月戊辰（四日）"诏：诸路提点刑狱朝臣、使臣并带兼提举河渠公事，从判都水监吴中复请也"。

五月八日，劾安保衡。

《续长编》卷一百八十九：五月"辛丑（八日），屯田员外郎、通判安州安保衡责授昭化军节度副使、监高邮军酒税。以侍御史知杂事吴中复言，保衡诉其父取杂户任氏奏授邑号，其父死时，保衡尚幼，及今三十年，岂无保养之恩，此人情之所不忍，请行废黜也"①。《宋会要辑稿·职官六五之一八》亦有相同的记载：嘉祐四年"五月八日，屯田员外郎、通判安州安保衡责昭化军节度副使、监高邮军酒税。以御史知杂事吴中复言，保衡诉其父取杂户任民奏授邑号，且其父死时，保衡尚幼，及今三十年，岂无保养之恩，此人情之所不忍，请行废黜之'"②。

七月十七日，请置殿前马步军司检法官，从之，寻复罢之。

《续长编》卷一百九十：七月"己酉（十七日），诏殿前马步军司皆置检法官一人。先是，有禁卒妻男皆为人所杀，殿前副都指挥使许怀德以其夫为不能防闲，谪配下军。侍御史知杂事吴中复言：'三衙用刑多不中理，请置检法官。'既从之，寻有言其非便者，复罢之"。

八月，除三司户部副使。

《名臣碑传》本传："除三司户部副使。"二十七日详定均税事。《宋会要辑稿·食货七〇之一〇》：嘉祐四年"八月二十七日，中书门下言：天下税赋轻重不等，乞行均定。……诏三司置局详定，命三司使包拯、谏议大夫吕居简、户部副使吴中复领其事"③。按，《续长编》卷一百九十八月己丑详载此事，云："自郭谘均税之法罢，论者谓朝廷徒恤一时之劳，而失经远之虑。至皇祐中，天下垦田视景德增四十一万七千余顷，而岁入九谷乃减七十一万八千余石，盖赋不均，故其弊如此。其后田京知沧州，均无棣田，蔡挺知博州，均聊城、高唐田，岁增赋谷帛之类，无棣总千一百五十二，聊城、高唐总万四千八百四十七。既而或言沧州民不以为便，诏谕如旧。是日，复遣职方员外郎孙琳、都官员外郎林之纯、屯田员外郎席汝言、虞部员外郎李凤、秘书丞高本分往诸路均田，从中书门下奏请也。本独以为田税之制，其废已久，不可复均。朝廷亦不遽止，后虽均数郡田，其于天下不能尽行。《实录》在五年四月丙戌，今从《会要》及司马光《记闻》。按，《会要》云四年八月二十七日，与《记闻》所书己丑相合也。"《续长编》卷一百九十一亦载：嘉

---

① 李焘：《续资治通鉴长编》，上海古籍出版社，1986，第 1744 页。
② 徐松辑《宋会要辑稿》，中华书局，1957，第 3855 页。
③ 徐松辑《宋会要辑稿》，中华书局，1957，第 6375 页。

祐五年四月"丙戌，命权三司使包拯、右谏议大夫吕居简、户部副使吴中复同详定均税。又命天章阁待制张掞，在六月丙寅。又命枢密直学士吕公弼，在九月丙申。又命吕景初，在六年五月丁酉。又命司马光，在六年七月"①。

嘉祐五年庚子（1060 年），五十岁。

在户部副使任上。七月二十六日，命与吴奎、王安石度牧马利害。

《续长编》卷一百九十二：七月"壬子（二十六日），命翰林学士吴奎、户部副使吴中复、判度支判官王安石、右正言王陶同相度牧马利害以闻。时国马之政因循不举，言者以为当有更革也"。《宋史全文》卷九下：嘉祐五年七月"壬子，命吴奎、吴中复、王安石、王陶同相度牧马利害以闻"②。

嘉祐七年壬寅（1062 年），五十二岁。

八月九日，劾奏知秦州张方平擅以官爵许戎狄。

《续长编》卷一百九十七：八月癸未（九日），"邈川首领唃厮啰既老，国事皆委其子董毡。知秦州张方平尝诱董毡入贡，许奏为防御使，董毡寻遣使入贡。知杂御史吴中复劾奏方平擅以官爵许戎狄，启其贪心，方平议遂不行。……谏官司马光因劾奏方平怯懦轻举，请加审谪。宰相曾公亮独右方平，曰：'兵不出塞，何名为轻举？且寇所以不入者，以有备故也。有备而贼不至，顾以轻举罪之，边臣自是不敢为先事之备矣。'光奏三上，甲申，徙知秦州张方平知应天府"③。司马光《涑水记闻》卷十二亦载此事，云："邈州首领唃厮罗有三子，曰磨毡角、辖毡、董毡。董毡尤桀黠，杀二兄而并其众。唃厮罗老，国事皆委之董毡。秦凤经略使张方平使人诱董毡入贡，许奏为防御使，董毡寻遣使入贡。会知杂御史吴中复劾奏方平擅以官爵许戎狄，启其贪心，方平议遂不行。"④

嘉祐八年癸卯（1063 年），五十三岁。

是年，以天章阁待制知潭州。

《名臣碑传》本传："以天章阁待制知潭州。"《东都》本传："擢天章阁待制知潭州。"李之亮《宋两湖大郡守臣易替考》考知，吴中复知潭州时在嘉祐八年至治平二年（1065 年）。且引《豫章黄先生集》卷二十四《全州盘石庙碑》："治平初，天子励精听断，立考课法，进退州郡文武吏。于是全久不治，湖南安抚使吴中复愿擢守全州。"又引

① 李焘：《续资治通鉴长编》，上海古籍出版社，1986，第 1753 页。
② 佚名撰，李之亮校点《宋史全文》卷九，黑龙江人民出版社，2005，第 490 页。
③ 李焘：《续资治通鉴长编》，上海古籍出版社，1986，第 1764 页。
④ 司马光撰，邓广铭点校《涑水记闻》卷十二，中华书局，1989，第 244、245 页。

《大典》五七六九《长沙府志》："治平元年五月，天章阁待制吴公守长沙。"① 按，中复前年八月尚为知杂御史，其知潭州当在是年。

赴任，王安石、王珪、郭獬等有诗相送。

王安石《送吴仲庶出守潭州》诗云："吴公治河南，名出汉廷右。高才有公孙，相望千载后。平明省门开，吏接堂上肘。指麾谈笑间，静若在林薮。连墙画山水，隐几诗千首。浩然江湖思，果得东南守。传鼓上清湘，旌旗蔽牛斗。方今河南治，复在荆人口。自古楚有材，鄜禄多美酒。不知樽前客，更得贾生否？"

王珪《送吴仲庶待制出守长沙》诗云："画船催鼓送将行，一醉离觞下玉京。延阁漏闲空紫橐，洞庭波起猎红旌。曾冠獬豸奸回詟，却佩龙泉种落惊。莫向江城叹卑湿，贾生不似使君荣。"

郭獬《送吴中复镇长沙》诗云："初登西汉文章府，便领吴王第一州。绕郭白云衡岳近，满帆明月洞庭秋。"②

王珪（1019~1085），字禹玉，成都华阳（今属四川）人，后徙舒州。庆历二年（1042年）进士第二，授大理评事，累官翰林学士知开封府兼侍读学士。神宗时拜尚书左仆射门下侍郎，哲宗即位封岐国公，卒赠太师，谥文恭。有《华阳集》六十卷。事迹详李清臣《文恭公珪神道碑》。《宋史》卷三百十二有传。

宋英宗治平元年甲辰（1064年），五十四岁。

在知潭州任上。

治平二年乙巳（1065年），五十五岁。

在知潭州任上。

治平三年丙午（1066年），五十六岁。

徙知瀛州。

《名臣碑传》本传："徙瀛州，坐擅易将官，改河东都转运使。"《东都》本传："徙瀛州，改河东都转运使。"与前任相接，徙瀛州之时当在治平三年。

治平四年丁未（1067年），五十七岁。

知瀛州。是年正月，神宗即位未改元。春，苏颂为接伴契丹使，途经瀛州，与中复唱和。

苏颂有诗《接伴北使至乐寿寄高阳安抚吴仲庶待制》，诗云："道路传闻北守贤，就

① 李之亮：《宋两湖大郡守臣易替考》，巴蜀书社，2001，第242页。
② 《全宋诗》，第6512、5985、6896页。

中清尚是河间。辕门卧鼓军无警，幕府赓歌笔不闲。只合论思居禁闼，岂宜留滞在边关。宁容旧客升堂室，拟请新篇满箧还。"① 按，据曾肇《苏丞相颂墓志铭》："迁尚书工部郎中，出为淮南转运使。神宗自在藩邸，闻公名，及即位，公适送伴契丹使次恩州驿。"②神宗即位在治平四年正月，未改元。故知苏颂为接伴契丹使在治平四年春，亦可证吴中复此时尚在知瀛州任上。又按，诗题中"乐寿""高阳"系河间府二县，至道三年，以高阳县隶属顺安军。《元丰九域志》卷二："瀛州，河间郡，防御。治河间县。""县二。太平兴国七年改关南为高阳关。至道三年以高阳县隶顺安军，以深州乐寿县隶州。熙宁六年省束城县为镇入河间，景城县为镇入乐寿。"③ 《苏魏公文集》卷八还有《和吴仲庶待制见寄》："几日风沙结襟袖，忽传嘉惠眼重开。交情不改乘车约，和气先随揆藻来。元帅本由诗礼选，行人愧匪语言才。相逢且喜论平素，若校文章未易陪。"苏颂此行与中复唱和诗作甚多，还有《和李少卿寄吴仲庶》《和吴仲庶寄李子仪》《和李子仪寄吴仲庶》《和李子仪瀛州借马寄安抚待制》《和吴仲庶龙图寄德仁致政比部二首》等。

苏颂（1020～1101年），字子容，泉州同安（今属厦门市）人，后徙居丹徒（今属江苏）。庆历二年（1042年）进士，官至刑部尚书、吏部尚书、尚书左丞兼枢密院使、右仆射兼中书门下侍郎，以太子少师致仕，后进太子太保，累爵赵郡公，卒赠司空，封魏国公，谥正简。著有《苏魏公集》七十二卷等，事迹详曾肇《苏丞相颂墓志铭》，《宋史》卷三百四十有传。

与友人赵抃寄诗唱和。

《次韵高阳吴中复待制见寄》诗云："守蜀无堪讵足论，扪参天邀紫微垣。岁时丰衍真为幸，犴狱空虚冀不冤。素志未容龟曳尾，误恩深愧鹤乘轩。嘉章益见公高谊，所得长逢左右原。"④ 按，赵抃时知成都府。中复原唱不存。

是年底，改河东都转运使。

《名臣碑传》本传："徙瀛州，坐擅易将官，改河东都转运使。"《东都》本传："徙瀛州，改河东都转运使。"周必大《书韩忠献王帖》："治平四年九月，韩忠献王罢政，判乡郡，会经度四事，十一月改判长安，前官天章阁待制王举元先一月徙陕西都转运使，以龙图阁直学士吴中复代之，度未至，而忠献实来，俄又徙举元知庆州，改命天章待制孙永漕

① 《全宋诗》，第 6368 页。
② 杜大珪：《名臣碑传琬琰集》下集卷十五、中集卷三〇，《文渊阁四库全书》本。
③ 王存：《元丰九域志》卷二，中华书局，1984，第 66～67 页。
④ 《全宋诗》，第 4190 页。

陕西。"① 王举元（字懿臣）系王化基少子，韩忠献王即韩琦，《宋宰辅编年录校补》卷七载：治平四年"九月辛丑，韩琦罢相"②。据此，中复改河东都转运使其时则在治平四年（1067）底。

宋神宗熙宁元年戊申（1068 年），五十八岁。

是年四月二十八日，以龙图阁直学士、左谏议大夫知江宁府。有善政。

《名臣碑传》本传："进龙图阁直学士、知江宁府。"《东都》本传："进龙图阁直学士、知江宁府。"《江南通志》卷一百一《职官志》："王安石、孙思恭、吴中复、钱公辅……以上江宁府知府。"《景定建康志》卷十三："熙宁元年四月二十八日，以龙图阁直学士、左谏议大夫吴中复知府事。中复至江宁府，时属部邮兵苦巡辖者苛刻，辄共拘缚鞭之，及狱具，乃不应死，中复以便宜戮其首，余悉配流，奏著于令。"③ 李贤《明一统志》卷六亦载："吴中复，知江宁府，邮兵苦巡辖官苛刻，絷而鞭之，狱具，法不至死，中复以便宜戮首恶，流其余人，奏为令。"

赴任，司马光有诗《送吴仲庶知江宁》相送。

诗云："江南佳丽地，人物自风流。青骨灵祠在，黄旗王气收。衣冠余旧俗，歌颂乐贤侯。正恐还朝速，江山未遍游。"又有诗《和吴仲庶寄吴瑛比部安道之子壮年致政归隐蕲春》④ 与之唱和。

司马光（1019～1086），字君实，陕州夏县（今属山西）人。北宋政治家、文学家、史学家，历仕仁宗、英宗、神宗、哲宗四朝，卒赠太师、温国公，谥文正。有《传家集》八十卷。《宋史》卷三百三十六有传。

友人吕陶亦有诗相送。

《送吴龙图仲庶赴江宁》诗云："方域开全晋，权纲委巨公。深仁吾所导，实惠物常蒙。旷阔归儒术，周流见治功。蠢生无不赡，豪利岂须笼。金谷边屯锐，农桑汉地丰。颂声如响答，和气与春融。天下殊庸冠，朝廷伟望隆。咨询怀旧德，付畀出清衷。禁直图书近，庞恩屏翰崇。乡衣新縠锦，郡轼再凭熊。自昔金陵盛，于今玉节雄。江山三国势，台殿六朝风。地胜名区在，时移往事空。贡先淮甸入，化接海隅同。封宇绥安外，烟波赋咏中。民瞻深系属，国论素探穷。此日留藩镇，何时补上聪。钧衡须远业，药石仰真忠。孰

① 周必大：《文忠集》卷十九，《文渊阁四库全书》本。
② 徐自明撰，王瑞来校补《宋宰辅编年录校补》卷五，中华书局，1986，第 360 页。
③ 周应合：《景定建康志》，《宋元方志丛刊》本，中华书局，1990，第 1485 页。
④ 《全宋诗》，第 6167 页。

谓劳申伯，前知用弱翁。南归勿迟久，登弼代天工。"①

吕陶（1028～1104），字元钧，号净德，眉州彭山（今属四川）人。仁宗皇祐四年进士，神宗熙宁三年（1070 年）又举制科，历任蜀州通判、知彭州，擢殿中侍御史，迁左司谏，出知陈州，徙河阳、潞州、梓州。崇宁元年（1102 年）致仕。著有《吕陶集》六十卷（《宋史·艺文志》），已佚。今有四库本《净德集》三十八卷。事迹详《宋史》卷三百四十六、《东都事略》卷九十七本传。

熙宁二年己酉（1069 年），五十九岁。

五月十九日，去知江宁府任，移知真定府。

《名臣碑传》本传："移成德军。青苗法初行，使者至将遍行诸邑，中复谓敛散固自有期，移牒止之，且关河北安抚司韩琦适论青苗非是，录其语以闻。"《景定建康志》卷十三：熙宁"二年五月十九日，中复移知真定府"②。知吴中复二年五月去知江宁府任，移知真定府，即移成德军。按，宋真定府即镇州，唐成德军节度。

熙宁三年庚戌（1070 年），六十岁。

在知真定府任上，创修府学。

《畿辅通志》卷二十八《学校》："正定府：府学在府治东金粟冈，宋以前建置不可考。熙宁三年，龙图阁（直）学士知府事吴中复创修，元祐三年蔡京守成德军，始迁而大之。"③

四月，曾公亮先后荐其任御史中丞、知开封府，皆因王安石反对不果。

《续长编》卷二百十：四月丁丑（十七日），"韩维权知开封府，冯京权御史中丞。……初，命李中师权知开封，既而以中师不允人望，罢之。曾公亮等始建议欲召吴中复为中丞。王安石曰：'中复鞫李参事，人皆以为附文彦博，恐非正人，陛下宜自察之。'乃不果召。及罢中师，又欲召中复尹京。王安石曰：'臣昨奏中复附文彦博事，无可考，恐难信。如前日不放提举官所差指使下县，若不以闻，当申条例司，此于韩琦有何关预？中复乃申琦，其枉道媚韩琦如此，亦足以知其为人也。'卒罢之"④。

是年十月四日，移知成都府。

《续长编》卷二百十六：十月"辛酉（四日），龙图阁直学士、知成德军吴中复知成

---

①　《全宋诗》，第 7783 页。

②　周应合：《景定建康志》，《宋元方志丛刊》本，中华书局，1990，第 1485 页。

③　《畿辅通志》卷二十八，《文渊阁四库全书》本。

④　李焘：《续资治通鉴长编》，上海古籍出版社，1986，第 1823 页。

都府"①。《名臣碑传》本传："移成都府。时议以永康军为复县，中复以为永康控制威茂州，军不可废，数年夷人寇茂州，乃复永康军，又言蜀逆乱之萌，多缘戍兵，请减戍卒益士兵。"

熙宁四年辛亥（1071 年），六十一岁。

在知成都府任上。三月二十一日游城东海云寺，主导文人唱和诗会，作《游海云寺》诗，范纯仁、王霁、杨希元、张湍等均有唱和。

同僚王霁诗序云："成都风俗，岁以三月二十一日游城东海云寺，摸石于池中，以为求子之祥。太守出郊，建高旆，鸣箫鼓，作驰骑之戏，大燕宾从，以主民乐。观者夹道，百里飞盖蔽山野，谨讴嬉笑之声，虽田野间如市井，其盛如此。渤海吴公下车期月，简肃无事，从容高会于海云。酒既中，顾谓僚属曰：'一觞一咏，古人之乐事也。'首作七言诗以写胜赏，席客亦有以诗献者，更相酬和，得一十三篇，乃命幕下吏会稽王霁为之序。霁斐薄不能文，恐愧勉从公命。夫俳倡弦竹，其乐外也；吟咏性情，其乐内也。充诸内则能遗外之乐，流于外则内有所丧。今公既推内之乐以乐宾，又尽外之乐以乐民，可谓得其乐矣。"中复《游海云寺》诗云："锦里风光胜别州，海云寺枕碧江头。连郊瑞麦青黄秀，绕路鸣泉深浅流。彩石池边成故事，茂林坡上忆前游（予昔尝陪枢密田公游此）。绿樽好伴衰翁醉，十日残春不少留。"范纯仁、韩宗道、张湍、杨希元、勾士良、冯介、吕陶、薛鏻、王霁、黄元等均有唱和，诗载扈仲荣《成都文类》卷九。

吴中复还有《续和签判太博游海云》。诗云："海云摸石近东城，莽苍春郊去路平。绕寺溪光照金络，夹堤柳色混青旌。榴花新酿盈樽渌，玉柄高谈照座清。上客西州胜京口，给鲜牛炙旋供烹。"

又作诗《江左谓海棠为川红》，范纯仁与之唱和。

中复诗云："靓妆浓淡蕊蒙茸，高下池台细细风。却恨韶华偏蜀土，更无颜色似川红。寻香只恐三春暮，把酒欣逢一笑同。子美诗才犹阁笔，至今寂寞锦城中。"范纯仁和作《和吴仲庶龙图西园海棠》诗云："丹葩翠叶竞夭浓，蜂蝶翩翩美暖风。濯雨正疑宫锦烂，媚晴先夺晓霞红。芳菲剑外从来胜，欢赏天涯为尔同。却想乡关足尘土，只应能见画图中。"在成都期间，范纯仁与之唱和诗作甚多，如《同成都尹吴仲庶运判韩持正会饮》（《范忠宣集》卷一）、《和吴仲庶游碑楼大慈二寺》《和吴仲庶上巳游学射山》《又和暮春蚕市》《以眉州绿荔枝寄吴仲庶有诗次韵》《和仲庶江渎避暑》《将出蜀次仲庶送行诗韵叙别》（《范忠宣集》卷三）等。

---

① 李焘：《续资治通鉴长编》，上海古籍出版社，1986，第 1950 页。

范纯仁（1027～1101），字尧夫，谥忠宣，吴县（今属江苏）人，范仲淹次子。仁宗皇祐元年（1049年）进士。累官侍御史、同知谏院，出知河中府，徙成都路转运使。哲宗立，除给事中，同知枢密院事，三年，拜尚书右仆射兼中书侍郎。哲宗亲政，累贬永州安置。徽宗立，复观文殿大学士，促入觐，以目疾乞归。建中靖国元年卒，年七十五。谥忠宣。著有《范忠宣集》二十卷等。事见《曲阜集》卷三《范忠宣公墓志铭》，《宋史》卷三一四有传。

熙宁五年壬子（1072年），六十二岁。

在知成都府任上。友人赵抃、范镇等寄诗唱和。

赵抃《寄酬旧交吴中复龙图》诗云："我昔梦刀惭乐土，君今叱驭信贤哉。芝兰旧友三年别，金玉新诗万里来。石室清风期俗变，锦城珍宴为民开。中和有颂朝廷喜，行看春光拥诏回。"按，诗云"锦城珍宴为民开"，知为吴中复知成都府时所寄。赵抃尚未到知成都府任。

范镇（字景仁）《和成都吴仲庶见寄来韵》其一云："岁华今缓昔如流，旧日樊笼可自由。官事了时无尽极，人生安处且闲休。愚忠皎皎丹心老，归思绵绵两鬓秋。纵使海棠时节过，急行须及浣花游。"① 中复原唱不存。

夏，泛舟江渎，有诗《江渎泛舟》。《江渎泛舟》："晓来一雨过池塘，江渎祠前馆宇凉。翠水细风翻昼浪，红蕖微露浥秋香。欲停画舫收船檝，旋折圆荷当羽觞。逃暑岂须河朔饮，迟留车马到斜阳。"同游张唐民、雍方知、韩宗道、范纯仁、谢景初等俱有唱和，俱载《成都文类》。在成都时，有诗《西园十咏》等。

《西园十咏（并序）》云："成都西园，楼榭亭池庵洞最胜者凡十所，又于其间绝胜者，西楼赏皓月、眺岷山，众熙临清池、濯锦水，志殊土之产有方物，快荫樾之风有竹洞。杂花异卉，四时递开，翠干茂林，蔽映轩户。足以会宾僚，资燕息。因题十咏，以见登览之盛也。"十首诗分别是：《西楼》《众熙亭》《竹洞》《方物亭》《翠柏亭》《圆通庵》《琴坛》（阅道参政所建）、《流杯亭》《乔柟亭》《锦亭》等，俱载《成都文类》卷七，《全宋诗》据以录入。

中复在成都期间还有诗作《游琴台墨池》《赋新繁周表权如诏亭》《谢惠茶》等，俱载《成都文类》，《全宋诗》据以录入。

范纯仁离蜀，中复有诗为之送别。范纯仁《将出蜀次仲庶送行诗韵叙别》："远客亲仁岂素期，况陪文酒复经时。自惭拙宦多迁逐，每叹良朋易别离。白首冯唐空已老，清秋

---

① 《全宋诗》，第4184、4256页。

宋玉不胜悲。仰公早展经纶志，百辟方今待允厘。"中复原唱不存。

在成都府有题碑。

明人何宇度《益部谈资》卷中："浣花溪中一洲横出，下即百花潭也。""百花潭口旧有任氏一碑，立于风雨中。予令人涤去苔藓读之，乃宋熙宁年间吴中复撰八分书也。字半漫灭，略可成诵。"① 此碑明代犹可辨识，今已不存。据此及题齐山石刻，知中复善书法。《全宋文》据《方舆胜览》卷一等辑为《冀国夫人任氏碑记》。

闰七月二十七日，赵抃知成都府，中复尚未离成都。

《续长编》卷二百三十六：闰七月"甲戌（二十七日），知青州、资政殿学士赵抃为资政殿大学士、知成都府。抃在青州逾年（《要录》京东旱，蝗及境，辄遇风堕水而尽），于是上欲移抃知成都。或言前执政旧不差知成都，成都今又少有人欲去者，上曰：'今人少欲去，但为职田不多耳。抃清苦，必不为职田。蜀人素爱抃，抃必肯去。'王安石曰：'陛下特命之，即无不可。'乃诏加职，遣内侍赍赐召见，劳之曰：'前此无自政府复知成都者，卿能为朕行乎？'抃曰：'陛下宣言，即敕命也，顾岂有例？'上甚悦。上又欲令吴中复知永兴，既而曰：'姑竢中复离成都，东军在蜀，连三次有谋变者。'安石曰：'闻中复颇弛缓'上曰：'蜀中东军不须多，可减。'安石曰：'向所以置东军，非特弹压蜀人，亦备蛮寇。'上曰：'今蛮皆衰弱无足虑，即东军自可减也。'（此据日录，八月十八日事）"②

十一月十七日，迁给事中，知永兴军。

《续长编》卷二百四十：熙宁五年十一月"壬戌（十七日），龙图阁直学士吴中复知永兴军，天章阁待制、知永兴军李肃之知青州"。《名臣碑传》本传："迁给事中，知永兴军。军人立生祠，关右大旱，人多流亡，中复与监司奏请赈恤，而执政遣使按验，诬以不实，夺一官，寻复之，请提举玉隆观。"《陕西通志》卷五十一《名宦》："吴中复字仲庶，兴国永兴人。进士及第，历永兴军。河北行青苗法，使者至，将先下州县，中复檄之曰：'敛散自有期，今先事扰之，何也？'拒不听，且以报安抚司韩琦疏谏青苗，录其语以上。关内大旱，民多流亡，中复请加赈恤，执政恶之，遣使往视，谓为不实，削一阶，提举玉隆观。"③

熙宁六年癸丑（1073 年），六十三岁。

在知永兴军任上。七月二十六日，有知河阳之命，未赴，依旧任。

---

① 何宇度：《益部谈资》卷中，《文渊阁四库全书》本。
② 李焘：《续资治通鉴长编》，上海古籍出版社，1986，第 2011 页。
③ 《陕西通志》卷五十一，《文渊阁四库全书》本。

《续长编》卷二百四十六：熙宁六年七月"己巳（二十六日），河东节度使、守司徒兼侍中、判河阳文彦博判永兴军，龙图阁直学士、知永兴军吴中复知河阳。彦博辞永兴，乃诏皆依旧任"。

熙宁七年甲寅（1074 年），六十四岁。

在知永兴军任上。九月，改钱法之弊，请以钱四十买缺薄恶钱一斤。

《续长编》卷二百五十六：熙宁七年九月壬戌，"是时，关中钱法弊，永兴军路安抚使吴中复请以钱四十买缺薄恶钱一斤，则民间专行省模大钱，而大钱少，不足用，请以所买恶钱悉改铸大钱，而民间所行私大钱一以一小铜钱买而更铸之。永兴军等路转运使皮公弼请尽买恶钱，且毋行铸铁钱相易事。有司旧纳伪钱，请先于本路五铜钱监改铸，一年可竟，又请改铸所买恶钱。秦凤路都转运使熊本言：'买恶钱及禁旧通行大钱、铜钱相易，皆非便。请降钱式下所属，而禁用恶钱，犯者论如法。勿废旧通行钱，选官库恶钱，同所买改铸之，小变其模，为"熙宁重宝"。今本路官钱受私钱已多，省模钱久废，公私百无一二。今虽以钱四十得伪钱一斤，及铜钱千易当二铁钱千，其实铁钱一斤才当斤铁耳，千钱为铁六斤，斤铁为钱二十，而以铜钱千易之，官失多矣。又钱多，一年改铸未得竟也。且民卖千钱得二百五十折二大钱，才易其半，又禁其通行大钱，则方灾伤民所有钱，四亡其三，何以救灾？'众议不同，于是，诏逐司相度利害以闻（此据《食货志》第六卷。比《实录》所书颇详，当用之）"。①

熙宁八年乙卯（1075 年），六十五岁。

二月七日，降授右谏议大夫，寻罢永兴军，请提举玉隆观。

《宋会要辑稿·职官六五之三九》：熙宁八年"二月七日，龙图阁直学士、给事中知永兴军吴中复，降右谏议大夫职，差遣如故。中复以岁歉上闻，所奏流亡多过事实，至欲括责民粮，强质畜产，讽发义勇戍守县城，因下本路使者参验，报多非实，以经大宥，只降秩云"②。《续长编》卷二百六十载之甚详：八年二月己巳（初七日），"知永兴军、龙图阁直学士、给事中吴中复，降授右谏议大夫，永兴军等路权转运使皮公弼、提点刑狱张穆之、提举常平等事章粢各罚铜三十斤。中复等尝言：'永兴军路州军民流移甚众，未流移者不得安居，乞选官行蓄积之家，籍其粟数，计口给本家外，许灾伤民赊籴，官为给券就给。及乞于有力之家权典质民牛畜驴马等。及诸县弓手近经减省，乞轮差第三等以上义勇，在县日给钱米，同弓手捕盗。'执政遣使按验，谓中复等所奏多不实，及所乞措置乖

---

① 李焘：《续资治通鉴长编》，上海古籍出版社，1986，第 2211 页。
② 徐松辑《宋会要辑稿》，中华书局，1957，第 3866 页。

方，若遂施行，必至骚扰。虽会赦，特责之。中复寻罢永兴军，提举玉隆观，从所乞也。（玉隆，乃闰四月十一日指挥，今附见。中复本传云：关右大旱，人多流亡，中复与监司奏请赈恤，而执政遣使按验，诬以不实，夺一官。《实录》不载遣使按验，但称违旨，事颇疏略，今删取增入。）"① 按，降授右谏议大夫后，即《名臣碑传》本传所言"夺一官"，"寻复之"，提举玉隆观系其所请。

岁暮，其还过浔阳，孔武仲拜见，有《送吴仲庶还豫章序》相赠。

孔武仲《送吴仲庶还豫章序》云："余少时闻朝士大夫议论，以为仁宗皇帝圣德宽大，优容直言，言事官虽暂忤意斥逐在外，不旋踵辄以为美官，其燕居深宫之中，左右近习一语干法度，必曰：'谏官御史不汝容也！'盖其开心见诚，砥砺臣下如此。故四方闻风而刚强，倜傥议论之人出焉。是时，吴公与三四人皆自外台擢为御史，其章疏切直，天下耸动。而朝奏暮出，言无不行，自大臣以下，莫不洁身敛己，以奉公议，无敢阿私为奸佞，请谒之人，望风引退。如至和、嘉祐之间，政事纯一，风俗敦厚，无愧于汉唐之盛时。既而公被收擢，列近侍，乘车持节，出将四方。其后言事之官，日益以轻，实分已隳而空名尚在，朝廷之间，几以言为讳，其慨然自信，不顾时忌者，随亦痛贬，虽更赦宥，不见收录。盖十余年间，而风俗之变革至于此，公于是时凛然于众人中，以纯德老臣自处，其议论取舍与时不合也固矣。故亦干犯众议，流落不偶。自永兴求便州以归，再请不得，卒自引而还。岁暮，乘大江过浔阳，予得见之，问其出处之策，曰：'自吾于南昌有三圃湖山之佳处也，将择其间亢爽之场，筑以为室，益于其旁穿池种树，从子孙以游其间。吾老矣，不复出矣！'夫进退行止公心所自明，余复何言。然幸接公于须臾，视其容貌，听其言论，以识往时净臣之风采也。予独有自得焉而去也，遂书所感以赠之。"② 按，据此序，中复罢永兴军后，闲居南昌。

熙宁九年丙辰（1076 年），六十六岁。

闲居南昌。

熙宁十年丁巳（1077 年），六十七岁。

十月十三日，起知荆南。

《续长编》卷二百八十五：熙宁十年冬十月"庚寅（十三日），龙图阁直学士新知荆南、提举本路兵马巡检等事吴中复言：'先臣名举，乞改为提辖。'中书拟从其请，上批：'朝廷官称避守臣私讳，于义未安，宜不行。'乃已"。

---

① 李焘：《续资治通鉴长编》，上海古籍出版社，1986，第 2411、2437 页。
② 孔武仲等：《清江三孔集》卷十五，《文渊阁四库全书》本。

按，中复起知荆南系曾巩奏举。曾巩《奏乞复吴中复差遣状》云："右臣复见提点本州玉隆观、龙图阁直学士、给事中吴中复，年六十六岁，精力未衰，志意甚壮，历事累朝。尝任谏官御史，以直道正言，能称其职，又任邦伯，理兵治民，皆有可纪。孔子曰：'如有所誉者，其有所试矣。'如中复之材，有已试之效，可谓明白。方今中外任使，尝患乏人，如中复者岂可遂其闲逸？欲乞召至左右，使典司献纳，或委以藩镇，使划治烦剧，必能上副忧勤，不负寄任。况中复年未当退，又无疾病，处之散地，众谓非宜。伏望早赐收用，以称朝廷尚贤求旧之意。臣忝任州长，不敢不言，谨具状奏闻。伏候敕旨。"①

曾巩（1019~1083），字子固，号南丰先生。北宋建昌南丰（今属江西）人。嘉祐二年（1057年）进士。初任太平州司法参军，奉召编校史馆书籍，迁馆阁校勘、集贤校理，为实录检讨官。出任越州通判。熙宁五年（1072年），调任齐州知州。后历任襄、洪、福、明、亳、沧诸州知州。元丰三年（1080年）在三班院任职，翌年迁史馆修撰，典修五朝国史，官至中书舍人。"唐宋八大家"之一，著有《元丰类稿》《隆平集》等。《宋史》卷三百一十九有传。

宋神宗元丰元年戊午（1078年），六十八岁。

知荆南。八月初一日，罢府事。

《名臣碑传》本传："起知荆南，坐用公使库酒违法被勘，罢府事。"《续长编》卷二百九十一载之甚详：元丰元年"八月壬寅朔，权荆湖北路转运判官马瑊言：'诸州已裁定年额公使钱数，欲乞造酒所用米麴，许前一年申本司借钱造麴籴米，复于次年合破钱数内分四季尅除。'先是，知荆南吴中复言：'臣尝为御史，弹奏今提举常平赵鼎父宗道，难与共事。乞提点玉隆观。'既得旨依所乞，而鼎寻奏劾中复公使钱库违法事，遂罢中复前命。及是，又诏：'瑊总按一道，固宜以身徇法，倡励部官，江陵府违法豫借公使，既不即按治，又擅贷与转运司钱数千缗。今为赵鼎所发，谓当悔罪恐惧，以俟典刑，乃敢公无忌惮，饰非议法，情极阿私，理不可恕。宜先冲替，令于岳州听旨。及中复前任违法事，并令京西转运判官胡宗回劾奏'"。

是年十二月六日卒，年六十八。

《续长编》卷二百九十五：元丰元年十二月丙午（六日），"龙图阁直学士、给事中吴中复卒"。《名臣碑传》本传："元丰元年十二月丙午，龙图阁直学士给事中吴中复卒。""年六十八。诏减遗表恩一人，仍降等。中复为人乐易简约，好周人之急。"按，元丰元年十二月六日已为公元1079年，故其虚岁享年实为年六十九。

---

① 曾巩：《元丰类稿》卷三十三，《文渊阁四库全书》本。

南康都昌县建祠纪念。

《江西通志》卷十二："团凤山，在都昌县北五十里，下有宋龙图学士吴中复祠。"①按，中复家族墓地在南康都昌县。

家乡上双迁里父老将其北台山读书处扩建为龙图书院，以作纪念。

《光绪兴国州志》卷三十六《寺观》："北台寺，上双迁里北台山，半山起石台，平如掌，广可数亩，台上悬崖攒石垂覆，可庇风雨，流泉绕石罅。宋学士吴中复读书处，号龙图书院，其旁为寺。"②

---

① 《江西通志》卷六十四、卷十二，《文渊阁四库全书》本。
② 《光绪兴国州志》卷三十六，江苏古籍出版社，2001，第451页。

图书在版编目（CIP）数据

中国诗歌研究. 第 9 辑/赵敏俐主编. —北京：社会
科学文献出版社，2013.9
ISBN 978－7－5097－4884－8

Ⅰ.①中…　Ⅱ.①赵…　Ⅲ.①诗歌研究－中国
Ⅳ.①I207.22

中国版本图书馆 CIP 数据核字（2013）第 163339 号

中国诗歌研究（第九辑）

主　　办／教育部省属高校人文社会科学重点研究基地
　　　　　首都师范大学中国诗歌研究中心
主　　编／赵敏俐

出 版 人／谢寿光
出 版 者／社会科学文献出版社
地　　址／北京市西城区北三环中路甲 29 号院 3 号楼华龙大厦
邮政编码／100029

责任部门／人文分社（010）59367215　　　　　责任编辑／黄　丹
电子信箱／renwen@ ssap. cn　　　　　　　　　责任校对／王伟涛
项目统筹／黄　丹　　　　　　　　　　　　　　责任印制／岳　阳
经　　销／社会科学文献出版社市场营销中心（010）59367081　59367089
读者服务／读者服务中心（010）59367028

印　　装／北京季蜂印刷有限公司
开　　本／787mm×1092mm　1/16　　　　　　印　　张／22
版　　次／2013 年 9 月第 1 版　　　　　　　　字　　数／438 千字
印　　次／2013 年 9 月第 1 次印刷
书　　号／ISBN 978－7－5097－4884－8
定　　价／79.00 元